紫庐文集

（第二册）

魏際昌 著 ◎ 方勇 主編

人民出版社

目　録

鄭公孫僑大傳及其年譜

先秦學術散論

史傳散論

西漢散文鉅子合論

中國古典文學講稿

鄭公孫僑大傳及其年譜

小　序

　　公孫僑說的是東周春秋時鄭國的子產,傳而謂之"大"是由於筆者直到現在還不曾見到過一個比較全面的介紹和評價他的傳記,包括《國語·鄭語》《春秋左氏傳》和《史記·鄭世家》在內。因此打算以《左氏傳》為主體,兼及先秦諸子、兩漢雜著有關他的材料,編年繫事地,夾敘夾議地,整理、評論一下他的生平。於是牽涉的便不止是公孫僑個人的言行了,舉凡他所生存的時代,當日各國的關係,尤其是鄭國的政治、經濟、軍事、外交的情況,就不能不相提並論啦。

　　為了達成這一目的,我們先圍繞著公孫僑草擬一個"年譜":假定了他的生卒年代,羅列了許多直接間接跟他有影響的人和事(甚至不少是他從事政治活動以前及其身後的產物)。那麼,就很明白了:"年譜"不過是為"大傳"服務的,前者為賓,是工具性質的,不這樣不能綱舉目張;後者是主,必須看了"大傳"才會了然:①公孫僑是怎樣一個人物;②在當時有過什麼作用;③我們應該如何的看待他。所以,我們雖然把"年譜"擺在"大傳"的頭裏,可是大題目上卻是"大傳及其年譜"的道理在此。

　　我們是如何假定公孫僑的生卒年代呢? 按他是在鄭簡公嘉元年(公元前565年)才嶄露頭角參加政治活動的(事見《左襄八年傳》)。但在這個時候,公孫僑卻是被他的父親公子發(子國,鄭卿,官為司徒)指斥為"童子"無知,既然叫作"童子",必是還未"成人"。《儀禮·士冠禮》疏引鄭玄《目錄》云:"童子任職居士位,年二十而冠。"又《禮記·曲禮》:"男子二十,冠而字。"疏引鄭玄注云:"成人矣,敬其名。"

3

《詩·衛風·芄蘭》："童子佩觿"，疏引鄭玄《箋》云："觿，所以解潔，成人之佩也。人君治成人之事，雖童子猶配觿，早成其德。"童子，未成人之稱，年十九以下。又《增韻》："十五以下謂之童子。"

應該知道，公孫僑乃是頂貴族門戶的獨生子（他還不到二十歲，父親子國便被人殺掉），成熟得比較早，大概在十五歲左右就出來跟著父親見習國政了，曾兄事他八年之久的孔子（見《史記·鄭世家》）生於前551年，因此無論如何他不會晚於前580年的（這樣，他才比孔子大十八、九歲）。一般人都說他卒於前522年，活了不到六十歲（孔子比他晚死了四十多年）。這些雖然只是一些概然的估計，但卻可以保證，基本情況是大致不差的。

說到這裏，還需補充一點，"大傳"之文可以旁徵博引、羅列排比地暢所欲言，應有盡有，不必細講了（為了通俗易懂，一目了然，我們甚至把許多史料譯成了白話）。對於"年譜"就沒有這樣做，這是因為：既然是古已有之的，旁行斜上的圖表一類，自以言簡意賅，起到帶頭作用也就行了，否則不但不合體例，而且嫌與"大傳"重複，所以採用的幾乎全部是《春秋》的原文，不過參考《左氏傳》略加增益，並分別注明了公元紀年，和周、魯、鄭國王、侯的年號，借使便於查考。下面就讓我們試從公元前580年開始撰述公孫僑的年譜。

鄭公孫僑年譜

公元前580年,周簡王六年,魯成公十一年,鄭成公睔五年

　　春三月,晉厲公壽曼元年,以魯成公背晉附楚,為晉人所留止,成公請受盟,始得返國。

　　晉使郤犫來聘,且蒞盟。

　　夏,季孫行父如晉報聘。

　　秋,叔孫僑如聘於齊,以修前好(鞌戰以前之盟好)。

　　晉郤至與周爭鄇田(溫之別邑,在今河南武陟縣西南)。簡王命劉康公、單襄公訟諸晉,晉侯止之,使郤至勿爭。

子產約為一歲

公元前579年,周簡王七年,魯成公十二年,鄭成公六年

　　春,周公出奔晉。

　　宋華元克合晉、楚之成。

　　夏五月,晉士燮會楚公子罷、許偃。癸亥,盟於宋西門之外,曰:"凡晉楚無相加戎,好惡同之,同恤災危,備救凶患。"

　　鄭成公如晉聽成,會於瑣澤(在今河南省新鄭縣北)。

　　秋,狄人間宋之盟以侵晉,晉人敗狄於交剛(地名,不詳)。

　　晉郤至如楚聘,且蒞盟,楚共王享之,無禮。

　　冬,楚公子罷如晉聘,且蒞盟。

　　十二月,晉厲公及楚公子罷盟於赤棘(晉地,不詳)。

子產約為二歲

公元前578年,周簡王八年,魯成公十三年,鄭成公七年

春,晉厲公使郤錡至魯乞師,將伐秦也。乞乃謙辭。

三月,魯成公過京師,因朝簡王。

夏五月,魯成公會晉侯、齊侯、宋公、衛侯、鄭伯、曹伯、邾人、滕人伐秦。曹伯盧卒於師。

夏四月,晉厲公使呂相絕秦,責秦桓公背盟挾狄楚、伐晉。

五月,晉師以諸侯之師及秦師戰於麻隧(在今陝西省涇陽縣北)。秦師敗績。師遂濟涇(水名,在今陝西省境內,自長武等地流至高陵縣入渭,涇清渭濁),及侯麗(秦地,未詳)而還。迓晉厲公於新楚(亦秦地,未詳)。

六月,鄭公子班自訾(鄭地未詳)還,為亂。求入大宮(鄭祖廟),未能。殺子印、子羽(皆鄭穆公子),反軍於市。子駟帥國人盟於大宮,遂從而盡焚之,殺子如、子馱(班之子及弟)、孫叔(子如子)、孫知(子馱子)。

子產約為三歲

公元前577年,周簡王九年,魯成公十四年,鄭成公八年

春正月,莒子朱卒。

子產約為四歲

公元前571年,周靈王元年,魯襄公二年,鄭成公十四年

春正月,葬周簡王。

鄭師侵宋,楚令也,以彭城之故。

夏六月,鄭成公睔卒。

晉師、宋師、衛寧殖侵鄭。

秋七月,晉荀罃、魯仲孫蔑、宋華元、衛孫林父、曹人、邾人會於戚(春秋衛邑,在今河南省濮陽縣北),遂城虎牢(晉地,舊屬鄭,在今河南省杞縣西北)。鄭人乃成。

子產十歲

公元前 570 年,周靈王二年,魯襄公三年,鄭僖公元年

春,楚公子嬰齊帥師伐吳,克鳩茲(吳邑,在今安徽省蕪湖縣)。吳人要而擊之,獲鄧廖。廖,楚之良將也。吳人伐楚,取駕。駕,楚之良邑。子重憂慮而亡。

夏四月,晉侯魯侯盟於長樗(地名,不詳)。

六月,單子、晉侯、魯侯、宋公、衛侯、鄭伯、莒子、邾子、齊世子光,同盟於雞澤(今河北省永年縣是其地)。

冬,晉荀罃帥師伐許,以許靈公事楚,不會雞澤之故。

子產十一歲

公元前 569 年,周靈王三年,魯襄公四年,鄭僖公二年

春,楚師為陳叛故,猶在繁陽。陳成公卒,楚人聞喪乃止。

夏,楚彭名侵陳,陳無禮故也。

冬,魯侯如晉聽政。聽受貢賦多少之政,晉侯享之,魯侯請屬鄫,不許。孟獻子曰:"鄫無賦於晉,寡君是以願借助焉!"始許之。

晉侯欲伐戎,魏絳陳以和戎有利,遂使之盟諸戎。

十月,邾人、莒人伐鄫,臧紇往救,侵邾,敗於狐駘(地名)。國人刺之以歌曰:"朱儒朱儒,使我敗於邾!"

子產十二歲

公元前568年,周靈王四年,魯襄公五年,鄭僖公三年

春,周靈王使王叔陳生愬戎於晉。王叔久有二心,晉人執之。

秋,晉侯、魯侯、宋公、陳侯、衛侯、鄭伯、曹伯、莒子、邾子、滕子、薛伯、齊世子光、吳人、鄶人會於戚。

冬,楚公子貞帥師伐陳。晉侯、魯侯、宋公、衛侯、鄭伯、曹伯、齊世子光會師救陳。

子產十三歲

公元前567年,周靈王五年,魯襄公六年,鄭僖公四年

秋,滕成公至魯朝魯襄公。

莒人滅鄶。晉人來討,季武子如晉見,且聽命。

十一月,齊侯滅萊,遷萊於郳(地在今山東省滕縣東,一小國)。高厚、崔杼定其田。

子產十四歲

公元前566年,周宣王六年,魯襄公七年,鄭僖公五年

冬十月,楚公子貞帥師圍陳,陳哀公弱逃亡。

十二月,晉侯、魯侯、宋公、陳侯、衛侯、曹伯、莒子、邾子,會於鄬(鄭地,今河南省魯山縣境內),謀救陳也,未果。

晉韓厥致仕,子韓起嗣位為上卿。

鄭相子駟使賊夜弒僖公於鄶(鄭地,在今河南省新鄭縣與魯山縣之間),而以虐疾赴於諸侯。簡公(僖公子)生五年,奉而立之。

子產十五歲

公元前565年,周靈王七年,魯襄公八年,鄭簡公嘉元年

　　鄭群公子以僖公之死也,謀子駟。子駟先之。夏四月,辟(加以罪名)殺子狐、子熙、子侯、子丁。孫擊、孫惡(二孫子狐之子)出奔衛。

　　鄭子國(子產之父,時為鄭司徒)、子耳(鄭卿司馬)率師侵蔡,獲蔡司馬公子燮(欲以求婚於晉,子耳子良之子,不言敗,唯以獲告)。鄭人皆喜,唯子產不順(與眾不同也),曰:"小國無文德而有武功,禍莫大焉!"子國怒之曰:"童子言,將為戮矣!"

　　五月,會於邢丘(即今河南省溫縣平皋故城)。諸侯之大夫魯季孫宿、齊高厚、宋向戌、衛寧殖、邾大夫會之。聽命於晉悼公,鄭簡公獻捷於會,故親聽命。

　　冬,楚子襄伐鄭,討其侵蔡也。子駟、子國、子耳欲從楚,子孔(穆公子)、子蟜(子游子)、子展(子罕子)欲待晉。子駟終與楚平,使王子伯駢告於晉。晉人怒,用師於鄭。

子產十六歲

公元前564年　周靈王八年　魯襄公九年　鄭簡公二年

　　冬,晉侯、魯侯、宋公、衛侯、曹伯、莒子、邾子、滕子、薛伯、杞伯、小邾子、齊世子光伐鄭。十有二月同盟於戲(鄭地)。

　　楚子伐鄭(因鄭與晉成故),未能定鄭而歸,以楚莊夫人卒也。

子產十七歲

公元前563年　周靈王九年　魯襄公十年　鄭簡公三年

　　晉侯、魯侯、宋公、衛侯、曹伯、莒子、邾子、齊世子光、滕子、薛伯,杞伯、小邾子伐鄭。以鄭又反復,聽楚命伐宋故也(伐宋之役,鄭子耳隨同楚子囊出師,侵至宋之北鄙,時在是年七月)。

　　諸侯之師城虎牢(今河南省氾水縣境內)。

冬,盜殺鄭公子騑(子駟,執政)、公子發(子國,司馬)、公孫輒(子耳,司空)。子產出而善後,並進諫代相子孔毋專權犯眾。鄭及晉平。楚子囊救鄭,諸侯之師還,楚師亦還。

子產十八歲

公元前 562 年　周靈王十年　魯襄公十一年　鄭簡公四年

夏四月,鄭公孫舍之帥師侵宋。

晉侯、魯侯、宋公、衛侯、曹伯、齊世子光、莒子、邾子、滕子、薛伯、杞伯、小邾子伐鄭。秋七月,同盟於亳城(鄭地,在今河南省商丘縣東南)。

楚子、鄭伯伐宋。

晉侯、魯侯、宋公、衛侯、曹伯、齊世子光、莒子、邾子、滕子、薛伯、杞伯、小邾子伐鄭,會於蕭魚(鄭地,在今河南省原武縣西)。終於降服鄭國一心事晉。

鄭人使良霄等如楚,告服於晉,楚人執之。

子產十九歲

公元前 561 年　周靈王十一年　魯襄公十二年　鄭簡公五年

春二月,莒人伐魯東鄙,圍臺(今山東省琅邪費縣南有合亭)。季孫宿帥師救,遂入鄆(莒邑,今山東省鄆縣)。

秋,魯襄公如晉。

冬,楚公子貞帥師侵宋,以報晉之取鄭。

子產二十歲

公元前 560 年　周靈王十二年　魯襄公十三年　鄭簡公六年

春,魯襄公自晉朝聘而歸。

夏,魯取邿(小國也,今山東省兗父縣有邿亭,即濟寧縣境內)。書"取",言易也,言魯國亦未嘗不吞併鄰近小國。

秋九月,楚子審(共王)卒。

楚人歸鄭良霄等,謂"楚實不競,行人何罪"。

子產廿一歲

公元前559年　周靈王十三年　魯襄公十四年　鄭簡公七年

春正月,魯季孫宿、叔老、晉士匄、齊人、宋人、衛人、鄭公孫蠆、曹人、莒人、邾人、滕人、薛人、杞人、小邾人會吳於向(鄭地,在今河南省洧川縣西南)。敬事霸國晉也。

夏四月,晉荀偃、魯叔孫豹、齊人、宋人、衛北宮括、鄭公孫蠆、曹人、莒人、邾人、滕人、薛人、杞人、小邾人伐秦,以報櫟(鄭地,今河南省禹縣是其地,襄十一年秦伐晉)之役也,晉悼公待於境,使六卿帥諸侯之師以進。及涇(水名,在今陝西省境內,經長武邠縣淳化等地),不濟。叔向退而具舟,魯人、莒人先濟。鄭子蟜與衛北宮懿子見諸侯之師而勸之濟曰:"與人而不固,取惡莫甚焉! 若社稷何?"鄭司馬子蟜帥鄭師以進,師皆從之,至於棫林(秦地)不獲成焉。秦不服。

吳子諸樊既除喪,將立季札(諸樊少弟,以其賢也)。季札曰:"君,義嗣也(言諸樊乃嫡子也)。誰敢奸君? 有國,非吾節也。"固立之。棄其室而耕,乃舍之。

晉樂太師師曠(子野)侍於晉悼公。論"衛人擊君"曰:"君,神之主也,民之望也。若困民之主,匱神乏祀,百姓絕望,社稷無主,將安用之? 弗去何為? ……天之愛民甚矣,豈其使一人肆於民上,以從其淫,而棄天地之性? 必不然矣!"

子產廿二歲

公元前 558 年　周靈王十四年　魯襄公十五年　鄭簡公八年

楚能官人（任職以賢能），使王及公、侯、伯、子、男、甸、采、衛、大夫各居其列，深合《周南》"置彼周行"之旨。

鄭尉氏、司氏之亂（在襄十三年），其餘盜在宋。鄭人以子西、伯有、子產之故（三子之父皆為尉氏、司氏所殺），納賂於宋。司城子罕以堵女父、尉翩、司齊與之。鄭人醢之。

夏，齊靈公環伐魯北鄙，圍成（今山東省守陽縣東北九十里是其地）。魯襄公救之至遇（魯地）。畏齊兵，不敢進。

冬十一月，晉悼公周卒。鄭公孫夏如晉奔喪，子蟜送葬。

十二月，鄭人奪堵狗之妻，而歸諸范氏（堵狗，堵女父之族。狗娶於晉范氏。鄭人既誅女父，畏狗因范氏而作亂，故奪其妻歸范氏，先絕之）。

子產廿三歲

公元前 557 年　周靈王十五年　魯襄公十六年　鄭簡公九年

春正月，葬晉悼公，晉平公即位（悼公子彪）。叔向為傅。鄭子蟜聞將伐許，相鄭簡公以從諸侯之師。

夏六月，次於域林。伐許，次於函氏（域林、函氏皆許地）。晉荀偃、欒黶帥師伐楚，以報宋揚梁之役（在《襄十二年》）。楚公子格帥師，及晉師戰於湛阪（今湖北省崑陽縣北有湛水，其北山有長阪，故有湛阪之名）。楚師敗績。晉師遂侵方城（在湖北省當陽縣東南）之外，復伐許而還。

子產廿四歲

公元前 556 年　周靈王十六年　魯襄公十七年　鄭簡公十年

春二月，宋人伐陳，獲陳大夫司徒卬。

夏，衛石買帥師伐曹，取重丘(地在今山東省菏澤縣西北)。曹人愬於晉。

秋，齊靈公環再伐魯北鄙，圍桃(地在今山東省汶上縣北)。高厚圍臧紇於防(臧紇邑)。師自陽關(地在今山東省守陽縣東北)逆臧孫，至於旅松(近防地，防在今山東省費縣東北六十里之華城)。耶叔紇、臧疇、臧賈帥甲三百，宵犯齊師，送之而復(三人與臧紇共在防，故夜送臧紇於旅松，而復還守防)。齊師去之。

冬，邾人伐魯南鄙，為齊故也。(齊未得志於魯，故邾助之。)

子產廿五歲

公元前555年　周靈王十七年　魯襄公十八年　鄭簡公十一年

夏，晉人執衛行人石買於長子(即今山西省長子縣)，以其伐曹故也。

秋，齊靈公環伐魯北鄙。晉平公彪率諸侯救之，將濟河禱曰："齊環怙恃其險，負其眾庶，棄好背盟，陵虐神主。曾臣彪將率諸侯以討焉，其官臣偃實先後之。無敢復濟(以死自誓)。"

冬十月，會於魯濟，尋溴梁(即今河南濟源縣溴水之濱)之言(襄十六年盟曰："同討不庭")，同伐齊。齊侯御諸平陰(地在今山東省平陰縣東北)，塹防門而守之，廣里(城南有防，防有門。於門外作塹橫行，廣一里)。諸侯之士門焉，齊人多死。晏嬰曰："君固無勇，弗能久矣(不能久敵晉)。"齊侯登巫山(在平陰縣東北)以望晉師，畏其眾也，乃脫歸(不張旗幟)。齊師夜遁。晉人欲逐歸者，魯、衛請攻險。

十二月，伐雍門(齊城內)之萩。焚雍門及西郭、南郭。晉人率諸侯之師圍之，東侵及濰(水名)，南及沂(水名)。齊侯欲走郵棠(今山東即墨縣也)，太子光諫乃止。

鄭子孔欲去諸大夫(由己專權)，將叛晉而起楚師以去之。使告子庚(楚令尹公子午),子庚弗許。以諸侯方睦於晉地,楚康王強之。子庚帥師治兵於汾(今湖北省襄城縣東有汾丘城)。於是子蟜、伯有、子張(公孫黑肱)從鄭簡公伐齊,子孔、子展、子西守。二子(子展、子西)知子孔之謀,完守入保(完城郭,内保守)。子孔不敢會楚師。楚師伐鄭,次於魚陵(今河南省寶豐縣東南四十餘里湛水出焉,魚陵,在南陽犨縣北,鄭地)。右師城上棘(將涉潁,故於水邊權築小城以為進退之備,上棘,在今河南省禹縣西北),遂涉潁(水名,流經禹縣境内),次於旃然(即今河南省滎陽縣之索河)。蔿子馮、公子格率銳師侵費滑、胥靡、獻於、雍梁(皆鄭邑。滑即今河南省滑縣。胥靡地在今偃師縣東南。獻於未詳。雍梁,今河南省陽翟縣東北有雍氏城。),右回梅山(在今河南省鄭縣西南三十五里,與新鄭縣接界),侵鄭東北,至於蟲牢(亦曰相牢,在今河南省封丘縣北)而返。子庚門於純門(鄭城門名),信於城下而還(信,再宿也),涉於魚齒之下(魚齒之下有滍水,故言涉)。甚雨及之,楚師多凍,役徒幾盡。

晉聞有楚師,憂其乘虛而入(以正有伐齊之役,不克分兵以救鄭也)。師曠曰:"不害。吾驟歌北風,又歌南風。南風不競(南風音微也),多死聲,楚必無功(以其勞師襲遠,又孤軍深入,並無與國之故)。"董叔曰:"天道多在西北,南師不時,必無功。"叔向曰:"在其君之德也(言天時、地利不如人和)。"

子產廿六歲

公元前554年　周靈王十八年　魯襄公十九年　鄭簡公十二年

春正月,諸侯盟於祝柯(故城在今山東省長清縣東北)。

四月丁未,公孫蠆卒,赴於晉大夫。范宣子言於晉侯。

六月,晉侯請於靈王,追賜之大路。

八月,鄭大夫子展、子西,率國人殺執政上卿子孔,而分其室。子革,子良出奔楚,子革(即鄭丹)為楚之右尹。

　　鄭人使子展當國,子西聽政,立子產為卿(簡公猶幼,故大夫當國)。

子產廿七歲

公元前 553 年　周靈王十九年　魯襄公二十年　鄭簡公十三年

　　夏六月,晉侯、魯侯、齊侯、宋公、衛侯、鄭簡公、曹伯、莒子、邾子、滕子、薛伯、杞伯、小邾子盟於澶淵(地在今河北省濮陽縣西南)。

子產廿八歲

公元前 552 年　周靈王二十年　魯襄公廿一年　鄭簡公十四年

　　冬十月,晉侯、魯侯、齊侯、宋公、衛侯、鄭簡公、曹伯、莒子、邾子會於商任(其地今尚無考)。

子產廿九歲

公元前 551 年　周靈王二十一年　魯襄公廿二年　鄭簡公十五年

　　冬,晉侯、齊侯、魯侯、宋公、衛侯、鄭簡公、曹伯、莒子、邾子、薛伯、杞伯、小邾子會於沙隨(地在今河南省寧陵縣西南)。

　　十二月,鄭游販(公孫蠆子)將歸晉。子展廢良(游販子)而立大叔(販之弟,蓋子明有罪而良又不賢也)。

子產三十歲

公元前 550 年　周靈王廿二年　魯襄公廿三年　鄭簡公十六年

　　秋,齊景公伐衛,遂伐晉,獲勝而還。

　　冬十月,晉有叛臣欒盈之亂,盈被誅殺。

子產卅一歲

公元前549年　周靈王廿三年　魯襄公廿四年　鄭簡公十七年

二月,鄭簡公如晉。子產寓書於子西以告范匄,言晉取索諸侯其幣太重。范匄信服,乃輕幣。

夏,楚康王伐吳。

子產卅二歲

公元前548年　周靈王廿四年　魯襄公廿五年　鄭簡公十八年

夏五月,晉侯、魯侯、齊侯、宋公、衛侯、鄭簡公、曹伯、莒子、邾子、滕子、薛伯、杞伯、小邾子會於夷儀(地在今山東省聊城縣西南)。秋八月,同盟於奎丘(今山東菏澤縣東北)。

六月,鄭公孫舍之(子展)、子產帥車七百乘伐陳,遂入之。

冬,鄭公孫夏(子西)帥師再伐陳,陳及鄭平。

十二月,吳子諸樊伐楚,門於巢(今安徽省巢縣東北五里有居巢城),被射殺。

子產卅三歲

公元前547年　周靈王廿五年　魯襄公廿六年　鄭簡公十九年

夏,魯侯、晉人、鄭良霄、宋人、曹人會於澶淵(地在今河北省濮陽縣西)。

鄭簡公賞入陳之功,享子展,賜之先路,三命之服,先八邑。賜子產次路,再命之服,先六邑。子產辭,乃受三邑。

鄭人取貨於印氏,以子產之議獻幣秦人,始得。

秋七月,齊侯、鄭簡公為衛侯故,如晉,晉平公兼享之。賦詩以見志,子展相簡公,賦《緇衣》及《將仲子兮》。衛侯得還國。叔向讚揚子展"鄭七穆,罕氏其後亡者也。子展儉而壹"。

簡公歸自晉,使子西如晉聘,敬謝"不敏"。君子謂之"善事大國"。

子產卅四歲

公元前546年　周靈王廿六年　魯襄公廿七年　鄭簡公廿年

夏,晉趙武、魯叔孫豹、楚屈建、蔡公孫歸生、衛石惡、陳孔奐、鄭良霄、許人、曹人會於宋(今河南省商丘縣南)。

秋七月,諸侯之大夫盟於宋,"弭兵"之預備會也。

十二月朔,日食。

子產卅五歲

公元前545年　周靈王廿七年　魯襄公廿八年　鄭簡公廿一年

春,無冰。

夏,齊侯、陳侯、北燕伯(今河北省薊縣)、杞伯、胡子、沈子、白狄朝於晉,宋之盟故也。(陳、蔡、胡、沈,楚屬也。宋之盟曰:晉楚之從交相見,故朝晉。)

秋八月,蔡侯歸自晉,入於鄭。鄭簡公享之,蔡侯不敬。子產曰:"蔡侯其不免乎!"又曰:"恒有子禍。"

鄭簡公使游吉如楚。及漢(今湖北省漢陽縣),楚人還之,謂簡公未親自朝見也。子展曰:"楚子將死矣,不修其政,而貪昧於諸侯。"

九月,鄭游吉如晉,告將朝於楚,以從宋之盟。子產相鄭簡公以如楚,舍不為壇。

十二月,周靈王崩,楚康王昭卒。

子產卅六歲

公元前 544 年　周景王元年　魯襄公廿九年　鄭簡公廿二年

夏四月,葬楚康王。魯襄公、鄭簡公、陳侯、許男送葬,至於西門之外。諸侯之大夫皆至於墓。

楚郟敖(康王子熊麋)即位。王子圍為令尹。鄭行人子羽曰:"是謂不宜,必代之昌。"言楚君弱令尹強,物不兩盛也。

葬周靈王,鄭上卿有事(即子展也,簡公在楚,上卿守國),子展使印段往。伯有曰:"弱(印段年少官卑)。"子展曰:"與其莫往,弱不猶愈乎?"然亦可見諸侯之遇天子,不如楚王矣。

鄭子展卒,子皮(子展子)繼位(代父為上卿)。鄭饑而未及麥,民病。子皮以子展之命,餼國人粟,戶一鍾。是以得鄭國之民,故罕氏常掌國政,以為上卿。

六月,晉智悼子合諸侯之大夫以城杞(晉平公杞出也)。鄭子太叔與伯石往。子太叔見衛大夫太叔儀,曰:"甚乎,其城杞也!……棄同(姬姓)即異(杞乃夏後),是謂離德。"

晉平公以母命治杞田,司馬女叔侯論其"瘠魯肥杞"之非。

吳公子季札北上,歷訪魯、齊諸邦,聘至鄭,見子產,如舊相識,互贈土產。季札言:"鄭之執政侈,難將至矣!政必及子。子為政,慎之以禮。不然,鄭國將敗。"(季札,觀樂於魯,脫齊晏嬰於欒高之難。適衛,說蘧伯玉、史魚。至晉,言政在三家,勉叔向以逃禍。)

十一月,鄭伯有使公孫黑(子晳)如楚,辭曰:"楚、鄭方惡,往必見殺!"伯有強之,子晳怒,將伐伯有,大夫和之。十二月,鄭大夫盟於伯有氏。裨諶曰:"此長亂之道也。禍未歇也!"又謂然明曰:"天禍鄭久矣,其必使子產息之。"

子產卅七歲

公元前 543 年　周景王二年　魯襄公三十年　鄭簡公廿三年

子產相鄭簡公以如晉，叔向問鄭國之政。子產曰："駟、良方爭，未知所成。……雖其和也，猶相積惡也，惡至無日矣。"

夏四月，鄭簡公及其大夫盟。君子知鄭難之不已也。簡公微弱，不能制其臣下。駟、良之爭，君臣詛盟。

蔡世子般弒其君固（蔡景侯，通其兒媳，媳，楚女也）。

六月，鄭子產如陳涖盟。歸而告大夫曰："陳，亡國也，不可與也。不撫其民，政出多門。"

秋七月，鄭伯有耆酒，為窟室，而夜飲酒擊鐘，朝至，未已。子晳以駟氏之甲伐而焚之。伯有奔雍梁，醒而奔許。子產斂伯有氏之死者而殯之，不及謀而遂行。印段從之。子皮止之，曰："夫子禮於死者，況生者乎？"

鄭簡公及其大夫盟於大宮（祖廟）。盟國人於師之梁（鄭城門）之外。

伯有聞鄭人之盟己也，怒。晨，自墓門（鄭城門）之瀆入，因馬師頡（子羽孫）介於襄庫，以伐舊北門。駟帶（子西之子）率國人以伐之。皆召子產。子產曰："兄弟而及此，吾從天所與。"伯有死於羊肆（市列），子產襚之，枕之股而哭之，斂而殯諸伯有之臣在市側者。既而葬諸斗城（鄭地名）。子駟氏欲攻子產，子皮怒之，曰："禮，國之幹也，殺有禮，禍莫大焉。"乃止。

游吉如晉還，聞難不入，覆命於介。八月，游吉奔晉，駟帶追之。及酸棗（今河南省陳留縣）。與子上盟，用兩珪質於河。使公孫肸入盟大夫。復歸。

僕展（鄭大夫，伯有黨）從伯有，與之皆死。羽頡出奔晉，為任（今河北省任縣是其地）大夫。與鄭樂成謀，因趙武伐鄭，不可。子皮以公孫鉬為馬師（鉬，子罕之子，代羽頡）。

十月,為宋災故,諸侯之大夫會,以謀歸宋財。晉趙武、魯叔孫豹、齊公孫薑、宋向戌、衛北宮佗(北宮之子)、鄭罕虎(子皮)及小邾之大夫,會於澶淵。既而無歸於宋。

鄭子皮授子產政(伯有死,子皮知政,以子產賢,故讓之)。辭曰:"國小而逼(逼近大國),族大寵多,不可為(治也)也。"子皮曰:"虎帥以聽,誰敢犯子? 子善相之。"

子產為政,有事(欲使之)伯石(公孫段),賂(厚賜)與之邑。子太叔問其"獨賂"之故。子產釋之以"安大"。

伯有既死,使太史命伯石為卿,辭。太史退,則請命焉。復命之,又辭。如是三,乃受策入拜。子產是以惡其為人,使次己位。

子產使都鄙有章(車服尊卑,各有等次),上下有服(公卿大夫,不相逾越),田有封洫(疆界分明,溝洫縱橫),廬井有伍(九夫為井,五家相保)。獎忠儉,斃泰侈(對卿大夫而言)。

豐卷將祭,請田(田獵)焉。弗許,曰:"唯君用鮮(野獸)。"子張(豐卷)怒,退而征役(召兵欲攻子產)。子產奔晉,子皮止之,而逐豐卷。豐卷奔晉。子產請其田里(不沒收),三年而復之,反其田里及其入(田賦)焉。

子產從政三年,輿人誦之,曰:"我有子弟,子產誨之,我有田疇,子產殖(生產)之。子產而死,誰其嗣(續也)之!"

子產卅八歲

公元前542年　周景王三年　魯襄公卅一年　鄭簡公廿四年

夏六月,魯襄公薨於楚宮(君適楚好其宮,歸而作楚宮)。子產相鄭簡公以如晉,晉平公以魯喪故,未之見。子產使盡壞其館之垣而納車馬焉。士匄讓之,子產答以:"賓見無時,命不可知。無所藏幣,以重罪也。"趙武曰:"信! 我實不德,而以隸人之垣以贏諸侯。"使士匄謝不敏。平公見簡公,有加禮,厚其宴好而歸之。乃築諸侯之館。叔向曰:"子產有辭,諸侯賴之。"

鄭子皮使印段如楚,以適晉告,禮也。

十二月,北宮文子相衛襄公以如楚(文子北宮佗,襄公獻公子),宋之盟故也。過鄭,印段廷勞於棐林(鄭地,今河南省新鄭縣東廿五里),如聘禮而以勞辭。北宮佗入聘。子羽為行人,馮簡子與子太叔逆客,事畢而出,言於衛侯(襄公惡)曰:"鄭有禮,其數世之福也,其無大國之討乎!"

子產之從政也,擇能而使之。馮簡子能斷大事;子大叔美秀而文(其貌美,其才秀);公孫揮能知四國之為,知諸侯之所欲為,而辨於其大夫之族姓、班位、貴賤、能否,而又善為辭令;裨諶能謀,謀於野則獲,謀於邑則否。鄭國將有諸侯之事,子產乃向四國之為於子羽,且使多為辭令。與裨諶乘以適野,使謀可否。而告馮簡子,使斷之。事成,乃授子太叔使行之,以應對賓客。是以鮮有敗事。此北宮佗所謂有禮也。

鄭人遊於鄉校,以論執政之可否,然明請子產毀之。子產不可,曰:"其所善者,吾則行之。其所惡者,吾則改之。是吾師也,若之何毀之?然猶防川,大決所犯,傷人必多,吾不克救,不如小決使道。"

子皮欲使尹何為邑。子產曰:"少,未知可否?愛人以政,猶未能操刀而使割也,其傷實多。"子皮曰:"善哉,微子之言,吾不知也。"

子產卅九歲

公元前541年　周景王四年　魯昭公元年　鄭簡公廿五年

正月,晉趙武、魯叔孫豹、楚公子圍、齊國弱、宋向戌、衛齊惡、陳公子招、蔡公孫歸生、鄭罕虎、許人、曹人會於虢(鄭地,今河南省滎澤縣之虢亭)。

三月,取鄆(春秋魯地,在今山東省鄆城縣東十六里)。魯、莒相爭之地,楚亦介入,故趙武帥諸侯定之。

春,楚公子圍聘於鄭,且娶於公孫段氏。鄭人惡之。子產使行人子羽辭,謝其武裝入城。諸侯之大夫,皆知公子圍之將為楚王。

夏四月,趙孟、叔孫豹、曹大夫入與鄭,鄭簡公兼享之。子皮戒趙孟,為之一獻。趙孟私於子產,以言其故。

鄭公孫楚、公孫黑爭婚徐氏,武鬥。子產放逐游楚於吳,並取得其兄游吉的同意。

六月,鄭簡公及其大夫盟於公孫段氏,罕虎、公孫僑、公孫段、印段、游吉、駟帶私盟於閨門之外,實薰隧。公孫黑強與於盟。子產弗討。

晉平公有疾。鄭簡公使公孫僑如晉聘,且問疾。論"實沈、臺駘為祟",得體,平公厚賜之。且與叔向言公孫黑之將見殺。

楚公子圍使公子黑肱、伯州犁城犨(今河南省南陽縣屬)、櫟(今河南省郟縣屬)、郟(今河南省陽翟縣屬),三邑皆鄭地,以示威脅。子產言其"不害"。子圍行將篡弒。

冬,楚公子圍縊殺楚王郟敖麇,自立為楚王(即楚靈王)。

鄭游吉如楚,葬郟敖,且聘立君。歸,言將受迫害,子產斷其近期不能。

十二月,晉上卿趙武卒於溫(故城在今河南省溫縣西南)。鄭簡公如晉吊,及雍(今河南省沁陽縣東北)而還。

子產四十歲

公元前540年,周景王五年。魯昭公二年,鄭簡公廿六年

春,晉平公使韓起(宣子)為上卿。

秋,鄭殺其大夫公孫黑。尸諸周氏之衢,書其三罪於木。

子產四十一歲

公元前539年　周景王六年　魯昭公三年　鄭簡公廿七年

　　春正月,鄭游吉如晉,送少姜之葬,與晉大夫梁丙、張趯論事大國之難(妾死猶須送葬,不敢不趨應)。

　　齊景公使晏嬰請繼室於晉,因與叔向論齊、晉之已為"季世"(大夫專權,已代公室)。

　　夏四月,鄭簡公如晉,公孫段相,甚敬而卑,禮無違者。晉公嘉焉,賜之州田。

　　秋七月,鄭罕虎如晉,賀夫人,且告楚急。張趯悵望游吉不至。

　　十月,鄭簡公如楚,子產相。楚靈王享之,賦《吉日》。子產乃具田備。

　　　　　　　　　　　　　　　　　　　　子產四十二歲

公元前538年　周景王七年　魯昭公四年　鄭簡公廿八年

　　春正月,許男如楚,楚靈王止之,遂止鄭簡公,復田江南,許男與焉。使椒舉如晉求諸侯,與子產論霸。

　　夏,楚靈王、蔡侯、陳侯、鄭簡公、許男、徐子、滕子、頓子、胡子、沈子、小邾子、宋世子佐、淮夷會於申(今河南省南陽縣北二十里,古申國舊邑)。楚靈王始會諸侯與晉爭霸,楚人執徐子。

　　秋七月,楚靈王、蔡侯、陳侯、許男、頓子、胡子、沈子、淮夷伐吳,執齊慶封殺之。遂滅賴(今湖北省隨縣北)。

　　九月,魯取鄫(今山東省嶧縣東八十里,有其故城)。

　　鄭子產作丘賦,國人謗之,子產不理,所以權時救急也。

　　　　　　　　　　　　　　　　　　　　子產四十三歲

公元前537年,周景王八年　魯昭公五年　鄭簡公廿九年

春正月,魯舍中軍。四分公室,季孫擇二,叔孫、孟孫各一。皆盡征之,而貢於昭公(國人盡屬三家,三家隨時獻公而已)。

楚靈王使令尹子蕩、莫敖屈生如晉逆女。過鄭,鄭簡公勞子蕩為氾(鄭虎牢邑,今河南省氾水縣西門)。勞屈生於菟氏(鄭地,今河南省尉氏縣西北四十里)。晉平公送女於邢丘(晉地,即今河南省溫縣平皋故城)。子產相鄭簡公,會之於邢丘。晉韓宣子如楚送女,叔向為介。鄭子皮、子太叔勞諸索氏(鄭地,今河南省成皋縣東南大索城)。太叔與叔向言楚靈王汰侈已甚,身必及災。韓起反,鄭簡公勞諸圉(鄭地,今河南省杞縣南五十里有其故城)。辭不敢見。

鄭罕虎如齊,娶於子尾氏。晏嬰驟見之,以其能用子產。

子產四十四歲

公元前536年　周景王九年　魯昭公六年　鄭簡公三十年

春三月,鄭子產鑄"刑書"於鼎,以為國之常法。晉叔向詒書責之,子產復以"救世",不遑計及子孫。

六月,鄭災,大火。

楚公子棄疾如晉,報韓子也。過鄭,鄭罕虎、公孫僑、游吉從鄭簡公以勞諸柤(鄭地不詳)。辭不敢見(棄疾有禮,不敢當國君之勞)。固請,見之。見如見王。以其乘馬八匹私面。見子皮如上卿(如見楚令尹),以馬六匹;見子產,以馬四匹;見子太叔,以馬二匹(降等以兩)。禁芻牧采樵,不入田,不樵樹,不采刈,不抽屋,不強匄。誓曰:"有犯命者,君子廢,小人降。"舍不為暴,主不恩賓,往來如是,鄭三卿(罕虎、公孫僑、游吉)皆知其將為王也。

子產四十五歲

公元前535年　周景王十年　魯昭公七年　鄭簡公卅一年

楚芊尹無宇論"天有十日(甲至癸),人有十等(王至臺)"。楚靈王成章華之臺(故址在今湖北省華容縣境內)。欲與諸侯落之(宮室始成,祭之為落)。太宰薳啟疆招致魯昭公蒞楚。

三月,魯昭公如楚,鄭簡公勞於師之梁(鄭城門)。孟僖子(仲孫貜)為介,不能相儀。及楚,不能答郊勞。晉士文伯言,魯上卿將死。

鄭子產聘於晉,問晉平公疾。與韓起論"黃熊"之祟。平公賜以莒之二方鼎。子產為豐施歸州田於韓起。

鄭人相驚以伯有,駟帶及公孫段相繼卒。國人愈懼,子產立公孫洩(子孔之子)與良止(伯有之子)為大夫以撫之,乃止。子產與子太叔論"鬼"之為"歸"。適晉時起亦與趙成言之。

子產語於韓起,以定位逃亡在晉之罕朔(曾殺子皮之弟罕魋)為從甥大夫。

子產四十六歲

公元前534年　周景王十一年　魯昭公八年　鄭簡公卅二年

春,晉平公築虒祁之宮(虒祁,地名,在今山西省絳縣西四十里,臨汾水)。師曠言:"宮室崇侈,民力凋盡,怨讟並作。"叔向以為信而有徵,乃君子之語。

游吉相鄭簡公以如晉,賀虒祁宮成(畏晉,不敢不賀)。

陳亂,冬十一月,楚靈王滅之。

子產四十七歲

公元前533年　周景王十二年　魯昭公九年　鄭簡公卅三年

春,宋華亥、鄭游吉、魯叔弓、衛趙黶,會楚靈王於陳(即今河南省淮陽縣),畏楚威,自動朝見,非盟會也。

夏四月,陳災。鄭裨灶與子產論陳之興亡。

子產四十八歲

公元前 532 年　周景王十三年　魯昭公十年　鄭簡公卅四年

秋七月,晉平公彪卒。鄭簡公如晉,及河,晉人辭之(禮,諸侯不相吊)。游吉遂如晉。

九月,魯叔孫婼、齊國弱、宋華定、衛北宮喜、鄭罕虎、許人、曹人、莒人、邾人、薛人、杞人、小邾人如晉,葬平公。

鄭子皮將以幣行(見新君之贄)。子產語以"必不行",是乃浪費,果如其言。子皮悔之,自謂"縱欲"。敬服子產有先見之明。

子產四十九歲

公元前 531 年　周景王十四年　魯昭公十一年　鄭簡公卅五年

夏四月,楚靈王誘蔡侯般殺之於申。楚公子棄疾帥師圍蔡。

秋,晉韓起、魯季孫意如、齊國弱、宋華亥、衛北宮佗、鄭罕虎、曹人、杞人會於厥憖(當在今河南省項城縣)。欲救蔡也,未果。

冬十一月,楚師滅蔡,執蔡世子有以歸,其後用以祭山。

子產五十歲

公元前 530 年　周景王十五年　魯昭公十二年　鄭簡公卅六年

春三月,鄭簡公嘉卒,將為葬除。子產不能毀游氏家廟,君子稱其知禮,"無毀人以自成"。

鄭定公寧立(簡公子)。

秋,鄭定公如晉,朝晉昭公。

子產五十一歲

公元前 529 年　周景王十六年　魯昭公十三年　鄭定公寧元年

夏四月,楚公子比自晉歸於楚,弒其君楚靈王於乾谿(今安徽省亳縣境內)。楚公子棄疾殺公子比,自立為王。劉子、魯侯、晉侯、宋公、衛侯、鄭定公、曹伯、莒子、邾子、滕子、薛伯、杞伯、小邾子會於平丘(今河南省孟津縣東),八月同盟。

子產、子太叔相鄭定公以會。子產以幄幕九張行。子太叔以四十,既而悔之,每舍,損焉。及會,亦如之(亦九張也,此言子產之適宜,子太叔之從善)。

鄭上御子皮卒,子產哭之痛。楚平王欲行德,歸所侵鄭地。

子產五十二歲

公元前 528 年　周景王十七年　魯昭公十四年　鄭定公二年

晉叔向論晉邢侯、雍子與叔魚同罪:"貪以敗官為墨,殺人不忌為賊。"孔子稱叔向"治國制刑,不隱於親",為古之遺直。

子產五十三歲

公元前 527 年　周景王十八年　魯昭公十五年　鄭定公三年

晉叔向論周景王"樂憂",將不以壽終。

子產五十四歲

公元前 526 年　周景王十九年　魯昭公十六年　鄭定公四年

春二月,晉上卿韓起聘於鄭,鄭定公享之。韓起求玉環於鄭商,子產拒之以禮,韓起愧謝。

夏四月,鄭六卿餞韓起於郊,賦詩見志。子產獨蒙厚賜,以廣其戒韓起"為政必以德"。

秋八月,晉昭公夷卒。

九月,鄭大旱,子產降罰除官"不蓺山林而斬其木"之屠擊等人。

子產五十五歲

公元前525年　周景王二十年　魯昭公十七年　鄭定公五年

秋八月,晉荀吳帥師滅陸渾之戎。

冬,楚人及吳戰於長岸(即今安徽省當塗縣之博望山)。

鄭裨灶言於子產:"宋、衛、陳、鄭將同日火。"請以瓘斝玉瓚禳除之,子產不理。

子產五十六歲

公元前524年　周景王廿一年　魯昭公十八年　鄭定公六年

夏五月,風甚。宋、衛、陳、鄭皆火。鄭人請用玉禳祭,以免再生災情。子太叔告子產。子產曰:"天道遠,人道邇,非所及也。"從容搶救防堵,以殺火勢,並授兵登陴防敵。

子產五十七歲

公元前523年　周景王廿二年　魯昭公十九年　鄭定公七年

鄭駟偃卒。晉人問立其叔父子瑕不立其子子絲之故。子產駁復晉人"專制其位"、干涉鄭國內政。

鄭大水,龍(水蟲)鬥於時門之外洧淵,國人請為榮(祭名),子產弗許,謂為水族之事,與人無干。

子產五十八歲

公元前522年　周景王廿三年　魯昭公二十年　鄭定公八年

楚平王因太子建故,殺其臣伍奢及奢子尚,伍員逃入吳國,太子建奔鄭。

28

鄭子產有疾,與子太叔論為政須"寬猛相濟"之道。一說是年子產卒。

注:

①從鄭定公八年以後,已經不再見子產有任何言行了。

②游吉確是接手做了鄭國的上卿(即相國)。

③鄭定公十三年到晉國朝聘是游吉為相的,論"禮"時稱"先大夫子產"。

④到了鄭獻公十二年駟歂(子產所憎惡的駟乞子瑕的兒子,字子然)已經繼游吉為相國了。

公孫僑大傳

鄭國的祖先,鄭桓公友,本是周厲王的小兒子,周宣王靜的少弟,周幽王宮涅的叔父,可以說是周室的正支。宣王廿二年,友被封於鄭(地屬京北、舊名棫林、和拾,原在今陝西省長安縣東南杜陵)。幽王立,命為司徒(天子六卿之一,掌邦教,管民政),頗受人民的歡迎。但是,友看到了國事日非,犬戎(即西戎之別名,居今陝西省鳳翔縣北境)強大,便把家族遷避到了新鄭(今河南省鄭縣等地),他自己卻不曾逃脫這場災難,由於捍衛周王積極作戰,跟周幽王一道被犬戎殺害在驪山(在今陝西省臨潼縣東南,與藍田縣藍田山相連)腳下了。

周平王宜臼東遷洛陽以後,桓公的兒子武公掘突,孫子莊公寤生,相繼為王朝的卿士,特別是鄭莊公,雄才大略,安內攘外,很有一番作為,居然成為春秋時期最早的"小霸主"(他搶奪禾麥對抗王師,已經不把周天子放在眼裏了)。四世傳到了鄭繆公蘭,同晉文重耳的關係搞得很好,也甚獲商人之助力,因而敗秦、拒宋、抗楚、國勢未衰。不過,繆公以後,由於他的兒孫們爭權奪利,互相殘殺,加之鄭國地處中州,靠近東國的畿輔,不只交通發達商賈雲集,而且樞紐四方為軍事必爭之地,無論齊、秦、晉、楚,哪個大國想要夾輔東周稱霸天下,不首先征服了它是不成功的,正是由於這樣的政治情況和地理條件,才使得鄭國的當權派困難重重,不好做人。子產的幼年,便遭逢的是一個如此混亂的國家。

子產名僑,是鄭繆公的孫子,鄭卿子國之子。原來繆公有十一個兒子:子良(公子棄疾)、子罕(公子喜)、子國(公子發)、子孔(公子

嘉)、子游(公子偃)、子豐、子印、子羽、子然和二子孔。自子豐以上尊
七家,父子相繼執政,權傾中外,在諸侯之中,被稱為"鄭國七穆"。他
們是:子展,公孫舍之,罕氏;子西,公孫夏,駟氏;子產,公孫僑,國氏;
伯有,良霄,良氏;子太叔,游吉,游氏;子石,公孫段,伯石;印段,印氏。
這些公族大夫,奴隸主貴族,在勢位上是不相上下的,內部矛盾愈演愈
烈,如果不是子展、子西,尤其是子產,能夠識大體,顧大局,撥亂反正,
周旋於諸侯之間,恐怕鄭國早就不免於喪亡啦!現在讓我們從鄭繆公
的兒子鄭靈公夷元二年說起,到他的曾孫鄭簡公嘉三年為止,也就是
子產參政前的這一時期,鄭國主要的內憂外患。

鄭靈公夷只立了二年,就因為吃黿肉不准他的弟兄公子宋"染指"
而被殺掉,鄭人又立了他的庶弟鄭襄公堅(《左宣四年傳》)。

楚莊公伐鄭,襄公"肉祖牽羊"(表示願為臣僕)以降,並與楚人合
擊舊盟邦晉軍,敗之於河上(《左宣十二年傳》)。

悼公濆(襄公子)元年,許靈公挑撥鄭、楚的關係,悼公親到楚國解
釋,楚人不理,還囚禁了他的弟弟睔和次卿子國,以憂死(《左成五年
傳》)。

鄭成公睔私與楚共王盟好,晉厲公怒,把他扣留在晉國。鄭人另
立他的庶兄繻為君,成公回國,君繻被殺(《史記·鄭世家》)。

晉(厲公)與楚(共王)、鄭(成公)戰於鄢陵(鄭地,今河南省鄢陵
縣),楚、鄭大敗,共王傷目,宵遁(《左成十六年傳》)。

鄭僖公(惲,成公子)五年,鄭相子駟朝,僖公不禮。子駟怒,使廚
人藥人殺僖公,訃諸侯曰"暴病卒",立其子嘉(年僅五歲),是為簡公
(《史記·鄭世家》)。

鄭國群公子:子狐、子熙、子侯、子丁等,欲為僖復仇。可是,事機
不密,被子駟覺察了,他便先發制人把他們殺掉(《左襄八年傳》)。

簡公二年,晉伐鄭,鄭與晉盟,晉去,又與楚盟,子駟畏誅,故兩親

晉、楚,這樣,鄭國就更疲憊了(《史記·鄭世家》)。

儘管鄭國是這般危急,百孔千瘡,內外交困,子駟卻一方面在國內外採取高壓手段,專擅異常,甚至想妄自為鄭君。一方面又想揚威國外,轉移國人的視聽,樹立自己的威儀。在左襄八年夏,葬完了鄭僖公,而派司徒子國、司馬子耳帶兵侵蔡,雖然師出無名,可是打了一個小勝仗,捉住了蔡國的帶兵主帥司馬(主持軍務的官員)公子燮,大家不免欣喜欲狂,唯獨子產不以為然,子產說:

> 一個小國家,內部還沒有整理好,卻去國外挑釁,縱然打了勝仗,也會招來大的麻煩。因為蔡國是楚國的盟邦,如果楚人發兵前來報復,能不向它低頭嗎?投降了楚國,晉國又會興師問罪,這樣首鼠兩端,實在不好做人。恐怕不出四五年,就會使著鄭國被晉、楚兩個大國交替地來相征伐了,哪裏還有安寧的日子呢?

話雖然說得不錯,可是由於這時子產年事尚輕,不但沒有受到重視,反被子國申斥為"無知多口",說"國家的軍政大計,自有首輔負責處理,用不到像你這樣的年青人來多管閒事,是在自找殺身之禍的。"可是結果呢,簡公的初年,真就遭受著晉、楚的夾攻,國無寧日,就在這一年的冬天,楚公子貞即帥師伐鄭,討其侵蔡之罪,弄得子駟、子國、子耳非常慌張,立刻想要表示降服,可是子孔(穆公子)、子蟜(子游子)、子展(子罕子)卻主張向晉國求救。子駟著急地說:"來不及了!先降服了再說,如果晉軍也來討伐,可以照樣表示降服呢,以後只要咱們準備好了豬羊玉帛分別等候在晉楚的邊境上,誰來了迎接誰,既不開兵打仗,人民少受損失,豈不甚好?"子展不同意說:"這叫什麼辦法?兩面敷衍,信義何在?這就不僅背離了晉國,也會得罪楚國的,何況從實力上看,這時候的晉君(悼公明)賢明,四軍(上,中,下,新)齊備,八卿(每軍二卿)和睦,他們是不會丟棄鄭國的,而楚國則勞師遠涉,糧草難濟,其勢不能持久,怕他做什麼?"子駟不聽,反而說七嘴八舌的解決不了問題:"我是打定主意投降楚國了。一切後果由我承擔!"向楚國投誠以後,還怕晉國見怪,特派大夫子伯騑去作疏通,說:"我國因為聽你們的命令,要整軍經武,隨時征討變亂的地方,現在打了蔡國,捉了他們的司馬,應該向貴國報捷。可惜的是,惹惱了楚國,他們來興師問罪了,焚毀了我們的郊區,長驅直入兵臨城下。我們的老百姓連互相救護都沒來得及,只落得妻離子散,老幼喪亡,人人愁痛,實在受不了啦,這才向楚國投降的。我們也叫沒法兒,只好事後呈報了。"這種外交辭令怎麼瞞得過晉人,知武子知罃便叫行人(負責外交工作的官)子員回復鄭使道:"這話跟誰說呢?既然來了楚兵犯境,為什麼不派人言語一聲就聽人家的了?顯見得是一廂情願的,那麼,我們也就不客氣啦,即將會同各國諸侯前來城下問了明白才算完。"

明年(左襄九年)冬,十月,諸侯果然在晉軍率領之下,圍定了鄭國的四門:魯季孫宿、齊崔杼、宋皇郧的隊伍跟著晉國中軍的荀罃、士匄駐守在鄅門以外;衛北宮括、曹國人、邾國人隨同晉國上軍的荀偃、韓起堵住了梁(也是鄭國的城門);滕國人、薛國人在晉國下軍欒黶、士魴指揮之下紮營在北門;而杞國人郳人,則由晉國的新軍趙武、魏絳率領著斬除鄭國官道上的栗樹,並把大本營設在鄭地氾東(今河南省氾水縣附近),並由統帥部晉軍發出號令說:"修理好武器,準備足糧食,把老幼的士兵送回國,病號傷號集中虎牢治療,以示長期圍困之意。"陣仗這樣大,決心這樣大,小小的鄭國豈有不怕的道理,以子駟為首的鄭國統治集團,立刻聲稱懾服了,可是諸侯的統帥荀罃還不肯馬上答應,說:"照舊圍困著,看看楚國人會不會援助他們,如果來了就打它一仗。"知武子說:"也可以答應鄭人把兵撤回來,分四軍為三分,連同諸侯的精銳,分別迎敵,藉以罷敝楚師,這個以逸待勞的辦法,比匯合在一起作戰還好,戰貴謀而不貴鬥,君子多用點兒智慧,比小人硬拼硬打高明,這是咱們老祖先算計過了的。"適逢諸侯兵也都不想大戰,鄭人既已懾服,便答應他投降了。

這下子等於抄了鄭國的家,他們的六卿:公子騑(子駟)、公子發(子國)、公子嘉(子孔)、公孫輒(子耳)、公孫蠆(子蟜)、公孫舍之(子展),連同他們的大夫門子(卿的嫡子),都跟著鄭簡公出來謝罪了(僅次於左宣十二年其祖父鄭襄公堅肉袒牽羊以迎楚莊王之慘,亦可見鄭之難於立國了)。儘管這樣,以荀罃為首的晉國執政者,還叫士弱立了等於降鄭人為附屬國的"載書"說:"從今以後,鄭國如果再不聽盟主的命令,三心二意地來應付,那就要按照條約的規定,予以處罰了。"盟約如此苛刻,鄭人當然忍受不了。子駟不免也掙扎一下,說:"上天禍亂鄭國,叫我們夾在兩個大國的當中,大國還不講求道義,只憑武力辦事,弄得我們顧此失彼人神不安,老百姓沒法生產,國家困難不已,還沒地方申訴去。因此,我們也要發誓如果鄭國人以禮字當先,有力量足以保護人民時,亦以背盟論處。"這自然是如怨如訴的話頭了,晉人怎麼聽得進去?荀偃說:"你們的說法要改。"公孫舍之說:"誓言是向神發出的,怎麼可以改動?如果可以任意改動,那麼大國的盟約我們也可以不算了!"荀罃見狀便向荀偃建議說:"這回的事,我們實在沒講什麼道義,還要強迫人家遵守盟約,未免過分,總是這樣辦事,怎麼能做盟主呢?姑且答應他們,回去修整一下再來,也不見得收服了鄭國,何必爭此一時,否則各國諸侯甚至包括我們自己的人民,都會背離我們的,那就不止一個鄭國了。所以還是修德息師的好。只要是近悅遠來之後,即使鄭國靠不住也沒關係啦。"於是接受"載書"而還。

　　因為不曾徹底降服了鄭國，是年冬十二月，晉國又偕同諸侯的隊伍入侵鄭國，依舊困住了鄭國的三門，還過了黃河一直打到陰口（在今河南省新鄭縣西），才罷手。晉師退走時，公子嘉（子孔）說："晉國的兵，師老而疲，早就想走了，狠狠地回擊一下，可以大獲全勝。"公孫舍之（子展）不同意，說："算了吧！別再自找麻煩（也是表示信守盟約的意思）。"晉師剛退，楚兵又來，子駟又要實行他的兩面磕頭的辦法，向各國納款。子孔、子蟜（公孫蠆）都說："剛同晉國訂立了盟約，口血未乾，就要背棄，行嗎？"子駟、子展說："我們的誓言本來就說的是'唯強是從'，現在楚國的兵來攻打我們，晉國不敢出頭救援，這證明著楚國強大，我們怎麼能夠背棄誓言不投向楚國呢？何況盟詞各說各的，根本沒有統一口徑，神也不會理睬它。友邦講求的是信義，強迫訂立的條文有什麼約束力，廢棄它算了。"遂又投向楚國，另立新約。

　　這之後，鄭國倚仗楚人撐腰，還神氣了一陣。左襄十年六月，鄭國的子耳率師跟著楚國令尹子囊的大軍進攻了宋國，圍困了睢陽（宋都，在今河南省商丘縣東），又聽受楚人的命令，叫皇耳帶兵攻打了衛國（結果是皇耳被衛俘獲）。秋七月，再同楚師侵入魯國的西郊佔領了蕭地（今江蘇省蕭縣），一直達到了宋國的北郊。子駟等人也不是不知道這種搞法是為虎作倀，最後會自食其果的。按照子展的話是：不能再得罪楚國了，"得罪於晉，又得罪於楚，國將若之何！"這種情況，連當時的別國人都看得很清楚，如魯國的孟獻子就講："鄭國在輕動干戈上表現得太充分啦，他們的執政者一定會招來災禍的。"果然，一交十月，鄭國內部就又發生了變亂，反對政府當權派子駟、子國、子耳等人的尉止、司臣起了事。

　　原來，子駟同尉止很早以前在軍事上即有爭執，出兵打仗的時候，子駟故意減少尉止戰車的數目。尉止在牛首（鄭地，在今河南省通許縣西北）迎擊入侵的敵人有了俘獲，子駟又不准公開報捷，強調說：尉止的戰車還是過多,不合規定,因此抓到的俘虜,也不能上報。這明明是憎惡尉止的豪富,一再加以刁難的行為,尉止自然心中懷恨。還有,子駟為了整理農田,對於司氏、堵氏、侯氏、子師氏,這四個富有的家族,未免有所釐正,把他們佔有過多的部分,匀出來分給田地少的人家。這種做法,本來不能算是不正確的,卻也引起來四族人丁的惱怒。當然,更主要的是子駟身為上卿不能公忠體國,反而和子國、子耳等玩火弄兵招來無休止的外禍,只弄得上下交困民不聊生,國人同憤。五族之眾(四族加尉氏,這裏邊沒有大夫,都是士庶人之屬)便跟左襄八年慘被子駟殺害的子狐、子熙、子侯、子丁的黨徒,聯合到一起造了反,由尉止、司臣、侯晉、堵女父、子師僕帶頭,全副武裝地在冬季的一天清晨,攻入執政者辦公的地點西宮,殺掉了上卿公子騑(子駟)、司馬公子發(子國)、司空公孫輒(子耳),四卿公子嘉(子孔)事先知情得免於難,才十餘歲的鄭簡公也被劫持到了北宮。事變以後,子駟的兒子公孫夏(子西)不加戒備就沖了出來,先看了父親的屍身,然後去追趕作亂的人。尉止等人把北宮劫持一空,比及子西回來披甲授兵時,家人多已逃散,財物亦損失殆盡。子產便不是這樣地張惶失措了。

子產聽到發生了政變,先派好了守衛門庭的武士,再集合起來官吏,封閉了府庫,加緊了巡防,整備齊了武裝部隊,發出了兵車十七輛,戰鬥人員一千二百七十五人,也是看完了父親的屍體,可是立刻就向事變的所在地北宮進攻。這時候公子蟜聞訊趕來,率領著大批武裝協助子產一齊圍攻北宮。結果,以尉止、子師僕為首的作亂者,都叫他們消滅了,只走了侯晉(逃奔了晉國)、堵女父、司臣和尉止的兒子尉嗣,司臣的兒子司齊等逃亡去了宋國。由子孔(公子嘉)作了鄭卿的第一把手。子孔為了專政,一上來就立了"載書"叫群卿諸司各安職守,以聽執政的命令,不得越權干預朝政。蓋其時簡公幼弱,政在諸卿,國事相與議之,不得一人獨決。子孔認為新經禍亂,必須改弦更張,使權柄一歸於己，以免再生變亂也。但是，大夫、諸司、門子，誰都不想聽從，恨得子孔想要大施殺法以樹權威。子產制止了子孔，說這樣樹敵太多，危險之至，不如連"載書"也當眾焚毀了它，藉以安定人心。子孔說："那怎麼成，立這個'載書'正是為了鞏固政權的，如果因為他們不服從就燒掉，不等於誰都說了算，還想國家政令統一，豈不難上加難了嗎？"子產說："應該知道眾怒難犯，獨裁也難辦。風險既大責任也太重。靠著這種道路來治理國家，只有失敗，不會成功的，哪裏比得上燒了'載書'可以安定人心，你也穩穩當當地做你的首輔好呢，專欲無成，犯眾招禍，一定要看清楚它的利害的所在。"經過子產這一勸告，子孔才把"載書"公開燒毀在倉門之外，俾眾周知，人心果然安定了。

從以上記載裏，已經足以說明子產的智慧非凡，確有遠見啦。他的父親子國由於不聽他的建議跟著子司專權弄勢，結為死黨，不只招來了諸侯的兵禍，自己也丟掉了性命完事。更使人驚歎的是變亂發生之後子產的指揮若定，有條不紊，卒能報仇雪恨保家衛國，比起子駟的兒子子西來真不知道要勝強多少倍，尤其是力勸子孔燒卻"載書"一舉，既安定了人心也止息了禍亂，而"專欲無成，犯眾招禍"之言，又深中了子孔存心專擅的要害，真是一位富有經驗的青年政治家。因為子孔比起子駟來，也好不了多少，簡直可以認為是"一丘之貉"。譬如，子孔作了相國以後，同樣想要自立為君，也是經過子產的諫靜才死了這條心的。《史記·鄭世家》說："子孔使尉止殺相子駟而代之，子孔又欲自立，子產曰：子駟為不可，誅之，今又效之，是亂無時息也！於是子孔從之而相鄭簡公。"不過，這一時期，鄭國的外患可真是夠招架的，兩面的"磕頭主義"（從子駟開始的）並沒有行得通：既得罪了晉國，又得罪了楚國，國家也弄得民窮財盡疲敝不堪，雖然子駟等人被清除了，外來的侵略照舊有加無已。就在這削平尉止之亂的當年，晉國又率領諸侯之師進入虎牢（地在今河南省氾水縣西北，原為鄭之制邑）和梧城，並且分別由諸侯之兵以及晉國的名將士魴、魏絳等人鎮守起來,逼得鄭人又不得不向晉國請降。可是楚國的大軍也發來了,晉人不敢與楚對抗,卻想趁機會專擊鄭師。荀罃說:"不可,我們實在擋不住楚兵,又不能保護鄭國。鄭國有什麼罪呢!不如留著這個討厭的問題,以後再解決,如果一動手,楚國定會出頭幫助鄭國,仗打不勝,豈不為天下諸侯恥笑!不如退兵萬全。"於是兩下都未交鋒。僅由諸侯之師侵掠了鄭國的北部,便各自退還。

左襄十一年夏四月,晉悼公又會同魯侯、宋衛、衛侯、曹伯、齊世子光、莒人、邾子、滕子、薛伯、杞伯、小邾子等十一國諸侯伐鄭。秋七月,同盟於鄭國亳城(今河南省商丘縣附近)之北,經過的情況是這樣的。

鄭國連年困苦於晉楚的侵凌,執政的大夫們商議如何才可以長遠避免兵禍,大家認為,"由於不能只同晉國真誠地友好下去,才使著國家接近於滅亡。當前的形勢是,楚國到底比晉國弱一些,晉國對我們並不趕盡殺絕。如果設法激怒一下晉國,讓他們興師再來,楚國跟著也會來救援我們的,這樣就可以轉移晉國主攻的目標,使著楚人首當其衝。只要楚國不敢敵對晉國,我們就能夠死心塌地地站在晉國一邊了。"子展說:"我們去找宋國的麻煩,諸侯一定救援,他們來了我們就同他們講和,等到楚師趕來,我們也向楚人請罪,晉國得知,必然大為震怒衝擊而來。估計楚人卻辦不到,這時候我們再堅決鞏固和晉國的關係。如何?"大夫們覺得子展說的在理,便嗾使邊將侵擾宋境,宋人派出大將向戌迎敵,取得了勝利。子展說:"我軍可以進攻宋國了。我一伐宋,諸侯兵來打接應的必定很快。我們就先聽諸侯的,並把情況向楚報告。楚人一到,我們便跟他們結盟,另一方面卻送給晉師以大量的寶器財貨,以下情告稟。這樣,就可以解除晉楚夾攻之苦了。"

是年夏,鄭子展為了招致諸侯率師侵宋。四月,諸侯果然出兵伐鄭救宋,齊太子光,宋向戎先到了,圍住了鄭國的東門,當天晚上晉國的荀罃也帶兵進佔了鄭國的西郊和鄭的新邑舊許國的西南部(今河南省許昌縣附近),衛孫林父入侵了鄭國的北郊。六月,諸侯會師於北林(今河南鄭縣東南)及向(今河南省洧川縣西南)。北行而西駐紮在瑣地(今河南省新鄭縣北)。圍鄭,北門之外大顯軍威。於是鄭人表示了懾服。秋七月,與諸侯同盟於亳。晉國的范宣子說:"這回可不能再馬馬虎虎的了。諸侯為了鄭國已經疲於奔命,再不在盟書上講清楚條文,各國將不聽我們的號令了。"盟約上寫道:"凡是我們同盟的國家,必須彼此互助救災恤鄰,不能獨享生產出來的物資,也不許藏匿逃亡的罪人,犯了錯誤要急速改正。大家同心協力地扶助周室,犯有違悖神人共誅之,叫它國亡家破宗族滅絕。"這誓言是夠厲害的了,但兵禍還不曾就完。楚國尚有文章,令尹子囊雖然感到自己的兵力不足以敵諸侯之師,卻派人和秦國聯繫,請求出兵一同伐鄭。秦人答應了,使右大夫詹率領秦兵援助楚國。鄭簡公又慌了,迎上前去聽命伐宋。九月,諸侯之師第一次全部出動齊奔鄭國而來。鄭人不得不派大夫良霄、大宰石㚟到楚國去告急,說:"沒有辦法,我們只有投向晉國了,否則國家存亡難保啦! 如果你們不同意,請能以犬馬玉帛向晉國贖買,或是大顯武力使著晉國懾服,都是我們求之不得的事。"這是鄭人看透了楚國不行,比較孤立,所以才語帶譏諷以求解脫,鄭人這種翻手為雲覆手為雨的詭滑態度雖不足取,可是楚人老羞成怒竟然把行人(外交官)良霄關了起來,這就不僅僅違背了國際的慣例,也更堅定鄭人投向晉國的決心了。

諸侯之師擺開陣勢,再度炫耀軍容於鄭國的東門,鄭人也使王子伯駢加盟於各國諸侯。晉國派了趙武入城向鄭簡公表示盟好成立。冬十月,鄭國再派子展出城向晉悼公拜賜盟好,十二月晉悼公大會諸侯於蕭魚(鄭地,今河南省原武縣東),以示三駕(親征三次)功成,收服鄭國。楚人不敢與之爭霸。他宣佈:釋放鄭國的俘虜,以禮相待;撤出警衛部隊,以示親信無猜,嚴禁士兵侵掠,藉以體恤人民。並使叔肸須告於諸侯,都要這樣去做。魯襄公使臧孫紇對叔肸說:"小國犯有罪愆時,應由大國來聲討,只要大面上說得過去,就加以寬恕,這是在講求德義,我們自當遵辦。"鄭人為了表示崇敬,送給晉悼公三位樂師(悝、觸與蠲),廣車、軘車、淳(耦也)車十五輛,連同駕馭它們的甲兵,共是兵車一百輛,還有歌鐘二肆(卅二枚、一肆十六枚)及其他鐘磬等樂器,另有女樂十六人。對於鄭國來說,到現在才算真個解除了晉、楚兩大國雙方面的威脅,而一心一意地接受晉國的保護了。問題在於,唯晉人之馬首是瞻以後,也安定不了,因為晉人是盟主,東征西討地伐許,伐齊、伐秦、楚,都缺不了這個"附屬國"。

　　子產這個時期雖然還未參政,他的言論行動卻在鄭國很有影響。例如:左襄十五年三月,由於在鄭國作亂的尉止、司臣的餘黨、堵女父、尉翩、司齊等人逃亡在宋,鄭人便以乘馬一百六十匹,連同師茷、師慧兩名樂師買通了宋人,要求送他們歸案,司城子罕答應了,良司臣心中不忍,把他們放了,並托季武子給以照看,讓他們居在卞邑(魯地,今山東省泗水縣東五十里有它的故城),鄭人還是要去殺他們,殺害以後製成肉醬,這就是為了給子西(子駟的兒子)、伯有(子耳的兒子)和子產(子國的兒子)報父仇的原故。這個報復性的行為,當然做得太過,在春秋時是比較罕見的,但我們不能忘記,堵女父等三人乃是造反的士庶人,而且,如果鄭人不投入晉國的懷抱,也不會抓得到他們的。因為蕭魚的盟約上說得明白:諸侯彼此不允許收容逃亡在外的罪人。這一對立的情況,反映到被交換的樂師師慧身上了。師慧到了宋廷,忽然要解小手,領路的人對他說:"這是宋國的朝廷。"師慧說:"不像,沒有人麼。"領路的說:"的確是宋國的朝廷的所在,怎麼好說沒有人呢?"師慧說:"定是無人,不然的話,怎麼會拿千乘大國宰相的身份,來交換像我這樣一個供人玩樂的雙目失明的樂師哪。一定是無人！"含沙射影，皮裏陽秋，師慧這裏自是在譏笑宋國的上卿子罕的。子罕聽到以後，很是覺得慚愧，連忙把師慧送回了鄭國。

這件事，子產雖未公開露面，也不能不說跟他有相當的關係。因為，當日他是三家苦主之一，又是率先討伐變亂的人麼。這些，還只是子產在鄭國內政上的影響，其實就是在外交方面，也不是沒有子產的作用的。子孔的國際關係，走的是"晉國路綫"，晉、鄭"同宗"，不比楚是"荊蠻"，何況兩國又是鄰邦呢。這從子產當政之後的許多對外活動，就可以得到印證。不過，鄭國乃是一個多災多難的國家，外患剛剛得到解除，內部的矛盾，貴族中的權力之爭又爆發出來：鄭簡公十年（左襄十九年秋），鄭人認為子孔專擅，既在九年前教唆尉止等殺了執政大臣子駟、子國和子耳。又在二年前招致了楚師入侵，直至純門之下，兩罪俱發，無所逃避，子孔雖然事先有所準備，動員了自己的甲兵，還跟子革、子良兩家的武力聯合起來，以圖自衛，可是抵擋不住以子展、子西為首的國家部隊的攻擊。結果，子孔被殺掉，子革、子良逃亡到楚國（子革後來做了楚國的右尹，是僅次於首輔令尹的重要官職），子孔的家私則為子展、子西所分掉，並由子展做了上卿，子西輔佐聽政，子產也被立為卿，開始參與了政府的活動。子產參政不久，即正面展開了外交工作。左襄二十二年夏，晉平公要求鄭簡公前來朝聘，簡公既使子產對答未能及時盡禮的緣故說：

在大國的先君悼公九年時，我國簡公繼統才八個月，即由大夫子駟陪同朝聘了悼公。可惜的是，當日未蒙以禮相待，我們因為心裏不安，才在第二年六月又去朝聘了楚國的，大國因此對我們發動了戲地（今河南省內黃縣北）的戰爭，這個時候楚人對我們依舊很講求禮法。如果我們全聽大國的，那就會招來大的災禍,所以公開宣稱:晉國並未以同等地位對待我們,我們不能對楚懷有二心,於是先大夫子蟜,又隨同簡公朝聘了楚國。這是簡公繼位第四年三月間的事,因而再招來大國的蕭魚之討,責問我們。跟大國是近鄰,又是同氣連枝的兄弟之邦,自此以後,哪裏還敢有半點差錯呢?楚國既已不來爭競,我國君遂盡其所有,包括宗廟裏頭的禮樂之器,都貢獻出來以求盟好,而且還帶領群臣朝夕伺候著,直到一年終了。回國之後,又把心向楚國的臣子石盂、子侯解決,我們兵敗於湨梁(地名,鄭國境內)的第二年(左襄十七年),公孫蠆已經老了。由他的兒子公孫夏陪同簡公到晉,再次朝聘了平公,嘗到了新酒,參與了祭享。又隔了兩年,聽說平公將要綏靖東夏(今河南省商丘縣),指左襄二十年澶淵之盟而言,早動身了兩個月,在四月中間就打聽盟會的日子啦。此外,即便沒有軍戎大事的時候,我們也是年年派人聘問,事事躬親參與,只是因為大國政令無常,我們也疲病不堪,才懼怕於突然的召喚,而無日不在準備之中,豈敢忘掉自己的職守所在? 如果大國的政情真個安定下來,我們會朝夕在你們的朝廷裏聽候驅遣,哪裏還用派人來找啦! 如果聽到的只是一些責難的話,一點兒也不照顧我們的困難,則將不堪任命,變成仇敵了。我們最怕的是這種情況的產生! 決不敢違抗使命,推三阻四的。請你們認真地察考一下到底該怎麼辦。

從子產這一席話裏可以反映出來春秋當日霸主的威權赫赫了,生殺予奪唯我所欲,簡直就是天子一般,如果你不聽他的,他便討伐,你聽他的,就得哪時叫哪時到,不但軍隊給養要由自己承擔,還要按年朝聘,缺了即是罪名。不用說,向霸王交納的聘禮,也是非常重的了(可以認為是變相的貢賦)。這裏鄭國對晉國趨應的不遺餘力就是一個例證。蕭魚之盟以前的事,不用再絮聒了,上面已經講過,以晉國為首的諸侯左一次興師右一次動眾,直到打得鄭國抬不起頭來,投降認輸算完,蕭魚之盟以後日子也好過不了許多,這不又找上門了嗎? 要不是子產善為說辭,恐怕逃不了一頓打。其言有理有力有節,就在今天也要歎為觀止的。有理的是:以事實證明鄭國在任何方面都是全力以赴的,未嘗虧待晉國。倒是晉國吹毛求疵蠻不講理,從晉悼公在世就未嘗平等待人。何況晉國現在又政令無常今非昔比了呢? 當然,同時也就有力地明白指出,不要逼人太甚,一點兒都不體恤,因為它有悖盟反目、轉友為敵的可能。這自然是軟中有硬成心將軍,最後還是把話拉了回來,說我們鄭國是最怕搞壞關係的,本心依舊是奉晉國為盟主,務請三思為幸。它還表現在,跟著就寄書給晉國上卿范宣子,希望削減朝聘時貢獻財賄的數量,那是襄廿四年春二月,鄭簡公去晉國修好之時。信是由陪同簡公朝聘的子西帶到的。其書曰:

　　您現在是晉國執政的上卿,可是諸侯們聽不到有什麼可以稱頌的德政,只知道索要聘問的財賄那分量是特別重的,實在令人遺憾! 我聽說賢明的當政者,不怕少進財賄,卻擔心沒有好名聲,如果一國的諸侯,廣聚財物,唯利是圖,則別國的諸侯便會對他離心離德。如果您喜愛的是這個,則晉國人對您就懷有二心了,諸侯都不聽晉國的,晉國就完啦。晉國人不聽您的,則您自己就沉沒了,那時財賄還有什麼用呢? 但好聲譽,卻像載運德行的車輛一般,簡直是立國的根本,有了這個基礎,什麼時候都壞不了事,為什麼不注意講求它哪? 因為德名已立,人自快樂,快樂於此,自可以望長久遠。《詩·小雅》說得好:"凡是樂美道德的君子,都是國家的柱石。"

因為他們的聲譽好麼。《詩·大雅》也說:"有上帝在監視著你,可不能懷有二心呀!"似這樣地誠惶誠恐,更會有好名聲了。一切事都替別人多想想,辦出來以後才會是受歡迎的,到處口碑載道,因而近者悅遠者來了,所以我才斗膽把這個意見提供給您。您是處處都照顧我讓我得以生存的人。您怎麼可以說您是在索取我的財賄藉以自肥的呢!打個比方說:大象就是因為生了長牙才害了自己的性命的。

這信寫得多麼好哇:通情達理,委婉動聽,而更主要的是從愛護收信人出發,尊重其地位,曉之以利害,由邦國及身家,都給聯繫到了,最後還要含蓄著表示自己也承情領謝之意,不卑不亢,完全符合"君子之愛人也以德"的當代社會道德(骨子裏卻是反對"政以賄成"和以大凌小的)。范匄怎麼會不聽從呢,立刻減輕了鄭國聘問的財物。這是文事,還有武功。《左襄二十五年傳》云:

襄廿三年時,陳人會同楚人入侵鄭國,把大路上阻礙行軍的井泉和樹木都給填塞砍伐了,鄭人非常怨恨這件事。所以在廿五年六月,由子展、子產兩人率領著兵車七百輛討伐陳國以示膺懲。一個拂曉突擊就攻進了陳國的首邑。陳侯聞訊急忙扶著太子偃向郊外的墓林逃避,路上碰到了司馬桓子的車。陳侯說:"把我們送走。"桓子說:"不行呀,我正在巡查城防。"又碰上了大夫賈獲的車,車上坐的是賈獲的母親和妻子,賈獲便叫她們下來把車讓給陳侯、太子坐,陳侯說:"你母親也一道走吧。"賈獲說:"不像樣子(意謂男女不當無別,且有君臣之分也)。"跟他的妻子一同扶著母親走路,都避開了兵禍。子展進城以後,不准部隊打擾陳宮,同子產兩人親自守衛著宮門口,以禁掠奪。陳侯派司馬桓子獻出來宗廟的祭器,陳侯免喪服、擁社(抱神主),以表示降服的屈辱的儀式,只讓他的男女臣工分別囚繫以待處理。子展拿著捆人的繩索回見陳侯,再拜稽首,吃了他奉獻的酒,也舉杯回敬了他,以示不失臣禮。子產進入宮廷,只查點了一下囚禁的人數就走了出來,表示不會抓他們回鄭國,並且為陳國的宗社拔除了不祥,叫他們的司徒安定了居民,司馬整理了兵符,司空清查了土地,方才凱旋歸國。

這一仗之所以大獲全勝,不但由於師出有名,反擊侵略者,藉以重振軍威,而且更在於不為已甚,以禮相待,只要人家低頭降服了就算完了,簡直可以稱為"仁義"之師了,從始至終,全綻露著子產的允文允武、聰明才智,這從子產獻捷於晉的一番言語也可以看得出來。秋七月,鄭子產向晉人報告入陳之功,自己雖然是個文官,卻全副武裝地召見晉人。晉人是盟主,鄭國伐陳,事先並未請示,事後卻要報功,豈有不吃味兒的道理,所以反而責問子產:"陳國犯了什麼罪?你們去討伐它!"子產說:

　　古昔,帝舜的後人閼父,在咱們的祖先周武王時,做過掌管製造陶器的官,咱們的先王因為他能給人民燒製出來有用的器物又是大舜的後代,便把自己的長女大姬,跟他的長子胡公結了親,並封胡公到陳地(今河南開封縣以東,安徽省亳縣以北皆其國境,首府為宛丘,即今河南省淮陽縣)作為諸侯,連同被封於杞(今河南省杞縣,即雍丘舊地)的夏代之後和殷(今河南省商丘縣南,江蘇省銅山縣以西,皆其地)的商代之後宋國,叫做"三恪"(恪,敬也,不忘先代之意)。論起來跟咱們乃是甥舅之邦,始終相依為命的。傳到了陳桓公,陳國亂了,他死以後,蔡應想要立出身蔡姬的厲公繼承諸侯之位,鄭國的先君莊公卻讓桓公的弟弟五父佗代立,蔡人把他殺掉了,我們的先君莊公又和蔡人一道奉戴了厲公,下到陳莊公、陳寧公,都是厲公的兒子。後來,徵舒殺了陳靈公,靈公的兒子成公逃亡到了晉國。又是咱們晉國和鄭國,把成公送回陳國鞏固了他的地位,這是你們也清楚的事。現在陳國不但忘掉了周室對它的大恩大德,也把我們鄭國對它的好處置於腦後,丟棄了親戚關係,引著楚國人來入侵我國,真是意料不到的事。所以我們在前年,才請求你們派兵支持,可是你們未作理會,聽任他們打到鄭國的東門,一路上還把阻礙行軍的井泉儘量堵塞,樹木大部分砍倒。我們於震驚之餘,認為如果再容忍下去,將要不堪設想,同時也侮辱了太姬,這是上天給我們的勝利,叫我們自衛還擊取得勝利。然而,事情不能做得太過,只要陳國認罪服輸就完,所以我們才敢向你們報功。

這段話的主題,是陳國犯的乃是侵略鄭國之罪。我們打的則是自衛反擊之戰,報告你們,你們不理,我們才自己動手的。既然取得了勝利,話就好說多了,因此子產對於晉人的第二問:"為什麼侵淩小國?"就回答得更有力量了,子產說:

"先王留下的指示是,所謂討伐戰爭,應該問的是這個國家有沒有罪,並不管它的大小。如果按照你們的標準看問題:昔日天子是地方千里的,諸侯皆方百里,等而下之還有七十里的、五十里的。可是現在晉國已經是地方數千里的大國了,請問,如果不是兼併小國,這些土地是從哪裏來的呢?"晉人被搶白得無話可講,又改換個題目問:"為什麽全副武裝來見?"

子產說:

我們的祖先,鄭武公、鄭莊公做過周平王、桓王的卿士。晉文公在城濮(今河南省,陳留縣,當時為衛地)打敗楚國爭得霸權以後,發佈命令說:"各復舊職。"叫我國文公要以武力輔助周王,報告對楚作戰,取得了勝利。今天我這樣做,不過是為了不敢不聽周王當時的命令而已,哪裏會有別的意思!

晉國的代言人士弱,怎麽也問不倒子產,只好把這種情況報告給上卿趙文子武。趙說:"人家說的都在理,我們不好再難辦啦。接受這一獻捷舉動吧。"這一年的冬季十月,子展又陪同鄭簡公到晉國,面向晉平公道謝他批准了伐陳之役。子西則重行帶兵到陳國,使其正式投誠以竟全功。孔子聽到了這件事,便讚美地說:"古書上說得好:言辭是用以表達心意的,文字又是補充言辭的不足的。有話不說,誰知道你心裏想的是什麽? 可是說得不全白,不透徹,也很難傳於久遠。晉國霸主鄭國卻攻進了陳國,取得勝利。如果不解釋清楚,豈不是個大麻煩,可見文辭的重要了。"樞機之發,榮辱係之,子產的這一應付,真是絕妙的辭令:首先是指出來國家和鄭國的祖先,說晉國同鄭國的關係從來就是平等的,東遷之初,鄭國還有特殊的貢獻,在對陳國上也是一樣,你們頂好少搭霸主的架子,何況這回伐陳又根本怪不得我們!雖然取得了勝利,卻不曾抓一個俘虜,佔一寸土地,殘害陳國的人民,辱沒親戚之邦呢。包括戎裝獻捷在內,處處都佔理兒,還怪士弱辭窮,趙武認輸,都連孔子也喝彩嗎？其結果,自然是子產應受上賞了,但是,子產異常謙虛,全把功勞推給子展。

左襄二十六年三月,鄭簡公賞賜入陳之功,燕享以後,賜給子展以"先路"之車、"三命"之服(都是請命於周天子以後,所賞賜的乘車、命服)和與"八邑"同等的俸祿,賜給子產以"次路"之車、"再命"之服和與"六邑"同等的俸祿(比起子展已經是降一等了)。可是子產還是辭謝"六邑"之賞。他說："賞賜是有等級的,從上至下,順序減少,方才合於禮數。我在朝廷的班次是第四位(上卿子展,亞卿子西,再次為良霄,故云),實在不敢越級。何況功勳全是子展的,我並沒有做什麼,請辭'六邑'之賜。"鄭簡公不答應,強迫子產接受。子產不得已,接受了"三邑"(位次當受"三邑",以簡公硬給,多接受了"一邑")。公孫揮稱道說："子產快要參與國家的大政了,謙遜知禮！"

按春秋之世,變亂非常,臣弒其君,子弒其父,以及親戚兄弟為了爭權奪利互相殘殺的事,史不絕書。鄭國地處中州,它的內部就是一個亂的典型。子產獨能"禮讓為國",不慕榮利,這就不只是"法先王,嚴等級"的問題了,欲挽狂瀾,以身作則,對於安定社會秩序,裨益人民生活,是有一定影響的。另外是,在這一階段裏,子產和子展、子西,以及其他公族大夫是合作得相當好的,所以鄭國在軍事上、外交上才取得了一些勝利。《左襄廿五年傳》云：

子產向然明詢問為政之道,然明回答說："看待老百姓如同自己的子女一樣,遇到殘暴不仁的官吏,就殺掉他莫要手軟,好像老鷹追擊小雞似的便行了。"子產聽了很為讚賞,並把這話說給了子太叔道："過去,我只看見了蔑(然明的名字)的外表,現在才認識到他的心地善良了。"

　　這說明子產參加政府以後，虛懷若谷毫不驕矜，並且能夠更進一步地留心國事，廣為諮詢，以發現才能之士而心中高興。同時他還非常注意培養行政幹部，藉以改革吏治鞏固政權，如對於子太叔（游吉）的不斷誨誘，和對於子西（公孫夏）的遇事斟酌相觀而善。

　　子太叔請問子產，如何才能搞好政治，子產說："它跟農民生產糧食差不多，必須是朝思暮想，日夜琢磨，怎麼樣開始耕種，怎麼樣進行收穫，還要按照計畫辦事，想到就做，像老農夫一樣不失農時該幹什麼就幹什麼似的，這樣就可以少犯錯誤了。"他這不正是一種講求實效敬事而信的精神嗎？

　　這一年的冬天（左襄廿六年），楚人會同陳人、蔡人入侵鄭國，擒獲了鄭國積極防守邊邑的將領皇頡，把和皇頡共同防守麇地（今湖北省鄖縣是其舊邑）的印堇父囚禁起來送給了秦國（此際秦楚聯合以抗晉），鄭人打算用印堇父的家財去秦國贖取麇。這個時候，子太叔主持外交工作，向子產請示是否可行，子產說："一定贖不回來。秦國怎麼會用楚人送去的俘虜到鄭國來換取財貨呢，那算什麼國家！我們如果客氣地說：感謝你們的幫助，使我們少受了損失，這樣才行。"子太叔等沒按子產的吩咐的話去辦，果然碰了秦國的釘子，直到改稱財賄為聘禮，再去說項，才把印堇父領回，又一次證明了子產的知己知彼，和巧於外交辭令了。

　　此際，由於鄭簡公對盟主晉平公特別恭順，一有盟會，便率先趕到開會地點候駕，又按時去晉國朝聘問安，博得了晉人的歡心，遇事照看，楚人也很少來找麻煩。但是在壇坫之間出使之中，子展和子西兩人，卻只會阿諛奉承，比起子產的不卑不亢，獨具風骨，淵雅機智，肆應得體，就不可同日而語了。像楚靈王圍那樣的驕橫，都不能不顧及子產在鄭，而聽任宋、鄭、魯、衛不去趨應（見《史記・楚世家》），這是因為子產有進有退，善於揆情度勢，即在軍事上也是一樣。例如襄廿六年十月，楚人伐鄭，鄭人準備抵抗，子產說："晉楚即將媾和，諸侯也要相安一時了。楚康王不過是趁此機會先表演一番，藉以示威罷了，未必有什麼大舉動。我們不如暫時放縱他們一下，日後也好說話，何況仗一打起來，又使著我們國中怙勇好利的人，得以肆無忌憚地擴大事態，對於國家實在沒有什麼好處，不如採取不敵對的辦法。"子展認為子產的話對，便決計不抵抗，聽任楚人侵入南里（鄭邑），折了城，涉過樂水一直進軍到鄭國的梁門，只捉了九個人就回師南旋了，鄭國並沒有受到大的損害。又過了不到一年，在宋國向戍的倡議下，以晉、楚為首的列國諸侯，便舉行了弭兵大會（左襄廿七年春）。

　　晉國上卿趙孟參加弭兵會後，自宋歸國，鄭簡公帶同六卿在垂隴（鄭地）設讌招待他。趙武說："你們幾位（指子展等而言）同國君一同來款待我，這是我的光榮。請都唱給我《詩》，借為鄭君讌享添色吧。我也可以從而領教諸位志趣的所在。"子展首先賦《召南‧草蟲》："未見君子，憂心忡忡。亦既見止，亦既覯止，我心則降。"尊趙孟為君子，深致景仰之意。趙孟說："好哇！在上位不忘降心於下，可以做老百姓的主事人了。但是，稱我為君子，我卻愧不敢當！"接著，伯有賦《鄘風‧鶉之奔奔》："衛人刺其君淫亂，鶉鵲之不若，義取'人之無良，我以為兄，我以為君'也。"蓋伯有有嫌君之意，趙孟說："枕席間的話，不出門戶，何況拿到街面上說，這是不應該叫人隨便聽到的！"子西賦《小雅‧黍苗》的第四章："肅肅謝功，召伯營之。列列征師，召伯成之。"比趙武於召伯。趙孟說："有我們的晉君在上領導著，我有什麼德能可講？"子產賦《隰桑》是《小雅詩》："既見君子，其樂如何？"意取盡心從事也。趙孟說："請讓我接受其最後一章：'心乎愛矣，遐不謂矣！中心藏之，何日忘之！'"表示不敢忘懷，並且希望子產經常幫助。子太叔賦《鄭風‧野有蔓草》："邂逅相遇，適我願兮。"趙孟說："承你看得起，感謝！"印段賦《唐風‧蟋蟀》："無以大康，職思其居，好樂無荒,良士瞿瞿。"言戒慎其儀禮,不敢怠慢之意,趙孟說:"好哇!用此可以保家,我有希望了!"公孫段賦《小雅‧桑扈》,義取君子有禮文,上天會賜給福蔭的。趙孟說:"匪交匪敖,福將焉往?"如果能夠樸實虛心,不驕不躁,還怕沒有後福嗎?讌享結束,趙孟向叔肸說道:"伯有要有殺身之禍了!《詩》是藉以表達自己的思想感情的,存心誣衊君上,還要公開說出口來,作為待客的樂歌,這種人豈能久於人世,後死為幸!"叔肸說:"是的,良霄已經夠驕罔了,不出五年,一定有事。"趙孟說:"其餘諸人,都可以綿延家室直至幾代的。"子展就有後福,在上不忘其下麼,其下是印段,樂而不荒;與民同甘苦,不為所欲為,這不應該福祿綿長嗎?"

這簡直是春秋時代,外交活動中,士大夫賦詩以相會的典型事例。孔子說:"不學《詩》,無以言。"(《論語‧季氏》)"誦詩三百,授之以政,不達;使於四方,不能專對。雖多,亦奚以為!"(《論語‧子路》)就是根據此類實際狀況立論的。當然,從這一應對中,霸國上卿的勢焰,小國大夫的逢迎,以及鄭國執政者的陣容,特別是將有變亂的種種,也都綻露出來了。另外,諸如此類的察言觀色,調查研究工夫,子產則是更為擅長的。左襄廿八年秋,蔡侯自晉歸國路過鄭地,鄭簡公會見招待了蔡侯,蔡侯卻傲慢不敬,未照禮節辦事。蔡侯走後,子產批評他說:"蔡侯要有災難了!前些日子他去晉國路過此地,我君派子展到東門外迎送時,他就神氣十足地目中無人。子展回來同我說起,我當時還認為他會改正的,回國這一次,則是我君親自出來接待,他還是那樣的簡慢,可見病根已經很深了,一個小國之君出來趨奉大國,還拉不下架子來,總是旁若無人,還能夠獲得善終嗎?如果他的不得好死,動手的一定是他的兒子,因為他早就不君不父了,淫亂到了自己兒婦的人,據我聽到過的,很少不遭受兒子的禍亂的。"(左襄卅年,蔡侯固果為其世子般所弒。)這並不是子產有什麼"先知"的妙術,他只不過

是政治經驗豐富善於分析事理而已，在這一方面，子太叔（游吉）也
是好樣的。

　　宋國向戌發起的弭兵盟會（左襄廿七年秋）有一條規定：為了表示
友好，晉、楚兩方面的諸侯，要相互朝見，齊侯、陳侯、蔡侯、北燕伯、杞
伯、胡子、沈子、白狄朝晉；宋公、衛侯、鄭伯、曹伯、薛伯、莒子、邾子、小
邾子、朝於楚。蔡侯去過晉國之後，鄭伯也打發游吉代表他南下楚國
報聘，亦可是被拒絕了，楚靈王認為晉、楚匹敵，既然他已經讓蔡侯朝
見了晉平公，晉平公就該也讓鄭簡公到楚國來，只派卿大夫代替，這是
成心小瞧他，所以不能容忍，不過游吉卻回答得好。游吉說：

　　　　在宋國的盟會上，大國為了能使小國修養生息，安定其
　　社稷、人民，這才同意弭兵的。這也未嘗不是您所頒佈的法
　　令和為我們特別期待著的事，如今鄭國因為遭受乾旱，人民
　　饑餓，才使鄭君不能離位出國，不得不派我帶著禮物前來問
　　候的。如果你認為我代表不了鄭國，必須鄭君拋開職守，跋
　　涉山川，蒙受霜露地前來報到，您才高興，那麼，我們也就只
　　好遵命了。不過，它跟盟約的精神，恐怕就不盡相符啦，也要
　　相當地影響您的德望的。

　　楚靈王意氣用事的結果，雖然迫使鄭簡公不得不親自走一遭，可
是他的飛揚跋扈，不恤諸侯，卻也暴露得夠充分了。而游吉的軟中有
硬，善為說辭，變相地數落了楚靈王一頓，則稱得起是"不辱君命"的。
游吉對楚王的此類行徑還有估計，回到鄭國他向子展滙報說：

　　　　楚靈王將不久於人世了！內政上不講求德惠，對諸侯一
　　味凌暴以快己意，這樣的人還能福壽綿長嗎？《周易·復卦》

斷得好:"在復之頤"曰"迷復凶"(此為極陰反陽之卦,上處極位,更無所往,所以叫做"迷","迷"而失道,遠而無應,前途必凶也)。楚靈王正是如此這般的,想要鄭君入朝而不修德業只憑壓力,走投無路,復返亦難,這事還不兇險嗎?我君儘管前去,等於給楚國送葬啦。同時,楚人沒有十年廿年的工夫,也談不上存恤諸侯,從今以後,我們樂得與民休息。

九月,游吉又到了晉國,把楚靈王硬要鄭君朝見的事,通知了晉平公,而由子產陪著鄭簡公入楚。到了楚國的郊區,子產不按封土為壇以受郊勞的老例辦事,管外事的隨從(外僕,官名)說:"過去我跟著先大夫子國陪同先君到各國聘問時都是堆設壇坫的,後來也全照此辦理。現在,你卻草草地搭個棚舍,恐怕不合規定吧。"子產說:

大國諸侯到小國來,就設壇坫,小國諸侯到大國去,有了場所存身就行了,要壇坫幹什麼。何況僑我早就聽說過,大國到小國,可以表現出來五種美德:寬恕它的罪惡;赦免它的錯誤;救濟它的災害;賞賜它的政法;教誨他們做得不夠的地方,讓小國受不到任何困擾,信服大國如同自己的人一樣。因而高立壇坫藉以表明功德,傳示後人,不得怠懈。小國諸侯到大國去則有五種醜事要辦:解說自己的罪過;請示沒有做好之處;奉行大國的政令;聽憑安排職事、貢賦;還有朝會當時的新規定。不然的話,便是那些多拿財貨祝賀大國的喜慶,或是弔祭喪葬一類的事了。這對小國來說,都是禍事,還搭的那門子高臺!難道要藉以叫嚷有諸如此類的禍事嗎?只去背地裏傳告自己的子孫,別去招災惹禍就可以了。

子產這次陪同鄭簡公到楚,本是被迫而來不得不朝見的醜事,悄悄而至草草而去,最為得體,哪裏能有什麼心情從事張揚,外僕不曉得上級的苦心,還想照例辦事,所以子產才給他擺出了兩類朝會各不相同的情況。由此可見小國服事大國之不易。尤其是作為霸主的大國,簡直是天子一般地君臨屬國的種種了。這可以說是子產主政以前,第一次陪同鄭君出國,然而卻是出色地完成了艱巨的任務啦。同時,也看出來由子產和游吉配合起來的鄭國的外交活動,是如何之高明了。

自然,子產的"大、小"之論,是基於楚、鄭關係不好的政治前提的,雖說楚靈王是"自作孽,不可活",也用不到去捋他的虎須以遺禍於鄭國的子孫,所以他才靈活起來,不拘於設壇的舊禮,免去老一套的排場的,並不是"外僕"之言有什麼錯誤,可惜的是,這時鄭國的卿大夫辦事不都像子展、子產、子太叔這樣的有為有守,默契一致。例如,也是他們兄弟行的伯有(良霄)遇事就往往幫倒忙。

左襄二十八年冬,十二月,宋公、魯侯、許男等國諸侯,為了宋盟之故去楚國朝會楚子,路過鄭國,鄭伯不在(簡公已先到楚國),由伯有出頭款待於黃崖(鄭地,在今河南省榮澤縣西南)。可是馬馬虎虎,態度不夠莊敬。魯國的穆叔事後指摘他說:"伯有在鄭國如果還能平安下去,鄭國就將有大禍亂! 對待客人尊敬,乃是一個國家的主要工作,這都不講求,還談得上守國保家嗎! 即或國君不懲辦他,他自己也會自取滅亡的。因為,就是坡地上的一把落土,河邊上的幾棵野草,只要供在宗廟裏,便該季蘭似地奉祀他(言外之意,何況還是過境的各國君主呢),必恭必敬麼,這種莊嚴的態度,豈是可以丟棄的!"

而且伯有出主意時,鄭國的上卿子展也並不一定聽。左襄二十九年夏,五月,諸侯會葬周靈王。鄭國上卿子展守國(簡公在楚未歸),脫不開身,派印段代往。伯有對子展說:"印段年少官卑,恐怕不行。"子展說:"那就無人可派了。印段雖然卑弱,不也比不派人強些嗎?《詩·小雅·四牡》說啦:天王的事,沒有不牢固的,連跪下來請示的工夫都很少有。作為上卿,我正在東西南北地招呼著,哪敢安寧一會兒,所以花大氣力去奉事晉、楚兩霸,也不過是為了維護周天子的。王室的公事這樣忙,還能夠按通常的情況辦事嗎?"到底派印段去了。這一件事的處理,也是耐人尋味的,伯有說印段卑弱,未嘗沒有自己想去的心思,可是子展不信任他,不敢多讓他獨當一面了(連在國內的接待諸侯,都出了差錯麼)。問題在於話又不能不說得堂皇,叫伯有沒有縫子可鑽,所以,徑直把自己的勤勞王事擺了出來。子展之不愧貴為上卿,以及伯有之全無自知之明,於此亦可略見。

鄭國的外交人才,子產、子太叔外,還有一位子羽(公孫揮),他是"行人"(主管外交事務的人),在國際事物的關鍵時刻,也能看出問題來。這一年的夏四月,魯公、陳侯、鄭伯、許男在楚國會葬楚康王昭(楚靈王圍的叔父)於郢(楚國的都城,地在今湖北省江陵縣北十里之紀南城)。諸侯送靈至西門之外,諸侯之大夫送至墓地。楚郟敖(康王子熊麇)即位,王子圍為令尹,鄭行人子羽道:"這種安排很不妥當(楚王荏弱,令尹特強),令尹一定會取代楚王,好像蒼松翠柏的下邊,不允許青草繁茂一樣,事物不能兩盛(未及二年,熊麇果為公子圍所殺,而自立為靈王)。"

鄭國上卿子展卒,他的兒子子皮代為首輔。子皮並沒有什麼特殊的才能,可是由於能關懷人民的生活,在鄭國荒年大鬧饑饉的時候,以其病父子展的名義實行賑濟,每戶糧食一石五斗,是以深獲老百姓的愛戴,常掌國政。而且他這種善行,還是很受鄰國稱讚的,首先是宋人,司城子罕聽說以後便宣揚道:"鄭國有人行善,我們的老百姓也會這樣期待著的,宋國也鬧饑荒麼。"他便請准宋平公,貸放公糧,還動員大夫家貸放私糧。司城氏則不但自己這樣辦,還替缺糧的大夫家不聲不響地墊辦。因此宋國沒有挨餓的人。晉國叔向知道了這件事說："鄭國的罕氏,宋國的樂氏,不只會子孫百世,而且可以執政,對人民有了德惠,並不擱在心上,樂氏更做得好,他會跟宋國同道興衰的。"

但,當時的霸主晉平公在幹什麼呢? 因為杞國(今河南省杞縣,有其雍丘故地)是他的母親,派遣晉卿智悼子,率領各國大夫去修治雍丘城,魯國到的是孟孝伯,鄭國有子太叔和伯石,衛國為太叔文子(儀)。時在夏季六月,子太叔跟文子談及修城的事,文子說:"這太勞民傷財了!"子太叔說:"到底是怎麼回事呢? 晉國不體恤周家同宗的困難,卻來整修夏氏後代的城池,可見他是成心拋棄同姓的諸侯了。連同姓的國家都不照看,還會有誰歸附啊? 我聽說過,丟棄同胞,親近異姓,叫做背離祖德。《詩·小雅》說得好:'宗族和睦了,親戚自然也會同心。'可現在晉國不體恤他的兄弟之邦了,還想讓誰來歸附哪?"霸主不顧諸侯的財力,任意徵召調發,豈有不橫遭抗拒之理,子太叔的"諸姬是棄"之言,不過是借題發揮為附屬國的疲於奔命叫屈而已,這從晉司馬女叔侯同晉平公議論魯人未能盡返杞田的一段話,可以說明問題。叔侯說:

虞(故城在今山西省平陸縣東北六十里)、虢(在今山西省平陸縣西南)、焦(今河南省陝縣南)、滑(今河南省偃師縣南有緱氏城,即古之滑國)、霍(今山西省霍縣城西南是其地)、揚(今山西省洪洞縣東南十五里)、韓(即在今陝西省韓城縣境內)、魏(今山西省芮城縣東北),這八個小國都是姬姓的同宗,可是都被晉國吞併了,我們就是靠著這個強大的。如果說,不能侵略弱小,到哪裏去擴展疆土哪? 自從我們的祖先武公、獻公以來,被兼併的國家多了,誰敢管來? 何況杞不過是夏國的後代,它的風俗習慣又是東夷一類的,魯國則是周公的後人,而且跟晉國的關係又特別好。就是把杞國封贈給魯國也沒什麼關係,因為魯國對晉國來說,真是按時朝貢,全聽調遣。公卿大夫絡繹不絕,這是晉國的史書全記載著的,人來物至,月月不空,這還不夠嗎?那末,我們又何必非讓魯國貧瘠杞國富裕不可呢?如果先君(指悼公而言)地下有知,恐怕首先要受責問的是人,還數不上老臣哩!

按春秋的霸主們,在擴大勢力範圍時,是有土地就奪,有財物就要,何曾管同姓異姓,兄弟姊妹,什麼扶助弱小,講求禮制,都不過是一時的策略,舉事興師的口頭禪罷了。姬姓諸侯常視楚人為異類,說漢陽諸姬(大江兩岸的小國)都被蠶食已盡,其實黃河流域的小國,即如談到的八個,又何嘗倖免於晉國的虎口?鄭國獨能屹立於兩大國之間,滅亡較後,不能不說是出於子產等幾個政治家相與維繫、改革的緣故了。

夏,吳國的貴公子季札北上周遊,歷經魯(悅叔孫穆子,請觀周樂)、齊(主平仲,勸其交還封邑和政權,得免於欒施、高強之難)。至鄭,與子產一見如故,像老朋友一樣,互贈土產。季札送給子產一條青絹製成的腰帶,子產回敬季札一件白紵做的葛衣。季札還對子產說:"鄭國當權的人(暗指伯有)太驕橫,恐怕就要惹出災禍了!事變以後,必是你來收拾大局。你在掌握國事以後,可千萬要不驕不躁,依禮辦事,不然的話,鄭國可就完了!"(此後,季札又到魏國結識了蘧伯玉,去晉國同叔向等打了交道,說晉政將歸韓、趙、魏三家。)在舉世爭權奪位不惜骨肉相殘的春秋中季,季札獨能讓國不居王位,出來散逛,所交往的,又多是各國的賢達,應該算是個不平凡的人物了,尤其值得稱頌的是他的政治上的成熟和知識面的深廣,卓有見地,幾乎跟子產是一般無二的。觀友知人,以彼例此,則子產的蜚聲國際不同凡響,當是實至名歸,而物以類聚、人以群分的情況亦可略見。

十一月,伯有派使子晳(公孫黑)去楚國公幹(子皮雖為上卿,良霄卻依舊專橫,不把他放在眼裏)。子晳推辭不去,說:"你明知道,楚、鄭兩國的關係非常壞,還派我去,這是要我的性命!"伯有說:"你家輩輩做外交官,怎麼能夠推卸責任?"子晳說:"派人要看實際上的條件和情況。適合的才去,有困難就另說,強調世代是行人幹什麼?"已經正面衝突起來,伯有還要迫令子晳答應,子晳大為惱怒,集合武力,準備進攻伯有。其他大夫出來解和。十二月,諸大夫設盟於伯有之家,裨諶說:"這種盟好,能夠保持幾天呢?《詩·小雅》說:'人們越在明面上表示和好禍亂越會在暗中滋長。'今天的事,就是滋長的禍根,必須兩三年以後,問題才可以徹底解決。"然明問道:"將來是誰接手呢?"裨諶說:"以善良代替庸劣,這是天命所歸,除了子產還會是誰?按著班次該輪到他,再論德行更是舉世聞名,天又給他清洗掉像伯有這樣丟魂失魄的人,子西也逝世以後,子產不是首當其衝嗎?上天禍亂鄭國已經為時很久了,應該讓子產出來整頓、安定一下啦,不然的話,鄭國恐怕要滅亡了!"

左襄三十年,春,子產陪同鄭簡公到晉國朝聘,晉卿叔向問子產,鄭國的政治情況怎麼樣。子產說:"就在今年,必有變故,不知道我能親眼得見否?駟氏(子晳)、良氏(伯有)兩家鬥爭得正激烈,還不曉得結果會怎麼樣。必須親眼見到以後才可以奉告。"叔向說:"不是已經和解了嗎?"子產說:"不作用!伯有驕奢剛愎,子晳好居人上,誰也不服誰,這兩家是合不攏的,表面上相安,骨子裏仇恨,壞事馬上就會發生的!"

叔向乃霸主之卿,夙有賢名,對於子產也是非常關懷的,故有此問。而從子產嚴肅認真的答話中,既可以看出來他對鄭國政治鬥爭的情況了若指掌,又說明著他是無能為力只能聽其自然發展的。但子產的工作,卻是越來越繁重了,尤其是關於外事的,幾乎是席不暇暖經常出國的。六月,子產又奉派到陳國去參與盟會,回來以後,滙報情況給大夫們說:"陳是個將要滅亡的國家,用不到花大氣力跟它友好,因為它在政治上是聚斂糧草,修繕城池的,只依靠這個來維持生存,一點兒也不體恤人民。再加上它的國君孱弱,大夫驕侈,世子卑劣,政出多門,號令不一,還逼處於大國中間,能夠不滅亡嗎?恐怕長不到十年了。"

鄭簡公微弱,約束不了他的臣下,自晉歸國,為了可以苟安一時,在夏季四月之初,即同大夫們疏通盟誓。可是並未解決問題。首先是伯有好酒貪杯,在地室之中日夜酗飲,上朝的鐘響了,還不甘休,家臣們說:"他在哪裏?"別人回答說:"在地室裏頭哪!"於是上朝的人皆在路上分別散去。等到伯有上朝以後,又心心念念地要派子晳去楚國,回來便依舊吃酒。子晳便發動了駟氏的甲兵,圍攻了伯有的地窖,並且把它燒掉。伯有酒醒之後,逃奔到了許國。鄭國的大夫們,集合起來商量如何處理這一變故。子皮先發話道:"商湯的左相仲虺說過:悖亂之人應該把他拿下馬來,逃亡之人要繼續追捕他,這樣會對國家有好處。子皮、子晳和公孫段,本是同母的親兄弟,可是伯有因為驕侈,獨獨不免於敗亡。"當時有人向子產建議,你應該幫助正直強大的一邊哪。子產說:"我跟他們都不是一回事,回家出了亂子,誰知道是非的所在,真正強大正直的人,才能不使國家發生暴亂哩。我只能按照自己認為正確的態度去做。"子產先把伯有家被殺死的人埋葬完了,不參與這一變亂的任何行動就打算出國避難,印段也決計同子產一道走,但是子皮勸止子產,不讓他離開。許多人說:"他既跟我們不是一回事,還留他幹什麼? 讓他走算啦。"子皮說:"子產對死者都能以禮相待,何況活著的人哪。"遂親自出面挽留。子產才進城不躲了。過了一天,子石也跟著回來啦。子晳卻將子產、子石找到一起,對他們公開表示盟好。過了兩天,鄭簡公又在祖廟大宮與大夫們重新商訂盟好的條文,也跟國人盟於梁門之外。伯有在許國聽說鄭人為了他發表了盟約,非常生氣,聽說子皮的甲丁沒有參與攻擊又特欣慰,說:"子皮諒解我了。" 在某一天早上他偷進了墓門,接上了馬師頡的關係(馬是子羽之孫);憑藉襄庫以進攻舊北門。駟帶(子西之子,子晰之宗主)率領城中的甲兵從事防堵,兩方面都呼吁子產相助。子產說:"兄弟之中,關係壞到這種地步,我只好等著瞧老天會幫助誰們了。"結局是:伯有被殺在羊肆(市街),子產給他穿好了衣服枕到他的腿上痛哭。成殮以後,停放在伯有的住在市街附近的家臣家裏,接著又把他埋葬在斗城。子駟氏因此也要進攻子產。子皮發怒說:"禮法乃是國家的根本,子產辦事處處合乎禮法,連他也殺,禍亂就更大了。"子駟氏才未動手,游吉從晉國公幹回來,聽到消息,不敢進城,叫他的隨從代替他交代工作。八月,重向晉國逃亡。駟帶急忙追趕,趕至酸棗(今河南省陳留縣),駟帶跟子上結好盟約,並把兩塊玉石沉到河裏以為質證,游吉這才回轉,同別的大夫也立了誓約。在這次變亂裏頭,伯有的一党,僕展大夫也死了,羽頡逃亡到了晉國為任(今山西省晉縣)大夫,與樂成同事趙文子武,曾經鼓吹討伐鄭國,以有弭兵之盟,未得如願。子皮讓公孫鉏(子罕之子)代為馬師。

可以看得出來,對於這樣大的內亂,子產於事先就決定了對待的態度,婉轉地告誡了大家要以國家為重,切莫鋌而走險(如自陳歸來以後,公開露布的對於陳國的評論),企圖使之消弭;既然未獲成功,他便釜底抽薪,不偏袒任何一方,屹立國中,依禮而行,遂使國家免於危難;而其哭葬伯有之義行,不畏強暴之勇氣,尤非一般的肉食者所可望其項背了。自然,他也並不是一味蠻幹的人,起碼是子皮可以起些保護的作用,他是估計到了的,子皮不但尊重他,伯有死後,子皮還把上卿的職位讓給他了麼。當子皮正式讓位時,子產辭謝說:"國家太小又逼近大國的中間,而且氏族的勢力已成,彼此恃寵怙驕,實在不好治理!"子皮說:"我全力支持你,誰敢侵犯? 你好生領導下去吧,國家雖然不大,政治上有辦法就行。小國只要對大國能夠承應,也可以得到大國的照顧的。"話不在多,子產一子就把鄭國主要的內憂外患概括出來,說明他早已是籌思再三了。而子皮對症下藥地提出了保證和指示,也體現著讓非假讓之實。此人亦自不凡。

子產一接手辦事,就先攏絡了伯石(公孫段),封給他一邑(每邑四井,一井九百畝)之地。因為要借重他工作,子太叔(游吉)說:"國是大家的國麼,彼此一樣該盡義務,為什麼單單賄賂他呢?" 子產說:"不貪圖物質的報償是困難的。讓大家都有所滿足,然後再分配給任務,要求他完成,結果工作勝利了,那麼匯總起來看,不是我們的成就還會是誰的哪? 我們為什麼要吝惜一邑之地,且土地還是鄭國的土地,它能跑到哪裏去呢?"子太叔說:"鄰國知道以後,不笑話我們嗎?"子產說:"鄰國笑話什麼? 我們是從和順出發的,又不是在製造矛盾。鄭國的史書上記載的有:想要安定國家,必須從團結大族開始,我們正是這樣做的,看看它的成效如何。"可是後來伯石怕起來了,覺得這事並不簡單,不敢領受這個邑了,又退了回來。子產卻堅決不收,到底給了他。同時,子產還讓太史出頭派伯石為卿,伯石明面上表示辭謝,等到太史走後,他又暗地裏請求太史再派令他。這樣來回了三次,才接受策命入朝拜君,所以子產很看不起伯石的為人,認為他太虛偽,但在班位上,還是叫他僅次於自己,算是亞卿。

對於子產的此類安排,子太叔雖然也有從政的經驗,卻照樣是莫測高深的。因為,伯有剛死,伯石怨氣甚大,他們的黨羽也不肯善罷甘休,報復起來,如何得了。良氏既然是"苦主",實在不如先羈縻一下,讓他們無話可說。因為主弱臣強,子產自己的武力又不足以抗暴禦侮,故以安定團結鞏固國本為上,子太叔看到的只是特殊賞賜伯石的一面,所以就所見者小了。子產跟著就從整頓內部入手,讓國都和邊城的車服兵馬各有等差;朝野上下公卿大夫的服飾供應不相雜廁;田地溝渠的疆界分明;廬舍排比,九夫一井,五家互助;聽使忠實勤儉的鄉官發揮作用,芟除作奸犯科的閭里豪強,例如:豐卷(子張)為了祭祀祖先,請求允許他獵取野獸充作犧牲,子產不准,說:"獨有國君才能用野味為祭品,臣下有家養的豬羊就夠了。"子張不服,召集甲兵準備武力解決。子產抵擋不了,打算逃亡到晉國,子皮勸止了他。反把豐卷趕了出去,逃入晉國。子產並不沒收豐卷的田產,派人替豐卷掌管收益,三年一清結。這樣治理了才一年,製造車輛的輿人便傳出來歌謠道:"快收藏起來我那些不合制度的衣服帽子吧! 快把我的田產清點出確實的畝數吧! 誰想殺掉子產嗎? 我跟他一道去幹!"可是三年之後,他卻換了歌謠的內容道:"我的子弟兵,是子產在給教誨著,我的田地是子產讓他生產著,子產如果死了,誰來接手這樣辦呢?"這也未嘗不證明著老百姓難於"慮始"可與"樂成"的真實心情,而鄭國的豪門巨室藐視法令不時地興風作浪,要不是子皮實踐諾言出來"保鏢",子產幾乎幹不下去的情況也可以概見了。

　　內政初見成效,子產又忙於外交。左襄卅一年冬十月,子產陪同鄭簡公到晉國朝聘,晉平公因為正有魯(襄公)喪,未能即時會見。子產叫人把寄寓諸侯館舍的牆,全部拆掉,用以容納隨從的車輛馬匹。晉卿士匃為此責問子產說:"我們晉國由於政治不夠修明,強寇盜賊很多,不能讓前來做客的諸侯人等,受到損害,所以才命令屬下的官吏,修建了賓館,高大的門戶,加厚了院牆,藉以保護客使的平安。現在你們把它全毀壞了,雖然你們的隨從人員能夠警戒,可是再來別的賓客時,怎麼辦呢? 因為我們是盟主的關係,諸侯常來常往,都像你們這樣幹,拿什麼招待別國的客人哪? 我們的國君讓我請問一下拆牆的道理。"子產回答士匃說:"我們是個小國,處在大國中間,隨時隨地都得準備著接受差遣，從來也沒有敢安定過，總是在竭盡人力物力地來奔赴朝會。這回趕上你們騰不出工夫來，不曾會見我們，又不告知我們到底哪一天相見。帶來的貨幣禮物，也不便送上去，讓它都暴露到外面來更不好，因為，這些東西將來全是你們府庫裏的寶藏，聽任它濕了幹了的不及時處理，還恐怕蟲傷鼠咬有所損壞，那就增加我們的罪過了。

"僑我聽說晉文公做盟主時，自己的宮室相當的卑陋，連高館臺榭都沒有，可是拿出經費來修建寬大的賓館，它的規模跟諸侯的寢宮一個樣，並且時時地繕緝庫房、馬廄、往來的公路，還讓工匠常常塗抹宮室。諸侯的賓客一到達，立刻在庭院之中點燃燎火，命令更夫巡夜，車輛馬匹都有停放飼養的場所。對賓客則提供服務的人員、主管交通工具的官吏、及各色雜役人等，聽候使喚。群官有司也全把應用的器物陳列出來以備使用。公事完畢即送賓客，絕不稽留，也很少遺留下來什麼未了的事宜。賓主共同憂樂，認真對待事體，有了問題大家研究，不懂得的事物，互相幫助，或有短缺，予以照顧，使著客人像到了自己的家裏似的，還能發生什麼災禍哪？無人害怕強盜，也沒有乾燥濕潮的顧慮。

"現在呢，卻是銅鞮的宮殿深廣好幾里路，諸侯住的賓館則與普通的旅店不差多少，大門進不了車輛，又有牆壁攔著盜賊公開的劫奪，災患毫無戒備，什麼時候召見賓客亦不宣佈，怎樣結局無從知道。若不毀壞館垣放進車輛，到哪裏去存放貨幣呢，有了損失罪過更大了，實在不曉得怎麼辦才好。你們有了魯國的喪事佔去了時間，作為同姓的國家，我們又何嘗不一樣的憂心，如果獲得早日會見送上禮幣，我們自會修好了院牆才走，這就是你們所給的最大的照顧了，還怕重修牆壁那一點兒勞作嗎？"

士匄把子產的說法報告了晉平公。趙文子武說："人家指責得對，我們所作所為實在沒有考慮周全,竟然用差役人寄寓一樣的客舍來招待諸侯,對不住鄭國,應該認錯。"叫士匄再見子產面致歉意。晉平公也立刻會見了鄭簡公,設宴回禮,特別客氣,並且重新建築了招待諸侯的賓館。事後,叔向讚歎道:"外交辭令是這樣的重要哇!只因子產的話說得在理,各國的諸侯都沾了光。怎麼能夠不講求它呢?《詩經·大雅》說:'辭氣溫和,人民就樂於親近;辭氣明確,就可以安定人心。'做《詩》的人,早就知道辭令之非同小可了。"鄭簡公回國之後,子皮還派印段專往楚國,向楚靈王通告了鄭伯朝晉這一件事,以示尊重宋盟的規定。

通過這段故事,可以看出來三個問題:盟主的唯我獨尊,高高在上,任意凌辱屬國;子產的膽識非常,敢於鬥爭,博得了叔向的讚歎,也為小國伸張了正義;子產、子皮,在內政、外交的行動上,都配合得很好;特別是子產的威信,無論國內國外的,都越來越增高。還可以從諸侯卿大夫的口裏,得到其他例證。

冬十二月,衛卿北宮佗陪同衛襄公去楚國朝拜,路過鄭國。鄭伯使印段勞於棐林,使用了聘禮和郊勞之詞。北宮佗入聘還禮,鄭國的安排是:子羽為行人,馮簡子跟子太叔迎接賓客。事畢,北宮佗向衛侯回報說:"鄭人待客有禮,他們可以幸福幾代,不至於招受大國的討伐。《詩·大雅》說:'誰能拿滾熱的東西,不先用水沖洗呢?'禮儀對於政治,就像燙手之物先用水沖洗了一樣,用水來解救炎熱,還怕什麼?"

《左傳》的作者接著說:子產治理國家的大政方針是,選擇有才知的人擔負重要職事,特別注意外交關係,他認為馮簡子最能判斷國家大事;子太叔則豐神美好也有才氣;公孫揮熟知鄰國的動向,以及各國卿大夫的家世出身,班次高下,和才能的優劣,他也長於辭令;裨諶善於出謀劃策,因為他慣於徵詢鄉野人民的意見,對於城市中人就差了。每逢鄭國有事於諸侯,子產首先要問子羽各國的動向如何,並且讓他們協議起草,到鄉野廣泛徵求意見,然後再交馮簡子加以判斷,肯定完了才叫子太叔去執行,所以很少有失敗的時候。這就是北宮佗所說的"有禮"的形成的整個過程。

鄭國乃是小國,局促於大國之間,對外關係一搞不好便要遭受討伐,受害不淺。這在鄭國的歷史上,已經是屢見不鮮的了,特別是子產執政以前,真可以說是風雨飄搖迄無寧日啦。所以子產的大政方針,是選拔才能重在外事的。他的精神是:調查研究,了解情況,出任諸侯,不辱君命;應對賓客,講求辭令,有為有守,不卑不亢。關於鄭國子產等人修飾外交辭令的情況,《論語》上也有類似的記載,《憲問》說:"為命(發佈政令,草擬文書),裨諶草創(第一個動手起草)之,世叔(游吉)討論(接著切磋琢磨)之,行人(掌使之官)子羽(公孫揮)修飾(第三道是提煉整理)之,東里(子產居住的地方)子產潤色(斟酌語氣文理,最後肯定下來)之",所以鮮有敗事。總之,子產不但能選用人才集思廣益,同時也走"群眾路綫",等於是"集體主義"的創作,這樣的外交活動,哪裏會不馬到成功揚名諸侯呢? 不僅如此,他在內政方面更是廣開言論接受批評的。"不毀鄉校"之議:

　　鄭人遊於鄉校(鄉里中的學校),常常在這裏頭議論執政者的得失。然明對子產說:"把鄉校取消了怎麼樣?"子產說:"這是為什麼? 既然人們下來以後(工作完畢)習慣到這裏閒聊,談論談論朝廷上政治中的是非得失,咱們妄聽一下,人家贊成的,咱們就認真地執行,他們討厭的,咱們就加以改正。這些人都是咱們的先生,為什麼要毀掉鄉校呢? 我聽到說過,對人民儘量忠實、善良,可以減少誹謗怨氣,沒聽說過,使用權力可以防止非議怨恨,並不是不能立刻就禁止了議論,但是如同防止大水一樣,決了堤口傷害的人就多啦,想要拯救也來不及了,不如讓它隨時滲透點兒,咱們知道之後就可以及時補救了。"然明聽到很是佩服,說:"蔑(他的名字)我從今以後,更加曉得你實實在在是可以做我們的好領導了,我自己卻淺薄短見得屬害。如果真的這樣去做,鄭國得到的好處可就大了,哪裏只有我們幾個參預政治工作的事?"孔仲尼(這時才十歲)後來聽到這些話,便稱讚說:"從這些地方看,若是還有人說,子產對人民不夠仁愛,我可不信了。"

按《國語·周語》云:"防民之口,甚於防川。"周屬王胡只因為不聽召公的勸告,硬派衛巫監視國中誹謗他的人,結果被老百姓驅逐的往事,子產應該是知之甚稔的,所以他的虛懷若谷,肯於接受群眾意見的風格,是應該認為難能可貴的。不只能夠汲取歷史上先人的經驗教訓,也是面對現實,針對著鄭國當時子駟、子孔,以及伯有等人的專橫獨裁,因而敗亡的情況,於是自我作古地大力地予以糾正的。閉門造車,不知博采輿論,一言堂豈能治國決邦?因此我們也說,子產之所以不愧為中國春秋時代的大政治家,這一點實在是關鍵性的表現。同一年,他還有另二件,公忠體國守正不阿的卓行。

子皮想要使尹何充當邑大夫(縣官),子產說:"年歲太輕,不知道行不行。"子皮說:"他人還老實,我很喜歡他,他不會背叛我的,叫他學習著做,慢慢兒地就會曉得怎樣管理了。"子產說:"這不對頭!我們愛護人,是想給他一些好處的。現在你卻讓尹何去幹行政工作,如同他不會拿刀就叫他去切肉一樣,哪有不損傷別人也害了自己的道理!所以,你這愛人的辦法,不過是害人的辦法罷了。這樣下去,還有誰再敢求你幫忙呢?何況,你乃是鄭國政治上的棟樑,折斷了的棟樑,連我也會認為它是不中用的了,怎麼能夠不把道理講清楚哪?比如你有漂亮的絲布,一定要使懂得剪裁的人去下剪子的,這大的縣份和縣官,本是庇護你自身的所在,你如今卻讓別人學著去治理,這不是看待美錦比縣邑還重要了嗎? 我只聽說過學成以後才可以從事政治工作,沒聽說過用當官來學習政治的。如果真的這樣辦,一定有所損害。再舉打獵為例,它須是善於駕車和射擊的人才行,否則擔心的則是翻車白費箭啦,哪裏還談得上獵獲禽獸!"子皮聽了說:"好哇,我實在沒有想得這麼多。我知道君子都是具有遠大的識見的,小人方才注意的,只是眼皮底下的小事,看來,我不過是短見的小人了。穿在身上的衣服,曉得留心在意,對於大縣城的官吏,反而輕慢異常。如果不經過你提醒,我是不會覺察得到的。過去,我曾經認為你只要管好國家大事就行了,我自己管那安身立命的家事得啦,現在才知道,我這種辦法,連自己的家族都保全不了。從今以後,請答應我,連我的家事,也要聽你安排了。"子產又說:"各人有各人的思想,好像人的相貌不同似的,我怎敢講你跟我的是一副面孔呢? 不過,自己覺得,只要是有問題的事,就不能不說給你聽罷了。"於是子皮認為子產忠誠,完全信賴了他,因此,子產才能夠盡心竭力地治理鄭國。

子產的得為鄭國上卿,以及鞏固以他為首的好人政府,不至畏首畏尾地大顯身手,使著鄭國屹立於中州,都是由於子皮的推薦和保護。對於這樣的巨室、達官,他居然能夠直言敢諫導之以正,不使子皮任人唯私玩忽政治,實在不失為政治家之所為。而子皮納諫如流知人善任,甚至不惜以"小人"自居,當然也是十分難得的事。至於子產之取譬切近動人聽聞之處,則不只是他的長於辭令出人頭地而已。春秋中、後季,自子產以至孔子的"選賢任能""學而優則仕"的政治思想,實在已經蔚然成風了。這應該是"政在大夫""士為知己者死"的統治階層逐漸發生變化的必然情況,也可以說它是"權力下放",有了文化修養的知識分子,凌駕於"肉食者"上的現象吧。不學無術之輩,不足以有為。

子產在國際關係上，雖然穩住了晉國，協和了衛國，打擊了陳國，但是那個虎視眈眈的楚國，還是要不時地橫生枝節蓄意覬覦的。鄭簡公廿五年春（左昭元年春）就發生了楚公子圍（後來的楚靈王）來聘且娶於公孫段一事。如果不是鄭國早有準備和行人子羽的善為說辭，幾乎又出了亂子。

楚公子圍到鄭國聘問，並娶親於公孫段家，由伍舉（椒舉）擔任副使。正打算進入賓館，鄭人知道他們心懷詭詐，很是討厭，便派外交官子羽傳話，請他們在城外駐紮。聘禮完畢，計畫派兵進城迎娶。子產非常擔心出事，又使子羽辭謝道：“城內仄小簡陋，招待不了你們的隨從，請在城外另設壇坫舉行婚禮吧。”楚令尹椒舉也派太宰伯州犁抗議說：“因為鄭君瞧得起我國的大夫圍，才讓你國的豐氏跟他結為婚姻之好。圍在來貴國以前，已經祭告了他的祖廟，祖父莊王父親共王的神主。現在你們卻叫他在城郊迎娶，這不是等於把你們的厚賜扔到草莽裏去了嗎？並且也沒有尊重圍的卿大夫地位。這樣一來，不是使圍欺騙了他的祖先，同時還未能成禮於女家之廟，失掉了楚國大臣的體統，有被罷斥的可能。總之，拿什麼回復我們的楚王呢？請替我們想想看。”子羽對答說：“我們這樣的小國，是不敢惹是生非的，如果只對大國表示信賴，絲毫不做保衛工作，那才會犯錯誤的。我們仰仗的是大國的安靖，設若大國別有用心地想要算計我們，我們就沒有安全可言了。各國諸侯有鑑於此，也會表示遺憾不再聽從號令啦。我們怕的只是這個。不然的話，我們現在不過是一個處於主人地位的小國，怎麼會單單地顧惜豐氏遠祖的廟堂呢？”伍舉知道鄭國在軍事上業已有所準備，表示可以不帶武器進城，鄭國答應了。楚人才在正月的某日，入城親迎而出，並在虢山（鄭邑，故城即今之河南省滎澤縣的虢亭）舉行了盟會。

公子圍野心勃勃在篡弒以前，明明是想要借題發揮趁虛而入，拿下鄭國以樹威信。這事子產如何不知,但他還是機智地服之以禮,克之以柔,通過子羽的外交辭令解決了問題。有文事者必有武備,他也不是單純地以口舌勝人,所謂行險僥倖者可以比擬的。紅花綠葉兩相幫,足見子產、子羽兩人,在政治外交上配合之好了。小國對於大國,只能這樣地軟磨硬泡肆應無窮,才知吃不了虧。但此類麻煩事體,在鄭國是非止一端的,真可以說是一波未平一波又起,有國外的也有國內的。子南、子皙的奪妻之亂,就接著發生在國內。

鄭國大夫徐吾犯的妹妹生得很美麗,已經許配給公孫楚(即子南,穆公之孫)了。可是公孫黑又強迫著下了定禮,欲與犯妹成婚。徐吾犯不好決定,怕了起來,報告給子產。子產說:“咱們這個國家政治上一團糟,毛病並不是出在你的身上的,你願意怎麼辦都行。”於是吾犯分別向公孫楚、公孫黑作了解釋,請求答應讓他的妹妹自己去選擇。兩個人都同意。首先是公孫黑(子皙)的服飾非常漂亮,來到徐家,陳列出來贄見的貨幣然後離去。子南則是全副武裝著進入徐家,左右開弓地發射了箭矢,然後飛身上車疾駛而去。徐妹從房裏看到以後說:“子皙生得的確漂亮,但是子南則是具有大夫氣概的。做大夫的人,就該像個大夫,如同做奴人的應該像奴人一樣,這樣才能算是合乎情理的!”遂即嫁給了子南。

子皙見狀大怒,頂盔貫甲地找上了子南的家門,想要殺掉子南搶走他的妻子徐妹。子南曉得以後,立刻拿起長戈出來追趕,追到了交道口,用長戈刺傷了子皙。子皙負傷還家向大夫們訴苦道:“我本來打算跟他好生談談,沒有提防他會動武,所以受了傷!”大夫們聚議著如何處理這件事。子產說:“平心而論,是位卑而又年輕的人有罪,禍首則為公孫楚(子南先下的聘禮,是子南有理;但是子南動武傷了人,又是子皙占理兒啦)。”(這是子產無力討伐,所以才均衡一下事理,而把罪過歸到公孫楚的身上。)隨即逮捕了公孫楚並且列舉他的罪狀道:

"我國規定的有五條法律,你都干犯了:首先應該懼怕國君的威嚴,服從他的政令,尊重他的親貴,侍奉他的長輩,養育他的宗族。這是立國的五項基礎。如今國君在國內,遇事你不控訴,卻擅自動武,這是目無國君,不怕他的權威;干犯國家的法令,用武器刺傷了人,則是不理會政府的制約;子皙位居上大夫,你不過是個卑微在下的嬖大夫,卻與之對抗,一點兒也不表示尊敬;年幼無知,什麼都不顧忌,不把兄長擱在眼裏;還持長矛打壞了自己的堂兄,這些都是罪在不赦的!"同時傳下了鄭簡公的命令說:"我不忍得誅殺你,允許你逃亡國外,還不趕緊動身嗎?"

到了五月,鄭國決定讓游楚逃亡吳國(地在今日江蘇省的東南方)。在放逐子南以前,子產還徵詢了子太叔(游楚的叔父)的意見,太叔說:"我連自己都保護不了,哪裏還談得上保護家族呢? 事關國家的大經大法,並非什麼個人的恩怨,你是代表政府在給鄭國辦事麼,認為正確就該執行,還遲疑什麼呢? 當年周公東征,也曾殺管叔鮮,放逐了蔡叔度,難道周公不愛自己的兄弟嗎? 可是為了周家的天下,不能不這樣去做。所以,如果我犯了罪,你都不能不依法處理,何況游氏的宗族哪!"

這事本來是子南佔理兒,子皙挾貴恃強奪妻挑釁,遭到了子南的抗擊,原係自取其辱,子產不過因為暫時無力聲討,這才派了子南的不是,勒令出國避禍的。太叔大概是深知子產這一番苦心,所以才有大義滅親之言,這從本年六月子皙的強項要盟,即可概見。

鄭簡公及其大夫們,由於游楚之亂,在公孫段的家裏立了團結一致的盟約。參加者計有:罕虎(子皮)、公孫僑(子產)、公孫段、段印、游吉(子太叔)、駟帶,這六家實力派還另設私盟於鄭國國門的城門外邊。公孫黑得知以後,硬要加入,並且叫太史改書"六子"之盟為"七子",藉以躋身於六卿以內。子產雖然表示深惡痛絕,可是由於子皙實力雄厚,不敢聲討,否則又將發生暴亂。"小不忍,則亂大謀",子產對於子晳之所以一再忍讓,不只是意在為國蓄積兵力待機而動,也未嘗不是儘量地讓子晳暴露他的驕橫,以便名正言順地給以懲辦。此之謂"老成持重"與"老謀深算"。這其間,子產又出國一次,去晉國問候晉平公的疾病。

晉平公害了疾病,鄭簡公派子產到晉國去聘問,並看望晉侯。叔向對子產道:"我君得病之後,占卜的人說:是由於實沈、臺駘在作祟,可是,連史官都不曉得這實沈、臺駘是哪路神道,請問他到底是什麼鬼神?"子產回答道:"記得帝嚳高辛氏生過兩個兒子,老大叫做'閼伯',小的名叫'實沈',兩個人都居住在森林曠野之中,但卻互相仇視,征戰不休,帝堯即位以後,深以為患,便把伯遷放到商丘,讓他作為'辰星',主管大火,所以'辰星'就是'商星',實在就是商人的祖先;也把'實沈'遷放到'大夏'作為'參星',主管大水。所以,'參星'就是唐人的祖先,後來他們是分別服事於夏、商、兩族的。'實沈'的末世,人稱'唐叔虞',武王發的后妃邑姜(太公望的女兒)。太叔時,夢著上帝對她說:我給你的兒子起個名字叫做'虞',將來的唐地是屬於'虞'的,繼續'參'的後裔,以蓄育他的子孫。等到太叔生下來以後,果然在他的手上形成一個'虞'字,隨即命名為'虞'。及至成王剗滅了叔虞的後裔,以唐地封給太叔,因而'參星'成了'晉星'(叔虞封唐,是為晉侯之祖)。這樣看來,'實沈'實在可以說就是'參神'。"

子產又說:"古昔少昊金天氏的後裔子孫喚作'昧'的,做了水官的首長,'昧'也生了兩個兒子,'允格'和'臺駘'。臺駘能夠繼承父業,通泄了汾、洮兩條河(均在今山西省境內),設堤障阻了大湖水,得以定居於晉陽(即今山西省太原市)顓頊皇帝因此非常嘉許'臺駘',封他以汾川之地,'臺駘'的後人,沈、姒、蓐、夷四國,都能夠奉祀祖廟不斷香火。可是,由於晉人有了汾地,滅了四國,遂使臺駘不血食。這樣看來,又可以肯定'臺駘'本是'汾神'。不過,'參星'也好,'汾神'也好,都不應該禍及晉君。因為,山川之神,主宰的是水旱癘疫一類的災害,應該祭祀的是'實沈',能跟晉君的疾病,有什麼關係呢?

"僑我聽說,政府中的君子們,在日常生活上有四種適時必備的修養:早朝時,聽人滙報政情;日間則要出去調查研究;晚上則是參驗發佈的命令是否妥當;到了夜裏才安眠休息的。也只有這樣,才能心平氣和無所壅閉,使著身體真正獲得安歇。如果心神不爽,耳事昏亂,沒有辦法寧心靜氣,叫它踏踏實實地休整,那就要生病了。

"僑我又聽說,同姓不婚,否則影響後代的成長。今則晉君的妃嬪之中,有四位是出自姬姓的,即令她們美好,也是古人之所大忌。舊書上說:'買妾不知道她的姓氏,須先占卜一下,這就是怕娶同姓的關係,既不注意日常生活上的適時修養,又只由於貌美而不避諱與姬姓通婚。我看晉君的病根,恐怕是在這裏。實際上說,這是無法治療的。為今之計,趕緊減省姬姓的內官,注意生活上的調整將息,或者還有希望。"

叔向聽到子產的論斷以後,不禁讚美起來,說:"好極了,我實在還未聽說過呢,講的全是事實。"叔向辭別子產出來,鄭國的外交人員叫做揮的送行,叔向帶便問了一下鄭國的內政,聯繫到了子皙的近況。行人揮回答說:"這事沒有多久就該解決了。因為子皙為人無禮,專愛淩辱別人,又借仗著財多勢大看不起上面,還能存在下去嗎?"

晉平公知道子產對他的病況的分析之後,也讚歎著說:"真是一位博物君子呀!"從重地賞賜了他。

子產之博學多聞,在春秋當日的政治家中,確為數一數二的人物。他表現在這裏的,則不但有膽有識,而且直言敢諫,從神話、傳說,到政治、生理,還直指出晉侯的病,並不是什麼"實沈、臺駘"之類的神鬼作祟,倒是違背了人君行政的大道,不講求生理衛生偏去重視美貌,不避諱同姓為婚，又在兩性生活上毫無節制之故。指出了病根，喪失生命的主因，怎麼能叫人不心服口服哪。這就不怪得到晉國君臣的讚賞了。

又，這一段史事，在《國語・鄭語》及《史記・鄭世家》裏都有記載。不過，哪一本書也沒有《左氏傳》這裏敘述得全面詳盡，亦可為《國語》已被向、歆父子的竄改，和司馬遷早已取材於此的一個旁證。

子產自晉歸國，楚國又有入侵的動向；楚公子圍使公子黑肱、伯州犂城守櫟、郟等地（都是鄭國的土地，在今河南省魯山、郟縣、禹縣一帶），鄭人怕了起來。子產分析了情況以後，勸慰國人道：“沒什麼，不要怕！這是由於現任的令尹公子圍將代楚王，所以沒法除掉黑肱、伯州犂這兩個人的緣故，遭受禍害的絕不會是我們，怕它幹什麼？”到了冬天，楚公子圍正想由伍舉陪同來鄭國聘問，還不曾走出楚國，就聽說楚王害了病打轉回朝，叫伍舉獨自聘問。在十一月的某日，公子圍進了王宮，以問病為名，絞死了楚王麇，並殺掉了楚王的兩個兒子幕及平夏。右尹子干出奔晉國，宮廄尹子晳逃亡鄭國。果然在郟地殺了太宰伯州犂，把楚王也草草地埋葬在這裏，稱之為“郟敖”（不給諡號），就派伍舉向鄭國報喪。伍舉請問辦理後事的說法，來人說給伍舉，要說“寡大夫圍”。伍舉予以更正道，須是用告終稱嗣的口氣“共王之子圍為長”。徑直承認繼位，不言篡弒。

果然是楚人自己發生了變亂，鄭國並沒有受到損害。子產居然料事如神，我們懷疑應該是跟鄭國的情報工作分不開的，不然的話，子產怎麼能夠這樣地算得准，穩得住？

楚靈王（即是公子圍，後改名字為熊虔）即位以後，派薳罷為令尹，叫薳啟強做太宰。鄭簡公使游吉到楚國會葬郟敖，同時聘問新君。事畢，游吉回國向子產滙報說：“他們都準備好了！這位靈王驕橫放縱，好大喜功，一定會出來擺佈諸侯的，我們又不得安生了！”子產說：“我看他急切不行,還得幾年的功夫。"

又是子產看得准,他以為楚靈王野心雖大,如果不安定內部,充實一個時期,是打不出來的。子產自己也騰出手來積極於剪除強暴,整理內政的工作了!

這一年秋天,鄭國的公孫黑又打算興兵作亂,報復游氏的家族(子太叔之族,黑因奪妻,曾為游楚所傷,故欲害其族),因為舊傷發作,未能動作。黑的族眾駟氏和鄭國的大夫們,都想趁機除掉他。這時候,子產正在郊野地區公幹,聽到消息,恐怕趕辦不及,使公孫黑免於明正典刑,於是傳驛疾馳而歸,並且先派隨從的官員去責問公孫黑的罪狀說:"伯友被殺那一事件(在鄭簡公廿三年)因為忙於大國的外交,沒來得及辦你的罪。可恨的是,你毫無悔改之意,繼續犯上作亂,國家實在經不起你再搗亂了,你有三條死罪:一是擅自誅殺伯有;二是爭奪兄弟之妻;三是假借國君命令(謂"要盟"使太史書"七子"),悖亂已極,如果不趕快自己引決,國家將要公開行刑!",公孫黑磕著頭回絕道:"我的傷勢已重,早晚就會死去,何必逼人太甚!"子產又派人傳話說:"人,誰能夠不死?不過,兇惡的人不得好死罷了!這是自己找的,怪不得老天,你既然已經作了凶事,成了兇惡的人,那麼,不代天行誅,難道還去寬縱惡人嗎?"公孫黑知道不免於死,請求政府照顧他的兒子,以褚印為市官。子產又最後駁斥公孫黑道:"褚印如果真有才能,國君自然會任用他。如若他跟你一樣,他早早晚晚也要同你一同喪命的。你是個罪在不赦的人,還委托什麼?再不自裁,掌刑的司寇就到了!"

七月的某日,公孫黑自己勒死在家中。子產叫人把他的屍身公開示眾於市街的道上,還用木牌寫好他的罪狀放在屍體之上。(以上諸事並見《春秋·魯昭二年傳》)這又是子產公忠體國除惡務盡,消弭了一次內亂的典型事例,其不可及處還在於處置的適時,而且執法如山絕不徇私。過了不久，遂有楚國之行，"鄭伯如楚"。楚靈王想要鄭簡公陪他田獵，子產事先準備好了一切應有器物，於昭公四年正月，協同許公從獵楚地雲夢。在晉楚兩大國爭取霸權之中，子產不只周旋得不偏不倚誰也不得罪，並能冷靜客觀地看出楚靈王的驕奢淫逸，必不善終的後果。當楚靈王詢問子產，晉侯是不是允許自己也長諸侯之時，子產說："由於晉平公的安於小成，沒有遠圖，他不能不聽憑你霸主諸侯。而且他的卿大夫們貪多務得爭權奪利，沒什麼匡正國家的辦法，何況前此在宋國的盟會上已經公開一併取得了平等的地位呢！如果晉國不答應則要那個盟約，還有什麼用？"楚靈王又問子產："那麼，各國諸侯會來嗎？"子產又說："諸侯一定會來。因為既有宋盟在先，這樣你也高興，還不必怕晉國說話，他們為什麼不來哪！但是，魯、衛、曹、邾，這四國，恐怕要例外，這是因為曹國怕宋國，邾國怕魯國，魯、衛兩國則由於受到齊國的威脅，而對晉國特別友好，所以他們不會來。其餘諸國，乃在你的勢力範圍之內，誰敢抗命？"楚靈王又說："這樣看來，是不是我說什麼，他們都不敢違背哪？"子產回答道："只要求別人按照自己所高興的事去辦，恐怕不行！"

後來，六月時，楚靈王在申地(今河南省南陽縣北)，召集天下諸侯，魯、衛、曹、邾四國果然托故不至。鄭簡公不只參加了盟會，而且率先到了申地候駕，並由子產陪同以伯爵之禮相與周旋(鄭始封，等級為伯)，深為得體。歸國以後，子產恢復古法，使每丘出馬一匹、牛三頭，以充田賦，遭到了鄭國人的反對，訕謗子產說："他的爸爸(指子國而言)叫尉氏殺掉了，自己還不省改，又加重賦稅，危害老百姓，看國家怎麼得了！"鄭大夫子寬把這種情況反映給了子產，子產說："這有什麼關係，只要有利於江山社稷，就要豁出性命去執行！何況我聽說想做好事的人，惟有不輕於改變規定，才能著有成效，可不能淨聽老百姓的，不可以朝令夕改。古詩說得好:'不違背禮義的事,就不必管有人亂說。'我不會改定辦法的。"子寬不以為然,批評子產說他這種匡時救國的決心會招致國破家亡的後果的,因為它太涼薄了,老百姓不會答應的。沒到一年,子產又陪著鄭簡公去晉國參加平公嫁女之禮,僕僕於楚晉兩大國之間,這不只是鄭伯之疲於奔命而已,也看出來子產在內政、外交上的殫精竭力了。譬如接著在左昭六年,子產又鑄刑書於鼎以為國之常法,這一舉動,連他的國際上的諍友,晉國的叔向都不以為然啦,叔向寫了信派人送給子產說:

　　我一向都是佩服你治理鄭國的許多好辦法的,現在都非常之失望了! 因為古代帝王都是臨事制刑,不預先規定出來,以免老百姓有所規避,當政者也不好酌斟輕重予以處分啦。而且倚公以展私情,附輕刑而犯大惡,反而容易引起爭心,肆無忌憚的。實在不如用大義來防止他們,政治威力來糾正他們,標準的禮數來範示他們,並且講求信用,奉養以仁,制定爵祿職位勸使他們擇取,犯了罪行則嚴加刑罰藉以遏止,還怕他們不服從? 天教誨他們要忠誠,聳動他們必須注意行為,懂得什麼是當務之急,讓他們高興地從事勞作,發揮他們恭敬的心,剛毅地對待事物,必使之無私無畏。同時王公大人也需要聖明,卿大夫士能夠明察,做官長的忠信,做師尊的慈惠,然後才可以發號施令驅策人民,不發生災禍變亂的。如果讓老百姓知道上面不敢越法以加罪,又不能曲法以施恩,那末,是權柄為法律所侵奪,沒人來忌諱執政者了,於是行險僥倖以成其巧偽,深文周納地去玩弄法條,國家怎麼能談到平治! 夏、商、周,都是因為在位有失資憑的時候,國家才發現了混亂,不得不分作禹刑、湯刑和九刑,藉以杜絕以私害公以貨枉法的情況的。總之，三代的斷罪之書，沒有一個是起於盛世的，現在你做鄭國的上卿，重定封邑的溝洫（在襄卅年）、作丘賦、立謗政（臺政非議的政治），又用三代的末法，鑄造刑律，這樣地多所紛更，還想要求國泰民安，豈不困難！《詩經》說："文王以德為儀式，故能日有安靖四方之功。"又說："所以文王的儀法，為天下人民所信服。"這樣看來，乃是以德與信為主的，並不專講用刑。今鑄鼎示民，則民之爭罪之本在於刑書，沒有人理會禮儀了，連錐刀似的小事，都會以此為本去爭競的。因之訴訟囚牢越來越多，賄賂之事必將公行，恐怕鄭國就敗亡在你的手裏啦！我聽說，將要滅亡的國家，才會亂改法律呢，你說是不是？

按叔向乃是晉國的上卿，賢能聞於諸侯，他的政治態度，比較的保守安定，就是說完全是法先王的，鄭國地處中原，為南北交通的樞紐，商賈輻湊，人物繁庶，且為軍事必爭之地，晉楚爭霸，來往拉鋸。子產面對現實，迫於需要，自不能不在外交上靈活運用，內政上多所更張，因為他的政策是反映了當日的地主階級和商業者的利益的，與叔向的政見相左。所以子產便回信道，"祭奠，晉國乃是諸侯的盟主，或者缺了郊祀罷。"於是韓宣子祭祀了夏鯀，晉侯的病果然好了一些，把莒國進貢來的兩個方鼎（四足的）賞賜給了子產，子產也把晉國先前賜給出奔去的豐施（豐施，鄭公孫段之子）的州田還給韓宣子，並說明了原因道："當時君侯認為公孫段能夠勝任其事，才給了他州田，現在他沒有造化，死去了，有負厚賜，他的兒子不敢繼續享有。這個事情不敢能再讓君侯操心，請您私下收回如何。"韓宣子不答應，子產說："古人說得好，他爸爸砍的薪柴，可是兒子擔負不了。公孫施害怕享受不了先人的祿賜，何況它是來自大國的，即或你當國時沒有話說，如果後來的人認為是我們侵佔了晉國的土地,因此召來了罪討,鄭國和豐氏受得了嗎?所以,千萬請您把它收回,以免成為將來的禍根。"韓宣子收下以後,報告了晉平公,平公就賞給了韓起,韓起因為曾跟趙文子,爭過這塊地,心裏有病,便和封給宋大夫樂大心的原縣對換了完事。這段公案,又是子產辦得漂亮,子產早就知道韓起垂涎州田,故而在公孫段死後立刻還給晉國,同時也未嘗不是表示信不過韓起。

自襄卅年鄭人殺了伯有,便經常哄傳伯有的鬼來了,從而紛紛逃避。鑄"刑書"那一年(前年,昭五年)二月,又有人說:夢見了伯有,全副武裝著走來並聲言:壬子我將殺死帶(駟帶助子晳殺伯有,正是壬子六年三月三日),明年壬寅,我還要殺死段(公孫段,豐氏黨。壬寅,此年之正月廿八日),到了壬子和壬寅這兩個日子,駟帶、公孫段果然先後死去,鬧得鄭國人非常恐懼。過了一個月,子產立子孔的兒子公孫泄(子孔是在襄十九年被鄭國殺掉的)、伯有的兒子衣止為大夫,使有宗廟,以示安撫,事情才得平息。

太叔問道:"這是什麼緣故?"子產解答說:"鬼有了歸宿,便不禍害人了,我這是在給他們找憑依的所在。"太叔又曰:"立公孫泄幹什麼?子孔並沒有興妖作怪呀。"子產說:"所以解說民心。只給妖鬼無義的伯有立後,恐怕老百姓滋生疑竇,同時也立了公孫泄好作交代。民不可使知之,故治道反其意而行之,所以求媚於民,反之老百姓便不信賴咱們了,如果老百姓不信任自己的卿大夫,那還辦得了事嗎?"

等到子產又去晉國,趙景子成問子產說:"伯有真的會作厲鬼嗎?"子產說:"會的。人生下來以後才具有形體,他的神氣叫做魂,形強則氣強,形弱則氣弱,權勢重,用物多,神氣自然精明。普通的老百姓死後,他們的精靈猶能憑藉生人興妖作怪,何況良霄是鄭國先君穆公的後代？自公子棄疾以來做過三輩子卿大夫，真夠上取精用宏族大權重了，他的底子這樣深厚，怎麼能夠不做強鬼呢？（這自然是子產明敏，借死人講活人，自為之解說的一種遁詞，其實是他擔心這一派鄭國貴族潛力太大，只能彌縫，不可結仇之故。）"

此際還有一事。鄭國子皮之族，飲酒無度，相競以奢，舊與馬師氏公孫鉏之子罕朔有嫌隙，趁本年二月齊師自燕回國之際，罕朔殺了子皮的弟弟罕魋，畏罪出奔到了晉國。韓厥就使詢問子產，應該給罕朔一個什麼職事。子產曰："這是逃亡到貴國的羈旅之臣，答應他留在這裏避難也就滿可以了，哪裏還敢挑什麼職位？按照古代的制度，卿之以禮去國者，降位一等為從大夫，獲罪的人，則降等更多。罕朔在我們那裏時，不過是個亞大夫，官為馬師，因為犯罪離開，讓他依舊活著，已經是莫大的恩惠，您怎麼安置都可以，還敢要求官職嗎？"韓厥由於子產說得非常得體，只把罕朔降了一等，使為嬖大夫（等於下大夫，未以罪降）。

昭公十年七月，晉平公彪卒，九月即葬，諸侯的大夫來送。鄭國派了罕虎參加，罕虎行前打算帶著贄見新君的禮幣。子產說："此行只是參加葬禮，何必攜帶贄見之幣？如果一齊帶著，需要車乘百輛，隨從千人，這麼浩大的費用，怎麼負擔得了！"罕虎不聽，堅持己見。結果是新君不接見諸侯的大夫，認為送葬禮畢任務已經完結，再見新君，於禮不合，叔向辭謝說："新君正在居喪，不好吉服相見，如用喪服則等於再次受吊，諸位認為應該怎麼辦呢？"各國大夫無辭以對，罕虎白白用盡了許多錢，悔恨異常。回國以後對子羽說："知道不難，做起來不容易！子產確實預見到了，不過是我無知而已。《尚書》說：'人一放縱情欲，勢必毀敗禮儀法度。'這正指責的是我自己。子產是真曉得什麼是法度，什麼是禮數的。我這一次打算送葬和慶立新君一道辦的主觀願望之所以落空，正是自以為是沒有加以克制的結果!"

昭十一年,楚師在蔡。秋,諸侯會於厥憖(杜注略,其地當在今河南省項城縣附近),謀以救蔡。鄭之子皮將行,子產說:"用不到走多少路啦,蔡國就會滅亡的。這是因為蔡本小國,卻不曉得順從楚國,楚是大國,又不講求德化,此乃上天丟棄了蔡國給楚國,叫楚國惡貫滿盈以後再加以懲罰的。蔡國是徹底完結了,哪有國君叫人家殺掉還能夠堅守國土的國家?但楚王的罪過也是大的,不出三年,他也要自食其果的。天下事,無論好的還是壞的,都會有所報償,楚王一定會受天譴。"

昭十二年三月,鄭簡公卒,鄭人為了埋葬他,開始清除道路,游氏的家廟當毀。子太叔叫他的家人備辦好了工具聽信,並且囑咐他們說:"看見子產時,要表示出來決計拆除而又不忍得立即下手的意思。"子產知道以後,便吩咐避開它改道而行。但是掌管鄭國公墓的大夫,其家有阻礙大路的,則子太叔主張拆毀,說:"這樣可以趕早晨下棺了,不然的話,須是中午始能下葬,豈不怠慢了前來送葬的諸侯的賓客?"子產說:"諸侯的賓客,既然肯來參加葬禮,便不會計較中午下葬還是早上下葬了。不拆除他們,無損於賓客,老百姓卻不受干擾,豈不甚好。"結果是都不拆挪,日中完成葬禮。人們因此都稱讚子產"知禮",辦事有分寸,沒有讓老百姓受損失。相形之下,子太叔就顯得差了。

這一年,晉昭公立,齊侯、衛侯、鄭伯,都到晉國去朝賀,晉昭公宴享諸侯,子產相鄭定公請求不參加宴會,因為簡公還不曾下葬。晉人同意了。鄭迫於楚之威力,不能不竭誠事晉以求遠害,這才帶著父喪來聘晉國,晉人知情,所以也不能不諒解,同時也看出子產依禮而行,處處立於不敗之地。昭十三年春,楚靈王被弒,晉昭公欲以兵威諸侯。七月,治軍於邾南(地在今湖北省黃岡縣西北),甲車四千輛,武士三十萬,遂合諸侯於平丘(亦在今湖北省北部)。子產、子太叔相鄭伯與會,子產以帷幕九張行(帷幕,軍旅之帳。四合象宮室曰帷,在上曰幕)。子太叔卻帶了四十張,後來覺得不像話,不該蓋過子產,也減損為九張。晉人命諸侯於中午集合於盟壇附近,子產讓他的隨從趕快搭好帳篷,可是子太叔說是急什麼,等到明天也不算晚。到了晚上,子產聽說還沒動手,諭令快去,但是,已經找不到空地了(說明子太叔誤事,件件不如子產敏捷)。在盟會上,子產又爭執交納貢賦多少的次第,說:

> 昔日周天子規定貢賦多寡,是按照地位的高下辦的。爵祿尊貴的多拿,如公侯地廣者即是。除非是王畿以內的臣民,才也會多加徵收。鄭國在甸服之外,又只是個伯爵,不該跟公侯一樣攤派,也負擔不了,請求予以照顧。何況各國諸侯,為了和平才互通聘問以息爭端的。如今經常盟會,還不確定貢稅的數額,小國拿不出來,豈不得罪盟主!諸侯修好,原為保存小國,索求無厭,等於讓他們日益衰亡,所以到底該當怎麼辦,就看今天如何決定了。

從午間一直爭執到晚上,晉人才點了頭。盟會下來,子太叔埋怨子產說:"如果招來兵禍,怎麼得了!"子產曰:"晉政多門,統一不了號令,苟且偷安之不暇,哪裏談得上討伐。如果不爭競,則國家為人所侵淩,何以自立!"這又說明著子產有膽有識,忠貞為國,戰無不勝,攻無不取,真是當時不可多得的人物。當他回國的路上,聽說子皮死了,哭著說道:"我完了,今後沒有人知道我在為國家做好事了!過去只有他是清楚的。"孔子後來也稱道子產這一次的出行,卻實是給鄭國奠定了國家的基礎的,特別是在會合諸侯限制貢賦這一事件上,可以說是極為出色地完成了任務了。真夠得上《詩經》上的兩句話:"樂只君子,邦家之光"了。子產有之。

昭十六年三月,晉韓起聘於鄭,鄭定公招待了他。子產告誡鄭說:"凡是在朝中有職位的人,都應該以禮相見。"可是,孔張(子孔之孫)遲到了,站立在賓客中間,掌管位列的大夫阻止了他,他轉移到了賓客後面,再被禁止,又挪身到了樂隊裏頭,引得大家哄笑起來。事後,大夫富子諫諍子產說:"對待大國的賓客,可不能夠失禮,孔張這一次,幾乎叫人家瞧不上。我們禮數周到,還怕被輕視呢,一個國家,缺了禮儀,怎麼會有光彩?"子產聽了非常惱怒,對富子說:"發佈的命令,如果不正確,便沒有人服從,事或相類,真假難辨,就輕率地罰辦,將使刑獄紛亂,無法收拾。出外朝會大國,有失禮儀,被派出使,不肯前往,這才會得罪大國,勞民傷財。人家已經怪罪下來,自己還不曉得,我只怕遭到這樣的非難。孔張乃是鄭襄公的孫子,子孔的兒子,就是說鄭國的上卿的後人,他嗣位作大夫,出國為使臣,到過許多國家,為國人所敬重,各國諸侯知名,朝廷有官爵,個人有家廟,國家中有禄邑,軍隊有財賦(軍出卿賦百乘),大祭時有職位,接受國君的祭肉,已經有了顯著的地位,而且世世代代都不曾變動過,這樣的人,禮數一時不周,跟我有什麼關係? 必須是邪辟之輩,也讓他們參預了朝政,方能算是失掉了刑罰,對不住祖宗呢! 你還是從別的方面來幫助我吧。"乍看起來,這一段話好像是子產在文過飾非,推卸責任。其實,乃是子產在推重"貴戚之卿",不願因為些許失儀小事,製造矛盾,這自然是階級利益的慣例,同聲相應,同氣相求,子產也是鄭繆公的後代麼。高明之處,乃在於子產的內外有別,識其大體,不卑不亢,不是一切從恐懼出發,任憑大國作威作福發號施令的。還可以從韓起向鄭國討索玉環,遭到子產的婉拒一事得到佐證。

晉國的上卿韓起有一對玉環,其中之一失落到鄭國商人的手裏,韓起趁著此次報聘鄭國的機會，請求鄭定公找還。子產不予理會，說："這東西不是我們官府掌管的器物，我們不清楚。"子太叔和子羽都向子產說："韓起要求的事很小，對晉國這樣的大國不應該有二心，無論晉國還是韓起上卿，都是薄待不得的，不然的話，如果碰到壞人，在這中間挑撥起來，鬼使神差地叫他們兇狠殘暴，對我們開了火，那時後悔也無及了，你為什麼要為了一個玉環，去得罪強大的晉國呢？找到給他不就完了嗎？"子產說："正是由於我不想薄待晉國獲有二心，才這樣做的，要對人忠實講求信義麼。我聽說古之君子，不以家貧沒有財貨為難，立於職位，可是傳不出來好聲譽，才是難堪的事。我又聽說掌理國政的人，事大國，愛小國也不難，辦事不依禮而行，才是最大的患難。假使聽令大國的什麼人，隨便向小國索求，那能夠應付得了嗎？有的給，又有的不給，只要開了頭，那個罪就受大了。因此對於大國的需求，如果不按照禮數去拒絕它，必然需索個沒完沒了，豈非是讓鄭國成了晉國附屬地，還算什麼獨立的國家？難道他韓起此次奉命出使，是專為找玉環來的？那樣，可就太貪婪啦，這不也是犯罪嗎？我還一個玉環，招來了兩行大罪：我們算不了獨立的國家，韓起也成了大國的貪官，為什麼還要這樣幹呢？"

韓起買通了商人，在成交之前，商人說："必須報告國君和卿大夫批准。"韓起又向子產商量道："日前我曾經向你請求歸還玉環，執政諸公認為這個要求不夠正當，沒有敢再提出。現在我從商人手裏買到了，可是他們說必須得到你們的同意，那麼，請你們關照一下吧。"子產解釋說："我們的先君桓公，封地本在天子的畿輔以內，後來同商人一道遷到這裏，並肩耕作，開荒占草地生活下來，代代都有盟誓，大家互相信守，說是：你別叛離我，我也不強買搶購。你發你的財，無論有多少寶貨積累，我也不來查問。就是因為彼此遵守著誓言，才能維持到如今，關係搞得不壞。現在你因為重修盟好來到我們國家，卻想要我們違背誓約,強奪商人的財貨,恐怕不大合適吧。而且我們以為,如果你因為強要一個玉環,失掉了諸侯的友好,也一定不會幹的。即使大國叫我們不必注意這樣的法令,作為小國的我們亦不會考慮它的。所以不論怎麼說,我都覺得把玉環找給你,沒有一丁點兒好處。這是我個人的看法,請你參考。"於是韓起作罷,還自我批評說:"我實在糊塗,可不敢因為要玉環而干犯兩行罪過,使晉失諸侯,鄭為邊邑。"

是年夏,四月,鄭國的六卿在郊區給韓起送行。韓起說:"請你們幾位都給我念《詩》吧,借此可以瞭解一下諸位志趣的所在。"罌齊(子皮之子,子齹)賦《野有蔓草》:"思遇時也。君之澤不下流,民窮於兵戈,男女失時,思不期而會焉。"韓起說:"好哇,年輕人,我有希望了!"子產賦鄭之《羔裘》(以別於《唐》之《羔裘》,取"彼己之子,舍命不渝,邦之彥兮"以頌美韓起),韓起說:"我不敢當。"子太叔賦《褰裳》(言鄭國有篡國之事,須大國予以規正,你們如果不管,我們要請別國如齊楚之類幫助了)。韓起說:"我在你這兒哪,何必再勞駕找別人。"子太叔聞言以後,立刻道謝,韓起再說:"你表示的好,如果咱們不這麼辦,如何能夠友好下去?"駟偃(駟帶之子,子游)賦《風雨》(取其"既見君子,云胡不夷",言君子雖居亂世,不改常態)。豐施(公孫段之子,子旗)賦《有女同車》(用"洵美且都"之語,以贊韓起)。子柳(印段之子,印癸)賦《蘀兮》(借重"倡予和汝"之句,表示只要韓起帶頭,他將追隨之意)。韓起高興地說:"鄭國行將興旺了,你們幾位以鄭君的心意來相鼓舞,所賦都不出《鄭風》的範圍,而且全是表示友好的,說明著你們幾位,一定會幾代地主持鄭國的大政,使你們的國家平安無事了。"因而各個地贈送了馬匹,並且頌賦《我將》(自稱畏天之威,志在靖亂,以保文王之道)以示回敬。子產因而率先拜謝,並命五卿一同施禮說:"您既然肯於綏靖亂事,我們豈敢不表示感謝!"韓起並且另與子產會談,額外贈送了玉和馬說:"你教導我捨棄玉環,簡直是使我免於死亡的金玉良言,所以我應該手持玉石深深地拜謝。"

按子產治國的真功夫,就在於內政外交上的調度有法,砥柱中流。無論在什麼時候,碰到多大的困難,他都能從容處理化險為夷,這一回合,表現於韓起聘問中的也不例外。從孔張失禮,出了問題,不聽韓起索玉,正言回絕,到餞行賦詩,韓起反爾感悟得贈送玉馬給子產等六卿,約為永久友好的國家。不失銳氣,邦國光榮,真夠得上是有真本領的博雅君子。而《詩》與禮乃當日立國之大經,為執政者所不可以不精通的情況,更使吾人體會得到了。

九月,鄭大旱,派了屠擊、祝款、豎柎三位大夫到桑山祈雨,他們叫人砍林木。子產說:"所謂有事於山,是讓老百姓養護,讓它越來越繁茂的意思,現在你們反而把它砍伐啦,這個罪過可就大了。"立刻罷了他們的官,收回了封邑。

昭公十七年冬,彗星現。魯大夫申須說:"這是除舊佈新的天象。"梓慎也說:"恐怕要發生火災,宋、衛、陳、鄭四國都逃避不了。"鄭國的大夫裨竈對子產說:"如果我們使用玉的飲器和玉的長勺禳祭,可以免生大災。"子產不聽,認為既是天災流行,禳祭也不會有用。昭十八年,夏,五月,戊寅,大風,宋、衛、陳、鄭皆火。裨竈說:"不聽我的話,鄭果然有了火災。這還沒完哪!"鄭人信以為然,請用玉製酒器和玉勺以禳祭。子產依舊不答應。子太叔勸說道:"使用寶玉,是為了保護人民的。如果火災再次發生,國家便接近於毀滅了!能夠避免毀滅的事,你為什麼不去做呢?"子產說:"自然的變化是無窮無盡的,我們的知識還有限得很,沒有辦法完全懂得它,裨竈怎麼能前知呀?他已經說得過多了,偶爾猜中一次,或者有可能而已,哪裏會事事都作準?"堅決不禳祭,鄭國也未再次發生火災。

火災未發生以前,鄭國大夫里析曾經跟子產說:"國家將有大災難,它會使人民震動,國家接近滅亡,我是看不到了,你看看,是不是搬動一下國都?"子產說:"雖然可以有這樣的設想,我卻沒有逃避開災難的本領。"等到火災起後,里析已經死掉,但還沒有下葬,子產便派了車輛和卅個人,把里析的棺木遷走以示追念其"國遷"之言,並派人勸報聘前來的晉國使者們莫進東門,使司寇及時送走新到的賓客,卻不許舊賓客隨便離開館舍(一以保護其人身之安全,一以防備洩露災難實況);使子寬(游吉之子)子上兩個掌管祭祀的大夫,巡視祖廟,免被火災波及;使主管占卜的大夫公孫登移開"大龜"等事物,使祝史把鄭國宗廟裏的木主都歸到周厲王的祖廟裏去;使司理府庫的官吏做好防火的準備,藉以保護財貨;命糾察里巷的大夫商成公移置先朝的舊官人於安全地帶;讓管兵事的司馬,管刑法的司寇,帶著人夫堵塞火道,登城防寇;過了一天,又使郊縣的主管人,準備好了待命召集的丁壯,並使郊區的居民幫助祝史在城北修築壇坫以備祭祀之用,開始禱告火神和水神與城郊,豁免受災戶的賦稅,予以適當的補助;到了第三天,為了悼念受害者,停止會市,不作生意;派主管外交工作的行人遍告火災於諸侯。

七月,子產因為火災的發生,一面祈禳,一面賑濟,還在城外集合武裝部隊,舉行軍事演習。由於擴大演武場,碰到了太叔的家廟位在大路以南,他的住宅卻在大道以北,有礙演習,住宅當毀。已過了三天的限期,子太叔只命令他的家丁做出將要拆除的樣子,又囑咐說:"子產過來的時候叫你們拆,你們再動手。"可是子產上朝,看到以後,非常生氣,責問:"為什麼不趕緊拆毀?"子太叔的家丁聽了卻動手拆道南的廟。子產行至城內大街,知道這事,又派隨從去告訴他們:"停止拆廟,只毀家宅。"火起來後,子產命令士兵上城守衛。子太叔說:"這不會招致晉兵來討伐我們嗎?"(指不讓晉使入城,又嚴兵守護而言)子產說:"據我所知,一個小的國家,如果忘掉了守備,那是特別危險的事,何況咱們又正鬧火災?國家並不怕小,只要它隨時準備著。"接著,晉國防守邊界的官吏,指責鄭國說:"因為你們有了災難,晉國舉朝上下,由於關心,都不曾安定過,求天問卦,祭祀禱告,根本沒有吝惜牲畜玉帛。同感憂患麼,現在你們不但不領情道謝,反而練兵守城,這是要幹什麼呢? 我國住在東邊界的人,心裏疑懼,所以不能不查問一下。"子產回話道:"如果真像你說的,晉國上下都為我國發生火災而感到憂愁,太對不過了。我們沒有管理好國家,發生了天災,又恐怕壞人從中挑撥,引起不必要的麻煩,更增加我們的困難,也招致貴國替我們擔憂。如果國家幸而免於危亡,還可以說得過去,否則即或您們代為憂愁,又有什麼用呢? 鄭國雖然也跟別的國家作為鄰邦,可是我們仰望、依靠的卻只是貴國,聽從晉國的召喚,早已決定了的大政方針,哪裏會有別的心腸!"

從鄭國發生火災的前前後後,更可以看出來子產的有為有守,既不濫信濫用,也不畏首畏尾,安內防外,以禮服人。總的精神是:乾綱獨運,空所依傍。如果不是富有政治經驗的人,豈能這樣的指揮若定,正確無誤,而"天道遠,人道邇"的至理名言,也就至今傳誦了。

昭十九年,鄭大夫駟偃逝世,他的晉人妻子所生的後代名曰絲,年事太輕,駟偃的父兄輩讓他的叔父行駟乞作為繼承者。子產討厭駟乞的為人,又認為舍子立叔與禮不合,未加可否(許之違禮,不許違眾,故而保持中立)。駟乞因而心懷恐懼,後來,駟偃的小兒子絲把自己未得繼承父業的事向他的晉國舅父申訴了,晉國便派人來以禮聘問:為什麼舍絲而立駟乞? 駟乞更加怕了,打算逃亡出國,子產叫他不要走,占卜起來,卦象也不允許。鄭國的大夫們計議如何應付晉國的來人。子產不等商量就直接回復客人說:"鄭國不幸,幾個大夫臣有了喪亡老弱的情況,現在我們的大夫駟偃又死去了。他的兒子太小,所以他們宗族裏的父兄們,恐怕繼承不得其人,才私下決定立了一位長親(指駟乞而言),我們的國君對駟氏的親長說:或者是老天想要紊亂你們的家族,這我們能有什麼辦法! 俗話說得好:'躲開點有禍亂的人家!'老百姓對於普通的問題,都怕沾色兒,還用說老天爺想要禍亂的門第? 現如今,你們卻要詢問這是什麼原故,我們國君豈能知道! 外人更不要談了。回想起來昭十三年在平丘(故城在今河北省長垣縣西南)的盟會上說:'不要喪失掉自己的職事。'如果我國幾個去世的大夫,他們的後事都須晉國的大夫前來過問,我們不等於是晉國的屬地了嗎? 那還算什麼獨立的國家?"於是立刻辭謝以幣聘問的晉國使者,後來晉國也就不再問了。

子產雖然鄙視馹乞,但這是鄭國自己的事,豈能允許外人過問,所以才用"敢知天之所亂"為辭,婉拒晉使干涉內政的越權行為,親疏遠近,內外敵我必須分明,否則為人所乘,不可收拾了,正是子產明智之處。如同這一年鄭國又發生了水災,城門外的洧水(出今河南省,滎陽、密縣,東南至潁川、長平、入潁)裏,有被呼為龍的大水蟲在攪鬥,老百姓請求予以祭祀一樣,都是紛擾徒勞的舉動,因而一口回絕,說:"人跟人鬥起來,龍何嘗過問過? 龍在它們自己的家裏鬧動,我們也管不著,彼此兩無關係,誰也用不到誰,禳祭幹什麼?""居靜而行簡",真有見識。

昭二十年,十二月。子產患了重病,他把會接手執掌鄭國政權的子太叔找了來,囑咐子太叔說:

> 我死以後,你一定會接手主持鄭國的大政的,據我的經驗,只有德高望重的人,才能對人民講求寬柔之道,並使他們心悅誠服。其次,就是嚴刑重罰了。這好像是有了大火一樣,老百姓看見就怕,不敢玩忽,所以被燒死的人便很少。水的樣子是好玩的,人們往往輕於接近,因而被淹死的人就很多,這說明著為政寬緩,難以為治。

治了幾個月，子產便去世了。子太叔果然繼任鄭國上卿，執掌大政，可是在行政措施上，一下子狠不上來，事事寬縱，漸漸地強盜多起來了，在草莽窪地裏頭，就行搶劫人。子太叔非常之悔恨，說："如果早聽子產的話，政治不會弄得這樣糟！"於是派出武裝部隊包圍荒草甸子，把捉住的強盜都殺了，情況才好了一些。後來孔仲尼聽到這樁事了，說："好啊！為政寬緩，老百姓便會玩忽疲沓，出了毛病，立刻用嚴刑峻法來懲治；為政一味地嚴峻，又失之於殘酷，這時候再調劑之以寬緩，用寬來救濟嚴，嚴來救濟寬，這樣便合乎為政中和之道了。《詩·大雅》道：'老百姓已經夠苦了，應該讓他們休息一下啦。要使中原的人們得到一些恩惠，給四方的統治者做個樣板，以求天下安定。'此乃為政寬緩的好處。又說：'別放縱那些邪僻的人，要加倍地約束他們，因為，這些傢伙是悖謬成性不怕犯法的。'所以，必須用嚴刑重法來處理糾正，這樣，便能懷柔遠近，使之各安生業，借使天下太平了。《詩·商頌》還說：'政尚中和，既不強迫命令，也不寬大無邊。'表現出來一片和平中正的氣象，才夠得上是最理想的政治呢！"孔子這一段話，自然是頌揚子產的。我們檢點了子產的一生，無論從內政、外交、經濟、法制，任何方面看，都可以說是出類拔萃的。

子產死在鄭聲公(勝)五年(《史記·鄭世家》)。他"為人仁愛，事君忠厚"(同上)，望重諸侯，號稱鄭國的"賢相"，是春秋中季，自鄭簡公嘉以來就多災多難的鄭國，賴以立國於晉、楚、秦、齊幾個霸國之間的政治家和外交家。他跟晉國的叔向(執政的上大夫)、吳國的季札(讓位的貴公子)、魯國的孔丘(當代的聞人)，都有交往。他死以後，鄭國人都哭泣不已，"悲之如亡親戚"(同上)。曾經兄事子產八年之久的孔丘，讚揚子產是"惠人"，有"遺愛"(同上)，而且比較全面地肯定子產是"行己恭，事上敬，養民惠，使民義"的古之"君子"(《論語·

公冶長》)。因而,縱令他是積極維護奴隸主統治的貴族當權派,卻能夠國而忘家、公而忘私,相當靈活地運用職權,適時地規定了一些新辦法,改革了許多不合理的制度,減輕了多數人民的疾苦,從這一方面講,我們實在應該歷史唯物地給以評價了。

附錄:關於公孫僑的遺聞逸事

流行下來的關於公孫僑的遺聞逸事很多,有的是和《左氏傳》等書重複的(只是小有出入),有的是不見經傳的,有的則是評價的話,我們也分門別類地把它們彙集起來以供參考。材料以見於兩漢以前的書籍為限。

一、評價的話(關於"惠愛"的)

子謂子產有君子之道四焉:其行己也恭,其事上也敬,其養民也惠,其使民也義。(《論語·公冶長》)

按:劉寶楠《論語正義》注云:"子",當時男子的通稱,這裏指的是孔子。

子產,鄭大夫公孫僑,字子產。鄭是周的同姓國。韋昭《晉語》注:子產是鄭穆公之孫子國之子,所以稱做公孫。

錢大昕《後漢書考異》說:產,是生的意思。木高曰喬,有生長之義,故名喬,字子產,後人增加人旁以"僑"為"喬"。

按:《說文》:"僑,高也。"僑言人之高者。郭注《山海經》:"長股國,或曰有僑國。"("喬"、"僑"通用。)《左傳》:"長狄僑如。"當亦取高人之義。"僑"、"產"義合,高大為美,故子產又字子美。

劉寶楠說:君子卿大夫之稱,子產德能居位。在修養上有四種可以稱道的事:修身、克己、奉上、盡禮,尤其是能夠愛護人民,被頌揚為"惠義",是其獨到之處。

子曰:"為命,裨諶草創之,世叔討論之,行人子羽修飾之,東里子產潤色之。"(《論語·憲問》)

注:裨諶,鄭大夫氏名,謀於野則獲(接近人民,調查研究)。但在朝廷之上卻難於決斷。鄭國遇有諸侯之事,有其乘車深入民間,探求意見以作盟辭的底稿。世叔:鄭大夫游吉。討,整理。裨諶既造謀,世叔則反復加以磋商、審定。行人就是當日的外交官。子羽,公孫揮,子產居東里因以為號。這四個人共同裁決文件的內容,所以萬無一失。又,草即是初稿,未免蕪雜;修飾,增減損益之意,已是再次研究,較之討論又進一步潤飾也;潤色,謂美化文辭,最後定案。鄭之為命,皆由子產主持,裨諶等人不過相與參謀而已。

或問子產,子曰:"惠人也。"(同上)注:惠,愛也。子產,古之遺愛。

關於孔子評論子產的惠愛人民的,《家語》裏也有一段話,讓我們補充在這裏:

> 子游問於孔子曰:"夫子之極言子產之惠也,可得聞乎?"孔子曰:"惠在愛民而已矣。"子游曰:"愛民謂之德教,何當施惠哉?"孔子曰:"夫子產者,猶眾人之母也,能食之,弗能教也。"子游曰:"其事可言乎?"孔子曰:"子產以所乘之輿濟冬涉者,是愛無教也。"

王肅的話,雖然不盡可靠,但如參證起來,下面見於《孟子·離婁》的一段引論,卻可以相互發明的。因為孟軻是祖述孔子的,他論到這一事物在先,又是譽毀參半的,怎見得《家語》的材料不是來源於《孟子》的呢?譬如這裏的文字,就幾乎是全都肯定子產"惠愛"的了,反而是跟《左氏傳》《史記·鄭世家》的說法是若合符節的啦,因此傳抄修正也好,有意杜撰也好,其必有一定的事實上的依據,是可以斷言的了。何況據此我們還可以說：子產的"惠愛"，不只流傳於春秋戰國之世，包括晉代在內也是一樣的呢，不是嗎？遠在二千多年以後的今天，我們都要拿它重行體認一番。只要真有事實，這樣那樣的看法，就用不到奇怪了。例如："子產以其乘輿濟人"這一故事先後見於《孟子》《禮記》，以及這裏的《家語》，而以《孟子》所載為最全面。對於其事，肯定或是間以否定，則三書各有不同。孟軻說："惠而不知為政。"《禮記》說："是愛而無教。"《家語》則說："是愛無教也。"

子產聽鄭國之政，以其乘輿濟人於溱洧。孟子曰："惠而不知為政。歲十一月，徒杠成；十二月，輿梁成，民未病涉也。君子平其政，行辟人可也，焉得人人而濟之？"（《孟子·離婁》）

此言子產雖能惠愛人民，用自己的乘車來往渡運過河的百姓，以免他們赤足蹚水，可是這卻不能算作根本解決問題的辦法。必須趁著九、十月間，搭起橋樑才是執政者應該考慮的便民措施。因為事實上是，除此以外，子產絕對做不到把要過溱洧二水的人都用自己的車子運轉過去的。

焦循《孟子正義》云："子產，子國之子，公孫僑也。"陳氏厚耀《春秋世族譜》云："襄公，代子皮為政，昭公二十年卒。"《淮南子·氾論訓》云："聽天下之政。"高誘注曰："政，治也。""聽"謂平察之。《史記》注引《括地志》："溱、洧，二水名，古新鄭城南，洧與溱合。"子產治鄭未必不修橋樑道路，此不過偶見橋有未築，故以車濟人。孟軻特就其事，深論之耳，亦屬借題發揮之類。

《禮記·仲尼燕居》云："子產猶眾人母也，能食之不能教也。"注云："子產嘗以其乘車濟冬涉者，而車梁不成，是慈仁亦違禮。"《家語·正論解》："子游問於孔子曰：'夫子之極言子產之惠也，可得聞乎？'孔子曰：'謂在愛民而已矣。'子游曰：'愛民謂之德教，何曾惠哉？'孔子曰：'夫子產者，猶眾人之母也，能食之而不能教也。'子游曰:'其事可言乎?'孔子曰:'子產以所乘之車濟冬涉,是愛而無教也。'"

《禮記》同載孔子與子游關於子產"以車濟人"的論述,可是這裏的說法"愛而無教",雖然是和《孟子》的"惠而不知為政"的見解是一致(從基本態度上講),而不同於王肅引用的話"愛教"了,《孟子》《禮記》在前,《家語》之言後出當辨。

季孫子之治魯也,眾殺人而必當其罪,多罰人而必當其過。子貢曰:"暴哉治乎!"季孫聞之曰:"吾殺人必當其罪,罰人必當其過,先生以為暴,何也?"子貢曰:"夫奚不若子產之治鄭? '一年而負罰之過省,二年而刑殺之罪亡,三年而庫無拘人',故民歸之如水之就下,愛之如孝子敬父。子產病將死,國人皆吁嗟曰:'誰可使代之子產死者乎?'及其不免死也,士大夫哭之於朝,商賈哭之於市,農夫哭之於野。哭子產者,皆如喪父母。今竊聞夫子疾之時,則國人喜。活則國人皆駭。以死相賀,以生相恐,非暴而何哉? 賜聞之:托法而治,謂之暴;不戒致期,謂之虐;不教而誅,謂之賊;以身勝人,謂之責。責者失身,賊者失臣,虐者失政,暴者失民。且賜聞:居上位,行此四者而不亡者,未之有也。"於是季孫稽首謝曰:"謹聞命矣!"《詩》曰:"載色載笑,匪怒伊教。"(《韓詩外傳》卷三)

從這一段逸事就說明了許多問題:

①不只是孔子自己稱讚子產惠愛人民,包括他的高足端木賜在內,也一樣地口碑載道,繼續宣揚。

②子產遺愛在人是千真萬確的。試看,鄭國人都想替他死了,死了之後朝野痛哭如喪考妣。

③也證明著子產為政並非全靠法治,否則孔子以後的儒家甚至連同漢代的作者、學人,不會這樣地肯定他。

④相形之下季孫之治是不足為訓了,雖然季孫執行法治非常嚴明。"徒法不足以自行"麼?

⑤關於這些情況,可以結合起來,與上面録引的那些材料和見於
《春秋左氏傳》《論語》《孟子》以及《鄭世家》的類似記載參照
研究。

二、關於傳說或逸事的

鄭人游於鄉校,以議執政之善否。然明謂子產曰:"何不毀鄉校?"
子產曰:"胡為? 夫人朝夕遊焉,以議執政之善否。其所善者,吾將行
之;其所惡者,吾將改之。是吾師也,如之何毀之? 吾聞為國忠信以損
怨,不聞作威以防怨,譬之若防川也,大決所犯,傷人必多,吾不能救
也,不如小決之使導,吾聞而藥之也?"然明曰:"蔑也,乃今知吾子之信
可事也,小人實不才,若果行此,其鄭國實賴之,豈惟二三臣!"仲尼聞
是語也,曰:"以是觀之,人謂子產不仁,吾不信也。"(《新序·雜事》)

按《左襄卅一年傳》文跟劉向所録引的,已經差廿幾個字,如第二句
多"之善否"三字。第五句《左傳》文為"毀鄉校何如?"第七句《左傳》文
是"何為"。第八句《左傳》文乃"朝夕退而遊焉。"第十句的兩個"將"字
《左傳》文係"則"字(這在語氣上就大有差別了)。十三句之"如"字《左
傳》文作"若"字。第十四句《左傳》文原作"我聞忠善以損怨",這裏多了
"為國"二字,並把"善"字改成了"信"字。尤其是"不聞作威以防怨",
下面《左傳》文還有"豈不遽止"一句,這兒全給漏掉了。而緊接著的"譬
之若防川也"一句,《左傳》文只作"然猶防川",以及這裏的"能救",《左
傳》文原為"克救"。這裏的"小決之使導",《左傳》文無"之"字,"導"字
作"道"。這裏的"吾聞而藥之也",《左傳》文"吾聞"前還有"不如"二
字。這裏的"蔑也,乃今知吾子之信可事也。"《左傳》文則作"今而後
知君子之信可也。"等等都是,只不過是主要的內容還一般無二而已。

說到這裏讓我們破格地引用唐人韓愈的讚頌,一篇《子產不毀鄉

校頌》,以為其事之膾炙人口又且源遠流長之證文曰:

> 　　我思古人,伊鄭之僑。以禮相國,人未安其教;遊於鄉之校,眾人囂囂。或謂子產:"毀鄉校則止。"曰:"何患焉? 可以成美。夫豈多言,眾各其志:善也吾行,不善吾避;維善維否,我於此視。川不可防,言不可弭。下塞上聾,邦其傾矣!"既鄉校不毀,而鄭國以理。在周之興,養老乞言;及其已衰,謗者使監。成敗之跡,昭哉可觀。維是子產,執政之式。維其不遇,化止一國。誠率是道,相天下君;交暢旁達,施及無垠,嗚呼! 四海所以不理,有君無臣。誰其嗣之,我思古人。
> (《韓昌黎全集·卷十三·雜著》)

　　注意韓愈這裏"以禮相國"的"禮"字和"化止一國"的"化"字,就是說:在他的思想裏也是認為公孫僑重在"禮治",而非法家,並且惋惜它不曾普及天下的。這在推崇儒家學說的韓愈身上,固然是本色當行,用不到奇怪的事,可是我們卻因此更將了然於公孫僑遠在春秋時代就是個開明的較為"民主"的政治家,而非苛刻之輩了。不然的話,怎麼夠得上是"惠人"和"古之遺愛"呢。關於這一點我們還有補充的資料:就是子產的政治繼承人子太叔(游吉)在子產逝世之後為了應付晉國上卿趙鞅的"禮儀"之問所引用的一大段"禮論",那才真是當行出色全面介紹的大理論呢。因為它不止說出來"禮"的所由產生、應用和齊之以"賞罰"的治國安邦之道,而且還反映出來春秋之季舊的典章制度沒有完全廢除,權國家(替代周天子執行政令的霸主們)不能不予以重視的情況,所以我們大可以說東周"禮崩樂壞"之後,想要"挽狂瀾於既倒"的"作者",不止是"刪詩書,定禮樂"的孔子一人,在孔子以前子產早就努力過了(當然也有別人,不過不如他們的影響大),而且

是從政治上下手的,原文是:

　　夫禮,天之經也(經,常道,自然產生的規範),地之義也,
(義,宜也,合乎地上人類的利益),民之行也(廣大的百姓照
著這種要求辦事)。天地之經,而民實則之(則,準則)。則
天之明(日、月、星、辰),因地之性(高、下、剛、柔),生其六氣
(陰、陽、風、雨、晦、明),用其五行(金、木、水、火、土)。氣為
五味(酸、鹹、辛、苦、甘),發為五色(青、黃、赤、白、黑),章為
五聲(宮、商、角、徵、羽)。淫則昏亂(過度就傷害本性),民
失其性。是故為禮以奉之(奉,約束):為六畜(馬、牛、羊、
雞、犬、豕)、五牲(麋、鹿、麇、狼、兔)、三犧(祭天地宗廟的犧
牲),以奉五味;為九文(山龍、華蟲、藻火、粉米、黼黻等文
采)、六采(用天地四方的彩色以畫繪)、五章,以奉五色(此
言刺繡);為九歌、八風、七音、六律,以奉五聲;為君臣上下
(君臣有尊卑,法地有高下),為夫姓外內,以經二物(夫治
外、女治內,各治其事);為父子、兄弟、姑姊、甥舅、昏媾、姻
亞,以象天明(六親和睦,以事嚴父,若眾星之拱);為政事、庸
力、行務,以從四時(在君為政,在臣為事,民功曰庸,治功曰
力,行其德教,務其時要,禮之本也);為刑罰威獄,使民畏忌,
以類其震曜殺戮(雷震電曜,天之威也,聖人作刑戮,以象類
之);為溫慈惠,和以效天之生殖長育。民有好、惡、喜、怒、
哀、樂,生於六氣。是故審則宜類,以制六志。哀有哭泣,樂
有歌舞,善有施舍,怒有戰鬥;喜生於好,怒生於惡。是故審
行信令,禍福賞罰,以制死生。生,好物也。死,惡物也。好
物,樂也;惡物,哀也。哀樂不失,乃在協於天地之性,是以長
久。禮,上下之紀,天地之經緯也,民之所以生也,是以先王

尚之。故人之能自曲直以赴禮者，謂之成人。大，不亦宜乎？
(《左昭廿五年傳》)

　　這一段談"禮"的話是從游吉的口裏引用出來的，他為了回答晉國
上卿趙鞅之問，才鄭重地作了宣揚，它起碼可以說明：

①春秋時代"禮"的重要性，它是天經地義的治國之大本。不只子
　　產在世時信守著它，子產的接班人游吉，同樣地恪遵著，宣傳
　　著，使著趙鞅都要心悅誠服地說"終身守此言"。

②話一開頭就點明了："吉也聞諸先大夫子產曰"，可見這時子產
　　早已不在了。所以《史記·鄭世家》和《十二諸侯年表》的"鄭
　　聲公五年，子產卒"的話是靠不住的。何況從前 522 年(《左昭
　　廿年傳》等書中)起，已不見子產的一言一行了呢？

③還應該鬧清楚的一點是：儘管子產當日也講求"刑罰威獄"，卻
　　不能不認為他是以"禮治"為主的。自然他這個"禮"跟孔子的
　　"禮"在典章制度上，都不可避免地要適時地有所增減損益(即
　　是托古改制)，可是，徑直指為法家，卻不大容易令人信服。

再說一段：

　　昔者有饋(贈送)生魚於鄭子產，子產使校人(治事的小官吏)畜
之池，校人烹之，反命曰："始舍之，圉圉(魚在水羸劣之貌)焉，少則洋
洋焉(舒緩搖尾之貌)，悠然而逝(迅走水趨深處也)。"子產曰："得其
所哉！得其所哉！"(重言之，嘉得魚之志也。)校人出曰："孰謂子產
智？予既烹而食之，曰：'得其所哉！得其所哉！'故君子可欺以其
方。"(孟子評語：方，類也。君子可以事類欺，故子產不知校人之食其
魚也。)"故誠信之。"(《孟子·萬章上》)這也說明著直到戰國之世子
產還不曾被人忘卻。連孟軻這位儒家繼承人都一面引用他的逸事一
面肯定他的行誼呢。

三、關於他的政績和鄭簡公的倚重

鄭子產晨出,過東匠之閭。聞婦人之哭,撫其御之手而聽之。有間,遣吏執而問之,則手絞其夫者也。異日,其御問曰:"夫子何以知之?"子產曰:"其聲懼。凡人於其親愛也,始病而憂,臨死而懼,已死而衰。今哭已死,不哀而懼,是以知其有奸也。"(《韓非子·難三》)

按,這一節逸事,乃是稱譽子產的關心人民疾苦,及其洞悉事理,執法嚴明的,無可厚非。可是韓非立足於法家的觀點,給了一個否定的批判,雖然也說得過去,到底不免於吹毛求疵,借題發揮之譏。其文曰:

> 子產之治,不亦多事乎?奸必待耳目之所及而後知之,則鄭國之得奸者寡矣。不任典成之吏(典,主也,負專門責任的官員),不察參伍之政(參伍,民事,內政),不明度量(判斷事物的準則),恃盡聰明勞智慧而以知奸,不亦無術乎?且夫物眾而智寡,寡不勝眾,智不足以遍知物。故則因物以治物(根據事物發生發展的情況,對症下藥)。下眾而上寡(群策群力,比單靠個人的聰明才智強得多,後者不一定解決了問題),寡不勝眾者,言君不足以遍知臣也,故因人以知人。是以形體不勞而事治,智慮不用而奸得。故宋人語曰:"一雀過羿,必得之,則羿誣也矣。(羿雖善射,未必箭箭得鳥)以天下為之羅,則雀不失矣。"夫知奸亦有大羅,不失其一而已矣。不修其理,而以己之胸察為之弓矢,則子產誣矣。老子曰:"以智治國,國之賊也。"其子產之謂矣。(同上)

韓非的毛病在於把智慮和法術對立起來了,話不該講得絕對化,但在另一方面也可以證明,子產畢竟不是法家。

季康子謂子游曰:"仁者愛人乎?"子游曰:"然。""人亦愛之乎?"曰:"然。"康子曰:"鄭子產死,鄭人丈夫舍玦佩,婦人舍珠珥,夫婦巷哭,三月不聞竽琴之聲。仲尼之死,吾不聞魯國之愛夫子,奚也?"子游曰:"譬子產之與夫子,其猶浸水之與天雨乎? 浸水所及則生,不及則死,斯民之生也,必以時雨,既以生,莫愛其賜。故曰:譬子產之與夫子也,猶浸水之與天雨乎?"(《說苑·貴德》)

又《呂氏春秋·慎行論·求人》載云:

> 晉人欲攻鄭,令叔向聘焉,視其有人與無人(人指賢能之人而言)。子產為之詩曰:"子惠思我,褰裳涉洧;子不我思,豈無他士?"(按:此乃《詩·鄭風·褰裳》之句)叔向歸曰:"鄭有人,子產在焉,不可攻也。秦、荊近,其詩有異心,不可攻也。"晉人乃輟攻鄭。孔子曰:"詩云:'無競惟人。'(《詩·大雅·抑之二章內》)子產一稱而鄭國免。"

從《左氏傳》中看叔向與子產相知頗深,不該有此類爾虞我詐的事,顯見是為誇示子產的聲譽而有意為之的傳聞。(即或有一定的事實根據,也應是子產當國以前的情況。)

子產相鄭,簡公謂子產曰:"內政毋出,外政毋入,夫衣裘之不美,車馬之不飾,子女之不潔,寡人之醜也。國家之不治,封疆之不正,夫子之醜也。"子產相鄭,終簡公之身,內無國中之亂,外無諸侯之患也。子產之從政也,擇能而使之:馮簡子善斷事,子太叔善決而文,公孫揮知四國之為而辨於其大夫之族姓,變而立至,又善為辭令。裨諶善謀,於野則獲,於邑則否,有事乃載裨諶與之適野,使謀可否,而告馮簡子

斷之,使公孫揮為之辭令,成乃受子太叔行之,以應對賓客,是以鮮有敗事也。(《說苑·政理》)

這段文字,開頭鄭簡公之言,是不見於先秦的典籍的。"為命"的分工,則比《論語》說得詳盡了。關於鄭簡公和子產之間的對話,《韓非子·外儲說》中還有一段也是讚揚子產的政績的:

> 鄭簡公謂子產曰:"國小,迫於荆晉之間。今城郭不完,兵甲不備,不可以待不虞。"子產曰:"臣閉其外也已遠矣(閉,杜絕,減少;遠,遠於禍患),而守其内也(内政。守,管理)已固矣。雖國小,猶不危之也,君其勿憂。"是以沒簡公身無患。

> 子產相鄭,簡公謂子產曰:"飲酒不樂也。俎豆不大,鐘鼓竽瑟不鳴,寡人之事不一,國家不定,百姓不治,耕戰不輯睦(整飭,協力,未能也),亦子之罪。子有職,寡人亦有職,各守其職。"子產退而為政。五年,國無盜賊,道不拾遺,桃棗之蔭於街者莫有援(取,摘之意)也。錐刀遺道,三日可返。三年不雨,民無饑也。

其實簡公即位年方五歲,十二年以子產為卿時,也才十七歲,未必有此嘉言,因為政權全在大夫的手裏,由貴戚之臣掌握著,子產也不例外。子產不過是愛君愛民搞得好而已。

鄭簡公使公孫成子(即子產,成子其諡號也)來聘於晉。平公有疾,韓宣子贊授客館,客問君疾,對曰:"君之疾久矣!上下神祇無不遍諭也,而無除。今夢黄熊入寢門,不知人鬼耶? 亦屬鬼耶?"子產曰:"君之明,子為政,其何屬之有! 僑聞之昔鯀違帝命,殛之於羽山,化為黄熊,以入於羽淵,是為夏郊。三代舉之。夫鬼神之所及,非其族類,則紹其同位,是故天子祠上帝,公侯祠百神,自卿以下不過其族。今周室少卑,晉實繼之,其或者未舉夏郊也?"宣子以告,祀夏郊,董伯為尸,五日,公見子產,賜之莒鼎。(《說苑·卷十八》)

文與《左昭七年傳》相似,只是說得沒有那麼詳細,自是輾轉傳抄有了精簡的原故,然而子產的情洽,以及霸者已繼天子的政令(包括祭祀在內)等等情況,從這裏更可以得到佐證了。因為它一直傳說到了兩漢,還沒有減損其為重要史料的價值。如同子產與子太叔論為政須寬猛相濟,也流傳於春秋戰國之中一樣。《韓非子·內儲說上·七術》論云:

> 子產相鄭,病將死,謂游吉曰:"我死後,子必用鄭,必以嚴蒞人。夫火形嚴,故人鮮灼;水形懦,故人多溺。子必嚴子之形,無令溺子之懦!"故子產死,游吉不肯行嚴刑。鄭少年相率為盜,處於崔澤,將遂以為鄭禍。游吉率車騎與戰,一日一夜,僅能克之。游吉喟然歎曰:"吾早行夫子之教,必不悔至於此矣!"

它這裏的結束語說"率車騎與戰,一日一夜,僅能克之",就不是一般的"盜賊"了。因為《左昭廿年傳》文只是"多盜"並非少年相率為盜,"興徒兵以攻"亦無"車騎"和"戰一日一夜"之言。

四、公孫僑不曾殺鄧析

子產相鄭專國之政三年,善者服其化,惡者畏其禁,鄭國以治。諸侯憚之,而有兄曰公孫朝,有弟曰公孫穆,朝好酒,穆好色。朝之室也聚酒千鍾,積麴成封,望門百步糟漿之氣逆於人鼻,方其荒於酒也,不知世道之安危人理之悔吝,室內之有無九族之親疏,存亡之哀樂也。雖水火兵刃交於前弗知也。穆之後庭,此房數十,皆擇稚齒婑媠者以盈之。方其耽於色也,屏親昵,絕交游,逃於後庭,以晝足夜,三月一出,意猶未惬,鄉有處子之娥姣(好也)者,必賄而召之,媒而挑之,弗獲而後已。子產日夜以為戚,密造鄧析而謀之,曰:"僑聞治身以及家,治家以及國,此言自於近至於遠也。僑為國則治矣,而家則亂矣。其道逆邪?將奚方以救二子?子其詔之!"鄧析曰:"吾怪之久矣,未敢先言。子奚不時其治也,喻以性命之重,誘以禮義之尊乎?"子產用鄧析之言,因間以謁其兄弟,而告之曰:"人之所以貴於禽獸者,智慮。智慮之所將者,禮義。禮義成,則名位至矣。若觸情而動,耽於嗜欲,則性命危矣!子納僑之言,則朝自悔而夕食祿矣。"朝穆曰:"吾知之久矣,擇之亦久矣,豈待若言而後識之哉?凡生之難遇而死之易及。以難遇之生,俟易及之死,可孰念哉?而欲尊禮義以誇人,矯情性以招名,吾以此為弗若死矣。為欲盡一生之歡,窮當年之樂,唯患腹溢而不得恣口之飲,力憊而不得肆情於色,不遑憂名聲之醜、性命之危也。且若以治國之能誇物,欲以說辭亂我之心,榮祿喜我之意,不亦鄙而可憐哉?我又欲與若別之:夫善治外者,物未必治,而身交苦;善治內者,物未必亂,而性交逸。以若之治外,其法可暫行於一國,未合於人心;以我之治內,可推之於天下,君臣之道息矣。吾常欲以此術而喻之。若反以彼術而教我哉?"子產茫然無以應之。他日以告鄧析。鄧析曰:"子與真人居而不知也,孰謂子智者乎?鄭國之治偶耳,非子之功也。"(《列子·楊朱》)

按此言公孫朝、公孫穆為子產之兄弟,不知在"鄭氏七穆"中果是誰人。《左氏傳》中只有良氏伯有嗜酒,長飲於地下室內,但他是鄭國的上卿,並非只貪懷不攬權者,後以作亂死於非命。奪妻之徒有公孫黑(子皙)同樣是個爭權奪利之輩,亦以此而見殺不得謂之單純"好色"。如所云云,顯係傳聞之誤(或為著者蓄意杜撰之故)。至於它對子產又褒又貶(以非議為主),乃是藉以信說列禦寇的"達生"之論的,更是無可諱言了。宣傳縱欲的糜亂生活,實在不足為訓。好在《列子》本身,就是一部偽托之作。

既然談到了子產和鄧析,這裏還有一段公案應予解決,就是:說子產殺了鄧析,用了他的"竹刑"。清高士奇《左傳紀事本末卷四十四"補逸"》引《列子》云:"鄧析操兩可之說,設無窮之辭,當子產之政,作'竹刑',鄭國用之,數難子產之治。子產屈之。子產執而戮之,俄而誅之。然而子產非能用'竹刑',不得不用;鄧析非能屈子產,不得不屈;子產非能誅鄧析,不得不誅也。"這就奇怪了,因為我們遍查《列子》全書,並沒有這條記載,更無論它的"執而戮之,俄而誅之"以及三個"不得不"的語意重複又難於索解了。

《左傳》中反而有這樣的記載:定公九年,鄭駟歂嗣子太叔為政,十年,"殺鄧析而用其'竹刑'。"左氏還能批判了駟氏,說他是"不忠","用其道而不恤其人,無以勸能"。這個問題不是很清楚了嗎?是駟歂遠在鄭獻十三年時才殺的鄧析,此際不只子產死了二十二年,連子太叔都不在世了,何來子產殺卻鄧析之言?可見高氏所引之文是以訛傳訛的,略備一格的(連他自己也未相信)。因為他在"紀事"正文上也按著《左氏傳》的記載,說是駟氏殺的鄧析麼。

先秦學術散論

毛詩箋釋

一、《詩經》的釋名

《詩經》舊稱《詩》或《三百篇》(孔子之時),秦漢以後,始定為"經"而聯名曰《詩經》。

"詩"字最早見於《尚書·舜典》,其文云:"詩言志,歌永言,聲依永,律和聲。"此則普泛地在說詩、歌與樂,非專指《詩經》或《三百篇》者。

《釋名·釋典藝》:"詩,之也,志之所之也。興物而作謂之興,敷布其義謂之賦,事類相似謂之比,言王政事謂之雅,稱頌成功謂之頌,隨作者之志而別名之也。"這說的即是《詩經》,不過連它的章法類別也涉及了,儘管解釋得不夠全面。又《說文》:"詩,志也。"段注:"《毛詩序》曰:'詩者,志之所之也。在心為志,發言為詩。"這和《堯典》上的話差不多,也是泛言詩歌的。《禮記·樂記》亦言:"詩,言其志也。"

應該指出的是,"之"在這裏當動詞用,乃"抒發""表現"的意思,"志"自然是"思想""情感"了。通過語言、符號歌唱出來的韻文或腔調(有時也使用樂器吹奏),即謂之"詩"。《詩·關雎》序及疏:"誦言為詩。"

相似的涵義還有:

《毛詩指說》引梁簡文說:"詩,思也。"又:"辭也。"《國語·周語》:

"詩以道之。"《詩譜序疏》:"在事為詩。"《管子·山權數》:"詩,所以記物也。"《荀子·勸學》:"詩者,中聲之所止也。"則指"樂章"而言。《周禮·大師》"教六詩",《疏》:"風、雅、頌,是《詩》之名也。但就三者之中有賦、比、興,故總謂之六詩。"按此說與《釋名》大同小異,都講的是《詩》和它的體制。

至於"經"字則涵義尤多,它是與"緯"字對稱的。"織絲從(縱)也。"(《說文》)段注:"織之從絲謂之經。"又"緯"字云:"織橫絲也。"可知經直緯橫是其紡織本義,《集韻》"經,緯也,織也"可證。引申為"常""法""理""義""治""道"等義。

《左宣十二年傳》"致有經矣",又"武之善經也",即是談"常"說"法"的。而《左昭二十五年傳》:"為夫婦外内,以經二物。"注:"夫治外,婦治内,各治其物。"則其義在"治"矣。

又"經"亦有"道路"之義。《考工記·匠人》:"國中九經九緯,經塗九軌。"《呂覽·知分》:"利害之經也。"還是《釋名》說得好:"經,徑也,常典也,如徑路無所不通,可常用也。""緯,圍也,反復圍繞以成經也。"(《釋藝典》)《文心雕龍·宗經》更云:"三極彝訓,其書言經。經也者,恒久之至道,不刊之鴻教也。"劉勰對於"緯書"卻是頗有貶斥的,《正緯篇》說:"真雖存矣,偽亦憑焉",以其"好生矯誕",不如"六經彪炳"也。說它"附以詭術","或說陰陽,或序災異,若鳥鳴似語,蟲葉成字,篇條滋蔓,必假孔氏。"(同上)這分析得可謂深透,概括得也精當,給我們解決了"經書""緯書"的問題。

上面這些話雖然說得零碎些、遠些,卻能從側面認識一下"詩歌"的本質和《詩經》的並非本名的種種。換言之,我們可以從大量的先秦典籍中找出它只稱《詩》和《詩三百》(或徑稱《雅》《頌》《風》等本體)。例如見於《國語》中的:

徑稱《雅》《頌》者：

故《頌》曰："思文后稷，克配彼天，立我蒸民，莫匪爾極。"(《周語上》) 按，此乃《周頌·思文》之詞也。

《大雅》曰："陳錫載周。"(《周語上》) 按，此則《大雅·文王》二章之語也。

引曰"周詩"者：

周文公之詩曰："兄弟鬩於牆，外禦其侮。"(《周語中》) 按，此乃姬旦所作《常棣》之詩也。

周詩曰："駪駪征夫，每懷靡及。"(《晉語四》) 按，此《小雅·皇皇者華》之首章。

泛指《詩》曰者：

《詩》曰："愷悌君子，求福不回。"(《周語中》) 按，此為《大雅·旱麓》卒章的結句。

其詩曰："昊天有成命，二后受之。成王不敢康，夙夜基命宥密。於緝熙，亶厥心，肆其靖之。"(《周語下》) 按，《周頌·昊天有成命》之全章也。

《詩》亦有之曰："瞻彼旱麓，榛楛濟濟。愷悌君子，干祿愷悌。"(《周語下》) 按，此亦《大雅·旱麓》之言。

亦言《詩》云者:

　　《詩》云:"刑於寡妻,至於兄弟,以御於家邦。"(《晉語四》)按,此《大雅·思齊》二章之語。
　　故《詩》云:"惠於宗公,神罔時恫。"(《晉語四》)按,此亦《思齊》二章語。

談及《詩》而不引文者:

　　"詩以道之,歌以詠之。"(《周語下》)"在列者獻詩,使勿兜。瞍聽臚言於市。"(《晉語六》)按,此所謂"詩"非必言《三百篇》。

再如見於《春秋左氏傳》中的,有近七十條之多,以冠"詩曰"者為主。約略取例如下:

　　《詩》曰:"孝子不匱,永錫爾類。"(《左隱元年傳》)按,此引《大雅·既醉》之句,以言鄭穎考叔之純孝。
　　《詩》云:"君子屢盟,亂是用長。"(《左桓二十年傳》)按,此引《詩·小雅·巧言》句,以言宋貪賂於鄭,背盟而與魯戰。
　　《詩》曰:"下民之孽,匪降自天。僔沓背憎,職競由人。"(《左僖十五年傳》)按,此引《小雅·十月之交》句,以言禍由人生也。
　　《詩》曰:"棠棣之華,鄂不韡韡。凡今之人,莫如兄弟。"(《左僖廿四年傳》)按,此引《小雅·棠棣》句,以言兄弟之情,最為篤厚,縱有小忿,亦可共防外敵。

二、"毛傳"的訓詁

據《漢書·藝文志》所記,《詩》本有《魯故》《齊后氏故》《齊孫氏故》《韓故》和《毛詩故訓傳》等五家。但傳今者以《毛傳》最古雅,"毛"乃魯人毛亨,統稱"大毛公"("小毛公"名萇),嘗為北海太守,他之傳《詩》是依經訓詁不失原義的,而且充分發揮了文字上的"假借"的功用,如:

> 《葛覃》"害澣害否",《傳》:"害,何也。"
> 《叔于田》"火烈具舉",《傳》:"烈,列。具,俱也。"
> 《揚之水》"人實迋女",《傳》:"迋,誑也。"
> 《山有樞》"弗洒弗掃",《傳》:"洒,灑也。"

"害""烈""具""迋""洒",分別為"曷""列""俱""誑""灑"的同音假借字。此中的"何""曷""具""俱""洒""灑",此後遂為通用的古今字。又如:

> 《泉水》"不瑕有害",《傳》:"瑕,遠也。"
> 《淇奧》"綠竹如簀",《傳》:"簀,積也。"
> 《節南山》"四牡項領",《傳》:"項,大也。"
> 《泂酌》"泂酌彼行潦",《傳》:"泂,遠也。"
> 《卷阿》"茀祿爾康矣",《傳》:"茀,小也。"

段玉裁說,"瑕"為"遐"之假借,"簀"為"積"之假借,"項"為"洪"之假借,"泂"為"迥"之假借,"茀"為"祓"之假借。(具見《說文》注)

這些字絕大多數是"依聲托事"的。在先秦文字數量較少的情況下，"一字多用"不過是聊以濟窮的辦法。毛亨乃能追溯根源,訓釋以漢代的通言,有助於後人的解讀不少。再從詁訓的方式方法上看,他所使用的也是多種多樣的,如：

《詩》僅一字,《傳》以重文的：

《擊鼓》"憂心有忡",《傳》："憂心忡忡然。"

《淇奧》"赫兮咺兮",《傳》："赫,有明德赫赫然。"

《芄蘭》"容兮遂兮,垂帶悸兮",《傳》："佩玉遂遂然,垂其紳帶悸悸然。"

《丘中有麻》"將其來施施",《傳》："施施,難進之意。"

《中谷有蓷》"條其歗矣",《傳》："條條然歗也。"

《黃鳥》"惴惴其栗",《傳》："惴惴,懼也。"

《匪風》"匪風發兮,匪車偈兮",《傳》："發發飄風,非有道之風;偈偈疾驅,非有道之車。"

他這裏基本上是加重狀詞的語氣的,解讀起來頗有傳神之妙,有助於我們搞翻譯。與此相反的,則是,

《詩》乃重文,《傳》用一字的：

《有客》"有客宿宿,有客信信",《傳》："一宿曰宿,再宿曰信。"

《公劉》"於時言言,於時語語",《傳》："直言曰言,論難曰語。"

《思齊》"雍雍在宮,肅肅在廟",《傳》："雍雍,和也;肅肅,敬也。"

《大明》"牧野洋洋,檀車煌煌",《傳》:"洋洋,廣也;煌煌,明也。"

《小宛》"交交桑扈",《傳》:"交交,小貌。"

《無羊》"室家溱溱",《傳》:"溱溱,眾也。"

《菁菁者莪》:"菁菁者莪,在彼中阿",《傳》:"菁菁,盛貌。"

《鴟鴞》"予羽譙譙,予尾翛翛",《傳》:"譙譙,殺也;翛翛,敝也。"

《載驅》"四驪濟濟,垂轡濔濔",《傳》:"濟濟,美貌;濔濔,眾也。"

重言的本意,在於強調某一事物,使之趨於形象化。這是古代作者慣用的手法(雙聲疊韻字與此同功),所以毛氏從它的實質上一語就申明無誤。

《詩》本合文,《傳》則分訓的:

《淇奧》"綠竹猗猗",《傳》:"綠,王芻也;竹,萹竹也。"

《定之方中》"騋牝三千",《傳》:"馬七尺曰騋,騋馬與牝馬也。"

《防有雀巢》:"中唐有甓",《傳》:"中,中庭也;唐,堂塗也。"

《生民》"以興嗣歲",《傳》:"興,來歲繼往歲也。"

像此類關於名物的考釋,如果不是毛氏言之在先,我們今日認識起來就困難多了。它的訓詁宛轉隨《詩》,此類語辭舉不勝舉。再如關於作為"狀詞"的許多重言疊字的注解:

解釋事物的聲音的：

丁丁,伐木聲也。　　　　鄰鄰,眾車聲也。

令令,鑾環聲。　　　　　緝緝,口舌聲。

坎坎,伐檀聲。　　　　　薄薄,疾驅聲也。

淵淵,鼓聲也。　　　　　嘽嘽,言其聲也。

它如"關關,和聲","喓喓,聲也","喈喈,和聲之遠聞",如不聯繫他們所足成的章句比照著看,恐怕一下子也弄不清楚其何所指的。

形容事物的狀態的(可分直指,泛稱兩類)：

直指的：

翹翹,薪貌。　　　　　　湯湯,水盛貌。

許許,柿貌。　　　　　　霏霏,雪貌。

彭彭,四馬貌。　　　　　蜎蜎,蠋貌。

鞙鞙,玉貌。　　　　　　芃芃,木盛貌。

萋萋,雲行貌。　　　　　孑孑,干旄之貌。

陶陶,驅馳之貌。　　　　楚楚,茨棘貌。

巖巖,積石貌。

泛稱的：

蓁蓁,至盛貌。　　　　　嚚嚚,眾多貌。

蚩蚩,敦厚之貌。　　　　綿綿,長不絕之貌。

莫莫,成就之貌。　　　　瞿瞿,無守之貌。

溫溫,和柔貌。　　　　　翼翼,蕃廡貌。

桓桓,威武貌。　　　　　蕩蕩,法度廢壞之貌。

上面列舉的各類詞彙,有的諧聲,有的貌形,既有會意,也有假借,可是不管是哪一種,都不能孤立地去看待他們,就是說,必須找到被派用場的所在,才可以取得較為正確的解釋。因為這裏頭還有"眾詞一義"和"一詞多義"的情況呢,如"起起""麃麃""洸洸"俱訓"武貌","夭夭""鑣鑣""發發""印印""赫赫""蓬蓬""牂牂"都是"盛貌"。"夭夭"既訓"盛貌",又訓"少壯";"肅肅"釋為"疾貌",也作"敬"講;"振振"並有"群飛""信厚"二義。這個意思很顯然,不去尋章摘句結合著原所隸屬的上下文講,極容易混淆不清無所適從。再明確點兒說,儘管詞性不變,但在它們用於不同地方時,解釋卻常常會歧異。如同"瑣瑣""交交"俱是"小貌","蓼蓼""芃芃"俱是"長大貌",交替使用不見得適當一樣。如此之處,正是《毛傳》依經訓詁別有會心的創見。最後談談關於"聲轉"的:

耿耿,猶儆儆也。	靡靡,猶遲遲也。
膠膠,猶嘈嘈也。	究究,猶居居也。
糾糾,猶繚繚也。	摻摻,猶纖纖也。
肺肺,猶牂牂也。	閭閭,猶歷歷也。
噲噲,猶快快也。	捷捷,猶緝緝也。
律律,猶烈烈也。	弗弗,猶發發也。
浮浮,猶瀌瀌也。	灌灌,猶款款也。

想要知道此類轉語的詞義,須先要清楚弄清楚"猶"字以後的重言是什麼意思。如"緝緝"是"口舌聲","烈烈,至難也","發發"乃"疾貌","牂牂"係"盛貌","瀌瀌"為"雨雪之貌",跟著"捷捷""律律""弗弗""肺肺"和"浮浮"的涵義也就出來了。同理,"儆儆"是"不

安","喈喈"狀"鳥鳴聲","繚繚"為"糾纏","噲噲"乃"寬明","遲遲"係"緩慢","居居"是"懷惡不相親比之貌","歷歷"則"端直也"。以之與"耿耿""膠膠""糾糾""噲噲""靡靡""究究""閣閣"等前言分別對照起來,其義自明(反過來說,"灌灌","盡誠相告也",則"款款"何意,也就不問可知)。認真地講,"猶"字後面的文字,不一定使人一看便知,不如"陽陽,無所用其心也"、"幡幡,失威儀也"、"泛泛,迅疾而不礙也"和"逸逸,往來次序也"這樣的辦法來得直接了當。

總之,對於齊、魯、韓三家詩來說,《毛傳》雖然比較晚出,可是"三家"已亡,獨它流傳至今,又且詁訓完備、於義近古,所以後代研究《詩經》的人,多奉之為圭臬。我們從前引論的一系列例證裏,也可以略見梗概了,而《三百篇》的又名《毛詩》,未嘗不由於此。但可不等於說,它就完美絕倫,毫無缺點了。恰恰相反,正因為它的"委曲順經",特重教化,使著一部光華燦爛、從世界範圍上講都是罕見的上古詩歌總集,塗上了灰色,堆滿了瓦礫。

我們都知道,義理、辭章、考據是衡文論學時缺一不可的三件大事,而毫無疑問的又是"義理"(即所謂主題、思想、人民性、政治傾向)最為重要,因為後兩者不過是作為表達它、實證它的工具而已,依經而詁的《毛傳》豈能例外?於是在一些主要問題上,毛亨的說法就非徒無益而又害之了。即以《小序》為例,所謂侈談"王政",歌頌"祖德",強調"教化",譏刺"淫亂",就可以說是他的主要論點。譬如《周南》,明明是些抒寫貴族婦女生活的詩歌,《小序》卻硬派它們是基於文王教化而成的種種"美德",而且是具體表現在"后妃"身上的,什麼"后妃之德也"(《關雎》)、"后妃之本也"(《葛覃》)、"后妃之志也"(《卷耳》)、"后妃能逮下也"(《樛木》)、"后妃子孫眾多也"(《螽斯》)、"后妃之所致也"(《桃夭》)、"后妃之化也"(《兔罝》)、"后妃之美也"(《芣苢》),

如此等等,不知何所據而云然。

先說《關雎》。"樂奏《周南》第一章",本是幾闋"結婚進行曲",解放前舊式婚禮的"鼓樂臺"上,就常用它為對聯的下句(橫批也往往是"鐘鼓樂之"),哪裏扯得上什麼"后妃之德"呢?《大序》也只說道"樂得淑女以配君子,愛在進賢不淫其色"嘛。所以,充其量說,不過是幾首"男女相悅"之詞,儘管它們是屬於當時社會上層的。

再如《葛覃》"言告師氏"之訓,竟指稱"女師"教以"婦德""婦容""婦言""婦功"之事。按所謂"三從四德"之說,是東漢以後方才成立的"男女不平等的條文",這樣的清規戒律,連繼承了大家族制度以利於農事生產,因而強調"防隔內外,禁止淫佚"的秦始皇都不曾規定過,怎麼會在周文王的時候產生了呢?"歸寧"之事也是一樣的。春秋之世,婦女出嫁曰"歸",無論后妃王姬還是諸侯夫人,遠嫁以後雖有父母在堂,很少聽說再見娘家人的。魯桓公夫人文姜與齊襄公以親兄妹越境相會,不止一次地遭到《春秋左氏傳》作者的貶斥可證。其他如《卷耳》懷念遠人行役,《樛木》述說室家和樂,《螽斯》讚頌子孫眾多,《桃夭》也是新婚歌曲,《兔罝》稱道武士忠勇,《芣苢》描寫婦女勞動,都是不難理解的,但卻絲毫也找不出"后妃之德化"在哪兒。

還有《詩經》裏的"戀詞""情歌",有許多被《毛傳》序作"無禮""失道"或"淫佚"看待的,連稱號"化行文王"的《召南》中都免不了《野有死麕》這樣赤裸裸的談情說愛"有女懷春,吉士誘之"的作品,那就不好說了。如所謂責斥他(她)們"不由媒妁,雁幣不至,劫脅以成婚",不正表現了《毛傳》序的保守思想嗎?殊不知,這正是當時兩性生活比較自由,"父母之命,媒妁之言"的婚姻制度還在以後的佐證,何得用漢代的"禮法"約束先秦的男女關係?而且,可以認為他(她)們在天地間找到了自己的存在,衝破藩籬敢愛敢恨了。更可笑的是,偷情的《靜女》被序作"刺時"(衛君無道,夫人無德),告誡戀人的《將仲子》竟說成是"刺鄭莊公不勝其母以害其弟",懷念愛者的《子衿》也指為"刺學校廢,亂世則學校不修",簡直牽強附會與顛倒是非兼而有之。揆其原因,就壞在這個"德化廣被,王政所由"的教條上了。

前人屢經指出(從南宋的朱熹、鄭樵,直到清儒姚際恒、崔述等),《小序》所言,多與詩篇內容不合,甚至有相同的章句,被解釋作各種意旨的。如《草蟲》《采葛》《風雨》《晨風》《菁菁者莪》,都是詩人抒發見或未見"君子"前後的思想感情的。《小序》卻分別亂說是"大夫妻能以禮自防"(《草蟲》),"懼讒"(《采葛》),"思君子"(《風雨》),"刺康公"(《晨風》)和"樂育材"(《菁菁者莪》)便是。那麼,這就不止於《詩》與《序》兩相矛盾,而且是毛氏在穿鑿人物、時事,任意加以"美""刺"了。有人說,《小序》裏許多春秋時代的人事和見於《左傳》《國語》中的相符合,這話是不錯的。因為,我們不能忘記,《毛詩》《左傳》都是後出的"古文經",《國語》也是經過劉歆編纂的書,在一些人事的看法上兩兩參照,這是不可避免的。而且反倒可以證明《小序》晚出,不一定是西漢人的"作品"了(不止遲於"三家詩",《後漢書》甚至說是衛宏的手筆)。案,《詩序》果為何人所作,從來就是聚訟紛紜的:鄭玄《詩譜》以為《大序》出於子夏,《小序》乃子夏、毛公合作。王肅《家語》注言,子夏所序詩,即是傳今的《毛詩序》。《後漢書·儒林傳》則云衛宏受學謝曼卿作《詩序》。殆至《隋書·經籍志》又指為子夏所創,毛公及衛宏加以潤益。《四庫全書總目提要》參考諸說,定序首二句為毛萇以前經師所傳,以下續申之詞為毛萇以下弟子所附,仍錄冠詩部之首,以明其淵源有自(見經部詩類一),我們應該參考。

總之,《毛傳》對於《三百篇》儘管在思想性之認定上不免於這些

那些的主觀片面比例不當之處,也不能不肯定它是中國最早的"依經訓詁"而且備著下列諸種特色的一部卓有主名的成品:

①拈著主文訓釋,確切明晰空前。

②形訓、聲訓、義訓俱備,為此後的字書開了先河。

③重言、通假、雙聲、疊韻的字詞,分別交待得清清楚楚,已為古代韻書定例。

④山水、草木、蟲魚、鳥獸以及周人的典章制度、文物多有訓釋,直似一部小百科全書。

⑤詁者,故也,前言往行;訓者,順也,依《詩》通釋,極便誦讀。

⑥行文短小精悍,往往一語破的,使人一目了然

三、"鄭箋"的補義

我們研究鄭玄注疏應該從毛詩鄭箋開始,這首先因為《毛傳》在訓詁方面最為古雅,而康成之《箋》又往往多所增補:有正音的,有辨字的,或本"三家詩",或據其他經傳,一以申明《毛傳》之隱約者為主。例如:

> 《野有死麕》"白茅純束",《傳》:"純束,猶包之也。"《箋》:"純,如屯。"《正義》曰:"以純非束之義,故讀為屯。"案,《史記·蘇秦列傳》"錦繡千純",《索隱》:"高誘注《戰國策》音屯。屯,束也。"《左傳·襄十八年》"執孫蒯於純留",《釋文》:"純留,徒溫反,或如字。《地理志》作屯。"是古屯字多假借作純。
>
> 《北風》"其虛其邪",《傳》:"虛,邪也。"《箋》:"邪,讀如徐。"毛以"其虛其邪"、"言威儀虛徐",是以邪為徐字,故鄭

本《爾雅》釋訓以正其讀。

《揚之水》"素衣朱襮"，《傳》："諸侯繡黼。"《箋》："繡，當為綃。"《正義》："《郊特牲》及《士昏禮》二注引《詩》皆作'素衣朱綃'。"案，《儀禮·士昏禮》"宵衣"注："宵，讀為《詩》'素衣朱綃'之綃。《魯詩》以綃為綺屬也。"此衣染之以黑，其繒名曰綃。

《鴛鴦》"摧之秣之"，《傳》："摧，莝也。"《箋》："摧，今莝字也。"《正義》："《傳》云摧莝轉古為今，而其言不明，故辨之云。此摧乃今之莝字也。"

《雲漢》"靡人不周"，《傳》："周，救也。"《箋》："周，當作賙。"《正義》："以周救於人，其字當從貝，故轉為賙。"

《崧高》"往近王舅"，《傳》："近，已也。"《箋》："聲如'彼記之子'之'記'。"案，《說文》"近"讀與"記"同，《毛傳》以"往近"為"往已"，古已己聲同，故鄭以許讀申毛。

《雄雉》"自詒伊阻"，《傳》："伊，維。"《箋》："伊當作繄，繄，猶是也。"《正義》："《箋》以宣二年《左傳》趙宣子曰：'嗚呼！我之懷矣，自詒繄慼。'《小明》云：'自詒伊慼。'為義既同，明伊有意為繄者，故此及《蒹葭》《東山》《白駒》，各以伊為繄。"

《吉日》"其祁孔有"，《傳》："祁，大也。"《箋》："祁當作麎。麎，麋牝也。"《正義》："注《爾雅》者某氏亦引《詩》云：'瞻彼中原，其麎孔有。'與鄭同。"

《長發》"荷天之龍"，《傳》："龍，和也。"《箋》："龍當作寵。寵，榮名之謂。"案，《大戴禮記·衛將軍文子》引《詩》曰："何天之寵。"戴《禮》今文也。"三家詩"必有作"何天之寵"者，則改"寵"與大戴合。

《無衣》"與子同澤",《傳》:"澤,潤澤也。"《箋》:"澤,褻衣近污垢。"《釋文》同。《說文》云:"襗,袴也。"又《周禮》"王府掌王之燕衣服"注:"燕衣服者,袍襗之屬。"

不難看出,這些補箋比起《毛傳》來,是近易通曉得多了,鄭玄晚出,又能力求簡當,所以有此表現。他的特點更在於參證據引,不改動經文,從而充分發揮了"讀如""讀若""讀為""讀曰"和"當為"等訂正音義的功能,按照語文發展的規律,清理出一套辦法來。再明確些說是:

"讀如""讀若"都是擬音的字。當時還沒有反切,所以只能提出"比方"的詞,它的根本精神是"同"。由於同音的關係再進一步推尋它的字義。

"讀為""讀曰",乃是換上音近的字,它的主要手法在於變化,也就是說"異",因為換字的結果,生僻的字義可以同時了然,這樣的"改作"鄭玄用的時候比較少。

"當為",直係"救正"之詞。這是"改錯字"的最為簡便的辦法。由於形近而訛的叫做"字誤",由於聲近而訛的叫做"聲誤"。不管是哪一種,把它改正過來都稱為"當為"。

凡是帶有"讀為"字眼兒的,一般地都不算它是錯字(也有說"讀為某""讀如某"而"某"仍為本字的,要注意這"為"在識其"義","如"以別其"聲"),而"當為"則是直接指出它的錯誤了。漢儒注經往往三者兼用,但以鄭玄最為精當。附帶說明一點是"字書"不言變化,所以只有"讀如"而無"讀為"。

當然,鄭玄正《毛傳》也有不甚恰當的地方。如《關雎》"窈窕淑女",《傳》:"窈窕,幽閒也。"《毛傳》本極正確,鄭《箋》卻說是"幽閒深宮",於義反為謬遠;再如《素冠》"庶見素衣兮",《傳》:"素冠,故素衣也。"《箋》乃釋為"喪服"，於義非是。蓋"衣"是大名，"裳"亦可稱"衣"，因此"素衣"當為麻衣、白衣一類的朝服，與"喪服"無涉；還有《伐木》"無酒酤我"，《傳》："酤，一宿酒也。"急切沒有好酒，不得不用信宿之物待客，本無費解之處。《箋》則訓為"買也"，揆諸《論語》"酤酒市脯不食"之言，恐怕不夠妥當。像這樣的例子很有一些，不能遍舉。

本文為一九九三年"《詩經》國際學術研討會"會議論文

河北大學中文系一九九三年七月

我對孔子教育思想的體會

"有教無類"是他的教育精神。就是說,他把講壇面向著
人民群眾……

孔子(公元前551—前479)是我國古代傑出的教育家。他生長在
奴隸社會行將崩潰的春秋時代末期,接受過豐富的官師世守的貴族教
育,熟悉人民無權學習的典策知識,但也就是他,第一個改變了這種壟
斷狀態而開創了私人講學的先例。

他的教育是教、學、作合一的教育,課本知識和生活實踐相結合的
教育。詳盡些說,便是德行修養、專業學習與體力鍛煉三者並重的教
育。這些情況,都可以從他的教育內容、教育方法、教育目的和教育對
象中,分別找到。

六藝——禮、樂、射、御、書、數,是孔子施教的內容。"禮"是歷史
文化遺產,當代風俗習慣,以及立身處世、治國安邦之道的總稱。學不
好它,就要無法做人的。所以孔子經常地告誡學生,叫他們要時刻地
記掛著。

"樂"和"禮"常是相提並論的。因為"樂以道和",陶冶性情、轉移
風氣都是它的功能,而且是跟表達思想感情的詩歌分不開的。孔子不
但自己愛好古樂,動手去整理它們,同時也鼓勵善於體會詩義的子夏、
子貢等人繼續努力,說樂可以成物,詩所以立言,不能馬虎的。

"射""御",是武事的鍛煉。必須通過它,才能夠健康身體和學好
防禦攻擊、駕駛車輛的技術。孔子說,比箭的時候要爭,趕車的事也可

以做。他的學生樊遲、冉有就給他趕過車,冉有的一次還是長途。

"書""數",是文字書寫,事務計會,無論誰都知道這是日常生活中不可缺少的學問。孔子和冉有以多才多藝著稱,便包括著精於計會在內。孔子甚至因此推薦冉有給季康子,說他可以從事政治工作。

就是依靠這些東西,孔子完成了文、行、忠、信四教;也就是按照這些標準,他把學生分為德行、政事、言語、文學四科。到此,我們已經可以看出來:孔子的教育內容是既有重點又夠全面的——德行第一,別的相輔而行。

在教學方法上,孔子是注重個性、因材施教的。例如學生之中,高柴愚直、曾參遲鈍、子張邪辟、子路跂嚚……他全知道得很清楚。因此,在大家向他問士、問政、問仁……的時候,他也往往是針對著各人道德修養上的特點,給以適當的解答。

他督促學生進德修業的方法,是公開的表揚和尖銳的批評並行不悖的。最顯著的事例,如一面肯定顏淵的好學,有時又悵惘他的太聽話;一面否定子路的好勇,也間或欣賞他的果決;特別是對於冉求,雖然肯定了他的才藝,可是當他協同季氏剝削人民的時候,便要說他不是自己的學生,叫人們敲起鼓來聲討。

但最重要的還是他的教育態度:循循善誘,非常之有辦法、有耐心。那怕是個毫無文化修養的人提出來問題向他請教,他也要由頭到尾反復細緻地給解說個明白。而且,只要是自己知道的東西,就全部傳授出來,絲毫不加保留,還要樸實虛心、實事求是地傾聽學生的意見,啟發他們辯難。

說到這裏應該追問一下:孔子叫人這樣地篤信好學、精進不已,是為了什麼呢? 我們的答案是:只是企圖通過仁民愛物、以身作則的積極行為實現其托古堯舜的理想政治而已。自己不能被知、被用,還有學生接手;今時未得達成,日後可以貫徹。他之要把冉有、子貢諸人培養得足夠參加政事,顏淵、仲雍甚至可使南面為邦的意義,就在於此。

那末,我們接著就再看看孔子的教育對象吧。按,"有教無類"是他的教育精神。就是說他把講壇面向著人民群眾,收納學生沒有年齡、地位、貧富、賢不肖的限制,只要送來見面禮拜門便算數。因此很多來自社會底層的宴人、寒士、商客、鄙夫,都成了他的高足。而且師弟之間極為相得,形成了一個以孔子為中心的教學相長、休戚相關、同一思想體系、各有專業修養的士人集團,到處令人不敢小覷。這從他們周遊列國的時候,被拒於齊,見危於宋,受阻於楚,以及孔子死後學生們都衷心地哀悼,有的還要廬墓守墳久久不去等事實中,也可以徵見。

總結起來說,孔子的教育工作,那成就和影響是廣大深遠的。這首先是由於他自家有著"斯文在茲"的抱負,因而搞出一套符合人民要求的、前所未有的理論和辦法,被一些求知若渴的人奉為"木鐸",相傳集結有門弟三千人,中有七十二賢之數。學生們推崇他是"不可跨越的日月,賢於堯舜的聖人",這自不必說了。就是當日的荷蕢者、儀封人、達巷黨人和南方的隱士長沮、桀溺等,有誰不知道這個人物的?

到了戰國時代,孔子的學生子夏已經作了魏文侯的老師,子貢也高車駟馬地聘享諸侯,跟他們分庭抗禮。尤其是繼起的孟子,甚至尊他為教主,並且把他擺進了堯、舜、禹、湯、文、武、周公一脈相傳的道統裏面。此外,連反對他的墨翟、莊周和韓非,都不能不稱引到他,韓非並且不得不承認以孔子為首的後來業已分為八派的儒者為當世的顯學。可見影響之深,聲勢之大。

因此,我們對於這位曾經是封建社會的聖人,一直被歷代帝王利用著的政教偶像,只就他的教育思想講,是否應該全面予以否定,恐怕需要重新考慮一番了。我個人的看法是:孔子是以教育為達成和延續他的政治鬥爭的工具的,它的矛頭是指向業已腐朽沒落的舊貴族統治者的。也就是說,生當奴隸佔有制度日趨崩潰,生產關係、階級關係異常錯綜複雜的歷史時期的孔子,他的教育思想不只不是從積極維護當時統治階級的利益出發的,反而是在順應著時代的變革,代表著新興的地主階級和工、商、皂、隸、農民的解放願望,以他的教育行為通過宣傳鼓動的鬥爭方式,直接對抗了尚作垂死掙扎的舊貴族勢力的。因而毫無疑問的是:孔子本人和他的學生,以及他們所聯繫的一切社會力量,對於摧毀業已腐朽了的奴隸制度,都起了一定的推動作用的。

至於新興的地主階級聯合並利用了工、商、皂、隸、農民的力量打垮了奴隸佔有制度,建立起來地主階級的封建政權以後,偏頗片斷地摘取了孔子學說作為壓迫人民的工具的事,如漢武帝劉徹罷黜百家、獨崇儒術的那一套說法和作法,就不應該由孔子負責了。

注:本文取用的材料,分見於《論語》《孟子》《史記·孔子世家》《仲尼弟子列傳》和《韓非子》等書中,不另具引。

原載於《天津日報》1956 年 12 月 22 日第 4 版

《學》《庸》的文字

一、《大學》的文字

子程子曰："《大學》，孔氏之遺書，而初學入德之門也。於今可見古人為學次第者，獨賴此篇之存，而《論》《孟》次之。學者必由是而學焉，則庶乎其不差矣。"

《大學》，按鄭玄《目錄》云："名曰'大學'者，以其記博學可以為政也。"此篇論學成之事，能治其國，章明其德於天下，卻本"明德"所由，先從"誠意"為始。其首章之言曰：

大學之道，在明明德，在親民，在止於至善。

孔穎達疏曰："積德而行，則近於道也。謂身有明德而更章顯之，此其一也。親愛於民，是其二也。止處於至善之行，此其三也。"這已是"學而優則仕，仕而優則學"的最高境界、最後目標了。所以，這三句話不只是《大學》全篇的主題，也是孔門政治哲學的總綱。

知止而後有定，定而後能靜，靜而後能安，安而後能慮，慮而後能得。物有本末，事有終始，知所先後，則近道矣。

按孔云:此段已是復說。既知止於至善,而後心能有定,不有差貳;心定無欲,故能靜不躁求;既已靜定,情性自必安和,思慮於事;思慮之後,於是事得其安,萬無一失了。天下萬事萬物全有其始終本末的,這樣分別輕重緩急地予以處理,結局便是近於大道的要求了。

　　古之欲明明德於天下者,先治其國;欲治其國者,先齊其家;欲齊其家者,先修其身;欲修其身者,先正其心;欲正其心者,先誠其意;欲誠其意者,先致其知(知善惡吉凶之所終始也);致知在格物(格,來也;物猶事也。言事緣人之好惡而來)。

此段繼言"明明德"之理:惟有積學,始能為明德盛極之事,但欲擴大施為廣泛影響,那就非求得當政治國不可了。而國是家的發展,作為它的基礎根源的,所以又須以整理好"家"為其前提。以此類推,家乃由各個成員組織而成,因之使全成員各修其身,便不能不是切要的啦。若欲修身又得先解決思想問題,必正其心。跟著這同樣位於意識形態上的"誠意"自然也是它的先解條件,使其心無傾斜麼。最後也可以說是最初,這努力學習,增益知識而藉以明辨是非的所謂"致知",通過認識事物的全部過程,遂為至關切要的事。今日格一物,明日格一物,格之不已,始能融合貫通上下相結哪。

　　物格而後知至,知至而後意誠,意誠而後身修,身修而後家齊,家齊而後國治,國治而後天下平。

把這"格、致、誠、正、修、齊、治、平"等等政治修養上的準則要義,依次定立出來開列下去,既有內在的聯繫,也有外延的形式,層層建立,節節拔高,而且是有始有卒有為有守的,不只是在政治思想史上是完美無缺自成體系的一套,即在散文發展史上也是繼承了訓詁語録文體,又獨具匠心、另具特色的。例如它的連鎖性強不嫌排比,顛之倒之渾然一體,絕對顛撲不破之類均是。因為它接著小結說:

> 自天子以至於庶人,壹是(專一無它之義)皆以修身為本。其本亂而末治者否矣(本謂修身,末謂治平。否,不可能),其所厚者(此指修身而言)薄,而其所薄者(此指治平而言)厚,未之有也。此謂知本(本樞在於修身),此謂知之至也。

看,修身多麼重要!包括天子在內,都不能不講求它。因"明德"在躬,非此莫辦。不仁而在高位,勢必禍國殃民。如後人指斥的桀紂幽厲,即是它的反面教員。而據說"其仁如天,其智如神"的堯,"巍巍乎有天下"的舜,"無間言矣,三過其門而不入"的禹,"日日新,十一征而無敵於天下"的湯,以及"三分天下有其二以服事殷"的周文王,"誅紂伐奄"取得最高統治權的周武王,則是"修身"有成,"平治"稱聖的典型人物了。下面,它那"慎獨"的工夫也講得到家:

> 所謂誠其意者,毋自欺也,如惡惡臭,如好好色,此之謂自謙(安靜之貌),故君子必慎其獨也。

"慎獨"就是"不自欺"的最高考驗,"誠意"的徹底表象。它還把這和"小人"為不善對比著說:

> 小人閒居為不善,無所不至。見君子而後厭然(厭,掩

蓋,遮羞),掩其不善,而著其善。人之視己,如見其肺肝然,
則何益矣(有什麼用呢)。此謂誠於中,形於外。故君子必慎
獨也。

不用說,這是指著"庶人"講的,可是影響真的深遠。關於這些,
作者還分別錄引了曾子的話(這也可為此書或為曾參所作的一條證
據,既稱曰"子"又首引其言):"十目所視,十手所指,其嚴乎!富潤
屋,德潤身,心寬體胖,故君子必慎其獨也。"(此言亦經常為後人的
我們所引用。嚴,憚也,可怕。潤,華飾外見。對修養而言,則是霑潤、
光榮的意思。)《三百篇》的句子(共是《衛風·淇奧》《周頌·烈文》
《商頌·玄鳥》《小雅·緡蠻》和《大雅·文王》等章的句子)、《周書·
康誥》《商書·太甲》、"湯之盤銘"和孔子關於"聽訟"之言,以為"誠
意"的佐證。真是"麻雀雖小,肝臟俱全"了。不僅對於"誠意"如此,
其它自"正心""修身""齊家""治國"至"平天下"的也莫不皆然。
例如:

所謂修身在正其心的,說身有所忿懥、恐懼、好樂、憂患的,都是
"不得其正"。更要緊的是"心不在焉,視而不見,聽而不聞,食而不知
其味",所以"修身"須以正心為本。

所謂齊家在修其身的,說人之其所親愛、其所賤惡、其所畏敬、其
所哀矜、其所敖惰,都會加以琢磨、忖度的,如愛而不知其碩大或不如
人的苗與子即是。故曰:"身不修不可以齊其家。"

所謂治國必先齊其家的,說:"其家不可教而能教人者,無之。故
君子不出家而成教於國。"如"孝"之於"事君"、"弟"之於"事長"、
"慈"之於"使眾"之類,便是由家及國的。"一家仁,一國興仁;一家
讓,一國興讓"麼。"一人貪戾,一國作亂"更是。"其機(發動所由)如
此。此謂一言僨(覆敗)事,一人定國。"它這講求的"君子"的修養最

好,它說:治國在齊其家的"君子有諸己而後求諸人,無諸己而後非諸人(有於己者謂仁讓,無諸己者謂無貪戾),所藏乎身不恕,而能喻諸人者,未之有也。"宜其家人,宜兄宜弟,而後可以教國人。"其為父子兄弟足法,而後民法之也。"

所謂平天下在治其國的,它說"上老老而民興孝,上長長而民興弟,上恤孤而民不倍(不相背棄)"乃是君子"絜矩(絜猶結也,挈也;矩,法也,以規矩成其方圓的規格標準)之道"。

它說平天下在治其國的:"所惡於上,毋以使下;所惡於下,毋以事上;所惡於前,毋以先後;所惡於後,毋以從前;所惡於右,毋以交於左;所惡於左,毋以交於右,此之謂絜矩之道。"又說:"道得眾則得國,失眾則失國。是故君子先慎乎德。有德此有人,有人此有土,有土此有財,有財此有用。德者本也,財者末也,外本內末,爭民施奪。是故財聚則民散,財散則民聚。是故言悖而出者,亦悖而入;貨悖而入者,亦悖而出。(道猶言也,用謂國用。施奪,行搶。悖猶逆也。君有逆命則民有逆辭,上貪於利則下人侵釁。)"

其它的名言則有:

唯仁人為能愛人,能惡人(惡其惡人)。

好人之所惡,惡人之所好,此謂拂(違反)人之性,菑(古災字)必逮(及也)夫身。

君子有大道,必忠信以得,驕泰以失之。

生財有大道,生之者眾,食之者寡,為之者疾,用之者舒(有計劃,量入為出),則財恒足矣。仁者以財發身(發,啟也。務於施與,故然),不仁者以身發財(貪婪成富,鮮能久享)。

這篇書解結語是"未有上好仁而下不好義者也,未有好義其事不終者也"和"國不以利為利,以義為利",始終以愛利人民為其神聖的職責。國於天地必有以立,民為邦本,本固邦寧嘛。所以這個"大學",不是那時的"國學"(如後來的"國子監"),保氏、師氏教育"冑子"的所在,而是所謂"內聖外王",講求道德修養、君臨天下的一系列規格標準的。換句話說,它不是作為具體的教育機構而存在的,只是抽象的概括的一種為學、從政的思想範疇而已。"明德明,天下平",終身學之,猶不能盡呢。

二、《中庸》的文字

(一)孔伋和他的《中庸》

孔伋,字子思,孔子之孫(孔子的兒子名鯉,字伯魚,年五十,先孔子死)。子思受業於孔子的門人,司馬遷說他:"年六十二,嘗困於宋,作《中庸》。"

《中庸》是本小冊子,舊為《禮記》中的一個篇章,宋代以後把它提了出來與《論語》《孟子》《大學》(傳為孔子弟子曾參所作)合到一起叫做《四書》,童蒙必讀,影響極大。

這本書吹捧孔子,侈談性命,嚴"君子""小人"的界限,重君臣、父子、夫婦、兄弟、朋友的倫常,宣傳崇拜祖先,神道設教,以及"繼絕世,舉廢國"的大一統思想。

但它的文字卻是一綫穿珠頗有章法,而且又語言精確極盡說教之能事,已非一般的"語錄"體所可比擬的了。

(二)《中庸》文字舉例

1. 天、人(性)合一,化育生物①

a. 天命之謂性,率性之謂道,修道之謂教。②

b. 自誠明,謂之性;自明誠,謂之教。誠則明矣,明則誠矣。③

c. 唯天下至誠為能盡其性;能盡其性,則能盡人之性;能盡人之性,則能盡物之性;能盡物之性,則可以贊天地之化育;可以贊天地之化育,則可以與天地參矣。④

在文字的章法結構上說:則 a、b 兩節都是訓詁式的,自作解釋,一語了賬。不過 b 節多了兩句互為因果、二位一體的話,c 節則是連鎖性

---

① 這是孔子"性相近,習相遠"的主觀唯心主義人性論的延續和引申,它為孟子的"性善論"開拓了境界打下了基礎。因為孔伋更進一步地把奴隸貴族統治階級(包括新興的地主貴族統治階級)的與生俱來的自然本質美化成為天人合一的"至性""大道"了。

② 率,依循,掌握。修,發揚光大。這是孔伋說:"性"就是上天賦予的人的本質,按照天性的感應辦事不使違越就叫做"道",再發揚推廣它令人仿效藉以擴大影響,便是"教"的功用了。

③ 至性高明,洞徹事物,即所謂"生而知之者,上也",這是"聖人",他們是"不思而得,從容中道"(《中庸》)的。接受教化,擇善固執,所謂"學而知之者,次也",這也不失為"賢人"。他們在道德修養上可以說是同功一體,都有利於奴隸主和地主的統治的。

④ "至誠"即指"聖人"而言,"盡性"謂體天地好生之德,使人各得其所。這自然又是欺騙人的花招,因為剝削階級從來不會考慮被剝削者的生存權益的。贊,助也。育,生長。參,相比。

的,步步登高,到達頂峰始出結論。這些都說明著,《中庸》雖然比較晚出,依舊大量地襲用訓詁文、語録文的方式方法,短小精悍,簡易清晰,既耐人尋味也搖曳多姿。它和《大學》之文,極相近似,差別只在於《大學》的連鎖性更强,他的訓詁文忒少,章句較長,自成體系而已。另外則是《中庸》録引孔子的話多,共 21 條,《詩》13 條;《大學》引證《詩》《書》的話多:《詩》凡十條,《虞書》《商書》各一條,《周書》《康誥》四條,《秦誓》一條。

2. 仁親為寶,派生禮治,已露宗法社會端倪

　　a. 仁者,人也,親親為大;義者,宜也,尊賢為大。親親之殺,尊賢之等,禮所生也。①

　　b. 天下之達道五,所以行之者三,曰:君臣也,父子也,夫婦也,昆弟也,朋友之交也。五者,天下之達道也;知、仁、勇三者,天下之達德也,所以行之者一也。②

---

　　① "仁",相人偶,從二人,以人意相存問,它代表著人們的社會關係,還是不包括被侮辱與被損害的奴隸或農奴的。因為跟著說的是,照顧、關懷要分親疏遠近麽。"義",於事得宜,可是首先該去辦的卻是尊敬那些所謂的"賢者"的,積極維護統治階級政權的上層人物。殺,降等;等即等級。社會地位不同,待遇情況自異,這就又是不可逾越的"禮"的規範了。那麽,無論從"仁""義"和"禮"任何一種道德標準上講,全是奴隸主或地主階級御用之物,已屬毫無疑問。

　　② "達道",通行的道路。"達德",常有的操守。君臣、父子等五道既是孔子"君君,臣臣,父父,子子"(《論語·顏淵》)的再版,知、仁、勇等三德也未脫離"知及之,仁守之"和"動之以禮"(《論語·衛靈公》)的範疇。一句話,還是孔門奴隸主貴族和封建統治階級倫理道德宗法觀念的老一套。昆音 kūn,哥哥,昆弟就是弟兄。"所以行之者一也",是他們謬稱自古以來都是以推行這"五道""三德"為事的。

c. 子曰:好學近乎知,力行近乎仁,知恥近乎勇。知斯三者,則知所以修身,知所以修身,則知所以治人,知所以治人,則知所以治天下國家矣。(《禮記‧中庸》)①

上文:a 節詁訓成文,一語破的,兩兩演變,派生三者,其事昭然。b 節三五歸一,有實有虛,嚴絲合縫,是乃天衣。c 節三事鼎立,三用追蹤,由身及國,小大一體。

3. 神道設教,祖先崇拜②

a. 鬼神之為德,其盛矣乎!③ 視之而弗見,聽之而弗聞,體物而不可遺。④ 使天下之人,齊明盛服,⑤以承祭祀,洋洋乎如在其上,⑥如在其左右。

---

① 見於《禮記》各篇章中的"子云""子曰"都是論為孔子的話的,《中庸》也不例外。這兒把"三德"跟修(身)、治(國)、平(天下)等有關統治權的作用聯繫起來講,更足以證明以孔子為代表的儒家思想,隨著地主貴族統治階級政權的日趨鞏固,已在源遠流長地擴大其影響了。

② 孔於當日即自稱"殷人",尊法先王,隆重祭禮。"祭如在,祭神如神在"(見《論語‧八佾》),就是他的話。商代迷信鬼神。

③ 這也是托為孔子說的。因為它們"生養萬物",所以其"德"盛大。跟古代西洋人稱上帝為造物主一樣。

④ 體物而不可遺,言萬物生而賦有形體,巨細靡遺,都是鬼神創造的。

⑤ 明,潔淨。齊音義同齋。齋戒沐浴整齊嚴肅叫做"齊明"。"盛服",祭祀時用的禮服。承,接受,舉辦。

⑥ 洋洋,重言,大也。這是說,鬼神雖不可見,可是其形偉大,能夠想像得到。

b. 武王周公,其達①孝矣乎! 夫孝者,善繼人之志,善述人之事者也,春秋修其祖廟,②陳其宗器,③設其裳衣,④薦其時食。⑤

c. 宗廟之禮,所以序昭穆也。⑥ 序爵,⑦所以辨貴賤也;序事,所以辨賢也;旅酬下為上,所以逮賤也;⑧燕毛,⑨所以序齒也。

d. 踐⑩其位,行其禮,奏其樂,敬其所尊,愛其所親,事死如事生,事亡如事存,孝之至也。郊社⑪之禮,所以事上帝也,宗廟之禮,所以祀乎其先也,明乎郊社之禮,禘嘗⑫之義,治國其如示諸掌乎。⑬

章句結構的手法:

a、b 兩段是:主句在前,分句繼之,隨即小結,乾淨俐落,絕不拖泥

---

① 達,到。

② 祖廟,供奉祖宗的廟堂。修,打掃,糞除。

③ 宗器,祭祀的器具,如鐘鼎籩豆之類。

④ 裳衣,祖先的服飾。設,使"尸"披用。

⑤ 時食,四時祭用的食物,薦,呈獻,擺供。

⑥ 昭穆,長幼輩數。序,排列。左昭右穆。

⑦ 爵,禄位,分公、卿、大夫、士。

⑧ 宗廟之禮以下奉上,並且以能參與其事為榮,所以才說"酬下""逮賤"。酬,答也。逮,及。

⑨ 燕毛,吃祭祀飯時,按頭髮的青白顏色定座,年長者上席。齒,即指年歲而言。

⑩ 踐,升登。

⑪ 郊社,祭祀天地。社,土神之祭。郊,是祭上帝。

⑫ 禘嘗,封建帝王祭祀祖先的名稱,禘音 ti。

⑬ 示諸掌,把東西放在手掌裏叫人看,是說非常容易的意思。

帶水。

c 段則是:短句平列,一事一解,只驚其醒人心目,不嫌其重疊排比。

d 段可以說是:先演繹(分見),後歸納(小結),入尾"點睛"(說出它的主要目的)。

總之,它們整飭、精粹,不蔓不支(一句廢話都沒有),確是小品文的上乘。不得以無頭無尾,雜亂無章的篇簡視之,因為它們都是獨立說教的,以少勝多的。

4. "中和"為用,是"聖賢"的事①

a. 君子中庸,小人反中庸。② 君子之中庸也,君子而時中;③小人之中庸也,小人而無忌憚也。④ 中庸其至矣乎,民鮮能久矣。⑤

b. 在上位不陵下,⑥在下位不援上,正己而不求於人,則無怨。⑦ 上不怨天,下不尤人,⑧故君子居易以俟命,小人行

---

① 從這裏可以看到孔伋和孔子一般,也是等級分明,君子、小人,上智、下愚地劃分嚴格。

② 庸,常也,用"中"為常道,過猶不及。

③ 時中,指精神面貌而言,喜怒有常,以時節制,不使過度。

④ 忌,畏懼,怕。憚,難,困難。無忌憚,即沒有顧忌、毫不懼怕之意。這和從容中道的君子相反,所以叫做小人。

⑤ 是說中庸為道最美,可是一般人不能堅持久行不殆。鮮,罕。鮮能,很少能。

⑥ 陵,以勢欺壓。

⑦ 援,牽持攀引。無怨,沒有恨怨的人。

⑧ 尤,歸罪,苛求。聽天由命,安分守己。

險以徼幸。①

c. 愚而好自用,賤而好自專,生乎今之世,反古之道,如此者,災及其身者也。② 非天子不議禮,不制度,不考文。③

d. 上焉者雖善無徵,無徵不信,不信民弗從。下焉者雖善不尊,不尊不信,不信民弗從。④

e. 故君子之道,本諸身,徵諸庶民,考諸三王而不繆,⑤建諸天地而不悖,⑥質諸鬼神而無疑,百世以俟聖人而不惑。

f. 唯天下至聖,為能聰明睿知,足以有臨也;寬裕溫柔,足以有容也;發強剛毅,足以有執也;齊莊中正,足以有敬也;文理密察,足以有別也。

以上各文:a、b、c、d、四節,可以叫它做"雙肢體"。就是說,一起兩個頭,跟著分別做解,使人有對比之下異常分明之感。e、f兩節則是先出主題,然後連貫著分敘,謹嚴,清晰,要言不煩。虛字"諸"和"而"也運用得極為得體。

---

① 君子,賢者,有道德修養的人。居易,安平待時。行險,行危犯難。存心徼幸,亦有投機取巧的意思。從而稱為小人。

② 這也是說,私心自用不守本分,不識時務的人,一定會招惹災禍的。

③ 只有天下的共主,才有資格議論禮儀、考定制度、宣示政令。

④ 上謂君上。徵,可以考見的政治行為。下謂臣子。尊,奉侍。弗,不也。

⑤ 三王,夏、商、周三代的帝王。繆音 miù,錯誤的。

⑥ 建,上達。悖音 bèi,違反。這是合於天地與之一體之意。

5. 宗法、倫理的統治手法①

凡為天下國家有九經②,曰:修身也,尊賢也,親親也,敬大臣也,體③群臣也,子庶民也,④來⑤百工也,柔遠人也,⑥懷⑦諸侯也。

修身則道立,尊賢則不惑,親親則諸父昆弟不怨,敬大臣則不眩,⑧體群臣則士之報禮重,⑨子庶民則百姓勸,⑩來百工則財用足,⑪柔遠人則四方歸之,懷諸侯則天下畏之。

齊明盛服,非禮不動,所以修身也。去讒遠色,⑫賤貨⑬而貴德,所以勸賢也。尊其位,重其祿,同其好惡,所以勸親

---

①　修、齊、治、平本為儒家鞏固封建統治階級權益的不二法門,他們的大一統思想。

②　經,常行必辦的事,引申有法典之義。

③　體,接納,與之同體。

④　子,愛惜。庶民,老百姓。愛民如子。

⑤　來,招引。

⑥　柔,懷柔。遠人,邊遠地帶的屬國。

⑦　懷,拉攏,收納。

⑧　眩,惑亂。恭敬大臣,任用分明,處理政務便不紊亂,迷惑。

⑨　群臣地位雖較低下,只要君王加厚接納,即可以使之感恩,以死相報,這就叫做"報禮重"。

⑩　勸,勤勉以事其上,甘心受剝削,當順民。

⑪　百工,匠人技工小生產者。這些手藝人一多,國家的器物財貨便會豐富起來。

⑫　讒音 chán,說別人的壞話。色,女色。

⑬　賤,看輕。貨,財物。

139

親也。官盛任使,①所以勸大臣也。忠信重祿,所以勸士也。時使②薄斂,所以勸百姓也。日省月試,既廩稱事,③所以勸百工也。送往迎來,嘉善而矜不能,④所以柔遠人也。繼絕世,舉廢國,治亂持危,⑤朝聘以時,厚往而薄來,所以懷諸侯也。

凡為天下國家有九經,所以行之者一也。

在寫作的手法是先提總綱,入後分敘,最後一結,有條不紊,散散落落,使人樂於窮讀。

---

① 官盛任使,大臣皆有屬官,任使得當,不管瑣細的事務。

② 時使,勞逸結合以時使用。

③ 日省月試,考較功效。既廩稱事,按照生產財富的實際情況撥給衣食用度。

④ 嘉,稱讚,肯定。矜,同情,照看。

⑤ 治亂持危,諸侯國內發生變亂舉行征討,有了危難則予以扶助。

錯注三則

一、監河侯不是魏文侯

《莊子·外物篇》中有段"莊周貸粟"的故事,其文說:"莊周家貧,故往貸粟於監河侯。"王先謙的《莊子集解》注說:"《釋文》《說苑》作魏文侯。"郭慶藩的《莊子集釋》疏說:"監河侯,魏文侯也。"

王先謙的"注"是多餘的,因為"《釋文》《說苑》作魏文侯"不但不是對"監河侯"的注解,而且多餘地向讀者提出一個問題:莊周向誰貸粟? 究竟是向監河侯,還是向魏文侯? 如果注者加以考證,指出哪個對哪個不對,也還可以,但注者又未做到這一點。因此,它只是"製造混亂",別無一點好處。

《莊子集釋》注疏更成問題,他說:"監河侯,魏文侯也。"也許就是因為他這樣說,後人便"監河侯即魏文侯"了。

究竟監河侯是不是魏文侯呢? 不是。

魏文侯即魏斯,他是魏國的創建者,公元前445—前396年在位,死於公元前396年。而莊子生於公元前369年(也有人說他生於前355年或前350年),即魏文侯死後27年 (或更多些年)莊子才下生的,莊子怎能到魏文侯那裏去借糧呢?

由此可知,監河侯就是監河侯,而不是魏文侯。

二、滑國故址不是今河南省滑縣

關於《左傳》"秦晉殽之戰"裏的滑國故址,朱東潤主編的、上海古籍出版社出版的《中國歷代文學作品選》上注說:"滑,姬姓國名,在今河南省滑縣。"北京大學中國文學史教研室選注的、高等教育出版社出版的《先秦文學史參考資料》(1957年12月版)上注說:"滑:原為姬姓小國,魯僖公三十三年被秦所滅。後因秦不能守,終為晉所得,淪為縣邑。其地在今河南滑縣。"中國人民大學語文系文學史教研室選注的、中國青年出版社出版的《歷代文選》上說:"滑:姬姓小國,在晉之邊境,地在今河南滑縣。"

這三家注釋雖文字不同,但都認為滑國故址在今河南省滑縣。

春秋時的滑國,應在洛陽－新鄭的直綫上,不應在今河南省滑縣。理由如下:

1. 假如以今河南省鄭州市為座標,今河南省滑縣,在鄭州市東北230里處,而鄭國的首都新鄭則在鄭州市正南偏東一點80里處。今河南省滑縣在新鄭東北280里處。而當時的周都(即今河南省洛陽市)在鄭州市正西200里處,在新鄭西北240里處。秦軍襲鄭,由西向東,經崤山,過周都,奔新鄭,應從洛陽向東南走。從洛陽奔新鄭,途經滑國,那麼,滑國應在洛陽－新鄭的直綫上,而不應在滑縣。因為那時是四匹馬拉的戰車,而不是現在的機械化部隊,從洛陽至新鄭僅僅240里,秦軍為何先向東北跑408里,然後再折向西南走280里,轉688里的彎呢?這是不合情理的,由此可以斷定,滑國的故址決不是今河南省滑縣。

2. 也許有人說:"秦軍願意轉這個彎,那怎麼辦?"我說:秦軍沒有轉這個彎。

《左傳·僖公三十三年》的原文說："及滑,鄭商人弦高將市於周,遇之。"這句原文告訴我們,鄭國的愛國商人弦高到周的都城洛陽去做買賣,在滑遇到秦軍。即使說秦軍為了某種目的,故意轉這 688 里的彎,而到周都去做買賣的商人弦高決不會去轉這 688 里的彎。由此可知,"滑"在周都洛陽-鄭都新鄭的直綫上。

3. 今河南省滑縣,在春秋時不叫"滑"。

《中國古今地名大辭典》上說:"滑,周國名;姬姓,伯爵,亦稱費滑。今河南偃師縣二十里有緱氏城,即滑國,魯僖公三十三年為秦所滅。"顧棟高《春秋大事表》:"滑縣在春秋時只稱漕邑,無滑之名。漢魏為白馬縣,隋始曰滑州。"《中國古今地名大辭典》上又說:"滑縣:春秋衛曹邑,秦置白馬縣,隋置杞州,改滑州。"

以上引文,雖文字上略有出入,但都說明滑國故址,不是今河南滑縣。

再看《中國歷史地圖集》,今河南省滑縣,在曹(漕)正西二十里處,當時無滑之名。曹是衛國的都城(衛國初都於沬,又叫朝歌,即今河南省淇縣,後遷都於曹),而"滑"卻在今河南省偃師縣城東南三十里,都城叫"費",故又稱"費滑"。

儘管《中國古今地名大辭典》上說的,和《中國歷史地圖集》上標的有點出入,但二者都證明"秦晉殽之戰"中的"滑國"故址,不是今河南省滑縣,而是今河南省偃師縣城東南的緱氏鎮一帶。

三、八個數字錯了四個

關於《史記·孫子吳起列傳》中"桂陵戰役"和"馬陵戰役"的年代,王伯祥選注、人民文學出版社 1973 年出版的《史記選》上認為桂陵戰役在:齊威王二十六年、魏惠王十八年、周顯王十六年、公元前

353 年。

而新編《辭海‧中國歷史紀年表》上則為:齊威王四年、魏惠王十七年、周顯王十六年、公元前 353 年。

《史記選》認為馬陵戰役在:齊威王三十八年、魏惠王三十年、周顯王二十八年、公元前 341 年。

新編《辭海‧中國歷史紀年表》上則為:齊威王十六年、魏惠王二十九年、周顯王二十八年、公元前 341 年。

如果說新編《辭海‧中國歷史紀年表》是正確的、可信的,那麼《史記選》中這八個數字就錯了四個。

（本文原載於《河北大學學報》1984 年第 1 期）

從《詩經》、屈賦的"比""興"神話說起

在《詩經》裏，草、木、蟲、魚、鳥、獸、山、水之名，只是在每章詩的開頭，一句或兩句的微小引子(所謂比、興)，有時也算"詩題"，從而一筆帶過就完成任務。如"關關雎鳩，在河之洲"(《周南·關雎》)；"螽斯羽，詵詵兮"(同上，《螽斯》)；"摽有梅，其實七兮"(《召南·摽有梅》)；"燕燕于飛，差池其羽"(《邶風·燕燕》)；"牆有茨，不可掃也"(《鄘風·牆有茨》)；"相鼠有皮，人而無儀"(同上，《相鼠》)；"南山崔崔，雄狐綏綏"(《齊風·南山》)；"園有桃，其實之殽"(《魏風·園有桃》)；"彼汾沮洳，言采其莫"(同上，《汾沮洳》)；"南有嘉魚，烝然罩罩"(《小雅·南有嘉魚》)等句即是。它們雖然語意完整，有主、有動、有賓，可是就其全詩來講，僅起陪襯的作用，並非主體的所在，包括作為詩題在內，屈賦便不一樣了。

首先是屈原在賦篇之中，自我作古，以主人公的身份驅遣事物，無論是自然界的、歷史上的，以及當代社會裏的，他都指揮若定，隨時隨地地派以用場，就說"比""興"吧，也多為專物專用的，賦予物性以人德。譬如《橘頌》，名義上是欣賞橘樹之美的，實際上卻是物我為一、合而不分的，從命題上看，已與《詩》之所謂"頌"大不相同了。"頌"，容也，前者是在誇飾橘樹，美橘之有是德，故曰頌。所以開篇即云："后皇嘉樹，橘徠服兮；受命不遷，生南國兮；深固難徙，更壹志兮；綠葉素榮，紛其可喜兮；曾枝剡棘，圓果摶兮；青黃雜糅，文章爛兮；精色內白，類可任兮；紛縕宜修，姱而不醜兮。"事情很清楚，作者是在以物方人的。八句話下來，橘的外形內貌及其物性，俱已表出，而作者自己的道德修

美,煥乎文章,生於楚地,絕不遷徙之義,也一同反映出來了。尤其是結語的"秉德無私,參天地兮",至高無上,現身說法,真是潔氣充塞,神來之筆。《詩》之"三頌",那得有此!它們不過是在各自讚揚其"祖德宗功"的,廟祭時才會使用。《周頌·天作》:"天作高山,大王荒之。彼作矣,文王事之。"《商頌》:"天命玄鳥,降而生商,宅殷土芒芒。古帝命成湯,正域彼四方。"人家祭祖,他那自頌,就這一點講,已是屈賦對於《詩》的一種藝術革命了。總之,不怪劉勰稱屈原為"雅頌之博徒,辭賦之英傑"(《文心雕龍·辯騷》)。他的確能夠信手信腕�摭拾即是,而且譬況精深蔚為奇文的。篇篇有其特色,處處神采飛揚,靈活多變,與《詩》之作者手法不同。

還有,神話也是屈賦獨多,《九歌》諸篇天神、地祇、山龜、河伯、湘君、湘夫人、大司命、少司命、雲中君一望而知其為神人神事不必說了。就是在《離騷》《天問》等作品中,那乘龍、跨鳳、呼風、喚雨縱橫六合之中、徜徉八荒之上的人物,又何嘗少呢,而且絕大多數是服飾都麗、月貌花容、美人香草、光華燦爛的形象。含括作者自己在內,不也是"屯余車之萬乘兮,紛容與而並馳。駕八龍之婉婉兮,載雲旗之委蛇。建雄虹之采旄兮,五色雜而炫耀""歷太皓以右轉兮,前飛廉以啟路。陽杲杲其未光兮,凌天地以徑度。風伯為余先驅兮,辟氛埃而清涼。鳳凰翼其承旂兮,遇蓐收乎西皇""擥彗星以為旍兮,舉斗柄以為麾。叛陸離其上下兮,遊驚霧之流波。時曖曃其曭莽兮,召玄武而奔屬。後文昌使掌行兮,選署眾神以並轂""左雨師使徑待兮,右雷公以為衛""使湘靈鼓瑟兮,令海若舞馮夷。玄螭蟲象並出進兮,形蟉虯而透蛇。雌蜺便娟以增撓兮,鸞鳥軒翥而翔飛"嗎?似這般地驅策神靈,役使龍鳳,儀仗堂皇,馳騁天地的景象,與"神人"有什麼兩樣,而屈原之意境開朗,心情玄妙,所謂"其小無內兮,其大無垠"(同上)的思路,也就昭然若揭啦。

這樣的篇章,在《詩》裏是很少見的。《生民》固然有關於姜嫄、后稷的神化、傳說,"履帝武敏歆"、"載聲載育,時維后稷"、"誕寘之隘巷,牛羊腓字之;誕寘之平林,會伐平林;誕寘之寒冰,鳥覆翼之。鳥乃去矣,后稷呱矣。"(《大雅》)故事雖亦神奇,境界情景遠遠不能比擬,這應該是北方黃河流域藝術上的求實精神,有遜於南國長江地帶創作手法的浪漫氣息的緣故。按照范老文瀾的說法,乃是"楚國傳統文化是巫官文化,民間盛行巫風,祭祀鬼神必用巫歌,《九歌》就是巫師祭神的歌曲",由屈原加以修改,"變成新創作,其特點在於想像力非常豐富,為史官文化的《三百篇》所不能及。"(語見《中國通史篇編》,第一編第五章,散文與詩賦)我們同意這話,不過要特別強調屈原獨特的絢麗多采的藝術造詣。

例如,體現於《天問》中的寫作手法及"天道"觀念。

《天問》就是"問天",質問上天,許多事物,無論自然的社會的,為什麼會這樣?其實作者是明知故問,問中已答,不過在借此發洩怨氣、聊以解憂而已。但不管怎麼說,它確確實實是屈原的又一篇傑作。這是因為,論其形式既基本上是八字一組,上下相承,先定立一件事物,遂即詰問以一小"問"字(共計二百八十二見),亦間或用"孰、安(各八見),誰、胡(各五見)"等字,並以"之、與、夫、爰、終、所、則、而、是、伊、茲、其"等語氣、聯繫、指代詞字,穿插其中,使之一氣呵成,不嫌板滯。不同的是能在這裏一字不用慣見於其它篇章裏的"兮、也、羌、些、蹇、只"等語助詞,使人有獨特新穎之感。論其內容,則從宇宙之所以成形、日月之相互照明、陰陽之化生萬物、傳說逸事之羅列排比、歷史人物之重點批判,靡所不有。令人驚奇的卻是,作者喜歡運用的綺麗的辭彙、浪漫的筆調,都不見了。代之而來的乃是吐屬素樸、詰問精悍的字句,博學多聞、才氣縱橫,尤其是不以天為至高無上的造世主的精神,是非常值得讚賞的。例如體現於《三百篇》中的"昊天""上帝",它悠悠、浩浩、昭昭、蕩蕩,神聖不可侵犯。"天生烝民,有物有則。"(《大雅·烝民》)"天實為之,謂之何哉?"(《邶風風·北門》)"皇矣上帝,臨下有赫。"(《大雅·皇矣》)可見當時人民崇信之一斑。而《天問》就不然了,它只問些"上下未形,何由考之?""日月安屬,列星安陳?"以及"皇天集命,惟何戒之?"如此之類,不一而足,可見屈原對於"天道"的態度了,橫衝直撞,"上征""叩閽",無所顧忌,前未之見。

莊周文與屈原賦體現於藝術手法上的同異
——各自的浪漫氣息及其美的形象

　　莊文、屈賦,從其美妙的想像,瑰麗的語言,特別是反映現實追求理想世界,抒發情感,用誇張的手法塑造人物形象上講,雖然都是我國上古戰國時代浪漫主義文學的代表作,畢竟一個是散文的著作,一個是辭賦的篇章,而且又出世、入世,冷漠、熱烈,豪放、忠貞,物化、執拗,同而不同,各有千秋。首先,在篇目的命名上看,如《莊子》內七篇的《逍遙遊》物外逍遙,任天而行,是從主觀上去役使萬物而不為外物所累的意思;《齊物論》核實名物,絲亂擾人,不如還我天籟信彼自然,可以全生自適;《養生主》順事而不滯於物,冥情養性以全其生,所謂不識不知節省精力,儘量適應客觀世界者是;《人間世》既已忘卻是非善惡,與人無爭與物無忤,那就可以出而應世浮沉人間了;《德充符》內心的道德修養得到充實以後,自然會反應出合乎外界的需要的“既受食於天,又惡用人”,所以應該是有人之形無人之情,免得“逆天”而行招惹是非;《大宗師》宗者,主也,以道為師,“知天之所為,知人之所為者”,才是“真人”,翛(音肖,疾也)然而往,翛然而來;《應帝王》無心而任乎自化的“真人”,始可為帝王,因為他無入而不自得焉,亦虛而已。《駢拇》以下的外雜諸篇,皆以篇首二字為題,別無它義。總之,莊之命題是光怪陸離、自逞胸臆的,“不才”乃以尊生;“才”者,特借文以自見耳。究其實,不外逃避現實虛而無我也。

　　屈原的《離騷》則是由於“履忠被讒,憂悲愁思,獨依詩人之義”而作的,正如梁人劉勰所說:“自風雅寢聲,莫或抽緒,奇文蔚起,其《離騷》哉！固以軒翥詩人之後,奮飛辭家之前,豈去聖之未遠而楚人之多才乎！昔漢武愛《騷》而淮南作傳,以為《國風》好色而不淫,《小雅》怨悱而不亂,若《離騷》者,可謂兼之,蟬蛻穢濁之中,浮游塵埃之外,皭然涅而不緇,雖與日月爭光可也。"(《文心雕龍‧辨騷》)

這推崇得可謂備至,但卻並非溢美也不止是《離騷》這樣的,就舉《九歌》為例吧,它顯然是經過屈原改作了的,化腐朽為神奇使之別有新意。按此組神曲除《國殤》為"悼歌",《禮魂》是"終止樂章"以外,其它九篇都是以神名篇的:《東皇太一》,有人說它是迎神曲;《雲中君》,見《漢書‧郊祀志》;《湘君》,即舜,死於蒼梧;《湘夫人》,舜妃;《大司命》,文昌星,主文及壽;《少司命》《東君》,日神;《河伯》,河神;《山鬼》,山神。

按"河伯""山夔"見於《莊子》。《漢書‧郊祀志》有"東君"。《史記‧天官書》:"文昌六星,四曰司命。"劉向《烈女傳》云:"舜涉方死於蒼梧,號曰重華,二妃死於江湘之間。"綜合起來說,以神名篇前所未有,來自巫歌,亦是民間。它寫神鬼之美,亦與莊文有異曲同工之妙,擬人誇飾、形象生動,如《逍遙遊》中描繪"神人"云:

藐姑射之山,有神人居焉,肌膚若冰雪,綽約若處子,不食五穀,吸風飲露,乘雲氣,御飛龍,而遊乎四海之外。

神者,申也,作者借此抒發其超凡的心靈和美妙的形象,這是一望可知的。屈原也有同樣的筆法,如《山鬼》云:

若有人兮山之阿,被薜荔兮帶女蘿。既含睇兮又宜笑,子慕予兮善窈窕。乘赤豹兮從文狸,辛夷車兮結桂旗。

　　山鬼本為惡鬼，即是山魈。《荊楚歲時記》曰："正月一日雞鳴而起，先於庭前爆竹，以辟山魈惡鬼。"這裏屈原卻把它描繪得這般美麗，可見他主觀願望的何在了。但浪漫終歸不是現實，"雷填填兮雨冥冥，猿啾啾兮狖夜鳴，風颯颯兮木蕭蕭！"環境如此險惡，令人驚駭恐懼，不可久留，其奈之何？實在值得深思。

　　另外是屈賦的"楚聲""楚調"，也就是楚國方言，也比莊文要豐富得多。讓我們隨手列舉幾條：

　　　　摶，圓也，楚人名圓為摶。（《橘頌》）

　　　　哈，笑也，楚人謂相啁笑為哈。（《涉江》）

　　　　楚人謂失志悵然佇立為侘傺。（《涉江》）

　　　　楚人名淵曰潭，一說名深曰潭。（《抽思》）

　　　　楚人名冬生草曰宿莽。（《思美人》）

　　　　扈，被也，楚人名被為扈。（《離騷》）

　　　　汩，《方言》疾行也，南楚之外曰汩。（同上）

　　　　搴，《說文》拔取也，南楚語。（同上）

　　　　傺，住也，楚人名住曰傺。（同上）

　　　　楚人謂結草折竹以卜曰篿。（同上）

　　　　羌，楚人語辭，發語端，乃也，一曰歎聲。（同上）

　　　　邅，轉也，楚人名轉曰邅。（同上）

　　　　長鋏，劍名也，楚人名曰長鋏。（《涉江》）

　　　　靈，巫也，楚人名巫為靈。（《九歌·雲中君》）

　　但"兮"（讀如啊）字卻是南北通用見於《詩經》《楚辭》中的，因為它是口語的尾腔，其它的雙聲疊韻，尤其是重言字辭也差不多，不過《楚辭》的用得特多，而且絕大多數是傷憂哀怨的狀語，如嗟嗟、淒淒、惘惘、默默、戚戚、鬱鬱、悄悄、冥冥、瑩瑩。再結合起來歔欷、涕泣、於邑、太息、悲哀、愁苦一類的字樣,這屈賦惹人感傷,形同悲劇的氣氛,便整個體現出來了。

再談屈原的愛國思想

屈原是喜歡以古證今抒發忠貞之情,藉以感悟其君王的。上述唐虞三代之治,下序桀、紂、羿、澆之亂,所謂歷史主義地看待問題者是。例如《離騷》一開篇在敘說了家世以後,即昌言"彼堯舜之耿介兮,既遵道而得路。何桀紂之猖披兮,夫唯捷徑以窘步",特別是下面的一大段:

> 依前聖以節中兮,喟憑心而歷茲。濟沅湘以南征兮,就重華而陳詞。啟九辯與九歌兮,夏康娛以自縱。不顧難以圖後兮,五子用失乎家巷。羿淫遊以佚畋兮,又好射夫封狐。固亂流其鮮終兮,浞又貪夫厥家。澆身被於強圉兮,縱欲殺而不忍。日康娛以自忘兮,厥首用夫顛隕。夏桀之常違兮,乃遂焉而逢殃。后辛之菹醢兮,殷宗用之不長。湯禹儼而祗敬兮,周論道而莫差。

甚麼蠻夷、華夏? 這引證的不都是中國的"王道"麼? 再加上第一句話的"帝高陽之苗裔兮",還真可以認為作者的祖先及其思路,都與中原一般無二的,同時也未嘗不反映著他的"大一統"念頭,其所忠愛非只楚國、楚人而已也,"思九州之博大兮,豈唯是其有女"、"恐皇輿之敗績""及前王之踵武",在在均可以佐證,而道德標準之強調義善、中焉、重仁、襲義、謹厚,以及治理國家應該"奉先功以照下,國富強而法立",選賢與能、眼睛向下,"伊尹烹於庖廚""呂望屠於朝歌""寧戚歌而飯牛""百里奚之為虜"(以上所引,分見《九章·懷沙》《惜往日》

等篇中），可是後來都是歷代的名臣。遜而至於逃國不立的伯夷、“死而後憂”的伍子胥、“忠而立枯”的介子推，尤其是“晉申生之孝子”，被“菹醢”的比干(分見《惜往日》《涉江》等篇)，作者都表而出之以示欽敬。那麼，他的思想貫串古今，無分南北，數忠數孝，疾惡奸邪，豈不更可憑信，而歷史知識的豐富、月旦人物的公正，猶其餘事了。當然，也有人會說，屈原愛的到底是楚國，表示忠心的畢竟是楚王。《橘頌》不是說嗎？“受命不遷，生南國兮。深固難徙，更壹志兮。”《離騷》又曰：“鳥飛返故鄉兮，狐死必首丘。”他的絕命場所與絕命辭，不也一再地聲稱：“不畢辭而赴淵兮，惜壅君之不昭。”(同上)問題不很明確嗎？為什麼一定要說，愛的不止是楚國楚君呢？我們的答案是這樣的，除前面列舉的一系列原因而外，從歷史上看，遠從西周夷王時，楚之祖先熊渠即不滿於子爵之封，說：“我們是蠻夷，不與中國之號諡”，而分立其諸子為王。傳至熊通，也自稱楚王，指稱“吾先鬻熊，文王之師也。成王乃以子男田令居楚，蠻夷皆率服而王不加位，我自尊耳”。迨及楚成王熊惲，王子賜胙，曰鎮爾南方，夷越之亂，無侵中國。於是楚地千里，繼續吞併江漢間姬姓小國，並以兵對抗齊桓公，傷斃宋襄公。莊王繼立，為五霸之一，觀兵於洛，問鼎之大小輕重焉。(以上所言，具見《史記·楚世家》)這些都證明著，楚國從來就是強大的，春秋之季，幾至取代東周。就是說，楚國和當日的秦、齊一樣，都有條件吞併六國統一天下。這些歷史情況，屈原自然是一清二楚的。不過其後楚多內亂，昭王被破國於吳。降至戰國，懷王熊槐最初雖得為縱約長，接著則對秦大吃敗仗，一再潰不成軍，失地喪師，最後還為秦人騙阻，囚死異鄉。楚襄王更是個不爭氣的，事仇、和親、交質，仍不解決問題，秦伐楚，楚軍敗，割上庸、漢北地予秦。未幾，秦將白起，復攻佔楚國的西陵，拔郢都，燒先王墓。襄王兵敗，退保東北陳城，國益衰弱。因此種種，作者早日“致君堯舜上，功在伊呂間”的想法，不是沒有道理的，而被放逐以後的呼天搶地、憤不欲生,也是必然的。何況從許多地下發掘出來的先楚文物看,當日長江流域的南國文化,並不低於黃河流域的中州文化哪!富於浪漫氣息的屈賦,較之偏重寫實的"詩三百",不只毫無遜色而且後來居上,分庭抗禮,尤足以為佐證。再多說幾句,就是屈賦打破了《三百篇》以四言為主體的形式,使其詩歌靈活多變、雜言(五、六、七、八字成句的)紛出,並且大量使用"兮""羌""些""只"一類的語助詞,搖曳多姿,鏗鏘悅耳,筆調美妙,強烈鮮明,即以《離騷》而論,不是一篇別開生面的韻文"自傳"嗎?既表明了出身、家世,又報導了生辰、名字,跟那些無主名的《三百篇》,毫無共同之處。尤其是此中的性格、抱負、美人、香草一體出現,賦而比的手法得到充分的運用,為情造文,有血有淚,語言能力特強,寫作技巧高妙。

漢人王逸注《九章》云:"委命自沉,楚人惜而哀之,世論其詞,以相傳焉。"據我們看來,屈原之死,並非消極的殺身,因為他上下求索靈修,而不可得,這才以詩文作愛國的宣傳(至今不朽成為世界上偉大的辭賦作家),他的戰鬥精神,生死以之的忠貞情操,可以《九歌》中的《國殤》為代表。論者都認為它是悼念楚國大將屈匄的祭歌,我們卻覺得這"首身離兮心不懲。誠既勇兮又以武,終剛強兮不可凌。身既死兮神以靈,子魂魄兮為鬼雄!"也未嘗不是屈靈均的"英氣","豪氣高千丈,文光貫鬥牛",惟有我們的屈大夫,足以克當,"楚雖三戶亡秦必楚"乃是他此後影響。

154

《九歌》譯文及其演唱
——觀摩古代歌舞詩樂《九歌》演出有感

"詩言志,歌永言,聲依永,律和聲","嗟歎之不足,故永歌之,永歌之不足,不知手之舞之、足之蹈之也"。自古以來,這"詩""樂""舞"三者便是不可分割的一個整體。武漢歌舞劇院的劇作者,正是基於這個歷史的情況,定名《九歌》為"詩樂",而以"歌唱、奏樂、舞蹈"的藝術表演形式,把兩千多年前的楚聲、楚樂和楚舞重新搬上了舞臺的。也可以說是三十年代的學人聞一多先生因為種種原因未能完成的傑作,由武漢歌舞劇院的同志們成功出色地予以完成了。**此其一**。

班孟堅說:"《國風》好色而不淫,《小雅》怨悱而不亂,若《離騷》者,可謂兼之矣!"其實,何止《離騷》,屈子諸作莫不皆然。其差別只在於當時黃河流域的"史官文化"重在寫實,如《三百篇》之興、觀、群、怨,多識於鳥、獸、草、木之名,和《屈賦》之香草美人之多所譬況,"玄之又玄"(《老子》),"寓言十九"(《莊子》),富有浪漫氣息之長江流域的"巫官文化"(范文瀾先生語)有所不同而已。"子不語怪、力、亂、神"(孔子之言),屈原所談的卻偏偏是"鬼神之德";孔子說"吾未見好德如好色者也",屈原則是好色正是好德:"宓妃、佚女、目成、宜笑",不過是借題發揮變質比興而已。這一特點,來自先楚文物的形象,也是武漢歌舞劇院的同志們所深深體會到的。**此其二**。

我們認為藝術的真實並不一定就是歷史的真實,劇作者、表演者是有權力有理由把《九歌》的篇章次第、神鬼形象、語言格式、音樂色調以及服裝器物等,加工改作,昇華概括的。就是說嘔心瀝血、精雕細鏤地去從事創作。屈原自己不就首先把本來是"山魈惡鬼"的"山鬼"改造成了"既含睇兮又宜笑"的美人了嗎？漢代的劉向、王逸，不就把《屈賦》篇章《離騷》《九歌》《天問》《九章》《遠遊》予以編排了嗎？即以《九歌》而論，近代的聞一多先生，就破除了舊次序，升《東君》於《東皇太一》之後了。只要是持之有故，言之成理的，東君、山鬼的神鬼形象什麼樣，沒有人看見過，當時的服裝道具文武場面亦然，只能根據發掘出土的先楚文物，予以摹擬了。在這些地方，武漢歌舞劇院的同志們，就做得好。**此其三。**

美，大也，與善同義，"充實之謂美，充實而有光輝之謂大，大而化之之謂聖，聖而不可知之謂神"。孟子當年的這一看法，是很合乎美學的原則的，也非常適用於屈原的《九歌》。用今天的話講，就是心靈不美的人，語言不會美，心靈、語言不美的人，行為自然也難能美。誠於中必形於外，知行從來就是合一的，實踐出真知麼。這便是真、善、美的統一論，但必是以真即存在為基礎的唯物史觀。《九歌》既滲透了屈原憂國愛民的思想感情，又出之以天人合一、神鬼同靈的藝術筆觸，這就是後人的我們能夠充分體會得到的。武漢歌舞劇院的編導者與表演者們，所以能夠驅使我們感情移入，欣賞其有美皆備、無麗不臻的藝術成品，恐怕也是心有靈犀一點通的美的共性發揮了作用吧。**此其四。**

語云："一塊檀香木，雕成玉馬鞍。"戲劇乃是綜合的藝術，沒有編導演的通力合作，是演奏不出來像樣的東西的。武漢歌舞劇院的藝術家們，敢於創新、有所突破，使屈子的《九歌》再現於舞臺之上，實在不是一件簡單的事體。即以音樂為例，真可以說是金聲玉振、音色鏗鏘，編鐘編磬、吹笙鼓簧，如鳳鳴岐山、龍吟滄海，每一個音符都是從血管裏流出來的，不是水。絲絲入扣、璧合珠聯，洋洋乎盈耳哉！乃鈞天之韶樂，非西式之交響。古香古色麼，令人擊節歡賞。其燈光佈景呢，也是絢麗多彩各依景色：或旭日初升，朝雲慢展；或麗日中天，驕陽似火；

或皓日當空，一派清光；或一鈎新月，明星閃爍；這說的是天光。或溪澗叮咚、涓涓細流；或波濤洶湧、勢如奔馬；或巉巖峭壁、峰巒疊嶂；或花樹倒掛、紅葉飄飄；這說的是地貌。總之，是時間空間交待分明，令人一看便知。更生動的自然是清歌曼舞的嫵媚動人，高冠假面的光怪陸離了。就是說，歌有領唱、合唱，合唱隊也化裝成列，站立兩廂，非止幕後幫腔而已。舞分單人、集體，只是沒有芭蕾舞。而飛鴻、穿燕、虎跳、龍騰，以及水袖長飄、控背臥魚等等古典造型，卻是五花八門應有盡有，使人眼花繚亂，目不暇給。因為這些都和角色的本身，扮相的要求相適應，又和音樂燈光道具配合得異常默契，所以惟見其刻畫之工與造形之妙，並不感生"牛鬼蛇神"層出不窮也。**此其五。**

下面談談唱辭（即譯文）：

"譯事三難：信、達、雅。"（嚴復語）這話是有道理的。因為從實際上說，翻譯未嘗不等於重新創作，無論甚麼文章、作品，一經譯筆，則其節奏、句法、詞彙、意境，都不會一成不變的。甚至可以認為，它比創作還難呢。創作可以信手信腕，直抒胸臆，有其風格，自成體系，而翻譯便不那麼簡單了。劇作者有鑒及此，才本著實事求是的精神，一面予以意譯，期其通順曉暢，使"白居易詩，老嫗能讀"；一面保持原文，不加改動，寧缺毋濫，所謂"知之為知之，不知為不知"者是。可是聽唱起來到底有些格格不入，不如整齊劃一地好：全用原文或是全用譯文，令人一目了然，不生蕪雜之感。為了雙管齊下相得益彰起見，滿可以言文對照，利用字幕說明麼。附《九歌》譯文及注如下，以備參考：

一、《東皇太一》

好日子呵好辰光，唱著跳著呵請東皇。舞起玉靶的長劍，鋪上精美的席一張，再把鎮頭呵壓在四角上。燒起了瓊

157

香呵,捧獻出白茅墊底兒的祭肉,還有桂花酒呵椒味的湯。鼓聲呵咚咚響,清歌呵曼舞忙。擺上琴與瑟呵,誠心誠意呵作供養。神靈呵就附在我身上,芳香的氣息呵滿廳堂。五音合奏呵聲悠揚,快活得天君呵賜安康。

注:這首莊嚴肅穆而又熱情洋溢的迎神曲,乃是《九歌》的開場與前奏,必須搞好。我認為應該由美麗的女巫領唱,兩廂的合唱隊幫腔,才更美妙。那揮舞著長劍雄赳赳的"祭主",似乎可以考慮改換一下。

二、《東君》

朝霞烘托著呵太陽,光照萬方。我這輛駕好六龍的神車呵,終將何往? 雖然那皎潔的夜色呵已經退藏,風雷呵乍動,雲旗呵曼長,未肯立即騰躍呵,還在懷念舊居扶桑。但是呵它的聲色奪人,誰見了呵都會快樂非常。琴音鼓聲呵交響,玉笙金鐘竹竽呵齊奏悠揚。思念呵美麗的靈巫,翠袖呵飛舉,詩歌呵嘹亮。遂使日神呵欣喜,鋪天遮地呵而來,青雲呵為上衣,白霓呵充下裳。手持斗柄呵酌滿瓊漿,撥轉彎頭呵射掉天狼,從容飛去呵茫茫蒼蒼。

注:提《東君》於第一章,始自聞一多先生,自為卓識。射卻天狼以喻撥亂反正,事亦堂皇。

三、《河伯》

與汝同游呵九曲黃河,巨風突至呵興起大波。駕馭著螭龍驂乘的水車呵飛到河源所在的崑崙山上,心意飛揚呵思念激蕩。已經夕陽晚照呵,還迷離惆悵不想回鄉！懷戀著呵卻是遙遠的河崖,那兒有魚鱗覆蓋呵的宮室,畫上龍文呵的壁牆,紫貝構制呵的殿閣,朱丹其色,為什麼呵還要沉居在水中央?一同去游覽呵河中的小洲,流水就要下來呵。送你回歸大江上,江神也會波濤滾滾呵來接你,派上魚眾呵作侍從之幫。

注:作者是把自己擺放在裏頭了的。與河伯同游又送歸南浦麼,所以只有一個河神的映相和幾段對唱是不夠的,顯得冷場,無法交待,儘管還有一隊"文魚"在舞蹈。

四、《雲中君》

香湯呵浴罷,華衣呵盛妝。躬身引導呵神必來享,供在壽宮呵日月同光。駕龍采服呵往來飛翔,皇皇雖降呵俄而遠揚。所在在高遠呵覽及冀方,橫行四海呵無邊無疆。每一念及呵太息憂傷,勞心不已呵終日難忘。

注:王(逸)注、洪(興祖)補,都說《雲中君》是"雲神",劇團把她派作雨神,並以"祈雨"為主要行動,添一個虹神,未為不可。因為,藝術是允許加工的,劇作者說:"雨是大地的血液,農業的命脈。在我國,求雨的風俗可以上溯到遠古時代。"所以,把《雲中君》作為"楚國農民求雨的民俗舞",是完全可以的。

五、《山鬼》

有個人呵在山窩,披著薛荔草衣呵腰係女羅。眉目含情
呵粲然媚笑,愛上了呵我這苗條的來客。身騎赤豹呵隨侍文
狸,用辛夷桂枝呵作車旗。攜帶石蘭杜衡呵這些香草,送給
呵她的戀人。住在竹林裏呵不見天日,路途坎坷呵常常後
至。只好獨自呵站在山頭,又被濃雲呵封住去路。東風飄起
呵定會落雨,我卻只能留在山裏。想采靈芝呵,可看到的惟
有葛草和山石。怨恨那個公子呵我才不想回去,惦記我的人
呵說沒工夫理睬。山裏頭的我呵,只好拿香草來自比。喝那
清涼的泉水呵,用松柏來蔭蔽。該想我的人呵總在懷疑。雷
聲隆隆呵密雨淅瀝,猿聲哀叫呵在夜裏。風聲颯颯呵草木披
靡,想起那個公子呵只有悲戚。

注:"山鬼"本是害人的"山魈",《荊楚歲時記》說得很清楚。屈原
卻化醜惡為神奇,讓自己跟她打交道,還充分地暴露他那如怨如訴的
心情,正是借用香草美人以抒發失意的浪漫筆法。劇作者有鑑於此,
更進一步地美化了她,變"山鬼"為"巫山神女",情思不已,真是絕妙
的創作。在這一幕上,無論燈光、服裝、音樂、舞蹈,都處理得異常動
人,更使人有配合默契、相得益彰之感。問題依舊是:這裏頭如何體現
屈大夫的存在。

六、《少司命》

秋蘭花呵香麋蕪,羅列著呵滿堂戶。綠的葉兒呵青的

枝,沉重的香氣呵襲染著。凡人都會有呵漂亮的子女,又何
必讓你呵多辛苦。秋蘭花呵色青青,綠的葉兒呵紫的莖。滿
屋子的美人呵,單獨跟我眉目傳情。可是你呵往來飄忽,乘
風駕雲難得相逢。唉!沒有比和妻子生生的離別呵再悲哀
了,也沒有比男女新相知遇呵再快樂的事啦。這神靈呵荷衣
蕙帶一身香氣,卻是行蹤不定呵留她不住。晚上呵她就宿於
天帝之鄉,還在雲層裏呵等候誰呢?希望呵同在天池裏洗
頭,把濕髮呵就陽光裏曬透,可是這神靈呵到底沒有來。好
失望呵,高聲歌唱對著疾風。孔雀翎呵做的車蓬,翡翠鳥毛
呵做的車旌。飛升於九天之上呵去扶持慧星,用長劍呵去斬
除大凶。保衛著呵萬民的運命,神靈呵最為公正。

注:司命乃掌握福壽之神,故屈原欲托之以求仕祿,亦所以哀怨自
己之有家歸不得也。"詩劇"裏的"少司命"卻是作為"愛神",娛樂的
"生命之神"和"跳月舞"來處理的。天上人間幸福無邊,悲劇結局,別
開生面。但與原作不甚切合。且過去此種少數民族(主要是苗族)的
舞蹈,絕大多數是"佳偶曰配"的"自媒舞",生離死別的悲劇不多。所
以,合用"悲莫悲兮生別離"兩句為主歌詞是否適當,應請重加考慮。
(因為"場次"標題上說得明白,這是"抒情的,娛生命之神"的"郊媒
舞"麼。)

七、《大司命》

大開了呵紫微宮門,去飛行呵駕著玄雲。讓那迴風呵首
先除道,再使暴雨呵跟著掃塵。大司命呵翱翔下降,直過空
桑山呵來相找尋。九洲之中呵芸芸眾生,我是壽夭呵司命之

神。高高地騰上呵安詳得很，乘承清明之氣呵燮理陰陽。我為神呵嚴持齋戒，導引天帝呵遍歷洲山。披著呵長長的神衣，裝飾呵許多的佩玉。出陰呵入陽，誰也不知道我做些什麼。采折了神麻呵玉華，預備給呵離居的隱士。老了呵老了，不相親近呵越來越疏遠。神車呵轔轔，高飛呵沖天，拿著桂枝呵在呆立，思想起來愁煞人。只發愁呵又有什麼用？需要現在呵行止不虧。人生呵受命於天，誰能夠呵妄有作為？

注：詳觀《大司命》的詞意，應該是主掌壽夭之神有無上的權威，老百姓只能聽憑擺佈無可奈何，這是前半段的話頭。在"自吾與君兮齊速"以後，則是屈子想望攀附神靈有所作為，結果也是徒然的種種了。劇中以"古代人民驅趕瘟神，永保健康"為主題，並表演之以"儺舞"，雖然法良意美，卻是容易引起"物議"的。"壽星老"麼，到底不是"瘟神"。使"升麻老人"去大打，令人有撲朔迷離之感。為了正名責實，是否可以"升麻老人"為"尊神"，安排瘟神於次要地位，不必大跳其"瘟神舞"呢？假面可以斟酌著戴，歌詞必須返本於"福壽之神"。

八、《湘君》

你不走呵遲疑著，在小洲呵等待誰呦。容顏美呵修飾好，又乘坐呵桂木舟。叫沅湘呵無波浪，安穩地呵循徑流。吹洞簫呵想念你，瞻望君呵未歸休。駕飛龍呵向北走，轉小路呵歸洞庭。薜荔飾牆呵蕙草結屋，蓀為舟楫呵蘭為旗旌。望涔水呵涯岸邊，橫渡江呵心意誠。表精誠呵無已時，嬋媛女呵為我歎息。涕泣橫流呵悲苦之至，猶在山野呵思念吾君。桂木為楫呵蘭木船板，入池涉水呵采薜荔。登山緣木呵尋芙蓉。用心不同呵徒辛勞勞苦,恩情不厚呵輕離絕。水流沙上呵急遽逝去,仰見飛龍呵翱翔高。交誼不厚呵長怨恨,棄守信約呵說不暇。晨間馳騁呵在江灣裏,晚便安歇呵草野之中。飛鳥呵宿於屋上,流水呵繞圍堂下。把玉塊呵丟到大江裏,放置環佩呵澧水之邊。採擇杜若呵香島之內,打算送給呵我的同道。時光無法呵再使回轉,且自放懷呵遊戲逍遙。

注:此篇分明是作者懷忠不遇、借題發揮之文,非必虞舜二妃懷念其君也。劇作者能擺脫這一往昔舊說,直抒胸臆,作為男女相愛之辭,自是一大創見。不過,如何改制以及其所依據之處,似應更有詳細的說解,始能取信於觀眾。尤其是冶《二湘》為一爐的作法,事屬空前,敢於突破,因此,必須持之有故言之成理,否則難免於悠悠之口矣。

九、《湘夫人》

帝子之神呵下降北渚,美麗的雙目呵瞧著我發愁。秋風呵吹得草木搖動,洞庭湖呵波濤湧現木葉飄。白蘋草呵在殷切地望著,朝夕灑掃呵以待佳期。鳥怎麼飛集呵水草之中,魚網呵為何設在喬木以上。沅水呵芷草茂盛,澧水呵蘭花芬芳。思念好人呵不敢明言,遠望恍忽呵神鬼無形。近觀流水呵只是潺湲,野麋為何呵就食中庭,蛟龍為何呵淺停水岸。清晨放馬呵在江邊上跑,夕陽西下呵就渡過了水涯。一說美人呵在召喚我,必將命駕呵騰躍而往。修建屋宇呵在水之底,用那荷葉呵覆蓋頂棚。以蓀草呵裝飾四壁,累紫貝呵以為坫壇,布香椒於堂上呵其氣盈滿,以桂木為屋棟呵木蘭為椽,辛夷作門窗呵白芷作房。結薜荔呵為帷帳。析蕙草呵為屋聯,以白玉呵壓坐席,列石蘭呵溢芳香。芷草荷衣呵再加修補,杜衡之草呵予以束縛。百草之華呵充實庭中,積集眾芳呵以充門廡。九嶷山神呵繽紛相迎,隨侍護送呵其眾如雲。棄擲衣物呵大江之中,丟卻禮服呵澧水之旁。摘取杜若呵平洲之上,把它送給呵遠路之神。天時難再呵不可常得,聊且逍遙呵以盡天年。

注:此《湘君》之姊妹篇也,故有同工之妙。因之我們對《湘夫人》的處理態度,也是跟《湘君》是一致的,文章既如怨如訴如慕,作為男女相悅的歌舞劇是可以的。主題思想分析如前。

十、《國殤》

手持吳戈呵身披犀甲,兵車交錯呵刀劍相接。旌旗遮天呵敵如潮水,兩軍對射呵爭先奮勇。殺入了陣角呵沖入了行伍,左套馬死了呵右套馬重傷。馬雖死傷呵車輪陷淖,猶舉木槌呵戰鼓猛敲。天時不利呵性命難保,壯烈犧牲呵原野屍拋。戰士出征呵生還者少,身沒遠地呵蕩蕩無邊。猶帶長劍呵挾持勁弓,首足異處呵亦不屈服。勇敢已極呵其氣剛毅,為國捐軀呵精神不死,你的魂魄呵長作英雄。

注:浩氣衝霄漢,英雄貫斗牛,千古不朽,雖死猶生,是屈子的精神,"楚雖三戶,亡秦必楚",即其影響所及也。劇作者充分地發揮了這一點,故使觀者震動,聲淚俱下。

十一、《禮魂》

祭禮完成了呵猛擊大鼓,神巫傳著芭草呵婆娑起舞。美麗的少女呵進退有度。春蘭秋菊呵各秀其時,芬芳不絕呵直至千古!

注:祭典告成的送神曲雖是尾聲,可是全體演員登場,金鼓齊鳴,傳花漫舞,餘音繞梁,甚有聲勢。問題還在那個"祭主",應該換上一位漂亮的女巫。

八四年十一月二十日於保定河北大學

"靈"的飛揚與"色"的絢麗
——美在屈賦之我見

"美",大也,與"善"同義,"充實"之謂"美","充實"而有光輝之謂"大",我們是"真、善、美"的一元論者。就是說在談文學藝術性的時候,未嘗不包括它的思想性和科學性,因為這是中國的優良傳統:"義理、辭章、考據"並重,對於《屈賦》也不例外。

按,"美"在《屈賦》中是無乎不在的,如"靈之來兮蔽日"(《九歌·東君》)、"靈何為兮水中"(《河伯》)、"靈衣兮被被"(《大司命》)、"東風飄兮神靈雨"(《山鬼》)、"皇剡剡其揚靈兮"(《離騷》)、"高辛之靈盛兮"(《九章·抽思》如此等等。

蓋"靈",神也,神妙不可思議之意,而"神"的訓釋則為"天神",《說文》"引出萬物者也"。《周禮·大宗伯》:"昊天上帝、日、月、星、辰、司中、司命、風師、雨師,皆天神也。"那麼,我們找到了"靈"的根源了,原來它是神靈,多數見於《九歌》之中。

又"鬼"之靈曰神,《史記·五帝紀》"依鬼神以制義",《呂覽·順民》"使上帝鬼神傷民之命",高誘注曰"天神曰神,人神曰鬼",《論語·雍也》"敬鬼神而遠之"。既然"鬼神"聯稱等於同義,則"山鬼、鬼雄"雜廁於《九歌》諸神之內,也可以理解了。

我們之所以這樣不厭其煩地引證了這些有關鬼神聯用的訓詁文字,意在說明屈原之稱"神"道"鬼"不是偶然的,擬人誇飾,合二為一,思想逍遙,別有懷抱,不只是字面上的絢麗而已。誠於中必形於外,玄之又玄,眾妙之門。

還有,楚人名巫為"靈",《說文》:"靈,巫也,以玉事神。"屈原也美化了她(一般為女巫,男巫名覡),如:"靈偃蹇(舞貌)兮姣服"(《九歌‧東皇太一》)"靈連蜷(迎神導引貌)兮既留""靈皇皇兮既降(靈謂雲神也,皇皇,美貌)"(《九歌‧雲中君》)、"思靈保兮賢姱(容貌姣好的女巫,常被思念)"(《東君》)。

總之,神靈也好,靈巫也好,靈氛也好,只要沾上一個"靈"字,便已神人相通,馳騁六合,非比尋常了。再如"靈修"之訓為"君德"、"靈均"之以"自字",總使人有飄然俊逸不與人同之感。此外,屈原也嘗運用"靈魂"(或"魂魄")之辭。

按"靈魂"Soul,是西洋宗教家指稱死後不滅的"精神"的,這自然是一種幻想,我們的古人則說:"陽之精氣曰神,陰之精氣曰靈。"(《大戴記》),實乃"一陰一陽之謂道"的派生物,用今天的話講,就是常被綜合起來的"精、氣、神"。

屈原是怎樣使用它的呢?他說"羌靈魂之欲歸兮,何須臾而忘反"(《九章‧哀郢》),"何靈魂之信直兮,人之心不與吾心同"(《抽思》),這恐怕是泛指自己的思想情況精神狀態而言的。會不會也有身外獨立的"靈魂"活動呢?值得研究。

因為,他也單用"魂"字,好像"靈魂"出殼一樣,如:"夜耿耿而不寐兮,魂煢煢而至曙","無滑而魂兮,彼將自然"(《遠遊》),"昔余夢登天兮,魂中道而無杭"(《惜誦》),"惟郢路之遼遠兮,魂一夕而九逝,願徑逝而未得兮,魂識路之營營"(《抽思》)。

於是不能不叫我們認為,他這"魂"是單獨活動的了,"子魂魄兮為鬼雄"(《九歌‧國殤》),業已"成神"了麼,《說文》"魂,陽氣也",《易‧繫辭》"遊魂為變",《禮記‧檀弓》"魂氣則無不之也"。魄,則《說文》釋為"陰神",《祭義》:"魄,鬼之盛也。"

屈原有時也"形""神"並舉,以"神"代魂。《遠遊》云:"神倏忽而不反兮，形枯槁而獨留"，"質銷鑠以汋約兮，神要眇以淫放"，都是"魂靈"遠逝，"身體"獨留的意思。"載營魄而登霞兮，掩浮雲而上征"，簡直在說，魂靈升天游離軀幹啦。

因此種種，我們無法不承認在屈原的思想中有道家的成分了。《老子》云"神得一以靈……神無以靈將恐歇"（卅九章），又云"萬物負陰而抱陽"，"以道蒞天下，其鬼不神。非其鬼不神，其神不傷人"（四十二章）。這還有什麼說的，不是與屈原的思想若合符節嗎？

莊周的"物化"，就更足以說明問題了。蝴蝶、莊周，栩栩然，遽遽然，夢醒互化，實則一而二，二而一者也，他那"鯤、鵬"變化之道，與此同然。總之，是一種逍遙物外、任天而遊的精神，又不止為"神""人"與"鬼"三位一體的事啦。對於屈原的"鬼神"並用，即當作如是觀。

如果說，這就是浪漫手法的具體表現，包孕著所謂遊仙的道家思想在內，那就大可以說，屈原的賦篇遠勝莊周的《莊子》了，莊周止於"鯤、鵬""周、蝶"之變化而已，屈原的神思及形象則徧存於《九歌》諸神之中，千變萬化，縱橫八荒之上，意境開朗，心情玄妙。

伴隨著"神靈"的便是"色相"了。班孟堅說："《離騷》好色而不淫"，是頗有道理的。因為屈原雖然在篇目之中，"宓妃、佚女、嬋媛、湘夫人"一類女性的稱謂不離於口。"目成、含睇、宜笑、窈窕"的愛戀辭彙也所在多有，可不是桑間濮上的"鄭衛"之音。此以，她們是莊嚴的、神聖的、都麗的、深摯的，不過為作者美以自修兼善天下，李代桃僵借題發揮的。王逸說得好："靈修、美人，以媲於君；宓妃、佚女，以譬賢臣"（《離騷經》章句第一），可見這是"比、興"手法的發展，"浪漫、氣息"的開拓啦。

孔子曰："吾未見好德如好色者也。"（《論語·衛靈公》）那麼，大可以說屈原的"好色"即是所以"好德"了。"彼美人兮，西方之人兮。"（《詩·邶風·簡兮》）《三百篇》不是已有先例了嗎？"手如柔荑，膚如凝脂,領如蝤蠐,齒如瓠犀,螓首蛾眉。巧笑倩兮,美目盼兮。"《詩·衛風·碩人》)也不單純是講求女性之美的,莊姜之賢還是她的大前提,"大夫夙退,無使君勞"(同上)麼。

《山鬼》與之同工:先說:"若有人兮山之阿,被薜荔兮帶女蘿。既含睇兮又宜笑,子慕予兮善窈窕。"(《九歌》)何況,它的後來居上之處,乃在於"山鬼"本是惡鬼,"山魈",作者竟把它美化起來,不只不被驅除,反爾以"山中人兮芳杜若……思公子兮徒離憂"作結,簡直可與《莊子·逍遙遊》的"藐姑射之山,有神人居焉,肌膚若冰雪,綽約若處子,不食五穀,吸風飲露,乘雲氣,御飛龍,而遊乎四海之外"相媲美了。神者,申也,屈原借此抒發其超凡的心靈,和美妙的形象,那是一望可知的。

就是說,她(他)們,不止生得漂亮,服飾都麗,神通廣大,而且情操都是美的,現在,讓我們先列舉一下見於《離騷》中的此類情況:

①惟草木之零落兮,恐美人之遲暮。王逸云:美人謂懷王也,人君服飾美好,故言美人。

②忽反顧以流涕兮,哀高丘之無女。注:女以喻臣,言無與己同心者也。

③及榮華之未落兮,相下女之可詒。注:女喻賢人之在下者。

④吾令豐隆乘雲兮,求宓妃之所在。注:宓妃神女,以喻賢士。

⑤望瑤臺之偃蹇兮,見有娀之佚女。注:佚,美也,佚女以喻貞賢。

⑥思九州之博大兮,豈唯是其有女。注:言我思念天下博大,豈獨楚國有臣可止?

⑦勉遠逝而無狐疑兮,孰求美而釋女。注:美,以言忠臣也,舍此其又何求。

⑧委厥美以從俗兮,苟得列乎眾芳。注:此言子蘭棄其美質,雖與眾芳同列而無芬芳。

⑨既干進而務入兮,又何芳之能祗。注:子椒亦楚大夫,苟欲自進不薦賢人。

美人、下女、佚女、眾芳,有哪一個不是憂悲愁思,故依詩人"比、興"之義而作的?只不過"大而化之",比起《詩經》更前進了。見於《九歌》《九章》等篇的也是一樣。如:

①采芳蘭兮杜若,將以遺兮下女(《湘君》)。杜若,香草。女,陰也,以喻臣。

②帝子降兮北渚,目眇眇兮愁予(《湘夫人》)。帝子,堯女也,以喻賢臣。

③滿堂兮美人,忽獨與余兮目成(《少司命》)。言萬民眾多,美人並會,盈滿於堂,而司命獨與我睨而相視,成為親親也。

④送美人兮南浦,波滔滔兮來迎(《河伯》)。美人,屈原自謂也,願河伯送己南至江之涯,歸楚國也。

⑤望美人兮未來,臨風怳兮浩歌(《少司命》)。美人,謂司命神也,以喻望君使不至。

⑥與美人抽怨兮,並日夜而無正(《抽思》)。此言為君稱道,而君性不端晝夜謬也。

⑦好姱佳麗兮,胖獨處此異域(同上)。言容貌悅美,而背離鄉党居他邑也。

⑧思美人兮,攬涕而佇眙(《九章·思美人》)。言思念懷王,至於佇立悲哀,涕淚交橫也。

⑨惟佳人之獨懷兮,折若椒以自處(同上,《悲回風》)。言雖被放逐不忘自修,猶折香草以念君王。)

上面錄引的十八條,無論是發自本人的,還是藉口神人的,有哪一組不是"思君念國""托以風諫"(王逸語)的?所以我們說它是:美人香草,別有慧心,詞溫義雅,怨誹不濫,真是絕妙好辭了。另外一個特點必須補充的是:屈原叫人撲朔迷離,是神是人分辨不清,所以只能認為它是"合二而一"的了。如《九歌》中的"君欣欣兮樂康"(《東皇太一》),該是巫與神的對話吧。"思夫君兮太息"(《雲中君》),竟謂雲神為人君。"望夫君兮未來"(《湘君》),又與女神有情義了。"思公子兮未敢言"(《湘夫人》)乃變言公子以思其神也,尤其是"長太息兮將上,心低徊兮顧懷"(《東君》),他讓日神"顧懷,太息"。"與女游兮九河,衝風起兮橫波"(《河伯》),也叫河神同遊,真是出神入化、爾我難分了。

這樣的筆法《詩經》少有,《商頌·玄鳥》雖有"天命玄鳥,降而生商,宅殷土芒芒"。《大雅·生民》關於姜嫄、后稷的"履帝武敏歆","載生載育,時維后稷","誕置之隘巷,牛羊腓字之。誕置之平林,會伐平林。誕置之寒冰,鳥覆翼之。鳥乃去矣,后稷呱矣"。雖也生動、神奇,然而簡單得很。至於《九歌》篇中的"天神、地祇、山鬼、河伯、湘夫人,大司命、雲中君"以及相伴而來的"乘龍、跨鳳、呼風、喚雨"縱橫六合之中,徜徉八荒之上的氣勢與神通,那就更是只此一家,誰也難望其項背的了。《離騷》更說:

飲余馬於咸池兮,總余轡乎扶桑。折若木以拂日兮,聊

逍遙以相羊。前望舒使先驅兮,後飛廉使奔屬。鸞皇為余先
戒兮,雷師告予以未具。吾令鳳鳥飛騰兮,繼之以日夜。飄
風屯其相離兮,帥雲霓而來御。紛總總其離合兮,斑陸離其
上下。吾令帝閽開關兮,倚閶闔而望予。

就抄這一段文字,已足以證明屈原處處和神打交道,神和人難解
難分了。甚至把溝通神與人的關係的"女巫",也打扮得那麼漂亮,說
得那麼"神明",連氣氛都是堂皇而又蕭穆的。例如:

> 撫長劍兮玉珥,璆鏘鳴兮琳琅。瑤席兮玉瑱,盍將把兮
> 瓊芳。蕙肴蒸兮蘭藉,奠桂酒兮椒漿。揚枹兮拊鼓,疏緩節
> 兮安歌。陳竽瑟兮浩倡,靈偃蹇兮姣服,芳菲菲兮滿堂。
> (《九歌·東皇太一》)

真是香花繚繞,珠玉鋪陳,清歌曼舞,音樂鏗鏘,有美一人,宛在
中央,她代表了神麼,充滿著莊嚴的氣象。這就是作者筆下的"靈
巫",神人與共的"色"相。舉一以概其餘,不再多說啦。我們覺得後
來的佛家,有所謂觀世音菩薩,他化身女相嫵媚動人,蓮臺舍利寶氣
珠光,塑造成功了一位莊嚴都麗而又能夠關心人民疾苦的神相,深
入閨閫,普施甘露,"好色"人之常情,"一陰一陽之謂道"麼。豈知
早在兩千年前,屈原即已深諳此中三昧。儘管那個時候,中國還沒
有佛教。

總結起來說:屈原是天仙化人美而忠貞的,立德立言也立了功的。
豈止不是以色藝事人的"弄臣",反而是一位悲天憫人、憂國憂民的偉
大的詩人。"靈",是使他超凡入聖的浪漫思想,帶著道家的氣息。
"色"是他心靈美與語言美的結晶體,影響深遠使人受用不盡的形象。

源於生活來自民間,劉向、王逸等人那得有此:《九歎》《九思》之作,不過是"騁辭、贊志"的續文而已,遑論其他,意存否定屈原的國內外學人們,請"三思"之吧。

八四年端午節前於保定河大

(本文原載於《河北大學學報》1988 年第 3 期)

屈賦教學拾零

一、從《詩經》《屈賦》的"比""興"說起

在《詩經》裏，草、木、蟲、魚、鳥、獸、山、水之名，只是在每章詩的開頭，一句或兩句地做個引子(所謂"比"、"興")，有時也算"詩題"，從而一筆帶過就完成了任務。如"關關雎鳩，在河之洲"(《周南·關雎》)、"螽斯羽，詵詵兮"(同上，《螽斯》)、"摽有梅，其實七兮"(《召南·摽有梅》)、"燕燕于飛，差池其羽"(《邶風·燕燕》)、"牆有茨，不可掃也"(《鄘風·牆有茨》)、"相鼠有皮，人而無儀"(同上，《相鼠》)、"南山崔崔，熊狐綏綏"(《齊風·南山》)、"園有桃，其實之殽"(《魏風·園有桃》)、"彼汾沮洳，言采其莫"(同上，《汾沮洳》)、"南有嘉魚，烝然罩罩"(《小雅·南有嘉魚》)等句即是。它們雖然語意完整，有主有動有賓，可是就其全詩來講，僅起陪襯的作用，並非主體的所在，包括作為"詩題"在內。《屈賦》便不一樣了。

首先是屈原在賦篇之中，自我作古，以主人公的身份驅遣事物，無論是自然界的、歷史上的，以及當代社會裏的，他都指揮若定，隨時隨地的派以用場，就說"比""興"吧，也多為專物專用的，賦予物性以人德。譬如《橘頌》，名義上是欣賞橘樹之美的，實際上卻是物我為一，合而不分的，從命題上看，已與《詩》之所謂"頌"大不相同了。"頌"，容也，前者是在誇飾橘樹，美橘之有是德，故曰"頌"，所以開篇即云："後皇嘉樹橘徠服兮，受命不遷生南國兮。深固難徙更壹志兮，綠葉素榮

174

紛其可喜兮。曾枝剡棘圓果搏兮,青黃雜糅文章爛兮。精色內白類可任兮,紛緼宜修,姱而不醜兮。"事情很清楚,作者是在以物方人的。八句話下來,橘的外形內質及其物性,俱已表出。而作者自己的道德修美,煥乎文章,生於楚地,絕不遷徙之意,也一同反映出來了。尤其是結語的"秉德無私,參天地兮",至高無上,現身說法,真是浩氣充塞、神來之筆。《詩》之"三頌",哪得有此! 它們不過是在各自讚揚其"祖德宗功"的,廟祭時才會使用。如《周頌·天作》:"天作高山,大王荒之。彼作矣,文王康之。"《商頌》:"天命玄鳥,降而生商,宅殷土芒芒,古帝命成湯,正域彼四方。"人家祭祖,他卻自頌,就這一點講,已是《屈賦》對於《詩》的一種藝術革命了。總之,不怪劉勰稱屈原為"雅頌之博徒,辭賦之英傑"(《文心雕龍·辨騷》),他的確能夠信手信腕俯拾即是,而且譬況精深蔚為奇文的:篇篇有其特色,處處神采飛揚,靈活多變,與《詩》之作者手法不同。

還有,神話也是《屈賦》獨多,《九歌》諸篇,"天神、地祇、山鬼、河伯、湘夫人、大司命、少司命、雲中君",一望而知其為神人神事不必說了。就是在《離騷》《天問》等作品中,那"乘龍、跨鳳、呼風、喚雨",縱橫六合之中,徜徉八荒之上的人物,又何嘗少? 而且絕大多數是服飾都麗、月貌花容、美人香草、光華燦爛的形象。包括作者自己在內,不也是"屯余車之萬乘兮,紛容與而並馳。駕八龍之婉婉兮,載雲旗之逶蛇。建雄虹之采旄兮,五色雜而炫耀","歷太皓以右轉兮,前飛廉以啟路。陽杲杲其未光兮,凌天地以徑度。風伯為余先驅兮,氛埃辟而清涼。鳳凰翼其承旂兮,遇蓐收乎西皇","攬慧星以為旍兮,舉斗柄以為麾。叛陸離其上下兮,游驚霧之流波。昔靈魖其曠莽兮,召玄武而奔屬。後文昌使掌行兮,選署眾神以並轂","左雨師使徑侍兮,右雷公以為衛。使湘靈鼓瑟兮,令海若舞馮夷。玄螭蟲象並出進兮,形蟉虯而逶蛇。雌蜺便娟以撓兮,鸞鳥軒翥而翔飛"嗎? 似這般地驅策神靈、役使龍鳳,儀仗堂皇,馳騁天地的景象,與"神人"有什麼兩樣? 而屈原之意境開朗,心情玄妙,所謂"其小無內兮其大無垠"(《遠遊》)的思路,也就昭然若揭啦。

這樣的篇章,在《詩經》裏是很少見的。《生民》固然有關於姜嫄、后稷的神話、傳說:"履帝武敏歆","載生載育,時維后稷","誕置之隘巷,牛羊腓字之。誕置之平林,會伐平林。誕置之寒冰,鳥覆翼之。鳥乃去矣,后稷呱矣"(《大雅》)。故事雖亦神奇,境界情景遠遠不能比擬,這應該是北方黃河流域藝術上的求實精神,有遜於南國長江地帶創作手法的浪漫氣息的緣故。按照范老(文瀾)的說法,乃是"楚國傳統文化是巫官文化,民間盛行巫風,祭祀鬼神必用巫歌。《九歌》就是巫師祭神的歌曲。由屈原加以修改,變成新創造,其特點在於想像力非常豐富,為史官文化的《三百篇》所不能及。"(語見《中國通史簡編》第一編第五章:《散文與詩賦》)我們同意這話,不過要特別強調屈原獨特的絢爛多采的藝術造詣。

例如,體現於《天問》中的寫作手法及"天道"觀念。

《天問》就是"問天",質問上天:許多事物,無論自然的、社會的,為什麼會這樣? 其實作者是:明知故問,問中已答,不過在借此發洩怨氣,聊以解憂而已。但不管怎麼說,它確確實實是屈原的又一篇傑作。這是因為,論其形式既基本上是八字一組,上下相承,先定立一件事物,遂即詰問一個"何"字(共計二百八十二見),亦間或用"孰、安(各八見)、誰、胡(各五見)"等字,並以"之、焉、夫、爰、然、所、則、而、是、伊、茲、其"等語氣、聯繫、指代詞字,穿插其中,使之一氣呵成不嫌板滯。不同的是,他在這裏一字不用慣見於其他篇章裏的"兮、也、羌、些、蹇、只"等語助詞,使人有獨特、新穎之感。論其內容,則從宇宙之所以成形、日月之相互照明、陰陽之化生萬物、傳說逸事之羅列排比、歷史人物之重點批判,無所不有。令人驚奇的卻是,作者喜歡運用的綺麗的辭彙,浪漫的筆調,都不見了。代之而來的乃是吐屬素樸、詰問精悍的字句,博學多聞,才氣縱橫。尤其是不以"天"為至高無上的"造世主"的精神,是非常值得讚賞的。例如,體現於《三百篇》中的"昊天、上帝",它"悠悠、浩諾、昭昭、蕩蕩",神聖不可侵犯。"天生蒸民,有物有則。"(《大雅・蒸民》)"天實為之,謂之何哉?"(《邶風・北門》)"皇矣上帝,臨下有赫。"(《大雅・皇矣》)可見當時人民崇信之一斑。而《天問》就不然了,它只問些"上下未形,何由考之?""日月安屬,列星安陳?"以及"皇天集命,唯何戒之?"如此之類,不一而足,可見屈原對於"天道"的態度了。橫衝直撞,"上征,叩閽",無所顧忌,前未之見。

二、莊周文與屈原賦體現於藝術手法上的同異
——各自的浪漫氣息及其美的形象

莊文屈賦,從其美妙的想像、瑰麗的語言,特別是反映現實追求理想世界,抒發情感用誇張的手法塑造人物形象上講,雖然都是我國上古戰國時代浪漫主義文學的代表作,畢竟一個是散文的著作,一個是詞賦的篇章,而且又出世、入世、冷漠、熱烈、豪放、忠貞、物化、執拗,同而不同,各有千秋。首先,在篇目的命名上看,如《莊子》內七篇的《逍遙遊》物外逍遙,任天而行,是從主觀上去役使萬物而不為外物所累的意思。《齊物論》核實名物,紛亂擾人,不如還我天籟信彼自然,可以全生自適。《養生主》順事而不滯於物,冥情養性以全其生,所謂不識不知節省精力,儘量適應客觀世界者是。《人間世》既已忘卻是、非、善、惡,與人無爭與物無忤,那就可以出而應世、浮沉人間了。《德充符》內心的道德修養得到充實以後,自然會反映出來合乎外界的需要的"既受食於天,又惡用人",所以應該是有人之形無人之情,免得"逆天"而

行招惹是非。《大宗師》宗者，主也，以道為師，"知天之所為，知人之所為者"才是"真人"，翛（音肖，疾也）然而往，翛然而來。《應帝王》無心而任乎自化的"真人"，始可為帝王。因為他無入而不自得焉，亦虛而已。《駢拇》以下的外雜諸篇，皆以篇首二字為題，別無他意。總之，莊之命題是光怪陸離、自逞胸臆的，"不才"乃以尊生，"才"者，特借文以自見耳。究其實，不外逃避現實，虛而無我。

屈原的《離騷》，則是由於"履忠被讒，憂悲愁思，獨依詩人之義"而作的，正如梁人劉勰所說："自《風》《雅》寢聲，莫或抽緒，奇文蔚起，其《離騷》哉！故以軒翥詩人之後，奮飛辭家之前，豈去聖之未遠而楚人之多才乎？昔漢武愛《騷》而淮南作傳，以為《國風》好色而不淫，《小雅》怨悱而不亂，若《離騷》者，可謂兼之，蟬蛻穢濁之中，浮游塵埃之外，雖與日月爭光可也。"（《文心雕龍·辨騷》）但卻並非溢美，也不止《離騷》是這樣的。

這推崇得可謂備至。就舉《九歌》為例吧，它顯然是經過屈原改作了的：化腐朽為神奇使之別有新意。按此組神曲除《國殤》為悼歌，《禮魂》是"終止樂章"以外，其他九篇都是以神名篇的：《東皇太一》（有人說它是迎神曲）、《雲中君》（見《漢書·郊祀志》）、《湘君》（即舜，死於蒼梧）、《湘夫人》（舜妃）、《大司命》（文昌星，主文及壽）、《少司命》《東君》（日神）、《河伯》（河神）、《山鬼》（山神）。

按"河伯""山夔"見於《莊子》，《漢書·郊祀志》有"東君"。《史記·天官書》："文昌六星，四曰司命。"劉向《列女傳》云："舜陟方死於蒼梧，二妃死於江湘之間。"綜合起來說，以神名篇，前所未有，來自巫歌，亦是民間。它寫神鬼之美，亦與莊文有異曲同工之妙，擬人誇飾，形象生動，如《逍遙遊》中描繪"神人"云：

藐姑射之山，有神人居焉。肌膚若冰雪，綽約若處子。

不食五穀,吸風飲露。乘雲氣,御飛龍,而遊乎四海之外。

神者,申也,作者借此抒發其超凡的心靈和美妙的形象,這是一望可知的。屈原也有同樣的筆法,《山鬼》云:

> 若有人兮山之阿,被薜荔兮帶女蘿。既含睇兮又宜笑,
> 子慕予兮善窈窕。乘赤豹兮從文狸,辛夷車兮結桂旗。

山鬼本為惡鬼,即是山魈。《荊楚歲時記》曰:"正月一日,雞鳴而起,先於庭前爆竹,以辟山魈惡鬼。"這裏屈原卻把它描繪得這般美麗,可見他主觀願望的何在了。但浪漫終歸不是現實,"雷填填兮雨冥冥,猿啾啾兮又夜鳴,風颯颯兮木蕭蕭!"環境如此險惡,令人驚駭恐懼不可久留,其奈之何? 實在值得深思。

另外是《屈賦》的"楚聲""楚調",也就是"楚國方言",也比"莊文"要豐富得多,讓我們隨手列舉幾條:

> 摶,圜也,楚人名圜為摶。(《橘頌》)
> 哈,笑也,楚人謂相調笑為哈。(《惜誦》)
> 楚人謂失志悵然佇立為侘傺。(《涉江》)
> 楚人名淵曰潭,一說名深曰潭。(《抽思》)
> 楚人名冬生草曰宿莽。(《思美人》)
> 扈,被也,楚人名被為扈。(《離騷》)
> 汩,《方言》:"疾行也,南楚之外曰汩。"(同上)
> 搴,《說文》:"拔取也,南楚語。"(同上)
> 傺,住也,楚人名住曰傺。(同上)
> 楚人謂結草折竹以卜曰篿。(同上)

羌,楚人語辭,發語端,乃也。一曰歎聲。(同上)

邅,轉也,楚人名轉曰邅。(同上)

三、也談談屈原的愛國思想

屈原是喜歡以古證今抒發忠貞之情,藉以感悟其君王的:上述唐虞三代之治,下序桀、紂、羿、澆之亂,所謂歷史主義地看待問題者是。例如《離騷》一開篇在敘說了家世以後,即昌言"彼堯舜之耿介兮,既遵道而得路。何桀紂之猖披兮,夫唯捷徑以窘步。"特別是下面的一大段:

> 依前聖以節中兮,喟憑心而歷茲。濟沅湘以南征兮,就重華而陳詞。啟《九辨》與《九歌》兮,夏康娛以自縱。不顧難以圖後兮,五子用失乎家巷。羿淫遊以佚畋兮,又好射夫封狐。固亂流其鮮終兮,浞又貪夫厥家。澆身被服強圉兮,縱欲而不忍。日康娛而自忘兮,厥首用夫顛隕。夏桀之常違兮,乃遂焉而逢殃。后辛之菹醢兮,殷宗用而不長。湯禹儼而祇敬兮,周論道而莫差。

什麼蠻夷、華夏? 這引證的不都是中國的"王道"嗎? 再加上第一句話的"帝高陽之苗裔兮",徑直可以認為作者的祖先及其思路,都與中原一般無二的,同時也未嘗不反映著他的"大一統"念頭:其所忠愛的非只楚國楚人而已也。"思九州之博大兮,豈唯是其有女","恐皇輿之敗績","及前王之踵武",在在均可以佐證。而道德標準之強調"義善、中正、重仁、襲義、謹厚",以及治理國家應該"奉先功以照下,國富強而法立"，選賢與能，眼睛向下："伊尹烹於庖廚，呂望屠於朝歌，寧戚歌而飯牛，百里奚之為虜"（以上所引，分見《九章》《懷沙》《惜往日》等篇中），可是後來都是歷代的名臣。遞而至於逃國不立的伯夷，"死後遺憂"的伍子胥，"忠而立枯"的介子推，尤其是"晉申生之孝子"，被"菹醢"的比干（分見《惜往日》《涉江》等篇），作者都表而出之以示欽敬，那麼，他的思想貫串古今，無分南北，敬忠敬孝，疾惡奸邪，豈不更可憑信？而歷史知識的豐富、月旦人物的公正，猶其餘事了。

當然，也有人會說，屈原愛的到底是楚國，表示忠心的畢竟是楚王，《橘頌》不是說嗎？"受命不遷，生南國兮。深固難徙，更壹志兮。"《哀郢》又曰："鳥飛反故鄉兮，狐死必首丘。"他的絕命場所與絕命辭，不也一再地聲稱："不畢辭而赴淵兮，惜壅君之不識。"（《九章·惜往日》）"臨沅湘之玄淵兮，遂自忍而沉流。卒沒身而絕名兮，惜壅君之不昭。"（同上）問題不很明確嗎？為什麼一定要說，愛的不止是楚國楚君呢？我們的答案是這樣的：除前面列舉的一系列原因而外，從歷史上看，遠從西周夷王時，楚之祖先熊渠即不滿於子爵之封，說："我們是蠻夷，不與中國之號諡。"而分立其諸子為王，傳至熊通，也自稱楚王，指稱："吾先君鬻熊，文王之師也，成王乃以子男田令居楚，蠻夷皆率服而王不加位，我自尊耳。"逮及楚成王熊惲，天子賜胙曰："鎮爾南方，夷越之亂，無侵中國。"於是楚地千里，繼續吞併江漢間姬姓小國，並以兵對抗齊桓公，傷斃宋襄公。"莊王繼位，為五霸之一，觀兵於洛，問鼎之大小輕重焉"。（以上所言，具見《史記·楚世家》）這些都證明著，楚國從來就是強大的，春秋之季，幾至取代東周。就是說，楚國和當日的秦、齊一樣，都有條件吞併六國統一天下，這些歷史情況，屈原自然是一清二楚的。不過其後楚多內亂，昭王被破國於吳。降至戰國，懷王熊槐最初雖得為從約長，接著則對秦大吃敗仗，一再潰不成軍，失地喪師，最後還為秦人騙阻，囚死異鄉。楚襄王更是個不爭氣的：事仇、和親、交質，仍不解決問題。秦伐楚，楚軍敗，割上庸、漢北地予秦。未幾，秦將白起復攻佔楚國的西陵（屬河南，在今潢川），拔郢都，燒先王墓，直至夷陵（在荆州西），襄王兵散，退保東北陳城（即今河南淮陽縣），國益衰弱。（同上）因此種種，作者早日"致君堯舜上，功在伊呂間"的想法，不是沒有道理的，而被放逐以後的呼天搶地，憤不欲生，也是必然的。何況從許多地下發掘出來的先楚文物看，當日長江流域的南國文化，並不低於黃河流域的中州文化哪！富於浪漫氣息的《屈賦》，較之偏重寫實的《詩三百》，不只毫無遜色而且後來居上，分庭抗禮，尤足以為佐證。再多說幾句，就是：《屈賦》打破了《三百篇》以四言為主體的形式，使其詩歌靈活多變，雜言（五、六、七、八字成句的）紛出，並且大量使用"兮、羌、些、只"一類的語助詞，搖曳多姿，鏗鏘悅耳，筆調美妙，強烈鮮明。即以《離騷》而論，不是一篇別開生面的韻文"自傳"嗎？既表明了出身、家世，又報導了生辰、名字，跟那些無主名的《三百篇》毫無共同之處。尤其是此中的性格、抱負、美人、香草一體出現，賦而比的手法得到充分的運用。為情造文，有血有淚，語言能力特強，寫作技巧高妙。

漢人王逸注《九章》云："委命自沉，楚人惜而哀之，世論其詞，以相傳焉。"據我們看來，屈原之死，並非消極的自殺，因為他上下求索"靈修"而不可得，這才以詩文作愛國的宣傳（至今不朽，成為世界上偉大的辭賦作家）。他的戰鬥精神，生死以之的忠貞情操，可以《九歌》中的《國殤》為代表。論者都認為它是悼念楚國大將屈匄的祭歌，我們卻覺得這"首身離兮心不懲。誠既勇兮又以武，終剛強兮不可凌。身既死兮神以靈，子魂魄兮為鬼雄"，也未嘗不是屈靈均的"英氣"。"豪氣高千丈，文光貫斗牛"，惟有我們的屈大夫，足以克當。"楚雖三戶，亡秦必楚"，乃是他此後的影響。

小　結

　　"言之不文,行之不遠",騰之於口的是語言,筆之於書的是文字。所以語言文字是"思想的外殼",體現情感的直接工具,古今一理,國無中外。作為中國文學史上第一位具有主名的偉大的愛國詩人屈原,的確是內美忠貞,文彩繽紛,生動濃郁,震古鑠今的語言大師與藝術大師。他的辭賦,富有獨特的魅力,這種獨特的魅力,具有獨特的風格,是來自鮮明的個性特徵的。他以理服人,以情動人,以氣鼓人,尤其是以彩照人的完美境界,使人讚歎不已、欣賞不盡,感受萬千景象無窮。這是由於他具備了哲人的思維,學者的博識,政治家的胸懷,戰士的大無畏精神,以及作家的才思、詩人的激情。

　　屈原的愛國思想,藝術筆觸,是跟他的浪漫氣息高度地結合起來的。他經常把人的性、行熔鑄於自然景物之中,使之異化為人的比擬手法來聳動聽聞誇飾形象,既不同於《詩》的"比""興",也有異於莊周的"物化",而是充滿著奔瀉著激情,仿佛洶湧澎湃的海洋一般,來不可遏,去不可止,讓那酣暢淋漓好似連珠落盤、畫卷馳展般的排比的句子,伴有整齊勻稱節奏鮮明的音調旋律,昇華濃縮,將辭理的發展,層層推進,節節美化,簡直是有美皆備無麗不臻了。比起西洋往古的大作家及其不朽的名篇,恐怕只有希臘荷馬的"史詩"《依里亞特》與《奧特賽》可在伯仲之間啦。我們怎麼可以不學習,不繼承和發揚光大這一優美的文學傳統呢?

　　(本文原載於《楚辭研究・遼寧省首次楚辭研究學術討論會專輯》,1984 年)

屈賦再生,靈均遺愛在人

我們認為,屈原之後,在辭賦上能夠繼承他的衣鉢的,固然應該以宋玉、景差等人為代表;可是易代至漢,還在熱愛、悼念、給他樹碑立傳,甚而代之寫作的,不止頗不乏人而且變本加厲了。例如司馬遷說他:"信而見疑,忠而被謗。""其文約,其辭微,其志潔,其行廉,其稱文小而其指極大,舉類邇而見義遠。其志潔,故其稱物芳,其行廉,故死而不容自疏。""推此志也,雖與日月爭光可也。"(《史記·屈原列傳》)那麼,無論從行誼、文章,任何方面講,這能不算最高的評價嗎?不能忘記,子長是中國第一位史學大家。

王逸也說:"屈原懷忠貞之性,而被讒邪,傷君闇蔽,國將危亡,乃援天地之數,列人形之要,而作《九歌》《九章》之頌,以諷諫懷王。明己所言與天地合度,可履而行也。宋玉者,屈原弟子也。閔惜其師忠而放逐,故作《九辯》以述其志。至於漢興,劉向、王褒之徒,咸悲其文,依而作詞,故號為《楚辭》,亦采其九以立義焉。"(《楚辭·九辯》敘)可以看作王逸已把《屈賦》發生發展的情況,扼要地介紹了,同時也包括王逸自己在內,直至東漢,對於屈原體現於辭賦中的愛國愛民、忠貞不二的崇高品德,頌揚並未少歇。

就說宋玉的《九辯》吧:"辯者,變也,謂陳道德以變說君也。"《史記》有言:"原死之後,楚有宋玉、唐勒、景差之徒,皆好辭而以賦見稱,皆祖屈原之從容辭令,終莫敢直諫。""九者,陽之數,道之綱紀也。"按《昭明文選》五臣注云:宋玉惜其師忠信見放,故作此辭以辯之,皆代原之意,九義亦與《九歌》同(足證歷六朝至唐代,對於屈原的看法亦未

有變也)。不過,他這文章的體例並不全和《九歌》一樣:未立小標題,直接談人事,飾神者少,思君為多,如:

> 專思君兮不可化(變也),君不知兮可奈何!君之心兮與
> 余異,不得見兮心傷悲!(第一章)
> 閔奇思之不通兮,將去君而高翔。豈不郁陶而思君兮,
> 君之門以九重。(第三章)
> 君棄遠而不察兮,雖願忠其焉得?欲寂漠而絕端兮,竊
> 不敢忘初之厚德。(第四章)

只抄這些,都是第一人稱的說法。宋玉不像屈原那樣地閃爍其辭,借助神鬼,恐怕是由於老師已不在,事過境遷,不必多所忌諱了。這從他使用的一些怨氣沖天的辭句,如:"悲憂窮戚、蓄怨積思、慷慨絕兮、恨其失時、繚悷有哀、惆悵自悲"等等,已可為之佐證。自然,他也不是沒有平易中正、坦蕩清明的話:

> 何時俗之工巧兮,滅規矩而改鑿。獨耿介而不隨兮,願
> 慕先聖之遺教。處濁世而顯榮兮,非余心之所樂。與其無義
> 而有名兮,寧窮處而守高。食不偷而為飽兮,衣不苟而為溫。
> 竊慕詩人之遺風兮,願托志乎素餐。(第四章)

娓娓敘來,歌以當哭,光明磊落,聲聲動人,這才不愧是靈均的本色。還有:

> 農夫輟耕而容與兮,恐田野之蕪穢。事縣縣而多私兮,
> 竊悼後之危敗。世雷同而炫曜兮,何毀譽之昧昧!

愁苦賦斂之重、耕耨失時而亡五穀,可以導致發生災難,喪失社稷也。一片忠君愛國之心,可以"布名乎天下"了。宋玉不愧是屈原的學生。感受親切,知之甚深,才能有此絕妙好辭的。此外,他的《招魂》更是別具一格的辭作。蓋"宋玉憐哀屈原、忠而斥棄,愁懣山澤,故作此賦","外陳四方之惡,內崇楚國之美,以諷諫懷王,冀其覺悟也。"(《楚辭·招魂》王逸注)

此篇則是滿紙的神鬼妖異見所未見啦:甚麼"長人千仞,惟魂是索。十日代出,流金鑠石。雕題黑齒(交趾野人),醢人肉骨。蝮(大蛇)蛇蓁蓁(積聚之貌),封狐千里。雄虺(亦蛇也)九首,往來倏忽(疾急貌)。赤蟻若象,玄蜂若壺",陳說這些東西南北四方的魔怪,是為了勸使"魂兮歸來"勿再徬徨的。入後復對比著侈言祖國山河之美、宮殿之盛、華衣精饌,享受不盡等等以安撫之。如居室、環境云:

> 天地四方,多賊奸些。像設君室,靜閑安些。高堂邃宇,檻層軒些。層臺累榭,臨高山些。網戶朱綴,刻方連些。冬有突(音夭,深也)廈,夏室寒些。川谷徑復,流潺湲些。光風轉蕙,氾崇蘭些。經堂入奧,朱塵(承塵也)筵(簟席也)些。

總之,從《招魂》裏更讓我們體會到他們師生間,肝膽相照、生死不渝的精神了。而文字上的工夫,對後世的影響,還用細說嗎!妙相神奇,都麗崇宏,別開生面,足為法式。研究楚辭的人,應該有此體會的。

其次說賈誼。

說到這裏,一定有人會問:"宋玉代言屈原,那是可以理解的,師弟授受麼,順理成章。到了賈誼,已為漢初,怎麼還有此類行徑?"這就需要多講幾句了。

秦滅六國,軍政殘暴:坑、沈士卒,流徙諸侯,天下怨恨。楚人因懷王被欺客死,屈原忠貞自沈,尤為哀憤。故有"楚雖三戶,亡秦必楚"的誓言。因而四方之士,也就多好楚聲。項羽、劉邦俱是楚人,都能楚歌,分別作有《垓下歌》《大風歌》。儘管一個是敗亡前的絕叫,一個是成功後的感傷,但那樸實無華的楚調,卻是觸目可見,非常具有代表性的。

漢高祖劉邦溺冠罵座,本來不愛儒生,其後由於叔孫通定朝儀,陸賈作《新語》,得到了好處,才改變初衷,接近博士。文、景、武三帝繼之。經學昌明,文風大盛:詔策、奏議、論說、歌謠而外,辭賦亦告豐產。而且直至哀、平、王莽之際,其勢未衰。賈誼受知於文帝劉恒,可是被阻於重臣絳、灌,放逐在外,意不自得,故引屈原為同道。相傳《惜誓》就是他代替屈原立言的作品。

本篇是藉口年老日衰歲月不返,而幻想其登天高舉一覽天下的。他這儀仗可真夠壯麗:

> 飛朱鳥使先驅兮,駕太一之象輿(朱鳥即朱雀,神鳥也。
> 太一,神名)。蒼龍蚴虯於左驂兮,白虎騁而為右騑(音妃)。
> 建日月以為蓋兮,載玉女於後車。

這就不止是氣魄特大而且極似屈賦的聲色。而"念我長生而從仙兮,不如反余之故鄉"的話,又真個像屈子的自白了。

賈誼被命為長沙王太傅。南渡湘水,又有《吊屈原文》以致其緬懷之情:

> 恭承嘉惠兮,俟罪長沙。側聞屈原兮,自湛(讀曰沈)汨
> 羅。造托湘流兮,敬吊先生。遭世罔極兮,乃隕厥身。嗚呼

哀哉兮！逢時不祥。

他接著也以"鸞鳳伏竄，鴟梟翱翔，罷牛騰駕，驥服鹽車"去比擬賢聖逆曳、方正倒植。他的重點乃在："嗟苦先生兮，獨離此咎。已矣，國其莫我知，獨堙鬱兮其誰語？般紛紛其離此尤兮，亦夫子之辜也。歷九州而相君兮，何必懷此都也。"這自然是一種設為反問的口氣，因為作者明知道屈原之"死徙不出鄉邦"麼。因此種種，我們才認為賈誼是屈原在漢代的第一位知己，同聲相應，同氣相求，他的屈賦，毫無疑問，也是在反映著屈子的神韻的。司馬遷的"列傳"把他們兩人放在一起，是很有道理的。

再要論及的是東方朔。這位滑稽大師，對於屈原也很有感情，作了《七諫》，以為代言：

> 《七諫》者，東方朔之所作也。諫者，正也，謂陳法度以諫正君也。古者人臣三諫不從，退而待放。屈原與楚同姓，無相去之義，故加為"七諫"，殷勤之意、忠厚之節也。或曰："《七諫》者，法天子有諍臣七人也。東方朔追憫屈原，故作此辭以述其志，所以昭忠信、矯曲朝也。(王逸敘)

這話說得很是。因為東方朔在細目上，即取法於《九歌》《九章》而把它分為《初放》《沈江》《怨世》《怨思》《自悲》《哀命》《謬諫》等七個章節的，其辭亦足以副之。例如《初放》之辭曰：

> 平(屈原名)生於國(生於楚國，與君同朝)兮，長於原野。言語訥澀兮，又無強輔。淺智褊能兮，聞見又寡。數言便事兮，見怨門下。王不察其長利兮，卒見棄乎原野。

此言空為宗室,妄作忠臣,讒人謗毀,即被放逐,真是開門見山,數語道破,替主人公設想的好。同時也以物作比,安排屈原為"斥逐"的"鴻鵠","寄生"的"脩竹",讓他自歎不如"崔巍"的"高山","蕩蕩"的"流水",惟有仰首呼天,承認死期已至了。即從修辭、謀篇上看,也可以說是純乎其為靈均的聲音了。

《沈江》則取法屈賦,歷陳古代聖賢的言行,並比照其對立面,以分辨忠奸。如:"堯舜聖而慈仁兮,後世稱而弗志。""紂暴虐以失位兮,周得佐乎呂望。"並痛言"箕子瘖而佯狂""伯夷餓於首陽""痛忠言之逆耳""聽奸臣之浮說"。如同"浮雲陳而蔽晦兮,使日月乎無光"。最後只能"赴湘沅之流澌,懷沙礫而自沈"了。

孔子說:"賢者避世"(《論語》),不過是明哲保身逃避現實的行徑。屈原的"怨世",則已經是態度絕決,不願久居濁世啦。他說:

> 皇天既不純命兮,余生終無所依。願自沈於江流兮,絕橫流而徑逝。寧為江海之泥塗兮,安能久見此濁世。

非止怨天尤人,此舉等於"屍諫"。因為,誠如《怨思》裏指出的:"廉方正而不容","德日忘而怨深","行明白而曰黑","賢者蔽而不見"嘛。情況明朗,所以語言犀利。自然,從文字的角度上看,漢人也應該遠勝前人。

《自悲》之寫作特色,在於揭示了屈子"鳥飛反故鄉兮,狐死必首丘"的忠貞不二、絕不外逃的精神。而"身被疾而不閒兮,心沸熱其若湯。冰炭不可以相並兮,吾固知夫命之不長。哀獨苦死之無樂兮,惜予年之未央。悲不反余之所居兮,恨離予之故鄉。"這音調也真夠響亮的。

"哀時命之不合兮，傷楚國之多憂。內懷情之潔白兮，遭亂世而離尤"，是一開腔就道出了《哀命》的主題的。而"怨靈脩之浩蕩兮，夫何執操之不固"，"卻騏驥而不乘兮，策駑駘而取路"，也同樣是點了題的主導思想。其中常用六言、七言以相對，很可以為西京詩句，非必以五言為主的旁證。

有人說，東方朔本是漢武帝時一個玩世不恭、行同俳優的人。揚雄稱他為"應諧似優，不窮似哲，正諫似直，穢德似隱"的隱於言談者（《法言·淵騫》），而朔自己則認為是"避世於朝廷間，於金馬門宮殿中"的人（事見《史記·滑稽列傳》）。他跟生當文帝之際，憂國憂民自傷棄逐的賈誼並不一樣。為什麼也能夠這般滿腔熱情地崇敬屈原，刻骨鏤心地代作《七諫》呢？原來，上有好者下必有甚，武帝本人就很喜歡《離騷》。他曾經叫入覲的淮南王劉安撰進《離騷傳》，並且誇獎劉安寫作得很好（事見《漢書·淮南王傳》），何況武帝不只愛好辭賦、倡導寫作（此司馬相如、揚雄等之所以得幸，和《上林》《甘泉》《羽獵》能夠出籠的主要原因）。就是他自己也很會動筆麼："秋風起兮白雲飛，草木黃落兮雁南歸。蘭有秀兮菊有芳，懷佳人兮不能忘。"（《秋風辭》）清新入畫，極不易得。而《悼李夫人賦》的纏綿悱惻："嗚呼哀哉，想魂靈兮"。豔麗綺靡："美連娟以脩嫭兮，命樔絕而不長"，更不必細說了。此其一。

其次，恐怕還是屈原的忠君愛國思想，以及大一統、法先王的政治態度，符合了漢人的需要。特別是他的慍於群小，遭受迫害，放逐在外，鬱鬱以終，容易引起有識者的同情，所謂借題發揮聊以解憂者是。但是，如果不熱愛這個人物、不熟悉他的歷史，並且掌握了屈賦的神理、氣味、格律、聲色者，曷克臻此？

下面再介紹一下淮南小山及其《招隱士》。王逸道：

《招隱士》者,淮南小山之所作也。昔淮南王安、博雅好古,招懷天下俊偉之士,自八公之徒,咸慕其德而歸其仁。各竭才智,著作篇章,分造辭賦,以類相從。小山之徒,閔傷屈原,又怪其文升天乘雲,役使百神,似若仙者。雖身沈沒,名德顯聞,與隱處山澤無異。故作《招隱士》之賦,以章其志也。

此篇的寫作手法:四、三言,三、二言,三、三言等聯稱短句的交替使用,中間全部嵌以助語的"兮"字,如"桂樹叢生兮山之幽,偃蹇連蜷兮枝相繚。王孫(即屈原)遊兮不歸,春草生兮萋萋"等等,精悍動人,完全是《九歌》的路子,而又不說神道鬼,不講美人香草,只用桂樹、青莎略事譬況。它著力渲染的乃是嵯峨的山石,嶄巖的溪谷,群嘯的猿狖,嗥叫的虎豹,咆哮的熊羆。"鳥獸不可與同群"(孔子語),何況山地又是這般的險惡,意在強調"王孫"難於隱居,必須及早歸來也。

其用情之深處,是當做屈原沒有死,耽心他繼續受迫害,故招之返還故里。溫柔敦厚,詩教也,小山有之矣。

跟淮南小山《招隱士》異趣同工之作,還有嚴忌的《哀時命》。他是會稽人,原姓莊,因避漢明帝諱而改為嚴。忌與司馬相如俱好辭賦,哀"屈原受性忠貞,不遭明君而遇暗世,是以斐然作辭,歎而述之"(王逸敘語)。他這篇作品的第一句話就扣了題,說"哀時命之不及古人兮,夫何予生之不遘時",而以"願壹見陽春之白日兮,恐不終乎永年"作結,可以說是首尾呼應,悲哀到底啦。

然而作者刻畫屈子衣冠整飾、神采風揚、才高志大、氣吞扶桑之處,卻是相當的優美的,嚴忌描寫道:

冠崔嵬而切雲兮,劍淋漓而縱橫。衣攝葉以儲與兮,左袪掛於扶桑。右衽拂於不周兮,六合不足以肆行。上同鑿枘

於伏羲兮,下合矩矱於虞唐。願尊節而式高兮,志猶卑夫
禹湯。

對於辭章說來,這可真夠得上是"朗麗""惠巧",不下於《離騷》
了。胎息所在,誰不知道呢?"雖知困其不改操兮,終不以邪枉害方。
世並舉而好朋兮,壹斗斛而相量。眾比周以肩迫兮,賢者遠而隱藏。"
在肯定屈原的疾惡朋黨上,作者體現於文字中的精神,也是跟屈原自
己和其他漢人並無二致的。下面描寫主人公山居野處的一段,卻是別
開生面很有特色的:

　　鑿山楹而為室兮,下被衣於水渚。霧露濛濛其晨降兮,
雲依斐而承宇。虹霓紛其朝霞兮,夕淫淫而淋雨。怊茫茫而
無歸兮,悵遠望此曠野。

僻野山居而又陰濕茫昧,悵望不歸自屬必然,用客觀的景色反襯
主觀的愁思,屈原在《離騷》裏就常常行使這樣的筆法。如同他於百無
聊賴一切絕望之後,幻想驅策"龍虎、鸞鳳",徜徉於天地之間,去過那
"遊仙"的生活一樣。嚴忌這裏也有"與赤松而結友兮,比王僑而為
耦。使梟楊先導兮,白虎為之前後。浮雲霧而入冥兮,騎白鹿而容
與",無入而不逼肖,真是"心有靈犀一點通"了。此外,文中直接提出
了主人公的名字:"屈原沈於汨羅,雖體解其不變兮,豈忠信之可化?"
卻是比較罕見的,而使楚國叛臣伍子胥與之並稱"成義"和"忠信",尤
為不可。

王褒的《九懷》,代表屈原所宣洩的忠憤之情,也是非泛泛者所可
比擬的:形象飛揚綺麗,心意誠摯深沈,音調鏗鏘悅耳,篇章剔透玲瓏,
美不勝收,愈出愈奇,如《匡機》:"求君不得,匡諫無從;內心傷憤,無

以解憂”,就只好“上征日月,彌覽九隅”,有所求索了。結果還是“怫郁莫陳,永懷内傷”。其中心思想,仍是一個“念君不忘”,至死不變。這裏的新辭新句有:

彌覽兮九隅,彷徨兮蘭宫。芷閭兮藥房,奮搖兮衆芳。菌閣兮蕙樓,觀道兮從横。寶金兮委積,美玉兮盈堂。桂水兮潺湲,揚流兮洋洋。

蘭宫、芷閭、菌閣、蕙樓等辭,前未之見。除去中間的語氣詞“兮”,掃數為四言,其結構有同於《九歌》的一些句子。如“吉日兮良辰”“瑶席兮玉瑱”(《東皇太一》),“蓀橈兮蘭旌”“桂棹兮蘭枻”(《湘君》),即是。

《通路》:人世無路,惟有上天,竟體是四言的(不算“兮”字)。詞句甚美,如:

乘虯兮登陽,載象兮上行。朝發兮葱嶺,夕至兮明光。北飲兮飛泉,南采兮芝英。宣遊兮列宿,順極兮彷徉。紅采兮騂衣,翠縹兮為裳。舒佩兮綝纚,竦余劍兮干將。騰蛇兮後從,飛駏兮步旁。微觀兮玄圃,覽察兮瑶光。

此等誇飾,較之《山鬼》,亦無遜色。

《危俊》:此言繼續遨遊,藉以排遣深憂,然而依舊無效。“經岱土兮魏闕,歷九曲兮牽牛。晞白日兮皎皎,彌遠路兮悠悠。”“顧列孛兮縹縹,觀幽雲兮陳浮。”很顯然,這又是高來高去的。但在章法上已是五言為句,復多重言了。如皎皎、悠悠、縹縹、悖悖、怞怞。《昭世》與此相似,《尊嘉》轉入水路,因為它有“望淮兮沛沛,榜舫兮下流。東注兮磕磕,蛟龍兮導引,文魚兮上瀨"等語。而"河伯兮開門"就更說明問題了。當然"懷傷、懷恨"的心情未改,"竊哀浮萍"之意轉生,終無著落也。

《蓄英》的思想也無大差。不過點明了已是"秋風蕭蕭,微霜眇眇,飛蟬捲曲,紫燕歸藏"的季節啦。《思忠》顧名思義,即可知曉主人公的千變不離其宗、萬變不離其理的"自憐、內傷"心情,而與《陶壅》同等,多有重複的筆墨。只"悲九州兮靡君,撫軾歎兮作詩"二句,綻露了大一統思想和俾賦為詩附庸風雅之意。《株昭》則索性長吁短歎以"悲哉于嗟兮"開篇,涕流滂沲結束。最後的"亂曰",則無疑的是在幻想:"株穢除,蘭芷覩,聖舜攝,昭堯緒"的理想世界,而熱烈地聲稱"願為輔"以祈有所作為。

各篇篇幅都不長,除"亂曰"只有十句以外,大體三十句左右,這一點也和《九歌》相類。

說到這裏,我們也不能不鄭重地提出來另外一位熱愛屈原而自己復以忠於漢室著稱的劉向。他是皇族。曾任宣帝的諫大夫、散騎、宗正、給事中等官。他本是《楚辭》的整編者,又追念屈原忠信之節,故作《九歎》。"言屈原放在山澤猶傷念君,歎息無已,所謂贊賢以輔志,騁詞以曜德者也。"(王逸語)

按文凡:《逢紛》《離世》《怨思》《遠逝》《惜賢》《憂苦》《湣命》《思古》《遠遊》等九篇,其摹擬《離騷》、追蹤《九歌》之語,比比皆是。如首章《逢紛》所言家族出身云:"伊伯庸之末胄兮,諒皇直之屈原。云肇祖於高陽兮,惟楚懷之嬋連。"這不就是濫觴於《離騷》的嗎?"辭靈脩而隕志兮,吟澤畔之江濱",乃是來自《漁父》等篇的。也可以知曉,而"身永靈而不還兮,魂長逝而常愁"之語,則仍是苦思楚國、生死以之的精神了。它這行文的特點為:每篇之尾,都有一個"歎曰",而且往往在這裏直接點題,如這裏的"遭紛逢凶,蹇離尤兮,垂文揚采,遺將來兮",

即是說,自己遭讒被逐不得從政,惟有垂文典雅以遺後人了,既嵌入了"紛逢"二字,也道出了屈原的一生。

二章《離世》有一新辭,即"靈懷"(舊為"靈修"),所以稱楚懷王,而"兆出名曰正則兮,卦發字曰靈均。余幼既有此鴻節兮,長愈固而彌純",應該也是取法於《離騷》的。不過硬把名字的產生,改父命為卜筮出來的了。其中"九年之中不吾反兮,思彭咸之水游。惜師延之浮渚兮,赴汩羅之長流"等欲與波臣為伍之言,從內容到形式,都是屈子的舊腔調。見於"歎曰"內的"去郢東遷,余誰慕兮",既師其意又師其辭,也無別樣。

《怨思》的"鬱鬱憂毒,黃昏長悲",更是有加無已了。儘管自己是"光明齊於日月兮,文采耀於玉石",發文序詞,爛然成章,光風霽月,肝膽照人,也無濟於事。因為"時之溷濁,世仍殽亂,年歲既晏,無從容與"了。"歎曰"裏的"歸骸舊邦,莫誰語兮",前所未見,殆"狐死必首丘"的新語耳。

《遠逝》更是《遠遊》的翻版。但"信上皇而質正,合五嶽與八靈,訊九魖與六神",特別是"指列宿以白情兮,訴五帝以置詞。北斗為我折中兮,太一為余聽之",又有點兒《天問》的味道啦。"服雲衣之披披,杖玉策與朱旗。垂明月之玄珠,舉霓旌之墆翳。建黃繡之總旄"等句,則與《九歌》中的《山鬼》的辭色相出入了。

《惜賢》的開始,劉向把自己也擺了進去。說:"覽屈氏之《離騷》兮,心哀哀而怫鬱。聲嗷嗷以寂寥兮,顧僕夫之憔悴",言自己思為屈原訟理冤結,嗷嗷而呼,可是空無人民,回應絕小,等於徒然。下面"握申椒與杜若兮,冠浮雲之峨峨。登長陵而四望兮,覽芷圃之蠢蠢"的一段,是在象徵性地說屈原行修眾善而不見用,行將委棄山林抑鬱以終的。用辭稍有不同之處在於:屈原當日以蕙、芷、江蘺、申椒、杜若、桂樹之類的香草花樹以喻美人,這兒則係比諸德行的,也算因而不襲吧。

至於提出了王子僑、許由、伯夷、介子推、申生等遭難的賢人以為陪襯，即從"歎曰"的尾語："丁時逢殃可奈何兮，勞心悁悁涕滂沲兮"，亦足以反映出來作者的心情了，靈犀相通，敬愛之至。

《憂苦》有"歎《離騷》以揚意兮，猶未殫於《九章》"的話，是用屈原的口氣，說自己的主要作品的。諸家之中，亦惟劉向有此，這一篇的特點是從第一的"悲余心之悁悁兮，哀故邦之逢殃"起，就不斷地哭哭啼啼，如繼之而來的"倚石巖以流涕兮""獨憤積而哀娛兮""內惻隱而含哀""涕橫集而成行""涕流交集兮""泣下漣漣"，直至"歎曰"中的"中心悲兮""泣如頹兮""泣漸漸兮"，不下十句，可謂善哭者矣。

《湣命》所以指斥顛倒黑白，賢愚不分。知應該"迎宓妃於伊洛，選呂、管於榛薄"，不此之務，反爾"戚宋萬於兩楹，廢周、邵於遐夷"。歷史人物以外，又比擬之於事物，如"反表以為裏，顛裳以為衣。卻騏驥以轉運，騰驢騾以馳逐"，這樣怎麼能夠使著"叢林之下無怨士，江河之畔無隱夫"呢？尾語尤為分明："誠惜芳之菲菲兮，反以茲為腐也。懷椒聊之蔎蔎兮，乃逢紛以罹詬也"，連用兩個語尾助辭"也"字，休止得有力。而多見重言如冥冥、鬱鬱、杳杳、悁悁、眇眇、吸吸、披披、佪佪、淫淫、離離等，復增厚了悽惶、悲戚的氣氛。

《遠遊》與《遠逝》，無論從題目、內容哪一方面看，都是近似的，對比一下屈子的《遠遊》，也差不多。"文采鋪發，遂敘妙思，托配仙人，與俱遊戲，周歷天地，無所不到，然猶懷念楚國，思慕舊故，固忠信之篤，仁義之厚也"（《楚辭·遠遊》王逸注），同樣可以拿來概括本篇。只是在文章的第一段和結尾時，筆法略有不同，《遠遊》的是"悲時俗之迫阨兮，願輕舉而遠遊"，乃是一句話就了然的。終曰"與泰初而為鄰"，蓋言"無有無名"也（莊周語）。

按《騷經》《九章》，多托遊天地之間，以泄憤懣，卒從彭咸之所居，以畢其志，獨此章不同，《九歎》的《遠遊》是"悲余性之不可改兮，屢懲艾而不逐",又隔了兩句,才比擬著傳說中的仙人說:"譬若王僑之乘雲兮,載赤霄而凌太清",一下子就上了天。並說是:"欲與天地參壽,日月比榮",結尾的"歎曰",則以蛟龍自比,升入帝宮,"搖翹奮羽,馳風騁雨,遊無窮兮"。其所體現出來的高曠豁達的精神,較之屈子的《遠遊》反爾飄逸多了。當然,在辭章上,則既不如屈作之美,也沒有屈作的充實,篇幅短小,後不如前。

最後,應該說,劉向確實夠得上是屈原的代言人了:忠貞不二,文辭淵雅,兩人也是後先輝耀、相得益彰的。

漢侍中南郡王逸是注《楚辭》最早的專家,這事知道的人不少。可是同時他還是一位博雅能文的辭賦家,例如《九思》,即其所作,就不見得為大家所熟悉了。按《九思》章句說他:"博雅多覽,讀《楚辭》而傷愍屈原,故為之作解。"又以"自屈原終沒之後,忠臣介士,遊覽學者,讀《離騷》《九章》之文,莫不愴然,心為悲感,高其節行,妙其麗雅,至劉向、王褒之徒,咸嘉其義,作賦騁辭以贊其志,則皆列於譜錄,世世相傳。"

唐人皮日休云:"屈平既放,作《離騷經》,正詭俗而為《九歌》,辨窮愁而為《九章》。是後詞人撅而為之,若宋玉之《九辯》,王褒之《九懷》,劉向之《九歎》,王逸之《九思》,其為清怨素豔、幽快古秀,皆得芝蘭之芬芳,鸞鳳之毛羽也。"(《文藪·九諷敘》)這是說,直至皮日休時,劉(向)王(逸)之作,猶被如此看重,可見兩人在《屈賦》中的創作地位了。"章句"繼續說:"逸與屈原,同土共國,悼傷之情,與凡有異,竊慕向、褒之風,作頌一篇,號曰《九思》,以禆其辭,未有解說,故聊敘訓誼焉。"按王逸不應自為注解,恐其子延壽之徒為之爾。

《九思》凡分:《逢尤》《怨上》《疾世》《憫上》《遭厄》《悼亂》《傷時》《哀歲》及《守志》九篇。按劉向《九歎》的第一篇喚作《逢紛》。紛,亂也。尤,過也,也有亂意。這裏一開始也說:"悲兮愁,哀兮憂,天生我兮當闇時,被讒諎兮虛獲尤。心煩憒兮意無聊。"不能同流合污,惟有忿而出遊,所以接著又說:"嚴載駕兮出戲遊,周八極兮歷九州。求軒轅兮索重華,世既卓兮遠渺渺。"結果還是一個失望:"哀平(楚平王)差(吳王夫差)兮迷謬愚","忌嚭專兮郢吳虛(楚大夫費無忌,吳大夫宰嚭)。此類君臣,觸處皆是,因而"仰長歎兮氣噎結,悒殟絕兮呰復蘇"。最後氣得死去活來。這兒也有一個新辭彙,即是"靈閫"(楚懷王居處之地),"念靈閫兮隩重深",以前沒有見過。

《怨上》主要是恨怨令尹子蘭的。他說:"令尹兮謷謷,群司兮譨譨,哀哉兮漼漼,上下兮同流。"它這裏"重言"使用得好,句子也夠精悍。繼之而來的是以物比興:"雹霰兮霏霏","狐狸兮徵徵"。尾聲則是"惆悵兮自悲,佇立兮忉怛",反正是快活不了。上無道揆,蟲豸環視麼。

《疾世》也是說的東南西北、上天下地走投無路的情況:起始是"徘徊於漢渚",繼而"旋邁北阻,載驅高馳","河皋周流,滄海東遊",藉以"諮詢於羲皇,訪太昊道要"。不得要領,又"就周文於邠歧"、"逾隴堆渡漠,過桂車合黎",直至"崑崙之山",跑來跑去的"憂不暇兮寢食,吒增歎兮如雷",就是說,徒勞往返,大發雷霆。此章的特點是:地名多,句為五言(不算兮字)。

《憫上》:自憐其困窮衰老,哀哀無告也。因為"眾多阿媚,委靡成俗,貪枉黨比,貞良熒獨"。好一似"鵲巢枳棘,鵁集惟幄"一般,已經黑白顛倒、是非混淆了。主人公自己呢?則"川谷、山嶽、叢林、株榛",頂"霜雪"、冒"冰凍"地無所歸宿,"庇蔭兮枯樹,匍匐兮巖石。蹉跎兮數年,獨處兮志不深。年齒盡兮命迫促,魁壘(迫促)擠摧(折屈)兮常困辱",真是山窮水盡啦。"思怫鬱兮肝切剝,忿悁悒兮敦訴苦",可以說痛苦之至。句法由五言轉六言,間有七言的。

《遭厄》為作者王逸客觀地悼念屈子之辭,因為它是以"悼屈子兮遭厄,沈玉躬兮湘汨"開篇的,然後再補敘屈原坎坷的政治生涯:"何楚國兮難化,迄於今兮不易。士莫志兮羔裘,競佞諛兮讒闟。指正義兮為曲,訛玉璧兮為石"。環境如此惡劣,自然想要超脫,於是"上升青雲,長驅天衢,戲蕩九陽,南濟雲漢,秣馬河鼓"。但所遇不合,毫無收穫:"與日月殊道,哀所求兮不耦"嘛。迨及"天階下視"那"鄢郢舊宇",依舊"眾穢盛兮杳杳",失望之餘,惟有"涕流如雨"了。此篇竟體五言。

《悼亂》真是"茅絲同綜,冠屨共絇",一團骰亂,"嗟嗟乎"可悲了。特別是體現於人事安排上的賢愚不分,任用顛倒,如"督、萬侍宴(華督、宋萬,弒君的宋大夫),周、邵負芻(周公、邵公在山野勞動)。仲尼困厄,鄒衍幽囚"等,都對比得分明。

《傷時》言天時雖好,"陽氣發兮清明,風習習兮和暖,百草萌兮華榮",可是"蓳(葵也)荼(苦菜)茂,蕙芷(皆香草)彫",一反天常。藉以比喻"貞良遇害,夭折碎糜",如"管仲桎梏,百里奚賣身,而世無齊桓、秦穆,難被識舉"用其"才德"也。出去漫遊呢,"之九夷,超五嶺,觀浮石,陟丹山,屯黃支",連"祝融(赤帝之神)神孋(音攜,北方之神)"都是"無為,自娛"的。縱轡天庭,也不例外:"素女鼓簧,乘戈(仙人)謳謠",一片酣樂氣象,那就只好自己"眷眷章華,依依太息"了。

《哀歲》其實也是《傷時》。不過一個在春初一個是歲暮而已。"北風兮潦烈,草木兮蒼黃",感時悽愴以後,出門碰到的,還是:噍噍的蚸蜁,禳禳的蚑蛆,害人的蠆蜂,討厭的蚰蜒、螳螂,以這些蟲豸雖說可以譬況奸邪,"自恨無友,特處煢煢",是的,被罪貶斥的人,誰會理他呢!

《守志》亦屬自憐。儘管"玉巒逍遙,高岡嶢嶢,桂樹紛敷,紫華布條"本是棲鸞落鳳的所在,如今卻為鴟鴞佔居,使鳥鵲群驚,因之飛飛而去陶養心神:"乘六蛟兮蜿蟬,遂馳騁兮升雲。揚彗光兮為旗,秉電策兮為鞭。"神態妙相地遍歷"鄂郢、增泉、曲阿"，並得"謁玄黃（中央之帝），歷九宮（天之宮），覲秘藏，隨真人翱翔，輔政成化，建業垂勳"，豈不美哉！可惜的是，徒有此意而天路不通，那就只有"悵惘自憐"了。

最後，吟得五古一首，題曰《屈頌》，權作結語：

靈均有傳人，宋玉招師魂。求索碧落裏，曠古號忠貞。逮及炎漢世，此意轉更真。賈生賦《惜誓》，弔祭傷逐臣。東方朔《七諫》，體例又新新。小山嚴夫子，相將步後塵：招隱還鄉土，哀時命不辰。王褒亦有作，《九懷》著德音。最是劉子政，浩歎震乾坤，編纂成《楚辭》，大塊氣如雲。叔翁補章句，博雅實多文。悱惻復纏綿，思君曷頻頻。為之俯首笑，遺愛在斯民。美哉屈大夫，千古頌詩神。

八二年冬至日，於保定河北大學

屈原大一統思想的歷史根源及其辭賦之美

一

先從楚國的歷史上看。這個諸侯之邦，也確實煊赫得很，具備了統一中國的條件。如見於《國語》《左氏傳》及《楚世家》等書中的：

1. 當周夷王之時，王室微，諸侯或不朝，相伐。熊渠甚得江漢間民和，乃興兵伐庸、楊粵（有本作楊雩），至於鄂。熊渠曰："我蠻夷也，不與中國之號諡。"乃立其長子康為句亶王，中子紅為鄂王，少子執疵為越章王，皆在江上楚蠻之地。

2. 卅五年，楚伐隨，隨曰："我無罪！"楚曰："我蠻夷也。今諸侯皆為叛相侵，或相殺，我有敝甲，欲以觀中國之政，請王室尊吾號。"隨人為之周，請尊楚，王室不聽，還報楚。三十七年，楚熊通怒曰："吾先鬻熊，文王之師也，蚤終。成王舉我先公，乃以子男田令居楚，蠻夷皆率服，而王不加位，我自尊耳。"乃自立為武王。

3. 文王（熊貲）立，始都郢，文王二年伐申過鄧。……六年，伐蔡，虜蔡哀侯以歸。……楚彊，凌江漢間小國，小國皆畏之。十一年，齊桓公始霸，楚亦始大。十二年，伐鄧，滅之。……十六年，齊桓公以兵侵楚，至陘山。時楚地已千里，楚成王（熊惲）十六年也。成王使將軍屈完以兵禦之，有"楚國方

城以為城,漢水以為池"之對,而盟於召陵。十八年,成王以
兵北伐許,許君肉袒謝。……廿二年,伐黃。廿六年,滅英。
……卅三年,至盂,遂執辱宋(襄)公。卅四年,鄭文公南朝
楚。楚成王北伐宋,敗之泓,射傷宋襄公,襄公遂病創死。
……卅九年,魯僖公來請兵以伐齊,楚使申侯將兵伐齊,取
穀,置齊桓公子雍焉。

4. 穆王三年,滅江。四年,滅六、蓼。……八年,伐陳。

5. 楚莊王三年,是歲滅庸。六年,伐宋,獲五百乘。八
年,伐陸渾戎,遂至洛,觀兵於周郊。周定王使王孫滿勞楚
王。楚王問鼎小大輕重。……十三年,滅舒。十六年,伐陳,
殺夏徵舒。……己破陳,即縣之……十七年春,楚莊王圍鄭,
三月克之。入自皇門,鄭伯肉袒牽羊以逆。……夏六月,晉
救鄭,與楚戰,大敗晉師河上,遂至衡雍而歸。……二十年,
圍宋。

6. 靈王三年六月……諸侯皆會楚於申。……七月,楚以
諸侯兵伐吳,圍朱方。八月,克之。……七年,就章華臺下令
內亡人實之。八年,使公子棄疾將兵滅陳。十年,召蔡侯,醉
而殺之。使棄疾定蔡,因為陳蔡公。十一年,伐徐以恐吳。
……析父對曰:"周今與四國服事君王,將唯命是從,豈敢
愛鼎?"

(《史記·楚世家》)

根據上面録引的材料可以看出,楚自熊渠已與周室分庭抗禮,自
王江漢。迨及武、文,即蠶食江漢諸姬,奄有南國。莊王、靈王且稱霸
諸侯,最為強大,至於問鼎周疆。在這種形勢下,屈原怎麼能夠不有
"恐皇輿之敗績""吾將上下而求索"的雄心壯志呢? 可惜的是,傳到

平王,敗績於吳,大傷元氣;懷王以後,國威不振,屢招挫敗,轉而受制於秦,遂不免於先期流亡耳。

<h2 style="text-align:center">二</h2>

再從楚辭的淵源上看。

即以《九歌》而言,其淵源便極古老。屈原在自己的作品裏,就不止一次地提到過它。"奏九歌而舞韶兮"(《離騷》),這"韶"本是帝舜的舞曲,早為孔子所稱道,說它"盡善,盡美"(《論語·八佾》);又云"啟《九辯》與《九歌》兮",則又賡續上禹的兒子夏啟了;此外,還有"啟棘賓商,《九辯》《九歌》",同繼夏而來的殷商也聯帶一起啦,豈非源遠流長非止一代之證。中國最早的神話傳說總集《山海經》記載:"夏后開上三嬪(賓)於天,得九辯與九歌以下。"既明言夏后氏,又托之於得自天,都是以證明其所從來遠矣。而且是華夏的古曲古調,非至荊楚而始有之。屈原不過在繼承的基礎上予以加工,改其"鄙陋",使之"文章不同,章句雜錯,而廣異義焉"(王逸語)而已。五臣注云:"九者陽數之極,自謂否極,取為歌名。《九辯》以下皆出於此。"

又按舜本中原的聖君,與堯並稱。禹亦夏后氏之祖,以平水土得名。此在中國第一部散文總集《尚書》中,既有《堯典》《舜典》,又有《大禹謨》《甘誓》,都是非同小可的人物。特別是堯、舜二帝,屈原曾經多次提出:

> 彼堯舜之耿介兮,既遵道而得路。(《離騷》)
> 堯舜之抗行兮,瞭杳杳而薄天。(《哀郢》)
> 舜閔在家,父何以鰥? 堯不姚告,二女何親?(《天問》)

單獨提到舜的地方就更多，如：

> 舜服厥弟，終然為害；何肆犬體，而厥身不危敗？（《天問》）
> 濟沅湘以南征兮，就重華而陳詞。（《離騷》）
> 駕青虯兮驂白螭，吾與重華遊兮瑤之圃。（《涉江》）
> 重華不可遻兮，孰知予之從容。（《懷沙》）

重華即帝舜，以其能繼堯之業重振光華故名（一說舜重眸子，因以為名），可見屈原心目中的帝舜，是如何之偉大而又親密了。何況說起遠祖來，原與帝舜又俱係出高陽氏呢？《史記·楚世家》云：“楚之先祖出自帝顓頊高陽。高陽者，黃帝之孫、昌意之子也。”（屈原自己在《離騷》中，一開端就表明了“帝高陽之苗裔兮”）那麼，他之醉心華夏文學以及他的賦涵有大一統思想，又有什麼可以奇怪的呢？

三

荀卿的賦是上承楚辭的。荀卿自稱其賦為“佹詩”，據說是作給楚國的當政者春申君黃歇看的，以此得為楚之蘭陵令。

它的形式是以四言為主間以雜言的，篇幅甚短並叶以韻，特點在於所賦之事皆為人生之所必需，卻被人們（尤其是統治者）經常忽視的事物，因而採用猜謎語的手法藉以醒人心目。

賦本甚多，傳今者只餘《禮》《知》《雲》《蠶》《箴》等五賦①，它的特點都是故弄玄虛、逐次發問，最後才在篇尾點出題目，畫龍點睛，以示

---

① 荀卿賦《漢志·詩賦略》著錄為十篇。

鄭重。

如荀卿稱《禮》為"大物",人之大者,莫過於禮,身體力行的匹夫,可以為"聖人","諸侯隆之則一四海",王天下。它是"致明而約,甚順而體"的,其結語為"請歸之禮"。

這還只是抽象的事物。《蠶》便不同了,他說:"有物於此,屢化如神,功被天地,為萬世文"(衣飾),"蛹以為母,蛾以為父,三俯三起,事乃大已",夫是之謂蠶理。

就是這一點點,已經足夠證明:荀卿的韻文是上承楚辭而下開漢賦的了。尤其應該表而出之的是:用賦以標篇名,也是前無古人的("屈賦"是後人的稱謂)。

另外是,"天下不治,請陳佹詩"之中,既有"小歌":"念彼遠方,何其塞矣。仁人絀約,暴人衍矣。忠臣危殆,讒人服矣。"這一類可與《毛詩》媲美的句法;又有"璇玉瑤珠,不知佩也;雜布與錦,不知異也;閭娵、子奢,莫之媒也;嫫母、力父,是之喜也",直是楚辭再生,格調不殊的文字,實在大堪玩味。至其內容,當然不出"明道"、"徵聖"和"宗經"的主旨。

荀卿的文體風格,均與屈原的作品不同。除了內容係說理詠物外,還有它的句法整齊,語氣近於散文,採取問答形式等特點,對於此後的漢魏六朝賦,尤其是此中釋器物的"小賦",那影響是非常之大的(如馬融的《長笛賦》,嵇康的《琴賦》,庾信的《鏡賦》和《鐙賦》等)。

四

神靈相通,飄逸絢麗,下而再談屈賦之美。

"美",大也,與"善"同義,"充實"之謂"美","充實"而有光輝之謂"大",我們是"真、善、美"的一元論者,就是說在談文學的藝術性的時候,未嘗不包括它的思想性和科學性,因為這是中國的優良傳統:"義理、辭章、考據"並重,對於《屈賦》也不例外。

"美"在《屈賦》中是無乎不在的,如"靈之來兮蔽日"(《九歌·東君》),"靈何為兮水中"(《河伯》),"靈衣兮被被"(《大司命》),"東風飄兮神靈雨"(《山鬼》),"皇剡剡其揚靈兮"(《離騷》),"高辛之靈盛兮"(《九章·抽思》),如此等等。

"靈",神也,神妙不可思議之意。而"神"的訓釋則為"天神"。《說文》:"引出萬物者也。"《周禮·大宗伯》:"昊天上帝,日月星辰,司中司命,風師雨師,皆天神也。"那麼,我們找到了"靈"的根源了,原來它是神靈,多數見於《九歌》之中。

又"鬼"之靈者曰神。《史記·五帝本紀》:"依鬼神以制義。"《呂覽·順民》:"使上帝鬼神傷民之命",高誘注曰:"天神曰神,人神曰鬼。"《論語·雍也》:"敬鬼神而遠之。"既然"鬼神"聯稱等於同義,則"山鬼、鬼雄"雜廁於《九歌》諸神之內,也可以理解了。

我們不厭其煩地引證了這些有關鬼神聯用的訓詁文字,意在說明,屈原之稱"神"道"鬼"不是偶然的,擬人誇飾,合二而一,思想逍遙,別有懷抱,不只是字面上的絢麗而已。

還有,楚人名巫為"靈"。《說文》:"靈,巫也,以玉事神。"屈原也美化了她(一般為女巫,男巫名覡),如:"靈偃蹇兮姣服(《九歌·東皇太一》)""靈連蜷兮既留""靈皇皇兮既降(《雲中君》)""思靈保兮賢姱(《東君》)"。

總之,神靈也好,靈巫也好,靈氛也好,只要沾上一個"靈"字,便已神人相通,馳騁六合,非比尋常了。再如"靈修"之訓為"君德""靈均"之以"自字",總使人有飄然俊逸不與人同之感。此外,屈原也嘗運用"靈魂"(或魂魄)之辭。

按,"靈魂"(Soul),是西洋宗教家指稱死後不滅的"精神"的,這自然是一種幻想。我們的古人則說:"陽之精氣曰神,陰之精氣曰靈。"(《大戴記》)實乃"一陰一陽之謂道"的派生物,用今天的話講,就是常被綜合起來的"精""氣""神"。

屈原是怎樣使用它的呢? 他說:"羌靈魂之欲歸兮,何須臾而忘反"(《九章・哀郢》),"何靈魂之信直兮,人之心不與吾心同"(《抽思》),這恐怕是泛指自己的思想情況精神狀態而言的。會不會也有身外獨立的"靈魂"活動呢? 值得研究。

因為,他也單用"魂"字,好像"靈魂"出殼一般,如:"夜耿耿而不寐兮,魂榮榮而至曙","毋滑而魂兮,彼將自然"(《遠遊》),"昔余夢登天兮,魂中道而無杭"(《惜誦》),"惟郢路之遼遠兮,魂一夕而九逝","願徑逝而未得兮,魂識路之營營"(《抽思》)。

於是不能不叫我們認為,他這"魂"是單獨活動的了。"子魂魄兮為鬼雄"(《九歌・國殤》),業已"成神"了麼?《說文》:"魂,陽氣也。"《易・繫辭》:"遊魂為變。"《禮記・檀弓》:"魂氣則無不之也。"魄,則《說文》釋為"陰神"。《祭義》:"魄,鬼之盛也。"

屈原有時也"形""神"並舉,以"神"代魂。《遠遊》云:"神倏乎而不反兮,形枯槁而獨留","質銷鑠以汋約兮,神要眇以淫放",都是"魂靈"遠逝,"身體"獨留的意思。"載營魄而登霞兮,掩浮雲而上征",簡直在說,魂靈升天遊離軀殼啦。

因此種種,我們無法不承認在屈原的思想中有道家的成份了。《老子》云:"神得一以靈,神無以靈將恐歇"(卅九章);又云:"萬物負陰而抱陽"。"以道蒞天下,其鬼不神。非其鬼不神,其神不傷人"(四十二章)。這還有什麼說的,不是與屈原的思想若合符節嗎?

莊周的"物化",就更足以說明問題了。蝴蝶、莊周,栩栩然,遽遽然,夢醒互化,實則一而二,二而一者也。他那"鯤、鵬"變化之道,與此同然。總之,是一種逍遙物外任天而遊的精神,又不止是"神"、"人與鬼"三位一體的事啦。對於屈原的"鬼神"並用,即當作如是觀。

如果說,這就是浪漫手法的具體表現,包孕著所謂遊仙的道家思想在內,那就大可以說,屈原的賦篇遠勝莊周的《莊子》了,莊周止於"鯤、鵬""周、蝶"之變化而已,屈原的神思及形象則遍存於《九歌》諸神之中,千變萬化,縱橫八荒之上,意境開朗,心情玄妙。

伴隨著"神靈"的便是"色、相"了。班孟堅說"《離騷》好色不淫",是頗有道理的。因為屈原雖然在篇目之中,"宓妃、佚女、嬋媛、湘夫人"一類女性的稱謂不離於口,"目成、含睇、宜笑、窈窕"的戀愛辭彙也所在多有,但是這些並非桑間濮上的"鄭衛"之音。因為她們是莊嚴的、神聖的、都麗的、深摯的,不過為作者美以自修兼善天下,李代桃僵借題發揮的。王逸說得好:"靈修、美人,以媲於君;宓妃、佚女,以譬賢臣。"(《離騷經》章句第一)可見,這是"比興"手法的發展,是浪漫"氣息"的開拓啦。

孔子曰:"已矣乎,吾未見好德如好色者也。"(《論語·衛靈公》)那麼,大可以說,屈原的"好色"即是所以"好德"了。"彼美人兮,西方之人兮!"(《詩·邶風·簡兮》)《三百篇》不是已有先例了嗎?"手如柔荑,膚如凝脂。領如蝤蠐,齒如瓠犀。螓首蛾眉,巧笑倩兮,美目盼兮。"(《詩·衛風·碩人》)也不單純是講求女性之美的,莊姜之賢還是她的大前提,"大夫夙退,無使君勞"(同上)麼。

《山鬼》與之同工。先說:"若有人兮山之阿,被薜荔兮帶女蘿,既含睇兮又宜笑,子慕予兮善窈窕"(《九歌》)。何況,它的後來居上之處,乃在於"山鬼"本是惡鬼"山魈",作者竟把它美化起來,不只不被驅除,反爾以"山中人兮芳杜若,思公子兮徒離憂"作結,簡直可與《莊子·逍遙遊》的"藐姑射之山,有神人居焉。肌膚若冰雪,綽約若處子,不食五穀,吸風飲露,乘雲氣,御飛龍,而遊乎四海之外"相媲美了。神者,申也,屈原借此抒發其超凡的心靈,和美妙的形象,那是一望可知的。

就是說,她(他)們不止生得漂亮,服飾都麗,神通廣大,而且情操都是美的。現在,讓我們先列舉一下見於《離騷》中的此類情況:

①惟草木之零落兮,恐美人之遲暮。王逸云:美人謂懷王也,人君服飾美好,故言美人。

②忽反顧以流涕兮,哀高丘之無女。注:女以喻臣,言無與己同心者也。

③及榮華之未落兮,相下女之可遺。注:女喻賢人之在下者。

④吾令豐隆乘雲兮,求宓妃之所在。注:宓妃神女,以喻賢士。

⑤望瑤臺之偃蹇兮,見有娀之佚女。注:佚,美也,佚女以喻貞賢。

⑥思九州之博大兮,豈唯是其有女。注:言我思念天下博大,豈獨楚國有臣可止!

⑦勉遠逝而無狐疑兮,孰求美而釋女。注:美,以言忠臣也,舍此其又何求?

⑧委厥美以從俗兮,苟得列乎眾芳。注:此言子蘭棄其美質,雖與眾芳同列而無芬芳。

⑨既干進而務入兮,又何芳之能祇。注:子椒亦楚大夫,苟欲自進不薦賢人。

美人,下女,佚女,眾芳,有哪一個不是憂悲愁思,故依詩人"比、興"之義而作的? 只不過"大而化之",比起《詩經》更前進了。見於《九歌》《九章》等篇的也是一樣。如:

①采芳州兮杜若,將以遺兮下女(《湘君》)。杜若,香草。女,陰也,以喻臣。

②帝子降兮北渚,目眇眇兮愁予(《湘夫人》)。帝子,堯女也,以喻賢臣。

③滿堂兮美人,忽獨與余兮目成(《少司命》)。言萬民眾多,美人並會,盈滿於堂,而司命獨與我睨而相視,成為親親也。

④送美人兮南浦,波滔滔兮來迎(《河伯》)。美人,屈原自謂也,願河伯送己南至江之涯,歸楚國也。

⑤望美人兮未來,臨風恍兮浩歌(《少司命》)。美人,謂司命神也,以喻望君使不至。

⑥與美人抽怨兮,並日夜而無正(《抽思》)。此言為君陳道,而君性不端畫夜謬也。

⑦好姱佳麗兮,胖獨處此異域(同上)。言容貌悅美,而背離鄉黨居它邑也。

⑧思美人兮,攬涕而佇眙(《九章·思美人》)。言思念懷王,至於佇立悲哀,涕淚交橫也。

⑨惟佳人之獨懷兮,折若椒以自處(同上,《悲回風》)。言雖被放逐不忘自修,猶折香草以念君王。

上面録引的十八條,無論是發自本人的,還是藉口神人的,有哪一組不是"思君念國,托以風諫"(王逸語)的? 所以我們說它是:美人香草,別有慧心,詞溫義雅,怨誹不濫,真是絕妙好辭了。另外一個特點必須補充的是:屈原叫人撲朔迷離,是神是人分辨不清,所以只能認為它是"合二而一"的了。如《九歌》中的"君欣欣兮樂康"(《東皇太

一》)，該是巫與神的對話吧。"思夫君兮太息"(《雲中君》)，竟謂雲神
为人君。"望夫君兮未來"(《湘君》)，又與女神有情義了。"思公子兮
未敢言"(《湘夫人》)，乃變言公子以思其神也。尤其是，"長太息兮將
上，心低佪兮顧懷"(《東君》)，他讓日神"顧懷，太息"。"與女遊兮九
河，衝風起兮橫波"(《河伯》)，也叫河神同遊，真是出神入化爾我難
分了。

這樣的筆法《詩經》少有，《商頌·玄鳥》雖有"天命玄鳥，降而生
商，宅殷土芒芒"。《大雅·生民》關於姜嫄、后稷的"履帝武敏歆"，
"載生載育，時維后稷"，"誕置之隘巷，牛羊腓字之。誕置之平林，會
伐平林。誕置之寒冰，鳥覆翼之。鳥乃去矣，后稷呱矣"。雖也生動、
神奇，然而簡單得很。至於《九歌》篇中的"天神、地祇、山鬼、河伯、湘
夫人，大司命、雲中君"以及相伴而來的乘龍、跨鳳、呼風、喚雨，縱橫六
合之中，徜徉八荒之上的氣勢與神通，那就更是只此一家，誰也難望其
項背的了。《離騷》更說：

> 飲余馬於咸池兮，總余轡乎扶桑。折若木以拂日兮，聊
> 逍遙以相羊。前望舒使先驅兮，後飛廉使奔屬。鸞皇為余先
> 戒兮，雷師告余以未具。吾令鳳鳥飛騰兮，繼之以日夜。飄
> 風屯其相離兮，帥雲霓而來御。紛總總其離合兮，斑陸離其
> 上下。吾令帝閽開關兮，倚閶闔而望予。

就抄這一段文字，已足以證明屈原處處和神打交道，神和人難解
難分了。甚至把溝通神與人的關係的"女巫"，也打扮得那麼漂亮，說
得那麼"神明"，連氣氛都是堂皇而又肅穆的。例如：

> 撫長劍兮玉珥，璆鏘鳴兮琳琅。瑤席兮玉瑱，盍將把兮

瓊芳。蕙肴蒸兮蘭藉，奠桂酒兮椒漿。揚枹兮拊鼓，疏緩節
兮安歌。陳竽瑟兮浩倡，靈偃蹇兮姣服，芳菲菲兮滿堂。
（《九歌·東皇太一》）

　　真是：杳花繚繞，珠玉鋪陳，清歌曼舞，音樂鏗鏘，有美一人，宛在中央，她代表了神，充滿著莊嚴的氣象。這就是作者筆下的"靈巫"，神人與共的"色"相。舉一以概其餘，不再多說啦。

《詩》《佹詩》：荀、屈兩賦的淵源試探

《詩》有"二南"吟及江漢(《漢廣》《甘棠》《江有汜》)南冠羈客可奏楚音，而鄭莊《大隧》之賦，孔子去魯諸歌，何莫非南聲之變？蓋"賦者鋪也，不歌而誦"，它崛立於楚地，與"詩"並稱，並非"六義"的附庸(班孟堅的說法有問題)。良以春秋時各朝聘，士大夫多賦詩言志，所謂"不學詩，無以言"，否則有辱君命，但是這"言"的根本，並非只是"風雅"，《三百篇》外，還有"瘦辭"(類似謎語)用以表達自己的意旨，測驗對方的智力，"瘦辭"也有底本喚作"隱書"，不熟悉它，回答問題便對不上號。特別是到了戰國，荀卿稱之為"佹詩"(佹音 kuā，讀如詭，蓋以詭異激切之辭，言天下不治之意者也)，據說是作給楚國的當政者春申君黃歇看的，以此得為楚之蘭陵令(蘭陵，地當為今之山東省蒼山縣蘭陵鎮)。

它的形式是以四言為主間以雜言的，篇幅不長並叶以韻。特點在於所言之事，皆為人生所慣見卻被經常忽視者(尤其是統治階級的人物)，因而採用猜謎語的手法把它述說出來，藉以醒人心目。如傳今的《禮》《知》《雲》《蠶》《箴》(箴為針，古今字)等五篇，都是敷演成章，逐次發問，最後才在篇尾點出題目以示鄭重。

例如荀卿稱"禮"為"大物"，人之大者，莫過於"禮"，身體力行的匹夫，可以成為"聖人"，"諸侯隆之則一四海"而王天下了。它是"致明而約，甚順而體"的，其結語為"請歸之禮"。這還只是抽象的事物，《蠶》便不同了。他說："有物於此，屢化如神，功被天地，為萬世文(文，指衣飾而言)。""蛹以為母，蛾以為父，三俯三起，事乃大已，夫是

之謂蠶理”，那麼，這不止在形式上與《詩》《賦》相似，而論思想內容也是孔、屈的“大一統”與犧牲小我的無私奉獻的，這便是與“屈賦”並行的“荀賦”。

荀卿本為趙人，後仕於楚而終老於蘭陵。他在稷下（今山東臨淄縣）時，即最為老師，直傳儒家之學，舉凡《詩》《禮》《春秋》，無不當行出色，連詁訓《詩經》的毛亨都是他的門人（非止韓非、李斯而已）。荀卿的《佹詩》，還有來自民間的《成相》，《禮記·曲禮》“鄰有喪，舂不相”，鄭注“相謂舂杵聲”。蓋古人於勞役之事，必為歌謳以相勸勉，亦舉大木者呼邪許之比，其樂曲即謂之“相”，請成相者，請成此曲也。《漢志》有“成相雜辭”足證古有此體。荀卿賦此，依舊是“陳善閉邪”之義，如“請成相，世之殃，愚暗愚暗墮賢良，人主無賢，如瞽無相，何悵悵！”“請布基，慎聖人，愚而自專事不治，主忌苟勝，群臣莫諫必逢災。”句式三、三、七、四、四、三字相聯綴，都凡四章，章各十二句（首章獨為二十二句）。

值得提出的是“就這一點”，已經足夠證明荀賦是交叉《詩》《騷》南北合流的了。何況它的“尾聲”，既有“念彼遠方，何其塞矣；仁人絀約，暴人衍矣；忠臣危殆，讒人服矣”一類的“小歌”，幾可與《毛詩》媲美。而“璿玉瑤珠，不知佩也。雜布與錦，不知異也。閭娵（古之美女，一作明㫱）、子奢（即子都，美男子也），莫之媒也；嫫母（醜女，黃帝時人）、力父（人名，未詳），是之喜也”，直是《楚辭》再生、格調不殊的文字。它的內容，當然不出“明道”（儒家的孔教）“徵聖”（堯、舜、禹、湯、周、孔）和“宗經”（《詩》《禮》《易》《春秋》）而引《詩》獨多（約計四十四條）。

荀賦句法整齊，駢散結合，除內容重在說理，偏於史法，與“屈賦”神靈飄逸特多巫風以外，其藝術手法基本上是關通的並無二致的。即如單按兩賦使用之語尾助詞而言：矣、也、之、歟（荀卿），些、兮、只、乎（屈原）等字，也多數是來自民間的楚國方言，尤其是《離騷》《九歌》的尾聲,簡直是沿用加工了民間流行曲調的結果。"依舊譜填新聲"啦,《呂氏春秋·侈樂篇》云"楚之衰也,作為巫音",實則強調史法的《成相》又何獨不然,"詩人之賦麗以則"(揚雄語),方之兩賦,均可以作如是觀。不過,屈子之言絢麗多采,忠貞無二,浪漫氣息比較濃厚,荀子之言金聲玉振,充實堂皇,求實精神使人折服,不得妄生軒輊,准是種種我們才說:

①《詩》《賦》南北並存:來自民間,廟堂加工;源遠流長,各有千秋。後且互相影響合二而一,成為韻文系統的遠祧。

②發揚光大美在屈原,充實求真結於荀卿,騷為漢賦所祖,散文詩倡於荀賦,都是不歌而誦的,"不免於勸(諷諫)"的。

③在中國文學史中,屈、荀日月同光,俱為早期有主名之偉大的作家,彪炳中外。只是荀稍晚出,別以經學散文著稱。

總之,我們是"真、善、美"的一元論者,要歷史主義地"義理"(思想性)、"辭章"(藝術性)、"考據"(科學性)三者並重。既不"泥古"去"迷戀骸骨",有時還要"非今"來對立那些"玩弄概念,巧立名目"的"非唯物主義者",指導思想在於實事求是地還它一個本來面目,藉以供備參考,"知我罪我,其無辭焉"。最後,請允許我們結之以詩:

《詩》《騷》本並肩,未可故參商。《二南》歌"江漢",《荀賦》有《成相》。最是靈均美,飄逸實多方。韻文合南北,忠貞第一響。孫卿乃趙人,蘭陵壽而康。正筆重史法,經學邦家光。寄語因道者,此宜放眼量。優良傳統在,思古慎勿忘!

八十三叟燕人於保定河北大學之紫庵,時在庚午仲夏之夜。

(本文原載於《社科縱橫》1990 年 10 月 28 日)

屈原的巫風和神思

一

中國古人圖騰拜物，敬天法祖，崇信鬼神，事多占卜。主持這種工作的人，名之曰"巫"，其所施為，謂之"巫術"，此自殷、周時而已然。如《書·盤庚上》曰："卜稽曰：其如台。"（言民不能相匡以生，則當卜稽於龜以從，曰：其如我所行。）按商自殷中宗時即有神巫，名曰咸。"巫"甲骨作𢀳，祝也。巫咸，殷之賢臣，知天道，明吉凶。（據《世本》《說文》等書）《周書·金縢》："我其為王穆卜。"（召公、太公言王疾，當敬卜吉凶。）傳至厲王，這個官曾很有權勢，《國語·周語》："厲王使衛巫監謗。"韋昭注曰："巫人有神靈，有謗必知之。"迨及春秋，諸侯間的立國、出師、入仕、生子、命名，亦靡事不卜。（多取卦於《周易》，按魯史《春秋》所記，自左莊至左哀何止十條？大國如晉且有史蘇、卜偃之官。）降及戰國，生產力生產關係有所改變以後（陪臣執政，新興的地主階級上臺），處士橫議，百家爭鳴：孟軻高唱"民為貴，君為輕"；荀卿反對天命，主張"人為"；莊周逍遙"人間"，鼓吹"物化"。楚國的三閭大夫屈原，卻在南郢之地、沅湘之間，其俗信鬼而好祠（祠一作祀）的傳統下，也去求神問卜、蓍龜決疑，便不是沒有根源的了。貴族出身，橫遭流放，《卜居》說得最清楚麼："忠直而身放棄，心迷意惑，不知所為。乃往之太卜之家，稽問神明，決之蓍龜。"一十六問的結果，詹尹竟不能決，亦可見其別有用心、非同小可了。（其時南楚仍有太卜之官，可資佐證。）

二

還不只是占卜,屈原是深深迷戀著"巫"的,他崇拜她,美化她,甚至把"神靈"的"靈"字用作"巫"的同義詞:"靈者,巫也。"巫的形象,則以見於《九歌·東皇太一》裏的最為神妙。迎神的場合莊嚴、肅穆且不說它,只看"巫"的色相,活動:

> 撫長劍兮玉珥,璆鏘鳴兮琳琅。(乃使靈巫常持好劍以辟邪,腰垂眾佩,周旋而舞動,鳴五玉鏘鏘而和,且有節度。)
>
> 盍將把兮瓊芳。(靈巫何持乎? 乃復把玉枝以為香也。)
>
> 揚枹兮拊鼓,疏緩節兮安歌。(親舉枹擊鼓,使靈巫緩節而舞,徐歌相和,以樂神也。)
>
> 靈偃蹇兮姣服。(靈謂巫也。偃蹇,舞貌。姣,好也。服飾美麗,言神降而托於巫也。)
>
> 芳菲菲兮滿堂。(乃使姣好之巫,被服盛飾,舉足奮袂,偃蹇而舞,芬芳滿堂也。)

試看,這把靈巫迎神的情狀,描寫得多麼生動、喜人? 屈原以前哪得有此?

按"靈"又訓"神",《說文》:"神,引出萬物者也。"《周禮·大宗伯》則稱:"以禋祀祀昊天上帝,以實柴祀日、月、星、辰,以槱燎祀司中、司命、風師、雨師,皆天神也。"《漢書·郊祀志》曰:"《洪範》八政:三曰祀。祀者,所以昭孝事祖,通神明也。……民之精爽不貳,齊肅聰明者,神或降之。在男曰覡,在女曰巫。"又,鬼,歸也,鬼之靈者亦曰神。《史記·五帝紀》"依鬼神以制義"。《呂覽·順民》"使上帝鬼神傷民之命"，高誘注曰："天神曰神，人神曰鬼。"可見屈原《九歌》之作，並非妄為。

三

鬼神並稱，孔子就早已說過："鬼神之為德，其盛矣乎！""敬鬼神而遠之。"並且他還說："祭如在，祭神如神在。"（並見《論語》）這種情況，直到戰國時的屈原，不但依舊存在，還要變本加厲地從敬神上、靈巫上下功夫。《九歌》因此而作，擬人誇飾，神靈合一，徹地通天，逍遙六合，也就可以理解了。古之傷心人別有懷抱，非只文字的絢麗而已。

此外，屈原也常用"靈魂"的字樣，說："羌靈魂之欲歸兮，何須臾而忘反"（《九章·哀郢》）、"何靈魂之信直兮，人之心不與吾心同"（《抽思》）。有時也單用"魂"字，好像"靈魂"出殼一樣，如："夜耿耿而不寐兮，魂榮榮而至曙"（《遠遊》）、"昔余夢登天兮，魂中道而無杭"（《惜誦》）、"惟郢路之遼遠兮，魂一夕而九逝"、"願徑逝而未得兮，魂識路之營營"（《抽思》）。我們的古人說："陽之精氣曰神，陰之精氣曰靈。"（《大戴禮》）《說文》："魂，陽氣也；魄，陰神也。"《禮記·檀弓》："魂氣則無不之也。"尤其是《九歌·國殤》說："子魂魄兮為鬼雄。"於是不能不叫我們識為他這"魂"是可以單獨活動的了。屈原有時還"形"、"神"並舉，以"神"代"魂"，《遠遊》云："神倏忽而不反兮，形枯槁而獨留"、"質銷鑠以汋約兮，神要眇以淫放"，都是"魂靈"遠離，身體獨留的意思。《老子》云："神得一以靈""神無以靈將恐歇"（三十九章）、"以道蒞天下，其鬼不神，非其鬼不神，其神不傷人"（四十二章），可與屈原的話參互著看。

四

孔穎達注疏《左氏傳》時說:"魂魄,神靈之名,本從形氣而有。形氣既殊,魂魄亦異。附形之靈為魄,附氣之神為魂也。附形之靈者,謂出生之時,耳目心識、手足運動、啼呼為聲,此則魄之靈也。(按今人謂之"本能"或"自然傾向"。)附氣之神者,謂精神性識漸有所知,此則附氣之神也。(按今人謂之"後天習慣",由學而能。)是魄在於前,魂在於後。魄識少而魂識多。人之生也,魄盛魂強。(所謂精、氣、神者是。)及其死也,形銷氣滅。聖人緣生事死(孔子所謂"未知生,焉知死","未能事人,焉能事鬼",具見《論語》者是)。改生之魂曰神,改生之魄曰鬼。合鬼與神,教之至也。"這些話說得不無道理,但並非屈原所謂"鬼神靈魂"的本意。屈原由於不足於人,才超凡到神;生不如死,才特重了鬼。他渴望"乘龍跨風,遨遊天地,出生入死,毅為鬼雄",是由主觀世界激發出來的一種浪漫思想:天人合一,雜糅鬼神,甚至認為"靈魂"可以不滅的,永恆存在的。這就和莊周的外死生、無終始、無差別、無大小的觀點不盡相同。因為莊周雖也"齊諧志怪",侈談"逍遙",但他是出世的、無為的、消極的、不累於物的、自樂其樂的,而屈原心靈的深處,則是蘊蓄著"忠"和"貞"的,憂國憂民、愛君自愛的。屈原執履忠貞而被讒邪,憂心煩亂,不知所訴,乃作《離騷》《九章》,援天引聖,以自證明。凡百君子,莫不慕其清高,嘉其文采,哀其不遇而潛其志焉。(王逸語)他尊君為"靈修"(靈,神也;修,遠也。能神明遠見者,君德也)、"美人"(謂懷王也,人君服飾美好,故云),而自字為"靈均"(言己上能安君,下能養民也),自言有"內美"(謂忠貞)。如說"美人":

惟草木之零落兮,恐美人之遲暮。(《離騷》)王逸曰:美

219

人，謂懷王也。

結微情以陳詞兮，矯以遺夫美人。（《九章‧抽思》）王曰：結續妙思，作辭賦也。舉與懷王，使覽照也。

思美人兮，攬涕而佇眙。（《思美人》）王曰：言己憂思，念懷王也。佇立悲哀，涕交橫也。

與美人抽怨兮，並日夜而無正。（《抽思》）王曰：為君陳道，拔恨意也。君行不斷，晝夜謬也。

他說"忠貞"：

所作忠而言之兮，指蒼天以為正。（《惜誦》）王曰：言己所陳忠信之道，先慮於心，合於仁義，乃敢為君言之也。

竭忠誠以事君兮，反離群而贅肬。（同上）王曰：言己竭盡忠信，以事於君，……以得罪謫也。

思君其莫我忠兮，忽忘身之賤貧。（同上）王曰：言己憂國念君，忽忘身之賤貧，猶願自竭。

忠湛湛而願進兮，妒被離而鄣之。（《哀郢》）王曰：言己體性重厚而欲願進，讒人妒害，加被離析，鄣而蔽之。

按"忠"，信也，正也，盡已之謂；而"貞"，潔也，亦正也，事之幹也。（《易‧乾卦‧文言》）故屈原必以"忠貞"自居，並言初見信任時楚國大治，其後懷王不知區分君子、小人，以忠為邪，以讒為信，無以自明，卒見放逐也。但屈原自己卻是"受命不遷，生南國兮，深固難徒，更壹志兮"（《橘頌》），有如橘之美德（橘移淮北則為枳了），以物方人，貞心自視，雖知事不可為，毫無再召的希望，亦願獨清獨醒（《漁父》），直至自沉而已也。這從他指斥靳尚、子蘭之流為讒佞的"黨人"，與之誓不

兩立,也可以看得出來:

> 惟夫黨人之偷樂兮,路幽昧以險隘。(《離騷》)王曰:彼
> 讒人相與朋黨,嫉妒忠直,苟且偷樂,不知君道不明,國將傾
> 危,以及其身也。
>
> 民好惡其不同兮,惟此黨人其獨異。(同上)王曰:言天
> 下萬民之所好惡,其性不同。
>
> 夫惟黨人鄙固兮,羌不知余之所臧。(《懷沙》)注云:鄙
> 固,狹陋;臧,善也。

是非混淆,黑白不分,這是屈原最為憤恨的。他說一些人"變白以
為黑兮,倒上以為下"、"同糅玉石兮,一概而相量"、"非俊疑傑兮,固
庸態也"、"邑犬之群吠兮,吠所怪也"(以上所引並見《九章·懷沙》),
是在陳述世人以濁為清,以愚為賢,玉石不分,犬吠傑士的醜態。而歎
眾人"莫知余之所有"(重仁襲義,修行謹善)、"眾不知余之異采"(辭
賦之文采也,同上),這可真是離群索居,"光榮的獨立"了。而法堯
舜,斥桀紂,講道德,說仁義,尊天地,敬鬼神,其所繼承非只"江漢文
化"(所謂"南國"的精華),也未嘗不包孕著"齊魯文化"(也概稱為
"中原"的政教),成其為大一統的思想。單就文章(辭賦)來講,不歌
而頌,蔚為奇觀,雖然也受有《詩》《書》的影響。所以司馬遷稱之為
"好色不淫,怨悱不亂"、"蟬蛻於濁穢,以浮游塵埃之外",可與日月爭
光。(《史記·屈賈列傳》)

五

"屈原放於江南之野,思君念國,憂心罔極。……卒不見納,委命

自沉。"(《九章》引言) 又云:"屈原放在草野,復作《九章》,援天引聖,以自證明,終不見省。不忍以清白久居濁世,遂赴汨淵自沉而死。"(《離騷》引言) 都說明著屈原久蓄"死志",死是為了君國,絕非率而輕生以泄憤懣的。因為"忠""貞"二字深深植根於他的心靈,從而視死如歸,等於"屍諫"。例如他念念不忘彭咸,經常用以自況:

1. 願依彭咸之遺則。(《離騷》) 王逸曰:彭咸,殷賢大夫,諫其君不聽,自投水而死。

2. 既莫足與為美政兮,吾將從彭咸之所居。(同上) 王逸曰:言時世之君無道,不足與共行美德、施善政,故我將自沉汨淵。

3. 獨熒熒而南行兮,思彭咸之故也。(《九章·思美人》)

4. 孰能思而不隱兮,照彭咸之所聞。(《九章·悲回風》) 王逸曰:誰有悲哀而不憂也,覩見先賢之法則也。

5. 夫何彭咸之造思兮,暨志介而不忘。(同上)

6. 淩大波而流風兮,托彭咸之所居。(同上)

7. 望三五以為像兮,指彭咸以為儀。(《抽思》)

這還不是嗎? 主動地找了一個樣板而念茲在茲地反復陳說,豈不可證?

"不畢辭而赴淵兮,惜壅君之不識。"(《惜往日》) 注曰:"陳言未終,遂自投也。哀上愚蔽,心不照也。""臨沅湘之玄淵兮,遂自忍而沈流。"(同上)"知死不可讓,願勿愛兮;明告君子,吾將以為類兮。"(《懷沙》) 王逸曰:"言人知命將終,可以建忠伏節死義,願勿辭讓,而自愛惜之也。"

綜上所述,我們可以小結了:

1. 屈原感染巫風甚深,但卻不是巫臣;雖亦卜筮,卻不泥執(甚至抗衡、棄擲不顧);雖談鬼神,別有用心(神人共通,未嘗崇拜);雖稱靈魂,獨立不倚(形、神分離,自有看法,前所罕見)。就是說,他的宇宙觀與人生觀是開拓的、突破的、飄逸的與浪漫的,既不同於老、莊,也與孟、荀有異。

2. 泰上三不朽,屈原"忠貞"自矢,愛國愛民,嫉惡如仇,從容就義,這是立了"德";使辭賦自成體系,蔚為奇文,流傳百世,對於後人的影響巨大,自漢以來,作者無出其右,這是立了"言";既立了"德"又立了"言",這不就是立了"功"?

王逸曰:

> 人臣之義,以忠正為高,以伏節為賢。故有危言以存國,殺身以成仁。……屈原膺忠貞之質,體清潔之性,直若砥矢,言若丹青,進不隱其謀,退不顧其命,此誠絕世之行,俊彥之英也。……終沒以來,名儒博達之士著造詞賦,莫不擬則其儀表,祖式其模範,取其要妙,竊其華藻,所謂金相玉質,百世無匹,名垂罔極,永不刊滅者矣。(《離騷後序》)

我們同意王逸的評價,因為在思想上他抓住了屈原的"忠貞",愛國愛民的實質;在藝術上他認定了屈原的"要妙""華藻"為詞賦之祖,實事求是,都非溢美。

辛未初秋草於保定河北大學

《九歌·湘夫人》讀解

　　帝子降兮北渚①，目眇眇兮愁予②。嫋嫋兮秋風③，洞庭波兮木葉下④。登白蘋兮騁望⑤，與佳期兮夕張⑥。鳥何萃兮蘋中⑦，罾何為兮木上⑧？沅有芷兮澧有蘭⑨，思公子兮未

---

　　① 帝子，虞舜的兩個妃子，已成湘水女神的娥皇、女英也，因為她們原是帝堯的女兒，故云。降，下臨。北渚，湘水中的北方小洲，預定與湘君舜相會共用祭祀的地方。

　　② 眇(miǎo)，單眼遠視。眇眇，重言，極目遠望之意。愁，憂也。予，讀上聲，第一人稱，即是我，與余通用。望而不見，所以憂傷。

　　③ 嫋(niǎo)，柔弱。嫋嫋重言，秋風吹動之貌，淒涼、蕭殺。

　　④ 洞庭湖波搖，湘水亦動，樹葉自必蕭蕭飄落，極言秋的景象。

　　⑤ 蘋(fán)，秋草，俗名香附子。登白蘋，站在長滿白蘋草的地方。一本無"登"字。騁望，縱目遠望。

　　⑥ 與，計算。佳期，約會的好日子。張，陳設。夕，傍晚。做好一切準備，等候湘君降臨。

　　⑦ 鳥，林禽。蘋，水草。

　　⑧ 罾(zēng)，魚網。此二句是問林鳥為什麼不飛集樹上而落在水草之中？魚網為什麼不撒在水裏卻擺在林木之上？極言環境狀況的顛倒錯亂。

　　⑨ 沅水、澧水，是湖南西部的兩支河流，都是注入洞庭的。芷和蘭皆為香草，屈原在作品中常常使用，以之辟喻賢人、君子。

敢言①。荒忽兮遠望②,觀流水兮潺湲③。麋何食兮庭中④,蛟何為兮水裔⑤? 朝馳余馬兮江皋⑥,夕濟兮西澨⑦。聞佳人兮召余⑧,將騰駕兮偕逝⑨。築室兮水中⑩,葺之兮荷蓋⑪。蓀壁兮紫壇⑫,播芳椒兮成堂⑬。桂棟兮蘭橑⑭,辛夷楣兮藥房⑮。罔薜荔兮為帷⑯,擗蕙櫋兮既張⑰。白玉兮為鎮⑱,疏

---

① 這兒的公子,是湘君的代稱。"未敢言"情深意切表達不盡。

② 荒忽,若有若無,飄忽不定。

③ 潺湲,流水的聲音。望穿秋水不見玉人來,只聽到水流的波音,是這兩句話的意思。

④ 麋(mí),野鹿。

⑤ 蛟,古人說是龍一類的動物,藏在深水裏的大爬蟲。水裔,水邊。

⑥ 皋,近水處高地。

⑦ 澨(shì),水涯。

⑧ 佳人,湘夫人。余,湘君。

⑨ 騰駕,飛奔。此言湘君聞湘夫人的約請,水旱兩路日夜兼程的情況。偕逝,同往,共同生活。

⑩ 築,修建,在湖湘之中建築一座宮室。

⑪ 葺(qì),以茅草覆蓋屋頂,這裏卻用荷葉以示清新。

⑫ 蓀,香草名,亦曰荃。紫壇,用紫色貝殼輔成的中庭,楚人謂中庭為壇,其室內四壁則飾之以蓀草。

⑬ 椒(jiāo),植物名。播,布也。放置香椒於滿堂之中。高殿敞陽為堂。

⑭ 棟(dòng),梁也,房屋的正樑。橑(lǎo),屋椽,以桂木為棟,用木蘭做椽。

⑮ 楣(méi),房屋的橫樑,俗稱"二梁"。藥房,藥乃白芷。《本草》:白芷,楚人謂之藥。香飾房屋。

⑯ 罔,結也,牀旁為帷,通稱帷賬。薜荔,香草,即是當歸。

⑰ 櫋(mián),屋簷板。一曰:"當作幔,帳子頂。"(高亨說)

⑱ 鎮,壓坐席之物。

石蘭兮為芳①。芷葺兮荷屋②，繚之兮杜衡③。合百草兮實庭④，建芳馨兮廡門⑤。九疑繽兮並迎⑥，靈之來兮如雲⑦。捐余袂兮江中⑧，遺余褋兮澧浦⑨。搴汀洲兮杜若⑩，將以遺兮遠者⑪。時不可兮驟得⑫，聊逍遙兮容與⑬。

《湘夫人》《湘君》雖為兩篇，實則一體，彼此呼應，悱惻纏綿，在藝術手法上也是後先同工、若合符節的。梁人劉彥和所說的“淮南作傳以為《國風》好色而不淫，《小雅》怨悱而不亂，若《離騷》者，可謂兼之”（《辨騷》），“寫物圖貌，蔚似雕畫”（《詮賦》），恐怕在這裏體現得最為充分了。先就文字結構上說，《二湘》都是開篇即出主人公，聲容並茂不假烘托，而且俱從女性的口吻道出“俊目愁予，美眇宜修”，直與《詩》之“美目盼兮”（《衛風·碩人》）異曲同工。接著點出秋天的景色：嫋嫋湖波。《湘君》則言舟行之美：桂舟安行，沅湘無波。遂知宋玉

① 疏，稀稀鬆鬆，佈置。石蘭，香草，石葦的別名。為芳，使之充滿香氣。山蘭本自芳香。

② 屋，郭沫若曰：“屋是幄字之省，葺字當是茸字之誤。”（《屈原賦今譯》）此言屋外頂上又加蓋了芷草。

③ 繚（liáo），纏繞。杜蘅，也是香草名。

④ 合，集合。實，充實。

⑤ 廡（wǔ），堂下四周的房屋。

⑥ 九疑，疑一做嶷，舜所葬也。湘君來會，自有眾神拱衛，故曰繽。

⑦ 靈，湘夫人也，前來歡迎，隨從亦多，乃云“如雲”。

⑧ 袂（mèi），衣袖，捐，棄也。

⑨ 褋（dié），襦，《方言》：禪衣，江淮南楚之間謂之褋。繫於腰際的短衣。

⑩ 汀，平也。搴是取。杜若，香草。

⑪ 遠者，即指湘君而言。

⑫ 驟得，得之不已，非止一次。

⑬ 聊，姑且喜樂以盡天年。

"悲哉秋之為氣也,蕭瑟兮草木搖落而變衰"一章之所祖述者矣(文見《九辨》之首)。《湘夫人》感人甚深就是由於它具有悲劇氣氛。佳期未會,美人徒勞。而遠望荒忽流水潺湲,又有似於《詩》之《蒹葭》(《秦風》)"蒹葭蒼蒼,白露為霜。所謂伊人,在水一方。溯回從之,道阻且長。溯游從之,宛在水中央"(《湘君》之"望夫君兮未來,吹參差兮誰思"亦有此意)。下此之麋、蛟當道,朝馳夕濟,聞佳人召,騰駕偕逝之語,則思之彌深、望之迫切,與《湘君》之"涔陽、揚靈、太息、悱惻"等句有同然矣。繼之而來的"築室兮水中"等十二句,盛言堂殿之美、庭房之香,使人如入水晶宮中同居同享,蘭桂齊芳,富麗堂皇,真是前所未有的生花妙筆(以後的"龍宮""蛟舍"的有關描述遂以此為濫觴)。而見於《湘君》之"鳥次兮屋上,水周兮堂下"便遠遠不及了。只是"捐袂"、"遺佩"(《湘君》),而且俱在"江""澧"之中,雙申"時不再來,消遙兮容與"之意,則《二湘》一般耳。總之,我們大可以說:《二湘》是中國文學史上最早也是最膾炙人口的富有愛戀意味的神曲。特別是此中的《湘夫人》,比《詩》之《玄鳥》(《商頌》)、《生民》(《大雅》)充實得多、光輝得多(其後宋玉之《高唐》在絢麗、情思上容或過之,而神韻則不及了)。且舜與二妃俱非湘人而被楚地奉為水神,則其政治思想上之無分南北、浪漫一家亦可以概見。至於歌辭之曾為屈原再創作,不能不譬況著屈原的忠君愛國的思想,是自王逸以來已有此說,某亦未敢認為非是。

按《素問·三部九候論》云:"天地之至數,始於一,終於九焉。"歌,《說文》:"詠也。"《九歌》雖為中國歌詠史上最早也是最為罕見的"神曲",但並不皆屬虛構。即如"二湘",其依托者夫人,而知其為帝舜及帝堯之二女娥皇、女英的故事。這些人物不只騰之於口,而且筆之於書的(遍見於《尚書·堯典》《舜典》及《論語》《孟子》等先秦諸子的典籍之中)。即就累見九篇裏的"君,尊也,從尹發號故從口",孔子即稱堯舜為"君",曰:"大哉！堯之為君也！""君哉！舜也！"(《論語·泰伯》)所以"雲中君""東君""湘君"之見稱於"楚辭",是有南北一統的根源的。這還不止是稱謂上的事,鬼神同體、天人合一,也早已成為當日的先民混合了的"巫風""貞卜"。"鬼神之為德,其盛矣乎"(孔子語,亦見《論語》),不是嗎?《九歌》從《東皇太一》到《國殤》,一樣都是敬天法祖,忠君愛國的。

我們查對《尚書·堯》《舜》二典,已知虞舜"出身側微",家庭環境不好,缺少倫常之樂,"父頑,母嚚,弟傲"。"(帝堯)釐降二女於媯汭",媯,水名;汭,水之隈曲。舜為匹夫,能以義理下帝女之心,於所居之地以盡婦道,《孟子·萬章》篇對舜之家室、遭際有比較詳細的記載:

> 帝(堯也)使其子九男二女,百官牛羊倉廩備,以事舜於畎畝之中。
>
> 父母使舜完廩,捐階,瞽瞍焚廩。使浚井,出,從而掩之。象曰:"謨蓋都君(舜也)咸我績,牛羊父母,倉廩父母。干戈朕(我,象自稱),琴(舜弓名)朕,二嫂使治朕棲。"象往入舜官,舜在牀琴。象曰:"郁陶(愕然驚詫)思君爾(助辭)。"忸怩(niǔ ní)。

對舜來說,這簡直是謀殺未遂了。司馬遷在《史記·五帝本紀》中,也有類似的說法,不過指出其傳說性:"百家言不雅馴,縉紳(官方有志之士也,包括司馬遷在內)先生難言之。"這些材料中都肯定了舜的孝弟。

劉向《列女傳》"舜陟方(崩逝也),死於蒼梧。"(《孟子》所說的"鳴條",今之山西平陽是其地。)二妃死於湘江之間,俗謂之湘君。《水經注》:"大舜之陟方也,二妃從征,溺於湘江,神遊洞庭之淵,出入蕭湘之浦。"陳逢衡《竹書紀年集證》否定王逸注以娥皇、女英墮湘水溺死之說,而是朱熹《集注》之"君謂湘君,堯之長女娥皇,為舜正妃者也;帝子謂湘夫人,堯之次女女英,舜之次妃也"。我們則認為《九歌》本為神曲,不免附會傳說,即以"二湘"而言,又何可能一說,而深究反爾穿鑿了。

本文為中國屈原協會第六屆年會論文
一九九四年五月河北大學

既勇以武　身死神靈
——《國殤》淺釋

　　操吳戈兮被犀甲，車錯轂兮短兵接。旌蔽日兮敵若雲，矢交墜兮士爭先。

　　淩余陣兮躐余行，左驂殪兮右刃傷。霾兩輪兮縶四馬，援玉枹兮擊鳴鼓。天時墜兮威靈怒，嚴殺盡兮棄原野。

　　出不入兮往不反，平原忽兮路超遠。帶長劍兮挾秦弓，首身離兮心不懲。誠既勇兮又以武，終剛強兮不可淩。身既死兮神以靈，魂魄毅兮為鬼雄。

　　按"殤"字的本義，原是"夭折、短命"。《汲塚周書》說短折不成人，沒有結婚就死掉了，都叫作"殤"。《禮記·喪服》也說指夭亡的八歲以上十九歲以下的青少年而言，自然含有不幸短命使人無限同情的意思。逮及屈原把它和"國"字聯結起來，作為悼念陣亡將士的"國殤"以後，那涵義就非同一般了。王逸曰："謂死於國事的人。"戴震云："殤之言傷也(同音為訓)，國殤死國事，歌此以為弔祭。"鮑照且有"捐軀報明主，身死為國殤"(《薊北門行》)的詩句，可以認為是沿用最早的作者。但前此屈原的《國殤》，就其精神實質、藝術特色上講，卻是中國文學史中的絕唱，是悼念捐軀沙場者的祭辭的傑作。這裏首先說明一下此歌的主題和它的本事。

　　《國殤》的主題，應該是屈原愛國思想的集中表現。他雖被流放在外，無權參與國家政事，可是依舊關心人民的疾苦、祖國的安危，慷慨悲歌,忠貞不二。特別是在失地喪師,國君有難的時候,屈原更是痛心疾首,哀哀欲絕。所以《國殤》之作,格調激越,悲憤異常,由美人香草、怨誹不怒的"陰柔"之聲,一變而為疾風暴雨、黃鐘大呂的"陽剛"之調。賦者,鋪也,直陳其事,誠於中必形於外。朱熹云:"庶幾讀者得以見古人於千載之上,而死者可作。"(《楚辭集注序》)這話並不是隨便說說的。此賦全篇只有十八句,每句七言(實際上是竟體六言的,中間嵌入了一個語氣詞"兮"字),都凡一百二十六字。可以分為三節去看待(第一節四句、二節六句、三節八句),每節鋪敘一種情況,"芝麻開花節節高",越來越驚心動魄,越來越莊嚴肅穆,一氣呵成,首尾相顧,使人有"神龍變化海天小,猛虎一聲山月高"之感。雖然不用"嗚呼哀哉"一類的悲歎辭彙,卻是血淚交迸,憤恨無涯的文字。金聲玉振、音調鏗鏘,力有千鈞,滲透人心。

這是因為作者的筆鋒飽蘸著人民的感情,同仇敵愾,和敵國誓不兩立,並且使用了白描的手法,形象生動、情景逼真,令人恍如身臨戰場,同呼吸共命運地在和敵人作殊死的搏鬥,所以不愧為獨步千古、義薄雲天的傑作,而"楚雖三戶,亡秦必楚"的勝利精神,遂亦植根於此。它的安排是:文章一上來便是單刀直入,開門見山,不蔓不枝,掃卻浮詞的。如在起始的四句中,既活畫出一位身披犀甲、手揮吳戈、衝刺前進、絕不反顧的英雄形象,也渲染了一個兩軍交鋒、戰車錯列、短兵相接、拼死廝殺的戰鬥場面。同時還著重描寫了旌旗遮天,敵兵蓋地,楚軍在已被包圍的極其不利的形勢下,猶能奮不顧身,爭先恐後地對抗於槍林箭雨之中。是楚國未嘗無人,楚士原本可用。成問題的是廟算失策,孤立無援,因此敗局已定,難以挽回了。說明確些,就是非戰之罪也,所以令人惋惜,使人悲憤。而秦國的碩大無朋,鞭撻自如,戰則必勝,攻則必克的情況,也是不問可知了。弦外之音,發人深省,對比之下,其何以堪!所以這裏不用比興,單露畫面,尤足使人目擊心傷!

接著下來的第二節六句,就更雄壯激烈了,也可以說是大將犧牲的主文。有人認為這裏並非泛指,是指陣沒於丹陽之戰的屈匄。這話不是沒有道理,因為屈匄是最早死於王事的大將軍,又與屈原同姓,而且用的是第一人稱的"余",很顯然是作者為了歌頌,才滿懷悲慟地用當事人的口吻,以刻畫其忠烈偉大的形象。也惟有這樣,才能使人感受親切,共掬同情之淚的,何況戰事的結局又是玉石俱焚,全軍覆沒了呢! 自己的陣腳不僅已被敵人衝垮,甚至危急到驂乘的馬一死一傷,指揮車的輪子深深地陷入了泥中,好像被拴住了一樣。這時主帥猶自高舉玉槌猛擊戰鼓,激勵士卒拚殺到底,那是怎樣的驚天動地的英雄場面啊! 這些為國捐軀的勇士們,在人們的心目中確是雖死猶生,雖敗猶榮!

第三節的八句,包含兩個意思。由悲憤而進入指斥:出兵打仗,事畢還師,乃是國家的正常情況,這回卻是有去無來,出而不入的,誰司其咎呢?"平原忽兮路超遠",已經作鬼他鄉,魂歸無處了麼! 但是,大將軍的精神畢竟與眾不同,身首異處以後,兀自帶著擊刺的長劍,奪取到手的秦弓,仿佛躍躍欲試,神情絕不認輸的樣子。"勇士不忘喪其元",只要死得其所,依舊可以"豪氣衝霄漢,長虹貫斗牛"的。屈原筆下的《國殤》,即是具備這種精神達到此類境界的。同時也未嘗不可以認為是作者為自己的愛國精神寫照了。所以,儘管這篇賦是直書其事的,還是流露出來了英雄的浪漫主義的氣息。

結語說,真是英勇非凡呵,到底剛毅難犯,生命雖已終結,精神威靈顯赫,成了無與倫比的"鬼雄"。按《屈賦》之中,言神鬼之處甚夥,但這裏的鬼雄,卻指的是人鬼,是真正為國捐軀的英靈。所謂"殺身成仁,捨生取義,神而明之,存乎其人"者是也。

(本文原載於《楚辭鑒賞集》,人民文學出版社 1988 年)

辨言蠻夷華夏和屈原的宗族及江漢文化

一、華夏蠻夷之辯

自有書契以來,即可以考知中國在遠古的奴隸社會時期便是個多民族雜居的地帶。例如西周,主要的華夏族(也叫諸夏,合稱華夏,華夏乃中國之古稱)。我國昔時建都黃河南北,別於四方之蠻夷戎狄,自稱為中國,以中外別地域之遠近也。《禮記·中庸》:"是以聲名洋溢乎中國,施及蠻貊。"《孟子·公孫丑》:"我欲中國而授孟子室。"

《尚書·武成》:"華夏蠻貊,罔不率俾。"《傳》:"冕服采章曰華,大國曰夏。"《疏》:"華夏,謂中國也。"《左傳·定公十年》"夷不亂華",《疏》:"中國有禮儀之大,故稱夏;有服章之美謂之華。"章太炎《文録》解云:"我國民族舊居雍、涼二州之地,東南華陰,東北華陽,就華山以定限,名其國土曰華,共後人跡所至,遍及九州,華之名始廣。華本國名,非種族之稱號。夏之名實因夏水而得,本在雍、涼之際,因水以名族,非邦國之號。"

孔子眼中的夷狄:《論語·八佾》:"夷狄之有君,不如諸夏之無也。"按《爾雅·釋地》:"九夷、八狄、七戎、六蠻,謂之四海。"郭璞《注》:"九夷在東,八狄在北,七戎在西,六蠻在南。"《白虎通·禮樂篇》:"何以名為蠻夷?……因其國名而言之耳。一說曰:名其短而為之制名也。夷者僔狄無禮義……狄者,易也,辟易無別也。"《後漢書·東夷傳》:"《王制》云:'東方曰夷。'夷者柢也,言仁而好生,萬物柢地而生,故天性柔順,易以道御。"包氏慎言《溫故録》言:"夷狄謂楚與吳。《春秋》'内諸夏,外夷狄'。成、襄以後,楚與晉爭衡,南方小國皆役屬焉,宋、魯亦奔走其庭。定、哀時,楚衰而吳横,黄池之會,諸侯畢至。"故孔子言以此抑之,亦云不當背也。

又《論語·子罕》"孔子欲居九夷"章。按《淮南·齊俗訓》謂:"泗上十二諸侯,率九夷以朝越王勾踐。"《戰國策·秦策》:"楚包九夷。"《魏策》:"楚破南陽、九夷,内沛,許、鄢陵危。"《史記·李斯傳》:"惠王用張儀之計,南取漢中。包九夷,制鄢陵。"《索隱》:"九夷,即屬楚之夷也。"

二、所謂苗蠻荆楚

1. 苗

古稱"三苗",亦曰苗民、有苗。《尚書·舜典》:"竄三苗於三危。"《傳》云:"三苗,國名,縉雲氏之後,為諸侯,號饕餮。"《疏》云:"《左傳》:縉雲氏有不才子,貪於飲食,冒於貨賄,侵欲崇侈,不可盈厭。"《大禹謨》亦言"有苗弗率",舜命禹討之,"有苗格",格,服也。《傳》云:"三苗之國,左洞庭,右彭蠡,在荒服之例,去京師二千五百里也。"又曰"何遷乎有苗",《傳》云:"有苗,驩兜之徒,甚佞如此,堯畏其亂政,故遷放之。"《益稷》更言"苗頑弗即工",《傳》注云:"三苗頑凶,不得就官。"《吕刑》云:"苗民弗用靈,制以刑。"《傳》曰:"三苗之君習蚩尤之惡,不用善化民,而制以重刑。"《疏》:"三苗之主,實國君也,頑凶若民。"《孟子·萬章》:"殺三苗於三危。"《正義》引《史記·五帝本紀》云:"請流共工於幽陵,以變北狄;放驩兜於崇山,以變南蠻;遷三苗於三危,以變西戎;殛鯀於羽山,以變東夷。"

傳說中的黃帝後裔各個分支南下發展時,曾和三苗發生衝突。三苗那時在江漢之間(可能是三個部落,其中有一個部落的首領名叫驩兜,戰敗放於崇山,後來隨從武王伐紂的髳可能是這個部落的後人,另一個部落逃入西北方向的山嶺中,因而有"舜竄三苗於三危[在敦煌東南二十里]"的傳說,還有一個部落可能向東南方向逃走了,所以說"三苗氏,左洞庭,右彭蠡")。

民族並不是從來就有的,而是同階級和國家的產生相適應,歷史地形成的。這裏談的羌人、夷人、戎人、狄人、苗人、蠻人,正是漢族的前身,歷史上所說的華夏,乃是由他們融合而成的,中華民族中的各個民族,在其形成過程中,都具有這樣的特點。

苗族的歷史發展過程表明,它也是優秀的中華民族的一個組成部分,只是由於長期遭受大民族主義(特別是漢民族)的毒害,才衰落得七零八落,散處在西南山區所謂"深潭沈碧,危峰礙日,密樹蒙煙,怪石猙獰"的地步。殷周之初,並不如此。

即以文字而言,它們就有其獨特的結構:多半立於象形,無形可象者立於會義或諧聲。亦有不得以形、聲、義立者,則附以各種符號,有一字數音者,數字同音者。也可以說,遠在上古,他們的原始的語文即和漢族的無大差別。因為漢族的文字最初即是以象形、諧聲為主的(其後發展為"六書",實際上還是以"形聲字"為主而兼以"會義"的,甲骨、鐘鼎之文俱可稽考),語言則因時地之不同而代有方言,難期統一。

2. 南蠻

蠻:《詩·小雅·采杞》"蠢爾蠻荊,大邦為仇",《傳》《箋》:"蠢,動也。蠻荊,荊州之蠻也。"《周禮·夏官·職方氏》"蠻服"疏云:"言蠻者,近夷狄,蠻之言麇,以政教麇來之。"亦雙稱"蠻夷"或"蠻狄",蓋四夷之簡稱耳。又《通志·氏族略》:"蠻氏,羋姓,荊楚之後。"按《周書·牧誓》:"及庸、蜀、羌、髳、微、盧、彭、濮人。"《傳》云:"八國皆蠻夷戎狄,屬文王者。庸、濮,在江漢之南。"《虞書·舜典》前云"蠻夷猾夏。"《傳》:"猾,亂也。夏,華夏。"《孟子·告子》:"子之道,貉道也。"趙岐《注》:"貉,夷貉之人,在荒服者也。"焦循《正義》曰"《說文·豸部》云:貉,北方貉,豸種也。《周禮·夏官·職方氏》辨其邦國都鄙、四夷、八蠻、七閩、九貉、五戎、六狄之人民。……胡氏渭《禹貢錐指》云:單言蠻,則為四裔之通稱。"

3. 荊楚

荊楚,《說文》:"荊,楚木也。"《本草》:"楚之地,因多產此而名。"《尚書·禹貢》:"荊及衡陽,惟荊州。"《史記·貨殖傳》:"淮北沛、陳、汝南、南郡,西楚也。""彭城以東,東海、吳、廣陵,此東楚也。""衡山、九江、江南、豫章、長沙,是南楚也。"是舊所謂"三楚"。此外尚有川康雲貴之地。楚威王時,莊蹻(楚莊王裔)又略巴、黔中以西直至滇池,皆為楚地。

按《詩·商頌·殷武》:"維女荊楚,居國南鄉","奮伐荊楚,罙入其阻"。可見"荊楚"之得名甚早,立國已在殷、周之際。降及戰國,其領土已遍及今之湖南、湖北全省及四川省東南部、貴州省東北部與廣東省北部、廣西省全縣等地。

三、屈原的宗族

屈原自稱為"帝高陽之苗裔"(《離騷》),按"高陽"乃顓頊的後裔,為祝融,祝融是祭火神的官,所謂"火正"者是。原本黃帝的子孫都是姬姓,其中心在今河北省北部地方(如後來的北燕國),又有一些姬姓國家在今山西南部和陝西東部(以周室為主的太王、王季、姬昌即其代表),還有江漢諸姬已經到達江漢流域了(以泰伯、仲雍為首的姬家,甚至"斷髮紋身"流傳於吳越之地)。到了姬發(周武王),業已"三分天下有其二"(對商朝說),於是興兵伐紂。這時南蠻已非常強大,庸、濮等蠻族並曾積極出兵協助周家滅卻殷紂。熊繹因功被封丹陽(地在今湖北姊歸),為子國,因為土地少,勢力小,周成王(姬誦)大會諸侯時不夠資格參與行列,只能奉命看守祭神的火堆。可是他的子孫卻很有作為,熊渠時甚得江漢民心,興兵伐庸、楊粵,直至鄂地,盡得江南,自立為王(周夷王姬燮之時)。乃曰:"我蠻夷也,不與中國之號諡。"乃立其長子康為句亶王(地在今江陵),中子紅為鄂王(地在今武昌),少子執疵為越章王。其後傳至楚莊王且為霸王,甚至觀兵周郊,"問鼎之大小輕重"。但下逮平、昭二王,便不濟事了:吳兵西征破了郢都,平王竟被鞭屍(以伍員之仇),昭王也出逃至隨(亦姬姓之國),及至戰國懷、襄之際,國勢日下,卒亡於秦。(具見《史記·楚世家》)又按楚有王族三姓曰:昭、屈、景。《戰國策》楚有昭奚恤,重臣也。

還不止是屈原本人,從《竹書紀年》《路史》《史記》等書追溯源流。高陽氏之祖黃帝亦曾號稱有熊氏(不管它是由地名還是國名而來),則熊之得為楚姓如同姬姓一樣,也是大有來頭的,非必待熊繹之被周成王派為火正而始然也,因為他早就是祝融氏、神農氏等炎帝的後裔了,真正的炎黃子孫(按照古人鄒衍等的"五德終始"說:炎帝以火德王,衡山即有祝融峰嘛)。

再對比參照一下楚之其它人文情況:

1.《忼慷歌》。楚相孫叔敖賢而有清名,死後其子窮困負薪,優孟見而憐之，即為孫之衣冠，並像其語言，以為楚王壽，作歌辭云：

> 貪吏而不可為而可為，廉吏而可為而不可為。貪吏而不可為者，當時有汙名；而可為者，子孫以家成。廉吏而可為者，當時有清名；而不可為者，子孫困窮被褐而負薪。貪吏常苦富，廉吏常苦貧。獨不見楚相孫叔敖，廉潔不受錢。（《史記·滑稽傳》）【按，此歌不見《史記》，相關者惟見梁玉繩《史記志疑·滑稽傳》案語所引】

楚之韻文一向清新動人，非至屈原而始有之。但可與《楚辭·卜居》《漁父》等文參互對照以知其源流，而其吏治之反貪污、貴清廉固與中原無二也。且此語出於優孟之口，並有扮演，尤為古代戲曲之嚆矢矣。

《接輿歌》。孔子南行到楚，曾聞南人"鳳兮"之歌，深受啟發。《莊子》《論語》俱有載記而其辭不全，此則益近於散文：

> 鳳兮鳳兮，何如德之衰也。來世不可待，往世不可追也。天下有道，聖人成焉；天下無道，聖人生焉（謂徙生於世也）。方今之時，僅免刑焉。福輕乎羽，莫之知載；禍重乎地，莫之知避。已乎已乎，臨人以德；殆乎殆乎，畫地而趨。迷陽迷陽（草名，其膚多刺），無傷吾行；吾行郤曲，無傷吾足。

自是南人憤世之歌，"方今之世，僅免刑焉"，則其傷痛可見。而所謂聖人（如孔丘之輩）之被揶揄，亦足徵矣。但不管怎麼說，當日南北之文風及其德操並無多大差別可知了。

孔子在楚國不是看到了"長沮、桀溺耦而耕"了嗎？不是歎息過"吾非斯人之徒與"嗎？可以說他還是從善如流的。到了孟軻也講究

"五畝之宅,樹之以桑,黎民不饑不寒"。不過,他不主張自己參加勞動,反而振振有詞為剝削者開了口子罷了。所以,他這"王道"與"義利"之辯,特別是"民為貴,君為輕"的觀點,只是"騰之於口,筆之於書"的東西,對於新興的地主階級有利,對於老百姓卻是沒有多大說服力的。

屈原身為楚國公室的成員,雖然也談"美政"(明法度,除奸邪),"哀民生之多艱"(恐皇輿之敗績,以致百姓之流亡),但在根本問題上,如生產、經濟等等,便沒什麼大的解決辦法了,只能認為他的辭賦和孟軻的散文各有千秋。

2. 見於《論》《孟》中的有關勞動生產的南北看法不同,交流的結果,楚之重農學派是正確的。

孔子不以"九夷"為陋,且曾南行到楚,孟軻則認楚為"南夷",自稱"華夏"之人。首先是他說"南蠻鴃舌",貶斥它的語言,更重要的則為他與"重農學派"許行、陳良之辯。他雖然不得不說他們是"豪傑之士",北方之學者莫之或先,但又皆稱他們的勞動生產"捆屨織蓆"、"負耒耜而耕",有悖社會分工"或勞心或勞力,勞心者治人,勞力者治於人",是"不憚煩"、忘本。這一回合打下來,表面上好像儒家勝利了,持之有故言之成理麼,實質上卻是楚人佔上風了。"不勞動者不得食"的真理,至今還是顛撲不破的,孟子興不過是把孔子"吾不如老圃、老農,焉用稼"的老調重彈,為剝削者巧立名目而已。

3. 當然,在教育方面,那時卻是南不如北的。

屈原表現在教育方面的成果,遠不如孔、孟和荀卿,大概是階級出身不同的關係。孔、孟等人出身微賤，接近社會底層的士人(知識分子)，曉得文教的重要性，所以能夠"作之師"，廣收弟子，循循善誘，有教無類，未嘗無誨(孔子弟子三千，身通六藝者七十二人)。孟子亦"後車數十乘，從者數百人"，以"得天下英才而教育之"為樂。屈原則僅有宋玉、景差之徒，而且只在辭賦上有傳授。縱令宋玉有"下里巴人"之說，到底止於"陽春白雪"。如《九辯》《大招》之類，以視孔子之"四科"分教、無所不談，孟軻之"論性善""道問學"，未免瞠乎其後(荀子自不同，勸學正名，說正道，並以辭賦聞世，教成法家的弟子韓非、李斯，幫助秦王統一了天下)。

這事本不稀奇，到了戰國末年楚國懷、襄之際，不止儒分為八，以"兼愛""非攻"、反對厚葬久喪為主旨的墨家學派，不也分為相夫、相里、鄧陵三派了嗎？墨翟當年苦行以利天下，此亦來自底層廣有生徒(禽滑釐等數百人)之北方學者，較之屈氏早已過之。揆其原因，還是孟軻等人以中原(華夏)文化為主，以儒家思想為正宗之故。"鬱鬱乎文哉，吾從周"，自孔丘而已然。就是說這處於荊舒地方的政教到底是被歧視的(屈原不言周公"多才多藝"，也不推崇孔子)，唯從《騷賦》上發展了《三百篇》所謂"國風好色不淫，小雅怨誹不亂"，蔚為奇葩而已。這也未嘗不是"江漢文化"在當日的某些地方不如"中原文化"(其實也就是"齊魯文化"的原因)。

四、東楚吳越

還有一點，既然我們講的是蠻貊荊楚的"江漢文化"，便不能只著眼於長江中上游的漢水流域，因為翻起古史追溯起中華民族的源流來，那同為黃帝後裔禹王子孫的越國，和周代泰伯、仲雍所逃避到的吳國,同樣是不該被忘記的,儘管他們曾經"斷髮紋身""遠徙東海之濱"了。何況楚之後王"考烈",即已遷都壽春(今之安徽省淮南市)並封其尹黃歇於吳呢?春秋戰國之際,原本是"九夷"在東,"君子居之,不以為陋"麼。吳王闔廬選賢與能,由於伍員、孫武等協助,立國興邦,北救蔡、西伐楚、南服越,其子夫差且為貴池之會(地在今河南省封丘縣)以霸中原。越王勾踐尤著功勳,滅吳雪恥繼為霸主,其臣范蠡、文種、計倪亦極有名。

1. 按春秋的中季,以"讓國"著稱的吳公子季札,可稱得上是知《詩》《書》,懂政事,蜚聲南北的賢者。他於公元 544 年(魯襄公末年)北聘中原,經歷齊、魯、鄭、衛及晉諸邦,到處蒙受歡迎,主於當道:他觀樂於魯;脫齊晏嬰於欒、高之亂;至鄭,與子產如"故友",互贈土物,說鄭國有問題,指出子產必將執政;適衛,悅蘧伯玉伯魚;入晉,知政在三家,語叔向以遠禍。而且特重信義,過徐時,徐君愛賞其所佩劍,欲歸途贈之,而徐君已逝,乃掛劍於墓間而去,時人為之歌曰:

> 延陵季子兮,不忘故,脫千金之劍兮,帶墳墓(《新序·徐人歌》)。

這比孔子在楚所聽到的"鳳兮"之歌還要早,而且辭意質樸來自民間。此外,流傳於世的越人歌謠亦不為少,如見於《說苑》的"越人歌":

> 今夕何夕兮,搴洲中流。今日何日兮,得與王子同舟。蒙羞被好兮,不訾詬恥。心幾頑而不絕兮,得知王子。山有木兮木有枝,心悅君兮君不知。

鄂君子晢泛舟於新波之中,越人之舟連袂而行,甚為相得,故有此歌。又見於《風土記》的"越謠歌":

> 君乘車,我戴笠,他日相逢下車揖。君擔簦,我跨馬,他日相逢為君下。

已可見南越之人心地純樸,不甚斤斤於富貴利達也。而其字句之長短參差音調自如,已可徵江南詩賦之早露風光,上下游無大差異了。即以越之統治階級上層而論,其君臣亦極能忍辱負重、發憤圖強,如勾踐敗於夫差以後,臣服於吳,大夫文種等送與浙江之上而獻祝,詞云:

> 皇天佑助,前沉後揚。禍為德根,憂為福堂。威人者滅,服從者昌。王雖牽致,其後無殃。君臣生離,感動上皇。眾夫哀悲,莫不感傷。臣請薦脯,行酒二觴。(《吳越春秋·勾踐入臣外傳》)

壯而不悲,信心十足,其後果然滅吳稱霸,歡慶勝利。大夫種等再獻祝詞曰:

> 我王賢仁,懷道報德。滅仇破吳,不忘返國。賞無所恡,群邪杜塞。君臣同和,福佑千億。觴酒二升,萬歲難極。(《吳越春秋·勾踐伐吳外傳》)

這種以四言為主體的"善頌善禱"之詩,恐怕較之《三百篇》裏的"三頌"是先行了的。

2. 那麼,在政治行為上又是怎樣的呢?

即以北方的"儒學"而論,吳越之君也不是跟它沒有牽連的。孔子晚年,齊田常作亂欲攻魯國,孔子恐怕父母之邦遭受災難,特選派善為說辭又貨殖多財的弟子端木賜(子貢)出來活動遊說,以釋魯禍。子貢先到齊國見了田常,說伐魯不如攻吳,以其內憂在齊,如是可以使"民人外死,大臣內空"。田常從之。乃南見夫差,告以救魯伐齊可以顯名,威加晉國因而圖霸,越不妨事,我將曉以利害使之聽命。夫差信之。至越之日,勾踐親近,子貢則勸以卑禮蓄勢,待機滅吳。最後去晉,又語之"修兵休卒",靜以制動,吳、晉兩君亦樂而從之,遂歸告魯君。結果是吳破齊師,與晉爭霸,兵敗黃池,越躡其後,戰於五湖,"破吳三年,東向而霸。故子貢一出,存魯、亂齊、破吳、強晉而霸越。子貢一使,使勢相破,十年之中,五國各有變。"(具見《史記·仲尼弟子列傳》之子貢部分)

因此,我們可以說啦:儒者一樣和"蠻貊之邦"打交道,而且他們也未嘗不講"權術",可以認為子貢之外交活動已露下此蘇秦、張儀的"縱橫派"遊說之道。同時也可以反映出來儒者雖不當政(如孔子),卻未嘗不與聞政事。子貢所為業已過於"行人"(春秋時諸侯國之外交官名),又足證明孔門弟子果然"多才多藝",非只"本本主義"坐而論道之輩,"經世致用"早已有之。再有,季路(專攻政事者)而外,子貢更是突出人物,不怪這個集團為楚國令尹子西所拒,不同意昭王以地封之。

3. 闔廬名將孫武,本為齊人,吳王用之破楚入郢,北威齊、晉,他的一十三篇兵法至今人猶用之。

孫武與闔廬的軍事問答及演陣斬姬,流傳於後《吳越春秋》《越絕

書》等古籍,即《史記》亦分有載記。這是所謂"齊才吳用"(伍員則是
"楚才吳用"),能說"東夷"不通"江漢文化"嗎?

孫武之言曰:"百戰百勝,非善之善者也;不戰而屈人之兵,善之善
者也。故上兵伐謀,其次伐交,其次伐兵,其下攻城,攻城之法為不得
已。"(《孫子兵法·謀攻篇》)他強調"知彼知己,百戰不殆"(同上),
即是通過調查研究有了充分把握始敢言戰。

4. **范蠡原為楚人,出身微賤,並無世祿,甚至曾披髮佯狂,不與世
事。入越之後與文種合作佐越王勾踐雪恥,滅吳稱霸。**當越準備不充
分便欲先機伐吳時,蠡切諫以兵凶戰危,"陰謀逆德","行者不利"。
勾踐不聽,果然失敗。但蠡自謂:"鎮撫國家,親附百姓"不如文種,僅
知"兵甲之事"。(《史記·勾踐世家》)實際上是他對於"治國安邦"也
有一套辦法,而且是充有"天人合一,陰陽五行"之道的。他對勾踐
"賢主聖王治理天下何去何取"之問說:

> 道者,天地先生不知老,曲成萬物不名巧,故謂之道。道
> 生氣,氣生陰,陰生陽,陽生天地。天地立,然後有寒暑、燥
> 濕、日月、星辰、四時,而萬物備。術者,天意也。盛夏之時,
> 萬物遂長。聖人緣天心,助天喜,樂萬物之長。故舜彈五弦
> 之琴,歌《南風》之詩,而天下治。言其樂與天下同也。(《越
> 絕書外傳·枕中》)

他這等於說,天時、氣節是隨著陰陽二氣的變化而不同的,所以應
該儘量地去適應它,政治上也不例外。聖主的所作所為,都要依據"天
意"才能利理成章無為而治,這便是"道",也就是"天意"的所在。他
接著說"五行相生相剋之道"云:

水之勢勝金，陰氣蓄積大盛，水據金而死，故金中有水。如此者，歲大敗，八穀皆貴。金之勢勝木，陽氣蓄積大盛，金據木而死，故木中有火。如此者，歲大美，八穀皆賤。金、木、水、火更相勝，此天之三表者也，不可不察。

故天下之君，發號施令必順於四時。四時不正，則陰陽不調，寒暑失常。如此則歲惡，五穀不登。（同上）

"一陰一陽之謂道""萬物負陰而抱陽"，以及"五行相生相剋"的說法，這在春秋末年戰國之初，老子、鄒衍等人都已言之，頗有素樸的唯物思想，不僅作為軍事政治家的范蠡，勾踐的謀臣計倪（即計然）亦有類似的理論。他說："炎帝有天下，以傳黃帝。黃帝於是上事天，下治地"，"並有五方（按指西方之金，北方之水，東方之木，南方之火，中央之土而言），以為綱紀，是以易地而輔萬物之常"，"審金、木、水、火，別陰陽之明"（《越絕書·計倪內經》），故財用恒足。這簡直是一位農業經濟專家了。據說范蠡亦曾以之為師，蠡之功成身退，轉為"陶朱公"，當與此有關。

由此可見"江漢文化"不但奄有吳越，而且在許多地方也未嘗不混同"齊魯"。所以，無論從炎黃子弟的後裔上看，還是從文化源流的實質上說，都是有分有合，融會貫通的，所謂"天下惡乎定？曰：定於一"。中國人民都是炎黃子孫，都是中華民族的統一整體，這種歷史情況，跟世界上任何其它多民族的國家都不一樣。

綜上所述，我們大可以說：

①從民族發展的根源上追溯，苗蠻荊楚本為一家，雖有分支，都是炎黃的後裔。如同熊羋難作二姓，屈昭景皆屬於瑕的子孫與楚同宗一樣，未可以橫生枝節、妄自非議。這些從傳統的文化，繼

承的道德規範來看,也可以發現它們因時變而推陳出新的跡象,如巫、卜、德行忠貞不二之類。

②即以屈原而論,他非止楚之宗室,也是高陽帝的苗裔,感染巫風雖深,卻不是巫臣。也講卜筮,但不泥執。侈談鬼神,意在共通。可以認為他的宇宙觀與人生哲學,既飄逸浪漫又以現實為依據。不同於老莊,也與蠻苗有異。特別是他體現於文學上的造詣:繼《詩》而《騷》,蔚為奇文,影響巨大,直趨後代。

③我們實在不該忘記楚人"敬天法祖"的"大一統"思想(以問鼎中原的楚莊王為代表人物)及其敢於勝利的戰鬥精神("楚雖三戶,亡秦必楚",代表人物為項羽、劉邦),其實也就是中華民族偉大的傳統的愛國主義的實踐。另外,應該補充的是,即以"江漢文化"而論,也不應該不涉及長江下游的"吳越"。他們的祖先也是楚人的祖先,他們的文化和楚人的文化並無二致麼。所以我們只看到屈原的辭賦,只研究長江上游的典章文物是遠遠不夠的。必須上下古今地全面的去從事追求,始能知其梗概(如前所述,吳越的英雄人物不一而足,窺其文化也是南北合流的)。

一九九五年十月一日

河北大學

史 傳 散 論

上古史考略

中國以歷史悠久聞名於世界,可是遠古的史事傳今者則不甚多。在秦始皇焚書之前,亦只有《尚書》《周禮》《春秋》《左傳》《國語》《戰國策》(均見《漢書·藝文志》中)等書,算是尚存的上古史書。此外,晉初汲冢發現了《竹書紀年》(大約為戰國時人所記的夏、殷、周及魏國的史事,杜預《春秋經傳集解後序》言之甚詳)。又有《書序》,劉歆、班固都說是出自孔子,但是並無確證。還有《世本》十五篇(亦見《漢志》),序所謂自黃帝以來之事。《五帝德》《帝繫姓》各一篇(見《史記·五帝本紀》),為儒家所傳,蓋皆為秦漢間人所述,未必真是上古史書。至於周秦諸子中所記上古史事,則不止是些零碎的傳聞,而且文字各異,未盡可據。司馬遷的《史記》,其上古部分即多取材於此(彼時《竹書紀年》猶未出土,且須除外)。所以宋人鄭樵在他的《通典序》中才有"所為遷恨者,博不足也"的話。因為子長所用的上古史料,出不了這七、八種書麼。

就中比較可信的記載,自當以《尚書》為首。西漢人說它是孔子編次的,東漢人則說是纂述的(此說分見《史記·儒林傳》及《漢志》中)。但是,不管怎麼講,它是我國最古的史書,其中絕大部分為歷代史官所藏的典冊,或者經過孔子考訂,亦未可知。《春秋》僅述魯隱公以後(傳為孔子所作);《國語》只記周穆王以來(說是左丘明整理的);《竹書紀年》雖上起夏代,下迄戰國,而體仿《春秋》,紀述甚簡。唯獨《尚書》,東漢人謂原有千篇(《尚書正義》卷一引《尚書緯》),恐不足徵。西漢人說原有百篇(揚雄《法言·問神篇》),還差不多。又據《墨子·

明鬼篇》稱,《尚書》首為《夏書》,其次為《商》《周》之書,可見已與傳今之本不同。其實它至漢初僅存二十九篇(即伏生口傳的《今文尚書》),後來的人嫌其簡略,始有《五帝本紀》(司馬遷)、《古史考》(譙周,三國人)、《帝王世紀》(皇甫謐,魏人)以及《三皇本紀》(司馬貞,唐人)、《古史》(蘇轍,宋人)等書。然而,都不過是鈔輯舊說,無新資料。惟有清代的《繹史》(馬驌著)、《考信錄》(崔述著),則不止取材豐富,而且考證精確,可以參用。

不過問題還在於,我國的史學家從史遷到馬驌,其作書也都不能取證於地下發掘之實物,只曉得用後人的傳說,以補前人之記載。即如崔述,雖有折衷六藝、廓清雜偽之功,究其實不過是從書本到書本,此外,別無所徵了。

至於地下實物,則吾國周時曾發現石磨(《國語‧魯語下》),唐宋發現石斧(李石《續博物志》、周密《齊東野語》卷十二),此皆石器時代的遺物。近世以來,河北、陝西、山東、山西、河南等地,發現的各種石器尤多,於是我國石器時代的史跡,始見知於世界。

其次,我國學者雖知三代鼎彝均為銅鑄,但是並不知道有所謂銅器時代。自梁時發現銅劍,江淹為之作《銅劍贊序》;宋時發現銅戈,黃伯思為之作辨(《東觀餘論》卷上),始知三代器具取材於銅。至清末羅振玉始言夏、殷、周三代為銅器時代(《殷商貞卜文字考》卅一頁)。戰國末年,已漸用鐵,如"鐵耕"(見《孟子‧滕文公》)、"鐵鉏"(見《荀子‧議兵》)、"鐵殳"(見《韓非子‧南面》)、"鐵甲"、"鐵杖"(見《呂覽‧開春論》)。可是應該知道,直至秦漢之初,以銅為器材者仍佔多數。漢人賈誼稱"始皇收天下之兵,鑄為金(即是銅)人十二"(《過秦論》)可證。總之,我國之"石器時代"約在夏商以前,"銅器時代"約在夏、商、周時代,"鐵器時代"約在秦漢以後。(《越絕書》以"神農""禹穴"和"周末"依次分為石、銅、鐵的三個時代。)

可以說,由於"文獻不足",使著我國的上古歷史,目前還只能算是傳疑的、神話傳說的。因為,無論貞卜文、鐘鼎文之所載記,最早的也不過殷、周兩代之事。其見於典冊者,如《尚書》的《堯典》,像是"唐虞"之政,實則後人追記、偽托,毫不足信。(曾鞏的《南齊書序》說它是堯、舜時人所修,劉逢祿的《尚書今古文集解》卷一說它是夏代史官所補,魏源的《書古微》卷一說它是周史官所撰,從來就是聚訟紛紜、迄無定論的。)其餘如《殷盤》《周誥》等篇,則大體上可以認為是殷、周的遺文,但也是經過孔丘以及秦漢之人整理或是潤色過了的文字,未必即是原書。

按"史"字像手執簡(或刀筆)之形,《史記·秦本紀》言:秦文公"十三年,初有史以紀事"。此可見周初以後孔丘以前,各國均已具有史冊了。孔丘自己也說過"吾猶及史之闕文"(《論語·衛靈公》)麼。它如周、齊、宋、魯等國的"春秋"之名,已分見《墨子·明鬼》和《孟子·離婁》等篇。"史記"之名亦見《逸周書·史記解》及《呂覽·察傳》等書,知其起原必已甚早。

我國上古史包括舊說所稱的"三皇五帝"及夏、商、周三代。三代以前當為原始社會。逮至夏代,可以說原始公社已告瓦解。商代之初,則奴隸制國家不但建立起來,而且得到發展。西周繼之,強盛的奴隸制國家一直延續了近四百年,而沒落瓦解於春秋時代。大國爭霸,諸侯分立,封建制逐漸形成。直至秦始皇統一六國,中央集權的封建社會才算鞏固下來。如果我們再從部落、民族發展的角度觀之,則在我們的遠祖,大約是爭逐於當時氣候適宜、物產豐富的黃河流域的。夏的部落先自山西進入河南。衰微以後,由原在東部的商人自山東侵入中原。姬周僻處西陲,直至殷商末季方才取代了最高統治權,佔有了江河大平原。這是因為那時的部落、民族可以自由遷徙,自由佔領土地。如《左襄四年傳》所說的"后羿自鉏遷窮"、《詩·大雅》所記的

"公劉自邰遷邠"，以及《孟子·滕文公》所載的"亶父自邠遷岐"之類，即是可以略見的跡象。

　　按我國"三皇五帝"之說，起原本不甚古。《史記·五帝本紀》始言：《尚書》獨載堯以來。周末人作《易·繫辭》，才在堯、舜之上加了伏羲、神農、黃帝。《尸子》再在這三人之上加了燧人氏，《韓非子·五蠹》又於燧人之上添了個有巢氏，便鬧不清楚到底是哪幾個了。因為他們不過是周末之人總輯傳說而成的麼。漢人多以燧人、伏羲、神農為"三皇"（並見《尚書大傳》及《白虎通》），黃帝、顓頊、帝嚳、帝堯、帝舜為"五帝"（《史記》《漢書》《風俗通》並同）。可是他們不見載於甲骨文中，而且甲骨文中的"帝"字，皆指"上帝"而言，未有指君主者（只有"王"字是的）。可見傳說中的"三皇""五帝"不過是"天神"之稱。因此《史記·貨殖傳》亦只說："神農前，吾不知已。"《五帝本紀》則稱："《五帝德》及《帝繫姓》，儒者或不傳。"

《左氏春秋》的寫作手法,散文特點,及其對於後代的影響

1.《左氏春秋》是繼《尚書》以後的中國最為光華燦爛、儀態萬方的紀傳散文總集,它的成就是前無古人的。

2. 它既不傳《春秋》也不是《國語》,作者並非一人。取材各國史料,並非孔門的教科書,也難說是七十子的大作,起碼它是經過劉歆等西漢學者的篡亂與編輯了的。

3. 它是編年紀事的,不分國別,可是自有重點的。就是說,儘管萬邦咸集,可是突出了晉、楚、齊、魯、周、秦、鄭、衛、宋等十二諸侯之國的(東周只是號為天子之國罷了),就中特別是晉、楚和齊、魯、鄭的史事居多。

4. 作為史料來講,它是春秋時代(起碼足以代表吧)頗為完備的:羅列排比(按照年代先後的)、包孕諸類。就是說,政治、軍事、經濟、文化以及當時的社會生活、典章制度都有。

5. 它的引證,遍及《詩》《書》六藝、歌謠、神話、傳記,不只可據以考知那時(甚或以往)的歷史文物,而且可以補充其他專籍,知《詩》《書》的不足之處,交相為用,互為參證。

6.《左傳》也善於刻畫人物,如五霸的君臣:齊桓、晉文、宋襄、秦穆、楚莊,以及齊的管仲、晏嬰,晉的趙衰、叔向,楚的令尹子文、孫叔敖,宋的公子目夷,以及鄭的公孫僑,吳的季札等人。他們雖是散見分出的,可是搜集起來,卻相當的完整。其特色是口吻宛然,富有個性,賦予了歷史人物以新的生命。

7. 它也最長於描寫戰爭的場面（雖然說"春秋無義戰"），大小畢舉，巨細靡遺，如齊魯的長勺之戰、齊楚的召陵之戰、晉楚的城濮之戰、晉秦的殽之戰、齊晉的鞌之戰等，可以說是各隨其事，絕不重複，真是傑作。

8. 它在報導上，也並不埋沒下層人物，如從底層翻身上來的閹寺家臣（十等人自輿以下的奴隸）也都寫得虎虎有生氣。如齊之石之紛如，魯之陽貨，晉之寺人披等，或者起而影響了政局，或者造了統治階級的反，從而充分地揭示了統治階級的因人成事（如隨重耳出亡的群臣），和他們的腐朽無能（如齊襄公之流）。

9. 當然，它的傾向性也可以逕直地指出，它的思想性是：尊王攘夷的（如呼楚為荊蠻，秦為西戎之類），大一統的（王魯、與周室同紀其年），儒家思想佔上風的，這從它的褒貶分明，抑揚不苟，就可以充分地說明問題。

10. 單從藝術手法上說，則是報導翔實，態度嚴肅，既不無的放矢，更能左右逢源的。最值得後人學習的，是它的筆鋒帶感情，使人讀之無枯燥之感，有嚮往之情。發思古之幽情，生鑒今之真意。

11. 它對後代的影響是巨大的，在歷史散文的創作上，已是空前的典範，近之如馬、班的本紀、列傳、書、表，遠之如唐宋以來的碑板墓誌，無不取法借鑒，分別使之蔚為大塊文章，齊放百花的。

12. 義理、辭章、考據之學，在《左氏春秋》中，都可以找到奮發有為之處的。即以不時出現的"君子曰"的人物月旦、事件批判，不就是《公羊》《穀梁》同功一體（而又在史實上超過之），為爾後《資治通鑒》的"臣光曰"開了先河嗎？

司馬遷的創作思想

虞夏商周,《書》以道事,可以說遠從《尚書》問世就已經編年繫事記載史實了。《春秋》"三傳"繼之,或富於文筆,或特重批判,差別只在於有的語焉不詳,報導登錄的又多是些貴族統治階級的上層人物,無論其政治措施,生活情況,還是是非善惡的道德標準,都是舍此莫辦的。劉彥和(勰)說得好:

> 古者,左史記事者,右史記言者。言經則《尚書》,事經則《春秋》。唐虞流於"典""謨",商夏被於"誥""誓"。自周命維新,姬公定法,紬三正(天、地、人)以班曆,貫四時以聯事,諸侯建邦各有國史,章善癉(dān,病也)惡,樹之風聲。自平王微弱,政不及雅,憲章散紊,彝倫攸斁(dù,壞也)。昔者夫子(孔丘)閔王道之缺,傷斯文之墜,靜居以歎鳳,臨衢而泣麟,於是就太師以正《雅》《頌》,因魯史以修《春秋》,舉得失以表黜陟,徵存亡以標勸戒,褒見一字,貴踰軒冕,貶在片言,誅深斧鉞,然睿旨存亡幽隱,經文婉約,丘明同時,實得微言,乃原始要終創為傳體。(《文心雕龍·史傳》)

劉勰說得很明白:"傳",轉也,以授於後。而"紀",綱也,乃是學自《呂氏春秋》的,如《孟春》《孟夏》《孟秋》《孟冬》等紀。不過,《呂覽》所以"紀時",《本紀》則述"皇王"罷了。而且"列傳"並不止於"總侯伯",也有士大夫和庶人,何況彥和把"世家"也包括進去了呢!"書表"則為史遷所獨創，所以說"雖殊古式，而得事序"也。當然，"實錄"無隱，博雅宏辯，愛奇反經，條例躇落，以及"人物區詳易覽"，也不能不算是史遷的優點。因為"載籍"的目的，即在於"被之千載，表徵盛衰，殷鑒興廢"的，那麼，又何必"法孔題經"自己束縛手腳呢？於是"貫乎百氏，博采諸家"就非常之切要了。"經傳為式，編年綴事，文非泛論，按時而書"，實得此中三昧，而史遷始為偉大。

司馬遷（約前 145 或前 135—?）字子長，夏陽（今陝西省韓城）人，與其父司馬談世為太史。班固云："遷生龍門，耕牧河山之陽，年十歲則誦古文。二十而南遊江淮，上會稽、探禹穴、窺九疑、浮沅湘。北涉汶泗，講業齊魯之都，觀夫子遺風，鄉射鄒嶧；阸困蕃、薛（縣名，在江蘇境內）、彭城（今江蘇銅山縣），過梁楚以歸。於是遷仕為郎中，奉使西征巴蜀以南，略邛、筰、昆明，還報命。"司馬談卒三歲，而遷為太史令，紬（綴集）史記石室金匱之書，五年而當（適當，開始著述）。太初元年（前 104 年），與唐都等共訂《太初曆》，對曆法進行改革。十年，因李陵投降匈奴為作辯解而罪下腐刑，後為中書令，尊崇任職，卒成《史記》。

按班孟堅述古史成書的源委並歸功於司馬子長道：

自古書契之作而有史官，其載籍博矣。至孔氏籑之，上斷唐堯，下訖秦繆。唐虞以前雖有遺文，其語不經。故言黃帝、顓頊之事未可明也。及孔子因魯史記而作《春秋》，而左丘明論輯其本事以為之傳，又籑異同為《國語》。又有《世本》，錄黃帝以來至春秋時帝王公侯卿大夫祖世所出。春秋之後，七國並爭，秦兼諸侯，有《戰國策》。漢興，伐秦定天下，有《楚漢春秋》。故司馬遷據《左氏》《國語》，采《世本》《戰國策》，述《楚漢春秋》，接其後世，迄於大漢。其言秦漢詳

矣。(《漢書·遷本傳》)

他並繼續肯定史遷的創作成就說:"自劉向、揚雄博極群書,皆稱遷有良史之才,服其善序事理,辨而不華,質而不俚,其文直,其事核,不虛美,不隱惡,故謂之實錄。"(同上)自然,這位偉大的斷代史作者,對於司馬子長也不是毫無微詞的,如說他:"是非頗繆於聖人。論大道則先黃老而後《六經》,序《遊俠》則退處士而進奸雄,述《貨殖》則崇勢利而羞賤貧"(同上)之類即是。

司馬遷體現於《太史公自序》及《報任安書》中的創作思想,《史記》篇目解題:子承父業,家學淵源,罪受腐刑,基於悲憤。

太史公(司馬遷自稱)曰:"先人(指其父司馬談而言)有言:'自周公卒,五百歲而有孔子。孔子卒後,至於今五百歲(略取於《孟子》:五百歲必有王者興,其間必有鳴世者。由堯舜至湯,湯至文王,文王至孔子,各五百歲。而揚雄、孫盛不以為然,謂為不知量。以為淳氣有才,豈有常數?上皇相次或以萬齡。唐堯舜禹,比肩並列。降及周室,聖賢盈朝。作者蓋記注之志士耳)。有能紹明世,正《易傳》,繼《春秋》,本《詩》《書》《禮》《樂》之際。'意在斯乎!意在斯乎!小子何敢讓焉。(言且當述先人之業,而不敢自謙也)"

上大夫壺遂(詹事,秩二千石,故位上大夫)曰:"昔孔子何為而作《春秋》哉?"太史公曰:"余聞董生(仲舒也)曰:'周道衰廢,孔子為司寇,諸侯害之,大夫壅(阻塞也)之。孔子知言之不用,道之不行也,是非二百四十二年之中(謂褒貶得失),以為天下儀表。貶天子,退諸侯,討大夫,以達王事而已矣。'子曰:'我欲載之空言,不如見之於行事之深切著名也。'（此言見於《春秋緯》，太史公引以成說。空言謂褒貶是非，深切著明以戒將來）夫《春秋》，上明三王之道，下辨人事之紀，別嫌疑，明是非，定猶豫（不決也），善善（及子孫）惡惡（止其身），賢賢賤不肖，存亡國，繼絕世，補敝起廢，王道之大者也。《易》著天地陰陽四時五行，故長於變；《禮》經紀人倫，故長於行；《書》記先王之事，故長於政；《詩》記山川谿谷、禽獸草木、牝牡雌雄，故長於風；《樂》樂所以立，故長於和；《春秋》辯是非，故長於治人。是故《禮》以節人，《樂》以發和，《書》以道事，《詩》以達意，《易》以道化，《春秋》以道義。撥亂世反之正，莫近於《春秋》。《春秋》文成數萬（《春秋經》一萬八千字），其指數千，萬物之散聚，皆在《春秋》。《春秋》之中，弒君三十六，亡國五十二，諸侯奔走不得保其社稷者，不可勝數。察其所以，皆失其本已（失仁義之道也）。故《易》曰：'失之毫釐，差之千里。'（《易緯》之言）"

他這也是作為問答的形式，以表露其特重《春秋》的態度的。那麼，有誰能說司馬遷不是以儒家思想為主體的呢？"《春秋》者，禮義之大宗也"，舍此則將"君不君，臣不臣，父不父，子不子"了。同時，它也充分體現著史家散文的特色：數典不忘祖，尊崇周公、孔子，纘述興衰喪亂。下面的一段話，就更說得全面啦。聯繫當代，歌頌漢朝，哀傷個人，發憤述作，真實得很，也悱惻動人，其言曰：

余聞之先人曰："伏羲至純厚，作《易》八卦；堯舜之盛，《尚書》載之，《禮》《樂》作焉。湯武之隆，詩人歌之。《春秋》采善貶惡，推三代之德，褒周室，非獨刺譏而已也。"漢興以來，至明天子，獲符瑞、建封禪、改正朔、易服色、受命於穆清

258

（穆，美也，言天子有美德而教化清也），澤流罔極，海外殊俗，重譯（翻譯其言）款（寬也）塞（守者。款塞，保證不為寇害），請來獻見者，不可勝道。臣下百官，力誦聖德，猶能宣盡其意。且士賢能而不用，有國者之恥；主上明聖而德不佈聞，有司之過也。且余嘗掌其官，廢明聖盛德不載，滅功臣世家賢大夫之業不述，墮先人所言，罪莫大焉！余所謂述故事，整齊其世傳，非所謂作也。

司馬遷是念念不忘幹父之蠱的。說到這裏，讓我們補充一段資料，以證明談、遷父子之感情深厚與授受有方的，文亦見於《自序》中。在司馬談臨終之前，談執遷手而泣曰：

"余先，周室之太史也。自上世，嘗顯功名於虞夏，典天官事。後世中衰，絕於予乎！汝復為太史，則續吾祖矣。今天子接千歲之統，封泰山而余不得從行，是命也夫，命也夫！余死，汝必為太史；為太史，無忘吾所欲論著矣。且夫孝始於事親，中於事君，終於立身。揚名於後世以顯父母，此孝之大者。夫天下稱頌周公，言其能論歌文武之德，宣周召之風，達大王、王季之思慮，爰及公劉，以尊后稷也。幽厲之後，王道缺，禮樂衰，孔子修舊起廢，論《詩》《書》，作《春秋》，則學者至今則之。自獲麟以來，四百有餘歲（裴駰曰：案《年表》魯哀公十四年獲麟，至漢元封元年，三百七十一年），而諸侯相兼，史記放絕。今漢興，海內一統，明主賢君忠臣死義之士，余為太史而弗論載，廢天下之史文，余甚懼焉，汝其念哉！"遷俯首流涕曰："小子不敏，請悉論先人所次舊聞，弗敢闕。"

父子天性,何況又是有關寫作歷史的事,公私兩盡,非可言舊。在當時的條件下,我看,這是值得肯定的。其次,便是他身遭李陵之禍(李陵降匈奴,司馬遷曾為之辯解)以後的哀鳴(時年四十七歲,下獄未幾,受宮刑):

太史公遭李陵之禍,幽於縲紲,乃喟然而歎曰:"是余之罪也夫! 是余之罪也夫! 身毀不用矣。"退而深惟曰:"夫《詩》《書》隱約者(其意隱約而言微),欲遂其志之思也。昔西伯拘羑里(在今河南省湯陰縣),演《周易》。孔子戹(音遏)陳蔡,作《春秋》。屈原放逐,著《離騷》。左丘失明,厥有《國語》。孫子(臏)臏腳,而論《兵法》。不韋遷蜀,世傳《呂覽》。韓非囚秦,《說難》《孤憤》。《詩》三百篇,大抵賢聖發憤之所為作也。此人皆意有所鬱結,不得通其道也。故述往事,思來者。"於是卒述陶唐以來,至於麟止。(服虔曰:"武帝至雍,獲白麟,而鑄金作麟足形,故云麟止。遷作《史記》止於此,猶《春秋》終於獲麟然也。"《史記》以黃帝為首,而云"述陶唐"者,言黃帝文不雅馴,故述黃帝為本紀之首,而以《尚書》雅正,故稱"起於陶唐"。)

關於發洩憂憤、抱怨武帝的種種,史遷在《報任少卿書》中說得最為淋漓盡致,其時遷已為中書謁者令,五十三歲了。

李陵素與士大夫絕甘分少(禮讓待人),能得人之死力,雖古名將不過也。身雖陷敗,彼觀其意,且欲得其當而報漢(找尋時機以報漢家)。事已無可奈何,其所摧敗,功亦足以暴於天下(暴,露布)。僕懷欲陳之,而未有路。適會召問,即以此指推言陵功,欲以廣主上(漢武帝)之意,塞睚眦之辭(打算寬慰皇帝,止息對李陵的打擊報復)。未能盡明,明主不深曉,以為僕沮貳師(沮,毀壞。貳師,將軍李廣利,李夫人之兄),而為李陵遊說,遂下於理(交付法官審判)。拳拳之忠,終不能自列,因為誣上,卒從吏議(拳拳,忠謹之貌。列,陳述。誣,欺罔。吏議,判決罪名)。家貧,財賂不足以自贖,交遊莫救,左右親近不為壹言(賂,貨也。親近,皇帝的近臣)。身非木石,獨與法吏為伍,深幽囹圄之中,誰可告愬者(囹圄,監獄。愬,訴也)!此正少卿所親見,僕行事豈不然邪?

親族朋輩之中,容易吐露真情實意,史遷此書,可謂痛切,"可為知者道,難與俗人言"嘛。他之所以不死,那便是為了完成先人的事業,把《史記》寫出來啦。"死,有重於泰山,或輕於鴻毛",很顯然,作者是走了上一句的路子的。因為他在這篇信裏和《自序》中,都一再地強調"思垂空文以自見",從而擺出來《史記》的章則目錄,說是打算"通古今之變,成一家之言","藏之名山,傳之其人",因而雖被萬戮,亦不反悔的。以下,我們就應該重點地抉拾它的"目錄"了。

一、關於"本紀"的

①五帝:維昔黃帝,法天則地。四聖(顓頊、帝嚳、堯、舜)遵序,各成法度。唐堯遜位,虞舜不台(音怡,悅也)。厥美帝功,萬世載之(應劭云:"有本則紀。"按本,根源也,古有《世本》)。

②周:惟棄作稷,德盛西伯。武王牧野,實撫天下。幽厲

昏亂,既喪豐鎬。陵遲至赧,洛邑不祀。

③始皇:始皇既立,并兼六國。銷鋒鑄鐻(音巨,鐘也),維偃(止息)干革。尊號稱帝,矜武任力。二世受運,子嬰降虜(為項羽所殺)。

④項羽:秦失其道,豪傑並擾。項梁(羽之季父)業之,子羽(即項羽)接之。殺慶(宋義也,號慶子冠軍。慶一作卿)救趙,諸侯立之。誅嬰背懷(楚懷王孫心,羽曾擁立為義帝),天下非之。

⑤高祖:子羽暴虐,漢行功德,憤發蜀漢,還定三秦。誅籍業帝,天下惟寧,改制易俗。

⑥呂太后:惠(漢惠帝)之早霣(音隕,落、亡也),諸呂不台(怡,懌也,不為百姓所悅)。崇強祿產(呂祿,呂產,俱被封王),諸侯謀之(起兵,造反)。殺隱(趙隱王如意)幽友(趙幽王友),大臣洞疑(洞,達也。疑,眾所懷疑,此指周勃、陳平等人),遂及宗禍(呂氏族滅)。

⑦孝文:漢既初興,繼嗣不明。迎王踐祚,天下歸心。蠲除肉刑,開通關梁。廣恩博施,厥稱太宗。

⑧孝景:諸侯驕恣,吳首為亂。京師行誅,七國伏辜。天下翕(起也)然,大安殷富。

⑨孝武:漢興五世,隆在建元。外攘夷狄,內修法度。建封禪,改正朔,易服色。

以上這些綱目,基本上是四言的而且泰半叶韻,字數均在三十以內。其最大的特點,是對歷代帝王都有總結性的評贊,實事求是,要言不煩,讀之醒人心目,亦見作者膽識。其中項羽未帝(止稱霸王),呂氏臨朝(扶植諸呂),亦待以天子之禮,為作"本紀",遺後人以口實。(十

二録九)

二、關於"年表"的:應劭曰:有年則表

①三代:維三代(夏、商、周也)尚矣,年紀不可考,蓋取之譜諜舊聞(如《世本》之類),本於茲,於是略推。

②十二諸侯:幽厲之後,周室衰微,諸侯專政。《春秋》有所不紀,而譜牒經略,五霸(齊桓、晉文、宋襄、秦穆、楚莊)更盛衰,欲覩周世相先後之意。

③六國:春秋之後,陪臣秉政,強國相王,以至於秦,卒并諸夏,滅封地,擅其號。

④高祖功臣侯者:維高祖元功,輔臣股肱,剖符而爵,澤流苗裔,忘其昭穆,或殺身隕國。

⑤王子侯者:諸侯既強,七國為從,子弟眾多,無爵封邑,推恩行義,其執銷弱,德歸京師。

⑥漢興以來將相名臣:國有賢相良將,民之師表也。維見漢興以來,將相名臣年表,賢者記其治,不賢者彰其事。

"年表"的說辭,便不那麼整齊劃一了。但也言簡意賅,字數不多,諸表各有其獨特的功能。(十表録六)

三、關於"書"的

①禮:維三代之禮,所損益各殊務。然要以近情性,通王道,故禮因人質為之節文,略協古今之變。

②樂:樂者,所以移風易俗也。自《雅》《頌》聲興,則已

好鄭衛之音。鄭衛之音,所從來久矣。人情之所感,遠俗則懷(樂所以感和人情,自不能一成不變,則遠方殊俗亦可以向化了)。比樂書以述來古。

③律:非兵不強(古者師出以律,聞律效勝負,望敵知吉凶,故《律書》即《兵書》也),非德不昌。黄帝(有阪泉之師)、湯、武(有鳴條、牧野之戰)以興,桀、紂、二世以崩,可不慎歟?《司馬法》所從來尚矣,太公、孫、吳、王子(成甫)能紹而明之,切近世,極人變。

④曆:律居陰而治陽,曆居陽而治陰。律曆更相治,間不容翲(音漂,輕也)忽。五家之文怫異(金、木、水、火、土,文明悖異不同),維太初之元論。

⑤天官:星氣之書,多雜機祥,不經;推其文,考其應,不殊。比集論其行事,驗於軌度以次。

⑥河渠:維禹浚川,九州攸寧,爰及宣防,決瀆通溝。

⑦平準:維幣之行,以通農商,其極則玩巧,并兼茲殖,爭於機利,去本趨末。

除《封禪書》外,上述七類,倒是一些有關古代典章制度的記錄,可供觀覽,以知文化之變。(八錄其七)

四、關於"世家"的:舉例"周""孔"

①周公:依之違之,周公綏之。憤發文德,天下和之。輔翼成王,諸侯宗周。隱桓之際(與齊為敵),是獨何哉?三桓(季孫、叔孫、孟孫)爭強,魯乃不昌。嘉旦《金縢》。

②孔子:周室既衰,諸侯恣行。仲尼悼禮廢樂崩,追修經

術以達王道,匡亂世反之於正,見其文辭,為天下制儀法,垂六藝之統紀於後世。

"世家"之語,又多四言成韻,其言盛衰興亡之跡亦極精確(雖然是非善惡的標準,仍是三皇五帝的)。與"本紀"不同之處,在於結尾時添了一句嘉尚的話,頗具代表性。大概是對皇帝以下的人,可以明顯地論斷之故。又此中的孔子,不是諸侯也非將相,而等同視之,亦可見其尊崇之意了。《陳涉世家》則為孟堅等史家所非議。還有《三王世家》說解最短,只有八個字"三子之王,文辭可觀"。

五、關於"列傳"的

①伯夷:末世爭利,維彼奔義,讓國餓死,天下稱之。

②管晏:晏子儉矣,夷吾則奢,齊桓以霸,景公以治。

③老子韓非:李耳無為自化,清淨自正;韓非揣事情,循勢理。【後缺】

《史記》的寫作藝術初探

宋人呂祖謙(1137—1181)說司馬遷的"書法","拘儒""曲士"是不可能通曉的。因為他"指意深遠,寄興悠長",由微之顯,似絕而續,正變相生,彼此呼應,簡直如"魚龍幻化"一般,令人無從蹤跡,莫測高深(大意如此)。這話講得好像玄乎,實則很有道理。明人茅坤(1512—1601)就談得比較具體,他說司馬子長之文是"蘊藉百家,包括萬代"的。例如讀《屈賈列傳》便覺酸鼻,看《遊俠傳》就想"輕生",念《莊周傳》每欲"遺世",覽《李廣傳》即思戰鬥,瞧《信陵平原君傳》遂喜"養士"之類,都是由於他掌握了人情事故,又能刻畫得形象逼真的原故。(單純追求"句字激射"者,不足以語此。)

按兩人全是古典散文大家,這些話自然不是隨便說說的,只不過不夠全面又非常抽象而已。史遷之文,意到筆隨,濃淡咸宜,馳騁縱橫,氣象萬千,確是生花的能手,曠代的傑作。認真分析起來,可有以下數端:

一、《太史公自序》幾乎就是史記的目録。它敘述著自黃帝以來至漢武太初凡三千年的歷史,共五十二萬餘字,這一百三十篇中,計:

①"本紀"(十二):專記各代皇帝的本事,以編年為體。來源於"記言記事"的《尚書》,正歲時、大一統的《春秋左氏傳》。但是經過充實提高升華概括了的,分門別類重點突出了的。

②"書"(八):敘述各個朝代的社會、政治、經濟、文化等情況,是從發生到發展的,既繼承了前人也影響了後世的,綜合歸納,等於專著。這在史書上也是創制的,獨其隻眼的。

③"表"(十):排比史事、人物,綱舉目張,橫行斜上,按圖索驥,極便查找,也可以說是為"世家""列傳"服務的。其辦法同為首創者。

④"世家"(三十):貴族世家的世系記錄。它與"本紀""列傳"是相輔而行。見乎此明乎彼,繁簡適當,互為補充。比之前此載記之渾然一體,散見雜出者,不可同年而治。

⑤"列傳"(七十):以士大夫階級的官僚事跡為主。有單人的,有合傳的,物以類集,人以群分,亦不排斥來自底層的士人(甚至三教九流之類的人物,也為之作記)。

除上面列舉的五項之外,《史記》作者給我們留下的精神財富,還有幾點犖犖大者值得鄭重提出。

首先是,司馬遷具有遠大的歷史眼光,他能夠一反前此的"蠻夷華夏"之禁,也給中國以外的世界寫了傳記、做了報導。如:朝鮮、大宛、烏孫、康居、奄蔡、大月氏、安息等中亞各國的列傳即是。屬於中國少數民族的歷史,如匈奴的、西南夷的、東南越的,就更不待言了。如實的下筆,都有專書。

其次,他的登錄,能夠遍及社會各個側面。如《平準書》記載了各個地區的經濟情況;《貨殖傳》則描繪了能夠發家致富的商賈,重資源,記特產,所以為廣大人民的物質生活著想,崇貨殖,羞貧賤,已經打破了儒家"正其誼不謀其利"的老調子,而農工商虞(礦牧)四業並重了。因為"此四者,民所衣食之原也",必須發展社會生產財富,始克有濟。

最後,應該大書特書的是,子長寫史,不單純為王侯將相樹碑立傳,也並不冷落了各個階層,甚至於遊俠、刺客、龜策、日者(占卜的人)等等設有專章。因為他是非常之肯定講義氣、重然諾、不畏強暴、慷慨悲歌之士的,而在才藝方面有所作為的學人、匠師,同樣特別地欣賞。他如,不以成敗論英雄,給項羽寫了跟皇帝一般的"本紀",替陳涉立了像諸侯一樣的"世家"，並且推為亡秦興漢的首事者，這就非同小可了。

附帶說明一事，補《史記》的褚先生，名少孫，是西漢元、成間的一個博士。不過，"補十篇"之說不可信，因之有的格調筆法極不相類。

按唐人劉知幾（661—721）尋繹《史記》體例之言最為精微，他說《本紀》：

> 昔汲冢竹書，是曰《紀年》，《呂氏春秋》肇立紀號（其書有十二紀，分春、夏、秋、冬，各有孟、仲及季）。蓋"紀"者，綱紀庶品，網羅萬物，考篇目之大者，其莫過於此乎！及司馬遷之著《史記》也，又列天子行事，以本紀名篇，後世因之，守而勿失。譬夫行夏時之正朔，服孔門之教義者（言法立而分定也），雖地遷陵谷，時變質文，而此道常行，終莫之能易也。（贊其創立"紀"名，專歸天子，至當不易，無容混冒。）
>
> 蓋紀之為體，尤《春秋》之經，繫日月以成歲時，書君上以顯國統。
>
> 又"紀"者，既以編年為主，唯敘天子一人。有大事可書者，則見之於年月，其書事委曲，付之"列傳"，此其義也。

又說《世家》：

> 自有王者，便置諸侯，列以五等，疏為萬國。
>
> 司馬遷之記諸國也，其編次之體，與《本紀》不殊。蓋欲抑彼諸侯，異乎天子，故假以他稱，名為世家。案"世家"之為義也，豈不以開國承家，世代相續之故乎！
>
> 當漢氏之有天下也，其諸侯與古不同。夫古者諸侯，皆即位建元，專制一國，綿綿瓜瓞，卜世長久。至於漢代則不

然。其宗子稱王者,皆受制京邑,自同州郡。異姓封侯者,必
從宦天朝,不臨方域。或傳國唯止一身,或襲爵才經數世,雖
名班胙土,而禮異人君,必編世家,實同列傳。

還有"列傳",他說:

　　夫紀傳之興,肇於《史記》。蓋"紀"者,編年也;傳者,列
事也。編年者,歷帝王之歲月,猶《春秋》之經;列事者,録人
臣之行狀,猶《春秋》之傳。《春秋》則傳以解經,《史》《漢》則
傳以釋紀。尋茲例草創,始自子長,而樸略猶存,區分未盡。

　　夫紀、傳之不同,猶詩、賦之有別,而後來繼作,亦多所
未詳。

　　又傳之為體,大抵相同,而述者多方,有時而異。

　　　　　　　　　　　　　　　　　　（以上所引並見《史通》）

　　從紀傳之所以得名,到它的基本上的內容及其差異,劉子玄都給
我們講清楚了。他的一些觀點,如說史必依經,不該為項羽作"本紀"、
陳涉寫"世家"、朱家入"列傳"等,我們自然不能同意,因為此等地方
正是子長不與人同別有會心之處。如同他評譏《史記》的"表"是"旁
行斜上,因譜象形",說"以表為文,用述時事,施彼譜牒,容或可取,載
諸史傳,未見其宜",以為"煩費",得之不為益,失之不為損一樣,我們
也覺得這是埋沒了子長使人一目了然的首創精神。對於"書志"之論,
大體尚可。因為子玄也認識到"紀傳之外,有所不盡,隻字片文,於斯
備録,語其通博,信作者之淵海也"(同上,《書志》)。他在這裏面不止
講的是子長的"八書",還有孟堅的"十志"麼。

紀傳文

　　為了對比研究的方便,史遷的《史記》介紹完畢,讓我們先從班固及其所著《漢書》談起。

　　班固(32—92)字孟堅,扶風安陵(今陝西省咸陽縣東)人。他不但是一位史學家,同時也是散文家和辭賦家。他的辭賦如《兩都》的富麗堂皇,文筆典雅;《幽通》的托言遇神,抒發幽思,我們就不詳細說了,現在要研究的是他著的《漢書》,斷代為史,號稱紀傳正宗的散文。先說他的父親班彪。《後漢書·班彪傳》云:"彪既才高而好述作,遂事心史籍之間。"彪認為司馬遷的《史記》自太初(武帝年號)以後闕而不錄,後好事者(謂揚雄、劉歆、褚少孫等)頗或綴集時事,然多鄙俗,不足以踵繼其書。"乃繼采前史遺事,傍資異聞,作後傳數十篇,因斟酌前史而譏正得失"。可見,從彪到固,如同司馬氏之從談到遷一樣,都是父子家傳,淵源有自的。班彪論說史書發生發展的過程,最為精確,彪云:

　　　唐虞三代,《詩》《書》所及,世有史官,以司典籍(《禮記》:"動則左史書之,言則右史書之。"見於史籍者,夏太史終古、殷太史向摯、周太史儋,《呂氏春秋》有記)。暨於諸侯,國自有史(《左傳》魯季孫召外史掌惡臣。衛史華龍滑曰:"我太史也。"楚有左史倚相)。故《孟子》曰:"楚之《檮杌》,晉之《乘》,魯之《春秋》,其事一也(乘者,興於田賦乘馬之事。檮杌者,囂凶之類,興於記惡之誡。春秋以二始舉四時,以記萬事。遂各因以為名,其記事一也。見趙歧《孟子注》)。"定哀之間,魯君子左丘明論集其文,作《左氏傳》三十篇,又撰異同,號曰《國語》二十一篇,由是《乘》《檮杌》之事遂闇(不行於時,是書已亡),而《左氏》《國語》獨章。又有記錄黄帝以來至春秋時帝王、公侯、卿大夫,號曰《世本》一十五篇。春秋之後,七國並爭,秦并諸侯,則有《戰國策》三十三篇。漢興定天下,太中大夫陸賈,記錄時功,作《楚漢春秋》九篇。孝武之世,太史令司馬遷,采《左氏》《國語》,刪《世本》《戰國策》,據楚、漢列國時事,上自黄帝,下訖獲麟(武帝泰始二年,登隴首,獲白麟。遷作《史記》,絶筆於此年也),作本紀、世家、列傳、書、表凡百三十篇,而十篇缺焉(章懷注曰:十篇謂遷歿之後,亡《景紀》《武紀》《禮書》《樂書》《兵書》《將相年表》《日者傳》《三王世家》《龜策傳》《傅靳列傳》)。遷之所記,從漢元至武以絶,則其功也。至於采經摭傳,分散百家之事,甚多疏略,不如其本,務欲以多聞廣載為功,論議淺而不篤。其論術學則崇黄老而薄《五經》(黄帝、老子,道家也。司馬談云:"道家使人精神專一,動合無形,贍足萬物。"又曰:"儒者博而寡要,勞而少功"),序《貨殖》則輕仁義而羞貧窮(飲食被服不足以自適,如此不慚恥,則無所比矣。無巖處奇士之行,而長貧賤、語仁義,亦足羞也),道《遊俠》則賤守節而貴俗功(序云:今遊俠,其行雖不軌於正義,然其言必信,於行必果,已諾必誠,不愛其軀,赴士之阨,蓋有足多者),此其大敝傷道,所以遇極刑(最下腐刑,極矣)之咎也。然善述序事理,辯而不華,質而不野,文質相稱,蓋良史之才也。誠令遷依五經之法言,同聖人之是非,意亦庶幾矣。

夫百家之書,猶可法也,若《左氏》《國語》《世本》《戰國策》《楚漢春秋》《太史公書》,今之所以知古,後之所由觀前,聖人之耳目也。司馬遷序帝王則曰"本紀",公侯傳國則曰"世家",卿士特起則曰"列傳",又進項羽(為本紀)、陳涉(作世家)而黜淮南(於列傳)、衡山(本當世家),細意委曲,條例不經。若遷之著作,採獲古今,貫穿經傳,至廣博也。一人之精,文重思煩,故其書刊落不盡,尚有盈辭,多不齊一。

此地所以徵引了班彪這一段文章的意義在於:

一、他是班固的父親,史論精湛,有許多看法都由班固繼承下來了,譬如《史記後傳》數十篇,即是這樣的,儘管班固沒有公開地承認(有人說,這是孟堅不肖的地方,不如司馬遷之與司馬談多矣)。班彪掌握的史料也極豐富,所以才能原原本本地說出來司馬遷以往的史書情況。

二、批評《史記》各點,不免過當。但他究係東漢之人,相距匪遙,聞見親切,可以供備吾人參考。值得重視的是班彪的正統思想即儒家思想比較嚴重,這是與後漢的特別講求經學、尊視儒生(如桓榮等人居然成為帝師)的政策分不開的。范曄說他是:"通儒上才,傾側危亂之間,行不踰方,言不失正,仕不急進","守道恬淡",看來不是沒有道理的。

固因家教,九歲即能寫文章,誦詩賦,及長,博貫載籍,九流百家之言,無不窮究(九流謂:道、儒、墨、名、法、陰陽、農、雜、縱橫),所學無常師,不為章句,因此為時人傾慕。父彪死後,固也專心致志地從事史書的著作,可是因此有人告密,說固私改國史,被繫京兆獄,幸賴弟超詣闕上書訟冤,才得釋放出來,委為蘭臺令史(秩百石,掌書劾奏)。遷為郎,典校秘書,使成前所著書。"固以為漢紹堯運,以建帝業,至於六世(高祖至武帝),史臣(謂司馬遷也)乃追述功德,私作本紀,編於百王之末(《史記》起自黃帝,漢最居其末),廁於秦、項之列,太初以後,闕而不録。故探撰前記,綴集所聞,以為《漢書》,起元高祖,終於孝平王莽之誅,十有二世,二百三十年(高、惠、呂后、文、景、武、昭、宣、元、成、哀、平十二代,並王莽合二百三十年)。綜其行事,傍貫《五經》,上下洽通,為春秋考紀(謂帝紀也。言考覈時事,具四時以立言,如《春秋》之經)、表、志、傳凡百篇(紀十二,表八,志十,列傳七十,合百篇)。"

"固自永平(漢明帝年號)中始受詔,潛精積思二十餘年,至建初(漢章帝年號)中乃成。當世甚重其書,學者莫不諷誦焉。"固也因此得以接近朝廷,讀書禁中,有大議使難問公卿,辯論於皇帝之前,賞賜恩寵甚為渥厚。後遷玄武司馬(秩千石,主管宮門)。天子會諸儒進論《五經》(章帝建初四年,論諸王諸儒會白虎觀講議《五經》同異),作《白虎通德論》,就是由班固撰集主筆的。後以母喪去官。永元(漢和帝年號)初,大將軍竇憲出征匈奴,以固為中護軍,參預戰事。及竇憲敗,固亦免官,又因家奴醉辱洛陽令,連帶捕繫,遂死獄中,年六十一。所著《典引》《賓戲》《應譏》、詩、賦、銘、誄、頌、書、文、記、論、議、六言,在者凡四十一篇。(以上所引,具見《後漢書》本傳)

范曄(398—445,《後漢書》作者)評論班固說:"司馬遷、班固父子,其言史官載籍之作,大義粲然著矣,議者咸稱二子有良史之才。遷文直而事覈,固文贍而事詳。若固之序事,不激詭(激,揚也。詭,毀也),不抑抗(抑,退也。抗,進也),贍而不穢,詳而有體,使讀之者亹亹(勉也)而不猒,信哉其能成名也!"

看來范蔚宗也是把馬、班父子相提並論的,不過對孟堅多美言了幾句而已。例如他說:"彪、固譏遷,以為是非頗謬於聖人(指崇黃老、薄《五經》、輕仁義、賤守節而言)",而固自己又何嘗不讚賞郭解等人"殺身成仁之為美"呢? 固傷遷博物洽聞,不能以智免極刑,固本人不也一樣地"身陷大戮"嗎? "智及之而不能守之"(《論語》孔子之言)。在封建社會裏,那皇帝是把學人作者當作奴僕的,要用就用,要殺就殺,語云"伴君如伴虎"麼。范曄說班固"致論於目睫(如目見毫毛不及瞳孔)",他個人哪,元嘉(南朝宋文帝年號)二年同被殺頭了。范氏的讚語也很有意思,他說:

> 二班懷文,裁成帝墳(三墳五典也)。比良遷、董(司馬遷,董狐,古之良史),兼麗卿、雲(司馬長卿,揚子雲,都是辭賦大家,班氏父子也不弱,子長就不行了)。彪識皇命,固迷世紛(此言父勝於子)。

下邊,先流覽幾段班孟堅的其它論文。如弱冠時,奏記說東平王蒼云:

> 傳曰:"必有非常之人,然後有非常之事,有非常之事,然後有非常之功。"(司馬相如喻蜀之辭)固幸得生於清明之世,豫在視聽之末,私以螻蟻(螻蟻,謂細微也),窺觀國政,誠美將軍擁千載之任(謂自周公至明帝時有千餘載也),躡先聖之蹤(此謂周公旦也),體弘懿之姿,據高明之執,博貫庶事,服膺六藝,白黑簡心(聖人見是非若白黑之見於目),求善無厭,採擇狂夫之言,不逆負薪之議(負薪,賤人也)。竊見幕府新開,廣延群俊,四方之士,顛倒衣裳(言士爭歸之也)。將軍宜詳唐、殷之舉,察伊、皋之薦,令遠近無偏,幽隱必達,期於總攬賢才,收於明智,為國得人,以寧本朝。

接著,他還真就推薦京兆祭酒晉馮、扶風掾李育、京兆督郵郭基、涼州從事王雍、弘農功曹史殷肅等六人,說是"皆有殊行絕才,德隆當世,如蒙徵納,以輔高明,此山梁之秋,夫子所為歎也"(《論語》:"山梁雌雉,時哉,時哉!"秋猶時也),最後復以春秋戰國時,楚之卞和、屈原作比,雖然一個因獻寶而被斷趾,一個因納忠而自沉汨羅,可是"和氏之璧,千載垂光;屈子之篇,萬世歸善",藉以聳動劉蒼,招賢納士。從形式上看,好像是策論一般,不過內容卻只是薦賢的,而孟堅未壯,即留心時事,勇於建議的精神,已經躍然紙上了。他也很會歌功頌德,如《兩都賦序》云:

　　或曰:賦者,古詩之流也。(《毛詩序》:詩有六義焉,二曰賦,故賦為古詩之流也。)昔成康沒而頌聲寢,王澤竭而詩不作。(言周道既微,雅頌並廢也。成,周成王誦。康,周康王釗。《孟子》:"王者之跡息而《詩》亡。")大漢初定,日不暇給(指劉邦之初,不遑文事),至於武、宣(武帝劉徹,宣帝劉洵)之世,乃崇禮官,考文章,內設金馬石渠之署,外興樂府協律之事(金馬,宮門。石渠,藏書閣。武帝始定郊祀之禮,立樂府,以李延年為協律都尉),以興廢繼絕,潤色鴻業(言能發起遺文,以光贊大業)。是以眾庶悅豫,福應尤盛,白麟、赤雁、芝房、寶鼎之歌,薦於郊廟,(《漢書·武帝紀》:"行幸雍,獲白麟,作《白麟之歌》。""行幸東海,獲赤雁,作《朱雁之歌》。""甘泉宮內產芝,九莖連葉,作《芝房歌》。""得寶鼎後土祠旁,作《寶鼎之歌》。")神雀、五鳳、甘露、黃龍之瑞,以為紀年。(《漢書·宣帝紀》:"神雀元年",以神雀集長樂宮,故以改元。"五鳳元年",則因鳳皇五至。"甘露元年",乃因甘露之降,故均以改元。"黃龍元年",又因黃龍見於新豐而改元焉。)故言語侍從之臣,若司馬相如、虞丘壽王、東方朔、枚皋、王褒、劉向之屬,朝夕論思,日月獻納。(虞丘壽王字子貢,以善格五召待詔,遷為侍中中書。枚皋字少孺,上書北

闕,自稱枚乘之子,上得,大喜,召入見待詔,拜為郎。)而公卿
大臣,御史大夫倪寬、太常孔臧、太中大夫董仲舒、宗正劉德、
太子太傅蕭望之等,時時間作。或以抒下情而通諷諭(《詩
序》:"吟詠情性,以諷其上"),或以宣上德而盡忠孝(《國語》
伶州鳩曰:"夫律,所以宣佈哲人之令德"),雍容揄揚,著於
後嗣,抑亦雅頌之亞也(揄,引也。揚,舉也。《詩序》:"言天
下之事,形四方之風,謂之雅")。故孝成之世,論而錄之
(《漢書》:"孝成皇帝,元帝太子也。"諱驁,字太孫),蓋奏御
者千有餘篇,而後大漢之文章,炳焉與三代同風(炳,著明。
三代,夏、商、周)。且夫道有夷隆,學有粗密,因時而建德者,
不以遠近易則。故皋陶歌虞(《尚書》:"元首明哉,股肱良
哉,庶事康哉"),奚斯頌魯(奚斯,魯公子也。《韓詩·魯
頌》:"新廟弈弈",盛大),同見采於孔氏,列於《詩》《書》,其
義一也。稽之上古則如彼,考之漢室又如此。斯事雖細,然
先臣之舊式,國家之遺美,不可闕也。

話雖不多,可是已經表現出來史文作者獨特的風格。因為他既尋
繹了詩賦的關係,又讚美了漢家的有作:抒情諷喻,宣德忠孝,兩語盡
之。這裏面也未嘗不包括著他自己。如《東都賦》之推崇高祖,鞭撻王
莽,頌揚光武,就可以說是,至矣盡矣,蔑以加矣。他說:

夫大漢之開元也,奮布衣以登皇位,由數期而創萬代,蓋
六籍所不能談,前聖靡得言焉。當此之時,功有橫而當天,討
有逆而順民。故婁敬度勢而獻其說,蕭公權宜而拓其制,時
豈泰而安之哉? 計不得以已也。(《漢書》:"蕭何治未央宮,
立東闕、北闕、前殿、武庫、大倉。上見其壯麗,甚怒。"蕭何

曰:"天子以四海為家,非壯麗無以重威,且毋令後代有以加也。"上說之。)

又曰:

往者,王莽作逆,漢祚中缺(祚,位也。王莽字巨君,王皇后弟之子,先居攝,後即天子位),天人致誅,六合相滅。於時之亂,生人幾亡,鬼神泯絕。壑無完柩,郭(郭也)罔遺室。原野厭人之肉,川谷流人之血,秦項之災猶不克半,書契以來未之或紀。故下人號而上訴,上帝懷而降監。乃致命乎聖皇(指光武帝而言)。

於是聖皇乃握乾符,闡坤珍,披皇圖,稽帝文,赫然發憤,應若興雲。霆擊昆陽,憑怒雷震。遂超大河,跨北嶽,立號高邑,建都河洛。紹百王之荒屯,因造化之蕩滌。體元立制,繼天而作。系唐統(帝堯以唐虞升為天子,漢帝系出唐帝),接漢緒(東漢接西漢),茂育群生,恢復疆宇,勳兼乎在昔,事勤乎三五。豈特方軌並跡,紛綸后辟,治近古之所務,蹈一聖之險易云爾哉?

且夫建武之元,天地革命。四海之內,更造夫婦,肇有父子,君臣初建,人倫寔始,斯乃伏犧氏之所基皇德也。(《周易》:"天地革而四時成。"又曰:"湯武革命。"《爾雅》:"九夷、八蠻、六戎、五狄,謂之四海。")分州土,立市朝,作舟輿,造器械,斯乃軒轅氏之所以開帝功也。龔行天罰,應天順人,斯乃湯武之所以昭王業也。遷都改邑,有殷宗(盤庚也)中興之則焉。即土之中,有周成隆平之制焉。不階尺土一人之柄,同符乎高祖。克己復禮,以奉終始,允恭乎孝文(漢文帝劉恒)。

憲章稽古,封岱勒成,儀炳乎世宗(漢武帝劉徹)。案《六經》
而校德,眇古昔而論功,仁聖之事既該,而帝王之道備矣。

　　總之,儘管他這是大賦《東都》的前言,可是歷歷說來,承前啟後,
有褒有貶,愛恨分明,不特嫻熟史事,而且重點昭然:從三皇五帝,文武
周公,直至漢高、光武,都是首尾一貫的儒家之道,先稱史家的本事,文
章之正宗。至於人物的突出,敘述的簡潔,層次的清晰,文筆的流暢,
已與司馬子長比肩抗衡,更不待說。而其描寫王莽殘暴,人民塗炭的
一段筆墨,真是如怨如訴,動人心弦,對比之下,劉秀可以不朽了。

從寫作例體上溯比《史記》與《漢書》的同異

①《漢書》為紀傳正宗,斷代為書始於此,其先出於班固。此因司馬遷《史記》終於孝武帝,自太初(武帝年號)闕而不錄,班彪因之,演成《後記》,以續前編,但是初稿,未竟全代,故由孟堅完成,以繼父業。其書斷自高祖劉邦,迄於王莽,共是"十二紀""十表""十書""七十列傳",勒成一史,目為《漢書》。

②劉知幾曰:"昔虞夏之典,商周之誥,孔氏所撰,皆謂之'書'。夫以'書'為名,亦稽古之偉稱。尋其創造,皆准子長,但不為'世家',改'書'曰'志'而已。自東漢以後,作者相仍,皆襲其名號,無所變革,唯《東觀》曰'記',《三國》曰'志'。然稱謂雖別,而體制皆同。"(總言"紀傳"為體,皆準子長,但起高盡莽,後史皆仍其斷代之式耳。《史通·六家》)

③劉氏又曰:"歷觀自古,史之所載也,《尚書》記周事,終秦穆;《春秋》述魯史,止哀公;《紀年》(即《竹書紀年》)不逮於魏亡,《史記》唯論於漢始(此推言前史,或累代連舉,或一代不完,從無斷限全代者)。如《漢書》者,究西都之首末,窮劉氏之廢興,包舉一代,撰成一書(唯《漢書》為斷代正體),言皆精練,事甚該密,故學者尋討,易為其功。自爾迄今,無改斯道。"(按:紀傳家自隋唐以來,《經籍》《藝文》諸志,皆列史部首科,謂之"正史",先馬次班,此定例也。劉氏以時近者易為功,代遠者難為力,有鑒於"通史""科錄"之蕪累,故特標舉"斷限",備《史》《漢》二家以示適從云爾。)

④劉勰前亦曾言:"班固述漢,因循前業。觀司馬遷之辭,思實過

半。其十志該富,讚序弘麗,儒雅彬彬,信有遺味。至於宗經矩聖之典,端緒豐贍之功,遺親攘美之罪,征賄鬻筆之愆,公理辯之究矣。觀夫《左氏》綴事,附經間出,於文為約,而氏族難明。及史遷各傳,人始區分,詳而易覽,述者宗焉。及孝惠委機,呂后攝政,班、史立紀,違經失實。"(《文心雕龍·史傳》)

這些關於"史法""史論"的問題,歷來諸家各有己見。大體說來,《漢書》有繼承有革新,斷代為書,青出於藍,許多前人的看法,則是一致的。茲以劉知幾之分論為主略述如下:

《世家》:

自有王者,便置諸侯,列以五等,疏為萬國。當周之東遷,王室大壞,於是禮樂征伐自諸侯出。迄乎秦世,分為七雄。司馬遷之記諸國也,其編次之體,與"本紀"不殊(各國自用其年)。蓋欲抑彼諸侯,異乎天子,故假以他稱,名為"世家"。

按"世家"之為義也,豈不以開國承家,世代相續?至如陳勝起自群盜,稱王六月而死,子孫不嗣,社稷靡聞,無世可傳,無家可宅,而以"世家"為稱,豈當然乎?夫史之篇目,皆遷所創,豈以自我作故,而名實無準。

蓋班《漢》知其若是,釐革前非。至於蕭、曹茅土之封,荊、楚葭莩之屬,並一概稱傳,無復"世家"。

《列傳》:

夫"紀""傳"之興,肇於《史》《漢》。蓋"紀"者,編年也;"傳"者,列事也。編年者,歷帝王之歲月,猶《春秋》之"經";

列事者,録人臣之行狀,猶《春秋》之"傳"。《春秋》則"傳"以解"經",《史》《漢》則"傳"以釋"紀"。

尋茲例草創,始自子長,而樸略猶存,區分未盡。如項王宜"傳",而以"本紀"為名,非惟羽之僭盜,不可同於天子;且推其序事,皆作"傳"言,求謂之"紀",不可得也。

夫"紀"、"傳"之不同,猶詩賦之有別,而後來繼作,亦多所未詳。

又"傳"之為體,大抵相同,而述者多方,有時而異。如二人行事,首尾相隨,則有一傳兼書,包括令盡。若陳餘、張耳合體成篇,陳勝、吳廣相參並録是也。

《表歷》:

蓋譜之建名,起於周代,表之所作,因譜象形。故桓君山(譚)有云:"太史公《三代世表》旁行邪上,並效周譜。"此其證歟?

夫以表為文,用述時事,施彼譜牒,容或可取,載諸史傳,未見其宜。何則?《易》以六爻窮變化,《經》以一字成褒貶,《傳》包"五始",《詩》含"六義"。故知文尚簡要,語惡煩蕪,何必款曲重杳,方稱周備。(泛提史家不必有"表"。)

觀馬遷《史記》則不然矣。天子有"本紀",諸侯有"世家",公卿以下有"列傳",至於祖孫昭穆,年月職官,各在其篇,具有其說,用相考核,居然可知。而重列之以表,成其煩費,豈非謬乎?且表次在篇第,編諸卷軸,得之不為益,失之不為損。用使讀者莫不先看"本紀",越至"世家",表在其間,緘而不視,語無其用,可勝道哉?(就編次言,夾置"本

281

紀""世家"之間,易被觀者越過。)

既而班、《東》(《東觀漢記》)二史,各相祖述,迷而不悟,無異逐狂。必曲為銓擇,強加引進,則"列國年表"或可存焉。何者? 當春秋、戰國之時,天下無主,群雄錯峙,各自年世。若申之於表以統其時,則諸國分年,一時盡見。如兩漢御歷,四海成家,公卿既為臣子,王侯才比郡縣,何用表其年數以別於天子者哉? (言《史記》所綜,在列國時代可用,一統之世不必。)

異哉! 班氏之《人表》也。區別九品,網羅千載,論世則異時,語姓則他族。自可方以類聚,物以群分,使善惡相從,先後為次,何藉而為表乎?

《書志》(序論,論天文,論藝文,論五行,後論):

夫刑法、禮樂、風土、山川,求諸文籍,出於《三禮》。及班、馬著史,別裁"書""志"。考其所記,多效《禮經》。且"紀""傳"之外,有所不盡,隻字片文,於斯備錄。語其通博,信作者之淵海也。

原夫司馬遷曰"書",班固曰"志",蔡邕曰"意",華嶠曰"典",張勃曰"錄",何法盛曰"說"(歐陽《五代史》又曰"考")。名目雖異,體統不殊,亦猶楚謂之《檮杌》,晉謂之《乘》,魯謂之《春秋》,其義一也。

於其編目,則有:前曰《平準》(《史記》中名),後云《食貨》(《漢書》改名);古號《河渠》(《史記》),今稱《溝洫》(《漢書》);析《郊祀》(《漢書》) 為《宗廟》(《後漢書》,但非總名),分《禮樂》(《漢書》) 為《威儀》(《隋志》名《禮儀》);

《懸象》(《魏書》作《天象》)出於《天文》(《漢書》),《郡國》
(《後漢書》)生於《地理》(《漢書》)。如斯變革,不可勝計。
或名非而物是,或小異而大同。但作者愛奇,恥於仍舊,必尋
源討本,其歸一揆也。

若乃《五行》《藝文》,班補子長之闕;《百官》《輿服》,謝
(承)拾孟堅之遺(班無《輿服》)。王隱後來,加以《瑞異》
(此已無考);魏收晚進,弘以《釋老》(《魏志》末篇)。斯則自
我作故,出乎胸臆,求諸異代,不過一二者焉。

大抵"志"之為篇,其流十五六家而已。

《論贊》(論謂篇末論辭,贊謂論後韻語):

《春秋左氏傳》每有發論,假"君子"以稱之。"二傳"云
"公羊子""穀梁子",《史記》云"太史公"。既而班固曰
"贊",荀悅曰"論",《東觀》曰"序",謝承曰"詮",陳壽曰
"評",王隱曰"議",何法盛曰"述",揚雄曰"撰",劉昺曰
"奏",袁宏、裴子野自顯姓名,皇甫謐、葛洪列其所號(玄晏
先生、抱朴子),史官所撰,通稱史臣。其名萬殊,其義一揆。
必取便於時者,則總歸論贊焉。

夫"論"者,所以辯疑惑、釋凝滯。若愚智共了,固無俟商
榷。丘明"君子曰"者,其義實在於斯。(謂非每傳皆有)。
司馬遷始限以篇終,各書一論。必理有非要,則強生其文,史
論之煩,實萌於此(篇必有論,自《史記》始)。夫擬《春秋》成
史,持論尤宜闊略。其有本無疑事,輒設論以裁之,此皆私徇
筆端,苟炫文彩,嘉辭美句,寄諸簡冊。豈知史書之大體,載
削之指歸者哉?(史論成例始自《史記》,非理所必需也。)

必尋其得失,考其異同。子長淡泊無味,承祚慢緩不切,賢才間出,隔世同科。孟堅辭惟溫雅,理多愜當。其尤美者,有"典誥"之風,翩翩奕奕,良可詠也。

夫以飾彼輕薄之句,而編為史籍之文,無異加粉黛於壯夫,服綺紈於高士者矣。

史之有"論"也,蓋欲事無重出(謂補傳所無),文省可知(謂單詞已足)。如太史公曰:觀張良貌如美婦人;項羽重瞳,豈舜苗裔?此則別加他語,以補書中,所謂事無重出者也。

《序例》:

孔安國有云:"序者,所以敘作者之意也。"竊以《書》列"典""謨",《詩》含比、興,若不先敘其意,難以曲得其情。故每篇有序,敷暢厥義(如《書序》《詩小序》)。降逮《史》《漢》,以記事為宗,至於"表""志""雜傳",亦時復立序。文兼史體,狀若子書,然可與"誥""誓"相參,"風""雅"齊列矣。(此言"序"之為道,主於序明篇指,馬、班有作,猶存經序之遺。)

爰洎范曄,始革其流,遺棄史材,矜炫文彩,後來所作,他皆若斯。於是遷、固之道忽諸,微婉之風替矣(此言繁縟是尚,自范而開)。若乃《后妃》《列女》《文苑》《儒林》,凡此之流,范氏莫不有序。夫前史所有,而我書獨無,世之作者,以為恥愧。故上自《晉》《宋》,下及《陳》《隋》,每書必序,課成其數。蓋為史之道,以古傳今,古既有之,今何為者?濫觴肇跡,容或可觀;累屋重架,無乃太甚?譬夫方朔始為《客難》,續以《賓戲》(班固作)、《解嘲》(揚雄作);枚乘首唱《七發》,

加以《七章》《七辯》。音辭雖異,旨趣皆同。此乃讀者所厭聞,老生之恒說也。(此言後史宗范為課,相習成套,數見無奇矣。)

夫史之有例,猶國之有法。國無法,則上下靡定;史無例,則是非莫準。昔夫子修經,始發凡例,左氏立傳,顯其區域。科條一辨,彪炳可觀。降及戰國,迄乎有晉,年逾五百,史不乏才,雖其體屢變,而斯文終絕(此言例之為體,左後中絕)。唯令升(干寶字)先覺,遠述丘明,重立凡例,勒成《晉紀》。

《題目》:

上古之書,有《三墳》《五典》《八索》《九丘》,其次有《春秋》《尚書》《檮杌》《志》《乘》。自漢以下,其流漸繁,大抵史名多以書、記、紀、略為主。後生祖述,各從所好,沿革相因,循環遞習。蓋區域有限,莫逾於此焉。(此言書、記、紀、略為後史正名。)

榷而論之,其編年月者謂之"紀"(荀、袁《漢紀》之類),列紀(或作"記",非)傳者謂之"書"(前、後《漢書》之類),取順於時,斯為最也。夫名以定體,為實之賓,苟失其途,有乖至理。按呂(不韋)、陸(賈)二氏,各著一書,唯次篇章,不繫時月。此乃子書雜記,而皆號曰"春秋";魚豢、姚察著《魏》《梁》二史,巨細畢載,蕪累甚多,而俱榜之以"略"。考名責實,奚其爽歟!

若乃史傳雜篇,區分類聚,隨事立號,諒無恒規。如馬遷撰皇后傳,而以"外戚"命章。按外戚憑皇后以得名,猶宗室因天子而顯稱。若編皇后而曰《外戚傳》，則書天子而曰《宗室紀》，可乎？（說史遷篇題有失）班固撰《人表》，以"古今"為目，尋其所載也，皆自秦而往，非漢之事，古誠有之，今則安在？（班史篇題之失有然）子長《史記》，別創"八書"，孟堅既以"漢"為書，不可更標"書"號，改"書"為"志"，義在互文。而何氏（法盛）《中興》（《晉中興書》），易"志"為"記"，此則貴於革舊，未見其能取新。（何氏改易帙名，亦屬無謂。）

蓋法令滋章，古人所慎，若范（曄）、魏（收）之裁篇目，可謂滋章之甚者乎！苟忘彼大體，好茲小數，難與議夫"婉而成章"，"一字以為褒貶"者矣。

《斷限》：

夫"書"之立約，其來尚矣。如尼父之定《虞書》也，以舜為始，而云"粵若稽古帝堯"；丘明之傳魯史也，以隱為先，而云"惠公元妃孟子"。此皆正其疆里，開其首端，因有沿革，遂相交互，事勢當然，非為濫軼也。過此以往，可謂狂簡不知所裁者焉。

子曰："不在其位，不謀其政。"若《漢書》之立表志，其殆侵官離局者乎！考其濫觴所自，起於司馬氏。按馬《記》以史制名，班書持漢標目。《史記》者，載數千年之事，無所不容；《漢書》者，紀十二帝之時，有限斯極。固既分遷之"記"，判其去取，紀傳所存，唯留漢日；表志所錄，乃盡犧年，舉一反三，豈宜若是？膠柱調瑟，不亦謬歟！

《編次》：

昔《尚書》記言、《春秋》記事，以日月為遠近，年世為前後，用使閱之者雁行魚貫，皎然可尋。至馬遷始錯綜成篇，區分類聚。班固踵武，仍加祖述。於其間則有統體不一，名目相違，朱紫以之混淆，冠履於焉顛倒，蓋可得而言者矣。

尋子長之"列傳"也，其所編者唯人而已矣。至於龜策異物，不類肖形，而輒與黔首同科，俱謂之"傳"，不其怪乎？且龜策所記，全為志體，向若與"八書"齊列，而定以"書"名，庶幾物得其朋，同聲相應者矣。

孟堅每一姓有傳，多附出餘親。其事蹟尤異者，則分入他部。故博陸、去病昆弟非復一篇，外戚、元后婦姑分為二錄。

《稱謂》：

孔子曰："唯名不可以假人。"又曰："名不正則言不順。""必也正名乎！"是知名之折中，君子所急，況復列之篇籍，傳之不朽者邪！昔夫子修《春秋》，吳、楚稱王而仍舊曰子，此則褒貶之大體，為前修之楷式也。

馬遷撰《史記》，項羽僭盜而紀之曰王，此則真偽莫分，為後來所惑者也。自茲已降，訛舛相因，名諱所施，輕重莫等。至如更始中興漢室，光武所臣，雖事業不成，而歷數終在，班、范二史皆以劉玄為目，不其慢乎？

當漢氏云亡，天下鼎峙，論王道則曹逆而劉順，語國祚則魏促而吳長。但以地處函夏，人傳正朔，度長絜短，魏實居

多。二方之於上國,亦猶秦繆、楚莊與文、襄而並霸。(呼權、備名非)

《采撰》:

　　子曰:"吾猶及史之闕文。"是知史文有闕,其來尚矣。自非博雅君子,何以補其遺逸者哉?(首引闕文不補之義,領起采撰宜慎之旨。)蓋珍裘以眾腋成溫,廣廈以群材合構。自古探穴藏山之士,懷鉛握槧之客,何嘗不徵求異說,采摭群言,然後能成一家,傳諸不朽。觀夫丘明受經立傳,廣包諸國,蓋當時有《周志》《晉乘》《鄭書》《楚杌》等篇,遂乃聚而編之,混成一録。向使專憑魯策,獨詢孔氏,何以能殫見洽聞,若斯之博也?馬遷《史記》,采《世本》《國語》《戰國策》《楚漢春秋》,至班固《漢書》,則全同太史。自太初已後,又雜引劉氏《新序》《說苑》《七略》之辭。此並當代雅言,事無邪僻,故能取信一時,擅名千載。

西漢散文鉅子合論

西漢散文提綱

小言："文章,經國之大業,不朽之盛事。"自有書契以來,以《三百篇》為首的韻文系統固然重要,可是從議論文敘事等哲學的、政治的、軍事的,一句話,有關社會科學功能上說,恐怕還是以《尚書》為首的散文系統,在中國文學史上顯得更重要些。就讓我們舉《文心雕龍》篇目為例吧,單就文章形式而言,《辨騷》《明詩》《樂府》《詮賦》《頌贊》《祝盟》《銘箴》而外,《誄碑》《哀弔》《雜文》《諧隱》《史傳》《諸子》《論說》《詔策》《檄移》《封禪》《章表》《奏啟》《議對》和《書記》凡十二類文體,不都是關於散文的嗎? 所以我們不能等閒視之。

尤其是文章發展到兩漢,博士、經師、散文作者承前啟後,盡是一些大手筆,無論議論文、紀傳文,甚而至於訓詁文。簡直可以說,沒有兩漢就不會使先秦的經子重新炳彪於後世的。"江山代有才人出,各領風騷數百年。"這就是為什麼要重點講授(1)陸賈及其《新語》,(2)賈誼和他的《新書》,(3)晁錯的策論文,(4)董仲舒與《春秋繁露》,(5)劉安主編的《淮南子》,(6)《新序》的作者劉向,(7)桓寬《鹽鐵論》的文風,(8)文學巨匠揚雄的《法言》,尤其是(9)《史記》、(10)《漢書》的主筆司馬遷、班固,以及(11)王符《潛夫論》的特點,(12)王充《論衡》種種的緣故了。訓詁文擬以何休的公羊詁及鄭玄的箋注文為代表。

下面就談談西漢議論文的概況吧。

陸機(261—303)說："論精微而朗暢(李善云:"論以評議臧否,以當為宗,故精微朗暢。"語見《昭明文選》注。劉熙載《文概》云:"精微以意言,朗暢以辭言。精微者不惟其難,惟是其朗暢者,不惟其意,乃為具達"),奏平徹以閑雅(奏,呈文於君主。平徹以記言,閑雅以辭言),說煒曄而譎誑(煒曄,光盛貌;譎誑,不直言,曲折。煒曄譎誑兼意與辭而言)。"《文心雕龍·論說》云:"凡說之樞要,必使時利而義貞,進有契於成務,退無阻於榮身,自非譎敵,則唯忠與信,披肝膽以獻主,飛文敏以濟辭,此說之本也。而陸氏直稱'說煒曄以譎誑',何哉?"范文瀾注云:"士衡指戰國策士而言,彥和謂言資悅懌,正即煒曄之義,唯當以忠信為本,不可流於譎誑。"

按清人姚鼐(1732—1815)曾把古代散文分為:論辭、序跋、奏議、書說、贈序、詔令、傳狀、碑誌、雜記、箴銘、頌贊、辭賦、哀祭等十三類,亦可見其文體之多與功用之大了。用我們的話講,居第一位的論辨類就是論說文,包括哲學論文、政治論文、史論、文論等。先秦諸子書,一般都可以認為是論文集。單篇論文則以賈誼的《過秦論》為最早。論辨類或是闡明一個道理,或是辯駁別人的言論,如《淮南子》是論,而《論衡》則是辨了。奏議類是臣子給皇帝的表章,《文心雕龍》所說的表章、奏啟、議對三類都包括在內。其《章表篇》云:"章以謝恩,奏以按劾,表以陳請,議以執議。"可見在漢代,四者是有分別的,後來逐漸混到一起了。此外,還有疏、上書、封事。疏的本義是條陳,封事是預防洩露的意思,所謂保密的奏議。對策也是奏議的一類,《文心雕龍·議對篇》說:"對策者,應詔而陳政也。"大抵是應試者,由皇帝親自出題口試,應試者陳述他對政治上某一問題的意見。西漢的晁錯、董仲舒都是對策的能手,其文至今流傳,我們上面所說的"議論文"便是以這些文體為主的。

1. 策論文的嚆矢,西漢初年的陸賈

漢高祖劉邦輕視儒生,可是依靠叔孫通定了朝儀,陸賈辦了外交,

特別是陸賈的外交辭令,隨機應變,肆應無窮。他的《新語》(凡《道基》等十二篇,分上下卷,有明人李遷梧刻本,新安程榮校)也極為劉邦欣賞,以其語言精煉,說理透闢,篇章整飭,筆法謹嚴而且境界開朗,論證生動,文章別開生面,政見也適時可行也。

2. 賈誼及其《新書》

賈誼的一生是頗受漢文帝劉恒的知遇的,而遏於勳臣,未得大用。

蜚聲古今的《治安策》(文見《漢書》賈誼本傳)與《過秦論》。"治安"意在削弱諸王,清除隱患,以正朝綱,比起晁錯已有先見。"過秦"則以"警漢",而文采煥發,言之有物猶其餘事。

他的《新書》(共計十卷五十六篇,係明人黃寶補輯),雖以議論文為主,亦多歷史故事,不乏警惻之言,復多經世之見,情文並茂,動人聽聞,允為漢初的散文巨匠。

3. 泛覽晁錯的政治(包括經濟、軍事上的)策論

晁錯亦見重於文帝而被景帝劉啟殺掉。"智囊"不智,身家誅夷,然其所以為漢則善矣。

他的"術數"軍事諸疏,都曾受過文帝璽書的褒獎,尤其是"守邊備塞,勸農力本"之策,真是知言、求實,足以致用的大計,非滿腹經綸之士,無此韜略。

錯文樸實無華,明白曉暢,以敘事允當說理確切著稱,所謂老謀深算,發而必中者是。他雖無專著,專論亦可以壽世不朽啦。

4. 經師、作者、學人,影響巨大的董仲舒和他的《春秋繁露》

來自底層的處士,深為武帝劉徹青眼的董仲舒成了唯一的經學大師。王(儒家)霸(刑名黃老)雜糅的合於漢家制度的儒學(原來的經學多是"不達時務,是古非今"的)。

董仲舒的哲學基礎是《周易》的"陰陽學說"。"凡物必有合",合的兩方面性質不相同。"合各有陰陽",陽性尊,陰性卑,"同度而不同意"。如君、父、夫是三綱,屬陽,臣、子、妻是陰,陰不得獨立行事,這叫做"陰兼於陽""義而不仁",不能違反。

《周易》的陰陽學與戰國以來盛行的"陰陽五行學"融合起來成為董仲舒的"春秋公羊學"。他說:"天地之大德曰生,禁民為非曰義","天命靡常,唯有德者居之"。他說,天使人有義和利(物質),利養人的身體,義養人的精神。

他主張政治思想大一統化,統治人民的思想,說這是"天之常道"。推行陰陽災異,講求天人合一,藉以警戒帝王,使之向善。表章六經,獨尊儒術,對西漢政權的鞏固起了一定的作用,可是也禁錮了人民的思想。

《天人三策》世所通知,《春秋繁露》亦是巨著。他借天道以說人事,倚《春秋》而講義法,文字精當,出言有章,非繁瑣泥古之經學博士所可比擬。而吐納自如,氣象萬千,又是獨樹一幟的哲理文。總之,它是有繼承有發展的經說文字,然而不是文理曉暢,紙上談兵的官樣文章,它是經世致用的,宣傳鼓勵的"官書"。

5. 以劉安為主編的《淮南子》

劉安,西漢諸王中的文人學者,招納儒生、術士,講論先秦典籍,集體編纂了《鴻烈篇》。但是別有用心,終不免失敗而死。不過他卻是一個有功於文化建設的親王、貴族。漢文帝就很喜愛他的文才。

《淮南子》主張淡泊無為,蹈虛守靜,旨近《老子》,書共《原道》《俶真》等廿一篇,它博大精微,無所不包:天文、地理、人事,從物質到精神,從自然到社會,都談論到了。簡直可以稱之為西漢初年僅有的學術論文集。

篇目解題及高誘的注釋舉例。如《厚道訓》卷一,高誘注云:"原,本也。本道根真,包裹天地,以歷萬物。"《要略》云:"原道者,盧牟(猶規模也)六合,混沌萬物,象太一之容(北極之氣,合為一體也),測窈冥之深,以翔虛無之軫(軫,道畛也),托小以苞大,守約以治廣,使人知先後之禍福,動靜之利害,誠通其志,浩然可以大觀矣。"

他這"道",不是神更非鬼,看不見,聽不著也觸摸不到,可是無乎不在,無時不存,也無所不能,包裹天地,囊括古今,以歷萬物,實始於無,而化育為有,並且聯繫到人治,可以認為是《老子》"道可道,非常道"、"無名天地之始,有名萬物之母",以及"有物混成,先天地生,寂兮寥兮,獨立而不改,周行而不殆,可以為天下母"的翻版了。

按《老子》云:"道常無為而無不為,侯王若能守,萬物將自化。"從天到地,實於人正是《鴻烈》"達於道者,不以人易天",但是結果卻能"是以處上而民弗重,居前而眾弗害,天下歸之,奸邪畏之。以其無爭於萬物也,故莫敢與之爭。"(《原道訓》)之所蹈襲,我們一見便知。

至於文筆,則《老子》雖能首倡清靜無為之說,文字亦要言不繁,短語悅耳,利於記誦,終不如《鴻烈》的細緻深入,明確現實,洋洋灑灑,蔚然大觀。此則《道德經》五千言之所以貴，而踵事增華孳乳引申的《淮南子》廿卷亦不能不謂為青出於藍、後來居上的歷史情況了。就是說《老子》至多不過是一部先行的道家《哲學筆記》，而《鴻烈》卻確乎其為應時而生的學術著作了。

6.《說苑》《新序》同而不同，劉向、劉歆父子亦異

漢儒傳至向歆父子（西漢元、咸、哀之際）而人心大變，劉向（前77—前6）忠於漢室而阸於權臣宦官（王鳳、石顯等），仕途坎坷，幾至誅死。劉歆（前？—23）子承父業而為王莽師，一帆風順，事新朝，終以誅死，人稱叛逆。

《說苑》《新序》都是劉向的著作，相同之處是二書均以采輯自舜禹以來至西漢的歷史人物及其事蹟為主要的組成部分，所謂多識前言往行以蓄其德者是。不同之處在於《說苑》的《君道》等廿卷每於題後先發議論，而後益之以歷史人物的言行，類集起來可以覘知劉向的政治主張、道德觀點和人生態度。《新序》則純乎其為歷史故事的蒐集分類，計共"雜事"（五）、"刺奢"（一）、"節士"（上、下）、"善謀"（上、下）等十卷。所記史實和見於《左傳》《戰國策》《史記》中的不盡相同。

宋人曾鞏（1019—1083）《說苑序》云："劉向所序《說苑》二十篇，《崇文總目》云'今存者五篇，餘皆亡'，臣從士大夫間得之十有五篇，與舊為二十篇。正其脫謬，疑者闕之，而敘其篇目曰：'向采傳記百家所載行事之跡，以為此書，奏之欲為法戒，然其所取或有不當於理。'"鞏又敘《新序》曰："向之序此書，於今（指宋代而言）最為近古，雖不能無失，然自舜禹而次及於周秦以來，古人之嘉言善行，亦往往而在也。"可知鞏對於劉向之書雖有看法，卻是向的功臣，特別是《說苑》還是曾鞏輯逸考訂的呢！

我們認為《說苑》篇章的形式特點在於:它既不同於《左傳》的先史實而後評議,也不同於《公羊》《穀梁》的夾敘夾議,重在批判。劉向的手法是,根據定書的篇目,先概括而明確地提出自己的說法,然後再羅列排比有些符合自己觀點的前言往行作為印證,如卷二《臣術》先作了一個概括性的說明:"人臣之術,順從而復命,無所敢專,義不苟合,位不苟尊,必有益於國,必有補於君",然後以"湯問伊尹""子貢問孔子"等十九條歷史故事作為論證即是。《新序》只是分門別類地彙集許多歷史人物的言行,偶爾在故事的結尾,附以一兩句肯定或否定的話。

劉向不僅熟悉許多歷史人物、典章制度,而且記載精詳,語言生動,繪影繪聲,引人入勝,此非掌握了大批歷史資料又長於記敘的專家是寫不出來的。因為他不僅是位散文作者,同時還是辭賦能手(編纂了《楚辭》,自己也有《九歎》一類的作品),圖書目錄學的巨匠(編輯的有《七略》《戰國策》《列女傳》等書),不愧為博學多能的西漢文人。至於他的思想,當然是以儒家的二帝三王之治,仁義禮樂之德為正統的。

如果從二書的影響上看,則此後的《世說新語》《唐人說薈》,以及《歷代名臣言行錄》之類的故事傳說、歷史人物小志等等,當是以此為藍本而有所變通的。因為劉向是專攻《穀梁傳》的,月旦人物極有分寸,錄引言行,力求真實,可以補史書之不足,作傳記的參考。此外,劉向亦侈言天災人禍,意欲感悟皇帝(漢元帝劉奭),曾結合上古以來、歷春秋、六國至秦、漢符瑞災異之記,推跡行事,連傳禍福,著其占驗、比類相從,各有條目,凡十一篇,號曰《洪範五行傳》(《漢書・楚元王交列傳》中之"向傳"),惜已失傳。

忠於漢室的劉向,先此即嘗上書元帝痛言:"竊見災異並起,天地失常,徵表為國,欲終不言,念忠臣雖在畎畝,猶不忘君,惓惓(音 quàn 忠謹之意)之義也。況重以骨肉之親,又加以舊恩未報乎?"此下歷言

"周室卑微二百四十二年之間，日食三十六，地震五，山陵崩阤二，彗星三見，夜常星不見，夜中星隕如雨一，火災十四，長狄入三國，五石隕墜，六鶂（音 yì，與鷁通，水鳥也）退飛"等天災人禍，繼曰："禍亂輒應，弒君三十六，亡國五十二，諸侯奔走不得保其社稷者，不可勝數也。""由此觀之，和氣致祥，乖氣致異，祥多者其國安，異眾者其國危，天地之常經，古今之通義也。"致以此而獲罪。

劉歆與古文經及以符瑞吹捧王莽之種種

按古文經學（《易》《詩》《春秋》都有篆文的與口傳録書）諸經對立，而蝌蚪文之《古文尚書》《禮記》《論語》《孝經》等未得立於學官（即公認的經書教本），歆乃作書責讓太常博士：中有"往者綴學之士，不思廢絶之闕，苟因陋就寡，分文析字，煩言碎辭，學者罷（讀若疲）老且不能究（竟也）其一藝，信口說而背傳記，是末師而非往古。至於國家將有大事若立辟雍、封禪、巡狩之儀，則幽冥而莫知其原，猶欲保殘守缺，挾恐見破之私意，而無從善服義之公心，或懷妬嫉，不考情實，雷同相從，隨聲是非，抑此三學（指《古文尚書》《逸禮》《春秋左氏傳》而言）以《尚書》為不備（非難百篇之說），謂《左氏》為不傳《春秋》，豈不哀哉。"（同上，見《楚元王交傳》中之"歆傳"）

在治學方法上說，這話講得很有道理，蓋向歆父子皆好古、博見強記、過絶於人，歆以為左丘明好惡與聖人同（指《論語》"巧言令色，足恭，匿怨而友其人，左丘明恥之，丘亦恥之"而言），親見天子，而公羊、穀梁在七十子後，傳聞之與親見也，其詳略不同，歆數以難向，向亦不能非間（同上）。及王莽時，歆為國師，史家以為叛逆。

班固是推崇劉向的，他說："仲尼稱才難，不其然歟？（語見《論語》）自孔子後綴文之士眾矣，唯孟軻、孫況（即荀卿，避漢帝諱也）、董仲舒、司馬遷、劉向、揚雄，此數公者，皆博物洽聞，通達古今，其言有補於世，傳曰：'聖人不出，其間必有命世者焉。'豈近是乎？劉氏《洪范論》發明大傳(《周易》也)著天人之應,《七略》剖判藝文,總百家之緒,《三統歷譜》(其書亦亡)考步日月五星之度(為我國最早的天文書),有意其推本之也。(言其究極根本深有意也)嗚呼!向言山陵之戒(指外戚專權,王莽終移漢祚而言),於今察之,哀哉!"(同上)

我們認為這不是溢美之詞,劉向在整理先秦典籍,發揚古代文化及其辭賦的創作,散文的運筆等方面,是有助於後世的。

7. 政治協商,自由對話,桓寬編著的《鹽鐵論》

西漢昭帝弗陵始元六年(前814),召集各地薦舉的文學賢良之士六十餘人到長安開會,察問"民間疾苦",文士們反對鹽鐵官營,說是與民爭利,也反對均輸(令遠方各以其物灌輸中央,賤買貴賣,壟斷天下財貨)和平準(均各地之輸斂、貴糶、賤糴、平賦以相準,輸歸京師),對政府的政策進行了全面批評,並和御史大夫桑弘羊反復辯論,內容遍及政治、經濟、軍事、文化等各方面的問題。作者是個地方官吏,也是文士,便在宣帝劉詢時類集了雙方的論點,成為《鹽鐵論》十卷六十篇。

其書之特點在於追記時政之辯論,各抒己見,無朝野之分。位為三公之丞相、御史大夫與來自民間的賢良方正、文學之士平等地爭議於朝廷之上、皇帝面前。拟語而成篇,有問答而分敘,不相干擾,暢所欲言,如《本議》第一開卷即云:

> 惟始元六年,有詔書使丞相、御史與所舉賢良文學,語問
> 民間所疾苦,文學對曰:"竊聞治人之道,防淫佚之原,廣道德
> 之端,抑末利而開仁義,毋示以利,然後教化可興,而風俗可
> 移也。今郡國有鹽鐵酒榷(專賣)、均輸與民爭利,散敦厚之
> 樸,成貪鄙之化,是以百姓就本者寡(指農業而言),趨末者眾

(從事商販鼓鑄)。夫文繁則質衰,末盛而本虧,末修則民淫,本修則民愨,民愨則財用足,民侈則饑寒生,願罷鹽鐵酒榷均輸,所以進本退末,廣利農業便也。"

這些人的建議,雖然是從廣大的人民利益出發的,而執政者就不一樣了:

> 大夫曰:"匈奴背叛不臣,數為寇暴於邊鄙,備之則勞國之士,不備則侵盜不止。先帝(指武帝劉徹而言)哀邊人之久患,苦為虜所繫獲也,故修障塞,飭烽燧,屯戍以備之邊;用度不足,故興鹽鐵,設酒榷,置均輸,蓄貨長財以佐助邊費。今議者欲罷之,內空府庫之藏,外乏執備之用,使備塞乘城之士,饑寒於邊,將何以贍? 罷之不便也。"

此亦言之有理,好像是取之於民用之於民的,外患不停,還談得上安居樂業,一心農耕嗎? 問題在於武帝之時,大動干戈,勞民傷財,還沒有消除匈奴之害。同時我們也可以覺察出他們就這樣心平氣和地談論國政,一點都不帶火藥的氣味,奇怪的是在武帝獨崇儒術之後傳到他的兒子昭帝,朝廷大經桑弘羊等竟敢公開地唐突孔子,貶斥儒家了。《論儒》第十一道:

> 御史曰:"文學祖述仲尼,稱誦其德,以為自古及今未之有也。然孔子修道魯、衛之間,教化洙、泗之上,弟子不為變,當世不為治,魯國之削滋甚。"又說:"《論語》:'親於其身為不善者,君子不入也。'有是言而行,不足從也。季氏為無道,逐其君,奪其政,而冉求、仲由臣焉。《禮》:'男女不授,不交

爵.'孔子適衛,因嬖臣彌子瑕以見衛夫人,子路不悅。子瑕,
嬖臣也,夫子因之,非正也。男女不交,孔子見南子,非禮也。
禮義由孔氏,且貶道以求容,惡在其釋事而退也。"

如是之言不一而足(如見於《相刺》《殊路》《訟賢》等篇中的),文
學之士,雖一再加以解釋,為之說辭,適足以見上下之不同,朝野之有
異了。蓋桑弘羊等持重法治,《非鞅》之篇大夫即強調:"昔商君相秦
也,立法度,嚴刑罰,飭政教,奸偽無所容,外設百倍之利,收山澤之稅,
國富民強。"而文學之士則著重古人的保守思想。

結果是郡國鹽鐵終未得罷,桑弘羊等從富商大賈手裏奪回了貿易
控制權,使西漢政府增益了財政收入,打擊了豪強的勢力,也抵抗了匈
奴的入侵,不能不算是景、武、昭三朝的能臣。雖然後因謀立燕王旦而
廢昭帝被殺,更要緊的是桓寬這一部等於文獻的散文集子流傳下來了。

這部書宋人曾有刻本,年久失傳,明孝宗(朱祐樘)弘治辛酉五月
始由新淦(今江西省)涂禎據宋嘉泰(寧宗年號)壬戌刻本重刻。重刻
本載禎之言曰:"其辭博,其論覈(hé 實也),可以施之天下國家,非空
言也。"(《鹽鐵論序》)今天看來,桓寬的"辭博""論覈"確是夠得上
的,但卻不能稱之為儒家之言。如上所云:它有批判儒家的話,也有指
斥法家之語,如《非鞅》中之"商鞅峭法長利,秦人不聊生,相與哭孝
公。吳起長兵攻取,楚人騷動,相與泣悼王"。說它是忠實地反映了漢
代中葉的功利主義思想並用諸家學說還差不多。

8. 西漢末年的文壇名將揚雄和他的散文巨著《太玄》《法言》《解嘲》等

揚雄(前53—18 年)這位思想家兼辭賦家的蜀人(今四川省成都

縣是其地），說起他的《羽獵》《長楊》《甘泉》等賦（《漢書·藝文志》載揚雄賦十二篇，他自己說："賦者，將以風之，吾恐其不免於勸也。"）知道的人可能不少。如果提到他那散文《太玄》《解嘲》尤其是已成集子的《法言》（從卷一《學行》到卷十《孝至》）研究的人恐怕就不多了。他這一生是雖有赫赫之名，卻無三公之位，四十多歲到長安才給當時的大司馬王音做個"門下吏"，後來轉入朝廷（已在王根之時）也只是"給事黃門"的一個郎官。在哀帝初，與王莽、劉歆、董賢同宦，其後莽、賢皆為貴宦，權傾人主，而雄歷成、哀、平三帝不徙，"恬於勢利乃如是，實好古而樂道，其意欲求文章成名於後世"，用心於內，不求於外，劉歆敬之，而"桓譚以為絕倫"（無與比類也）。王莽時，劉歆已為上公，雄以耆老久次，始得轉為大中大夫，校書天禄閣上，以事株連，跳閣幾死，京師為之語曰："惟寂寞，自投閣。"垂老以病免官，年七十一卒，天鳳五年。（以上所引參見《漢書·雄本傳》中）

　　班固肯定他的行誼道："雄少而好學，不為章句，訓詁（謂指義也）通而已。博覽無所不見，為人簡易佚蕩（緩也，遲鈍）。口吃不能劇（甚也）談（疾言），默而好深湛（沉也）之思。清靜亡為，少嗜欲。不汲汲於富貴，不戚戚於貧賤（汲汲，欲速之意）不修廉隅，以徼（音 jiǎo 要也，發也）名當世。家產不過十金，乏無儋石之儲，晏如也。自有大度，非聖哲之書，不好也。非其意，雖富貴不事也。"（同上）據此種種，可見東漢的史學家亦兼大辭賦家班固（32—92）是很推崇揚雄的，不但沒有說他是"貳臣"，反而稱他為大度。在列傳中全引其《反離騷》（弔屈原之賦），"以為君子得時則大行，不得時則龍蛇（大行，安步徐行；龍蛇，蟄伏以存身之意）。遇不遇，命也，何必湛身哉（湛讀曰沉，謂投水而死也）。"（同上）同聲相應，同氣相求，我們可以認為揚雄之於屈原以及班固之於揚雄皆此之類。

　　按《反離騷》者，非對立屈子之為人也，揚雄不同意他的投水自殺耳。其結語云:"臨江瀕而掩涕兮,何有《九招》(招讀曰韶)與《九歌》!夫聖哲之遭兮,固時命之所有。雖增欷以於邑兮(欷歔自歎,於邑抑鬱不樂也,亦短氣也)吾恐靈修不纍改(改寤)。昔仲尼之去魯兮,斐斐(往來貌)遲遲而周邁。終回復於舊都兮,何必湘淵與濤瀨(大波曰濤,急流曰瀨)。"此言孔子去魯遲遲而行,而終反乎曲阜,屈原又何必自沉不重回鄠郢呢?"悲其文讀之未嘗不流涕也"(同上),正是愛之深所以責之切也,"乃作書,往往摭《離騷》文而反之(摭音 zhí,拾取),自岷山(山在四川,岷江在下)投諸江流以弔"可證。(此外,揚雄還有依傍《離騷》而作的《廣騷》和依傍《惜誦》以下至《懷沙》而作的《畔牢愁》。畔,離也,牢,聊也,與居相離愁而無聊也,均已不傳)

總之,從寫作的藝術手法上看,西漢諸人也是後來居上,有異前人的。首先,無論說理敘事修辭謀篇,都是語言清新,結構謹嚴,落筆典雅,動人聽聞的。換言之,對策文必持之有故,娓娓中肯的,騰之於口與筆之於書者,並非二事。論說文亦犀利雋永、雄辯滔滔,雖曰繼武前賢,實則踵事增華,因而不襲,別有一番氣象了。即如哲理之文吧,也多半是資料事實運用自如了,孳乳引申,深入淺出,非泛泛者所可擬了。

前　言

　　統治中國前後只有 15 年(公元前 221—前 207)的秦朝,好像是為繼統的漢代開路奠基的。由劉邦建立起來的西漢,從許多制度上說,可以認為是秦帝國的延續,儘管它最初曾經是"約法三章"政尚簡易的。在文事上(包括對當時的知識分子的態度)也差不多。劉邦本人就是一個"溺冠罵座"輕視儒生的皇帝。"史有名言"這應該是"焚、坑"的餘風。他得到天下以後,雖然因為用叔孫通定了"朝儀",嘗到了尊榮富貴的味道,到底由於起自民間以武定國,不大懂得儒家鞏固封建統治的一套。所以直到文景之世,還是宗室、功臣當政,"無為、守成"有道,讀書人(博士、經師之流)上不去臺盤,陸賈、賈誼等人終於不得大用。劉徹(武帝)繼立,好大喜功,邊事、土木以外,神仙、封禪、制禮、作樂,大行其道。董仲舒、公孫弘,方得展其抱負。但"罷黜百家、表彰六經"之議,也夠"跋扈"的了。何況跟著司馬遷又受了"宮刑"(差勝於景帝劉啟時之族斬晁錯)!然而不管怎麼講,西漢文章,它生產自陸賈、賈誼、晁錯、董仲舒、劉向,直至揚雄諸大家的策論、奏疏、紀傳、專著,足可以獨步於當時,彪炳乎史冊的。劉彥和道:"妙極生知,睿哲惟宰。精理為文,秀氣成采。鑒懸日月,辭富山海。百齡影徂,千載心在。"(《文心雕龍·徵聖贊》)西京作者有之。爰分述陸賈等諸家如次:

一、"策論文"的嚆矢:西漢初年的陸賈

我們說的漢朝,是從前二〇六年到二八〇年漢高帝劉邦戰勝項籍做了皇帝後,至晉武帝司馬炎滅卻東吳重新統一中國止。這中間,從前二〇六年到二三年,習慣上稱為前漢或西漢,從二五年到二二〇年,稱為後漢(光武帝劉秀建武元年至獻帝劉協建安二五年),而二二〇年到二八〇年,又是魏蜀吳,所謂三國時代了,現在讓我們先說西漢。

《漢書·儒林傳》曰:"孝惠高后時,公卿皆武力功臣,孝文時頗登用。然孝文本好刑名之言,及至孝景,不任儒,竇太后又好黃老術,故諸博士具官待問,未有進者。"按博士起於六國,染稷下(即今山東省臨淄縣北,古齊城)養士講學之風,縱橫捭闔,好以議論指切當世,爾後言經術講致用,不止是博士之餘習,也未嘗不是處士的"橫議",思想暫時又獲得"解放"麼。

蓋漢承秦火之後,高帝本人就輕慢儒生,溺冠罵座,不一而足。其左右親信亦多刀筆之吏或是行伍出身的莽夫,不學無術,不懂政治,惟叔孫通(名何,薛人——今山東省滕縣)以"儒者難與進取可與守成"之理為之定"朝儀",使高帝有了"吾乃今日知為皇帝之貴"(以上所引具見《漢書》通本傳)的讚歎。但通不及陸賈(賈,楚人)。賈不僅對高帝常稱《詩》《書》,而且有口辯之才,如出使南越,說趙佗(音 tuó)曰:

　　足下中國人,親戚昆弟墳墓在真定(今河北省正定縣),今足下反天性,棄冠帶(偝父母之國,無骨肉之恩,是反天性。顏師古說)欲以區區之越與天子抗衡為敵國,禍且及身矣。

夫秦失其正（正亦政也），諸侯豪傑並起，惟漢王先入關，據咸陽，項籍背約自立為西楚霸王。諸侯皆屬，可謂至強矣。然漢王起巴蜀，鞭笞天下，劫諸侯，遂誅項羽，五年之間，海內平定，此非人力，天之所建也。

天子聞君王王南越，而不助天下誅暴逆，將相欲移兵而誅王，天子憐百姓新勞苦，且休之，遣臣授君王印，剖符通使，君王宜郊迎，北面稱臣，乃欲以新造未集之越（集猶成也），屈強（謂不柔順）於此，漢誠聞之，掘燒君王先人冢墓，夷（平也）種宗族。使一偏將將十萬眾臨越，則越殺王降漢，如反覆手耳。

真是絕妙的外交辭令，曉之以利害，動之以威信，使之俯首貼耳無處躲閃。趙佗必然會是先倨後恭起來謝罪的。下面的一段話就更有力量：欲抑先揚，順理成章，陸賈回答了"王似賢"於蕭（何）曹（參）韓信以後，立即單刀直入地說佗不配比高帝道：

皇帝起豐、沛，討暴秦，誅強楚，為天下興利除害，繼五帝三王之業，統天下，理中國，中國之人以億計，地方萬里，居天下之膏腴，人眾車輿，萬物殷富，政由一家，自天地剖判（開天闢地），未始有也，

今王眾不過數萬，皆蠻夷，崎嶇山海間，譬如漢一郡，王何乃比於漢？

隨機應變，見縫插針，智勇兼備，口若懸河，這就不怪趙佗能夠心悅誠服了。

賈向高帝說《詩》《書》時最初也未嘗不遭到責罵，如"乃公居馬上得之，安事《詩》《書》！"也是他回答得好。賈道：

馬上得之,寧可以馬上治乎?且湯武逆取而以順守之,文武並用,長久之術也。昔者,吳王夫差、智伯極武而亡(師古曰:夫差,吳王闔閭子也,好用兵卒,為越所滅。智伯,晉卿荀瑤也,貪而好勝,率韓、魏共攻趙襄子,襄子與韓、魏約,反而喪之),秦任刑法不變,卒滅趙氏(鄭氏曰:秦之先,造父封於趙城,其後以為姓)。向使秦以并天下,行仁義,法先聖,陛下安得而有之?

高帝聽了雖然一時面子上下不去,卻很覺得有這麼個理兒,便說:"那麼,你把秦丟失天下,和漢家取得勝利的原因,寫出來讓我看看吧。"陸賈聞命,果真著作起來,前後共奏上了十二篇。高帝每逢看到,就要說好,左右的人也高呼"萬歲",稱其書為《新語》。

按此書現存,以《漢魏叢書》中的明人李廷梧(仲陽)刻本(新安程榮校)為最善,凡分上下兩卷,各有文章六篇,錢福(明弘治年間的翰林修撰)所謂"雄偉粗壯,漢中葉以來所不及"者是(見《新語序》)。

我們細看《新語》之文,可以說它們是語言精練,說理透闢,篇章整飭,筆法謹嚴。而且境界開朗,論證生動,為漢初所僅見者。特別是它那對仗工、音調響、韻散雜糅、別開生面之處,使人愛不忍釋。如《道基》云:

張日月,列星辰,序四時,調陰陽。布氣治性,次置五行,春生夏長,秋收冬藏。陽生雷電,陰成雪霜,養育群生,一茂一亡。潤之以風雨,曝之以日光;溫之以節氣,降之以殞霜;位之以眾星,制之以斗衡;苞之以六合,羅之以紀綱;改之以災變,告之以禎祥;動之以生殺,悟之以文章。

先三後四繼之以五,這句法有多麼的整齊,而音韻也相對地鏗鏘呢? 更不要說講的是"天人合一"之道:"天生萬物,以地養之,聖人成之,功德參合",已較之董仲舒(前179——前104)先進一步了。他又講為政之道須"以仁義為巢"(樞源、主導),"以聖賢為杖"(助手、拐棍),否則顛仆喪亡的道理說:

> 堯以仁義為巢,舜以禹、稷、契為杖,故高而益安,動而益固。
> 秦以刑罰為巢,故有覆巢破卵之患;以趙高、李斯為杖,故有頓仆跌傷之禍。
> 故杖聖者帝,杖賢者王,杖仁者霸,杖義者強。杖讒者滅,杖賊者亡。

(《輔政》)

之後又是韻文,洋洋悅耳,易誦難忘,最適於向高祖這樣的皇帝立言,而以"仁義"對比"刑罰",以禹、稷、契,對比趙高、李斯,亦可見其政治思想的所在了。但陸賈可不是純乎其為"儒家"的,因為他也主張"無為而治",《無為》云:

> 夫道莫大於無為,行莫大於謹敬。何以言之? 昔虞、舜治天下,彈五弦之琴,歌《南風》之詩,寂若無治國之意,漠若無憂民之心,然天下大治。
> 周公制作禮樂,郊天地,望山川,師旅不設,刑格法懸,而四海之內,奉供來臻。
> 秦始皇帝設刑罰,為車裂之誅,以斂奸邪,築長城於戎

境,以備胡、越,征大吞小,威震天下,將帥橫行,以服外國,蒙恬討亂於外,李斯治法於內,事逾煩天下逾亂,法逾密而奸逾熾,兵馬益設而敵人逾多,秦非不欲治也,然失之者,乃舉措太眾,而用刑太極故也。

原來這裏的"無為",還是反對苛法嚴刑主張德化簡易的,因為陸賈說啦:"法令者,所以誅惡,非所以勸善。故曾(參)閔(子騫)之孝,夷齊(伯夷、叔齊)之廉,豈畏死而為之哉,教化之所致也。"(同上)這從《至德》裏所說的"君子之治",可以看得更清楚,他說:"設刑者,不厭輕。為德者,不厭重。行罰者,不患薄。布賞者,不患厚。"尤其是:

> 君子之為治也,塊然若無事,寂然若無聲,官府若無吏,亭落若無民。閭里不訟於巷,老弱不愁於庭。近者無所議,遠者無所聽。郵無夜行之卒,鄉無夜召之征,犬不夜吠,雞不夜鳴。

垂拱而治,政清民和,這不是活畫的一個"理想國"嗎?多麼安靜,多麼太平!難怪此後的孝景之世,竇太后等競好"黃老之術"了。漢承秦後,海內凋弊,以清靜涵養之,亦其宜也。(曹參當日"不務生事",反對多所更張,朝令夕改,即是此類)至如文字上的美化,則是前後一致的,不再多說。

二、賈誼及其《新書》

宋人胡價說:"誼自長沙召對宣室(文帝劉恒聽政之所),文帝嘉之。已乃數上奏疏,論政事。危言讜議,卓詭切至。若眾建諸侯,益廣梁地,養大臣有節,崇廉恥之風,後皆遵之有效,一一如誼所言。則誼之謀謨論建,誠有大過人者,劉向謂為'通達國體,伊(指殷之賢臣伊尹而言)、管(即齊桓公之上卿管仲)未能過',其亦美矣。然討其源流,率多《新書》所草定,是《新書》之作,乃傅長沙時所為也。"又說:"長沙,故楚地,前代人物不乏有,而顯然各載史氏者,獨屈原以忠憤,賈誼以遷徙。見之文詞,磊落相望。"(以上所引並見《新書》後跋)

按胡價這人雖然名頭不大,"未見經傳"(當年只是個"從事郎",湖南的教授,時在南宋孝宗淳熙之年),他對賈誼的看法卻基本上是正確的:少年多才,通達政事,可與屈原先後媲美。其實,這在司馬遷的《屈賈列傳》中,早已定了調子,只是"文詞磊落相望"之語,和所言多見《新書》之中,足資參考而已。因為,我們不同意胡價"屈原以忠憤,賈誼以謫徙"的話,屈原何嘗不是遭了放逐的?賈誼也未嘗不忠憤,對照一下賈誼所作的《弔屈原賦》以及痛自傷悼的《鵩鳥賦》便知分曉了:"恭承嘉惠兮,竢罪長沙"、"嗚呼哀哉兮,逢時不祥"(《弔屈》),"誼既以謫(譴責)居長沙,長沙卑濕,誼自傷悼"(《鵩鳥》),這幾句話不就說明了問題嗎?記得唐人李商隱(義山,813-858)的《賈生》云:"宣室求賢訪逐臣,賈生才調更無倫。可憐夜半虛前席,不問蒼生問鬼神",這話就有點兒意思。

　　《漢書·賈誼傳》:賈誼,洛陽人也,年十八,以能誦《詩》《書》,屬文稱於郡中。河南守吳公聞其秀材,召置門下,甚幸愛。文帝初立,聞河南守吳公治平為天下第一,故與李斯同邑,而嘗學事焉,徵以為廷尉。廷尉乃言誼年少,頗通諸家之書。文帝召以為博士。是時,誼年二十餘,最為少。每詔令議下,諸老先生未能言,誼盡為之對,人人各如其意所出。諸生於是以為能。文帝說之(說讀曰悅),超遷,歲中至太中大夫。誼以為漢興二十餘年,天下和洽,宜當改正朔,易服色制度,定官名,興禮樂。乃草具其儀法,色上黃,數用五,為官名悉更,奏之。文帝謙讓未皇也。然諸法令所更定,及列侯就國,其說皆誼發之。於是天子議以誼任公卿之位。絳(周勃)、灌(灌嬰)、東陽侯(張相如)、馮敬之(時為御史大夫)之屬盡害之(嫉其能也),乃毀誼曰:“洛陽之人,年少初學,專欲擅權,紛亂諸事。”於是天子後亦疏之,不用其議,以誼為長沙王太傅。誼既以適(音謫,罪責)去,意不自得,及渡湘水,為賦以弔屈原。屈原,楚賢臣也,被讒放逐,作《離騷賦》(顏師古曰:離,遭也,憂動曰騷,遭憂而作此辭),其終篇曰:“已矣!國亡人,莫我知也。”遂自投江而死。誼追傷之,因以自喻(譬也)。……誼為長沙傅三年,有服飛入誼舍,止於坐隅。服似鴞,不祥鳥也。誼既以適居長沙,長沙卑濕,誼自傷悼,以為壽不得長,乃為賦以自廣。……後歲餘,文帝思誼,徵之。至,入見,上方受釐(祭餘肉也),坐宣室(未央宮前正室)。上因感鬼神事,而問鬼神之本。誼具道所以然之故。至夜半,文帝前席(漸促近誼,聽說其言)。既罷,曰:“吾久不見賈生,自以為過之,今不及也!”乃拜誼為梁懷王太傅。懷王,上少子,愛,而好書,故令誼傅之,數問以得失。是時,匈奴強,侵邊。天下初定,制度疏闊。諸侯王僭儗,地過古制,淮南、濟北王皆為逆誅。誼數上疏陳政事,多所欲匡建。……梁王勝墜馬死,誼自傷為傅無狀(無善狀),常哭泣,後歲餘亦死。賈生之死,年三十三矣。……孝武初立,舉賈生之孫二人至郡守。賈嘉最好學,世其家。

〔缺〕

……

後,為漢代第一流的大論文家(鄭振鐸語,見《文學大綱》四五六頁)。如《治安策》起始之文云:

> 臣竊惟事勢,可為痛哭者一,可為流涕者二,可為長太息者六,若其它背理而傷道者,難遍以疏舉(言不可盡條記也)。進言者皆曰天下已安已治矣(謂陳說於天子前者也),臣獨以為未也。曰安且治者,非愚則諛(實謂治安,則是愚也。知其不爾而假言之,是諂諛也),皆非事實知治亂之體者也。夫抱火厝之積薪之下而寢其上(厝,置也),火未及燃,因謂之安,方今之勢,何以異此!(誼本傳)

這一開頭不就是動情直陳、筆勢鋒利、譬況得法、危言聳聽的策文嗎?而提綱挈領點示(雖然是抽象的)專案,就更是別開生面的手法了。此後則洋洋灑灑縱橫批判,一樁樁一件件地擺了出來,使人主不得不俯首採納。這是因為他對天下大事了若指掌,並經過充分調查研究的。你看他的自白,他說:

> 臣謹稽之天地(稽,考也),驗之往古,按之當今之務,日

312

夜念此至孰也。雖使禹舜復生,為陛下(尊稱文帝)計,亡以易此。

只這幾句話,不止意味著作者對於自己的謀猷有充分的自信,而且對人主來說,也等於是耳提而面命之了。他甚至敢說:漢初諸侯之亂(指齊悼惠王,濟北王舉兵西向,欲取滎陽而言)、骨肉之變(兩王俱敗而被誅)是"墮骨肉之屬而抗剄之"(墮,毀也。抗,舉也。剄,割頭也。應劭曰:抗其頭而剄之也),無以異於"秦之季世",這還了得! 以"治世"而擬"亡秦"。下面這段話說得更愷切:

夫立君臣,等上下,使父子有禮,六親有紀(紀,理也),此非天之所為,人之所設也。夫人之所設,不為不立。不植則僵,不修則壞(植,建也;僵,偃也)。管子(即管仲)曰:"禮義廉恥,是謂四維。四維不張,國乃滅亡。"使管子愚人也則可,管子而少知治體,則是豈可不為寒心哉! (顏師古曰:"若以管子為愚人,其言不實,則無禮義廉恥可也,若使管子為微識治體,則當寒心而憂之")秦滅四維而不張,故君臣乖亂,六親殃戮,奸人並起,萬民離叛,凡十三歲而社稷為虛(讀曰墟,謂丘墟)。今四維猶未備也,故奸人幾幸(幾讀曰冀),而眾心疑惑。豈如今定經(常也)制,令君君臣臣(君為君德,臣為臣道),上下有差,父子六親各得其宜,奸人亡所幾幸,而群臣眾信(謂其為忠信也),上不疑惑! 此業一定,世世常安,而後有所持循(執持而順行之)矣。若夫經制不定,是猶度江河亡維楫(維所以繫船,楫所以刺船也),中流而遇風波,船必覆矣。可為長太息者此也。

尊法管仲,強調四維,對比亡秦,結合當世,而以渡江河亡維楫遇風必覆之事例相譬況,此其行文豈不有理有據使人心服口服？但是,賈誼可不是不加選擇地崇尚法家的刑罰的,例如他說趙高之於胡亥:

> 及秦而不然,其俗固非貴辭讓也,所上者告訐(謂面相斥罪也)也,固非貴禮義也。所上者刑罰也,使趙高傅胡亥而教之獄,所習者非斬劓人,則夷人之三族也。故胡亥今日即位而明日射人。忠諫者謂之誹謗,深計者謂之妖言。其視殺人若艾草菅然(艾,讀曰刈;菅,茅也,音奸),豈惟胡亥之性惡哉？彼其所以道之者非其理故也(道讀曰導)。鄙諺曰:"不習為吏,視已成事。"又曰:"前車覆,後車誡。"夫三代之所以長久者,其已事可知也(已事,已往之事)。然而不能從者,是不法聖智也(法謂則效之)。秦世之所以亟絕者,其轍跡可見也。(亟,急也,車跡曰轍)

說到點子上了,胡亥之暴虐,由於趙高的教唆,可見傅相對於皇帝的重要。這說明著賈誼雖尚法治卻反對嚴刑,主張君臣之間以禮相待,可真稱得起是管仲的後學啦,特別是下面的一段話:

> 上設廉恥禮義以遇其臣,而臣不以節行報其上者,則非人類也。故化成俗定,則為人臣者主耳忘身(唯為主耳,不念其身),國耳忘家,公耳忘私,利不苟就,害不苟去,唯義所在。上之化也,故父兄之臣誠死宗廟,法度之臣誠死社稷,輔翼之臣誠死君上,守圉扞敵之臣誠死城郭封疆。故曰聖人有金城者,比物此志也。(顏師古曰:此言聖人屬此節行以御群下,則人皆獲德勠力同心,國家安固不可毀拔若金湯也)彼且為

我死,故吾得與之俱生;彼且為我亡,故吾得與之俱存;夫將為我危,故吾得與之皆安。顧行而忘利,守節而仗義,故可以托不御之權,可以寄六尺之孤(應劭曰:言念主忘身,憂國忘家,如此,可托權柄,不須復制御也。六尺之孤,未能自立者也)。此屬廉恥行禮誼之所致也,主上何喪焉(顏師古曰:如此,則於主上無所失)。

那末,賈誼這道《治安策》,主要是為了削弱諸王,集權中央,宣揚四維,釐正朝綱的啦。比起晁錯,他可以說有先見之明,主張防微杜漸,借免爾後七國之亂的了。至於文章的鞭辟入裏一洩無餘,言之可行不發空論,更可知他的滿腹經綸養之有素,非一般散文家所能比擬的。論者常常喜歡推舉他的《過秦論》,說是極為正確地敘論了秦代興亡的主要原因:"仁義不施,而攻守之勢異也",統一天下以後,與人民為敵麼,明為"過秦"(指摘秦的錯),實則所以"警漢"。西漢劉邦眾建諸子為王,到了文景之世,不是先後釀起了淮南王、濟北王(文帝時)以及"七國"之亂(景帝時)嗎? 漢承秦弊,立國未義,有些地方,大同小異。這一點,賈誼看得很清楚。我們今天要學習的,則是他的文采煥發,言之有物,尤為漢初的散文巨制,於是源遠流長影響後代匪淺等等了。《過秦論》共分上、中、下三篇,實首錄於《新

〔缺〕

貴先)、田忌(齊國大將,曾大破魏兵於馬陵)、廉頗(趙之大將,破齊拒秦、戰功卓著)、趙奢(趙國大將,曾率師救韓,大破秦軍)之朋制其兵(制,指揮,統帥),嘗以十倍之地,百萬之師,叩關而攻秦。秦人開關延敵,九國之師,逡巡(徘徊,

後退)而不敢進。秦無亡矢遺鏃(zú,箭頭)之費,而天下諸侯已困矣!

於是縱散約解,爭割地而賂秦。秦有餘力而制其弊,追亡逐北,伏屍百萬,流血漂櫓(盾牌);因利乘便,宰割天下,分裂山河,強國請服,弱國入朝。

按戰國當年蘇秦、張儀縱橫遊說之辭,只能謂為口若懸河,天下大勢了若指掌而已。今茲賈誼,則不止是洞悉歷史情況,將古比今,而且是筆酣墨飽的巨制,所以不愧稱為出類拔萃的散文大家。

傳今的賈子《新書》(《漢魏叢書》本,明人黃寶補輯)共計十卷五十六篇。雖以論議文為主,如講"事勢"的《過秦論》(凡上下二篇)、《宗首》(分析待遇宗室諸王公的)、《數寧》(數說天下治安之道的)、《藩傷》(應使侯王奉法畏令,否則適足以害之)、《藩強》(言宜眾建諸侯而少其力)、《大都》(尾大不掉、末大必折,不可居以大城,以免難制)、《等齊》(天子在上,不應與侯王齊均,尊卑之經也)等篇,多係分割《治安策》使其逐段獨立起來的短文(各約四五百言),並無新義。其它《服疑》(制服有定,所以等上下而差貴賤的,不能混同)、《益壤》(請增加近支,代和淮陽之屬縣,以為輔翼)、《五美》(如欲諸侯歡親,必須明定地制,以阨止其坐大之勢)、《審微》(輕始傲微,必至大亂,宜備患於無形)、《階級》(高者難攀,卑者易陵,故聖王制為列等)、《俗激》(四維不張,國乃滅亡,又是《治安策》中的抄段),以及下此之《時變》《瑰瑋》《屬遠》《親疏危亂》《憂民》《解縣》《威不信》《勢卑》《匈奴》《淮難》《無蓄》和《鑄錢》等,共計廿五篇,辭意大體相類。雜於"事勢"之中而不標"細目"者,還有《權重》("言諸侯之國,勢足以專制,力足以行逆"的道理)、《制不定》(地制不定,易啟亂端,骨肉之間,在所難免)、《銅布》(偽錢無止,民愈相疑,犯罪日繁,有損農事)、《壹通》

(不必建關設備、確定地勢,兼愛無私即可)等篇,基本上也都是與談
"事勢"諸作一般無二的。如《權重》《制不定》之與《五美》,《銅布》與
《鑄錢》,簡直是互相關連的"姊妹篇",所以文章同樣的潑辣,如《權
重》云:

> 諸侯勢足以專制,力足以行逆,雖令冠處女,勿謂無敢。
> 勢不足以專制,力不足以行逆,雖生夏育,有仇讎之怨,猶之
> 無傷也。然天下當今恬然者,遇諸侯之俱少也。後不至數
> 歲,諸侯皆冠,陛下且見之矣。豈不苦哉!力當能為而不為,
> 畜亂宿禍,高拱而不憂,其紛也宜也,甚可謂不知且不仁。

竟敢直接指責皇帝"不知且不仁",這不是大膽妄為嗎?然而包括
後此之司馬遷敢作"謗書",蓋漢代的文風粗獷,文網不密,實已肇端
於此。

又"事勢"文中征有一些警惻的句子現亦抄錄一二:

> ①夫抱火措之積薪之下,而寢其上,火未及燃,因謂之
> 安,偷安者也。(《數寧》)
> ②善不可謂小而無益,不善不可謂小而無傷。
> ③登高則望,臨深則窺,人之性非窺且望也,勢使然也。
>
> (《審微》)
> ④鄙諺曰:"欲投鼠而忌器。"此善喻也。(《階級》)
> ⑤彼且為我死,故吾得與之俱生。彼且為我亡,故吾得
> 與之俱存。
>
> (同上)
> ⑥匈奴侵甚、侮甚,遇天子至不敬也,為天下患,至無已

也。以漢而歲致金絮繒綵,是入貢職於蠻夷也,顧為戎人諸侯也。勢既卑辱,而禍且不息,長此何窮?陛下胡忍以帝皇之號特居此賓?(《勢卑》)

賈誼為文,善於取譬,亦多格言式的精粹短語,使人尋味深思,論及匈奴的一段,就更是痛心疾首有聲淚俱下的神情了。又雜廁此中而內容頗異的"事業"之文(只有一篇),則是指斥生活制度紊亂貧富懸殊,致使生寡食眾盜賊為患的。他說:"今貴人大賈屋壁得為帝服,賈婦優倡下賤產子得為后飾,然而天下不屈者,殊未有也。"(《孽產子》)挾漢法重農而商人特富,講階級而賤民享受非凡,此種情況至景帝劉啟之(開)而益顯,賈誼又是有先見之明的。

作者書中除針對國政對策獻議的文字以外,亦不乏談"禮"、論"政"、勸"學"、講"道德"的長篇,如《禮》云:

道德仁義,非禮不成;教訓正俗,非禮不備;分爭辯訟,非禮不決;君臣、上下、父子、兄弟,非禮不定;宦學事師,非禮不親;班朝治軍、蒞官行法,非禮威嚴不行;禱祠祭祀、供給鬼神,非禮不誠不莊。是以君子恭敬、撙節、退讓以明禮。禮者,所以固國家,定社稷,使君無失其民者也。

讀了這段文章,不禁令我們聯想到《禮記·曲禮》中"道德仁義,非禮不成"至"是以君子恭敬撙節,退讓以明禮",完全雷同,到底哪個在前呢?如果說《禮記》後出,不過是戴聖之作。則我們應該認為賈誼未嘗後人了(自然也會有人懷疑,《新書》也是補編的,難免竄亂,那就待考吧)。禮者,履也,包羅萬象,不可須臾離開,在漢武帝劉徹罷黜百家獨尊儒術的時候,倒是有這種看法。

其次是《大政上》裏頭的"民本主義",那可真說得透闢。可以認為是孟子"民為貴"(《孟子·盡心》)的最佳闡發者。賈誼說:

> 聞之於政也,民無不為本也。國以為本,君以為本,吏以為本,故國以民為安危。君以民為威侮,吏以民為貴賤,此之謂民無不為本也。
>
> 聞之於政也,民無不為命也。國以為命,君以為命,吏以為命,故國以民為存亡。君以民為盲明,吏以民為賢不肖,此之謂民無不為命也。
>
> 聞之於政也,民無不為功也。故國以為功,君以為功,吏以為功。國以民為興壞,君以民為強弱,吏以民為能不能,此之謂民無不為功也。
>
> 聞之於政也,民無不為力也。故國以為力,君以為力,吏以為力。故夫戰之勝也,民欲勝也;攻之得也,民欲得也。守之存也,民欲存也。

提出了"本、命、功、力"四個字,分別著落在"國、君、吏"三個關係方面,文字既通俗淺易,不難理解,結構亦清晰明瞭,不厭重複,通篇一千二百餘字中無不如是,而主要的結語實為"夫民者,萬世之本也,不可欺",所以,是極為難得的。

第三,關於"道術""道德"的,乍一看來好像有些"玄妙",其實不過是"外物感應論","道"是"虛靜"的,"術"是"制(約也)物(客觀的存在)"的,因為賈誼說:

> 道者,所從接物也,其本者謂之虛。其末者謂之術,虛者,言其精微也,平素而無設儲也(中若無物,寂然不動),術

也者,所從制物也,動靜之數也(感於物而動,必有制約),凡此皆道也。(《道術》)

他還怕人鬧不清楚,還舉了實際的事例:"鏡儀而居,無執不臧(真實、正確)。美醜畢至,各得其當。"(同上)

鏡子擺在那裏,是個什麼樣子就照出來什麼樣子。譬如"衡虛無私,平靜而處"的"道"一般,"輕重畢懸,各得其所"(好像一張白紙,聽憑畫筆描繪)。這"道"也未嘗不是"德",德者,得也,行而有得於內外也。故曰:"德生於道而有理(理者,感應制約之謂),守理則合於道,與道理密而弗離也。"(《道德說》)我們通常所說的"道術"、"道德"、"道理",在賈誼就是這般解釋的,也是一種"反映論"麼,儘管他頗為粗淺極其主觀。"仁與義為定名,道與德為虛位"(韓愈《原道》),比起此地早了八百多年的"道者,德之本也;仁者,德之出也;義者,德之理也"(《道德說》),是儒是道,實堪尋味。

此書亦有所謂"連語"者十二篇,其筆法是拈著一個題目做文章,羅列排比,緊密配合,如串珠然,也多用過去的人物故事作為例證,以自圓其說。譬如他講《傅職》(太子師傅的責任的):

> 或稱《春秋》,而為之聳善而抑惡,以革勸其心。教之《禮》,使知上下之則宜。或稱《詩》,而為之廣道顯德,以馴明其志。教之《樂》,以疏其穢,而填(堵塞也)其浮氣。教之"語",使明於上世而知先王之務明德於民也。教之"故志",使知廢興者,而戒懼焉。教之"任術",使能紀萬官之職任,而知治化之儀。教之"訓典",使知族類疏戚,而隱比馴焉。此所謂學(與教同義)太子以聖人之德者也。
>
> 或明惠施以道(導引也)之忠,明長短以道之信,明度量

(分寸、尺度)以道之義,明等級以道之禮,明恭儉以道之孝,明敬戒以道之事,明慈愛以道之仁,明個(音 xiàn,寬大)雅以道之文,明除害以道之武,明精直以道之罰,明正德以道之賞,明齋(音 zhāi,整也)肅以道之敬,此所謂教太子也。

左右前後莫非賢人以輔相之,攝威儀以先後之,攝體貌以左右之,制義行以宣翼之,章恭敬以監行之,勤勞以勸之,孝順以內(讀如納)之,敦篤以固之,忠信以發之,德言以揚之,此所謂順者也。

此傳人之道也,非賢不能行。

按賈誼貶為外官後,本職即是"太傅",現身說法,不怪他講得頭頭是道。恐怕自《周禮》以來,沒有人論述得這樣的精湛了。太子國之儲貳,不善加教育,怎麼可以君臨天下呢?雖然此類道德規範都是封建性的,只能適用於當日的。此外,他那文風語氣,的確稱得上獨樹一幟非同泛泛了。再引一段以前言往事作為例證的。《連語》云:

紂,聖天子之後也,有天下而宜然。苟背道棄義,釋敬慎而行驕肆,則天下之人,其離之若崩,其背之也而不約而若期。夫為人主者,誠奈何而不慎哉!紂將與武王戰,紂陳(陣也)其卒,左臆(猶翼也)右臆,鼓之不進,皆還其刃,顧以鄉(古向字)紂也。紂走還於寢廟之上,身鬥而死,左右弗肯助也。紂之官衛(指寶座而言)與紂之軀,棄之玉門之外。民之觀者皆進蹴之,蹈其腹,蹶(音 jué,跳擲)其腎,踐其肺,履其肝。周武王乃使人帷而守之,民之觀者搴(音 qiān,掀開)帷而入,提石之者,猶未肯止,可悲也!

與人民為敵的紂，下場如此之慘，我們還是未之前聞的。關於紂之見敗，《周書·武成》只說：“甲子昧爽，受率其旅若林，會於牧野。罔有敵於我師，前徒倒戈，攻於後以北，血流漂杵。”關於紂的死亡的，《史記·周本紀》則說：“紂兵皆崩畔紂，紂走反，入登於鹿臺之上，蒙衣其珠玉，自燔（音 fán，焚也）於火而死。”又云：“入至紂死所，武王自射之，三發而後下車，以輕劍擊之，以黃鉞斬紂頭，懸太白之旗。”因之，對於賈誼來講，只認為是“所傳聞者異說”了，可資以參考。

此類故事、傳說甚多，往往是一段一段地記載著，表面上雖無聯繫，骨子裏卻在講德政愛人民的。如見於《春秋》中的七條，其“楚王欲淫鄒君”，就說得最好：

王輿不衣皮帛，御馬不食禾菽。無淫僻之事，無驕燕（褻也。又與讌通，飲宴）之行，食不眾味，衣不雜采。自刻（吃苦）以廣（寬裕）民，親賢以定國，親民如子。鄒國之治，路不拾遺，臣下順從，若手之投心（投，托也，被用於）。是故以鄒子之細（微、小），魯、衛不敢輕，齊、楚不能脅（威迫）。

鄒穆公死，鄒之百姓，若失慈父，行哭三月。四境之鄰於鄒者，士民鄉（向也）方（所在之地）而道哭，抱手而憂行。酤家不讎其酒，屠者罷列（市列）而歸，傲（無所顧忌）童不謳（唱也）歌，舂築者不相杵（杵音 chǔ，持也）。婦女扶（助也）珠瑱（瑱音 tiàn，充耳之玉），丈夫釋玦（音 jué，玉佩）鞬（qián，弓衣）。琴瑟無音，朞年而後始復。故愛出者愛反，福往者福來。

鄒在春秋時，乃是一個小國家（地在今山東省鄒縣附近），竟有這樣為人民（包括鄰國的）所愛的國君，材料也是新鮮的，很少聽說過。

"如喪考妣,遏密八音,素食減膳,守喪一年",對待天子也不過如此嘛。我懷疑又是作者的誇飾。

又見於《修政》上、下中的十三條,另有一個特點,記載的盡是自黃帝以下的顓頊、帝堯、舜、禹、湯、文武、師尚父、周成王的言行,恐怕是些假托的。

道若川谷之水,其出無已,其行無止。(黃帝)

至道不可過也,至義不可易也。(顓頊)

功莫美於去惡而為善,罪莫大於去善而為惡。(同上)

德莫高於博愛人,而政莫高於博利人。(帝嚳)

吾存心於先古,加意於窮民,痛萬姓之罹(音 lí,憂心)罪,憂眾生之不遂也。故一民或饑,曰此我饑之也;一民或寒,曰此我寒之也;一民有罪,曰此我陷之也。仁行而義立,德博(即博字)而化富,故不賞而民勸,不罰而民治,先恕而後

〔缺〕

323

三、泛覽晁錯的政治、經濟、軍事策論

晁錯(前200年——前154年,即漢高祖7年至漢景帝3年)漢穎川郡(地在今河南省禹縣等地)人。他是和賈誼前後差不多時候的策文大家,"就事為文,文簡徑明暢,事皆鑿鑿可行,賈太傅不及也"(王通語,見《中說》)。因為他不止是一位政治家,而且學問淵博(從當時的今文經學大師伏生受《尚書》),《漢書·藝文志》還說他是法家,有書三十一篇,不過今已無存了。本傳所言"守邊備塞,勸農立本"的策文則被班固割裂為二:前者部分載入本傳(即《論募民徙塞下書》),後者納入《漢書·食貨志》(即《論貴粟疏》),文體卻疏直激切,頗有申(不害)商(鞅)的味道。

上回我們說賈誼遭受排擠鬱鬱以終,到底比晁錯好得多,因為得以保全首領了。錯雖官至御史大夫(漢三公之一,職位僅次於丞相),有"智囊"之稱,而為人陗直刻深,不顧身家,以廷議侵削諸王,激起七國之亂,被景帝腰斬東市,父母妻子同產無少長皆及之,可謂慘矣!

事先,錯的父親知道錯這樣幹:"請諸侯之罪過,削其支郡(郡縣在國之四邊者。請,找尋),所更令三十章",是危及身家性命的禍事,從原籍找到長安說:"皇帝剛剛即位,你當權用事,就在離間宗室的骨肉,叫人家怨恨,這是甚麼打算哪?"晁錯回答說:"是該這樣辦嘛,不然的話,天子不尊,宗廟不安。"他父親道:"劉氏真的安定了,可是晁家完了!我走啦。"回鄉以後,立即吃了毒藥,死前說:"我可不想等著大禍臨頭,先自己解決了吧!"後十餘日,七國果然起兵造反,並以請誅晁錯為名,景帝以爰盎之謀,丞相青翟等人的劾奏(劾與刻同,克也)"召錯紿載行市(紿音dài,欺也。顏師古曰:紿云乘車案行市中也),錯衣朝

衣(上朝的服裝)斬東市"。(以上所言並見《漢書·晁本傳》)

你看,封建帝王都是這般地殘暴!對於景帝劉啟之來說,晁錯不是"以辯得幸"的"太子家令"嗎?但到了要腦袋的時候,便可以說"吾不愛一人謝天下",連晁錯的全家都抄斬了,誰說漢法寬於秦法呢?何況晁錯自己就是個喜歡談論"術數"的,他說:

> 人主所以尊顯功名揚於萬世之後者,以知術數也。故人主知所以臨制臣下而治其眾,則群臣畏服矣;知所以聽言受事,則不欺蔽矣;知所以安利萬民,則海內必從矣;知所以忠孝事上,則臣子之行備矣:此四者,臣竊為皇太子急之。
>
> 人臣之議或曰皇太子亡以知事為也(言何用知事),臣之愚,誠以為不然。竊觀上世之君,不能奉其宗廟而劫殺於其臣者,皆不知術數者也。皇太子所讀書多矣,而未深知術數者,不問書說(說謂所說之義也)也。夫多誦而不知其說,所謂勞苦而不為功。
>
> 臣竊觀皇太子,材智高奇,馭射伎藝過人絕遠,然於術數未有所守者,以陛下為心也(言須文帝教之方可)。竊願陛下幸擇聖人之術可用今世者,以賜皇太子,因時使太子陳明於前。唯陛下裁察。
>
> (《漢書·本傳》)

此乃晁錯奏上文帝的策文,侈談術數,講求方略,話是說得有理,文字也簡單扼要,它果然受到了皇帝的嘉許,太子的信從,問題恰在於景帝即位以後,用了手腕,把錯騙至市曹殺掉,那麼,算不算"作法自斃,自貽伊戚"呢?恐怕和秦時商鞅的下場,差不了多少啦。

錯還上書說過邊防軍旅之事,這卻是切實可行的一些條陳,也深

蒙文帝期許,賜以璽書寵答。兵事疏云:

臣聞漢興以來,胡虜數入邊地,小入則小利,大入則大利;高后時再入隴西,攻城屠邑,毆略畜產(毆與驅同)。其後復入隴西,殺吏卒,大寇盜。竊聞戰勝之威,民氣百倍;敗兵之卒,沒世不復(永挫折也)。自高后以來,隴西三困於匈奴矣,民氣破傷,亡有勝意。今茲隴西之吏,賴社稷之神靈,奉陛下之明詔,和輯士卒,底(同砥)厲(同礪)其節,起破傷之民以當乘勝之匈奴,用少擊眾,殺一王,敗其眾而(法曰)大有利(從宋祁說改)。非隴西之民有勇怯,乃將吏之制巧拙異也。故兵法曰:"有必勝之將,無必勝之民。"繇此觀之,安邊境,立功名,在於良將,不可不擇也。

臣又聞用兵,臨戰合刃(謂交兵也)之急者三:一曰得地形,二曰卒服習,三曰器用利。兵法曰:丈五之溝,漸車之水(漸謂浸也),山林積石,經川(常流之水也)丘阜(大陸曰阜),中木所在,此步兵之地也,車騎二不當一。土山丘陵,曼衍(猶聯延也)相屬,平原廣野,此車騎之地,步兵十不當一。平陵相遠,川谷居間(遠,離也),仰高臨下,此弓弩之地也,短兵百不當一。兩陳相近,平地淺草,可前可後,此長戟之地也,劍楯三不當一。萑〔萑〕(音 wan,即荻草)葦竹蕭,中木蒙蘢,支葉茂接(蒙蘢,覆蔽之貌),此矛鋋(鐵把短矛)之地也,長戟二不當一。曲道相伏,險阨相薄,此劍楯之地也,弓弩三不當一。士不選練,卒不服習,起居不精,動靜不集,趨利弗及,避難不畢,前擊後解,與金鼓之音〔指〕相失(金,鉦也,鼓所以進眾,金所以止眾),此不習勒卒之過也,百不當十。兵不完利,與空手同;甲不堅密,與袒裼(袒裼,肉袒也,裼音 xī)

同;弩不可以及遠,與短兵同;射不能中,與亡矢同;中不能
入,與亡鏃同(鏃,矢鋒也):此將不省兵之禍也,五不當一。
故兵法曰:器械不利,以其卒予敵也;卒不可用,以其將予敵
也;將不知兵,以其主予敵也;君不擇將,以其國予敵也。四
者,國[兵]之至要也。

臣又聞小大異形,強弱異勢,險易異備。夫卑身以事強,
小國之形也;合小以攻大,敵國之形也(彼我力均,不能相勝,
則須連結外援共制之也);以蠻夷攻蠻夷,中國之形也(不煩
華夏之兵,使其同類自相攻擊也)。今匈奴地形技藝與中國
異。上下山阪,出入溪澗,中國之馬弗與也(與猶如);險道傾
仄,且馳且射(仄古側字),中國之騎弗與也;風雨疲勞,饑渴
不困,中國之人弗與也:此匈奴之長技也。若夫平原易地,輕
車突騎(易亦平也,突騎,言其驍勇可用衝突敵人也),則匈奴
之眾易撓亂也(撓,攪也,曲也,弱也);勁弩長戟,射疏及遠
(疏亦闊遠),則匈奴之弓弗能格也;堅甲利刃,長短相雜,遊
弩往來,什伍俱前(伍人為伍,二伍為什),則匈奴之兵弗能當
也;材官騶發,矢道同的(騶,驟也,矢也,處平易之地可以矢
相射也。材官,騎射之官。射者騶發,其用矢者同中一的,
言其工妙也。又騶謂矢之善者也。材官,有材力者,騶發,發
騶矢以射也。手工矢善,故中則同的。的謂所射之準臬也。
臬音 niè,即謂橛也),則匈奴之革笥木薦弗能支也(革笥以皮
作如鎧者被之。木薦,以木板作如楯。一曰,革笥若楯,木薦
之以當人心也);下馬地鬥,劍戟相接,去就相薄(薄,迫也),
則匈奴之足弗能給也(給謂相連及):此中國之長技也。以此
觀之,匈奴之長技三,中國之長技五。陛下又興數十萬之眾,
以誅數萬之匈奴,眾寡之計,以一擊十之術也。

雖然,兵,兇器;戰,危事也。以大為小,以強為弱,在俛
(亦俯字)卬(讀曰仰)之間耳。(言不知其術,則雖大必小,
雖強必弱也)夫以人之死爭勝,跌(蹉跌不可復起也,跌,足失
據也。)而不振,則悔之亡及也。帝王之道,出於萬全。今降
胡義渠蠻夷之屬來歸誼者,其眾數千,飲食長技與匈奴同,可
賜之堅甲、絮衣、勁弓、利矢,益以邊郡之良騎。令明將能知
其習俗和輯(與集同)其心者,以陛下之明約將之。即有險阻,
以此當之;平地通道,則以輕車材官制之。兩軍相為表裏,各用
其長技,衡(衡即橫耳,无勞借音)加之以眾,此萬全之術也。

傳曰:"狂夫之言,而明主擇焉。"臣錯愚陋,昧死上狂言,
唯陛下財(與裁同)擇。

(《漢書·錯本傳》)

我們詳觀這篇兵策,可以說跟以往的"兵書"如《孫子兵法》等,偏
於理論上的概括,軍事上的論述者,毫無關同之處。因為晁錯這裏是
綜合漢胡當年的形勢:地形、部隊、武器等方面的優劣情況,言其可以
攻取之道,針對性強,不放空炮,並且創為"以夷制夷",利用降將降兵,
相為表裏地出奇制勝,真不愧是"智囊""兵家"。在西漢以前,應該算
是得未曾有的,同時也讓我們覺察到,法家往往是兵家,如吳起、商鞅
輩即其例證。不過,文章就及不上晁錯的切實爽利了。文帝嘉許的
話,也是與眾不同的,璽書道:

皇帝問太子家令:上書言兵體三章(即指得地形、卒服
習、器用利),聞之。書言"狂夫之言,而明主擇焉",今則不
然。言者不狂,而擇者不明,國之大患,故在於此。使夫不明
擇於不狂,是以萬聽而萬不當也。(同上)

328

　　沒想到文帝還有這樣的修養，虛懷若谷，自我批評，這可比單玩"術數"，非常刻薄的他的兒子景帝好得多了：尊重知識分子，對於賈誼、晁錯的態度，都是一樣的。西漢盛世舊稱"文景之治"，具體到對臣下的禮貌上說，我們認為景帝遠遠不如。

　　此外，晁錯復有"守邊備塞，勸農力本"當世急務二事，亦蒙文帝嘉納，其策文之知言、求實、有軍有政，和上述的"兵策"並無二致，他說：

　　　臣聞秦時北攻胡貉，築塞河上，南攻楊粵(揚州之南越)，置戍卒焉。其起兵而攻胡、粵者，非以衛邊地而救民死也，貪戾而欲廣大也，故功未立而天下亂。且夫起兵而不知其勢，戰則為人禽，屯則卒積死。夫胡貉之地，積陰之處也，木皮三寸，冰厚六尺(土地寒故也)，食肉而飲酪，其人密理，鳥獸毳毛(密理，謂其肌肉也，毳音 cuì，獸細毛)，其性能(讀曰耐)寒。楊粵之地少陰多陽，其人疏理，鳥獸希毛，其性能暑。秦之戍卒不能其水土，戍者死於邊，輸者僨於道(僨音 fèn，仆也)。秦民見行，如往棄市，因以謫發之，名曰"謫戍"(謫音 zhé，罪責)。先發吏有謫及贅壻、賈人，後以嘗有市籍者，又後以大父母、父母嘗有市籍者，後入閭，取其左。(孟康曰：秦時復除者居閭之左，後發役不供，復役之也。或云直先發取其左也。師古曰：閭，里門也，居閭之左者，一切皆發之，非謂復除也)發之不順，行者深怨，有背畔之心。凡民守戰至死而不降北(北謂敗退)者，以計為之也。故戰勝守固則有拜爵之賞，攻城屠邑則得其財鹵以富家室，故能使其眾蒙矢石，赴湯火，視死如生。今秦之發卒也，有萬死之害，而亡銖兩之報，死事之後不得一算之復(復，復除也)，天下明知禍烈及己也

(猛火曰烈,取以喻耳)。陳勝行戍,至於大澤,為天下先倡,天下從之如流水者,秦以威劫而行之之敝也。

胡人衣食之業不著於地(土著,繫根於地),其勢易以擾亂邊竟。何以明之?胡人食肉飲酪,衣皮毛,非有城郭田宅之歸居,如飛鳥走獸於廣壄,美草甘水則止,草盡水竭則移。以是觀之,往來轉徙,時至時去,此胡人之生業,而中國之所以離南畮也(古畮字,南畮,躬耕之處)。今使胡人數處轉牧行獵於塞下,或當燕代(今河北山西北部),或當上郡(今陝西省北部)、北地、隴西(今甘肅省蘭州市等地),以候備塞之卒,卒少則入。陛下不救,則邊民絕望而有降敵之心;救之,少發則不足,多發,遠縣纔至,則胡又已去(纔,淺也,猶言僅至)。聚而不罷,為費甚大;罷之,則胡復入。如此連年,則中國貧苦而民不安矣。

陛下幸憂邊境,遣將吏發卒以治塞,

〔缺〕

郡縣之民得買其爵,以自增至卿(蓋謂其等級同列卿也)。其亡夫若妻者,縣官買予之。人情非有匹敵,不能久安其處。塞下之民,祿利不厚,不可使久居危難之地。胡人入驅而能止其所驅者,以其半予之(言胡人入為寇,驅略漢人及畜產,而它人能止得其所驅者,令其本主以半賞之),縣官為贖(官為備價贖之)其民。如是,則邑里相救助,赴胡不避死。非以德上也,欲全親戚而利其財也。此與東方之戍〔戍〕卒不習地勢而心畏胡者,功相萬也。以陛下之時,徙民實邊,使遠方無屯戍之事,塞下之民父子相保,亡係虜之患,利施後世,名稱聖明,其與秦之行怨民(言發怨恨之人,使行戍役也),相去遠矣。

330

四、經師、作者、學人：影響巨大的董仲舒
和他的《春秋繁露》【存目】

五、以劉安為編纂者的《淮南子》

淮南王名安，是淮南厲王的長子（厲王乃高帝劉邦的兒子，母為趙氏女），厲王年幼時養於漢宮為呂后子（其母自殺早死）。及長，封為淮南王（淮南，今江蘇省徐州以南，至安徽省阜陽縣以東，湖北省黃陂以北等大部分土地，西距漢水，南瀕長江，北據淮水，東至黃海等物資豐富盛產魚鹽還有銅礦的地區），驕蹇成性，與漢文帝劉恒為弟兄輩，詔令至長安，日從遊宴，怨恨曲陽侯審食其當年不援救他的母親（即趙氏女），把食其椎殺掉。文帝指責了他，他肉袒謝罪，皇帝只削奪了淮南的封地四縣了事，可是回國以後更加僭妄。為黃屋左纛，自稱東帝，因此皇帝發配他去蜀郡（今四川省北部），沒到地方就死在路上了。

文帝知道以後，心中不忍，封其四子為列侯，藉以表示歉意。儘管這樣，還有民謠，謠曰：“一尺布，尚可縫，一斗粟，尚可舂，兄弟二人不相容！”皇帝聽說之後，乃言：“難道說我貪圖他的土地嗎？”又改封他的四個兒子為王，除一個病死之外，其餘三人分別為淮南王、衡山王和廬江王，這劉安是厲王的長子，便襲封了淮南王。長沙王太傅賈誼當時曾告誡文帝說：“已經結了怨仇的人，不可以再叫他們高踞王位！”文帝不聽。後來，淮南、衡山兩王，果然起兵造了反。失敗，除國，自殺。

　　這淮南王劉安,本是高祖皇帝的孫子,又很有文才,長於辯說。漢武帝曾經叫他作《離騷傳》,早上接了命令,飯後就作好呈上,武帝非常之高興,愛不忍釋,竟至珍藏起來。於是當代的方術之士蘇飛、李尚、左吳、田由、雷被、毛被、伍被、晉昌等人,諸儒大山、小山之流,統統投奔了他。他們便一道講論"道德"(黃老之學),總統"仁義"(雜糅儒道二家的),寫出了這一部《淮南子》,因此可以說它是集體創作的了。不過是由劉安領銜而已,自然這裏面也不排除有劉安的著作。

　　高誘評論這部書道:"其旨近老子,淡泊無為,蹈虛守靜,出入經道。言其大也,則燾天載地,說其細也,則淪於無垠,及古今治亂存亡禍福,世間詭異瓌奇之事。其義也著,其文也富,物事之類,無所不載,然其大較歸之於道,號曰《鴻烈》。鴻,大也;烈,明也,以為大明道之言也。故夫學者不論《淮南》,則不知大道之深也。是以先賢通儒述作之士,莫不援采以驗經傳。"(《淮南子敘》)按高誘乃後漢淹通之士,為《戰國策》的注釋人,其所言自必無差。又此書係經西漢光禄大夫劉向校定撰具,名之《淮南》。另有《淮南外傳》十九篇,今已無存。

　　此書共計《原道》《俶真》《天文》《墜形》《時則》《覽冥》《精神》《本經》《主術》《繆稱》《齊俗》《道應》《氾論》《詮言》《兵略》《說山》《說林》《人間》《修務》《泰族》和《要略》等二十一篇,俱稱曰"訓"(是高誘作的注釋,這書的確博大精微,包羅萬象:天文、地理、人事,從物質到精神,從自然到社會,從具體到抽象,都談論接觸到了,所以說它是一部西漢的社會科學小叢書,實不為過。不信,讓我們先看看高誘的篇目解題和《要略》的綱領所在。

一.《原道訓》:

高云:"原,本也。本道根真,包裹天地,以歷萬物。"《要略》云:

"《原道》者,盧牟(猶規也)六合,混沌萬物,象太一之容(北極之氣,合為一體也),測窈冥之深,以翔虛無之軫(道畛也)。托小以苞大,守約以治廣,使人知先後之禍福,動靜之利害。誠通其志,浩然可以大觀矣。欲一言而寤(覺也),則尊天而保真;欲再言而通,則賤物而貴身;欲參言而究,則外物而反情。執其大指,以內治五藏(治,潤也),瀸(音 jiān,漬,恰)濇(音 sè,不滑)肌膚,被服法則,而與之終身,所以應待萬方,覽耦百變也(耦,近也),若轉丸掌中,足以自樂也。"而其主文則云:

夫道者,覆天載地,廓四方,柝(擊柝之柝,開也)八極(八方之極,言其遠),高不可際(至也),深不可測(盡也),包裹天地,稟(給也)授(予也)無形(萬物之未形者,皆生於道。故云)。原流泉浡(音 bó,作也),沖而徐盈,混混滑滑,濁而徐清。(原,泉之所自出也。浡,湧也。沖,虛也。始出虛,徐流不止,能漸盈滿,以喻於道亦然也。滑,讀曰骨)故植之而塞於天地,橫之而彌於四海,施之無窮而無所朝夕。(植,立也。塞,滿也。彌猶絡也。施,用也。用之無窮竭也。無所朝夕,盛貌)舒之幎於六合,卷之不盈於一握。(舒,散也。幎音 mì,罦也。四方上下為六合,不盈一握,言微妙也)約而能張,幽而能明(言道能小能大能昧能明),弱而能強,柔而能剛(道之性也)。橫四維而含陰陽,紘宇宙而章三光(紘音 hóng,綱也。若小車蓋四維謂之紘,繩之類也。四方上下曰宇,古往今來曰宙,比喻天地章明也。三光,日月星)。甚淖而滒(滒亦淖也,饘粥多瀋者謂滒,滒讀曰歌,《說文》滒,多汁也),甚纖而微。山以之高,淵以之深,獸以之走,鳥以之飛,日月以之明,星曆以之行,麟以之遊,鳳以之翔。(以,用也。遊,出也,大飛不動曰翔)。泰古二皇,得道之柄,立於中央,神與化遊,以撫四方(撫,安也。四方,謂天下也)。

　　瞧,它這"道"的"開場白",已經可以知其梗概了。它不是神,更非鬼,看不見,聽不著,也摸觸不到;可是無乎不在,無時不存,也無所不能,包裹天地,囊括古今,以歷萬物,實始於無而化育於有,並且聯繫到人治。可以認為基本上是《老子》"道可道,非常道,……無名,天地之始;有名,萬物之母"以及"有物混成,先天地生。寂兮寥兮,獨立而不改,周行而不殆,可以為天下母。吾不知其名,字之曰道"的翻版了,"域中有四大,而王處其一焉"不是也聯繫到人治了嗎?文景之世,黃老之學,何莫非斯道也,曹參便是個主張清靜無為政尚簡易的功臣宰相麼。它這人治也聯繫得好,先從人性說起,《原道訓》又云:

　　　　人生而靜,天之性也;感而後動,性之害也;物至而神應,知之動也;知與物接,而好憎生焉(接,交也。性,欲也)。好憎成形,而知誘於外,不能反己,而天理滅矣。(形,見也。誘,感也,不能反己本所受天清淨之性,故曰天理滅也)
　　　　故達於道者,不以人易天(天,性也。不以人事易其天性也),外與物化,而內不失其情(言通道之人,雖外貌與物化,內不失其無欲之本情也),至無而供其求,時騁而要其宿(言天時自騁,道要其宿會也)。小大修短,各有其具。萬物之至,騰踴肴亂而不失其數(各應其度)。是以處上而民弗重,居前而眾弗害(言民戴仰而愛之也),天下歸之,奸邪畏之,以其無爭於萬物也。故莫敢與之爭。

它這"人生而靜,感而後動",頗與《禮記·樂記》之"凡音之起,由人心生也,人心之動,物使之然也"的說法相類似。"外與物化,而內不失其情",以免"天理之滅",亦與《樂記》之"物之感人無窮,而人之好惡無節,則是物至而人化物也"相似。更何況《原道訓》和《樂記》都是把這些聯繫到了人治,一個說"天下歸之",一個說"所以同民心而出治道也"呢?下面的一段,發揮"無為而治"之道,就交代得尤其精粹。《原道訓》又云:

> 是故聖人內修其本,而不外飾其末。保其精神,偃其智故。漠然無為而無不為也,澹然無治也而無不治也。所謂無為者,不先物為也;所謂無不為者,因物之所為(順物之性也)。所謂無治者,不易自然也;所謂無不治者,因物之相然也(然猶宜也)。

按《老子》云"道常無為而無不為,侯王若能守之,萬物將自化",正是這個道理,至於文筆,當然沒有《鴻烈》的細緻深入,明確現實,蔚然成篇,不厭復述。可是《老子》的要言不繁,首倡清淨,短語悅耳,利於記誦,也是《鴻烈》之所不及。此《道德經》五千言之所以可貴,而踵事增華擘乳引申的《鴻烈》廿卷,亦不能不謂為後來居上之歷史情況,就是說《老子》至多不過是一部"哲學筆記",而《鴻烈》則確乎其為學術文的巨著了。

再看它的《主術訓》,高誘云:"主,君也。術,道也。君之宰國統御臣下,五帝三王以來,無不用道而興,故曰主術也。"《要略》云:"《主術》者,君人之事也,所以因作任督責,使群臣各盡其能也。明攝權操柄,以制群下,提(挈也)名責實,考之參伍,所以使人主秉數持要,不妄喜怒也。其數直施而正邪,外私而立公,使百官條通而輻輳,各務其業,人致其功,此主術之明也。"《主術訓》之主文則云:

人主之術，處無為之事，而行不言之教(教，令也，謂不言而事辦也)，清靜而不動，一度而不搖，因循而任下，責成而不勞(成辦而不自勞)，是故心知規而師傅諭導(規，謀也。師者，所以取法則者也。傅，相也。諭導以正道也)。口能言而行人稱辭，足能行而相者先導(相，儀也)，耳能聽而執正進諫(諫，或作謀也)。是故慮無失策，謀無過事(過，猶誤也)。言為文章，行為儀表於天下(為天下人所法則也)。進退應時，動靜循理，不為醜美好憎，不為賞罰喜怒，名各自名，類各自類，事猶自然，莫出於己。

垂拱而治，乃是清靜無為，選賢與能，才能因人成事，但這君王可不是虛號，不是傀儡，他必須是清明在躬養之有素的主兒，秦上莫貴於守拙麼。它又說：

人主靜漠而不躁(動也)，百官得修焉，譬如軍之持麾者，妄指則亂矣。慧不足以大寧，智不足以安危，與其譽堯而毀桀也，不如掩聰明而反修其道也。(不足以大寧者，小惠也。不足以安危者，小智也。如此人者，欲譽堯而毀桀，以成善善惡惡之名，人猶有強知之人爾。不如掩聰明而本修大道，成名之速也。人君之道，亦如此也)清靜無為，則天與之時；廉儉守節，則地生之財；(人君德行如此，故天與之時，地生之財。天與之時，湯、武是也；地與之財，神農、后稷也)處愚稱德，則聖人為之謀。(若伊尹為湯謀，傅說為高宗謀是。《孟子》曰：伊尹，聖之任)是故下者萬物歸之，虛者天下遺(與也)之。

此類都是反復地在說明"清靜無為"暗操權柄的妙處,其實法家集成者的韓非,經常強調"法、術、勢"的聯合運用,也未嘗不與此同功。不過,看問題的角度稍有不同罷了:法家的精神是積極有為的,這裏的提法是清靜無為的。在具體的措施和實際的辦法上,並無二致。韓非不是也有《解老》《喻老》麼。人主聽治,更無例外。它說:

> 夫人主之聽治也,清明而不闇,虛心而弱志,是故群臣輻湊並進,無愚智賢不肖,莫不盡其能。於是乃始陳其禮,建以為基(建,立也;基,業也)。是乘眾勢以為車,御眾智以為馬,雖幽野險塗,則無由惑矣。(幽,深也;險,猶遠也)

但這些全是離不開人君之權柄勢位的,它說:

> 權勢者,人主之車輿。爵祿者,人臣之轡銜也。是故人主處權勢之要,而持爵祿之柄,審緩急之度,而適取予之節,是以天下盡力而不倦。

這不是明擺著的事嗎?"君不能賞無功之臣,臣亦不能死無德之君",然而至治之極,還在於"君德下流於民","君人之道,處靜以修身,儉約以率下。靜則下不擾矣,儉則民不怨矣"(以上所引均《主術》中語),可見"無為而無不為"的最終目的是福國利民的。"處人主之勢,則竭百姓之力,以奉耳目之欲"(同上)是不行的,《孟子》"民為貴",和相對的君臣關係"君之視臣如草芥,則臣視君如寇仇","聞誅一夫紂矣,未聞弒君也"的"民本主義"(以上所引參見《梁惠王》等篇),又未嘗不是它的先河。實則《尚書》中的"民可近,不可下,民惟邦本,本固邦寧"(《五子之歌》)、"天視自我民視,天聽自我民聽"

（《泰誓》），以及“人無於水監（監同鑑），當於民監”（《酒誥》），就說得更早啦。而文章的詳盡平實，錯落有致，提綱挈領，前後呼應，事例繁多，引證得體，完全是一種探討問題、追源溯本的學術文體制（來自先秦諸子，析理又有過之），就更不能不令人一唱三歎了。限於時間，不能篇篇這樣細緻地錄引析論，只可像下面似的給以梗概介紹啦：

《俶真訓》卷二：

高誘云：“俶，始也。真，實也。道之實，始於無有。化育於有，故曰‘俶真’。”《要略》云：“《俶真》者，窮逐終始之化，嬴（繞匝也）坪（音hū，靡煩也）有無之精。離別萬物之變，合同死生之形，使人遺物反己，審仁義之間，通同異之理，觀至德之統，知變化之紀，說符玄妙之中，通迴造化之母（元氣太一之神）也。”按它可以說是《原道訓》的姊妹篇，蓋《原道》講“道”，此則說“德”耳，同是以“無”為其精神的。

《天文訓》卷三：

高誘云：“文者，象也。天先垂文象，日月五星及慧孛皆，謂以譴告一人，故曰‘天文’。”《要略》云：“《天文》者，所以和陰陽之氣，理日月之光，節開塞之時，列星辰之行，知逆順之變，避忌諱之殃，順時運之應，法五神之常，使人有以仰天承順，而不亂其常者也。”按此篇文雖繁瑣，而“天墜未形，馮馮翼翼”（無形之貌）、“清陽者薄靡（塵埃飛揚之貌）而為天，重濁者凝滯而為地”，以及“反復”三百六十五度四分度之一而成一歲”等擬測之言，則或非或是，頗具參考價值。

《墜形訓》卷四：

高誘云："紀東西南北山川藪澤，地之所載，萬物形兆所化育也，故曰'地形'。"《要略》云："《墜形》者，所以窮南北之修，極東西之廣，經山陵之形，區川谷之居，明萬物之主，知生類之眾，列山淵之數，規遠近之路，使人通回周備，不可動以物，不可驚以怪者也。"按此中神話傳說甚多，故有"不可驚以怪"之言，因而不足為訓。

《時則訓》卷五：

高誘云："則，法也。四時、寒暑、十二月之常法也，故曰：'時則'。"《要略》云："《時則》者，所以上因天時，下盡地力，據度行當，合諸人則，形十二節（一月為人一節），以為法式，終而復始（歲終十二月，從正月始也），轉於無極。因循仿依，以知禍福，操舍開塞，各有龍忌（中國以鬼神之事曰忌，北胡、南越皆謂之請龍），發號施令，以時教期，使君人者，知所以從事。"按此篇談"月令"的部分，語多不經，亦與《呂覽》《禮記》雷同，宜辯。

《覽冥訓》卷六：

高誘云："覽觀幽冥變化之端，至精感天。通達無極，故曰'覽冥'。"《要略》云："《覽冥》者，所以言至精之通九天也，至微之淪無形也，純粹之入至清也，昭昭之通冥冥也。乃始攬物引類，覽取撟（音jiǎo，取也）掇（音duō，拾也），浸想宵類（浸，微視也；宵，物似也；類，眾也），物之可以喻意象形者，乃以穿通窘滯，決瀆壅塞，引人之意，繫之無極，乃以明物類之感，同氣之應，陰陽之合，形埒（音 liè，短垣）之朕，所以令人遠觀博見者也。"按此篇所言"全性保真"，懷道不言而"澤及萬民"之道，也是形式上寂靜骨子裏有為的，結語不是說嗎？"乞火不若取燧，寄汲不若鑿井"，其真髓也。

《精神訓》卷七：

高誘云："精者，人之氣；神者，人之守也。本其原，說其意，故曰'精神'。"《要略》云："《精神》者，所以原本人之所由生，而曉寤其形骸九竅，取象與天，合同其血氣，與雷霆風雨，比類其喜怒，與晝宵（夜也）寒暑並明，審死生之分，別同異之跡，節動靜之機，以反其性命之宗。所以使人愛養其精神，撫靜其魂魄，不以物易己，而堅守虛無之宅者也。"按此篇"愛養精神""堅守虛無"之言，亦即《老子》"大成若缺，其用不敝"，"持而盈之，不如其已"，"後其身而身先，外其身而身存"的至意，相反相成，以退為進。

《本經訓》卷八：

高誘云："本，始也；經，常也。本經造化出於道，治亂之由，得失有常，故曰'本經'。"《要略》云："《本經》者，所以明大聖之德，通維初之道，埒（音 liè，界限，分等）略衰世古今之變，以褒先世之隆盛，而貶末世之曲政也，所以使人黜耳目之聰明，精神之感動，樽（止也）流遁之觀（流遁，披散也），節養性之和，分帝王之操，列小大之差者也。"據此，又可知這是在古為今用地談其"愛民治國，能無為乎？"（《老子》）的"為無為"的為政之道了。以柔克剛，無常而常麼。其文曰：

太清之始也,和順以寂漠,(清,靜也。太清,無為之始者,謂三皇之時和順,不逆天暴物也。寂漠,不擾民)質真而素樸,閒靜而不躁,推而無故,(質,性也;真,不變也。素樸,精不散也;閒靜,言無欲也。躁,擾也;故,常也)在內而合乎道,出外而調於義,(在內者,志在心。平欲,故能合於道。出於外者,身所履行也,行不越規矩,故能調義。義或作德也)發動而成於文,行快而便於物。(發,作也。動,行也。文,文章也。便,利也。物,事也)其言略而循理,其行侻而順情。(略,約要也。侻音 tuó,簡易)其心愉而不偽,其事素而不飾。(愉,和也。偽,虛詐也。素,樸也。飾,巧也)

故至人之治也,心與神處,形與性調,靜而體德,動而理通,隨自然之性,而緣不得已之化,洞然無為而天下自和,憺然無欲而民自樸,無禨(音 jī,祥也)祥而民不夭,不忿爭而養足,兼包海內,澤及後世,不知為之者誰何。(道無姓名,自當然也)

避名責實,為無為,雖然還是為了國計民生,這就說明著此書的主旨,觸處皆是。

《主術訓》卷九(見前)。

《繆稱訓》卷十:

高誘云:"繆異之論,稱物假類,同之神明,以知所貴,故曰'繆稱'。"《要略》云:"《繆稱》者,破碎道德之論,差次仁義之分,略雜人間之事,總同乎神明之德,假像取耦,以相譬喻,斷短為節,以應小具,所以曲說攻論,應感而不匱(音 kuì,乏也)者也。"其主文云:

> 道至高無上,至深無下,平乎準,直乎繩,圓乎規,方乎矩。包裹宇宙而無表裏,洞同覆載而無所礙(掛也)。是故體道者,不哀不樂,不喜不怒,其坐無慮,其寢無夢,物來而名,事來而應。

行所無事,純任自然,人與道合,毫無掛礙,這便是巍然自在之道,仁義則是雖合人心已落形跡,斯為下矣的人間事物了。它繼續說:

> 道者,物之所導也。德者,性之所扶也。仁者,積恩之見證也。義者,比於人心而合於眾適者也。故道滅而德用,德衰而仁義生,故上世體道而不德,中世守德而弗壞也,末世繩繩乎唯恐失仁義。君子非仁義無以生,失仁義,則失其所以生。

顯而易見,這又是《老子》"上德不德,是以有德。下德不失德,是以無德。上德無為而無以為,下德為之而有以為。上仁為之而無以為,上義為之而有以為",以及"失道而後德,失德而後仁,失仁而後義"的引申與補充,因為在行文的風格體例上,畢竟是吐納多采運用自如,跌盈有方,格調非凡的漢人之文了。《老子》是"食不厭精"(以少勝多),《鴻烈》則"膾不厭細",謂為後來居上,青出於藍勝於藍,亦無不可。

《齊俗訓》卷十一：

高誘云："齊，一也。四宇之風，世之眾理，皆混其俗，令為一道也，故曰'齊俗'。"《要略》云："《齊俗》者，所以一群生之短修，同九夷之風氣，通古今之論，貫萬物之理，財制禮義之宜，擘畫人事之始終者也(擘音bò，分也)。"其主文云：

> 率性而行謂之道，得其天性謂之德。性失然後貴仁，道失然後貴義，是故仁義立而道德遷矣。禮樂飾則純樸散矣，是非形則百姓眩矣，珠玉尊則天下爭矣，凡此四者，衰世之造也，末世之用也。

夫物之不齊，此之謂也。而"天命之謂性，率性之謂道"，"道也者，不可須臾離也"則是《禮記·中庸》的話頭了。此篇結語也是歸之政治的，說："民有餘即讓，不足則爭，讓則禮義生，爭則暴亂起。"又說："世治，則小人守政，而利不能誘也，世亂則居子為奸，而法弗能禁也。"如何才能"齊俗"：物足世治，如是而已。

《道應訓》第十二：

高誘云："道之所行，物動而應，考之禍福，以知驗符也，故曰'道應'。"《要略》曰："《道應》者，攬掇遂事之蹤，追觀往古之跡，察禍福利害之反，考驗乎老、莊之術，而以合得失之勢者也。"其本文言：

> 吾知道之可以弱，可以強；可以柔，可以剛；可以陰，可以

陽;可以窈,可以明;可以包裹天地,可以應待無方。吾所以
知道之數也若是。

此外,它反復引證《老子》之言甚多,不一一列舉啦。

六、《說苑》《新序》同而不同，劉向、劉歆父子亦異

漢儒傳至劉向、劉歆父子（西漢元、成、哀帝之際）而人心大變。劉向（前77—前6）忠於漢室，而阨於權臣宦官（王鳳、石顯等），仕途坎坷，幾至誅死。劉歆（前？—23）子承父業，而為王莽師，一帆風順，貴事新朝，終以誅死，人稱"叛逆"。讓我們先談劉向的兩本書。

《說苑》《新序》相同之處，是二書均以采輯自舜、禹以來至西漢的歷史人物及其事蹟為主要的組成部分，所謂多識前言往行以蓄其德者是。不同之處在於：《說苑》的《君道》等廿卷，每於題後先發議論，而後論證之以歷史人物的言行，類集起來，可以覘知劉向的政治主張、道德觀點和人生態度。《新序》則純乎其為歷史故事的蒐集分類，計共《雜事》（五）、《刺奢》（一）、《節士》（上下）、《善謀》（上下）等十卷，所記史實和見於《左傳》《戰國策》《史記》中的不盡相同。

宋人曾鞏（1019—1088）《說苑序》云："劉向所序《說苑》二十篇。《崇文總目》云：'今存者五篇，餘皆亡。'臣從士大夫間得之者十有五篇，與舊為二十篇，正其脫謬，疑者闕之，而敘其篇目曰：向采傳記百家所載行事之跡，以為此書。奏之欲以為法戒，然其所取，往往不當於理。"鞏又敘《新序》曰："向之序此書，於今（指宋代而言）最為近古，雖不能無失，然遠至舜、禹，而次及於周、秦以來，古人之嘉言善行，亦往往而在也。"可知曾鞏對於劉向之書雖有看法，卻是向的功臣，特別是《說苑》，還是曾鞏輯逸考訂的呢。

我們認為《說苑》篇章的形式特點，在於它既不同於《左傳》的先史實而後評議，也不同於《公羊》《穀梁》的夾敘夾議，重在批判。劉向

的手法是：根據定立的篇目，先概括而明確地提出自己的說法，然後再羅列排比一些符合自己觀點的前言往行以為印證。如卷二《臣術》，他先作了一個概括性的說明："人臣之術，順從而覆命，無所敢專，義不苟合，位不苟尊，必有益於國，必有補於君。"然後論證以"湯問伊尹"、"子貢問孔子"等十九條歷史故事，即是。《新序》只是分門別類地，彙集許多歷史人物的言行，偶而在故事的結尾，附以一二句肯定或是否定的話。

劉向不止熟習許多歷史人物典章制度，而且記載精詳，語言生動，繪影繪聲，引人入勝。此非掌握了大批歷史資料又長於記敘的專家是寫不出來的。因為他不止是位散文作家，同時還是辭賦能手（編纂了《楚辭》，自己也有《九歎》一類的作品），和圖書目錄學的巨匠（編輯得有《別錄》《戰國策》《列女傳》等書），不愧為博學多能的西漢學人，至於他的思想當然是以儒家的"二帝三王"之治，仁、義、禮、樂之德為正統的。

如果從二書的影響上看，則此後的《世說新語》《唐人說薈》，以及《歷代名臣言行錄》之類的故事傳說、歷史人物小志等等當是以此為藍本而有所變通的。因為劉向是專攻《穀梁》

〔缺〕

> 月五星之度（為我國最早的天文書）。有意其推本之也（言其究極根本深有意也）。嗚呼！向言山陵之戒（指外戚專擅，王莽終移漢祚而言），於今察之，哀哉！"（同上）

我們認為這不是溢美之辭，劉向在整理先秦典籍發揚古代文化及其辭賦的創作，散文的運筆，是有功於後世的。

劉歆承襲父業，還在青少年時期就以"通詩書能屬文"被成帝劉驁召用為黃門郎,與父向同領中秘,講論六藝、傳記、諸子、詩賦、數術、方技。父死後,歆復為中壘校尉。哀帝劉欣剛一即位,就因為王莽的力加推薦而一帆風順地作了侍中太中大夫、騎都尉、奉車光祿大夫、中壘校尉、羲和、京兆尹等貴幸之官,直到被封為紅休侯。其次,更重要的是歆"復領五經,卒父前業","治明堂辟雍","典儒林、史卜之官",就是說到了西漢末年,無論從學術地位上看還是教育行政上講,劉歆都已經成了"最高權威"了。

王莽這樣地培養劉歆當然是別有用心的。收買腹心潛移漢祚,劉歆的報償果然也不在小:背叛本家、製造符命一直到擁護王莽作了皇帝。國師嘉新公麼,誰能比得這樣的"開國元勳"!恐怕是他那位屢上封事侈談災異一心忠於劉氏的父親所夢想不到的。我們交待這些歷史情況,自然不是想替過去的封建統治階級教忠教孝,斥責劉歆大逆不道!天下莫非姓劉的才坐得?從被奴役和被剝削的廣大人民來講,我們認為腐朽沒落了的西漢王朝,詐欺到手的新莽統治,都是一丘之貉。問題只在於它綻露著"文人無行"和經術為封建統治階級服務的本來面貌。儘管是所謂父子家傳的學問,可是使用起來也會因為對象不同條件發生變化而得出相反的結果的。就是說,漢儒通過經學所大力宣教的"忠、孝"到此早已完全破產。

然而,不管怎麼說,向、歆父子在中國文化史料的整理工作上畢竟是有不可抹煞的貢獻的。《漢書》的著者班固就曾經稱道他們說:"劉氏《洪范論》發明《大傳》,著天人之應;《七略》剖判藝文,總百家之緒;《三統曆譜》考步日月五星之度。有意其推本之也。"(《劉向傳》)這話不差,因為,無論"經學""史學"還是"目錄學"甚或加上一個"天文學",他父子倆都可以說是"門檻最精",先人而有。即如"壁中書"吧,縱然作為先秦文獻儒家經典大有問題,可是,既已流傳至今,又對中國古代人民生活起過不小的影響,那麼,至少也應該給它一個漢代儒術的本等地位,方才合乎歷史唯物主義的觀點。何況許多訓詁文學(包括漢人和後人所作的)正是因為解釋它們才產生的呢？只要我們不蹈故轍,同樣陷入今文學派與古文學派聚訟千古的圈子裏,並且實事求是地更進一步地把它整理出來也就夠了。

古文經學(《易》《詩》《春秋》都有篆文的)除與口傳隸書諸經係對稱的名辭以外,還有一種所謂科斗文的"壁中書",據說是武帝劉徹末年魯恭王因為擴建宮室毀壞了孔子舊居從牆壁中發現的,共有《古文尚書》《禮記》《論語》《孝經》等書(見《漢書・藝文志》),今文學家把它們叫作古文。當時,孔安國最先以今文讀《古文尚書》,並且企圖將它立於學官(頒行天下作為公用的"教科書"),適值朝廷發生了"巫蠱"一案(征和元年,皇后與太子作亂,事敗被誅,見《漢書・武帝紀》)未能成功。後來劉歆職掌中秘也想把這些書立案宮廷,可是遭到了今文學派的反對,哀帝劉欣曾叫劉歆跟五經博士講論它們,博士們連讀都不肯讀,"深閉固距而不肯試",只氣得劉歆罵他們"專己守殘,黨同門,妬道真",嚇唬他們說是"違明詔,失聖意,以陷於文吏之議"(《劉歆傳》載《移書太常博士》),可見兩派的鬥爭已經到了如何嚴重的地步,而學術問題又不是單憑政治壓力可以解決的情況,也是昭然若揭的。結果是劉歆被名儒光祿大夫龔勝、大司空師丹等指為"改亂舊章,非毀先帝所立",要不是皇帝加以祖護說他不過"欲廣道術"還不能算是"非毀",恐怕連性命都保不住。這是王莽執政以前的事,也說明著此時"今文學派"佔有壓倒的勢力,企圖開創"古文經學"的劉歆,在兩派鬥爭的第一個回合中失敗了。

劉歆為什麼要這樣地推重"壁中書"呢？按照宋儒、清儒的許多考證,甚至絕大部分可以認為是他編造的。如果想要打開這個疑團,還得先看劉歆自己的話,他說"今文學家"有下列三大"罪狀",若不徹底革除,定將誤盡天下蒼生。它們是：

①不思廢絕之闕，苟因陋就寡，分文析字，煩言碎辭，學者疲老且不能究其一藝。

②信口說而背傳記，是末師而非往古；至於國家將有大事，若立辟雍、封禪、巡狩之儀，則幽冥而莫知其原。

③抱殘守缺，挾恐見破之私意，而無從善服義之公心，或懷妒嫉，不考情實，雷同相從，隨聲是非。

這些批判不但不是門戶之見，而且有的非常中肯，真個把某些章句陋儒支離破碎抱殘守缺的毛病揭發出來。因為《漢書‧藝文志》就說：「經傳既已乖離，博學者又不思多聞闕疑之義，而務碎義逃難，便辭巧說，破壞形體，說五經之文，至於二三萬言，後進彌以馳逐，故幼童而守一藝，白首而後能言。」真是害人不淺。桓譚《新論》也說：「秦近君能說《堯典》篇目兩字之誼至十餘萬言，但說『曰若稽古』三萬言。」這就更是惡魔一樣的末流之弊了。

不過，最重要的還是劉歆所提到的第二點，說他們這種繁瑣的講論並不足以適應皇帝明堂、辟雍、郊祀、巡狩等類特殊政治生活的需要。於是我們也就知道劉歆的所以積極改編先秦典籍倡導古文經學，其原因實在於此。案秦雖焚書，博士職掌的「六藝」並未因而亡缺，《史記‧始皇本紀》說得好：「非博士官所職，天下敢有藏詩書百家語者，悉詣守尉雜燒之。」這便是博士之書不焚的鐵證。據此而言《尚書》，則口傳廿八篇的伏生正是秦的博士，他這一部用隸文寫了出來的書，應該就是原著。那《舜典》《汩作》《大禹謨》《棄稷》《五子之歌》《胤征》《湯誥》《咸有一德》《典寶》《伊訓》《肆命》《原命》《武成》《旅獒》和《冏命》等十六篇「逸書」，不用說都是劉歆編造的了。他還把《九共》分為九篇湊成廿四篇之數。

其次，河間獻王與魯恭王也沒有獲得「古文經書」之事。因為，不止《史記》兩王傳中不曾提及，遍考「遷書」也無此項記載。查太史公父子世纂其業，天下郡國群書應該無所不見，遷又生當河間獻王、魯共王之後，如有獻壁中書事必當加以敘述，因為此類孔經大事，子長從來不敢輕視，可是隻字未提，情況適得其反，止有後出的又是古文學派大家之一的班固在《漢書·藝文志》和《儒林傳》裏詳言關於古文經的種種，這事還不明白？即以《春秋左氏傳》為例：左氏不傳《春秋》，傳今的《左傳》乃是劉歆改編《國語》原本定出書法凡例"比年依經緣飾而成"之物，劉歆自己就承認"歆治《左氏》，引傳文以解經，轉相發明，由是章句義理備焉"(《漢書·劉歆傳》)，實際情況是：劉歆把五十四篇《國語》取出了絕大部分(卅篇)作為"春秋傳"的素材，而將其殘餘加以附益別成今本廿一篇《國語》。

更重要的是，我們還可以從文字形體和思想內容上來找尋"古文經學"晚出的跡象。如果把殷周兩代的甲骨刻辭和鐘鼎彝器拿來同根據"孔壁古文經"所摹印的"三體石經"中的"古文"一對比，便會知道所謂"壁中書"者不過一部分是依傍小篆而略變其體式，一部分是採取六國破體省寫之字，決非殷周之真古字，從而連帶明白"孔子書六經"，"左丘明述《春秋傳》皆以古文"是假論的。再具體到思想內容上說，譬如"毛詩"我們就很難相信那些拉扯"文王后妃之德"作為"二南"教化，和雜采《左傳》史實附會成章的"小序"，是足以代表詩人當時的生活與思想的。同理，我們也無法承認《尚書》"孔傳"裏頭"蠻夷華夏""華夏蠻貊"之辨(分見《舜典》《武成》中)，"水、火、金、木、土"的"五行說"(分見《大禹謨》《洪範》中)，以及詩體與"三百篇"類似的《五子之歌》："明明我祖，萬邦之君，有典有則，貽厥子孫"，文字和"古論語"有雷同處的《旅獒》，"為山九仞，功虧一簣"等類的語句，是夏商兩代可能有了的東西。

但是，劉歆這種順應潮流革除舊弊增益"古文經學"的創舉，終於碰到最大的主顧了，渴想事事從新，連朝廷也打算換上自己這個新人的王莽跟他密切合作了：一力抬高鞏固劉歆的政治地位和學術影響，"士為知己者用"，劉歆自然也就施展全身本領歡欣鼓舞地去作新朝的開國元勳了。根據《漢書・王莽傳》，我們知道劉歆在王莽居攝前已經為莽"典文章"（作為他的"秘書長"），從文字宣傳上幫襯王莽奪取天下了，這時劉歆的主要工作還在於通過王莽建立"古文學派"，使《逸禮》《古書》《毛詩》《周官》《爾雅》、"天文""圖讖"這些迄未取得合法地位的"古文經"頒行天下。最妙的是也立了什麼"樂經"（據說是一位長壽的老者竇公獻出來的，其實就是《周官・大宗伯》的"大司樂章"），這可真是"為所欲為"，盛極一時了。

逮及王莽居攝前後劉歆輔助新朝的重要工作又加上了一個制造符命，用王莽的話就是"嘉新公國師以符命為予四輔"，統計一下單講莽當代漢有天下的即有"三以鐵契，四以石龜，五以虞符，六以文圭，七以玄印，八以茂陵石書，九以玄龍石，十以神井，十一以大神石，十二以銅符帛圖"等符瑞，我們只抄一段為例：

> 丙寅暮，漢氏高廟有金匱圖策："高帝承天命，以國傳新皇帝。"明旦，宗伯忠孝侯劉宏以聞，乃召公卿議，未決，而大神石人談曰："趣新皇帝之高廟受命，毋留。"於是新皇帝立登車，之漢氏高廟受命。

圖緯之學，在西漢末年相當地倡行，例如平帝劉衎時，曾以明《易》為博士講書祭酒的蘇竟，就"善圖緯，能通百家之言"，他是劉歆典校中秘的一位同事。還有，楊厚的祖父楊春卿也"善圖讖學"，厚自己復從"犍為周循學習先法，又就同郡鄭伯山受《河洛書》及天文推步之術"（以上所引分見《後漢書》蘇竟、楊厚傳）。上有好者下必有甚，王莽之世，這種欺騙人民神化自己的玩藝兒遂在劉歆等輩主催之下，充分發揮了它的伎倆。

足以發人深省的是：假的到底真不了，讀天文讖記的劉歆終久也害了自身，當衞將軍王涉信了道士西門君惠"星孛掃宮室，劉氏當復興，國師公姓名是也"的話，聯合大司馬董忠鼓動劉歆起事時，劉歆也為言"天文人事，東方必成"，發動"當待太白星出乃可"，結果是敗露自殺貽笑於天下。這一事件，雖然是封建統治階級不可避免的內部矛盾鬥爭，可是具體到莽、歆兩人的種種關係上，卻也未嘗不使人感生兔死狗烹，利盡交疏，個人和宗族的利益是高於一切的。

新莽事常師古，言必周孔，他所根據的正是劉歆一手裁成的"古文經典"，如釋為"宰衡"引《穀梁傳》曰："天子之宰，通於四海"；欲行"專斷"奏引孔子"巍巍乎舜禹之有天下也，而不與焉"；平帝有疾，竟學周公"金縢"故事："作策請命於泰畤、戴璧秉珪願以身代"；"居攝"母死，意不在，以劉歆等議，採行《周禮》"王為諸侯緦縗弁而加環絰"，按《禮記·王制》分別說《孝經》云"不敢遺小國之臣"；尤其是作了皇帝以後，"州從《禹貢》為九"，爵從"周氏"有五，官分十有

〔缺〕

七、政治協商、自由對話,桓寬編著的《鹽鐵論》【存目】

八、西漢末年文壇名將揚雄和他的散文巨著《太玄》《法言》《解嘲》等

揚雄(前53—18)這位思想家兼辭賦家的蜀人(今四川省成都縣是其生地),說起他的《羽獵》《長楊》《甘泉》等賦(《漢書·藝文志》:揚雄賦十二篇),知道的人可能不少。如果提出他那散文《太玄》《解嘲》,尤其是已成集子的《法言》(從卷一《學行》到卷十《孝至》),研究的人恐怕就不多了。

揚雄這一生,是雖有赫赫之名,卻無三公之位,四十多歲到了長安,才給當時的大司馬王音做個"門下吏"。後來,轉入朝廷(已在王根之時)也只是"給事黃門"的一個郎官。在哀帝之初,雄與王莽、劉歆、董賢同官,其後,莽、賢皆為貴官,權傾人主,而雄歷成、哀、平三帝不徙,"恬於勢位乃如是,實好古而樂道其意,欲求文章成名於後世"耳,"用心於內,不求於外",劉歆敬之,而"桓譚以為絕倫"(無與比類也)。王莽時,劉歆已為上公,雄以耆老久次,始得轉為大中大夫。校書天祿閣上,以事株連,跳閣幾死,京師為之語曰:"惟寂寞,自投閣。"垂老,以病免官,年七十一卒。(以上所引,分見《漢書》雄本傳中。)

班固肯定揚雄的行誼道:"雄少而好學,不為章句,訓詁(謂指義也)通而已,博覽無所不見。為人簡易佚蕩(緩也,遲鈍),口吃不能劇談(疾言),默而好深湛之思。清靜亡為,少耆欲,不汲汲於富貴,不戚

戚於貧賤,不修廉隅以徼(音jiǎo,要也)名當世。家產不過十金,乏無儋石之儲,晏如也。自有大度,非聖哲之書不好也。非其意,雖富貴不事也。"(《漢書·揚雄傳》)據此種種,可見東漢的大史學家大辭賦家班固是很推崇揚雄的。不但沒有說他是"貳臣",反爾稱頌之為"大度",並在列傳中全引其《反離騷》(吊屈原之賦),以為"君子得時則大行,不得時則龍蛇(大行,安步徐行。龍、蛇,蟄伏以存身之意),遇不遇命也,何必湛身哉(湛讀曰沈,謂投水而死也)!"(同上)"同聲相應,同氣相求",我們可以認為揚雄之於屈原,以及班固之言揚雄,皆此之類。

按揚雄的《反離騷》,非對立屈子其人,揚雄不過是不同意屈原的投水自殺而已。其結語云:"臨江瀨而掩涕兮,何有《九招》與《九歌》?夫聖哲之〔不〕遭兮,固時命之所有。雖增欷以於邑兮,吾恐靈修之不累改(改悟)。昔仲尼之去魯兮,斐斐(往來貌)遲遲而周邁。終回復於舊都兮,何必湘淵與濤瀨(大波曰濤,急流曰瀨)。"此言孔子去魯遲遲而行,而終返乎曲阜,屈原又何必自沉,不重回鄒郢呢?"悲其文,讀之未嘗不流涕也"(同上),正是愛之深所以責之切的。"乃作書,往往摭《離騷》文而反之(摭音zhí,拾取),自岷山(山在四川,岷江在下)投諸江流以吊"可證。(此外,揚雄還有依傍《離騷》而作的《廣騷》,和依傍《惜誦》以下至《懷沙》而作的《畔牢愁》。畔,離也,牢,聊也,與君相離愁而無聊也。均已不傳。)

《揚雄傳》共有上下兩卷,上卷以記敘他的辭賦為主,下卷遍及《太玄》《解嘲》,而以《法言》為主。班固之言曰:雄"以為經莫大於《易》,故作《太玄》;傳莫大於《論語》,作《法言》;史篇莫善於《倉頡》,作《訓纂》;箴莫善於《虞箴》,作《州箴》;賦莫深於《離騷》,反而廣之;辭莫麗於相如,作四賦。"(同上)他的《太玄》計有《玄首》《玄衝》《玄錯》《玄測》《玄攡》《玄瑩》《玄數》《玄文》《玄掜》《玄圖》《玄告》和《玄問》等十二篇。(據《漢書》本傳注)《太玄》的內容則略見於《解嘲》之

中:"《太玄》五千文,支葉扶疏,獨說十餘萬言,深者入黃泉,高者出蒼天,大者含元氣,纖者入無倫。"因為它是:

> 揲(音 dié,三三而分之)之以三策,關之以休咎,絣(音 bìng,併也,雜也)之以象類,播之以人事,文之以五行,擬之以道德、仁、義、禮、知。無主無名,要合五經,苟非其事,文不虛生。為其泰曼漶(漶音 huàn,曼漶,不分貌,猶言混沌)而不可知,故有《首》《衝》《錯》《測》《攡》(音 chī)、《瑩》《數》《文》《掜》《圖》《告》十一篇,皆以解剝《玄》體,離散其文,章句尚不存焉。(顏師古注曰:"《玄》中之文雖有章句,其旨深妙,尚不能盡存,故解剝而離散也。"按自"《圖》《告》十一篇"以下,蓋班固之言,非《解嘲》中語)《玄》文多故(故同詁,詁訓之文)不著,觀之者難知,學之者難成。(同上)

揚雄為文,生僻艱澀,極不易懂,在班固之時已經如此,更不要說今天了。因為他也是文字學家(編著過《訓纂篇》和《方言》),喜歡咬文嚼字,何況《周易》的陰陽五行以及有關天道人事的"玄言",又極耐人追索呢?他在《解嘲》中繼續說:

> 知玄知默,守道之極。爰清爰靜,遊神之廷。惟寂惟寞,守德之宅。世異事變,人道不殊。彼我易時,未知何如。(言或能勝之也)

可見作者也是借此來表明出處的。因為,"知其雄守其雌""知其白守其黑"、"大成若缺,大直若屈,大巧若拙,大辯若訥"(《老子》)麼,這才是揚雄"自守泊如"的人生哲學。班固說:"或嘲雄以玄尚白。"雄

解之曰:

客嘲揚子曰:"吾聞上世之士,人綱人紀,不生則已,生則上尊人君,下榮父母。析人之圭,儋人之爵,懷人之符,分人之祿。紆(榮也)青拕(曳也)紫,朱丹其轂(音 gǔ,車輪之輻)。今子幸得遭明盛之世,處不諱之朝,與群賢同行,歷金門、上玉堂有日矣,曾不能畫一奇、出一策,上說人主,下談公卿,目如燿(亦作曜)星,舌如電光,壹縱壹衡,論者莫當。顧而作《太玄》五千文,支葉扶疏,獨說十餘萬言,深者入黃泉,高者出蒼天,大者含元氣,纖者入無倫。然而位不過侍郎,擢才給事黃門,意者玄得毋尚白乎?何為官之拓落也?"揚子笑而應之曰:"客徒欲朱丹吾轂,不知一跌將赤吾之族也(跌,失腳,言有罪敗亡)。"

緊接著他就列舉了自東周以來春秋、戰國,直至西漢的歷史人物,指出其盛、衰、興、亡之跡,是、非、善、惡的言行,以為殷鑒。如說戰國之世:"士無常君,國亡定臣。得士者富,失士者貧。矯翼厲翮,恣意所存(言來去如鳥之飛,各任所息也)。"大漢之世:"當塗者入青雲,失路者委溝渠。旦握權則為卿相,夕失勢則為匹夫。譬若江湖之雀,勃解之鳥,乘雁集(其數四也)不為之多,雙鳧(fú,水鳥)飛不為之少。"而其最警惻的一段則是:

昔三仁(微子、箕子、比干)去而殷虛(亡國為丘墟),二老(伯夷、叔齊)歸而周熾(興旺);子胥(伍員)死而吳亡,種、蠡(文種、范蠡)存而粵伯(讀如霸);五羖(百里奚)入而秦喜,樂毅出而燕懼;范睢(音 suī)以折摺(古拉字)而危穰侯

(秦相),蔡澤雖嗫吟(鎖頤之貌,兩腮無肉)而笑唐舉(相士)。故當其有事也,非蕭(何)、曹(參)、子房(張良)、平(陳平)、勃(周勃)、樊(噲)、霍(光。他們都是西漢的名臣)則不能安。當其亡事也,章句之徒(指經師、文士而言)相與坐而守之,亦亡所患。故亂世則聖哲馳騖而不足,世治則庸夫高枕而有餘。夫上世之士,或解縛而相(管仲),或釋褐而傅(褐,布衣,此言齊之寧戚)。或倚夷門而笑(魏之侯嬴),或橫江潭而漁(楚之漁父)。或七十說而不遇(孔丘),或立談間而封侯(趙之虞卿)。或枉千乘於陋巷(齊恒公之與小臣稷),或擁帚彗(亦掃具也)而先驅(燕昭王之敬鄒衍)。是以士頗得信其舌而奮其筆,窒隙蹈瑕而無所詘也。

時勢各異,機運不一,作者從歷史上就看清楚了。而其結語是重在西漢末年不足有為,高官厚祿必將導致身亡族滅。他的同僚劉歆,不就是一個明顯的事例嗎?所以揚雄之"淡泊明志,寧靜致遠",苟全性命,只重文章,確有先見之明的。他說:

　　當今縣令不請士,郡守不迎師,群卿不揖客,將相不俛眉。言奇者見疑,行殊者得辟(罪,法也)。是以欲談者宛舌而固聲,欲行者擬(疑也)足而投跡。鄉(讀若向)使上世之士處乎今,策非甲科,行非孝廉,舉非方正,獨可抗疏,時道是非,高得待詔,下觸聞罷,又安得青紫?
　　且吾聞之:炎炎(火光也)者滅,隆隆(雷聲也)者絕。觀雷觀火,為盈為實。天收其聲,地藏其熱(言極盛者,亦不免於天亡也)。高明之家,鬼瞰其室(托言鬼神害盈而福謙),攫挐(攫音 jué,博取。挐音 ná,同拿,持也)者亡,默默者存。

位極者宗危,自守者身全。

說到這裏,我們對於《解嘲》大體可以清楚其形式、內容了:

①設為問答、對話的體裁,但絕大部分是答話,也應該算是一種創制之作。

②散文之中,間以韻語,頗有賦的味道,遂為以後的駢體開了先河。

③大談其《太玄》之道,讀之可以略知作者的宇宙觀、認識論。

④表明了自己的人生態度:寧靜、淡泊,不慕勢位,為無為,重文筆。

⑤徵引了許多古人古事以為佐證,典故不少,未嫌堆砌。

諸如此類,算是它的特點。至於文字,則有的艱深,有的淺易,包括《太玄》在內。

班固又說:"《玄》文多,故不著,觀之者難知,學之者難成。客有難《玄》太深,眾人之不好也。雄解之,號曰《解難》。"其辭曰:

客難揚子曰:"凡著書者,為眾人之所好也,美味期乎合口,工聲調於比(和也)耳。今吾子乃抗辭幽說,閎意眇(讀曰妙)指,獨馳騁於有亡之際,而陶冶大鑪,旁薄(旁,猶蕩也)群生,歷覽者茲年矣,而殊不寤。宣費精神於此,而煩學者於彼。譬畫者畫於無形,弦者放於無聲,殆不可乎?"

揚子曰:"俞(然也,是的),若夫閎言崇議,幽微之塗,蓋難與覽者同也。昔人有觀象於天,視度於地,察法於人者;天麗且彌,地普而深,昔人之辭,乃玉乃金。彼豈好為艱難哉?勢不得已也。……是以宓(fú)犧氏之作《易》也,綿絡天地,經以八卦,文王附六爻,孔子錯其象而象其辭,然後發天地之臧,定萬物之基。《典》《謨》之篇,《雅》《頌》之聲,不溫純深潤,則不足以揚鴻烈而章緝熙(烈,業也。緝熙,光明也)。蓋胥靡為宰(胥,相也。靡,無也。言相師以無為作宰也),寂寞為尸(道化以寂寞為主),大味必淡,大音必希(淡謂無味也),大語叫叫(遠聲也),大道低回(紆衍也)。是以聲之眇者不可同於眾人之耳(眇讀曰妙),形之美者不可棍於世俗之目,辭之衍者不可齊於庸人之聽(衍,旁廣也)。

它這篇文章比喻得高雅,說:"孔子作《春秋》,幾(讀曰冀)君子之前覩也。老聃有遺言,貴知我者希(《老子・德經》:知我者希,則我貴矣),此非其操與?"也自命不凡,說妙道仍歸於岑寂。蓋"大匠不為拙工改廢繩墨",情願使其文為"陽春白雪",以示不與人同。揚雄的《法言》大體上與此亦無差別,不過特別強調他是在效法《論語》,彰明聖道,以儒家思想為主導而已。班固說:

　　雄見諸子各以其知舛(相背也)馳,大氐(大歸也)詆訾(詆謗)聖人,即為怪迂(遠也),析(分也)辯詭辭,以撓世事(言諸子之書大歸皆非毀周、孔之教,為巧辯異辭以攪亂時政也)。雖小辯,終破大道而或眾,使溺於所聞而不自知其非也。及太史公記六國(齊、楚、燕、韓、趙、魏、秦),歷楚、漢,[訖]麟(西狩獲麟,孔子絕筆《春秋》)止,不與聖人同,是非頗謬於經。故人時有問雄者,常用法應之,譔(與撰同)以為十三卷,象《論語》,號曰《法言》。《法言》文多,不著,獨著其目。

按傳今之《法言》計從《學行》第一至《孝至》第十三等十三篇,綱目昭然,内容充實。如《學行篇》云:"天降生民,倥侗顓蒙(倥音 kōng,侗 tóng,顓與專同,童蒙無所知也)。恣於情性,聰明不開,訓諸理(訓,告也),譔《學行》。"其文云:"學,行之,上也;言之,次也;教人,又其次也;咸無焉,為眾人。"重要的話如:

> 學者,所以修性也。視、聽、言、貌、思,性所有也,學則正,否則邪。
>
> 師哉師哉,桐子之命也。務學不如務求師,師者,人之模範也。模不模,範不範,為不少矣! 一鬨之市,不勝異意焉;一卷之書,不勝異說焉。一鬨之市,必立之平(天平、等秤);一卷之書,必立之師。
>
> 習乎習,以習非之勝是也,況習是之勝非乎? 於戲(歎辭,與烏乎同)! 學者審其是而已矣。

重師友之化,作者認為"朋而不心,面朋也;友而不心,面友也",與"務學不如務求師"是頭等重要的課題。《論語》開章明義第一章是"學而時習之",《荀子》第一章也是《勸學篇》,孔子講"性相近",荀況引申之以"化性起偽""隆師重禮",大談其後天教育的重要性,對比揚雄之言,不正桴鼓相應嗎? 其《吾子》篇第二,則是為了說明文學之"賦"的。他說:

> 降周迄孔(周,周公旦,與孔仲尼也),成於王道。終後誕章乖離,諸子圖微。(顏師古曰:"言其後澆末,虛誕益章,乖於七十弟子所謀微妙之言。"又注引劉敞云:"誕,大也。章,法也。言王道息而諸子起也。")
>
> 或問:"吾子少而好賦?"曰:"然。童子彫蟲篆刻。"俄

而,曰:"壯夫不為也。"或曰:"賦可以諷乎?"曰:"諷乎!諷則已,不已,吾恐不免於勸也。"

或曰:"君子尚辭乎?"曰:"君子事之為尚。事勝辭則伉(音 kàng,戾也),辭勝事則賦,事辭稱則經。足言足容,德之藻矣。"

君子之道有四易:簡而易,用也;要而易,守也;炳而易,見也;法而易,言也。

他的主要觀點是:"諸子不識道","不合乎先王之法者,君子不法也"。文辭不是不緊要,然而立言首在立德,行誼為上。所以作者同樣注重修身,他說:"動不克咸(不能皆善也),本諸身","修身以為弓,矯思以為矢,立義以為的,奠而後發,發必中矣"。

人之性也,善惡混。修其善則為善人,修其惡則為惡人。氣也者,所以適善惡之馬也與?

是以君子強學而力行,珍其貨而後市,修其身而後交,善其謀而後動,成道也。君子之所慎言禮書,上交不諂,下交不驕,則可以有為矣。

或問:"何如,斯謂之人?"曰:"取四重,去四輕,則可謂之人。"曰:"何謂四重?"曰:"重言,重行,重貌,重好。言重則有法,行重則有德,貌重則有威,好重則有觀。""敢問四輕。"曰:"言輕則招憂,行輕則招辜,貌輕則招辱,好輕則招淫。"

(《修身》)

這裏言性為善惡混,是其創見。而修身之道在於強學力行,以及"四重""四輕"之言,就是在今天也有參考的價值。下邊,揚雄又進一步地談論說"天道"與人事的關係,和他之所謂"道"云:"芒芒天道,在昔聖考(聖人,能成天道者也),過則失中,不及則不至,不可奸罔(罔之言誣也,言不可作奸誣於聖道)。"

  或問"道",曰:"道也者,通也,無不通也。"或曰:"可以適它與?"曰:"適堯、舜、文王者為正道,非堯、舜、文王者為他道,君子正而不他。"

  或問"道"。曰:"道若塗若川,車航混混,不舍晝夜。"或曰:"焉得直道而由諸?"曰:"塗雖曲而通諸夏,則由諸。川雖曲而通諸海,則由諸。"或曰:"事雖曲而通諸聖,則由諸乎?"

  道、德、仁、義、禮,譬諸身乎? 夫道以導之,德以得之,仁以人之,義以宜之,禮以體之,天也。合則渾,離則散。一人而兼統四體者,其身全乎!

  或問"天"。曰:"吾於天與,見無為之為矣。"或問:"彫刻眾形者,非天與?"曰:"以其不彫刻也。如物刻而彫之,焉得力而給諸?"

  老子之言道德,吾有取焉耳。及搥提(抨擊也)仁義,絕滅禮學,吾無取焉耳。

  或曰:"申、韓之法,非法與?"曰:"法者,謂唐、虞、成周之法也,如申、韓,如申、韓。"

(《問道》)

此亦頗有"中庸"之道,而富於"兩點論"的精神,譬如對於老子的態度即是。不過總的說來,揚雄還是儒家的,雖然雜糅點兒道家思想。"神心忽恍,經緯萬方,事繫諸道、德、仁、義、禮",以及下面的話,滿可以說明問題：

> 或問"神"，曰："心。"請問之，曰："潛天而天，潛地而地。
> 天地，神明而不測者也。心之潛也，猶將測之，況於人乎？況
> 於事倫乎？"

> 天神天明，照知四方。天精天粹，萬物作類。

> 人心其神矣乎！操則存，舍則亡。能常操而存者，其惟
> 聖人乎！

> 聖人存神索至，成天下之大順，致天下之大利，和同天人
> 之際，使之無間也。

> 或曰："經可損益與？"曰："《易》始八卦，而文王六十四，
> 其益可知也。《詩》《書》《禮》《春秋》，或因或作，而成於仲
> 尼，其益可知也。故夫道非天然，應時而造者，損益可知也。"

> 虞、夏之《書》渾渾爾（盛大之貌），《商書》灝灝爾（悠遠
> 之貌），《周書》噩噩爾（嚴肅之貌）。下周者，其《書》誰乎？

> （《問神》）

揚雄這裏所說的"神"，其實就是"神經系統"，它可以反映萬事萬
物麼。認為經書並不是一成不變之物，也可以有所損益的，"應時而
造"麼。【後缺】

> 或問："《五經》有辯乎？"曰："惟《五經》為辯。說天者莫
> 辯乎《易》，說事者莫辯乎《書》，說體者莫辯乎《禮》，說志者
> 莫辯乎《詩》，說理者莫辯乎《春秋》。舍斯，辯亦小矣。（《寡
> 見》）

雖云"絕於邇言",亦只是吹捧《五經》,仍不外是儒家的一套。周、孔在上,不可"惑""賊",揚雄仿《論語》而為《法言》,他的主旨,原在於此。其《先知》第九云:

> 或問:"何以治國?"曰:"立政。"曰:"何以立政?"曰:"政之本,身也,身立則政立矣。"
>
> 或問:"為政有幾?"曰:"思斁(音 yì,解也,厭也)。"
>
> 或問:"何思何斁?"曰:"老人老,孤人孤,病者養,死者葬,男子畝,婦人桑之謂'思'。若汙(辱也)人老,屈人孤,病者獨,死者逋(不歸葬),田畝荒,杼軸空之謂'斁'。"
>
> 為政日新。或人:"敢問'日新'。"曰:"使之利其仁,樂其義,屬之以名,引之以美,使之陶陶然之謂'日新'。"
>
> (《先知》)

"政者正也,子率以正,孰敢不正?"(《論語》)"為政以德,譬如北辰,居其所而眾星共之。"(同上)以及見於《孟子》的"老吾老,以及人之老;幼吾幼,以及人之幼。"《禮記‧禮運》的"不獨親其親,不獨子其子"、"鰥寡孤獨廢疾者皆有所養"等等一系列的儒家政治思想,應該都是揚雄的藍本。而"日新"的解釋,則比"湯之《盤銘》曰:'苟日新,日日新,又日新'"具體而又明確得多了。因為這裏直接提出了"為政日新",不止是帝王修身而已。因說"仲尼以來的國君、將相、卿士、名臣,參差不齊(言志業不同也)"而"壹概諸聖(以聖人大道概平)",為之品第:根據儒家所定立的道德標準,臧否了許多歷史人物。首先懷疑黃帝的存在,說是"始托","欲譎偽者必假真",這他看得很清楚,跟司馬遷採取了同一態度。對於"鬼神"也不肯定:"神怪茫茫,若存若亡。"《論語》就講"子不語怪、力、亂、神"麼。尤其是批判人物的獨具

隻眼,言簡意賅丁丁入木,頗有點子《春秋》的筆法。而且是古人時人一齊上的。例如他對春秋末年吳越諸人的看法:

> 胥(子胥,伍員)也,俾吳作亂,破楚入郢,鞭屍藉(踐踏)館,皆不由德。謀越諫齊不式(法也),不能去,卒眼(語不可解)之。種、蠡(文種、范蠡,越之能臣)不強諫而山棲,俾其君詘(屈也)社稷之靈而童僕,又終弊吳。賢皆不足邵(高也,稱道)也。至蠡策種而遁(越滅吳後,范蠡曾勸文種功成身退,種不聽,卒為勾踐所殺,范蠡隱而經商,遂致陶朱之富),肥矣哉!(《重黎》)

另有《淵騫》乃顏淵、閔子騫(損)之簡稱,以二人為篇名,此不只是特重孔門"德行"之義,亦《論語》以人名命篇的再生,彼嘗一人,如《顏淵》《子路》《子張》,而此則雙名簡稱,是其略有變通之處。揚雄說:"七十子之於仲尼也,日聞所不聞,見所不見,文章亦不足為矣",乃"攀龍鱗,附鳳翼,巽以揚之,勃勃乎其不可及也"之流亞(此則非惟求仕,始得謂之"攀龍附鳳"矣,原來是指著求為仲尼之徒而言,其境界本甚高尚)。在這裏作者把孟軻推崇得很高。(同時卻貶抑了荊軻)

> 或問"勇",曰:"軻也。"曰:"何軻也?"曰:"軻也者,謂孟軻也,若荊軻,君子盜諸。"請問"孟軻之勇"。曰:"勇於義而果於德,不以貧富、貴賤、死生動其心,於勇也,其庶乎!"
> 軻(荊軻)為丹(燕太子丹)奉於期(秦叛將)之首,燕督亢(國土)之圖,入不測之秦,實刺客之靡(罪,損)也,焉可謂之義也!

這就不止是揄揚貶抑各得其所的問題了:孟軻善養"浩然之氣",至大至剛,凌厲無前,直充塞於天地之間,這是一種什麼精神?我看揚雄說他庶幾於"勇",還是有些"小覷"了呢!至於荊軻,則空有"易水之歌"蕭蕭而寒,及其失敗,竟諉言欲有以"報燕丹",所以未下"毒手",實在令人齒冷。而作者斥之為"盜",似亦過矣!此外則文筆的脫跳精悍,極耐推敲,又不止是形式上得諸《論語》而已。下面一段,在寫作的筆法上就更是惟妙惟肖了。他歷數漢初的名人、經師、宰輔道:

美行:園公、綺里季、夏黃公、角里先生(商山四皓)。言辭:婁敬、陸賈(外交家)。執正:王陵、申屠嘉(宰相)。折節:周昌、汲黯(骨鯁之大臣,御史大夫)。守儒:轅固、申公(老博士)。災異:董相(仲舒)、夏侯勝(《尚書》學人)、京房(《周易》)。

這語氣章法不完全是《論語·先進》的樣子嗎?此外,對於東方朔的"奇隱",揚雄也體會得別有天地,他說:

世稱東方生之盛也:言不純師,行不純表,其流風遺書,蔑如也。或曰:"隱者也。"曰:"昔之隱者,吾聞其語矣,又聞其行矣。"或曰:"隱道多端。"曰:"固也。聖言聖行,不逢其時,聖人隱也;賢言聖行,不逢其時,賢者隱也。談言談行,而不逢其時,談者隱也。昔者箕子(紂賢臣)之漆其身也,狂接輿(楚人)之被其髮也,欲去而恐懼害者也。箕子之《洪範》,接輿之歌《鳳》也哉。"或問:"東方生名過實者,何也?"曰:"應諧、不窮、正諫、穢德。應諧似優,不窮似哲,正諫似直,穢德似隱。"請問"名"。曰:"詼達。""惡比?"曰:"非夷、齊,是

柳下惠,戒其子以尚同,依隱玩世,飽食安坐,以仕易農,此滑
稽之雄者也。"

我們懷疑,揚雄之所以特別推崇東方朔大概有引為同道的意思:
玩世不恭,隱於滑稽,與雄之淡泊名利,隱於書卷,恐怕也是異趣同功
啦。總之,應該認為:

① 《法言》是揚雄散文的代表作,《解嘲》《解難》次之,它們不過起
一個輔助的作用,說明自己不做大官,為文典雅的緣故。(作為
辭賦家,他也是很了不起的人物。)

② 無論從命題的情況(人名的或是事物的),問答的形式(名為對
話,實際上是自問自答),篇章的結構(同《左傳》《尚書》一樣,
先擺出本文的微言大義於篇前,然後按照主題作文章,綱舉目
張,首尾一貫),都是自成體系別有風格的。

③ 說它是哲理文、學術文吧,可是因而不襲,獨具特點:既談道家,
更尊儒術;寧靜致遠,仁義為懷;雖法先王,並不泥古;聯繫時
政,卻不廁身,所謂博學多聞,隱於書卷之中者也。其文意也是
艱深晦澀(如《太玄》)、明白曉暢(如《解問》等文)兼而有之,不
拘一格。

④ 文中不乏韻語短句,有的也講求對仗(特別是體現於各篇的"由
頭"上的,多半以四言為主,聲調瀏亮)。而"請問""或問""請
聞""或曰"以及常用"疊句"和語尾助詞"諸""焉"的經常使
用,更使人認識到作者終不失辭賦家的風格,摹擬《論語》,亦夠
爐火純青了。

九、西漢議論文總結

西漢的散文作者與先秦諸家不同:先秦的儒、墨、名、法、道德,確實是以哲理為主的學術文,自成體系各有千秋。而官書則是從《尚書》開始的。《春秋》《左氏傳》《公羊》《穀梁》以及諸子雖為私家著述,而面對現實解決當前問題的不多。西漢人則不然,他們博古通今,經世致用,有的放矢,不尚空談,所以無論陸賈的《新語》、賈誼的《新書》、董仲舒的《繁露》,甚而至於劉安的《鴻烈》、揚雄的《法言》都是一樣:騰說時政,總結經驗,筆之於書,蔚為大觀,確乎其為具有時代特點的西漢文章。

從寫作的藝術手法上看,西漢諸人也是後來居上,有異前人的。首先,無論說理敘事修辭謀篇,都是語言清新,結構謹嚴,落筆典雅動人聽聞的。換言之,對策文必持之有故娓娓中肯,騰之於口與筆之於書者並非二事。論說文亦犀利雋永雄辯滔滔,雖曰繼武前賢,實則踵事增華因而不襲,別有一番氣象的。即如哲理文吧,也多半是資料豐富運用自如,孳乳引申深入淺出,非泛泛者所可比擬的。

中國古典文學講稿

第一編　緒　論

中國的長期封建社會中,創造了燦爛的古代文化。清理古代文化的發展過程,剔除其封建性的糟粕,吸收其民主性的精華,是發展民族新文化、提高民族自信心的必要條件,但是決不能無批判地兼收並蓄。

——《新民主主義論》

一、我們對於中國古典文學的態度
——堅決徹底地在新的基礎上批判它、發揚它和豐富它

我們都知道,中華民族是一個歷史悠久而又富有創造性的偉大的民族。這就是說,五千年來,我們的祖先通過了他們代代不停的勞動奮鬥,已經給後人的我們留下了極為優秀的文化遺產。所以,向廣大人民群眾介紹和宣傳我國優良豐富的文化遺產,讓大家知道我們祖先締造的精神、偉大的成果,實在是我們責無旁貸的重大的任務。同時,也正是今天要對廣大群眾所進行的愛國主義教育和文化普及工作中的重要的內容之一。

但是,我們還要知道,發揚民族的優秀文化的主要目的乃是為了有利於新文化的創造,並且也必須在新文化的創造中去發揚它。換句話說,就是根據著馬克思列寧主義和毛澤東思想的理論。我們要建設新中國的文化,是不可能憑空地開始、冒然地從事的——必須繼承人

類文化發展中一切有價值的東西，特別是和我們自己有著血緣關係的過去的文化。這樣，才能夠在自己的土壤上新生起來有根有本的文化之花。

總之，我們固然要大膽地支持科學與生活一切方面的革新，但革新並不是與過去的先進傳統絕緣。新民主主義文化的重要特點之一，就在於新的創造須是和利用過去的文化成就緊密地結合在一起。因為新民主主義文化的本身就包含著我們祖先多少世紀以來所創造的精神財富。因此它才能夠使人感到親切、認為寶貴。就拿中國古典文學來做例證罷，通過了《詩經》《楚辭》、樂府、詞曲、小說等不朽的作品的反映，使著我們對於祖國山河的壯麗、物資的豐饒、人物的瑰瑋，特別是勞動人民的樸實的生活、戰鬥的意識，和創造的精神，無往而不發生欽敬熱愛的感情，這能算是簡單的事體麼！所以我們認為中國文學遺產中最基本、最生動、最豐富的作品，正是這些民間文藝，或經過文人加過工的文藝作品。換句話說，也只有它們才是中國文學真正而亦優秀的傳統。

因此種種，我們才敢肯定地說，中國的古典作品是具有偉大進步思想和廣大生活內容的藝術。它以光輝而完整的形象反映了歷史發展最複雜的過程，它刻畫了發展中的人民生活，把豐富的內容和明朗的形式結合在一起了。雖然它經常地在遭受著統治階級的摧殘和閹割，但它還是勝利地完成這一神聖的任務了——人民性、現實性、人道主義和愛國主義的傳統。只要我們加以整理挖掘，隨時隨地都可以發現它們的所在。

自然，最後我們還是應該鄭重指出，歷史是既不能變好也不能變壞的。從歷史條件造成的全部複雜過程裏所生產出來的古典作品，關於分析和批判它們的落後部分的東西，我們是更有責任的。

二、我們研究中國古典文學的方法
——去偽存真還它本色,然後再下價值的判斷

我們研究古典文學的方法並不簡單,須通過辨認出土的古物、文字的訓詁、板本的校勘和人物的考證等辦法,來去偽存真地先還給作品作家一個本來面目,然後再根據歷史唯物主義、辯證唯物主義予以價值(包括思想性和藝術性)的判斷。例如關於作品《擊壤歌》《卿雲歌》和《南風歌》,很有人認為是殷商以前的古作,但是我們仔細考較它們的文辭格調的結果,卻肯定地不能同意這種說法。

再如關於堯、舜、大禹等人物,截至現在為止,還不曾從出土文物中發現有關他們的載記。因此縱令《尚書》《論》《孟》《史》《漢》有所論列,我們也只能認為他們是神話傳說一類的人物,而《堯典》《舜典》《大禹謨》便不能不斷為後人膺鼎之作了。說到這裏,也許有人要問:"這不是叫我們先都成了考據家嗎? 哪兒能夠辦得到?" 我們的答覆是,竅門在此:

第一,此類工作前人作者已多,如顧(亭林)、江(永)、戴(震)、段(玉裁)、章(太炎)、王(國維)諸大家,對於經學、史學和文學都曾有很大的貢獻,只要我們繼承下來發揮引用,便收事半功倍之效了(特別是先秦的部分的)。

第二,前人所為,往往餖飣繁瑣、破碎支離,我們今天要求的卻是整體的知識、系統的陳述,因此綜合整理的責任便落在我們的肩上,特別是關於文學的。

第三,前人做學問往往是所謂"述而不作"的——羅列史料,脫離現實,很少能夠給我們解決什麼具體的問題。就拿文學的考訂說罷,

形式藝術上的闡發倒有,進步的思想性的媒介便不多見,這也是我們應該從頭搞起的原因之一。

第四,解放以前,資產階級的學人如錢玄同、顧頡剛、陳鍾凡等,頗知道利用前人辛勤考據的財富來做系統的研究,但因為他們所使用的是形式邏輯的方法、進化論的觀點,其結果便是不夠健康的東西了。

那麼,這不是很明確的事體了嗎?該繼承的繼承,該批判的批判,推陳出新而不陳陳相因,披沙鑠金而不妄事捃摭,其目的就在於:

(一)真個比較全面地認識了古典文學作品,因而從內容和形式上找尋出來它的發生發展的跡象。

(二)重點地搞清楚古典文學作家的歷史環境、社會內容(包括家庭出身、所屬民族和階級成分等),以期更正確地瞭解作品的特點。

這是因為文學是社會的產物,有它的一定的經濟基礎,因此它的發生發展和沒落便不能夠不受社會環境和自然環境的影響。而文學作品是文學家的創作,除去這些必被局限的客觀因素以外,他還有他獨具的氣質、希求和情調等,會體現在作品之中。特別是古典文學的作者們,因為時代的關係,這一點就分外地顯得重要,我們實在不能夠忽視的。

三、中國古典文學的範圍
——從名稱到內容的史的演變情況

我們所研究的古典文學作品究竟包含著哪些東西?如果不先把範圍明確一下,則在編制的取材上、作品的批判上,恐怕就不大容易精當得體了。因此對於這一問題,我們認為有提出來先解決一下的必要。現在讓我們先談談什麼是文學。

　　"文學"，這個名詞的意義，在中國過去是相當的含混的，遠在先秦的時候，就隨地作解，莫衷一是。如《論語·先進》篇說："文學：子游，子夏。"《荀子·大略》篇說："子貢、子路，故鄙人也，被文學，服禮儀，為天下士。"《韓非·五蠹》篇說："今修文學、習言談，則無耕之勞而有富之實。"這裏所謂"文學"，當只是指儒者《詩》《書》之學而言，與今日的文學涵義絕不相干。

　　逮至兩漢，劉歆撰《七略》時，曾把學術分為《輯略》《六藝略》《諸子略》《詩賦略》《兵書略》《數術略》和《方技略》(班固的《漢書·藝文志》則取消了劉歆的《輯略》而成為"六略")。歆、固兩人雖都為詩賦特設一略，但並未冠以"文學"名稱。而且根據著《史記·自序》"漢興，蕭何次律令，韓信申軍法，張蒼為章程，叔孫通定禮儀，則文學彬彬稍進"的話，是此時的文學亦不過是一切文物的總稱。

　　魏晉之際，則"文學"的涵義與"文章"同。魏曹丕《典論·論文》說："蓋文章，經國之大業，不朽之盛事。"《典論》之所講"文章"，就是當時的"文學"。因為它又說："夫文，本同而末異：蓋奏議宜雅，書論宜理，銘誄尚實，詩賦欲麗。此四科不同，故能之者偏也。"這就是把奏議、書論、銘誄、詩賦，不分散、韻的都當做了文學。晉陸機《文賦》與之同然，它說："詩緣情而綺靡，賦體物而瀏亮。碑披文以相質，誄纏綿而悽愴。銘博約而溫潤，箴頓挫而清壯。頌優遊以彬蔚，論精微而朗暢。奏平徹以閒雅，說煒曄而譎狂。"足證陸機的"文學"也是包括詩、賦、碑、誄、銘、箴、頌、論、奏、說等文體，不過把韻文部分提到前面，而且分科定義更加精細了。

　　到了南北朝，文筆分了家，《南史·顏延之傳》云："宋文帝問延之諸子才能。延之曰：'靖得臣筆，測得臣文。'"究竟什麼是文，什麼是筆呢？劉勰《文心雕龍·總術篇》說："今之常言，有文有筆，以為無韻者筆也，有韻者文也。"梁蕭繹《金樓子·立言篇》說："吟詠風謠，流連哀思者,謂之文。""至如文者,惟須綺縠紛披,宮徵靡曼,唇吻遒會,情靈搖盪。""筆退則非謂成篇,進則不云取義,神其巧惠筆端而已。"那麼,這簡直等於說詩辭為"文",散文為"筆"了。這時的志錄也是把詩賦冠以"文翰"或"文集"的稱號的,如宋秘書丞王儉的《七志》分《經典》《諸子》《文翰》《軍書》《陰陽》《藝術》和《圖譜》,梁阮孝緒的《七錄》為《經典》《記傳》《子兵》《文集》《術技》《佛》《道》等是。

但是值得大書特書的卻是此時的六藝附庸蔚為大國。通過梁昭明太子蕭統的《文選》,文學脫離了經史子書,而浸浸地獨樹一幟了。

唐代以後,詩文更加分立,集部有詩集、文集的名目,選家也有"詩選""文選"的區別。這裏所說的"詩"是指"樂府詩""古體詩""今體詩"和宋以後的"長短句";所說的"文"則是包括了各類的散文,如滿清姚鼐的《古文辭類纂》便是不以詩入錄的選文集,而把文分為《論辨》《序跋》《奏議》《書說》《贈序》《詔令》《傳狀》《碑誌》《雜記》《箴銘》《頌贊》《辭賦》和《哀祭》等十三類。

近人章太炎,重把文學分為"集內文"和"集外文",他不但把傳狀、行述、碑碣、墓誌、論說、奏議等都看作文學作品,甚至把官制、儀注、刑法、樂律、書目、算術、工程、農事、醫書、地志等也都包括進去了。似這種雜拌式的文學範圍,我們實在不敢同意。

我們的意見是:中國古典文學因為它所由表現的工具——中國文字,是單音詞佔優勢,又比較地富於孤立性的這一特點(因為方言的不同,每字又有四聲"平上去入"和清濁"陰聲、陽聲"之分),中國古典文學便也表現了它的特殊體裁——有了詞句簡潔、音韻諧和對仗工整的詩與文。再具體些說,就是包括詩歌、騷賦、駢儷、詞曲、銘贊的韻文和包括神話、寓言、論述、小說、雜記的散文。不過在這許多文體之中,又以詩、賦、詞、曲、小說、散文為主,而兼及神話與傳說。因為它們或是形成了某一時代的文學主流,或是權充了某一時代的象徵史料,我們都必須加以闡明,才能談得上是從發生發展的跡象裏真個地認識了它們的思想性與藝術性,從而實踐地完成了歷史的任務。

四、古典文學的史的鳥瞰
——它所發生成長的時代背景歷史條件

歷史是人類生活的記錄,社會的徐緩地或急遽地變化,便造成了歷史發展的整個過程。

照唯物史觀說來,社會的發展先從基礎的變化開始——只要生產工具發生變化,生產方法及生產力必定隨著變化,而現存的生產關係便也不能不漸次地崩潰,另外產生適應於新生產力的特定關係並構成了新的經濟基礎。同時因了經濟基礎的變化,社會的上層建築——政治制度、法律制度以及各種意識形態更不能不受其影響而轉變了舊有的面目。這樣連續不斷的變化,便推動了社會的進化,展開了歷史的整個過程。

文學既是社會現象的一部分,它的發展路線,當亦必為這種客觀的法則所支配。我們明白了這個,也就會明白了中國古典文學的史的演變的主因。

社會的發展雖是一個整體的過程,不可截然地分割,可是我們為了研究方便起見,卻無妨根據時代的特點給它劃分一些階段,一般的歷史如此,文學史也是如此。因此我們對於中國歷史及其文學的分期是:

(一)中國的歷史雖是《尚書》開始於唐虞,《史記》敘述有"黃帝",但這些都是靠不住的記載。不用說三皇五帝了,就是夏代的材料,除掉一些半神話式的傳說以外,簡直沒有什麼了。因此,所謂黃帝、堯、舜我們只能認為是神話中的人物。關於夏代也同樣地不能多說，這個原始社會的生活情況，擬從神話傳說裏捕捉一下。

（二）商代是中國歷史記載的開始，這個時期已經有了最簡單的文字（象形的貞卜文），農業還很幼稚，主要的生產是畜牧。器物多用青銅，奴隸大量的存在。文學則卜辭銘文以外，也談不上有什麼像樣的作品。

（三）西周已是封建社會，雖然還殘存著使用農奴的情況。直到戰國初年，因為鐵器的被使用，和商人地主的興起，才結束了封建主義的氏族政治制。中國古典文學也是由代表西周和春秋的《詩經》、代表戰國的《楚辭》和諸子散文的產生而開始的。

（四）秦漢之後，物質的生產力停滯在封建的範疇內，社會的統治階級總是帝王、官僚、地主、豪紳的混合體，因之文學的內容也多反映貴族的生活，表現封建的思想（自然，站在人民立場喊出慘痛呼聲的作家作品也不是沒有的）。這一長期的文學情況最顯著的形式上的發展——由簡單趨於複雜，由自然趨於規律，由質樸趨於華麗。例如漢代文學最重要的是樂府和辭賦（雖然散文也好），形式上則三言、四言及雜言都有。魏晉以後增益了五言及七言。李唐之際，成了格調嚴整的律體（散文的由駢趨散，復歸於"古"也是一例。但傳奇就另是一回事了）。

（五）宋元以來，因為異族的不斷侵入，雖然承繼韻文系統的是詞曲，接續散文路數的是古文，但我們總覺得戲曲和小說是異軍突起，配作明清代表文學的東西（因襲唐人傳奇而作的宋人平話還在其次，語錄文體亦然）。

（六）通過鴉片戰爭，外來的資本主義把中國舊型的資產階級窒死於封建社會的母體之內，而決定了他們的半殖民地的命運和妥協投降的買辦資產階級的屬性。因此，這個時期從政治到文學的表現，至多不過是些改良主義的東西,如《飲冰室文集》《人境廬詩草》《新小說彙編》等都是此類。

總之,從西周末期起到鴉片戰爭止,中國是在長期的封建統治之中。但在每個時期的推移過程裏可不能說是毫無發展,這只要看看中國古典文學的史的演進跡象,便可以得到一部分證明。

因此,有人把中國古典文學不加分別地戴上一個帽子叫"封建文學",我們也不能同意。因為仔細考究起來,它畢竟是保有許多進步的成分的。"迷戀骸骨"固然不該,"數典忘祖"卻也太過,必須糾正這種武斷的態度。

上面,我們根據中國的經濟發展的階段,鳥瞰中國古典文學演變的路線已畢,下面自應按著這條線索,一步一步地闡明下去。但在這裏我們應該注意的是,經濟的變革雖是決定文學的必然因素,政治的轉移於文學也有直接的影響,必須兼籌並顧地論述下去,才會眉目清晰而也更切合實際。

第二編　神話傳說(原始社會的文學)

一、原始社會的蠡測
——從神話傳說和出土文物中所找到的一點跡象

舊說中國的祖先是從外邊來的,自從　九二九年第一個北京人的頭骨從周口店(在西山南腳下,離北京五十四公里)出土以後,中國人確是根生土長地經過舊石器時期發展下來的說法,才算得到了事實的證明。

不過,地下的文物只出到商代,而且甲骨文字又非常的簡單,所以縱令《尚書》始於唐虞,《史記》載有黃帝,我們也只能認為不可靠了(三皇五帝就更不必說)。

在商代以前,依照一般社會進化的歷史過程講,可以概括地叫做原始社會。但是,這個世界是怎樣來的呢?後人為了推想便造出了盤古開天地說,如《三五歷記》云:

> 天地混沌如雞子,盤古生其中,萬八千歲,天地開闢,陽清為天,陰濁為地。盤古在其中,一日九變,神於天,聖於地。天日高一丈,地日厚一丈,盤古日長一丈,如此萬八千歲,天數極高,地數極深,盤古極長,後乃有三皇。

《五運歷年紀》則說:

　　盤古垂死化身,氣成風雲,聲為雷霆,左眼為日,右眼為月,四肢五體為四極五嶽,血液為江河,筋脈為地理,肌肉為田土,髮髭為星辰,皮毛為草木,齒骨為金石,精髓為珠玉,汗流為雨澤,身之諸蟲,因風所感,化為黎甿。

按《述異記》云:"南風海有盤古氏墓,桂林有盤古氏廟。盤古氏,天地萬物之祖也,夫婦陰陽之始也。"足證此種神話起於孕有豐富理想的南國,而且是早在魏晉以前就有了的。

我們的祖先在原始時期,其處境是極其艱苦的。"人民少而禽獸眾,人民不勝禽獸蟲蛇"(《韓非·五蠹》),便要想出神人來救苦救難了。這第一個神便是女媧氏:

　　往古之時,四極廢,九州裂,天不兼覆,地不周載。火爁炎而不滅,水浩洋而不息,猛獸食顓民,鷙鳥攫老弱。於是女媧煉五色石以補蒼天,斷鼇足以立四極,殺黑龍以濟冀州,積蘆灰以止淫水。蒼天補,四極正,淫水涸,冀州平,狡蟲死,顓民生。(《淮南子·覽冥訓》)

又《補史記·三皇本紀》也說:

　　當其末年也,諸侯有共工氏,任智刑以強,霸而不王,以水乘木,乃與祝融戰,不勝而怒,乃頭觸不周山,崩,天柱折,地維缺。女媧煉五彩石以補天,斷鼇足以立四極,聚蘆灰以止淫水,以濟冀州。於是地平天成,不改舊物。

按材料裏的黑龍,即共工(《淮南·墜形訓》高注:"共工,天神也,人面蛇身。"《大荒西經》注引《歸藏啟筮》也說"共工,人面蛇身朱髮")。這個大爬蟲的象徵者,發洪水、害人民、攪得天崩地裂,就"蛇龍居之,民無所定"(《孟子·滕文公》)的原始社會情況說,是合乎情理的。而女媧氏之煉石補天、聚灰止水、消滅黑龍,當然就更是可能的幻想。所以《路史·後紀》竟作結論說:

> 太昊氏衰,共工維始作亂,振滔洪水,以禍天下。隳天綱,絕地紀,覆中冀,人不堪命。於是女皇氏役其神力,以與共工氏較,滅共工氏而遷之,然後四極正,冀州甯,地平天成,萬民復生。

這裏的太昊氏就是"作繩而為網罟,以佃以漁"(《易·繫辭》)的庖犧氏。女媧氏和他的關係,有的說是兄妹的(《路史·後紀》二注引《風俗通》"女媧,伏羲之妹"),有的說是夫婦的(《唐書·樂志》載享太廟樂章《鈞天舞》曰:"合位媧後,同稱伏羲"),這個還是不要去管它吧,反正原始社會是母性中心時代。倒是庖犧的教人佃漁的神話,在那茹毛飲血,以漁獵為主要勞動的時期,是值得重視的。伏羲的出生和相貌是這樣的:

> 春皇者,庖犧之別號。所都之國,有華胥之洲,神母遊其上,有青虹繞神母,久而方滅,即覺有娠,歷十二年而生庖犧。長頭修目,龜齒龍唇,眉有白毫,髮垂委地

因此,說來說去連庖犧和女媧都是龍蛇之屬了(王逸《楚辭·天問》注:"女媧人頭蛇身。"王延壽《魯靈光殿賦》:"伏羲麟身,女媧蛇

軀。"《玄中記》義同)。那麼,再返觀女媧和共工戰爭的上文,不簡直是一出龍蛇鬥了嗎?

女媧和伏羲的傳說均極早,遠在西漢初年便拿他們做壁雕的題材了。我們的看法是:龍蛇同種,都是原始社會裏最強大的動物,而蛇首人身可稱為人的擬獸化,這正是典型的圖騰主義(拜物教)的心理,再進一步便把他們變為祖先了。具體到我們中國封建王朝的皇帝們總是自稱為龍種的事例,近代的苗族還奉伏羲女媧為儺公儺母,均可見龍的圖騰影響之久。

從茹毛飲血到熟食乃是人類生活一大變動,而熟食是必須有火的,因此,火的發現便也有了傳說。《韓非·五蠹》說:

> 民食果蓏蚌蛤,腥臊惡臭而傷害腹胃,民多疾病;有聖人作,鑽燧取火,以化腥臊,而民說之,使王天下,號之曰燧人氏。

其實火的最初燃燒當係來自觸電的樹木,我們的祖先因為自然火的燃燒,知道了它可以取暖;又因為它的波及野獸,知道了熟食的適胃。只可惜它是不能自由支配的,久而久之,才又有了鑿石鑽木取火的辦法。

按,漁獵禽獸並不容易,有時得的多有時得的少,碰到兇猛的還要丟了命,這就是說饑飽生死不可預決了。原始人民有鑑於此,才想出了抓活的養起來的畜牧辦法。但有遊牧之群,必須有廣大的草原。人口繁殖了,地方不加多,奪取新的吧,又得去拼命。他們根據逐水草而居的經驗,自然能夠知道可以食用的食物類,注意培養了,便是耕種的初步。這種生活上的發展情況,我們的祖先也不能例外,因之跟著來的又有神農氏"斲木為耜,揉木為耒"(《易·繫辭》)的傳說,這種話頭《拾遺記》記得更有趣:

炎帝始教民未耜,躬勤畎畝之事,百穀滋阜,聖德所感,無不著焉。

當斯之時,漸革庖犧之樸,辨文物之用。時有丹雀銜九穗禾,其墜地者,帝乃拾之,以植於田,食者老而不死。

此外關於神農的還有嘗百草與醫藥的說法,足證這位先生的神通,在人民的腦子裏也是很大的。

從女媧的神話裏,我們知道洪水氾濫、設法止治是先民的一件大事。但女媧止水終不如大禹治水流被得廣、言傳得細。

先看三百篇中就有"洪水茫茫,禹敷下土方"(《長發》)、"信彼南山,維禹甸之"(《信南山》)和"豐水東注,維禹之績"(《文王有聲》)等詩句。再看《尚書》也有"禹平水土,主名山川"(《呂刑》)和"鯀陻洪水,汨陳其五行"、"鯀則殛死,禹乃嗣興"(《洪範》)等文,可證關於他的載記多而且早。但敘述比這詳細的還有《孟子》《墨子》《韓非子》等書。《孟子·滕文公》說:

當堯之時,天下猶未平,洪水橫流,氾濫於天下,草木暢茂,禽獸繁殖,五穀不登,禽獸偪人,獸蹄鳥跡之道交於中國。……禹疏九河,瀹濟、漯而注諸海,決汝、漢,排淮、泗而注之江,然後中國可得而食也。

當堯之時,水逆行,氾濫於中國,蛇龍居之,民無所定,下者為巢,上者為營窟。《書》曰"洚水警余"。洚水者,洪水也。使禹治之,禹掘地而注之海,驅蛇龍而放之菹,水由地中行,江淮河漢是也。險阻既遠,鳥獸之害人者消,然後人得平土而居之。

這乃是孟子想像中的古代洪水為害、民不聊生和大禹平治的情況。這兩段話也可以和前面人獸雜居、生活艱苦的說法參互著看。

下面再看墨翟的話：

> 墨子稱道曰："昔者禹之湮洪水,決江河而通四夷九州也,名山三百,支川三千,小者無數。禹親自操橐耜而九雜天下之川,腓無胈,脛無毛,沐甚雨,櫛疾風,置萬國。禹,大聖也,而形勞天下也如此。"(《莊子·天下》篇引)

墨翟這個"苦行主義者"對於大禹是最為崇敬的,所以才有這種細緻的稱道。

韓非也說：

> 禹之王天下也,身執耒臿,以為民先;股無胈,脛不生毛:雖臣虜之勞不苦於此矣。(《五蠹》)

> 禹鑿龍門,通大夏,決河亭水,放之海,身自持築臿,脛毋毛,臣虜之勞不烈於此矣。(《史記·始皇本紀》秦二世引)

法家韓非是不大隨便講話的。他對大禹也一再這樣的推重,則禹治水一案應該無人懷疑了。殊不知我們的問題正在這裏。

按禹平水土的成績除上述者外,《周語》又說是"高高下下,疏川導滯,鍾水豐物,封崇九山,決汩九川,陂鄣九澤,豐殖九藪,汩越九原,宅居九隩,合通四海"。那麼,這樣的浩大的"工程"就是當時的人協力同心地做,而在原始的有限的人力物力的基礎上,也應該是世紀跟著世紀的搞,才能談到得些成果。乃大禹僅僅用了八年到十三年的時間（《孟子》和《偽禹貢》的話），又是"予乘四載，隨山刊木。予決九川，距四海，浚畎澮距川"的自己單幹，就大功告成了，豈不是神話麼？因此，我們在原則上同意顧頡剛禹不是"人"而是神，"鋪地治洪水"的"山川之神"的說法。例如《拾遺記》上就有這樣的記載，第一段是說禹的治水乃是替父贖罪的：

> 堯命夏鯀治水，九載無績，鯀自沉於羽淵，化為玄魚，時揚鬐振鱗橫游波上，見者謂為河精。羽淵與河海通源也。海民於羽山之中修立鯀廟，四時以致祭祀，常見玄魚與蛟龍跳躍而出，觀者驚而畏之。至舜命禹疏川莫嶽，濟巨海則黿鼉而為梁，踰翠岑則神龍而為馭，行遍日月之墟，唯不踐羽山之地。

第二段是說禹鑿龍門之時碰到了伏羲的：

> 禹鑿龍關之山，亦謂之龍門。至一空巖，深數十里，幽闇不可復行。禹負火而進，有獸狀如豕，銜夜明之珠，其光如燭，又有青色犬行吠於前。禹計行十餘里，迷於晝夜。既覺漸明，見向來豕犬，變為人形，皆著玄衣。又見一神人面蛇身，禹因與之語，神即示禹八卦之圖，列於金板之上，又有八神侍於此圖之側。禹問曰："華胥生聖子，是汝耶？"答曰："華胥是九江神女，以生余也。"乃探玉簡以授禹。簡長一尺二寸，以合十二時之數，使度量天地。禹即執持此簡，以平定水土。蛇身之神，則羲皇之身也。

從這兩段神話裏，我們首先知道的是鯀就不是"人"。《說文》："鯀，玄魚也。"和這裏的鯀入羽淵化為玄魚,剛好可以互相參證。爸爸是魚神,兒子能說是普通人麼?且禹名從蟲亦是一證。

其次是禹之治水,也有庖犧的傳授。庖犧人首蛇身已見上文,它獨在深土之中與禹相會,難道不可以解作物以類聚、"神靈"相通麼?

剩下的問題就是先秦的詩書為什麼把禹說得這般人王帝王似的。分析一下我們還是同意顧頡剛的看法。他說:古代南方的民族因為地處卑濕,有平水土的需要,遂醞釀為禹的神話。北方民族因戰爭關係,漸漸和南方民族有了交通,故從西周以來,禹的傳說就流於北土,並見於《詩》《書》。(大意如此,原文見《古史辨》第一冊一二七頁《討論古史答劉胡二先生》)

我們的先民既由採集漁獵的經濟進而為牧畜農耕經濟,生活的情況便也跟著安定下來——每一群人佔據一塊地方,世代相傳形成了民族集團。但這個時候應該還是原始共產主義的社會:大家工作大家過活,所謂帝王也不過是民族的酋長,既不能世襲也沒有特權。例如堯不能傳位給丹朱,舜不能傳位於商均,就足以證明酋長是由大家來選定,不是個人所得而私的。再由堯讓天下,巢、由洗耳的故事看來,又可以證明這時的酋長只有義務,很少權利,所以不大有人願意幹的情況了。

至於婚姻制度,在氏族社會的初期是純粹的血族結婚。就是在同一母系之下的一切男女自然成為配偶。但是經過了若干年後,大家知道了這種結合會產生不良的下一代,才由雜交式的母性中心婚姻制度,漸漸地限制為同胞的兄弟姐妹自然配合的彭那魯亞家庭,也就是亞血族結婚。我們先民族舜娶堯二女為妻,舜的弟弟象亦"使治朕棲"而妻視之,便是明證。

這時候的經濟當然是屬於原始共產制的範疇的。但是夏商以後的便完全不同了。

夏代的材料,直到現在還非常的缺乏。除掉上面介紹過的大禹治水,和一般傳說的禹家天下以外,我們從出土的文物中簡直得不到什麼實證。就是《尚書》裏的《夏書》《禹貢》和《史記》的《夏本紀》,我們也認為是後人托改之作,不能夠作為信史。所以說來說去我們只能空洞地捉摸一些夏代的影子——它的統治是存在過的,不過不一定是天下的共主。它的文明程度也不會太高,至多不過是奴隸制的初期。特別是大禹這個人物,跟夏民族的歷史不甚容易聯得上,這個道理前面已經說過了。

殷代的存在是肯定了的。而且根據地下物的證明,它們不但有了甲骨文字,也有了相當精美的青銅器,殷陵和殷代宮殿的建築更是規模宏大。因此,我們可以推斷殷墟文化決不是短期間的發展所能達到的。

殷代的生產,農業已是主流,雖然牧畜生產還相當的旺盛(因為卜辭中觀泰、祈年、祭社、求晴雨等與農事有關的大典,都由王者親自主持,而且農產品的種類也應有盡有了)。尤其是大量奴隸的使用(如"臣"字是奴隸的稱謂,"眾"是勞動農奴的會意字——日下三人,示多數僮奴在太陽底下耕作的意思)——耕作、買賣、屠殺、殉葬便是最明確的生產力和生產關係。因此種種,殷代為奴隸社會應該是毫無疑問的事體(郭沫若說)。

但是,因為殷代還只有極原始的貞卜文字,所以除了大奴隸主(殷王)簡單的"起居注"以外,談不上有什麼像樣的作品,如:

王大令眾人曰:協田,其受年。(《殷墟書契》六六片)
王往,以眾黍於囧。(《卜辭通纂》四七三片)

因此,《尚書》中的《商書》,《詩經》中的《商頌》,就不可能是商代的作品——從內容和形式上講它們終究是太豐富太複雜了些,不是那時的實際情況。更不用說見之於《呂氏春秋》《禮記》《莊子》《拾遺記》《古今樂錄》等書中的載記了(如《禮記》中的"湯盤銘"、《荀子》中的"桑林禱辭"和《史記》中的"麥秀歌""采薇歌"等在傳統見解下認為是商代的歌詞的)。

由上所述,我們可以曉得中國在商代以前,實無文學作品之可言。因之,談古典文學的人,還是只能從此後的周代開始——除掉某些神話傳說須拿來研究一下以外。

二、神話傳說發生的原因

原始的人還不能夠很靈活地運用發音器官,即有文字也不過是極簡單的象形符號。因此要想使別人明白自己的意思,單憑那幼稚的語言、貧乏的詞彙,自然就越傳說越離奇失真了,這是神話來源之一。

其次是,原始的人們頭腦簡單,對於自然界的現象無法理解也不能抗拒,於是地水火風之類都看成了有神的主宰,甚至把一起生存的巨大的動物如龍蛇等爬蟲也都當神來崇拜,但這時他們的基本思想還是"怕",這是神話的來源之二。

後來人類的知識逐漸發達,開始把自己的形貌賦予了所崇拜的神。美化的結果,神便由可怕的而變為可親的,有些竟要求它們降賜福惠了。因之關於神的話就更會多起來。

由於戰爭和婚姻的關係,人們有了氏族集團的大部落,這部落的酋長當然是英雄。在當神被人格化了以後,神就是英雄,英雄也就是神,於是神話和歷史攪到一起,再也分不清楚了。

世界上的古老國家,如印度、希臘和埃及等,都有豐富完整的神話被保存下來,唯獨我們中國只有一些零星的記載分散在古人的著作裏,這是什麼原因呢？魯迅先生在《中國小說史略》裏說得好：

> 中國神話之所以僅存零星者,說者謂有二故：一者華土之民,先居黃河流域,頗乏天惠,其生也勤,故重實際而黜玄想,不更能集古傳以成大文。二者孔子出,以修身齊家治國平天下等實用為教,不欲言鬼神,太古荒唐之說,俱為儒者所不道,故其後不特無所光大,而又有散亡。然詳案之,其故殆尤在神鬼之不別。天神、地祇、人鬼,古者雖若有辨,而人鬼亦得為神祇。人神淆雜,則原始信仰無由蛻盡;原始信仰存,則類於傳說之言日出不已,而舊有者於是僵死,新出者亦更無光焰也。(第二篇《神話與傳說》十六頁)

他這話,簡單的說只是北方的人當日的思想不夠豐富,又加上孔丘的不說"怪力亂神"(《論語》)和後來神鬼不分的結果,於是我們的神話傳說,才跟不上人家了。

至於歷史和神話為什麼會混淆的原因,據我們看,大概是古代的神話在初民的眼光裏就是歷史;而我們看起古代的歷史來卻只能是神話。這本是世界任何民族在發生的初期都不可避免的通例。不過有的民族如希臘,很早就使歷史和神話分途,所以得到更真實與豐富的發揚罷了。我們中國則因為封建制度過長,許多神話都被統治階級拿來利用——托為天子神道設教,以愚弄人民,從事剝削——因此歷史中常附會些神話的成分,同時有的神話也就給人轉化成歷史了。

另外是關於神話和傳說的界說,這本來是很難定的。大略說來：古代的傳說我們叫它做神話;後世的神話我們叫它做傳說。再具體一些說,就是神話裏比較人性化了的主人公就是所謂傳說——神是理想的英雄,英雄是理想的人,所以純粹的狹義的神話幾乎是不能有的。

通常所稱的神話,多是傳說的變體,還是以英雄為主的故事。

最後我們談談為什麼要研究神話。

神話是原始人民的生活的反映(有些也就是古代人民的口頭創作),因此,它才是文學的愛人、美術的密友,特別是宗教的母親。我們如果不想搞清楚原始人民的生活和豐富文學藝術的園地則已,否則非對它有相當的瞭解不可。

還有,神話雖然不就是歷史,但它既是原始人民的創造,通過勞動結合幻想的一些成果,也未嘗不可能是歷史的影子。所以從中國文化發展史上說,同樣應該把它研究一下。

末了我們知道神話是有它的地方性和民族性的。哪些是我們祖先流傳下來的有價值的東西,哪些是歪曲事實荒謬絕倫的胡說,應該分別清楚加以整理——好的發揚光大,壞的消滅汰除,這對於愛國主義教育的充實是有很大助力的。

中國記載神話傳說的書籍雖然不少,但多是零星片段的材料。最著稱的就是《山海經》——内分《五藏山經》《海内外經》《荒經》和《海内經》等,共十八卷,都是些無名氏的作品,也不是在一個時期裏寫成的。

另外是晉干寶的《搜神記》、王嘉的《拾遺記》、張華的《博物志》、梁任昉的《述異記》等,雖時代較後,卻也不乏可供參改的資料(同時還可以參見它的變化情況)。

至於《楚辭》(《離騷》《天問》《九歌》等)、《穆天子傳》《竹書紀年》《呂氏春秋》《韓非子》《莊子》等書,固然也有一些散碎的載記,但它們究竟不是類集神話的專書,所以我們只能引以參證。

三、神話傳說整理示例
——后羿射日的故事(從神性的羿到人性的羿)

堯(應該是原始社會的一個氏族大酋長)的時候,曾經有十個太陽一齊出現在天空,①給人們帶來了嚴重的旱災,連砂石都曬化了。②

這十個太陽原來都是帝俊(就是上帝)的妻子羲和生的,③他們住在東方海外暘谷④一棵千多丈長的扶桑大樹上⑤。十個太陽照規定本來只能一個一個輪流著出現在樹上和人見面的,⑥可是十個小兄弟不知怎麼一高興,一齊出來"亮相"了。他們還以為這麼光明燦爛會得到人們歡迎呢,卻不知道所有的生物都受不了啦。

湊巧這時候因為氣候炎熱,野豬怪蟒一類的大獸也都跑出來吃人了。⑦帝俊一看不得了,便派了一個最會射箭的羿神到人間去解決一下問題,但他卻只想著叫羿嚇唬嚇唬他的孩子們,並不是真要傷害他們的性命的。

羿辭行的時候,帝俊還賜給了他一張紅色的弓,和一袋白色的箭,這些東西都是極華美和鋒利的。⑧ 羿一到下方便受到了人民的歡迎,

---

① 《淮南子·本經訓》:"堯之時,十日並出。"

② 《楚辭·招魂》:"十日代出,流金鑠石。"

③ 《山海經·大荒南經》:"羲和者,帝俊之妻,生十日。"

④ 暘谷見《書·堯典》。

⑤ 《十洲記》:"扶桑在碧海中,長數千丈,一千餘圍。"

⑥ 《山海經·海外東經》:"湯谷有扶桑,十日所浴,在黑齒北,居水中。有大木,九日居上枝,一日居下枝。"

⑦ 《淮南子·本經訓》:"堯之時,封豨、修蛇皆為民害。"

⑧ 《楚辭·天問》:"帝降夷羿,革孽下民。"《山海經·海內經》:"帝俊賜羿彤弓素矰,以扶下國。"《楚辭·天問》:"羿焉射日,烏焉解羽?"

他也看清楚了人間的災難,為了真個替人民辦事,便不顧帝俊的情面開弓射起"闊少"(日)來了。

他慢慢地從肩上解下了那張紅色的弓,再從箭袋裏取出一支白色的箭,搭上箭,拉滿了弓,對準天上紅球的所在,颼的一聲射了上去。不一會兒,只見天空中一團火球爆裂,流星亂飛,跟著是一隻帶箭的三足烏羽毛零散地落到地上去了——原來它就是太陽的化身。這時再向天上一看,果然已剩下了九個太陽,而且空氣也似乎涼爽了些。

禍事既已闖定,羿索性一不做二不休,連忙繼續彎弓搭箭,對那些要想逃走的太陽排頭地射去。結果是滿天火球,一地黑烏,又射落了八個——只留下了一個來為人們發光。

太陽的災害解除以後,羿又到桑林裏活捉了大野豬,在洞庭裏射殺了長蛇。他這樣地為人民辛勞、替人民除害,人民對他自然非常的感念了。他自己也覺得沒有辜負了天帝的委命和人民的期望,便把蒸好的肉羹獻了上去。不料天帝反倒不准他重歸天庭了,這當然是因為羿射死了天帝許多兒子的緣故。

這便影響了跟他一同下凡的妻子姮娥的情緒了,因為她也連帶著不能上天了。因此羿在人間雖變成了英雄,他的家庭生活卻開始不愉快起來。後來羿打聽到住在崑崙上的西王母藏有不死之藥,吃了可以白日飛升。他便千辛萬苦地找到了它,可是卻被他的妻子姮娥偷吃,獨自奔向了月宮。①

羿自失掉了姮娥以後,性情大變,不再打算長生了,每日遊獵授徒地來消磨剩餘的歲月。

他的學生有一個叫逢蒙的,機智而險詐,射箭的本領,因為羿的盡

---

① 據《淮南子》:"羿請不死之藥於西王母,姮娥竊以奔月,悵然有喪,無以續之。"(沈雁冰認為係後起方士之說)

心教導幾乎和老師一般高強了。於是心中暗想:"如果暗殺了羿,則天下善射的人不得讓他坐第一把交椅了麽?"因之偷偷地削制了一根桃木棍,趁著羿不防備的時候,便把羿打殺了,英雄羿就這樣地死在陰險小人的手裏了。人民為了紀念他的功德,把他奉作了宗布神——鬼的首領,統轄天下萬鬼——可見人民的眼睛是雪亮的。①

────────────

① 《孟子·離婁下》篇:"逢蒙學射於羿,盡羿之道,思天下惟羿為愈己,於是殺羿。"《淮南子·詮言訓》:"羿死於桃棓。"高誘注:"棓,大杖,以桃木為之。"《淮南子·氾論訓》:"羿除天下之害,死而為宗布。"高誘注:"今人室中所祀之宗布是也。"

第三編 《詩經》(西周——春秋初期古典文學之一)
——中國最早的一部詩歌總集

一、《詩經》的時代

詩歌起源於勞動,徒歌、歌謠特別為人民所愛好,因此中國詩歌的起源也應該很早,不過因為原始人民的口語貧乏、文字簡單,沒有流傳下來罷了。直到公元前十一、十、九、八、七世紀的五百年中,《詩經》被集了起來,中國才有了第一部詩歌。

現在我們先談談《詩經》的時代。

《詩經》所代表的時代正是周民族代殷民族而興的時代。周民族的遠祖后稷和他的母親姜嫄,自然又是一段神話(《詩經·生民》一篇)。后稷大約是周民族主農事的神,後來神變成人,就成了周民族歷史的一頁。我們認為比較有理的是從古公亶父算起。《大雅·緜》詩:"緜緜瓜瓞。民之初生,自土沮漆。古公亶父,陶復陶穴,未有家室。古公亶父,來朝走馬。率西水滸,至於岐下。爰及姜女,聿來胥宇。周原膴膴,堇荼如飴。爰始爰謀,爰契我龜,曰止曰時,築室於茲。"可以說報導得最詳盡。因為它首先告訴了我們周人遠生祖的古公亶父都還穴居野處(其實就是住窯洞),沒有老婆,直到他走馬岐下和姜姓的的婦女同居以後,才看中了這一塊肥沃的田地而定居下來,不是很合事理的材料嗎?下傳王季、文王,又漸漸地和殷人通婚,吸收了先進的殷人文化,貶戎狄之俗,擴大自己的勢力。到了武王,便席承三分天下有其二的父業,而剪商滅紂,代為最高統治者了。

武王十一傳至幽王,為新興的犬戎所殺,其子平王遷都洛邑(今河南省洛陽縣),周室中衰。

在歷史上,平王以前我們叫它做西周。遷都以後,叫它做東周。在這以後,秦、楚兩個民族漸漸強大起來,在統治的名義上周人雖勉強維持至公元前三世紀,但在政治的作用上,卻早已無甚力量了。這只要看《詩經》裏沒有前七世紀以後的詩的這一事實,也就可以證明了。

周代的社會情況究竟是怎樣的呢? 這我們不能不做個比較深入的探索。

前面說過,周人和殷人比較起來,周人還是後進的民族。它的文化大體上是承襲殷人的,連孔丘後來都說:"周因於殷禮,所損益,可知也。"(《論語》)可證。

周人的主要生產還是農耕,它在滅殷以後把殷族的大批遺民都變做了俘虜,來增加它的財富和生產,如《左傳》定公四年記云:

> 昔武王克商,成王定之,選建明德,以蕃屏周。故周公相王室以尹天下,於周為睦。分魯公以大路、大旂,夏后氏之璜,封父之繁弱,殷民六族——條氏、徐氏、蕭氏、索氏、長勺氏、尾勺氏,使帥其宗氏,輯其分族,將其類醜,以法則周公,用即命於周。是使之職事於魯,以昭周公之明德。分之土田、倍敦,祝宗卜史,備物典策,官司彝器,因商奄之民,命以《伯禽》而封於少皞之墟。
>
> 分康叔以大路、少帛、綪茷、旃旌、大呂,殷民七族——陶氏、施氏、繁氏、錡氏、樊氏、饑氏、終葵氏。封畛土略,自武父以南及圃田之北竟,取於有閻之土以共王職,取於相土之東都,以會王之東蒐。聃季授土,陶叔授民,命以《康誥》而封於殷虛。皆啟以商政,疆以周索。

分唐叔以大路、密須之鼓、闕鞏、姑洗,懷姓九宗,職官五
正,命以唐誥,而封於夏虛。啟以夏政,疆以戎索。

這兒所說的"殷民六族""殷民七族"和"懷姓九宗",都是殷之遺民,或
原屬殷人的種族奴隸,現在又轉手成為周人的種族奴隸了。他們在新
主人的手裏勞動情況是照舊的(因為文中有"啟以商政""啟以夏政"
的話頭),但所遵守的卻是新主人的法律(即文中所謂"疆以周索"、
"疆以戎索")。

周代一上來便採取了生產資料集中制,所謂"溥天之下,莫非王
土,率土之濱,莫非王臣"(《孟子·萬章上》)。他們認為一切土地人
民都該是"王者"(共主)所有,王者雖把土地和勞動者分賜給諸侯或
臣下,但他隨時都可以收回的,並不一定叫受賜的人們享有永久的私
有權(直到春秋末年王室式微以後,都還有奪田易主的事)。

因之,嚴格的說起來,不管《禮記·王制》和《孟子·萬章》有什麼
天子、公、侯、伯、子、男和鄉大夫、士諸等的分法,歸根結底還只是一個
統治階級(也就是剝削者)、被統治階級(也就是被剝削者),自"天子"
以至於"庶人"的對立。

這些周代的封建主們對於農奴的剝削和迫害是極殘酷的。《漢
書·食貨志》說"殷周之盛"云:

民年二十受田,六十歸田。七十以上,上所養也;十歲以
下,上所長也。十一以上,上所強也。

春,令民畢出在野,冬則畢入於邑。

春將出民,里胥坐於右塾,鄰長坐在左塾。畢,出然後
歸,夕亦如之。

冬,民既入,婦人同巷,相從夜績,女工一月得四十五日。

必相從者,所以省費燎火,同巧拙而合習俗也。

　　看,這些終歲勞苦不敢少休的勞動者,連童工都不例外,從十一歲一直到老。婦女的勞動時數也是一天十八小時,這不是"奴隸"的生活麼?特別是統治階級的爪牙從早上到晚上的監視,試問,這還有一點自由可談麼?至於全部勞動的果實,自然是屬於封建主們的。《詩經·甫田》說:"倬彼甫田,歲取十千。我取其陳,食我農人。"他們不勞而獲的"歲取十千",只剩餘的陳糧食給農人吃。《七月》詩又說:"載玄載黃,為公子裳……取彼狐狸,為公子裘……言私其豵,獻豜於公。"簡直連農業副產品都剝奪去了。

　　這還不算,交了所有的勞動成品以外,尚須供給徭役。《七月》詩說:"嗟我農夫,我稼既同,上入執宮功。晝爾於茅,宵爾索綯,亟其乘屋,其始播百穀。"《靈臺》詩說:"經始靈臺,經之營之。庶民攻之,不日成之。"這不是連泥匠的活兒都須做麼?《出車》詩說:"我出我車,於彼牧矣。自天子所,謂我來矣。召彼僕夫,謂之載矣。王事多難,維其棘矣。"《采薇》詩說:"采薇采薇,薇亦作止。曰歸曰歸,歲亦莫止。靡室靡家,玁狁之故。不遑啟居,玁狁之故。"這告訴了我們服兵役也是農奴的事了。因為農奴是種種財富的製造者,所以他們的本身,也就變成了封建主的絕大財富而被販賣著。如曶鼎(周孝王時物)銘文第三段有云:

　　　昔饉歲,匡眾厥臣廿夫寇曶禾十秭,以匡季告東宮,東宮乃曰:"求乃人,乃弗得,汝匡罰大。"匡乃稽首於曶,用五田,用眾一夫曰嗌,用臣曰疐、曰朏、曰奠,曰:"用茲四夫。"稽首。(下略)

這是說荒年的時候，匡季手下的臣眾，搶奪了邵的稊禾，邵不答應了，說："如果不交出人來你就得賠償。"結果是匡季用了五個"田"、一個"眾"和三個"臣"折還才算完事。這不是農奴可以買賣的證據麼？但最殘酷的卻是殉葬與任意屠殺："臨其穴惴惴而慄"的情況（見詩《黃鳥》），直到秦穆公時還存在著呢！

二、《詩經》的由來

《詩經》所由產生的社會，正是這樣的封建社會。因此，它所反映的生活，也就是這個社會裏統治階級和被統治者的生活。但是我們要知道，它是一部經過纂修的詩集，雖然不一定就是孔丘或其他的某些儒家。我們只看形式主要用四言、音韻也差不多一律的這一事實，就可以獲得證明。

其次是《詩經》這一部書固然是極有價值的——無論從古典文學上看或是從古代史料上看。但可惜的是，二千年來它被歷代的經學家、道學家們弄得烏煙瘴氣，幾乎迷失了本色了。因此，我們今天來研究它，首先應該把毛《傳》、鄭《箋》、朱《注》這一套陳言掃除乾淨，然後才能談到挖掘它的人民性、明確它的社會性，和體會它的藝術性。例如關於《詩經》的編輯，有《禮記·王制》《漢書·食貨制》、何休《公羊注》的"采詩說"和《史記·孔子世家》的"刪詩說"。過去的學人們，聚訟紛紛，莫衷一是。我們獨認為滿清的崔述看法最好，他先否定了"采詩說"：

> 余按克商以後，下逮陳靈，近五百年。何以前三百年所采殊少，後二百年所采甚多？周之諸侯千八百國，何以獨此九國有風可采，而其餘皆無之？且十二《國風》中，東遷以後

之詩,居其大半,而《春秋》之策,王人至魯,雖微賤無不書者,何以絕不見有采風之使？乃至《左傳》之廣搜博采而亦無之？則此言出於後人臆度,無疑也。大抵漢以降之言《詩》者,多揣度而為之說,其初本無的據,而遞相祖述,遂成牢不可破之解,無復有人肯考其首尾而正其失者。迨於有宋諸儒,甚至以後漢人所作之序命為周太史所題。古人已往,一任後人之加之於伊誰,良可慨也！(《讀風偶識》)

既說有人采詩,當時的地方特別大,為什麼只是這幾個區域裏有？而且這樣的人事《春秋》竟然一字不曾提過,一定是後人附會的。如宋儒之誤認漢序為周序者是。崔述的這一判斷實在下得正確,再看他說關於刪《詩》的:

孔子刪《詩》,孰言之？孔子未嘗自言之也,《史記》言之耳。孔子曰"鄭聲淫",是鄭多淫詩也。孔子曰"誦詩三百",是詩止有三百,孔子未嘗刪也。學者不信孔子所自言,而信他人之言,甚矣其可怪也！(同上)

孔子自家不曾說刪《詩》,只是"詩三百""誦詩三百"(均見《論語》)的談來談去(《詩》現存三百零五篇,可以簡稱《三百》。何況當時的墨翟,稍後的莊周,也同有"誦詩三百""歌詩三百"的說法)。而"鄭聲淫""惡鄭聲"的話頭(亦見《論語》中),亦一再騰之於口,卻使《詩經》中戀愛的歌辭一直得保存到今天,這不是奇怪的事體麼？推想起來,大概是史遷誤認"正樂"就是"刪《詩》",和孔丘喜歡談《詩》的緣故(見於《論語》的多至十八次),便據為刪《詩》的史料了。方玉潤在《詩經原始》的詩旨裏已早有類此的說法:

夫子反魯在周敬王三十六年,魯哀公十一年,丁巳,時年已六十有九。若云刪《詩》,當在此時,乃何以前此言《詩》皆曰"三百",不聞有"三千"說邪?此蓋史遷誤讀"正樂"為"刪《詩》"云耳。夫曰"正樂",必《雅》《頌》各有其所在,不幸歲久年湮,殘缺失次,夫子從而正之,俾復舊觀,故曰"各得其所",非有增刪於其際也。奈何後人不察,相沿以至於今,莫不以"正樂"為"刪《詩》",何不即《論語》諸文而一細讀之也!

這實在說的是。本來五百年間也可能有三千首詩歌,不過年代久遠了一定會漸漸散亡的。這是極平常的事,不必經過人的刪除。另外是,詩在最初雖然可以入樂歌唱,但是傳來傳去,詩詞和樂譜便容易分了家。所以需要"知音"的人加以釐定,這應該是孔丘"正樂"的原由。至對於《詩》的本身編排和潤飾,自然又是一回事。

我們跟著應該解決的問題,便是《詩序》的荒謬和"六義"的杜撰。

《詩序》是漢人衛宏偽托子夏(卜商)、毛亨(大毛公)而作的,已成定案。它的祖宗根兒是《後漢書·儒林傳》:"宏從曼卿受學,因作《毛詩序》,善得風雅之旨,於今傳於世。"後來陸璣在《毛詩草木鳥獸蟲魚疏後》也說:"東海衛宏從曼卿受學,因作《毛詩序》,得風雅之旨。"

按衛宏最大的罪過就在於他把《三百篇》分為"六義",在《毛詩大序》上說:"詩有六義焉:一曰風,二曰賦,三曰比,四曰興,五曰雅,六曰頌。"因為"風""雅""頌"明明是《詩》的體裁,"賦""比""興"明明是《詩》的作法,他這種誤解《詩》意,誤認《詩》體的謬見,實在貽害匪淺,我們不能夠不加以辯證。

三、《詩經》的體例

現存《詩經》共有三百零五篇詩歌（舊說尚有《南陵》《白華》等六篇笙歌，但已亡其辭）：其中"頌"計《周頌》三十一篇，《魯頌》四篇，《商頌》五篇，合四十篇；"雅"計《大雅》三十一篇，《小雅》七十四篇，合一百零五篇；"風"計"邶""鄘""王""鄭""魏""齊""唐""秦""陳""檜""曹""豳"等十五國，合一百六十篇。

"頌"是用於宗廟明堂以合樂的一種製作。《偽毛序》說："頌者，美盛德之形容，以其成功告於神明者也。"這話大致是對的。趙德《詩辨說》云："三頌之中，《周頌》《商頌》皆用以告神明，而《魯頌》乃以為善頌善禱。"這話說的也是。我們仔細看來，那《周頌》，的確是舞歌（紀念伐商的詩歌）、祭歌（祭祀祖先的詩歌）最多，但也有描寫農事的詩、居喪的詩和自勵的詩。這些詩歌都是封建主們用來歌功頌德的作品，產生的時代最早（大約是西周初年），藝術的價值最差。

"雅"是用於燕饗時的詩作。鄭樵說："'雅'出於朝廷士大夫，其言純厚典則，其體抑揚頓挫，非復小人賤隸、婦人女子所能道者，故曰'雅'。"章俊卿《詩說》說："凡'風'之體，皆語句重複，淺近易見。'雅'則其言典則，蓋士君子為之也。"這些說法都比《偽毛序》的"'雅'者，正也，言王政之所由廢興也。政有小大，故有《小雅》焉，有《大雅》焉"的主觀的論調正確。因為雅詩是出諸統治階級御用文人之手的，他們那一種出詞典雅、一本正經的情調，實在和重複淺近的風詩不同——非賤隸婦人所能道者，便是絕大的證據。

"風"是各地人民的口頭創作，它的內容最豐富，情調最真摯，口語也最自然。因此，朱熹"國者，諸侯所封之域；而風者，民俗歌謠之詩也"（《詩經集注》）的話是對的。《偽毛序》"'風'，風也，教也，風以動之,教以化之"的說法最可笑。

另外是"二南"屬於楚風的問題。按鄭樵《通志·昆蟲草木略序》云:"周為河洛,召為岐雍,河洛之南瀕江,雍岐之南瀕漢,江漢之間,二南之地,詩之所起在此。"林艾軒《與宋提舉書》也說:"周、召以南之國,如江漢汝墳,小國何數?其風土所有之詩,並見之'二南',則詩之萌芽,楚人為得之。"這些說法都是的。因為楚人與周人乃匹敵的民族,在西周的時候,即有"昭王南征而不復"的事體。春秋之季,又有楚莊稱霸的情況。這樣強大的民族,不可能沒有它自己的詩歌,於是有著"江之永矣"、"漢之廣矣"、"遵彼汝墳"等詩句的"二南",其必為楚地的作品無疑(儘管它因為受了北方文學的影響,已非道地的楚人詩歌)。

其次再談談詩的作法——"賦""比""興"。

"賦"是體物寫志、直陳其事的意思,鍾嶸《詩品》云:"直書其事,寓言寫物,賦也。"劉彥和《文心雕龍·詮賦》也說:"賦者鋪也,鋪采摛文,體物寫志也。"王應麟《困學紀聞》引李仲蒙語云:"敘物以言情,謂之賦,情物盡者也。"這些都是說,賦乃借客觀的事物抒寫主觀的情感或思想的。例如:"采采卷耳,不盈頃筐。嗟我懷人,寘彼周行。"(《周南·卷耳》)"靜女其姝,俟我於城隅。愛而不見,搔首踟躕。"(《邶風·靜女》)前者是借采卷耳這一事情來抒寫思念丈夫的情緒,後者便是直書相會"愛者"的情況了。

"比"就是比喻的意思。鍾嶸《詩品》說:"因物喻志,比也。"《困學紀聞》引李仲蒙語云:"索物以托情,謂之比,情附物也。"朱熹在《詩經集注》中也說:"比者,以彼物比此物也。"這都告訴了我們,如果用以譬喻的事物和所抒寫的情思對列相比,那便是"比",如《魏風·碩鼠》就是拿大老鼠比橫征暴斂、剝削人民的統治者。

"興"是觸物生情的意思。朱熹說:"興者,先言他物,以引起所詠之辭也。"(《詩經集注》)又說："或托物起興,而以事繼其聲。"(同上)《困學紀聞》引李仲蒙語也是說："觸以起情謂之興,物動情也。"這些解釋都是正確的。例如:《周南·關雎》便是借在河洲的雎鳩鳥來引起好逑淑女的"君子"心意的。

四、《詩經》的內容和功用

《詩經》——這三百零五篇的內容雖極複雜,但仔細體會起來卻不外是人民的詩歌和統治者的作品兩大類。前者如《靜女》《中谷有蓷》《將仲子》等談愛的詩,《七月》《大田》《莆田》等說農事的詩,《北門》《黍離》《兔爰》等訴工作辛勞的詩,和《擊鼓》《陟岵》等疾惡戰爭的詩都是的。後者如《鹿鳴》《庭燎》《伐木》等寫宴會的詩,《車攻》《吉日》等講田獵的詩,《思文》《雲漢》等致頌禱的詩,和《下武》《文王》等祭宗廟的詩都是的。

如果再從時間上看,則最早的詩是周人紀念吞併商人的舞歌和祭祀祖先的樂歌,所謂《周頌》就是這一類(稍後一些的《魯頌》也包括在內,《商頌》則接近"雅"詩了)。因為是周人初期(西周)的作品,所以情調技巧都不夠好,沒有什麼大價值。跟著下來的也是敘事也諷刺的大小雅,尤其是《小雅》,很多記敘生動、情感真摯的藝術品。再晚一些的是接近謠歌的《國風》,它們的地方色彩相當的濃厚,如《秦風》尚武、《魏風》諷刺和《鄭風》多談情愛,它們是三百篇裏最好的歌詞,但時代卻已在東遷以後了。

至於《三百篇》的地理環境,我們都知道主要的是黃河流域,如邶、鄘、衛為今天的河北,檜、鄭、陳、王屬現在的河南,魏、唐地處山西南部、齊、曹位在山東東北部,秦、豳乃陝甘東南一帶。唯有"二南",據《韓詩外傳》說:"二南則南郡與南陽也。"是已經到了長江流域的荊襄一帶。

但是如果有人問《三百篇》的詩作者是誰,詩本事都怎麼樣,這可就很難解答了。因為查遍《詩經》也只有大小雅的"家父作誦,以究王訩"(《節南山》)、"寺人孟子作為此詩"(《巷伯》)、"吉甫作誦,其詩孔碩"(《崧高》)、"吉甫作誦,穆如清風"(《烝民》)等篇算是有了主名的(但除了吉甫據說是周宣王時的尹吉甫以外,家父和孟子也不知道究竟是何許人)。《鄘風》的"載馳載驅,歸唁衛侯"(《載馳》)、《秦風》的"誰從穆公,子車奄息"(《黃鳥》)、《召南》的"蔽芾甘棠,勿剪勿敗!召伯所憩"(《甘棠》)、《小雅》的"王命南仲,往城於方,出車彭彭,旂旐央央"(《出車》),以及前面提到的諸篇,算是有了本事的。此外,便是傳、箋、疏、注的附會之說(最著名的如《豳風·鴟鴞》明是一個人借了鴟鴞的悲鳴,來發洩自己的傷感,乃說者硬謂為周公旦作給成王以自白的),絕不可信。

最後,我們應該談談周代人使用詩歌的情況:

上面說過,《詩經》裏有許多祝神敬祖、燕樂嘉賓的詩(大半出自統治者們的手),也有許多男女言情和申訴痛苦的詩(這就是人民的作品了)。但是,它們為什麼能夠流傳下來呢?這就要看詩的使用價值了。

周代的統治者們對於詩的使用大抵不出典禮、賦詩兩途。那種祭神請客時所用的典禮詩不必說了。我們覺得比較重要的是外交上的賦詩應對,這種情況《左傳》記載得最多:

> 宋華定來聘,通嗣君也。公享之,為賦《蓼蕭》;弗知,又不答賦。昭子曰:"必亡!宴語之不懷,寵光之不宣,令德之不知,同福之不受,將何以在!"(昭十二年傳)

受賦不答便得挨罵。但這還算不了什麼，再看下一段：

> 晉侯與諸侯宴於溫，使諸大夫舞，曰："歌詩必類！"齊高
> 厚之詩不類。荀偃怒，且曰："諸侯有異志矣！"使諸大夫盟高
> 厚，高厚逃歸。於是叔孫豹、晉荀偃、宋向戌、衛寧殖、鄭公孫
> 蠆、小邾之大夫盟曰："同討不庭！"（襄十六年傳）

齊高厚因了賦詩不類，居然給國家惹了戰爭之禍。我們就可以知道，當時的外交人選非長於此道是不夠格的。如晉公子重耳到秦國享受的一段：

> 公享之。子犯曰："吾不如衰之文也，請使衰從。"公子賦
> 《河水》，公賦《六月》。趙衰曰："重耳拜賜。"公子降，拜，稽
> 首；公降一級而辭焉。衰曰："君稱所以佐天子者命重耳，重
> 耳敢不拜！"（僖二十三年傳）

按《六月》是周宣公命尹吉甫帥師伐獫狁的紀事詩，中有"王于出征，以佐天子"的話。秦穆公對於重耳既然這般器重，跟隨的趙衰當然要提醒自己的主人下來拜謝。下面的一段，也是賓主酬答得極好的例子：

> 晉侯使韓宣子來聘，……公享之。季武子賦《縣》之卒
> 章，韓宣子賦《角弓》。季武子拜曰："敢拜子之彌縫敝邑，寡
> 君有望矣！"武子賦《節》之卒章。既享，宴於季氏，有嘉樹
> 焉，宣子譽之。武子曰："宿敢不封殖此樹，以無忘《角弓》"。
> 遂賦《甘棠》。宣子曰："起不堪也！無以及召公。"（昭二年傳）

這一段描寫當時揖讓進退的樣子，真是活靈活現。因為《角弓》詩說：“兄弟昏姻，無胥遠矣。”是韓宣子向季武子表示“親親”之意。所以季武子深深地感謝並答之以《甘棠》厚愛的詩篇。類似這樣賦詩見意，交際聯繫的事情，在《左傳》裏還有很多，但是限於時間我們不多舉了。記得孔丘當年曾告訴他的學生們說：“誦《詩三百》，授之以政，不達；使於四方，不能專對。雖多，亦奚以為！”（《論語·子路》）便是針對這種實際用途而發的言論。最後應該補白一句的是，詩的這般被應用自然是當時的統治階級的事體。要是再露骨一點說，就是《詩經》中的某些篇章，已經更進一步地成為統治意識的腳本了。

相見賦詩以外，還有雜引詩句以助言語的，它的作用也差不多。如：

> 趙穿攻靈公於桃園，宣子未出山而復。太史書曰：“趙盾弒其君。”以示於朝。宣子曰：“不然！”對曰：“子為正卿，亡不越竟，反不討賊，非子而誰！”宣子曰：“嗚呼，‘我之懷矣，自詒伊戚’，其我之謂矣！”（宣二年傳）

這是用詩句來表示自己的情緒的。再如：

> 鄭大夫盟於伯有氏。裨諶曰：“是盟也，其與幾何！《詩》曰：‘君子屢盟，亂是用長。’今是長亂之道也，禍未歇也！”（襄二十九年傳）

這是用詩句來批評一件事情的。再如：

子貢曰：“貧而無諂，富而無驕，何如？”子曰：“可也。未
若貧而樂，富而好禮者也。”子貢曰：“《詩》云：‘如切如磋，如
琢如磨。’其斯之謂與？”子曰：“賜也，始可與言《詩》已矣，告
諸往而知來者！”（《論語·學而》）

這是孔丘鼓勵端木賜觸類旁通的象徵說詩。因為切磋琢磨是形容風
度之美的，與“貧而樂，富而好禮”（他這話自然是維持封建統治的）沒
有直接的關係（他在《八佾》篇中對卜商也有類似的說法）。

總之，不管是賦詩的還是說詩的，他們的目的無非是想要借詩表
達出自己的意思來，並不一定合乎詩人本志，正如後來孟軻的話：“說
《詩》者不以文害辭，不以辭害志。以意逆志，是為得之。”（《孟子·萬
章上》）因為《三百篇》在東周有這樣的廣大的用途，所以儒家的老祖
宗孔丘才說：“不學《詩》，無以言。”（《論語·季氏》）才說：“小子，何
莫學夫《詩》？《詩》可以興，可以觀，可以群，可以怨。邇之事父，遠之
事君，多識於鳥獸草木之名。”（《論語·陽貨》）這一段話，便成了後來
封建主義者（特別是漢儒和宋儒）研究《三百篇》的不二法門和把它推
尊為“經”的唯一根據了。

根據上面提出來的種種情況，我們可以再總結一下：

第一，《詩經》乃是一部中國古代“歌謠”的總集，它裏面充滿著富
有人民性的藝術作品和極寶貴的歷史材料。我們必須重新很好地研
究它——向傳、箋、疏、注那些認以為經典的陳腐論調下總攻擊令，不
清洗出來它的本來面目絕不罷休。

第二，孔丘並沒有刪《詩》，“詩三百”乃是東周以後的成語。而且
它不是一個時代輯成的，從時間上看，最早的是《周頌》，其次是《大
雅》，再遲一點的是《小雅》，最後的便是《商頌》《魯頌》《國風》了，它
所包括的時期約在六七百年上下。它的作者也不是一個人，而且絕大

多數是沒有主名的、找不到本事的。

第三,《三百篇》產生的地點主要是黃河流域,但是它們流傳的地方卻非常的廣。它們的內容也極豐富,從勞人思婦的哀怨,到統治階級的祭享,無不生動細緻地有所反映。逮至春秋之季,它們的用途就更廣泛起來了——貴族間的言論交際都離不了它,特別是外交辭令方面。

《詩經》的內容既是這樣的廣泛豐富,我們一時自然也研究不了許多,因此,只能選擇那些人民性、現實性比較強的作品,重點地分析介紹一下,王國維說:

> 《詩》《書》為人人誦習之書,然於六藝中最難讀。以弟之愚闇,於《書》所不能解者殆十之五,於《詩》亦十之一二。此非獨弟所不能解也,漢魏以來諸大師未嘗不強為之說,然其說終不可通。以是知先儒亦不能解也。(《觀堂集林》卷一《與友人論〈詩〉〈書〉中成語書》)

"多聞闕疑","不知為不知",我們對於《三百篇》的研究,當然也唯有學習這種態度,才不至於附會曲解。

五、《詩經》類釋

(一)說農事的詩

周代主要的生產既是農業,所以反映封建主監督農事,描寫農民們勞動耕作的詩歌,特別的多。如《頌》裏的《臣工》《噫嘻》《豐年》《載芟》《良耜》,《雅》裏的《楚茨》《南山》《甫田》《大田》,和《風》裏的

《七月》都是。我們先說《噫嘻》：

> 噫嘻成王,既昭假爾。率時農夫,播厥百穀。
> 駿發爾私,終三十里。亦服爾耕,十千維耦。

譯文(據郭譯改)：

> 啊哈,我們的成王,既是叫了你們來,要你們帶著這些農
> 夫去耕作,那就趕快把耕具拿出來,在這三十里地大的田地
> 裏幹活兒吧,要緊的是把他們叫齊了兩萬人哪。

這首詩把周初的農業情況說得相當的清楚:王家的官吏傳著"王命"來督率農民耕田,人數是這樣的多,地面是這樣的大。這和卜辭裏所見的"乙巳,卜㱿,貞:王大令眾人曰:協田,其受年。十一月"(《殷契粹編》第八六六片)、"貞維小臣令眾黍。一月"(《卜辭通纂》第四七八頁)等殷人督令農奴耕作的文字可以結合起來看。再說《甫田》：

> 倬彼甫田,歲取十千。我取其陳,食我農人。自古有年。
> 今適南畝,或耘或耔。黍稷薿薿,攸介攸止,烝我髦士。
> 以我齊明,與我犧羊,以社以方。我田既臧,農夫之慶。
> 琴瑟擊鼓。以御田祖。以祈甘雨,以介我稷黍,以穀我士女。
> 曾孫來止,以其婦子。饁彼南畝,田畯至喜。攘其左右,
> 嘗其旨否。禾易長畝,終善且有。曾孫不怒,農夫克敏。
> 曾孫之稼,如茨如梁。曾孫之庾,如坻如京。乃求千斯
> 倉,乃求萬斯箱。黍稷稻粱,農夫之慶。報以介福,萬壽
> 無疆。

譯文(同上)

　　嚇！這沒邊沒沿的田地呦,每年都要收它一萬石的糧食。因為老是豐年,我只要把陳穀子給農夫吃就夠了。今天到南面那一塊地裏去看看:呵！這兒有的在薅草,有的在培根,莊稼長得很茂盛。敬神休息的時候,壯健的人都集合了。

　　把我們的羊盛在乾淨的祭器裏來敬社神、敬四方罷。我們的地已經弄好了,這是農夫的喜事。彈起琴,打起鼓,我們大家來敬田神,求雨水好,求收成好,求我們男的女的都能吃得飽。

　　東家親自來了,還帶著他的女人和孩子到這塊地裏犒賞我們,並給管田的人送來了酒食。他和他的從人們,也同我們一道嘗了一下口味。莊稼滿地都種遍了,而且長得非常的好。主子沒有發脾氣,他說:農夫們都夠勤快啦。

　　主人的糧食,堆積得像草房、像車梁,主人的糧食堆像丘嶺一樣高廣,要用上萬輛的車來運,要有上千個倉來裝。黃米、小米、大米、高粱,又是農夫的喜事一椿,把它祭給祖宗罷,我們共同祈求福壽綿長。

　　從這章詩裏,我們可以看到下列幾件事:一、封建主義對農民的高度剝削:"歲取十千"、"我取其陳,食我農人"。二、地主田地的廣大無邊,糧食的堆積如山。三、周代農事中的祭享是十分重要的。另外要說的是,這章詩裏的曾孫我們可以把它泛認作繼承祖產的周代貴族們。鄭箋以為成王是有問題的,因為琴瑟的出現當在春秋時代(周初祭神沒有用琴瑟的)。最後,我們說《七月》:

七月流火,九月授衣。一之日觱發,二之日栗烈。無衣無褐,何以卒歲?三之日於耜,四之日舉趾。同我婦子,饁彼南畝,田畯至喜。

七月流火,九月授衣。春日載陽,有鳴倉庚。女執懿筐,遵彼微行,爰求柔桑。春日遲遲,采蘩祁祁。女心傷悲,殆及公子同歸。

七月流火,八月萑葦。蠶月條桑,取彼斧斨,以伐遠揚,猗彼女桑。七月鳴鵙,八月載績。載玄載黄,我朱孔陽,為公子裳。

四月秀葽,五月鳴蜩。八月其獲,十月隕蘀。一之日於貉。取彼狐狸,為公子裘。二之日其同,載纘武功,言私其豵,獻豜於公。

五月斯螽動股,六月莎雞振羽。七月在野,八月在宇。九月在戶,十月蟋蟀入我牀下。穹窒熏鼠,塞向墐戶,嗟我婦子,曰為改歲,入此室處。

六月食鬱及薁,七月亨葵及菽。八月剥棗,十月獲稻,為此春酒,以介眉壽。七月食瓜,八月斷壺,九月叔苴,采荼薪樗,食我農夫。

九月築場圃,十月納禾稼。黍稷重穋,禾麻菽麥。嗟我農夫,我稼既同,上入執宫功。晝爾於茅,宵爾索綯。亟其乘屋,其始播百穀。

二之日鑿冰衝衝,三之日納於淩陰。四之日其蚤,獻羔祭韭。九月肅霜,十月滌場,朋酒斯饗,曰殺羔羊。躋彼公堂,稱彼兕觥,萬壽無疆。

譯文(依郭沫若按照農曆把時間都提前兩個月的辦法。因詩中的物候是所謂"周正",比舊日的"夏正"要早兩個月):

五月裹天上一見火星,七月裹就該發給寒衣。因為十月裹冷風陣陣,十一月裹凍得打戰。粗細的衣服都沒有,怎麼過冬呢?何況十二月裹即須修農具,新年二月裹便開始下田,連老婆孩子都得給地裹的管家送飯,去討他的歡喜!

五月裹天上一見火星,七月裹就該發給寒衣。春日天氣一好起來,便有黃鶯鳥兒在叫,這時候姑娘們提著深筐,走著小路去采那嫩的桑葉。但春天的日子長,采白蒿的人又多,姑娘們的心裹,不能不有點兒擔驚受怕的,要被哥兒們弄走了可怎麼辦?

五月裹天上一見火星,六月裹蘆花就要開了。在養蠶的月份裹,我們要攀著枝條勾著枝條來採桑,看那葉子是多麼柔嫩啊。五月裹伯勞鳥一叫,六月裹就要動手織布了。染成青的,染成黃色,丹紅色的更漂亮,可以給哥兒們做衣裳。

二月裹葽草開了花,三月裹蜩螗蟲開始叫了。六月裹要割稻,七月裹草木落了葉。十月裹要去打獵,得來狐狸皮,好給老爺們作皮襖。十一月裹常常集合,為了練武和下操,捉到了大野豬必須給東家,小的才自己留著。

三月裹螽斯叫,四月裹沙雞叫,五月裹蟋蟀在田裹,六月裹跑到堂屋,七月裹進了房門,八月裹鑽入牀底下。填地洞熏老鼠罷,把北牆的窗戶也堵好了罷,我們老婆孩子們哪,就過年了,咱們就到這間房子裹來罷。

四月裹吃山楂和李子,五月裹煮葵子和豆子,六月裹打棗子,八月裹割稻子——煮起甜米酒來,喝了它可以長壽。

五月裏吃南瓜,六月裏摘葫蘆,七月裏拾麻子,掐苦菜,打燒柴,好給我們農夫吃。

七月修好了場園,八月裏要收糧食了——黃米高粱都早熟了,還有小米、芝麻、大豆和小麥,可憐我們這些莊稼漢,地裏的活幹完了還得給老爺們去修住宅——白天打茅草,夜裏搓麻繩,快上房頂上做罷,回頭又要開始種田了。

十一月裏丁丁的鑿冰塊,十二月裏還得把它藏到冷房裏。正月要天天起早,為的是預備好了祭神用的肥羔羊和青韭菜。七月裏霜降變了天,八月裏打掃乾淨場園。老爺們湊合到了一起又喝酒又吃肉,吃飽了喝足了就跑到議事堂上舉起大酒杯來高呼著萬歲萬萬歲。

這一篇詩重複散亂,藝術手法實在不夠高明(也許是古代的歌法如此),但是它所反映的農人生活情況卻是再全面再真實也沒有了。因此我們可以肯定是出自人民之手(雖然免不了文人的加工)。而且是作者在用第一人稱的口吻,絮絮不休地訴說終歲勞苦不敢少休,可是只瞧著老爺們吃喝玩樂的氣憤話的。我們試把要緊的句子對比一下罷:農夫們是“無衣無褐,何以卒歲”;老爺們是“我朱孔陽,為公子裳”,“取彼狐狸,為公子裘”。農夫們是“采荼薪樗,食我農夫”;老爺們是“朋酒斯饗,曰殺羔羊”。農夫們是“穹窒熏鼠,塞向墐戶”;老爺們是“上入執宮功,亟其乘屋”。請看,衣、食、住三方面,那一種不是懸殊的?特別是財富上的,農夫們只能“言私其豵”,而為老爺們便須“獻豣於公”“獻羔祭韭”、“黎稷重穋,禾麻菽麥”,甚至連“爰求柔桑”的姑娘,都要“女心傷悲,殆及公子同歸”起來。只要勞動生產而不能享受果實,甚至連人身的自由都沒有,這不是道地的農奴生活嗎?

(二)反戰役的詩

從《詩經》裏我們可以看到許多反戰反勞役的作品,如《擊鼓》
(《邶風》)《大車》(《王風》)《清人》(《鄭風》)《小戎》(《秦風》)《陟
岵》(《魏風》)《鴇羽》(《唐風》)《東山》(《豳風》)和《小雅》的《四牡》
《采薇》《出車》《杕杜》《六月》《菜芑》《何草不黃》等,都是描寫戰爭勞
役,並多數結合著哀怨情調的詩歌。如《擊鼓》:

> 擊鼓其鏜,踴躍用兵。土國城漕,我獨南行。
> 從孫子仲,平陳與宋。不我以歸,憂心有忡。
> 爰居爰處,爰喪其馬,於以求之,於林之下。
> 死生契闊,與子成說。執子之手,與子偕老。
> 於嗟闊兮,不我活兮。於嗟洵兮,不我信兮。

譯文:

> 戰鼓敲得咚咚的響,大發兵馬下南方,多少人留在國內
> 修城池,我獨當兵走慌忙。
> 跟了主帥公孫文仲,聯合著宋國打陳國,這一去不會叫
> 我回來了,心裏實在怕得要命。
> 也許死,也許傷,也許只丟了我的馬,哪時到哪裏來找我
> 的骨屍呢? 大概總在山林下面吧!
> 這是生離死別,咱們必須說好,雖然我曾拉著你的手,約
> 定和你白頭到老。
> 唉唉完了,我恐怕不得活了。唉唉得了,沒有什麼足以

叫你相信的話了。

毫無疑問的是,這首詩歌乃是被征發出征的軍人向他的老婆告別死亡的話頭。所以才有了"於以求之""與子偕老"的句子,傳箋"怨州吁也"和"庶幾俱免於難"的說法,實在可笑。再看《陟岵》:

> 陟彼岵兮,瞻望父兮,父曰:"嗟! 予子行役,夙夜無已。上慎旃哉,猶來無止!"
>
> 陟彼屺兮,瞻望母兮,母曰:"嗟! 予季行役,夙夜無寐。上慎旃哉,猶來無棄!"
>
> 陟彼岡兮,瞻望兄兮,兄曰:"嗟! 予弟行役,夙夜必偕。上慎旃哉,猶來無死!"

譯文:

> 登上那個山岡來望看爹罷,爹說啦:"我的兒子當兵真辛苦,黑天白日的不得休閒,小心點兒罷,可別回不了家。"
>
> 登上那個山坡來望看娘罷,娘說啦:"我的小兒子當兵真辛苦,早上晚上的不得休息,小心點兒罷,可別丟在外邊。"
>
> 登上那個山頭來看望哥罷,哥說啦:"我的兄弟當兵真辛苦,起早貪黑的跟我一個樣,小心點兒罷,可別死在隊伍裏。"

這是一個正服兵役的青年人,在隊伍想念自己的親人,所以才爬到山上遠望家鄉所在,並想像父母兄長惦記自己的話,詩實在寫得好。下面再介紹一下《何草不黃》:

何草不黃？何日不行？何人不將？經營四方！

何草不玄？何人不矜？哀我征夫，獨為匪民！

匪兕匪虎，率彼曠野。哀我征夫，朝夕不暇！

有芃者狐，率彼幽草。有棧之車，行彼周道。

譯文：

　　哪棵草衰老時能夠不黃？哪一天不是在出發打仗？哪個人不被叫去參加隊伍？只是為了廝殺在四方！

　　哪棵草初生時不是紅的？哪個人不應該多被憐憫？難道我們當兵的，單單的不是人？

　　我們又不是野牛和老虎，必須生活在荒地裏，可憐我們當兵的，起早貪黑的不得休息。

　　長尾巴的小狐狸，總是行走在幽靜的草葉裏，帶篷子的兵役車，也總是連續不斷地走在大路上。

“哀我征夫，獨為匪民”，這真是悲憤已極的話。因為戰爭連年，兵役繁多，人民早已不堪其苦了。東周之季，確實有此情況。

　　也不止是一般的農民，就是當時跟著王侯（大小封主）搞“工作”的“士大夫”（統治階級的爪牙們），也同樣得不得了。《北門》詩說：

　　出自北門，憂心殷殷！終窶且貧，莫知我艱！已焉哉！天實為之，謂之何哉！

　　王事適我，政事一埤益我。我入自外，室人交遍讁我。已焉哉！天實為之，謂之何哉！

　　王事敦我，政事一埤遺我。我入自外，室人交遍摧我。

已焉哉！天實為之,謂之何哉！

譯文:

　　一出北門,心頭就沉重啦！又落魄又貧困,還沒有人知道我的艱難！完了哇,完了！老天呀叫人這樣,能有什麼辦法呢！

　　王家算瞧上我啦,一有公事就推給我！我從外面回來,家裏的人也紛紛地責罵我！完了哇,完了！老天爺叫人這樣,能有什麼辦法呢！

　　王家成心累我,凡是公事都推給我！我從外面回來,家裏的人也紛紛地刺激我！完了哇,完了！老天爺叫人這樣。能有什麼辦法呢！

這不是活畫一副"災官"的形象麼？事情還這樣的不好幹,日子又這樣的不好過,因此有的人便萌生厭世的思想了。《隰有萇楚》說:

　　隰有萇楚,猗儺其枝。夭之沃沃,樂子之無知！
　　隰有萇楚,猗儺其華。夭之沃沃,樂子之無家！
　　隰有萇楚,猗儺其實。夭之沃沃,樂子之無室！

譯文:

　　山坡上生的有羊桃,它的枝條特別的柔弱。壯健的人,你的快樂就因為什麼也不知道！

　　山坡上生的有羊桃,它的花兒特別的美好。壯健的人,

418

你的快樂就因為沒有家口累著!

　　山坡上生的有羊桃,它的果子特別的豐滿。壯健的人,你的快樂就因為沒有家眷!

歎其不如草木之無知而無憂,這不是憂悶厭世的思想是什麼? 因此,另外有些人便產生了頹廢享樂的思想了。如《唐風》之《蟋蟀》和《山有樞》,我們就看看《山有樞》:

　　山有樞,隰有榆。子有衣裳,弗曳弗婁。子有車馬,弗馳弗驅。宛其死矣,他人是愉!
　　山有栲,隰有杻。子有廷內,弗灑弗掃。子有鐘鼓,弗鼓弗考。宛其死矣,他人是保!
　　山有漆,隰有栗。子有酒食,何不日鼓瑟? 且以喜樂,且以永日。宛其死矣,他人入室!

譯文:

　　山有樞樹,坡上有榆樹。你有衣裳不去穿著,你有車馬不去馳驅,死了以後,別人會來享受!
　　山有椿樹,坡上有杻樹。你有庭院不去打掃,你有鐘鼓不撞不敲,死了以後,別人會替你搞!
　　山上有漆樹,坡上有栗樹。你有酒肉,為什麼不天天地去吃喝玩樂,以混時光呢? 否則死了以後,別人會來接手!

這些沒落的統治階級東遷以後,因為政治上沒有出路,生活上日見艱難,自然會有這種消極悲觀的心理,《三百篇》中此類作品甚多,我們只舉這兩篇做例子了。

(三)談兩性生活的詩

在《詩經》裏,除去上面所列舉的反映當代諸般社會情況的詩歌以外,還有許多描寫男女兩性生活的作品,也值得介紹一下。

1. 描寫戀愛的詩歌

如《周南》的《關雎》《漢廣》,《鄘風》的《柏舟》,《王風》的《采葛》,《鄭風》的《有女同車》《狡童》《子衿》《溱洧》,《陳風》的《月出》等都是。先看《關雎》:

> 關關雎鳩,在河之洲。窈窕淑女,君子好逑。
> 參差荇菜,左右流之。窈窕淑女,寤寐求之。
> 求之不得,寤寐思服。悠哉悠哉,輾轉反側!
> 參差荇菜,左右采之。窈窕淑女,琴瑟友之!
> 參差荇菜,左右芼之。窈窕淑女,鐘鼓樂之!

譯文:

> 雎鳩關關地叫,在河裏的小洲上。美麗的姑娘,我也想和她作對成雙。
> 圓葉的荇菜,在水裏忽左忽右地漂浮著。美麗的姑娘,我也是白天黑夜地在渴想著。
> 想不到手,苦悶無聊,咳呦咳呦,翻來覆去地睡不著。

圓葉的荇菜,我從水裏上上下下地把它摘到手啦。美麗
的姑娘,我和她也像琴瑟樣地,永遠不分開啦。

圓葉的荇菜,我在水裏前前後後地把它摘到手啦。美麗
的姑娘,我也動著樂器把她接到家裏來啦。

這一章詩層次意境都很完整——看到了漂亮的姑娘,就想念她,想到
翻來覆去地睡不著覺,於是又設想著她已經被接到家裏來了。要不是
比較晚出的《周南》,實在不大容易具備這種優美的情調。而舊日說
《詩》的人,硬給它戴上了"文王后妃德配"的帽子,豈不可笑?

上面的一首是男性思戀女性的詩,下面我們再舉兩首女性思戀男
性的,如《狡童》:

> 彼狡童兮,不與我言兮。維子之故,使我不能餐兮!
> 彼狡童兮,不與我食兮。維子之故,使我不能息兮!

譯文:

> 你這個調皮的人兒呦,竟不跟我說話了。因為這個,叫
> 我連飯都咽不下去了!
> 你這個調皮的人兒呦,竟不跟我一同吃飯了。因為這
> 個,叫我連覺都睡不好了!

這是最簡單也最真摯的怨訴。《子衿》和它差不多:

> 青青子衿,悠悠我心。縱我不往,子寧不嗣音?
> 青青子佩,悠悠我思。縱我不往,子寧不來?

挑兮達兮,在城闕兮。一日不見,如三月兮!

譯文:

    紮著青腰帶的你,深深地記在我的心。就是我沒有去,你怎麼也不捎個信?

    帶著青佩玉的你,深深地記在我的心。就是我沒有去,你怎麼也不來?

    你在城門裏頭,跳跳噠噠的。才只一天不見面,就像已經三個月了啊!

這簡直是熱戀的情調了。在那種制度的社會裏,竟能有這樣大膽生活著的兩性,我們的先民真是不簡單。再看看他們的幽敘的詩歌,就更會使人有這些感覺。

2. 描寫幽敘的詩歌

這就是所謂"桑間濮上"的"淫奔"之詩。以鄭衛兩地為最多(楚地也不少),如《溱洧》《野有蔓草》(《鄭風》),《野有死麕》《靜女》《桑中》(《召南》)和《雞鳴》(《齊風》)都是。先看《野有蔓草》:

    野有蔓草,零露漙兮。有美一人,清揚婉兮。邂逅相遇,適我願兮。

    野有蔓草,零露瀼瀼。有美一人,婉如清揚。邂逅相遇,與子偕臧。

譯文：

　　野地的青草堆裏，露水真多。有一個漂亮的人兒，連說話的聲音都是好聽的；竟然叫我碰上了，可真趁了心願啦。
　　野地的青草堆裏，露水真多。有一個漂亮的人兒，連說話的聲音都是好聽的；竟然叫我碰上了，跟你可有多快活！

這不是赤裸裸地報導麼？再看《桑中》：

　　爰采唐矣，沬之鄉矣。云誰之思？美孟姜矣。期我乎桑中，要我乎上宮，送我乎淇之上矣。
　　爰采麥矣，沬之北矣。云誰之思？美孟弋矣。期我乎桑中，要我乎上宮，送我乎淇之上矣。
　　爰采葑矣，沬之東矣。云誰之思？美孟庸矣。期我乎桑中，要我乎上宮，送我乎淇之上矣。

譯文：

　　曾到沬鄉去采女蘿來，這是為了甚麼呢？原來我在思念那位姜姓的漂亮姑娘，是她約定我在桑樹林裏等著，並和我一起到上宮去玩，臨了還一直把我送到淇水的船上哪。
　　曾到沬鄉去采女蘿來，這是為了甚麼呢？原來我在思念那位弋姓的漂亮姑娘，是她約定我在桑樹林裏等著，並和我一起到上宮去玩，臨了還一直把我送到淇水的船上哪。
　　曾到沬東去采大頭菜來，這是為了甚麼呢？原來我在思念那位庸姓的漂亮姑娘，是她約定我在桑林中等著，並和我一起到上宮去玩,臨了還一直把我送到淇水的船上哪。

這首詩我們認為在韻調上是非常的成功的。在時間上看,自然是追敘的過去完成式。但是描寫得最細緻的,卻還是《野有死麕》和《雞鳴》。先談《野有死麕》:

> 野有死麕,白茅包之。有女懷春,吉士誘之。
> 林有樸樕,野有死鹿。白毛純束,有女如玉。
> 舒而脫脫兮,無感我帨兮,無使尨也吠!

譯文:

> 野地裏有一個死香獐子,把它用白茅草包裹起來,送給和我要好的一個女子。
> 樹林裏有堅硬的小木頭,野地裏有死了的蒼皮鹿,這些都可以用白茅草包裹起來送給那如花似玉的人物。
> "輕輕的罷,不要動我頭上的手巾,小心狗聽見了叫。"

先從送東西說起,再談到兩人會面後的情況,真是細膩到了萬分(有人說幽會是偷偷摸摸的事,還能夠送大件的獐鹿和木頭麼?這個話乍一聽來好像有理,其實是穿鑿,因為那不過是一個意思罷了,不一定真個相送)。再看《雞鳴》:

> "雞既鳴矣,朝既盈矣!""匪雞則鳴,蒼蠅之聲!"
> "東方明矣,朝既昌矣!""匪東方則明,月出之光!"
> "蟲飛薨薨,甘與子同夢!""會且歸矣,無庶予子憎!"

譯文：

　　"雞已經叫了，到了早晨了!""雞沒有叫，是蒼蠅的聲音。"

　　"東方發亮了，大早晨的了!""東方沒有亮，是月亮的光。"

　　"蒼蠅都薨薨的飛啦，我不是不願意跟你多睡一會兒，還是先回去吧! 別招惹人家笑話你。"

這一篇詩，前兩節的上半段，都是說女的懷著疑懼，想打發男的早些走路，下半段也都是說男的成心涎皮涎臉賴著不肯走，最後女的沒有辦法，才很委婉地提出了催他早走路的原因，簡直細膩到極點了，同時也具體地反映了當時"士之耽兮，猶可說也，女之耽兮，不可說也"(《衛風·氓》)的重男輕女的情況。為了證明這一點，我們再舉《將仲子》(《鄭風》)作例：

　　將仲子兮，無逾我里! 無折我樹杞! 豈敢愛之? 畏我父母。仲可懷也，父母之言，亦可畏也!

　　將仲子兮，無逾我牆! 無折我樹桑! 豈敢愛之，畏我諸兄。仲可懷也，諸兄之言，亦可畏也!

　　將仲子兮，無逾我園，無折我樹檀! 豈敢愛之，畏人之多言。仲可懷也，人之多言，亦可畏也!

譯文：

亲爱的仲呵,請你別跳進我的里弄壓折我的杞樹好嗎? 不是我捨不得它,是怕我的爹娘呀! 仲是可戀的,但是爹娘罵起來,也是叫人受不了的。

亲爱的仲呵,請你別跳進我的牆壓斷我的桑樹好嗎? 不是我捨不得它,是怕我的哥哥們呀! 仲是可戀的,但是哥哥們吵起來,也是叫人吃不消的。

亲爱的仲呵,請你別跳進我的園子壓斷我的檀樹好嗎? 不是我捨不得它,是怕別人多嘴多舌呀! 仲是可戀的,但是別人的亂嚼舌根,也是非常的討厭的。

因為怕人們的談論,便不得不抑制一下私情,在這首詩裏,可以說是很清楚地坦白出來了。

另外,再舉《柏舟》《蝃蝀》兩篇詩來說明當時的女子對於婚姻不自由的怨恨和反抗:

汎彼柏舟,在彼中河。髧彼兩髦,實維我儀。之死矢靡它! 母也天只,不諒人只!

汎彼柏舟,在彼河側。髧彼兩髦,實維我特。之死矢靡慝! 母也天只,不諒人只! (《鄘風·柏舟》)

譯文:

坐著柏木船已經走在河中間的那個齊眉蓋頂兩鬢刀裁的人,實在是我的最合適的對象,娘啊天啊,怎麼這樣的不體諒人哪!

坐著柏木船已經走到河那邊的那個齊眉蓋頂兩鬢刀裁

的人,實在是我的最理想的伴侶,娘啊天啊,怎麼這樣地不體
諒人哪!

這章詩裏的主人公,已經找到了自己理想的對象,可是母親硬不叫她
結合,把他放走了,所以才惹得她怨氣沖天的。

自然,當時的婦女對於這種不自由的婚姻限制也有大膽突破的,
如《蝃蝀》詩中所云:

蝃蝀在東,莫之敢指!女子有行,遠父母兄弟。
朝隮於西,崇朝其雨。女子有行,遠父母兄弟。
乃如之人也,懷昏姻也!大無信也,不知命也!(《鄘
風》)

譯文:

虹出在東方的時候,沒有人敢指點它。姑娘要是自己找
了主兒,也會越走越離父母兄弟遠的。
早霞一出在西方,不等早飯的時候就會落雨。姑娘要是
自己找了主兒,也會越走越離父母兄弟遠的。
我這樣的人哪,一心只想出嫁呢!不知道甚麼叫做父母
之命,少跟我來那一套罷!

這章詩,只要我們仔細體會一下主人公的口氣,便知道她的態度是多
麼的堅決了。

3. 抒寫棄婦哀怨的詩歌

"三百篇"中頗多棄婦悲怨之詩,而且往往寫得生動具體,如《遵大路》(《鄭風》),《柏舟》《谷風》(《邶風》)和《氓》(《衛風》)都是千古不朽的棄婦詞。現在先看《柏舟》:

汎彼柏舟,亦泛其流。耿耿不寐,如有隱憂。微我無酒,以敖以遊。

我心匪鑒,不可以茹。亦有兄弟,不可以據。薄言往愬,逢彼之怒。

我心匪石,不可轉也。我心匪席,不可卷也。威儀棣棣,不可選也。

憂心悄悄,慍於群小。覯閔既多,受侮不少。靜言思之,寤辟有摽。

日居月諸,胡迭而微?心之憂矣,如匪浣衣。靜言思之,不能奮飛。

譯文:

那柏木的小舟在河裏漂流呀漂流,好像我的一顆心總是七上八下的,連覺都睡不著。就是沒有酒,不能吃吃逛逛地解解憂愁。

我的心不是一面鏡子,甚麼都可以容納得了。娘家也有哥哥弟弟,可是完全不能夠相依相靠。回去訴了一下苦,結果惹他們發了一陣脾氣拉倒。

　　我的心不是一塊石頭,可以任意地搬來搬去的;我的心也不是一張席子,可以隨便地卷起放下的。莊嚴神聖,是誰都捉摸不了的。

　　心頭沉重的是為了得罪了那些小人。他們的壞話既是說得很多,對於我的損害當然就不會小了。靜下來想想的時候,禁不住敲著心口發惱。

　　太陽呀,月亮呀,為甚麼常常地蝕虧? 我的心裏一憂愁起來就好像那不曾洗過的衣服的苦味。靜下來仔細考慮了一下,還是不能夠任性的施為!

　　這首詩在三百篇中確是情意委婉、怨而不怒的佳作。尤其是五章一氣呵成,完整謹嚴,而作者愁苦的心情、飄零的身世,也就很細膩地報導出來了。這種神情口吻,不是東周時代的婦女,是不大容易具有的。下面再看《谷風》:

　　習習谷風,以陰以雨。黽勉同心,不宜有怒。采葑采菲,無以下體。德音莫違,及爾同死。

　　行道遲遲,中心有違。不遠伊邇,薄送我畿。誰謂荼苦? 其甘如薺。宴爾新婚,如兄如弟。

　　涇以渭濁,湜湜其沚。宴爾新婚,不我屑矣。毋逝我梁,毋發我笱。我躬不閱,遑恤我後!

　　就其深矣,方之舟之。就其淺矣,泳之游之。何有何亡,黽勉求之。凡民有喪,匍匐救之。

　　不我能慉,反以我為仇。既阻我德,賈用不售。昔育恐育鞠,及爾顛覆。既生既育,比予於毒。

　　我有旨蓄,亦以禦冬。宴爾新婚,以我禦窮。有洸有潰,既詒我肄。不念昔者,伊余來墍。

譯文:

　　東風輕輕地吹著,一會兒陰天一會兒又落了雨。你本該跟我好好兒地過日子不亂發脾氣——吃白菜和蘿蔔不能夠只挑根。我對你沒有什麼話不聽從的,因為打算和你共同生活到死。

　　走一步停兩步的,心裏總是不服氣。連多送我一程都不能,只到了房門裏。誰說荼菜味苦哪?他吃得好像甜的薺,跟你那新人快活得如同親兄弟。

　　涇水因為渭水流入才攪和混的。不是河裏那塊小洲還青白見底嗎?只瞧著你的新人十全十美啦,把我的好處就忘得一乾二淨了!"可別走我的老路,學我的樣兒呀!"咳,我連自己都顧不了,還替別人操的那門子心。

　　水深了的時候,就坐船行舟;水淺了的時候,就自己泳游。不管有什麼沒什麼的,我都是一力地去謀求,街坊鄰舍出了事情,也是儘量地營救。

　　不養活我,還跟我結仇。埋沒了我的功勞,還說我的東西賣不出手——日子窮的時候,我給你盡力地奔。日子好過了,說我惡毒。

　　我留下的有好乾菜,那是打算用它過冬的。今天你喜歡的是新人,當年卻叫我替你抗窮。你的粗暴你的憤怒既然都是我的勞動換來的,難道你就不想想那時候你也曾愛過我麼?

這一篇詩的涵義最為明確——從頭到尾都是棄婦怨懟故夫的話,而她那種怨慕交集的複雜感情,使我們現在讀起,還免不了有沉痛之感呢!

因此,我們認為在"三百篇"裏,無論是描寫戀愛的,暴露幽會的或是報導遺棄的任何有關男女兩性生活的詩歌,都是極真實極生動的最為優美的詩歌,遠在二千多年以前我們的祖先就已經有了這樣不朽的作品,這證明我們先民的生活是極其豐富的。

我們這般說,不只是單看重了反映兩性生活的詩歌,因為從思想性和藝術上看它們是特別地來得充實豐富。譬如勞動詩如"彼茁者葭,壹發五豝。於嗟乎!騶虞"(《周南·騶虞》)固然是歌述狩獵的,但是它的內容和形式卻簡單得多了。它如《兔罝》(《周南》)等不過只作一個引頭,內容都另外是一回事了——《伐檀》《無羊》稍有不同。

六、《詩經》的形式和技巧

在中國文學史上,詩經的形式是詩歌的最原始最簡單的形式。就辭句來講,它是以四言為主的,雖然也用雜言,如"鱟斯羽"(《周南·鱟斯》)的三言、"在南山之陽"(《召南·殷其靁》)的五言、"我姑酌彼金罍"(《周南·卷耳》)的六言和"交交黃鳥止於桑"(《秦風·黃鳥》)的七言。就篇章來講,則各篇的章數很少一致,有多至六章章十句的《氓》(《衛風》),也有少至二章章四句的《君子陽陽》(《王風》)。而後章與前章又往往是重複的,如"君子陽陽,左執簧,右招我由房,其樂只且"(第一章)、"君子陶陶,左執翿,右招我由敖,其樂只且"(第二章),意義大體相仿,不過只更換了幾個字。因此,我們叫它做重疊的形式。這種篇章重疊的形式,在《國風》中最多見。大概因為風詩多係民歌,唱歌的人,不像詩人一樣的好絞腦汁,於是信口唱出來,任意改換幾個字,便有了這種重複疊奏的形式。(在《詩經》中只有三《頌》《大雅》的篇章是不分章不重疊的整齊劃一的形式,但它們都是封建主們的御用詩歌,從藝術價值上看是最差的。)

"三百篇"的寫作技巧有些很值得注意的。我們就把它們分做描寫、修辭、用韻三方面來研究一下:

(一)關於描寫的

前面說過,"三百篇"的作法略分"賦""比""興"三類(也有賦而興又比的,但是少數),而最主要的卻是敘物言情的"賦",也就是重在描寫的意思。《詩經》裏的篇章有很多是描寫具體、形象分明、有聲有色的作品。

1. 刻劃人物的

如《衛風·碩人》的:"手如柔荑,膚如凝脂。領如蝤蠐,齒如瓠犀。螓首蛾眉,巧笑倩兮,美目盼兮。"簡直是形容美麗的古代女性的既形象化(前五句用具體的東西比擬她的儀容)又栩栩如生(後二句是寫她的笑的狀態的)的典型創作。

2. 描寫山水的

如《唐風·蒹葭》的:"蒹葭蒼蒼,白露為霜。所謂伊人,在水一方。溯洄從之,道阻且長。溯游從之,宛在水中央。"此情此景,我們試閉目想想看——它把一個可望而不可即的人物,襯托在這樣的水鄉裏,所謂"秋水伊人",是多麼的幽美動人呢?

3. 報導戰後景象的

如《豳風·東山》的:"我徂東山,慆慆不歸。我來自東,零雨其濛。果臝之實,亦施於宇。伊威在室,蠨蛸在戶。町畽鹿場,熠燿宵行。亦可畏也,伊可懷也。"這是說出征的軍人,久久不歸,回來的時候,卻趕上濛濛細雨的愁慘天氣,再加上看到了自己家裏淒涼荒敗的情況——野草蟲豸充塞院庭,已經到了漆黑可怕的程度。真是高度的白描手法了。

4. 夾敘草木鳥獸和風雨氣候的

寫草木的如"桑之未落,其葉沃若"(《氓》)、"桃之夭夭,灼灼其華"(《桃夭》)。寫鳥獸的如"伐木丁丁,鳥鳴嚶嚶"(《伐木》)、"蕭蕭馬鳴,悠悠旆旌"(《車攻》),但最佳妙的是《無羊》的:"爾羊來思,其角濈濈。爾牛來思,其耳濕濕。或降於阿,或飲於池,或寢或訛。爾牧來思,何蓑何笠,或負其餱。"這簡直是一幅畜牧畫面了。寫風雨氣候的如:"曀曀其陰,虺虺其雷"(《終風》)、"北風其喈,雨雪其霏"(《北風》),但最繪聲繪色的卻是:"昔我往矣,楊柳依依。今我來思,雨雪霏霏。"(《采薇》)因為它把春初冬歸,不覺征戍在外已經一年的情調,很自然地結合到裏面了。

(二)關於修辭的

"三百篇"的語法句法,也極變化之能事,如果分開來說,可有下列幾種:

1. 重言疊字的應用

這是《詩經》最卓越的修辭法。有用來表示聲音的,如"關關雎鳩"(《關雎》)、"蟲飛薨薨"(《雞鳴》)、"佩玉鏘鏘"(《有女同車》)和"呦呦鹿鳴"(《鹿鳴》)等是;有用來描寫形象的,如"彼黍離離"(《黍離》)、"灼灼其華"(《桃夭》)、"有狐綏綏"(《有狐》)和"綿綿葛藟"(《葛藟》)等是;有用來敘說行動的,如"行道遲遲"(《采薇》)、"有兔爰爰"(《兔爰》)、"采采卷耳"(《卷耳》)和"趯趯阜螽"(《草蟲》)等是。因此,後來劉彥和(勰)在《文心雕龍·物色篇》中即曾列舉《詩經》用字之美說:"灼灼狀桃花之鮮,依依盡楊柳之貌;杲杲為日出之容,瀌瀌擬雨雪之狀;喈喈逐黃鳥之聲,喓喓學草蟲之韻。皎日彗星,一言窮理。參差、沃若,兩字窮形。並以少總多,情貌無遺矣。"實在是很正確的結論。

2. 正變相疊單複相偶的造句法

正疊的如"采薇采薇"(《采薇》)和"簡兮簡兮"(《簡兮》)等是;變疊的如"拊我,畜我,長我,育我,顧我,復我"等是;單句相對的,如"喓喓草蟲,趯趯阜螽"(《草蟲》)、"曀曀其陰,虺虺其雷"(《終風》)等是;複句相對的,如:"昔我往矣,楊柳依依。今我來思,雨雪霏霏。"(《采薇》)疊敘的如:"於以采蘋,南澗之濱。於以采藻,於彼行潦。於以盛之,維筐及筥;於以湘之,維錡及釜。"(《采蘋》)順敘的如:"誕寘之隘巷,牛羊腓字之;誕寘之寒冰,鳥覆翼之。誕寘之平林,會伐平林。鳥乃去矣,后稷呱矣!"(《生民》)排敘的如:"東人之子,職勞不來;西人之子,粲粲衣服;舟人之子,熊羆是裘;私人之子,百僚是試。"(《大東》)這些句法不管是怎樣的變化多端,但大體上說是宛轉天然、直抒胸臆的。

3. 也使用了問答指謂等手法以表現情感

有著問話口吻的,如:"縱我不往,子寧不嗣音?"(《子衿》)用了回答口氣的,如:"匪女之為美,美人之貽!"(《靜女》)包含著指斥的意義的,如:"彼狡童兮,不與我言兮!"(《狡童》)蘊育了呼謂的情調的,如"碩鼠碩鼠,勿食我黍!"(《碩鼠》)帶著控訴的語氣的,如:"悠悠蒼天,曷其有極!"(《黍離》)充滿著想像的,如:"樂土樂土,爰得我所。"(《碩鼠》)有意地誇飾的,如:"一日不見,如三秋兮!"(《采葛》)"周餘黎民,靡有孑遺!"(《雲漢》)這些句子,如果我們把它們聯繫全章朗誦起來,會特別地感到語言生動、情感旺盛。

(三)關於用韻的

"三百篇"用韻自然,句首、句中、句尾的都有,而且"轉""錯""空""間"使用不一。在句頭起韻的,如:"鴥彼晨風,郁彼北林。"(連句韻)"父兮母兮,畜我不卒。胡能有定,報我不述。"(間句韻)句中用韻的,如:"日居月諸。""匪載匪來,憂心孔疚。"(同句及連句韻)"有瀰濟盈,有鷕雉鳴。"(隔句韻)在句尾收韻的如:"清人在彭,駟介旁旁。二矛重英,河上乎翱翔。"(連句韻)"采采卷耳,不盈頃筐;嗟我懷人,寘彼周行!"(隔句韻)轉韻例如:"陟彼岵兮,瞻望父兮;父曰嗟,予子(轉)行役,夙夜無已。上慎旃哉,猶來無止!"(二句轉韻)"君子屢盟,亂是用長;君子信盜(轉),亂是用暴;盜言孔甘(轉),亂是用餤;匪其止共(轉),維王之邛。"(四次轉韻)錯韻例如:"我心匪石,不可轉也;我心匪席(與石葉),不可卷也(與轉叶)。威儀棣棣,不可選也!"(兩韻隔叶)空韻例如:"兄弟鬩於牆,外禦其侮;每有良朋,烝也無戎。"(首二句空韻)。"鴟鴞鴟鴞,既取我子,無毀我室。恩斯勤斯,鬻子之閔斯。"(首三句空韻)間韻例如:"爰采唐矣?沬之鄉矣。云誰之思,美孟姜矣。期我乎桑中(間韻),要我乎上宮(與中叶),送我乎淇之上矣。"據此種種,我們才說,"三百篇"的用韻是變化無窮的。

另外是雙聲疊韻的辭彙常被使用(風詩中最多)。如"窈窕淑女"的"窈窕",即疊韻字(同語尾韻);"參差荇菜"的"參差",即雙聲字(同語頭音)。這樣的詞彙在詩篇中結合起來,音調自然會清晰響亮的。

按諸詩歌發生發展的規律,聲音實在是它的主要因素。因為通過勞動發生了聲音,反復起來就成了歌調,用符號記了下來才成了詩歌。前人即常談到:"詩言志,歌永言,聲依永,律和聲。"(《漢書‧藝文志》)和"詩者,志之所之也。在心為志,發言為詩。情動於中而形於言,言之不足故嗟歎之,嗟歎之不足故永歌之"(偽《大序》)的道理。因此,如果我們研究古代詩歌,而忽略了它所由和聲的音律,豈不是取貌遺神,徒具形式嗎?

作為今天創作上的借鑒的話,從技術上講,則《詩經》是太古遠了。但從方向上說,那它已經告訴了我們,民間文學的生命,比御用的統治階級的文學,是豐富生動得不知要到幾倍以上了。因為"風"的價值高於"雅","雅"高於"頌",這便是一個最有力的最古老的例證。雖然民間文學的"風"是經過了文人的加工的——偉大的文學作品,往往是由民間文學的加工而成的。古代文學如是,現代的文學,有的也未嘗不如是。

總結起來說,《詩經》是中國古代詩歌的總集。它所產生的時代最早的不能前於西周(如《周頌》),最遲的甚至於到了春秋末年(如"二南"）。在三百零五篇以外,逸詩雖然還有很多(譬如古詩三千餘首之說),但有的是後人偽作的,有的不過是零篇斷章。它們是怎樣編輯起來的,我們也不知道,只是舊日"行人采詩"、"孔丘刪詩"的說法不可憑信罷了。

在這三百零五篇裏,有的是民歌,有的是頌神歌,有的是敘事詩,有的是很好的抒情詩,有的甚至於是極有價值的史詩。成問題的是,詩的本事和作者的主名不大能夠搞清楚了。至於那些重疊繁瑣的傳箋疏注,則多半是牽強附會望文生義的。我們必須把它們像垃圾樣的首先清除了,然後才能看到三百篇的本來面目——它在文學史上,思想史上,甚而至於社會發展史上,究竟涵蘊著怎樣的價值。研究的方法,除了應該充分利用漢儒清儒業已做過的考訂工夫以外,還要切實結合著歷史條件和時代背景,也就是歷史唯物主義和辯證唯物主義的精神與方法。這樣才能夠一方面找到了它的本色,一方面也曉得了它的價值。

第四編　楚辭(春秋——戰國初期古典文學之二)
——繼《詩》而起的南方文學

一、楚辭的時代

據前人考據,鐵作為耕器使用,已在周室東遷以後。如《國語·齊語》記管仲的話說:"美金以鑄劍戟,試諸狗馬;惡金以鑄鋤夷斤斸,試諸土壤。"這裏所說的"美金"是指青銅(劍戟等好的兵器直到秦代還都是用青銅鑄造的),所說的"惡金",便該是鐵。鐵在未能鍛煉成鋼以前,不能作為上等兵器的原料使用。但是自從鐵成為農耕器物以後,農業生產力就大大地提高,因而也就驅使著氏族政治的積漸崩潰——私家(卿大夫甚而至於陪臣)肥於公家(由天子以至於諸侯),下層(庶人)漸克上層(王、侯、卿大夫、士)。這就是說,"力於農穡"(左襄九年楚子囊評晉國的話)的庶人已經從卑下的農民地位解放成了半自由人了。先說這時公室衰弱的情況。如齊國:

> 此季世也。吾弗知齊其為陳氏矣。公棄其民,而歸於陳氏。齊舊四量,豆、區、釜、鍾。四升為豆,各自其四,以登於釜,釜十則鍾。陳氏三量皆登一焉,鍾乃大矣。以家量貸,而以公量收之。山木如市,弗加於山;魚、鹽、蜃、蛤,弗加於海。民參其力,二入於公,而衣食其一。公聚朽蠹,而三老凍餒。

> 國之諸市,屨賤踴貴。民人痛疾,而或燠休之,其愛之如父
> 母,而歸之如流水。欲無獲民,將焉辟之?(左昭三年晏嬰對
> 叔向的話)

這就是陳氏使用大斗小秤來與齊侯爭取人民的實際情況。這樣的話,
後來在昭二十六年晏嬰也對齊景公說過:

> 　　齊侯與晏子坐於路寢,公歎曰:"美哉室!其誰有此乎?"
> 晏子曰:"敢問何謂也?"公曰:"吾以為在德。"對曰:"如君之
> 言,其陳氏乎!陳氏雖無大德,而有施於民。豆、區、釜、鍾之
> 數,其取之公也薄,其施之民也厚。公厚斂焉,陳氏厚施焉,
> 民歸之矣。"

當時齊國的政治的確腐朽得很,老百姓受著過分的榨取,連基層的官
吏三老都在挨餓受饑了。這自然給予了新興的巨室陳氏一個奪取政
權的機會。於是"嫗乎采芑,歸乎田成子"(《史記·田敬仲完世家》)
的形勢,便奠定了。因為誠如上文所云,老百姓斲了木柴拿上市去,市
場上的價格卻仍同山裏一樣;老百姓把海產運到市場上去,市場上的
價格也同海裏的一樣。老百姓受著這樣的剝削,誰還肯去勞動生產
呢?反之,田成子卻是大出小入地對待人民,那末,人民不歸向田氏去
找誰呢?同時晉國的情況也是一樣。叔向說:

> 　　雖吾公室,今亦季世也。戎馬不駕,卿無軍行,公乘無
> 人,卒列無長。庶民罷敝,而宮室滋侈。道殣相望,而女富溢
> 尤。民聞公命,如逃寇讎。欒、郤、胥、原、狐、續、慶、伯,降在
> 皂隸,政在家門,民無所依。君日不悛,以樂慆憂。公室之

卑,其何日之有?(左昭三年傳)

晉公室過度榨取人民,使人民凍餓致死,而封建主們卻在不理國事,一味享樂。這種暴政的結果初一步是使公家成了真空,而政歸大卿。再一步便是民聞公命如逃寇仇,統統地依靠了私家,連卿大夫類的八姓顯族都降為皂隸。可見這時公私對立、新舊鬥爭的尖銳了。

　　農業生產得到了解放以後,工商業自然也就會伴隨著發展起來,那就是說,土地私有制度逐漸成立了。國家政權逐漸由封建主手裏轉移到一般的地主手裏以後,工商業也就逐漸脫離了"凡民自七尺以上屬諸三官:農攻粟,工攻器,賈攻貨"(《呂氏春秋·任地篇》)的官家豢養,而成為私人的經營了。這樣,中國古代歷史上有名的富商大賈如陶朱、猗頓、計然、白圭等,便絡繹出現了。譬如白圭的經濟政策是:"人棄我取,人取我予。"他主張"夫歲熟取穀,予之絲漆;繭凶取帛絮,予之食"的辦法。他自己說:"吾治生產,猶伊尹呂尚之謀,孫吳用兵,商鞅行法是也。"(以上並見《史記·貨殖列傳》)工商業既有了自由的發展,於是貨幣出來了。如三晉的鑄幣(耕具形,岐頭犁)、燕齊的刀幣(完全像馬刀形)和楚國的方幣(正方形中間整齊地劃著十六個小方格,每一格中都有"一兩"字樣)。放高利貸的也有了,如齊的孟嘗君田文、魏的信陵君無忌等,動輒食客幾千人,上等的躡珠履、食魚肉。後來呂不韋這個陽翟大賈甚至於"盜竊"了秦國的統治系統。則他們的豪華勢焰可見一斑了。跟著這些實際情況,像樣的大都市如臨淄等也建立起來了,"臨淄之中七萬戶","臨淄甚富而實,其民無不吹竽鼓瑟,彈琴擊築,鬥雞走狗,六博蹋鞠者。臨淄之途,車轂擊,人肩摩,連衽成帷,舉袂成幕,揮汗成雨,家殷人足,志氣高揚。"(《史記·蘇秦傳》)

　　還有,這時的大封建主的地上王位既然動搖,他的神道設教的上帝的影子,便也不能不模糊起來了,人們不再相信上帝害怕上帝了。如像老聃,甚至於想出了一個渾沌的東西"道"來代替上帝,認為它是個不成人形的東西。就是孔丘,也是說"四時行焉,百物生焉"的宇宙間自然變化而不去相信鬼神的主宰的。至於"人"呢,則因為人身解放的結果,人道主義的"仁者人也",把人當人的思想,和"民為貴"的把老百姓看得比國君還重要的新主張,以及不侵犯別人的"義",和要愛護彼此生命財產的"兼愛",甚而至於保護私人財產權的法家,竟以怎樣防止盜賊為開宗明義第一章(如李悝《法經》六篇,一為盜法,二即賊法),這些都是人權產權發生了變化、得到了保障的明證。

　　社會制度變革了,農民翻了身,人民的語言,民間的形式,便不能不被採用被加工,而成了思想豐富、內容充實、音調鏗鏘的作品了。這表現在韻文上的有以屈原為首的楚辭,表現在散文上有以孟(軻)莊(周)為首的"諸子"。現在先談楚辭。

二、楚辭的來源

　　"楚辭"的名稱,大約起於漢初。《史記·屈賈列傳》云:"屈原既死之後,楚有宋玉、唐勒、景差之徒者,皆好辭而以賦見稱。"司馬遷雖然沒有把"楚""辭"二字連綴起來,而"楚"之有所謂"辭"是很顯然的事實。《漢書·朱買臣傳》云:"會邑子嚴助貴幸,薦買臣。召見,說《春秋》,言楚辭,帝甚說之。"又《王褒傳》云:"宣帝時修武帝故事,講論六藝群書,博盡奇異之好,征能為楚辭九江被公,召見誦讀。"這都可以證明"楚辭"之名,在西漢武帝和宣帝時已經很通行。

不過有一點要說清楚的是,這時所謂的"楚辭",絕非現時所傳的《楚辭》書,它的含義只是"楚人的詞",因為直到漢武帝時,楚辭裏的主要作品《離騷》還是獨立的。《漢書·淮南王傳》云:"時武帝方好文藝,以安屬為諸父……使為《離騷傳》。"可知當時並未有"楚辭"專集。

那末,《楚辭》的彙集和定名究竟在什麼時候?《四庫全書·總集部·楚辭類》說:"裒屈宋諸賦,定名《楚辭》,自劉向始也。"正確不呢?我們的意見是懷疑它的。因為劉向所典校的《七略》中並沒有著錄《楚辭》。班固的《六略》也沒有"楚辭"的名稱。因此我們可以曉得後來王逸的《楚辭章句》,雖標名是劉向所定,實際恐係偽託。我們的看法是"楚辭"是楚地的文學,"楚辭"中的《九歌》是荊楚南部的巫歌。其它作品的作者屈原、宋玉、唐勒、景差等都是楚人,所以他們的作品也叫做"楚辭"。宋黃伯思說:"屈宋諸騷,皆書楚語,作楚聲,紀楚地,名楚物,故可謂之'楚辭'。若些、只、羌、謇、紛、佗傺者,楚語;悲壯頓挫,或韻或否者,楚聲也;沅、湘、江、澧、修門、夏首者,楚地也;蘭、茝、荃、藥、蕙、若、蘋、蘅者,楚物也。"已經把"楚辭"命名的原由說得很清楚了。而在王逸的《楚辭章句》中則除《九歌》及屈宋諸人的作品外,還加上了賈誼、淮南小山、東方朔、莊忌、王褒、劉向,甚而至於王逸自己的作品,所以知道它出自王逸之手是毫無疑問的(到後來朱熹更把唐宋人所作的在形式上和"楚辭"相仿的東西也加添進來)。現在我們就把王逸的章句本和朱熹的集注本拿來對比一下:

楚辭章句（王逸）				楚辭集注（朱熹）		
離騷經	一	屈原		離騷經	一	屈原
九歌	十一	屈原		九歌	十一	屈原
天問	一	屈原		天問	一	屈原
九章	九	屈原		九章	九	屈原
遠遊	一	屈原		遠遊	一	屈原
卜居	一	屈原		卜居	一	屈原
漁父	一	屈原		漁父	一	屈原
九辯	九	宋玉		九辯	九	宋玉
招魂	一	宋玉		招魂	一	宋玉
大招	一	屈原或曰景差		大招		景差
惜誓	一	不知誰所作或曰賈誼		惜誓	一	賈誼
招隱士	一	淮南小山		弔屈原	一	賈誼
七諫	七	東方朔		服賦		賈誼
哀時命	一	嚴夫子（莊忌）		哀時命	一	莊忌
九懷	九	王褒		招隱士	一	淮南小山
九歎	九	劉向		楚辭後語		五十二
九思	九	王逸				

　　統計上表，王逸《楚辭章句》中共有屈原作品二十五篇，宋玉作品十篇，景差作品一篇，賈誼等人作品三十七篇。朱熹《楚辭集注》中共有屈原作品二十五篇，宋玉作品十篇，景差作品一篇，賈誼等人的作品共五篇，另外是"楚辭後語"二十五篇。按自《惜誓》以下既都是後人的仿作，我們就不管它了。只把那恰合《漢書·藝文志·詩賦略》"屈

原賦二十五篇"數目的那些篇章考訂一下——我們的意見是：

《九歌》是最早的南方文學(可能經過屈原的加工)。

《離騷》《天問》(《九章》的一部分)是屈原的作品,為時較《九歌》晚。

《招魂》是宋玉的作品,問世稍後於屈原(郭沫若、游國恩定為屈原作)。

《卜居》《漁父》作者不知,時間或在楚亡以後。

《大招》《遠遊》《九章》一部分是後人作的。

三、楚辭的內容

(一)《九歌》——最早的南方文學

1. "楚辭"與《詩經》

前面說過《詩經》的"國風"便是一部古代民歌集(歌詞可能經過了一些刪改,但原始的民間氣息,還是充分地保留著的),一個常見的"兮"字,便是一個活見證。因為這個字,古音讀如"啊"。懂得這個竅門,再去把"國風"讀起來,民歌的情調便自然產生出來了。但是"國風"的四字句,在形式上講,究竟是有些古板的;從內容上看,也很少有豐富的想象力。因此,它終歸不過是中國人民的原始創作。到了戰國時代,"楚辭"出來,情況便大大不相同了。我們如果把它倆對比一下說是：

①《詩經》多用短句疊字(特別是重言和雙聲疊韻字),"楚辭"則多用長句與駢語。

②《詩經》多重複的音調,反復詠歎;"楚辭"則多直接陳述,不彈重調。

③《詩經》的表現手法多近於寫實的;"楚辭"的表現手法則較為浪漫。

這是因為《詩經》的地理環境是黃河流域("二南"除外),可以說是北方人民的文學。"楚辭"的地理環境是長江中部,乃是南方人民的文學。北方的人民樸實勤苦,地多平原,所以表現在詩歌中的也是現實主義的;南方多高山大澤,其俗信巫崇鬼,故表現在詩歌中的,也是多流於幻想的浪漫主義的東西。

南方文學的起源本來很早,《詩經》裏的"二南"之為南音不必說了。就是《詩經》以後,南方的詩歌也還是很多的。比較可靠的如《說苑》所載的"子文歌""楚人歌""越人歌",《新序》所載的"徐人歌",《論語》所載的"接輿歌",《孟子》所載的"孺子歌"和《左傳》所載的"庚癸歌"等。我們就舉它幾篇如下:

①《楚人歌》(見《說苑·正諫篇》),是楚人歌頌諫止莊王勞民傷財築層臺的諸御己的:

> 薪乎! 菜乎! 無諸御己! 訖無子乎!
> 菜乎! 薪乎! 無諸御己! 訖無人乎!"

按,這種簡單重複的詩句跟"三百篇"的很相近。

②《接輿歌》(見《論語·微子篇》),是孔丘在楚地親自聽到楚狂接輿所唱的:

> 鳳兮! 鳳兮! 何德之衰?
> 往者不可諫,來者猶可追。

> 已而！已而！今之從政者殆而！

"兮"字、"而"字連用,我們應當相信它是楚地風采。

③《越人歌》(見《說苑·善說篇》),是越人為泛舟新波的鄂君子晳楚說擁楫之歌的:

> 今夕何夕兮,搴洲中流。
> 今日何日兮,得與王子同舟。
> 蒙羞被好兮,不訾詬恥。
> 心幾煩而不絕兮,得知王子。
> 山有木兮木有枝,心說君兮君不知。

這就很像楚辭的調子了。

因此,我們不但可以看出,南方文學("楚辭")感受北方文學(《詩經》)的情況,同時也知道了"楚辭"以外,南方歌辭已經怎樣的具備了地方形式了。如果我們再補充一下說,滿可以列舉《左氏傳》上所載楚人引用《詩經》的例證,如左宣十二年傳楚子曰:"載戢干戈,載櫜弓矢。我求懿德,肆於時夏,允王保之。"(按為《周頌·時邁》的詩句)和左成二年傳楚令尹子重所引的"濟濟多士,文王以寧。"(按為《大雅·文王》的詩句)等都是。也可以對比一下所謂騷體的"兮"字,是如何的可以從《周南》的《麟之趾》《螽斯》,《召南》的《摽有梅》,和《鄭風》的《籜兮》等詩篇中找到它的老祖宗的。如:

> 月出皎(兮),佼人僚(兮),舒窈糾(兮),勞心悄(兮)。
> (《陳風·月出》)
> 靈衣(兮)披披,玉佩(兮)陸離。(《九歌·大司命》)

"楚辭"和《詩經》的不同,只不過是把"兮"字由句尾改用到句中罷了。這樣的詞去了"兮"字也還是四個字一句的。自然,研究文學,我們不能單孤立著談形式,因為從內容上看,"楚辭"又比《詩經》豐富充實得多了。

2.《九歌》的產生和篇章

"楚辭"中最主要的作品,是《九歌》和屈原、宋玉的創作。《九歌》是南方楚地的"巫歌",是在屈宋以前就有的作品。它是當時當地的一種風俗民情的體現。按《漢書·地理志》云:"楚地信巫鬼,重淫祀。"《國語·楚語》云:"古者民神不雜。民之精爽不攜貳者,而又能齊肅忠正,……如是則神明降之,在男曰覡,在女曰巫。"因此我們知道,巫覡是神和人的代表,他是神人兩界溝通的人物,他能替人們祈禱,他也借歌舞來娛神。"楚辭"中的《九歌》,正是這種祭祀祈禱所用的舞歌。王逸《楚辭章句·九歌序》云:"昔楚國南郢之邑,沅湘之間,其俗信鬼而好祠,其祠必作歌樂鼓舞以樂諸神。"朱熹在《楚辭集注·九歌序》裏也說:"蠻荊陋俗,詞既鄙俚,而其陰陽人鬼之間,又或不能無褻慢淫荒之雜。"就是這個意思。

但《九歌》與普通民間所流行的歌謠,畢竟是不同的。因為民間流行的歌謠,大都很短,稍長一些的便誠如朱熹所言"詞既鄙俚","又或不能無褻慢淫荒之雜"了。而今傳《九歌》則不只篇幅較長,而且文辭優美,因此,它便不一定是楚地人民所自作。換句話說,必是經過詩人的加工的。不過這位作者卻不應該是屈原。因為王逸的"下以見己之冤結"(見《楚辭章句·九歌序》)和朱熹的"故頗為更定其詞"(見《楚辭集注》)的話,都不能在現存的本子裏得到解釋。

因為屈原更定的動機,既是為了刪除淫鄙的詞句,為甚麼《九歌》中的《湘君》《湘夫人》等篇裏,依然充滿了言情的詞句？屈原更定的目的既是藉以發抒自己的冤結,為甚麼《九歌》終篇都沒有涉及屈原自身的話？

我們的意見是,《九歌》的出世當在屈原以前。論證一是《九歌》當中有一篇《河伯》是祭河神的。按《左傳》哀公六年說:"初,昭王有疾。卜曰:河為祟。王弗祭。"自此可知楚人祀河應在昭王以後,而昭王卒於前四八九年,因此,《九歌》之作不得早於此時。論證二是《九歌》的《國殤》是祭死於國事的,它描寫戰爭時談到了車戰。按《曲禮疏》:"古人不騎馬,經典無言騎者。今言騎是周末時禮。"又《春秋正義》言:"古者馬以駕車,六國時始有單騎。蘇秦云:'車千乘騎萬匹'是也。"據此我們可以知道古時戰爭用車戰(出兵車多少乘),到了戰國始用騎戰。這也證明了《九歌》出世當在戰國以前。以上種種都足以說明《九歌》不是屈原作的(我們只承認可能經過他的加工)。

《九歌》到底有多少篇,也是古今學人聚訟紛紜的事。王逸、朱熹都說它是十一篇——《東皇太一》(是迎神曲,也有說是祭祀最貴的天神"上帝"的)、《雲中君》(是祭祀雲神的)、《湘君》《湘夫人》(是祭祀湘水之神的)、《大司命》《少司命》(是祭祀掌管壽夭災禍的司命神的)、《東君》(是祭祀日神的)、《河伯》(是祭祀水神河伯的)、《山鬼》(是祭祀木石之怪魑魅魍魎的)、《國殤》(是祭祀死於國事的英雄們的)和《禮魂》(是祭祀將軍的送神曲)。王夫之卻說《禮魂》既是送神曲,當附於各篇之末,不能獨成一篇,因此《九歌》只該算是十篇。另外是蔣驥因為要符合九篇之數,硬把《湘君》《湘夫人》合為一篇,《大司命》《少司命》合為一篇(見《山帶閣注》)。更沒有理由的是林雲銘把《山鬼》《國殤》《禮魂》合為一篇的看法(見《楚辭燈》)。我們的意見

是暫依王(逸)、朱(熹)十一篇之說。因為過去的學人,大都以《九歌》
應為九篇,所以對於它的篇數便或加或減,生出種種不同的主張。實
則《九歌》之名,或因虞夏有《九歌》的遺聲,名有所本(如《離騷》云:
"啟《九辯》與《九歌》兮,夏康娛以自縱。"《天問》亦云:"啟棘賓商,
《九辯》《九歌》")。或因九為多數之稱,藉以為名(古人言數多止於
九,如《逸周書》:"左儒九諫於王。"《孫子兵法》:"善攻者動於九天之
上,善守者藏於九地之下。"孔丘稱"齊桓公九合諸侯,一匡天下"等均
是)。我們不去管它好了。

3.《九歌》的内容

《九歌》既是祀神曲,因此它的篇章之中,充滿了光怪陸離的内容。
例如描寫陳列神前的肴饌的:"瑤席兮玉瑱,盍將把兮瓊芳。蕙肴蒸兮
蘭藉,奠桂酒兮椒漿。"(《東皇太一》)描寫祭祀時的樂舞的:"絚瑟兮
交鼓,蕭鐘兮瑤簴。翾飛兮翠翿,展詩兮會舞。"(《東君》)描寫致祭人
的衣飾和莊嚴的儀容的:"浴蘭湯兮沐芳,華采衣兮若英。靈連蜷兮既
留,爛昭昭兮未央。"(《雲中君》)描寫幽美的祭祀地點的:"秋蘭兮麋
蕪,羅生兮堂下。綠葉兮素華,芳菲菲兮襲予。"(《少司命》)"若有人
兮山之阿,被薛荔兮帶女蘿。"(《山鬼》)描寫神靈的車駕的:"駕飛龍
兮北征,邅吾道兮洞庭。"(《湘君》)"駕龍輈兮乘雷,載雲旗兮委蛇"
(《東君》)和描寫神靈的風度的:"君不行兮夷猶,蹇誰留兮中洲;美要
眇兮宜修,沛吾乘兮桂舟。"(《湘君》)真可以說是五光十色,想入非
非。同時,這些形象,也正是楚地巫歌的特點。

還有一點應該提出的,是《九歌》裏也有談情的句子,如:"望夫君
兮未來,吹參差兮誰思。"(《湘君》)"滿堂兮美人,忽獨與予兮目成。"
(《少司命》)"怨公子兮悵忘歸,君思我兮不得閒。"(《山鬼》)和"聞佳

人兮召予,將騰駕兮偕逝。"(《湘夫人》)這些情調我們懷疑它不是統治階級的創作,可能是流行民間的楚地巫歌。和談情的句子媲美的,是楚地的自然景色的結合。如"表獨立兮山之上,雲容容兮而在下。""采三秀兮於山間,石磊磊兮葛蔓蔓。"(《山鬼》)"秋蘭兮青青,綠葉兮紫莖。"(《少司命》)"嫋嫋兮秋風,洞庭波兮木葉下。""捐余袂兮江中,遺余褋兮澧浦。"(《湘夫人》)"采薜荔兮水中,搴芙蓉兮木末。""石瀨兮淺淺,飛龍兮翩翩。"(《湘君》)這些句子都很確切地表現了荊楚的自然環境。王夫之說:"楚,澤國也,其南沅湘之交,抑山國也,疊波曠宇,以蕩遙情,而迫之以崟嵚戌削之幽菀,故推宕無涯,而天采矞發,江山光怪之氣,莫能掩抑。"(《楚辭通釋·序例》)便是替"楚辭"說明了地理條件的優越的。

關於《九歌》,我們就舉《東皇太一》為例:

吉日兮辰良,穆將愉兮上皇。撫長劍兮玉珥,璆鏘鳴兮琳琅。瑤席兮玉瑱,盍將把兮瓊芳。蕙肴蒸兮蘭藉,奠桂酒兮椒漿。揚枹兮拊鼓,疏緩節兮安歌。陳竽瑟兮浩倡。靈偃蹇兮姣服,芳菲菲兮滿堂。五音紛兮繁會,君欣欣兮樂康。

譯文:

時辰好日子也吉祥,我們來虔誠地供奉東皇,手拿著玉把的長劍,它的金玉佩飾響叮噹。瑤石的地席用玉鎮頭壓著,加上那瓊花的芳香。獻上了包著蕙草墊著蘭草的祭肉,供上了頭等甜冽的酒漿。舉起搥子打鼓,徐緩的拍子悠揚的調子,配合著笙管琴瑟的交響。穿著漂亮衣服的巫女,慢慢地舞蹈,香的氣味充滿了廳堂。音樂繁雜的奏著,東皇感到快樂和安康。

我們細味這篇詩歌,從看好日子到東皇樂享,真是乙首又緊嚴又充實的敬神曲。這要同"三百篇"的頌詩比較起來,則無論從辭章的優美場面的堂皇,或是音調的鏗鏘等任何方面講,都遠遠地不能相比的。

(二)《離騷》——南方文學的代表作

《離騷》是屈原的作品,這是今古的學人都認為沒有問題的,因此在談《離騷》以前我們應該先瞧瞧屈原的生平。

1. 屈原的生平

據《史記》載,屈原名平,字原,是楚國的貴族(按係楚武王的子孫),大約生於公元前 343 年(即周顯王二十六年、楚宣王二十七年)。他的學問很淵博,記憶力也好,極懂當時的政治,他曾擔任過楚懷王的左徒,懷王對他非常的信任——在裏面和國王共同商決國家大事,幫著發號司令;到外邊便替國王招待賓客,應對諸侯。簡直是一個極重要的人物。

後來,楚懷王叫他代擬法令。還在起草的時候,被上官大夫看到了,想叫屈原把這份功勞讓給他,可是屈原不答應。於是上官大夫就在懷王面前說屈原的壞話道:"王叫屈平擬法令,沒有人不知道這件事的。每當一條法令出來,屈平必誇耀著說:要不是我,誰也做不出來。"因此,懷王對屈平就漸漸地疏遠,終至於解除了職務。這時屈原因為深怨懷王的昏庸,壞話影響了他,和歪風危害了公事,正直的人不見容於朝中,在愁悶牢騷的心情下就寫出了《離騷》。

戰國本是秦楚對峙的局面，秦楚以外，只有齊國比較強。所以這時楚國的官吏分"親齊"和"親秦"兩派。屈原是"親齊"派，靳尚、子蘭等是"親秦"派。屈原早日曾為楚東使於齊，以固邦交，因之秦對屈原也特別的嫉恨——曾派張儀到楚收買楚國貴臣上官大夫靳尚、令尹子蘭、司馬子椒並及楚夫人鄭袖，來共同危害屈原。屈原在國內國外既然都有了敵人，所以又被趕出了楚都。《抽思》便是這次被放逐後的作品。

屈原既被趕出楚都，秦國對楚國便為所欲為了。後來秦國想來侵略楚國，可是擔心齊國和楚國和好，又叫張儀裝作背秦，用大量的金錢買得在楚為官，說："秦國極討厭齊國，可惜楚國竟跟它和好，楚國如果能夠真正和齊國絕交的話，秦國願白送商於之地六百里。"懷王因為貪得土地，便信了張儀的話，和齊國絕了交，並派人到秦國去接管此項土地。張儀又狡辯著說："我跟楚王約定的是六里，不曾說過六百里。"楚國的人賭氣回來報告了懷王，懷王大發脾氣，立刻發動兵馬攻打秦國。秦國也點齊人馬迎擊楚兵，結果在丹淅地方大敗了楚師，殺了八萬人，並俘虜了楚將屈匄，趁勢就佔領了楚國的漢中地。懷王不服輸，再點遍楚國人馬深入秦國邊境，交戰於藍田。魏國聽到這個消息，偷偷侵入楚國到了鄧地，楚國人怕了，趕緊從秦國撤兵回家。這時齊國因怒惱楚國，竟不發兵援救，楚國遂陷於兩面受敵的困難情況中。懷王經了這一次打擊，明白了秦國的狡詐，於是又把屈原叫回來，派他到齊國重修舊好。

楚國和齊國恢復了國交以後，秦國又軟化了。過了一年，把奪自楚國的漢中地退回楚國以求和。楚王說："不要土地，願意找張儀算這一回賬。"張儀知道了便對秦王說："我一個人竟當得了漢中地，我願意到楚國去。"張儀到了楚國，照舊用大批金錢買通了懷王的權臣靳尚和他所寵愛的夫人鄭袖，使著鄭袖在懷王面前花言巧語地替張儀掩飾。

懷王聽了鄭袖的話，竟把張儀放走。等到屈原從齊國回來，知道了這件事，便說懷王不該放走張儀。懷王聽了也後悔起來，馬上派人去追趕，但是張儀已經出了楚國地面了。

之後，秦國還是想法來破壞楚國跟別的國家的團結，辦法是秦昭王借與楚國結親為名，要求和懷王當面會談。懷王打算應邀動身，屈原說：“秦乃是如狼似虎的國家，不能相信他們的話，還是不去的好。”但是懷王的小兒子子蘭卻勸懷王去，說：“為什麼要使秦王不高興？”因之懷王還是去了。等進入了秦地武關，秦國事先埋伏的兵馬便把懷王的後路給斷絕了，並扣下了懷王，要求割讓土地。懷王又發了脾氣不答應，逃亡到趙國去，可是趙國不敢收留他，只好依舊折回秦國，後來竟死在秦國了。

懷王死後，他的大兒子頃襄王代立，叫他的弟弟子蘭做令尹。楚人因為子蘭曾勸懷王入秦，對他很不以為然，屈原當然也不滿意，暗地裏難免有些責備的話。子蘭知道了，惱羞成怒，就叫上官大夫在頃襄王前詆毀屈原，於是屈原再被趕走。

屈原雖然又遭放逐，但他還是熱烈地懷念著頃襄王，總希望頃襄王覺悟之後再把他叫了回去，這時曾有《涉江》之作。後來他知道是沒有希望了，他感到前途茫茫，不再有什麼可以留戀的地方了，便寫了絕命書《懷沙》，走到湘北汨羅，抱著石頭投河自殺了，時為公元前 290 年（也就是頃襄王九年）的五月五日。後人因為哀憐他的忠貞，都在這一天包了粽子投入水中，並搖起龍舟來以表援救之意。

介紹完了屈原的生平，我們再對照一下他所生值的時代。

楚國本來是戰國時代最強大的國家。它的疆域曾經遍及長江、淮河、漢水等流域，還包括了黃河流域的一部分。如果再用現在的地名來具體些說，那便是曾經西邊到達湖南沅陵縣西和四川巫山縣，東邊到達江蘇、浙江，南邊到達湖南道縣南，北邊直到河南新鄭縣西南和陝西旬陽縣。就在屈原誕生的四十二年以前,楚國的悼王在政治上也曾經有了極大的改革,那就是他重用北方魏國的吳起,"明法申令,損不急之官,廢公族疏遠者,以撫養戰鬥之士,要在強兵,破馳說之言縱橫者。於是南平百越,北并陳、蔡,卻三晉,西伐秦"(《史記·吳起列傳》),使著楚國更加地強大起來。詳細情況《韓非》《淮南》《呂覽》等書也都有記載:

> 昔者吳起教楚悼王以楚國之俗,曰:"大臣太重,封君太眾。若此則上逼主而下虐民……不如使封君之子孫三世而收爵祿,絕滅百吏之祿秩,損不急之枝官,以奉選練之士。"(《韓非·和氏》)
>
> 吳起曰:"起將衰楚國之爵而平其制,損其有餘而綏其不足,砥礪甲兵,時爭利於天下。"(《淮南子·道應訓》)
>
> 吳起謂荊王曰:"楚所有餘者地也!所不足者民也!今王以所不足益所有餘,臣不得而為也!"於是令貴人往實廣虛之地,皆甚苦之。(《呂氏春秋·貴卒篇》)

這都證明了吳起不但是當時的政治家而且是軍事家,所以才能夠使楚國更加強大。可惜的是,因為他這樣地裁剪貴族,貴族們自然恨之入骨,於是等到悼王一死,他便也被射殺,而楚國跟著也就衰弱下來了。

屈原生下來以後,既遭遇了楚國的季世,則他的出身階級的被削弱(通過了裁抑公室的舊制而成為沒落的貴族)和政治環境的艱苦,使他始終不得發揮為國為民的長才,便也都在必然的情況之中了。更何況楚懷王這個昏庸之主對他又不能夠信任到底呢!

懷王的繼承者頃襄王更不濟事,在他二十一年的時候,他的都城郢都被秦將白起攻破,並佔領了洞庭、五渚、江南等地。楚國的君臣逃到了東北部的陳城才暫時地穩定下來。

我們細看上面的記載,知道:

①屈原的家庭出身是貴族,他自己也是統治階級裏的一員(並不是什麼清客弄臣)。

②忠君愛國的思想感情在他是特別的濃厚的(同時也未嘗不關懷著廣大人民的生活)。

③他的個性極強,對於當時的統治者幾乎都有對立的情緒,因此我們可以說,他的進步態度是已經逾越了階級的局限性的。

2.《離騷》的內容

按《史記·屈原賈生列傳》云:"屈平之作《離騷》,蓋自怨生也。'國風'好色而不淫,'小雅'怨誹而不亂。若《離騷》者,可謂兼之矣。"王逸《楚辭·離騷經章句》云:"屈原執履忠貞而被讒邪,憂心煩亂,不知所愬,乃作《離騷經》。離,別也。騷,愁也。經,徑也。言以放逐離別,中心愁思,猶陳直徑以風諫君也。"總之,我們如果把《離騷》解說為遭遇憂患和離別的痛苦的意思,大致是不會差的。因為它的確是屈原這個中國古代最偉大的詩人的最為傑出的抒情長詩。他通過它,描寫了一個苦悶的靈魂的追求與幻滅,抒寫著懷鄉愛國之情,生離死別之痛。

《離騷》是中國文學中第一篇有主名的長篇詩歌。它共有二千四百九十字,而結構謹嚴,辭藻優美,特別是它的浪漫的思想,豐富的內容,也就是戰鬥的現實性人民性和愛國性的體現,真可以說是前無古人的——它全篇都用的是自敘的口吻,從介紹自己的家庭出身、生年月日和名字說起:

> 帝高陽之苗裔兮,朕皇考曰伯庸。攝提貞於孟陬兮,惟庚寅吾以降。皇覽揆余初度兮,肇錫余以嘉名,名余曰正則兮,字余曰靈均。

按高陽相傳是古帝顓頊的稱號,屈原自己也真是楚國統治階級屈、昭、景三大家族之一,所以他的成分應該肯定地是當時的"貴族"的。接著他就描寫了自己的才能儀態、學習的精神和為祖國服務的希望:

> 紛吾既有此內美兮,又重之以修能。扈江離與辟芷兮,紉秋蘭以為佩。汩余若將不及兮,恐年歲之不吾與!朝搴阰之木蘭兮,夕攬洲之宿莽。日月忽其不淹兮,春與秋其代序。惟草木之零落兮,恐美人之遲暮。不撫壯而棄穢兮,何不改此度也?乘騏驥以馳騁兮,來吾道夫先路也。

這裏的香草美人都是屈原自況之辭,也是《離騷》在創作上別開生面的地方。

屈原為祖國服務的態度雖是積極的,可是碰到的卻是昏庸的懷王、腐朽的黨人,叫他一籌莫展,唯有傷心。他接著說:

> 昔三后之純粹兮,固眾芳之所在。雜申椒與菌桂兮,豈惟紉夫蕙茝!彼堯舜之耿介兮,既遵道而得路。何桀紂之猖披兮,夫惟捷徑以窘步。惟夫黨人之偷樂兮,路幽昧以險隘。豈余身之憚殃兮,恐皇輿之敗績!忽奔走以先後兮,及前王之踵武。荃不察余之中情兮,反信讒而齎怒。余固知謇謇之為患兮,忍而不能舍也。指九天以為正兮,夫惟靈修之故也。……初既與余成言兮,後悔遁而有他。余既不難夫離別兮,

傷靈修之數化。

我們不能認為這只是屈原的個人主義思想。因為他對"偷樂""幽昧"的小人群,也就是統治階級的黨人,是抱著鄙視和不妥協的態度的。他明知道對立這些人會遭到禍害,但因為恐怕祖國"敗績",還是對楚王知無不言、言無不盡。可惜的是,楚王的"信讒""齋怒"和"數化",才鬧得屈原沒有辦法了。下面他繼續指斥黨人的險惡和表示自己的守正不阿:

> 眾皆競進以貪婪兮,憑不厭乎求索。羌內恕己以量人兮,各興心而嫉妒。忽馳騖以追逐兮,非余心之所急。老冉冉其將至兮,恐修名之不立。朝飲木蘭之墜露兮,夕餐秋菊之落英。苟余情其信姱以練要兮,長顑頷亦何傷!擥木根以結茞兮,貫薜荔之落蕊。矯菌桂以紉蕙兮,索胡繩之纚纚。謇吾法夫前修兮,非時俗之所服。雖不周於今之人兮,願依彭咸之遺則。

不管你們怎樣的勾心鬥角鑽營著自己的權力,排斥著像我這樣的人,我卻寧可忍受饑餓來堅持自己的理想。這些都是屈原人格的高貴處,而且他之如此的奮鬥不屈,並不是為了自己的幸福,那就是說,是為了救人民於水火之中的。因為他跟著又說:

> 長太息以掩涕兮,哀民生之多艱。余雖好修姱以鞿羈兮,謇朝誶而夕替。既替余以蕙纕兮,又申之以攬茞。亦余心之所善兮,雖九死其猶未悔。怨靈修之浩蕩兮,終不察夫民心。

這就是屈原為人民的災難而痛心的明證,也就是本篇的人民性的所在。但為國為民的詩人,所遭遇的卻是顛倒黑白、濁流混混的邪惡環境。他自己傾訴著說:

> 眾女嫉余之蛾眉兮,謠詠謂余以善淫。固時俗之工巧兮,偭規矩而改錯。背繩墨以追曲兮,競周容以為度。忳鬱邑余侘傺兮,吾獨窮困乎此時也。寧溘死以流亡兮,余不忍為此態也。鷙鳥之不群兮,自前世而固然。何方圜之能周兮,夫孰異道而相安?屈心而抑志兮,忍尤而攘詬。伏清白以死直兮,固前聖之所厚。

說來說去總是一個清白到底、至死不變的堅強性格。這要不是已經逾越了階級的局限性的人物,絕不會有這樣忘我戰鬥的精神。所謂"舉世皆吾敵吾能勿悲?吾所悲而不改吾度兮,吾有所自信而不疑",便是這個意思。

屈原最偉大的地方,還有一點,那就是他不僅熱愛楚國,同時也未嘗不熱愛著古代的中國,例如下面這一段詩歌吧:

> 依前聖以節中兮,喟憑心而歷茲。濟沅湘以南征兮,就重華而陳辭。啟九辯與九歌兮,夏康娛以自縱。不顧難以圖後兮,五子用失乎家巷。羿淫遊以佚畋兮,又好射夫封狐。固亂流其鮮終兮,浞又貪夫厥家。澆身被服強圉兮,縱欲而不忍。日康娛以自忘兮,厥首用夫顛隕。夏桀之常違兮,乃遂焉而逢殃。后辛之菹醢兮,殷宗用而不長。湯禹儼而祗敬兮,周論道而莫差。舉賢而授能兮,循繩墨而不頗。皇天無私阿兮,覽民德焉錯輔。夫維聖哲以茂行兮,苟得用此下土。

瞻前而顧後兮,相觀民之計極。夫孰非義而可用兮,孰非善
而可服!阽余身而危死兮,覽余初其猶未悔。不量鑿而正枘
兮,固前修以菹醢。曾歔欷余鬱邑兮,哀朕時之不當。攬茹
蕙以掩涕兮,沾余襟之浪浪。

我們從這段詩歌裏,不但可以看出屈原對於中國古代歷史的熟悉,同
時也知道他頗受了儒家"好人政治思想"的影響。他為甚麼能夠這樣
呢?不是基於熱愛中國的文化,憧憬中國的繁榮麼?不是基於他自己
有這樣遠大的政治抱負麼?所以儘管我們還不敢說屈原這時已經有
了"大一統"的政治思想,起碼卻敢肯定他絕不只是一個狹隘的楚國主
義者。郭沫若先生說:"屈原不僅是一位熱愛人民的詩人,同時也是一
位有遠大抱負的政治家。他出生在楚國,因而熱愛楚國。但他的對於
祖國的熱愛,是超過了楚國的範圍的。"(《偉大的愛國詩人——屈
原》)這話我們完全同意。

　既然自己被孤立起來,在茫茫的人群中沒有一個同道,就只好離
開現實,上天下地地去找尋理想的人物與環境。所以篇中再歷述暫時
努力修潔自己的品質(如"高余冠之岌岌兮,長余佩之陸離。芳與澤其
雜糅兮,唯昭質其猶未虧"等"余獨好修以為常"的話)和不同意女嬃
對自己的潔高自好的勸告(如"汝何博謇而好修兮,紛獨有此姱節"、
"世並舉而好朋兮,夫何煢獨而不予聽"的話)以後,就開始他的浪漫
生活了:

　　駟玉虬以乘鷖兮,溘埃風余上征。朝發軔於蒼梧兮,夕
余至乎縣圃。欲少留此靈瑣兮,日忽忽其將暮。吾令羲和弭
節兮,望崦嵫而勿迫。路漫漫其修遠兮,吾將上下而求索。
飲余馬於咸池兮,總余轡乎扶桑。折若木以拂日兮,聊逍遙

以相羊。前望舒使先驅兮,後飛廉使奔屬。鸞皇為余先戒兮,雷師告余以未具。吾令鳳鳥飛騰兮,繼之以日夜。飄風屯其相離兮,帥雲霓而來御。紛總總其離合兮,斑陸離其上下。吾令帝閽開關兮,倚閶闔而望予。時曖曖其將罷兮,結幽蘭而延佇。世溷濁而不分兮,好蔽美而嫉妒!

這一節完全是屈原追求真理的幻想——他向重華(即傳說中的舜)述說完了歷史上夷羿、寒浞等人行誼和自己的苦處以後,便從蒼梧(舜的葬地)出發,驅使著羲和(日)、望舒(月)、飛廉(風)、鸞皇、雷師、鳳鳥等神物去找上帝了。但結果是掌管天門的神不叫他進入,他於失望之餘,只好另尋出路——到別地方求"愛"(政治上的知已)去了!

朝吾將濟於白水兮,登閬風而緤馬。忽反顧以流涕兮,哀高丘之無女。溘吾遊此春宮兮,折瓊枝以繼佩。及榮華之未落兮,相下女之可詒。吾令豐隆乘雲兮,求宓妃之所在。解佩纕以結言兮,吾令謇修以為理。紛總總其離合兮,忽緯繣其難遷。夕歸次於窮石兮,朝濯髮乎洧盤。保厥美以驕傲兮,日康娛以淫遊。雖信美而無禮兮,來違棄而改求。覽相觀於四極兮,周流乎天余乃下。望瑤臺之偃蹇兮,見有娀之佚女。吾令鴆為媒兮,鴆告余以不好。雄鳩之鳴逝兮,余猶惡其佻巧。心猶豫而狐疑兮,欲自適而不可。鳳皇既受詒兮,恐高辛之先我。欲遠集而無所止兮,聊浮游以逍遙。及少康之未家兮,留有虞之二姚。理弱而媒拙兮,恐導言之不固。世溷濁而嫉賢兮,好蔽美而稱惡。閨中既以邃遠兮,哲王又不寤。懷朕情而不發兮,余焉能忍而與此終古?

搞對象的結局仍歸是一個失敗——宓妃無禮,娀女佻巧。處處碰壁,難免中心狐疑,找算卦的(靈氛)占算占算吧,卜辭是:"思九州之博大兮,豈唯是其有女?""何所獨無芳草兮,爾何懷乎故宇?"那末,再找大神(巫咸)跳跳神吧,火神說:"苟中情其好修兮,又何必用夫行媒?""及年歲之未晏兮,時亦猶其未央。"原來都告訴了自己要爭取時間主動求售,自然還是一個不得勁兒。何以解憂?還是出遊,"及余飾之方壯兮,周流觀乎上下",因之再度出發:

靈氛既告余以吉占兮,歷吉日乎吾將行。折瓊枝以為羞兮,精瓊靡以為粻。為余駕飛龍兮,雜瑤象以為車。何離心之可同兮?吾將遠逝以自疏。邅吾道夫崑崙兮,路修遠以周流。揚雲霓之晻藹兮,鳴玉鸞之啾啾。朝發軔於天津兮,夕余至乎西極。鳳皇翼其承旗兮,高翱翔之翼翼。忽吾行此流沙兮,遵赤水而容與。麾蛟龍使梁津兮,詔西皇使涉予。路修遠以多艱兮,騰眾車使徑待。路不周以左轉兮,指西海以為期。屯余車其千乘兮,齊玉軑而並馳。駕八龍之婉婉兮,載雲旗之委蛇。抑志而弭節兮,神高馳之邈邈。奏九歌而舞韶兮,聊假日以偷樂。陟升皇之赫戲兮,忽臨睨夫舊鄉。僕夫悲余馬懷兮,蜷局顧而不行。

但是,現實能夠逃避得了麼?又何況像屈原這樣念念不忘祖國的人?所以跑來跑去,依舊免不了要臨晚故鄉,蜷局不行的。這就是說正飄飄若仙的幻想著,一下子便又掉在現實的災難深淵裏。最後只好絕叫著說:

已矣哉!國無人莫我知兮,又何懷乎故都!既莫足與為美政兮,吾將從彭咸之所居!

我們不該庸俗地把屈原的自殺念頭看作是消極的思想,因為遠在二千多年以前的他,在那種統治者昏庸、小人們弄權的惡濁環境中,除了採取這樣的自我犧牲的直接抗議是不會有其它的辦法的——苟合他不能,出亡他不肯,匡正他無力,請問要不一死報國,難道還能偷生?

總之,無論從思想性藝術性任何方面看,我們都可以說《離騷》是辭賦的宗師。所以班固說:"其文宏博麗雅,為辭賦宗,後世莫不斟酌其英華,則象其從容。"(《離騷序》)這話,我們認為是說得的。劉安說:"其志潔,故其稱物芳;其行廉,故死而不容自疏。濯淖污泥之中,蟬蛻於濁穢,以浮游塵埃之外,不獲世之滋垢,皭然泥而不滓者也。推此志也,雖與日月爭光可也。"(《史記·屈賈列傳》)我們更認為是異世知己之言。最後讓我們再拿到劉勰的話來為《離騷》作總結:

不有屈原,豈見《離騷》!驚才風逸,壯志煙高。山川無極,情理實勞。金相玉質,豔溢錙毫。(《辨騷》)

3.《九章》和《卜居》等篇的辨識

《九章》大部分是屈原的作品,王逸《楚辭章句》云:"《九章》者,屈原之所作也。屈原於江南之野,思君念國,憂思罔極,故復作《九章》。章者,著明也,言己所陳忠信之道甚著明也。卒不見納,委命自沉。楚人惜而哀之,世論其詞,以相傳焉。"朱熹和其他的學人也大體是這個看法。但究竟哪幾篇是偽托的呢?按劉向的《九歌》裏有"歎《離騷》以揚意兮,猶未殫於《九章》。"這是古書中最先談到《九章》的句子。劉向本是第一個編集《楚辭》的人,這種總稱恐怕就是他加上去的。因

為我們如果仔細分析起《九章》來,便會發現它原來是三類不同的篇章:

　　①有標題也有亂辭的:計《涉江》《哀郢》《抽思》《懷沙》四篇。

　　②有標題而無亂辭的:計《橘頌》一篇。

　　③標題、亂辭都沒有的:計《惜誦》《思美人》《惜往日》《悲回風》四篇。

　　這第一類篇章的形式完全和《離騷》相同,所以可以斷定它們是屈原的作品。其餘的五篇則《惜誦》《思美人》多模仿《離騷》的地方;《惜往日》再三地自稱為"貞臣",斥楚王為"庸君",不像屈原的口吻;《悲回風》有"吸湛露之浮涼兮"等類方士行徑的句子;《橘頌》多八字句而且情調舒暢,都是有問題的東西(郭沫若先生認《橘頌》為屈原作)。

　　《九章》之中亦多屈原哀怨的句子,如《哀郢》的結語"亂曰"說:

　　　　曼余目以流觀兮,冀一反之何時? 鳥飛反故鄉兮,狐死
　　必首丘。信非吾罪而棄逐兮,何日夜而忘之!

這便是屈原在沉痛地申訴著無辜被逐、思念郢都的心情。另外,《懷沙》的結語"亂曰"也說:

　　　　浩浩沅湘,分流汩兮。修路幽蔽,道遠忽兮。……懷質
　　抱情,獨無正兮。伯樂既沒,驥焉程兮。民生稟命,各有所錯
　　兮。定心廣志,余何畏懼兮? 曾傷爰哀,永歎喟兮。世渾濁
　　莫吾知,人心不可謂兮。知死不可讓,願勿愛兮。明告君子,
　　吾將以為類兮。

"知死不可讓,願勿愛兮",就知道屈原的死志已決了。

其次是《卜居》《漁父》《遠遊》《天問》等篇是否為屈原所作的問題。

《卜居》，王逸、朱熹都認為是屈原的作品。王逸說："《卜居》者，屈原之所作也。屈原體忠貞之性而見嫉妒，念讒佞之臣承君順非而蒙富貴。己執忠直而身放棄，心迷意惑不知所為。乃往至太卜之家，稽問神明，決之蓍龜，卜己居世，何所宜行，冀聞異策，以定嫌疑。故曰《卜居》也。"（《楚辭章句》）朱熹說："屈原哀憫當世之人習安邪佞，違背正直，故陽不知二者之是非可否，而將蓍龜以決之，遂為此詞，發其取捨之端以警世俗。"（《楚辭集注》）關於《漁父》，則王逸也說："《漁父》者，屈原之所作也。屈原放逐在江湘之間，憂愁歎吟，儀容變易。而漁夫避世隱身，釣魚江濱，欣然自樂。時遇屈原川澤之域，怪而問之，遂相應答。楚人思想屈原，因敘其辭以相傳焉。"（《楚辭章句》）朱熹也說："《漁父》者，屈原之所作也。漁父蓋亦當時隱遁之士，或曰：亦原之設詞耳。"實則兩篇俱非屈原的作品，我們除從"敘辭"、"設詞"而言可以推敲他是楚人的敘傳以外，還可以舉出下列幾點證據：

①《卜居》《漁父》開首都有"屈原既放"的話，這明是後人記事的筆調，不該是屈原自作的。

②《卜居》《漁父》都是問答體，人物現實，事物具體，與屈原的其他作品不類。

③《卜居》《漁父》篇都不曾像《懷沙》似的，曾見之於《史記·屈原賈生列傳》。

因此種種，我們才敢肯定兩篇當是屈原以後，楚辭技巧進步已高時期的楚人作品，而非出自屈原。

《遠遊》《天問》也是一樣。王逸、朱熹雖都說是屈原的作品——例如朱熹說《遠遊》："屈原既放，悲歎之餘，眇觀宇宙，陋世俗之卑狹，悼年壽之不長，於是作為此篇。"（《楚辭集注》）王逸說《天問》："《天

464

問》者,屈原之所作也。何不言問天?天尊不可問,故曰天問也。屈原放逐,憂心愁悴,彷徨山澤,經歷陵陸,嗟號昊旻,仰天歎息,見楚有先王之廟及公卿祠堂,圖畫天地、山川、神靈,琦瑋僑佹,及古賢聖怪物行事,周流罷倦,休息其下,仰見圖畫,因書其壁,呵而問之,以渫憤懣,舒瀉愁思。"(《楚辭章句》)我們的看法是:

①《遠遊》是模仿《離騷》的作品,因為它抄襲《離騷》的詞句很多。

②《遠遊》篇中韓衆這個人物,是秦始皇時的方士,不該見於屈原作品之內。

③《遠遊》的思想情調和《離騷》的不一致。《離騷》是悲觀入世的,《遠遊》是樂觀出世的。

由於以上這幾點,我們才不相信它是屈原的作品。至於《天問》則是一篇文義晦澀、毫無感情的作品,而且又用的是四言的句子,與《離騷》的風格絕不相同。因此,縱令它是屈原的作品(郭沫若、游國恩、何其芳說),我們也只能認為它是一篇零亂的關於自然和歷史神話的問答文字,與屈原的生活關係絕少(至多不過能從這裏看出來他的淵博的學識),所以我們就不詳細介紹了。

《招魂》也是一樣。郭沫若等雖然也都一反王逸、朱熹"是宋玉所作"的說法,而肯定為屈原之作。我們也覺得通過它除可以看出來屈原愛祖國、愛生活的真摯情感以外,只能認為它是中國封建社會中最古老的祭文,最唯心的思想——外陳四方之惡,內崇楚國之美,而且大呼其"魂兮歸來"——當作古董看上一看了。因為即從藝術形式上講,它也是不夠美好的,雖然又是屈原的一種創制。

剩下的是《大招》的問題:

王逸《楚辭章句》說:"《大招》者,屈原之所作也。或曰景差,疑不能明也。"朱熹《楚辭集注》說:"《大招》不知何人所作,或曰屈原,或曰景差,自王逸時已不能明矣。"可見它的作者自始就是個問題。我們細看《大招》的內容，認為它不但不是屈原的作品，甚至於都不是楚人的作品。因為它在篇中所提到的地理情況——北至幽陵，南至交趾，西至羊腸，東至東海，這已然是秦漢以後的中國疆界了。

最後我們談談宋玉和他的《九辯》。

宋玉這個人，則在《史》《漢》裏都只提了一提：「屈原既死之後，楚有宋玉、唐勒、景差之徒，皆好辭而以賦見稱。」（《史記·屈原賈生列傳》）「宋玉賦十六篇。注云：楚人，與唐勒同時，在屈原後也。」（《漢書·藝文志》）而沒有關於他的生平的記載。《韓詩外傳》云：「宋玉因其友見楚襄王，襄王待之無以異。」《新序》卷一云：「楚威王問於宋玉曰：‘先生其有遺行邪？何士民眾庶不譽之甚也？’」這是說宋玉曾事楚襄、威二王的。王逸《楚辭章句》云：「宋玉者，屈原弟子也。」（《九辯序》）這是說宋玉及見屈原甚且曾為其弟子的。近人陸侃如考據說：

　　我們從《招魂》的亂辭裏知道這篇出世必在考烈王二十二年（前二四一年）遷都壽春後。在宋玉的事蹟中，這一點是比較有確實的證據的。我們若假定他生於屈平卒年（前二九〇年）左右，則到作《招魂》時，他年約五十歲左右，到楚亡時（前二二二年）他年近七十，大約便死於此時了。這個生平的假定雖僅依常理推測，然與《史記》《漢書》兩種正史的記載，卻毫不衝突。所以，他與威王、懷王、襄王有君臣的關係，與屈平有師生的關係，顯然是不可靠的了。我們再從《九辯》的記載裏，知道他只是鄉間的一位貧士，去家離鄉以謀溫飽。不料就職不久，卻又失職了。（《詩史》上卷二四九頁）

我們很同意陸侃如的這些說法。另外是宋玉的許多賦，如《風賦》《高唐賦》《神女賦》《登徒子好色賦》《對楚王問》(見《昭明文選》),《笛賦》《大言賦》《小言賦》《釣賦》《諷賦》《舞賦》(見《古文苑》)等,也都是不可靠的。不過因為他是屈原死後的第一個大作家,所以才偽托他的名字罷了。

宋玉的代表作品自然該是《九辯》。王逸《楚辭章句》云:"《九辨》者,楚大夫宋玉之所作也。辯者,變也,謂陳道德以變說君也。"其實它只是因悲秋而生身世之感的長篇抒情詩。因為它一起首就說:

> 悲哉,秋之為氣也!蕭瑟兮草木搖落而變衰。憭慄兮若在遠行,登山臨水兮送將歸。沈寥兮天高而氣清,寂寥兮收潦而水清。

這簡直活現出一個窮途落魄的文人當著淒涼的秋天自歎其身世飄零的情調。卓出的是它的景色鮮明,心意也結合得恰當。下邊接著說:

> 憯悽增欷兮,薄寒之中人,愴怳懭悢兮,去故而就新。坎廩兮貧士失職而志不平,廓落兮羈旅而無友生,惆悵兮而私自憐!燕翩翩其辭歸兮,蟬寂寞而無聲。雁廱廱而南遊兮,鶤雞啁哳而悲鳴。獨申旦而不寐兮,哀蟋蟀之宵征。時亹亹而過中兮,蹇淹留而無成。

按感物起興的詩作雖肇始於"三百篇",而把主觀的情感和客觀的自然現象結合到一起的手法,卻是到了"楚辭"的出現,特別是宋玉的賦篇裏才更表現得協調,所以我們可以叫它作"千秋絕唱"(王夫之語)。另外應該提出來的是宋玉通過《九辯》所反映出來的牢騷和屈原當年體現在《離騷》裏的絕不相同。因為屈原是楚國的貴族(雖然是沒落了的),他和楚國的休戚相關,突然遭讒而去,不得發展他的政治才能以挽救楚國的衰亡,自然會痛不欲生的。至於宋玉,則不過是一個圖溫飽的文人,因為貧困失業而發出了一些惆悵的個人感情,實在是遠遠地不能和屈原相比的。

總結起來,是中國古代詩歌到了"楚辭",已經可以說是民間歌謠體得到了更明確更豐富的變化。特別是屈原的詩歌,大量地使用方言和口語,大膽地創造辭賦的形式。而這一新的形式的創造,又和他的同情人民、熱愛祖國的感情意識分不開的。於是內容與形式一致的典型詩作,在我們中國的文學史上說,便不能不算屈原是第一家了。可惜的是後來的辭賦家只因襲了它的形式而忘卻了它的內容,因之從西漢起,便使它成為沒有靈魂的東西了。

第五編　先秦散文(戰國諸子、初期古典文學之三)

一、戰國前的散文情況

我們的祖先在剛有文字的時候,只是記載一些田獵祭祀等有關奴隸主生活情況的東西,一般人民是不能夠掌握文字、使用文字的,更不用談著書立說了。加之當時只有刻之甲骨、鏤於鐘鼎的甲骨文和鐘鼎文,還說不上竹帛典冊一類的篇簡。後來集竹成冊、集帛成卷才有了典籍,但自然也是統治階級御用的"官書",私人的著述依舊沒有。

文章的體裁也是一樣。無論殷周的古文——卜辭銘文和《尚書》中的一些文誥,或是詩歌的形式——如"三百篇"裏的"雅""頌",基本上都是非常古板的——四個字一句,定型而僵硬,和民間的語言很有距離,所謂"周誥殷盤,佶屈聱牙"者是。如《尚書·金滕》談武王害了病,周公祈禱請以身代的文字是這樣的:

> 乃命於帝庭敷佑四方,用能定爾子孫於下地,四方之民罔不祇畏。嗚呼,無墜天之降寶命,我先王亦永有所依歸!
> 今我其即命於元龜,爾之許我,我其以璧與珪,歸俟爾命。爾不許我,我乃屏璧與珪。

這兩段話,我們如果把它翻譯一下,是:

　　你們在上帝的宮裏接受了命令，把四方都保護好了，因此才能夠叫你們的子孫很平安地住在下面。四方的人民沒有不表示敬畏的。唉唉！只要不失掉了上帝的命令，我們先王的神靈也就永遠有了著落了。

　　現在我在大龜上面接受你們的命令。你們如果答應了我，我就把玉石獻給你們，回去等候你們的命令。如果你們不答應我，我就要把玉石拿開了。

　　我們看，對自己的祖宗說話竟是這樣的你我相稱，而且還拿上供的玉石來相要脅，這簡直是很有趣味的事體。結果呢？竟是神答應了他的要求，叫武王的病好了。試想想吧，這個周公旦是多麼的會變把戲，而"官書"文字的晦澀也就可見一斑了。

　　到了東周，這種情況才有所改變。那就是說，比較接近人民口語和屬於私人意見的語錄體的文字出現了。但也多出於旁人的筆記與追敘，自家著書立說的事還是沒有。這個代表的書便是《論語》——孔丘（公元前551—前479），字仲尼，魯人，曾為司寇——按《漢書·藝文志》云："《論語》古二十一篇，齊二十二篇，魯二十篇。《論語》者，孔子應答弟子時人及弟子相與言而接聞於夫子之語也。當時弟子各有所記，夫子既卒，門人相與輯而論纂，故謂之《論語》。"又王充《論衡·正說篇》也說："說論者，不知《論語》本幾何篇。夫《論語》者，弟子共紀孔子之言行。勅記之時甚多，數十百篇。"足證傳至漢時已不能詳說，但它是孔門弟子的筆錄而非孔子創作的這一點，卻是肯定了的。《論語》的文字簡單明瞭，而且多問答對話之處，如：

　　子曰："學而時習之，不亦說乎？有朋自遠方來，不亦樂乎？人不知而不慍，不亦君子乎？"（《學而》）

這要比較起《尚書》來，是多麼的明白曉暢，而且從神情、口吻、思想、內容任何方面看，都已經是脫離官書的羈絆，在說讀書人（新的士子）自己的事了。

> 子謂子貢曰："女與回也孰愈?"對曰："賜也何敢望回？回也，聞一以知十；賜也，聞一以知二。"子曰："弗如也，吾與女弗如也！"（《公冶長》）

我們看這種對話的體例，是不是生動的語言筆錄呢？如果沒有"之""乎""也"等語助詞的使用，會體現得如此的生動嗎？所以這個"封建社會聖人"孔丘的思想，在今天講固然是必須批判的，但他的流風遺韻，就在文章的變革上，也不是沒有影響的。

至於一般人認為孔丘所作的《春秋》，則我們懷疑它只是魯國的"官書"，所謂"斷爛朝報"者是。因為"晉之《乘》，楚之《檮杌》，魯之《春秋》，一也"（《孟子》），當時的諸侯都有他們自己紀言紀事的史冊，更何況《論語》上根本不曾提到作《春秋》這一回事。

至於孔丘通過《論語》所表現的思想體系，歸納起來說是封建本位的，但是是托古改制的。也就是說，對於過去的文化只能部分地接受，而主要的卻是另建立一套新的社會道德。這個思想體系的核心便都是那個"愛人"的"仁"字和由此以維持社會生活各種規律的所謂"禮"。因此，他的政治主張雖是幫助統治階級的，可是有時也未嘗不為人民的利益著想，稱之為"好人政治"大概是不會有什麼問題的。因為孔丘乃是宋人之後，出身於沒落的貴族階級，所以才有這種注重實際主張人文主義的當時的改良思想。《論語》中此類論點甚多，我們就不舉例了。

二、戰國的散文

私家之有著述,在中國歷史上是直到戰國才有的。這是因為社會制度變了,人民翻了身,學人文士多從庶民的底層中掙扎出來,於是墨翟、孟軻、莊周、荀卿、韓非等寫出東西來,不但在思想上能夠"持之有故,言之成理",就是在文字上也能生動曲折、氣勢充沛。這主要的原因,就在於他們對於現實的生活敢於批判或揭露,同時也創造地使用了"之""乎""者""也""矣""焉""哉"一類的語助詞,而把文章口語化了。

（一）《墨子》

墨家在戰國時期是與儒家對抗的最大學派,而且也是"兼愛"、"非攻"、"節用"、"非樂"的一個異軍突起的苦行學派。它的鉅子墨翟,又是生當春秋末年(約當公元前 479 與 469 年之間)的人。因此,雖是他的晚年及見告不害(即《孟子》中的告子,因為墨翟的卒年約當公元前 384 年至 394 年之間),而《墨子》的被編輯也遠在戰國中季以後,我們還是先提出它來看看。

按《墨子》的著者墨翟,宋人(一曰魯人,生卒年代約為公元前 500—416)。《漢志》"《墨子》七十一篇",現存者僅五十三篇,而《備城門》以下十一篇還恐怕是漢人的偽作(其餘的四十二篇雖多一半非墨翟所作,但是可以代表墨家的思想)。現在我們就把代表他的中心思想的乙篇文字《兼愛》介紹一下。

聖人以治天下為事者也,必知亂之所自起,焉能治之;不知亂之所自起,則不能治。譬之如醫之攻人之疾者然:必知疾之所自起,焉能攻之;不知疾之所自起,則弗能攻。治亂者何獨不然?必知亂之所自起,焉能治之;不知亂之所自起,則弗能治。聖人以治天下為事者也,不可不察亂之所自起。當察亂何自起?起不相愛。臣子之不孝君父,所謂亂也。子自愛,不愛父,故虧父而自利;弟自愛,不愛兄,故虧兄而自利。臣自愛,不愛君,故虧君而自利,此所謂亂也。雖父之不慈子,兄之不慈弟,君之不慈臣,此亦天下之所謂亂也。父自愛也,不愛子,故虧子而自利;兄自愛也,不愛弟,故虧弟而自利;君自愛也,不愛臣,故虧臣而自利。是何也?皆起不相愛。雖至天下之為盜賊者亦然:盜愛其室,不愛其異室,故竊異室以利其室。賊愛其身,不愛人,故賊人以利其身。此何也?皆起不相愛。雖至大夫之相亂家,諸侯之相攻國者亦然:大夫各愛其家,不愛異家,故亂異家以利其家。諸侯各愛其國,不愛異國,故攻異國以利其國,天下之亂物,具此而已矣。察此何自起?皆起不相愛。若使天下兼相愛,愛人若愛其身,猶有不孝者乎?視父兄與君若其身,惡施不孝?猶有不慈者乎?視弟子與臣若其身,惡施不慈?故不孝不慈亡有,猶有盜賊乎?故視人之室若其室,誰竊?視人身若其身,誰賊?故盜賊亡有,猶有大夫之相亂家,諸侯之相攻國者乎?視人家若其家,誰亂?視人國若其國,誰攻?故大夫之相亂家,諸侯之相攻國者亡有。若使天下兼相愛,國與國不相攻,家與家不相亂,盜賊無有,君臣父子皆能孝慈,若此,則天下治。故聖人以治天下為事者,惡得不禁惡而勸愛?故天下兼相愛則治,交相惡則亂。故子墨子曰:"不可以不勸愛人者,此也。"

這篇文章一開頭便是封建統治思想的本色——"聖人以治天下為事者也"。跟著一個醫生治病必知病源的比喻以後,就把臣子、君父、兄弟的不相孝慈,盜賊、大夫、諸侯的不相愛助為致亂的主因漸次深入地說了出來,最後才鄭重提出"兼相愛則治,交相惡則亂"的中心思想。這種絮絮叨叨說了又說的方式,雖然稍嫌重複,但從鞏固、加強的作用上看,倒很合於宣傳的需要。

說到這裏,不禁叫我們感覺到孟軻對於墨翟的"墨子兼愛,是無父也"(《孟子·滕文公》)的惡罵,未免主觀片面了。因為細觀上文,墨翟是未嘗不講求孝慈的。而且他之以此為出發點去主張兼愛、非攻,和儒家特別是孟軻本人的"仁心仁政""以義非戰"的態度幾乎是一致的,因為此乃當時社會生活中——"爭地以戰,殺人盈野;爭城以戰,殺人盈城"、"率土地而食人肉"(《孟子》)的殘暴情況下必然產生的政治思想。如果定要找出它的不同來,那便是墨翟不止是騰之於口,而且是摩頂放踵地真有行動(例如《公輸篇》所載止楚攻宋的事實)。所以我們猜想孟軻反對墨翟的真正所在,恐怕還是"非樂節用"尤其是"非葬"的主張吧,因為這才是儒家的最後藩籬呢。

但是,我們也不同意某些學人說墨翟是宗教主或無產階級革命者的看法。因為宗教信仰在中國是很遲的事體,墨翟畢竟是為封建統治者服了務,儘管他的主觀願望上不一定是這樣的。

《墨子》篇章往往重出,有上、中、下三篇之多,而在內容上又無大差別。大概是墨翟死後,相里氏、相夫氏、鄧陵氏這三家別墨的師傅相與綜合編輯的結果,我們讀時必須明確這一點。

（二）《孟子》

"《孟子》者，七篇止；講道理，說仁義。"（《三字經》）這在中國舊日幾乎是人所共知的話。現在我們就先看一下孟軻的生平。按《史記·孟子荀卿列傳》說：孟軻（公元前 372—289），字子輿，戰國時的鄒人（今山東鄒縣），是孔丘孫子孔伋（子思）的學生的學生。他學成以後曾遊事齊宣王、梁惠王（魏），但他們都認為他的見解迂闊不合實用，不肯聽從。他便回到家鄉，跟自己的學生萬章、公孫丑等人，按照孔丘當年的思路作了七篇《孟子》。據此，我們應該知道，《孟子》一書非無孟軻之文，但也恐怕不都是孟軻的作品，因為它自稱孟子，並用齊宣王、梁惠王的諡號，在著作慣例上看不能是出於本人之手的。不過它之足以代表孟軻的學術思想卻是毫無問題的事。

《孟子》的文字明快雋永，條理清晰，而且事例斑斑，內容豐富。比起《論語》來，它雖然同為語錄問答體，但在辭彙情調方面卻是充實生動得多了——它的最大特點是雄辯和援引，雄辯例如：

> 彭更問曰："後車數十乘，從者數百人，以傳食於諸侯，不以泰乎？"孟子曰："非其道，則一簞食不可受於人；如其道，則舜受堯之天下，不以為泰，子以為泰乎？"曰："否。士無事而食，不可也。"曰："子不通功易事，以羨補不足，則農有餘粟，女有餘布；子如通之，則梓匠輪輿皆得食於子。於此有人焉，入則孝，出則弟，守先王之道，以待後之學者，而不得食於子。子何尊梓匠輪輿而輕為仁義者哉！"曰："梓匠輪輿，其志將以求食也；君子之為道也，其志亦將以求食與？"曰："子何以其志為哉？其有功於子，可食而食之矣。且子食志乎？食功

乎?"曰:"食志。"曰:"有人於此,毀瓦畫墁,其志將以求食也,則子食之乎?"曰:"否。"曰:"然則子非食志也,食功也。"(《滕文公》下)

這一段話最有意味,孟老先生帶著這樣多的人坐了這麼多的車,轉到東轉到西地去吃諸侯,連他的學生都看不上眼了,說"不太舒服了嗎"? 可笑的是,這位老先生還厚著面皮說:"如果吃的有道理,就是連天下拿過來都不算舒服呢。"我們認為這正是孟軻的本色,打著"入則孝,出則弟,守先王之道"的幌子,唱著"或勞心,或勞力,勞心者食於人,勞力者食人"的調子,白食白喝的卻看不起工人階級的梓匠輪輿,倒真是"吾不如老圃,吾不如老農"(孔丘的話,見《論語》)的儒家真傳了。

因此,儘管孟軻也說"民為貴",也說"善戰者服上刑",但是他的基本思想還是唯心的(如強調"良知""良能"和"性善"),為新興的商人地主階級服務的(如說"王道",說"仁政")。雖然他的出身卑微,也不曾見用於當時的統治者。下面我們再舉他一段論辯結合著援引的例子:

公都子曰:"外人皆稱夫子好辯,敢問何也?"孟子曰:"予豈好辯哉? 予不得已也。天下之生久矣,一治一亂。當堯之時,水逆行氾濫於中國,蛇龍居之,民無所定,下者為巢,上者為營窟。《書》曰:'洚水警余。'洚水者,洪水也。使禹治之,禹掘地而注之海,驅蛇龍而放之菹,水由地中行,江、淮、河、漢是也。險阻既遠,鳥獸之害人者消,然後人得平土而居之。堯舜既沒,聖人之道衰,暴君代作,壞宮室以為汙池,民無所安息,棄田以為園囿,使民不得衣食,邪說暴行又作,圜囿汙池,沛澤多而禽獸至,及紂之身,天下又大亂。周公相武王,誅紂伐奄,三年討其君,驅飛廉於海隅而戮之,滅國者五十,驅虎、豹、犀、象而遠之,天下大悅。《書》曰:'丕顯哉,文王謨,丕承哉,武王烈,佑啟我後人,咸以正無缺。'世衰道微,邪說暴行有作,臣弒其君者有之,子弒其父者有之。孔子懼,作《春秋》。《春秋》,天子之事也,是故孔子曰:'知我者,其惟《春秋》乎;罪我者,其惟《春秋》乎!'聖王不作,諸侯放恣,處士橫議,楊朱、墨翟之言盈天下,天下之言,不歸楊則歸墨。楊氏為我,是無君也;墨氏兼愛,是無父也。無父無君,是禽獸也。公明儀曰:'庖有肥肉,廄有肥馬,民有饑色,野有餓莩,此率獸而食人也。'楊墨之道不息,孔子之道不著,是邪說誣民,充塞仁義也。仁義充塞,則率獸食人,人將相食。吾為此懼,閑先聖之道,距楊墨,放淫辭,邪說者,不得作,作於其心,害於其事,作於其事,害於其政,聖人復起,不易吾言矣。昔者禹抑洪水,而天下平;周公兼夷狄,驅猛獸,而百姓寧;孔子成《春秋》,而亂臣賊子懼。《詩》云:'戎狄是膺,荊舒是懲,則莫我敢承。'無父無君,是周公所膺也。我亦欲正人心,息邪說,距詖行,放淫辭,以承三聖者。豈好辯哉?予不得已也。(《滕文公》下)

我們細看本文,可以分析出來下列幾點:

①堯、舜、禹、文、武、周公、孔子和《詩》《書》都被援引進來了。

②"一治一亂"的看法,很相近於後來的歷史循環論。

③以距楊墨的"聖道"自任,因為他的中心思想是"仁義"。

孟軻雖然是這樣的引經據典、雄辯滔滔,但他給我們的印象卻只是主觀自是、托古改制。如果再能參閱全書,仔細考究,更會使我們有這樣的感覺。

(三)《莊子》

按《史記·老子韓非列傳》說:莊子名周,蒙人(當時宋國的蒙縣),曾做過蒙縣漆園的小吏,生與梁惠王、齊宣王同時(公元前四世紀左右)。他的學問淵博,喜作寓言,著書十多萬言,但是是依傍老子學說的。因為他經常放言高論,自適己意,所以當時的統治階級都不大喜歡他。他自己也任性而行,不願為世主所用。有一次楚威王聽到他的名聲,派人帶了極重的禮物來迎接他去作國相。他笑著對楚國的來人說:"千金,錢是不少了;卿相,官也很大了。可是你沒有看到祭祀時用的老牛麼?養它幾年以後,便叫它穿了漂亮的服飾進了太廟了。這個時候它就是再想做野牛,還能夠成得了麼?所以你趕快走吧,別在這兒侮辱我啦,我是寧可在鄉土裏自由自在地生活著,也不願叫國王們佔用了我的身子。我這一輩子是不打算作官了的。"

我們看到《史記》這一簡短的記載,對於莊周,起碼已經知道了兩件事:一、他是一位不和統治者階級合作的隱者,但出發點是個人主義的。二、他的文學誇浮離奇與眾不同,是浪漫主義的。關於文章他自己就說:"以謬悠之說,荒唐之言,無端崖之辭,時恣縱而不儻,不以觭見之也;以天下為沉濁,不可與莊語;以卮言為曼衍,以重言為真,以寓言為廣。獨與天地精神往來,而不敖倪於萬物,不譴是非,以與世俗處。其書雖瓌瑋而連犿無傷也,其辭雖參差而諔詭可觀。彼其充實,不可以已,上與造物者遊,而下與外死生無終始者為友。其於本也,宏大而辟,深閎而肆;其於宗也,可謂稠適而上遂矣。"(《天下篇》)他這話簡單說起來,還只是個迷離恍忽奇特宛轉的文辭,萬物皆備於我聽任主觀排遣的意思。例如《逍遙遊》一開始便是:

北冥有魚,其名為鯤。鯤之大,不知其幾千里也。化而為鳥,其名為鵬,鵬之背,不知其幾千里也。怒而飛,其翼若垂天之雲。是鳥也,海運則將徙於南冥。南冥者,天池也。《齊諧》者,志怪者也。諧之言曰:"鵬之徙於南冥也,水擊三千里,摶扶搖而上者九萬里,去以六月息者也。"野馬也,塵埃也,生物之以息相吹也。天之蒼蒼,其正色邪! 其遠而無所至極邪! 其視下也,亦若是則已矣。(下略)

這還不見驅役萬物、想入非非的文字麼? 這樣的散文,在莊周以前,我們簡直不曾見過。此外,他的說理文字亦無不細緻真實,遠非別人所能比擬,如《養生主》中庖丁解牛一段:

庖丁為文惠君解牛,手之所觸,肩之所倚,足之所履,膝之所踦,砉然響然,奏刀騞然,莫不中音。合於桑林之舞,乃中經首之會。文惠君曰:"嘻,善哉! 技蓋至此乎?"庖丁釋刀對曰:"臣之所好者道也,進乎技矣! 始臣之解牛之時,所見無非牛者;三年之後,未嘗見全牛也;方今之時,臣以神遇而不以目視,官知止而神欲行。依乎天理,批大卻,導大窾,因其固然。技經肯綮之未嘗,而況大軱乎?"

類似這樣純實奇特的好文字,在《莊子》書中舉不勝舉,我們這裏不過是示例而已。

《莊子》,《漢志》著錄為五十二篇,晉郭象(實乃向秀)注存三十三篇。以內篇的《逍遙遊》《齊物論》《養生主》等七篇為最有價值。而雜篇之《讓王》《盜跖》《說劍》等篇則係後人偽託之作,應辨。

(四)《荀卿子》

《荀卿子》的作者荀卿(約為公元前 310—230),趙人。荀亦作孫,《史記·孟荀列傳》稱荀卿,《戰國策》、劉向《孫卿書錄》、班固《漢書·藝文志》、應劭《風俗通義》都稱孫卿,韓嬰《韓詩外傳》稱孫子。司馬貞、顏師古說因避漢宣帝諱(詢)故改稱孫,顧炎武則謂漢人例不避名,"荀"之為"孫"如"孟卯"之為"芒卯"、"司徒"之為"信都",都是語音的轉變。名況,字卿。五十歲時遊學齊國,曾在這裏作過三次祭酒(一種教育工作者的職位,類似今天的主任教授),齊襄王時最為老師。晚年漫遊趙、秦、楚,楚春申君黃歇用為蘭陵令。春申君死,荀卿亦被罷免,遂留楚著述。著名的弟子有韓非、李斯等人。

《荀子》書最早的校錄本是西漢劉向的《孫卿新書》,《敘錄》云:"孫卿卒不用於世,老於蘭陵,疾濁世之政,亡國亂君相屬,不遂大道而營乎巫祝,信機祥,鄙儒小拘,如莊周等又猾稽亂俗。於是推儒墨道德之行事,興壞序列,著數萬言而卒。"因此,我們可以說《荀子》書是北學南傳而又受過南方文學影響的作品(譬如《漢志》所載的《孫卿賦》十篇,便是受過楚辭陶冶的文字了)。

今傳《荀子》三十二篇本為劉向所刪定(原為三百二十二篇,但有二百九十篇是重複的),唐楊倞為作注並定名為《荀子》。按讀全書,絕大部分可認為是荀卿自著。唯《儒效》《議兵》《強國》等篇,有"孫卿子"字樣,似出自學生的記錄。至《大略》以下六篇,則楊倞已指為荀卿弟子所記卿語及傳記雜錄了。

荀卿是談性惡、重禮法的,《性惡》篇說:

人之性惡,其善者偽也。今人之性,生而有好利焉,順是,故爭奪生而辭讓亡焉;生而有疾惡焉,順是,故殘賊生而忠信亡焉;生而有耳目之欲,有好聲色焉,順是,故淫亂生而禮義文理亡焉。然則從人之性,順人之情,必出於爭奪,合於犯分亂理,而歸於暴。故必將有師法之化,禮義之道,然後出於辭讓,合於文理,而歸於治。用此觀之,然則人之性惡明矣,其善者偽也。

　　故枸木必將待檃栝烝矯然後直,鈍金必將待礱厲然後利;今人之性惡,必將待師法然後正,得禮義然後治。今人無師法,則偏險而不正;無禮義,則悖亂而不治。古者聖王以人之性惡,以為偏險而不正,悖亂而不治,是以為之起禮義,制法度,以矯飾人之情性而正之,以擾化人之情性而導之也。使皆出於治,合於道者也。今之人,化師法,積文學,道禮義者為君子;縱性情,安恣睢,而違禮義者為小人。用此觀之,然則人之性惡明矣,其善者偽也。(下略)

　　我們先看這段文字的思想性:它開始就提出了"人之性惡",說殘賊淫亂是人的本性,因此絕不應該從性順情。那末,為什麼也有好人呢?它接著就說"其善者偽也"。是因為師法禮義的糾正化導,並且舉出枸木鈍金的必待矯厲然後才能夠直利作例。於是我們知道荀卿"性惡"的造說是為了加重禮法之教了。這比起孟軻的"性善"說,在教育的積極性上講自然是進了一步,但是他強調師法禮義的結果,卻只見師法之行而派生了法家韓非、李斯,儒家禮義之道則的然而日亡了。雖是客觀環境使然,畢竟證明荀卿已非一般的儒家思想了。

　　至於文字方面,我們認為它說理舉例至少是比孟子深刻貼切得多,雖然有時重複一些。此外如篇幅延長,真正具備了文章的形式,辭彙通曉,更容易為讀者所明瞭,自然又是時代較晚,愈來當愈完整的關

係。再如《禮論》說:

> 禮起於何也? 曰:人生而有欲,欲而不得,則不能無求。求而無度量分界,則不能不爭;爭則亂,亂則窮。先王惡其亂也,故制禮義以分之,以養人之欲,給人之求。使欲必不窮於物,物必不屈於欲。兩者相持而長,是禮之所起也。
>
> 故禮者養也。芻豢稻粱,五味調和,所以養口也;椒蘭芬苾,所以養鼻也;雕琢刻鏤,黼黻文章,所以養目也;鐘鼓管磬,琴瑟竽笙,所以養耳也;疏房檖貌,越席牀第几筵,所以養體也。故禮者養也。(下略)

以禮養欲,結合著生活來說明事理,這就比空談理論現實得多,但是它下邊還有"君子既得其養,又好其別。曷謂別? 曰:貴賤有等,長幼有差,貧富輕重皆有稱者也"(同上)的話。他不問所以造成貴賤貧富的原因,只強調養有差等,這便是荀卿學說依舊是維持封建統治政治的明證了。

荀卿晚出(及見李斯相秦),在學術上最為老師(《非十二子》評盡當時主要學人),而又遍遊南北(凡居停齊、趙、秦、楚諸大國),精通散文韻文(荀《賦》《成相》,佹詩從略),所以我們應該對他很好地研究一番。

(五)《韓非子》

《韓非子》的著者韓非是韓國的一個貴族(韓之諸公子)。他雖師事荀卿,可是喜歡的卻是刑名法術之學。非為人口吃,不能講說,而善著書,他的業務修養連他的同學李斯都自愧不如。

　　韓非見韓國貧弱,本曾幾次向韓王提出建設性的意見,但是不見採納。後來秦王看到了他的《孤憤》《五蠹》諸篇,很是賞識他的才能,發兵圍韓,把他硬叫了去。可是因為李斯嫉妒,在秦王面前說他的壞話,結果是不但不見錄用,反把他下獄毒死。

　　今存《韓非子》凡二十卷五十五篇(與《漢志》《隋志》同),但篇次雜亂,偽托極多,大抵《五蠹》《顯學》《難勢》《問辯》《詭使》《六反》《心度》等篇為最可靠,我們可以細讀。

　　韓非的中心思想是法治,《五蠹篇》說:

　　　儒以文亂法,俠以武犯禁,而人主兼禮之,此所以亂也。夫離法者罪,而諸先王以文學取;犯禁者誅,而群俠以私劍養。故法之所非,君之所取;吏之所誅,上之所養也。法、趣、上、下,四相反也,而無所定,雖有十黃帝不能治也。故行仁義者非所譽,譽之則害功;文學者非所用,用之則亂法。

　　“儒以文亂法”,這首先就證明了韓非已經發揚師道(荀卿禮法之學),由儒轉法了。語涉“黃帝”,又是韓非歸本黃老念念不忘的證據。但關於“法”“術”的本身,卻還得參看《顯學》篇的這一小段:

　　　夫聖人之治國,不恃人之為吾善也,而用其不得為非也。恃人之為吾善也,境內不什數;用人不得為非,一國可使齊。為治者用眾而舍寡,故不務德而務法。夫必恃自直之箭,百世無矢;恃自圓之木,千世無輪矣。自直之箭,自圓之木,百世無有一,然而世皆乘車射禽者何也?隱栝之道用也。雖有不恃隱栝而有自直之箭,自圓之木,良工弗貴也。何則?乘者非一人,射者非一發也。不恃賞罰而恃自善之民,明主弗貴也。何則? 國法不可失,而所治非一人也。

木恃隱栝,不恃自圓自直,這種說法不但在道理上是繼承荀卿的,就是在文辭上也是一般無二的——韓非之文,謹嚴明確,這是因為他不說廢話,不放空炮,熟悉歷史,舉例貼切,特別是一切都從解決現實問題出發的。這些手法是值得我們學習的。

最後我們也應該提出來的是,《韓非子》的法治觀念自然還是維持(甚至可以說是鞏固)新興的商人地主階級的思想。而且從具體的辦法上講,的確是比較切實、比較利害的政治措施。它對於後來嬴秦大一統的局面,通過像李斯這樣人物的直接執行,在社會的發展上看,也是起了一定的推進作用的。

上面重點的介紹先秦散文已畢。劉彥和所說的:"孟荀所述,理懿而辭雅"、"墨翟隨巢,意顯而語質"、"韓非著博喻之富"(見《文心雕龍·諸子篇》)等意見,我們也願意拿來補充一下,說:散文到了戰國,的確已經培根固本、繼往開來地為中國文學史創造了輝煌燦爛的一頁了。換幾句話說就是,不論是抒情的、說理的、紀事的文章,從內容和形式上看,都給後此的散文作者樹立了模楷——韻散分立,精益求精,把中國文學又提高了一步啦。

附《左傳》

《左傳》舊稱《春秋左氏傳》,《漢志》云:"《春秋古經》十二篇,《左氏傳》三十卷。"注云:"左丘明,魯太史。"(《史記·十二諸侯年表》中也有"魯君子左丘明因孔子史記,具論其語,成《左氏春秋》"的話。)其實西漢經師未嘗認為《左傳》和《春秋》有什麼關係,這不過是偽古文家劉歆鬧的把戲罷了。因為此書藏於秘府，劉歆校中秘書時方才發現，他於是"引傳文以解經"，並力爭和《毛詩》《逸禮》《古文尚書》等同立於學官，甚至引動了博士們的公憤。

我們的看法是，連《春秋》是否為孔子所作都有問題，更哪裏談得上"左氏傳之"？它一定是經過劉歆的竄亂的。此外，是這本書的作者應為左丘而非左丘明（《史記·太史公自序》有云"左丘失明，厥有國語"），他也決不是孔丘的學生（《論語》和《史記·仲尼弟子列傳》中均未談及）。而且司馬遷所說的《國語》就是《左氏春秋》，但和傳今的《左傳》《國語》可大不相同了，因為它們是劉歆改編以後的東西。

可是，這可不等於說《左傳》就是毫不可信、決無價值的書籍，因為它雖是經過劉歆竄亂的，但是保有的春秋時期的史料還是很多的。而且它的文體簡潔，記敘生動，不只是二千年前最可寶貴的"史書"而已，在文學發展的跡象上也是佔有重要位置的散文作品，我們是必須精讀的。如"晏子不死君難"：

> 崔武子見棠姜而美之，遂取之。莊公通焉。崔子弒之。晏子立於崔氏之門外。其人曰："死乎？"曰："獨吾君也乎哉？吾死也。"曰："行乎？"曰："吾罪也乎哉？吾亡也。"曰："歸乎？"曰："君死安歸？君民者，豈以陵民？社稷是主。臣君者，豈為其口實？社稷是養。故君為社稷死，則死之；為社稷亡，則亡之。若為己死而為己亡，非其私昵，誰敢任之？且人有君而弒之，吾焉得死之？而焉得亡之？將庸何歸？"門啟而入，枕屍股而哭。興，三踴而出。人謂崔子："必殺之。"崔子曰："民之望也，舍之得民。"

就是這樣一篇百七十二字的小文章，便把崔杼殺齊莊的經過、晏嬰不死君難的原因和結局,說得清清楚楚、明明白白了。而且有問有答,把人物也寫得恰如其分——崔杼的專橫、齊莊的淫亂、晏嬰的守禮、眾人的看法,都活靈活現地跳躍於字裏行間了。沒有高度的文字修養,怎能把這樣的大事,安排得如此的妥帖?

另外是,就從這一小段記載裏,也可以看出當時公室的衰微,新興氏族的強大,和宗法觀念業已逐漸破產的實際情況了。特別是晏嬰的機智權變,簡直可以說已經是新士大夫階級(從人民中爬上來的新知識分子)的典型行誼了。這些地方,我們都應該仔細地考究。

第六編　漢代樂府（西漢——古典文學再生之一）

我們詳察歷史,所謂"宗周",是在公元前 256 年滅亡的。所謂"荊楚",是在公元前 222 年滅亡的。那就是說,嬴政(秦始皇)併吞六國統一天下,是在公元前 221 年。就從這個時期開始,中國社會已經由初期封建制度轉入專制封建制度了。因為這個時期反映到經濟上的,是由氏族的封建領主經濟過渡到商人的地主經濟。反映到政治上的,是由分散割據的氏族莊園制,轉化為地主階級專政的郡縣制了。

君主專制的中央集權政治推行以後,文化事業自然就要首先受到影響,於是"書同文字"(都用小篆)、"焚書"(除醫卜、種樹的書籍以外,所有詩書百家語統統燒掉)、"坑儒"(計博士盧生等四百六十餘人)等等統治思想、摧殘文化的辦法和事件,便紛至沓來。而自戰國以來的光輝燦爛的學術文藝,遂遭到了徹底的破壞。

這時候的文字只有李斯——這個焚書坑儒的倡議者——的幾篇刻石銘(共《泰山》《瑯邪》《之罘》《東觀》《碣石》和《會稽》等六篇),而且還不過是歌功頌德的東西,沒有什麼了不起的價值。例如《秦山刻石銘》:

> 皇帝臨位,作制明法,臣下修飾。二十有六年,初并天下,罔不賓服。親巡遠方黎民,登茲泰山,周覽東極。從臣思跡,本原事業,祗誦功德。治道運行,諸產得宜,皆有法式。大義休明,垂於後世,順承勿革。皇帝躬聖,既平天下,不懈於治。夙興夜寐,建設長利,專隆教誨。訓經宣達,遠近畢理,咸承聖志。貴賤分明,男女禮順,慎遵職事。昭隔內外,

靡不清淨,施於後嗣。化及無窮,遵奉遺詔,永承重戒。

開口皇帝、閉口聖明,這還不是中國早日最標準的"幫忙文學"麼?可注意的是,他這四字句和三六句協韻的創作方法,很同《詩經》相似。足證李斯雖是楚國的文人,北方文學給予他的影響卻特別大(他前此的《諫逐秦客書》也很有北方策士的味道),這大概和他學於荀卿以及久客北方是有關係的。

李斯這個人很不簡單,他一方面是政治的獨裁者,一方面又是文字的壟斷者(小篆也是他做的)。因此,對於統一中國中央集權的促成上,他是貢獻了一定的力量,但同時對於思想的管制、文藝的摧殘,他也是一個重要的犯人。

總之,我們可以說秦代是沒有文學的(除去上述種種,它的存在過程——從嬴政并天下至子嬰出降才十五年——也是一個原因)。從學術思想上說,這也是一個黑暗時期。一直到公元前 202 年劉邦(漢高祖)擊敗項羽重新統一中國,文學藝術才漸漸地蘇生起來。

一、樂府的時代

劉邦統一中國以後,仍舊建都咸陽,他鑒於秦之孤立滅亡,乃廢郡縣,復封建,大封子弟功臣為王侯。這時天下初定,乃使蕭何次律令,韓信申軍法,張蒼為章程,叔孫通定禮儀,文物制度稍為恢復,但大體說來,還是承襲秦制的。那就是說,他的政權性質和嬴秦的地主階級專政並沒有兩樣。因為"徒欲日夜望咫尺之地"(《史記·留侯世家》)的功臣,和"非劉氏不王"的宗族,既已紛紛地變成新大地主,怎麼能夠不跟著皇帝來努力地維護他們的既得權益呢?因之,這種政權制度不但從劉邦(公元前 206 年)維持到劉協(漢獻帝,公元 220 年),而且一直延續到 1911 年辛亥革命以前。

這些豪強的地主,如蕭何強買田宅,田蚡治宅第田園極膏腴,灌夫家累數千萬,武帝功臣多鹽鐵富家等,所謂"仕不至二千石,賈不至千萬,安可比人乎"的富貴說法,已經成了當時豪強的共同標的了——是的,漢興以來,未嘗不允許人民自由購買田地,但誠如馬端臨所言:"自漢以來,民得以自買賣田土矣。蓋自秦開阡陌之後,田即為庶人所擅,然亦惟富者貴者可得之。富者有貲可以買田,貴者有力可以佔田,而耕田之夫率屬役於富貴者也。"(《文獻通考》)其結果還不是越來越集中了麼?

漢代的賦稅在表面上也算是很少的,例如史稱高祖以後,列帝多有更改,或十五稅一,或三十稅一,似乎是人民的負擔好像並不大了。但"富貴田連阡陌,貧者無立錐之地"(董仲舒語),受實惠的自然又是豪強了。荀悅說:"豪強人佔田愈侈,輸其賦大半,官家之惠優於三代,豪強之暴酷於亡秦。是上惠不通,威福分於豪強也。"便是這個意思。

商人在漢代最初本來是受限制的——高惠文景四世,不准商人為官、乘車馬和置田地,甚至課以重稅,儘量加以困辱。可是到了武帝(劉徹)時候,不但商賈大為發展,而且位居要津地做起大官來了。這是什麼緣故呢?原來,地主兼營山澤之利,漸漸地跟商人分不開了。而商人也在打通關節,賄賂王侯,巧佔人民田宅了。這樣,商人、地主、貨殖、利貸的混合起來,便使著自戰國以來新形成的商人地主階級,越來越鞏固了。因為他們的生活已經是:

> 陸地牧馬二百蹄,牛蹄角千,千足羊,澤中千足彘。水居千石魚,陂山居千章之材。安邑千樹棗,燕秦千樹栗,蜀漢江陵千樹橘,淮北常山以南,河濟之間千樹萩,陳夏千畝漆,齊魯千畝桑麻,渭川千畝竹,及名國萬家之城,帶郭千畝,畝鍾

之田,若千畝巵茜,千畦薑韭——此其人皆與千戶侯等。諺曰:"以貧求富,農不如工,工不如商。"

通邑大都,酤一歲千釀。醯醬千瓨,漿千甔,屠牛羊彘千皮,販穀糶千鍾。薪槀千車,船長千丈,木千章,竹竿萬個。其軺車百乘,牛車千兩,木器髤者千枚,銅器千鈞,素木鐵器若巵茜千石,馬蹄躈千,牛千足,羊彘千雙,僮手指千,筋角丹沙千斤,其帛絮細布千鈞,文采千匹,榻布皮革千石,漆千斗,蘗麴鹽豉千答,鮐鮆千斤,鯫千石,鮑千鈞,棗栗千石者三之。狐鼦裘千皮,羔羊裘千石,旃席千具,佗果菜千鍾,子貸金錢千貫,節駔會,貪賈三之,廉賈五之——此亦比千乘之家,其大率也。(《史記·貨殖傳》)

我們看,這些人不是手眼通天,包辦壟斷,因而富可敵國,貴埒王侯的麼? 但是,一般人民的生活呢? 那就可憐得很了,在同篇傳記裏又說:

故壯士在軍,攻城先登,陷陣卻敵,斬將搴旗,前蒙矢石,不避湯火之難者,為重賞使也。其在閭巷少年,攻剽椎埋,劫人作奸,掘冢鑄幣,任俠並兼,借交報仇,篡逐幽隱,不避法禁,走死地如鶩者,其實皆為財用耳。今夫趙女鄭姬,設形容,揳鳴琴,揄長袂,躡利屣,目挑心招,出不遠千里,不擇老少者,奔富厚也。

這不是無地失業的人民痛苦而亦極真實的生活報導嗎? 沒有飯吃,就去當兵吃糧,當不上兵,就去搶竊偷盜。貧窮的婦女們呢? 就只好去出賣身體,以圖糊口了。這不都是豪強地主們剝削迫害的結果嗎? 除此以外,便是賣身為奴的辦法。如王莽《王田詔》云:"置奴婢之市,與牛馬同欄,制於民臣,顳斷其命。奸虐之人因緣為利,至略賣人妻子。"那種牛馬生活的情況,就更淒慘了(漢貴族王商、史丹等家,私奴都有千人,地主豪強如卓王孫、程鄭等,也有僮客數百人。董仲舒、孔光等人雖曾有限田減奴之議,亦無濟於事)。

漢代的經濟基礎和政治組織既如上述,我們就可以想到,這時候的文學作品,會是以反映貴族生活的奢靡享樂為主的。如詞、賦、樂府、傳記文學,多一半都是御用之品、廟堂之作。再具體些說,就是輕視"內容",尊重"形式",佈局整齊劃一,措詞鋪陳堆砌,特別是詞賦,簡直是在羅列字彙,賣弄淵博,專以應用古典和模仿步趨為能事,這一點留在後面再說,現在讓我們先談談樂府。

二、樂府的來源

樂府之名,雖然起於漢代,但我們應該知道它的發生甚早。因為中國最早的詩歌"三百篇",本來就都是可以弦歌入樂的。何況它們在被統治階級加工和掌握以前,同漢代的樂府一樣,也是民間的創作居多呢? 所以我們在研究樂府之先,理應看看漢初的詩歌情況。按《史記·高祖本紀》云:

> 高祖還歸,過沛,留,置酒沛宮,悉召故人父老子弟縱酒,發沛中兒得百二十人,教之歌。酒酣,高祖擊築,自為歌詩曰:"大風起兮雲飛揚,威加海內兮歸故鄉,安得猛士兮守四方!"令兒皆和習之,高祖乃起舞。

我們細看《大風歌》,這種把"兮"字嵌在句子中間的格調,再對比一下前此項羽的《垓下歌》:"力拔山兮氣蓋世,時不利兮騅不逝。騅不逝

兮可奈何,虞兮虞兮奈若何!"(《史記·項羽本紀》)便知道這是一種
楚歌楚樂。同時也就證明了漢興之初,這種楚聲在民間一定很流行
的。因為項羽、劉邦雖一為貴族的後裔,一是地主階級的餘孽,他們最
初還是來自民間,並且很和人民接近的。

再看《漢書·樂志》裏說:"高祖樂楚聲,故房中樂楚聲也。"記又
云:"房中祠樂,高祖唐山夫人所作。"按房中祠樂在劉盈(孝惠帝)二
年,已被改名為《安世樂》,共十七章,乃傳世最早的樂府歌詞,其第一
章云:

> 大孝備矣,休德昭明。高張四懸,樂充宮庭。芬樹羽林,
> 雲景杳冥。金支秀華,庶旄翠旌。

這就不但可以看出流行於民間的楚聲楚樂業已進入廟堂,而且,通過
它這四個字一句的形式和廟堂享神的內容,又證明了它已經跟北方的
頌詩合流,而成為一種南北文學的結晶體了。但是,這個"馬上得天
下"的劉邦,究竟不大重視文學藝術的發展,所以這還只能認為是一個
開始——這和當時的經濟情況也有關係,因為劉邦初定天下,民生凋
敝,連貴族們都有"天子不能具鈞駟,而將相或乘牛車"的"窮相",自
然沒有餘力來侈談文藝了。

迨及劉徹嗣立,漢代休養生息已近百年,地主經濟發展得至於"都
鄙廩庾盡滿,而府庫餘財。京師之錢累百巨萬,貫朽而不可校。太倉
之粟陳陳相因,充溢露積於外,腐敗不可食"。有了這樣的本錢,好大
喜功的劉徹,當然就要大事揮霍了。於是外征匈奴、內崇儒術,在制禮
作樂的大前提下,樂府遂得設立。《漢書·禮樂志》云:

> 至武帝定郊祀之禮,……乃立樂府,采詩夜誦,有趙代秦

楚之謳。以李延年為協律都尉,多舉司馬相如等數十人,造
為詩賦,略論律呂,以合八音之調,作十九章之歌。

按顏師古注云:"樂府之名,蓋始於此。哀帝時罷之。"又《藝文志》亦
言:"自武帝立樂府而采歌謠,於是有趙代之謳,秦楚之風。"與《禮樂
志》略同。足見樂府之名,始於劉徹。它本來是個衙門,幹的是采詩歌
配管弦等製造"御用"音樂的事體。後人相沿,就把原來產生於樂府裏
的歌辭簡稱作樂府了。

據《藝文志》言,當時樂府所采輯的詩歌,計有《吳楚汝南歌詩》十
五篇,《燕代謳雁門雲中隴西歌詩》九篇,《邯鄲河間歌詩》四篇,《齊鄭
歌詩》四篇,《淮南歌詩》四篇,《左馮翊秦歌詩》三篇,《京兆尹秦歌詩》
五篇,《河東蒲反歌詩》一篇,《河南周歌詩》七十五篇,《周歌詩》二篇,
《南郡歌詩》五篇,《雜歌詩》九篇,《洛陽歌詩》四篇,共一百五十一篇。
可惜的是,這些原始的民間歌詞,都已大部分失傳,不然的話,這才真
是當時的人民文學呢。

就是這些詩歌,大批的被采到以後,便由協律都尉李延年取其音
律配以歌詞(可能一部分是司馬相如等的新作,一部分是經過他們竄
改了的民歌),便成了漢代後來通行的郊廟歌辭和宮庭樂章。但究竟
哪一部分是加工改竄的民間歌曲,哪一部分是文人新作的廟堂樂章,
我們現在還是可以辨認出來的。

三、樂府的種類

漢代樂府歌辭篇名,舊說可以考見的近三百曲,但據《宋書・樂
志》和郭茂倩《樂府詩集》所載,現存者只有百曲左右,而且大多數是
東漢的作品。至關於樂府的分類則各代學人說法紛紜,我們用不到多

費時間去引證,只是有一點應該提出來的,他們的通病都是重視"郊廟""舞曲""燕射"一類的歌辭,分析唯恐不精,羅列惟恐不備。而我們則不是這樣的,首先關於看法方面,我們是認為"相和"、"清商"諸歌才是樂府的主要部分,乃各史《樂志》載記闕略,這不但是樂府詩詞的"浩劫",同時也可以看出來帝王譜諜式的舊史書,對於歷代文化和人民生活的報導,是怎樣的簡陋了。

其次是關於分類方面,我們是採用郭茂倩的十二分類的。郭茂倩在《樂府詩集》裏把樂府詩歌分為"郊廟歌辭""燕射歌辭""舞曲歌辭""鼓吹曲辭""橫吹曲辭""相和歌辭""清商曲辭""雜曲歌辭""近代曲辭"和"新樂府辭"(內中也有再分若干小類的)。因為他分得比較正確,又為一般學人所通用,於是關於樂府的類別就幾乎成了定論。

不過我們要知道的是郭茂倩的十二類中,不都是漢代樂府,據梁啟超的考證是:"所謂'近代曲辭'者,乃隋唐以後新譜,下及五代北宋小詞,與漢魏樂府無涉。所謂'新樂府辭'者,乃唐以後詩家自創新題,號稱'樂府'者,實則未嘗入樂。所謂雜歌謠辭,則徒歌之謠……以上三種,嚴格論之,皆不能謂為樂府。舞曲琴曲,則歷代皆有曲無辭,如'小雅'之六笙詩,其辭大率六朝以後人補作也。其餘郊廟、燕射、鼓吹、橫吹、相和、清商、雜曲七種,皆導源漢魏,後代循而衍之,狹義的樂府,當以此為範圍。"(《美文史》)因此,我們認為梁啟超所謂的七種狹義的樂府,才正是兩漢樂府的本體。

四、樂府的內容

漢代樂府,根據上面的分類,再依照它們的性質,我們又可以分為統治階級的歌辭,如"郊廟""燕射""舞曲"等,都是用於祭祀或宴享的

作品,所以内容多係歌功頌德的,詞彙也比較地艱深古奧,文學的價值
不大;其次是具有人民性的歌辭,如"相和""清商""雜曲"等都是來自
民間的謳謠,所以文詞淺易,表情真摯,極有文學的價值;最後是由外
國輸入的歌辭,如"鼓吹""橫吹"等,另具一種不同的情調與風格,我
們必須比較著看,才能夠體會到它們的真髓的所在。除"郊廟""舞
曲""燕射"等歌辭——因為是貴族御用的東西,沒有什麼值得介紹
的——以外,其餘的"鼓吹""橫吹""相和""清商""雜曲"等詩歌我們
都分別扼要的談一下:

(一)鼓吹和橫吹歌辭

"鼓吹"和"橫吹"都是當時流傳到中國的胡樂。郭茂倩述其由
來云:

> 橫吹曲,其始亦謂之"鼓吹",馬上奏之,蓋軍中樂也。北
> 狄諸國皆馬上作樂,故自漢以來,北狄樂總歸鼓吹署。其後
> 分為二部:有簫笳者為"鼓吹",用之朝會道路……。有鼓角
> 者為"橫吹",用之軍中,馬上所奏者是也。

按鼓吹曲傳入中國遠在漢代初年。班固《漢書·敘傳》說:"始皇之
末,班壹避地樓煩,……當孝惠高后時以財雄邊,出入弋獵,旌旗鼓
吹。"劉瓛《定軍禮》也說:"鼓吹,未知其始也。漢班壹雄朔野而有之
矣。鳴笳以合簫聲,非人音也。"(《樂府詩集》引)這顯然都證明了橫
吹、鼓吹之為外國軍樂,而以胡笳、短簫和鐃為伴奏樂器,並且很早就
傳入漢代,為統治階級所使用了。郭茂倩引《晉中興書》及《東觀漢
記》云:

《晉中興書》曰:"漢武帝時,南越加置交趾、九真、日南、合浦、南海、郁林、倉梧七郡,皆假鼓吹。"《東觀漢記》曰:"建初中,班超拜長史,假鼓吹麾幢。"則短簫鐃歌漢時已名鼓吹,不自魏晉始也。

這就說明了鼓吹吹樂到了劉徹時,已經成了壯大統治階級聲威的工具,而被賜給功臣或邊將了。

鼓吹曲名存今者有鐃歌二十二曲,但其中的《務成》《玄雲》《黃爵》《釣竿》四曲,辭已广佚,只餘下列十八曲:

《朱鷺》:字句脫落太多,難於讀解。

《思悲翁》:辭句也不容易瞭解,惟篇中有"奪我美人"之語,可能是寫情愛的。

《艾如張》:是講蒐狩習武事的歌子。

《翁離》:寫居所的軒敞雅淨的。

《戰城南》:反抗戰爭的歌曲。

《巫山高》:山高水深,思歸不得,是一首悲歌。

《將進酒》:高歌縱酒,玩世之歌。

《君馬黃》:憐愛美女的情詩。

《芳樹》:不滿生活現狀,對於社會有所疾惡的歌辭。

《上邪》:描寫兩性愛情鞏固的詩歌。

《有所思》:敘說男女感情破裂的歌。

《上之回》:歌頌天子武功的歌。

《上陵》:記祥瑞的歌。

《雉子班》:也是一首田獵習武的詩作。

《**聖人出**》：歌頌君王的歌。

《**臨高臺**》：祝壽的歌。

《**遠如期**》：頌揚君王武功的歌。

《**石留**》：詞句尚不可解。

上面這十八個歌辭，俱見《樂府詩集》中（《漢志》不載），但是字多訛誤，不能全部說解，茲舉其文詞可通者《戰城南》等三曲為例：

> 戰城南，死郭北，野死不葬烏可食。為我謂烏：「且為客豪。野死諒不葬，腐肉安能去子逃？」水深激激，蒲葦冥冥。梟騎戰鬥死，駑馬徘徊鳴。梁築室，何以南？何以北？禾黍不獲君何食？願為忠臣安可得？思子良臣，良臣誠可思！朝行出攻，暮不夜歸！

此詩乃人民反抗戰爭的最高藝術品。「野死不葬烏可食」，先把戰後暴屍原野為鳥獸吞食的景象全面繪出。再加上「野死諒不葬，腐肉安能去子逃」兩句來自己玩笑一下，真是歌以當哭的千古絕唱。入後的「水深激激，蒲葦冥冥」，也使人感到茫茫蕩蕩、陰森淒苦，而歎其寫景抒情始終深刻。

其次是《有所思》：

> 有所思，乃在大海南。何用問遺君，雙珠玳瑁簪。用玉紹繚之。聞君有他心，拉雜摧燒之。摧燒之，當風揚其灰！從今以往，勿復相思，相思與君絕！雞鳴犬吠，兄嫂當知之。妃呼豨！秋風肅肅晨風颸，東方須臾高知之。

這自然是一首戀歌——從熱戀說到翻臉,"聞君有他心,拉雜摧燒之",正是愛之深所以責之切的激情語。而"勿復相思",才知是必有所思的反面話。

就拿這兩首詩歌作例證,我們已經知道漢代樂府遠超《詩》《騷》的後來居上的情況了,它比《詩》激切,比《騷》現實,應該是不容懷疑的判斷。

至於"橫吹曲",則傳入中國較晚,馬端臨《文獻通考》引《律書樂圖》云:"橫吹,胡樂也。昔張博望(按即張騫,封博望侯)入西域,傳其法於西京。"可證。又據《晉書·樂志》言,李延年曾因胡曲更造新聲二十八解,但已不復具存了。總之,我們可以肯定的說,胡樂之傳入中國,對於中國詩歌,無論從音調、形式任何方面講,的確起了刺激和豐富的作用,這一點是大家應該注意的。

(二)相和、清商歌辭

《宋書·樂志》:"相和,漢舊曲也。絲竹相和,執節者歌。"《古今樂錄》說:"凡相和,其器有笙、笛、節、鼓、琴、瑟、琵琶等七種。"因此我們知道所謂"相和"是取其與絲竹等樂器相奏和之意。至其歌辭則《宋書·樂志》云:"凡樂章古辭,今之存者並漢世街陌謳謠,《江南可採蓮》《烏生八九子》《白頭吟》之屬也。"我們就又知道它們是從民間採集來的歌辭,雖經樂府作者加上仍會保存著一定程度的本來面目。

相和歌辭共有"相和六引""相和曲""吟歎曲""平調曲""清調曲""瑟調曲""楚調曲""大曲"等八類,現在就分別介紹如下:

1. 相和六引

按《古今樂録》云："張永《技録》'相和'有四引,一曰《箜篌引》,二曰《商引》,三曰《徵引》,四曰《羽引》。……古有六引,其《宮引》、《角引》二曲闕。"現在則四引亦亡,只有《箜篌引》在《古今注》上還有注釋:

> 《箜篌引》者,朝鮮津卒霍里子高妻麗玉所作也。子高晨起刺船,有一白首狂夫,被髮提壺,亂流而渡,其妻隨而止之,不及,遂墮河而死。於是援箜篌而歌曰:
>
> 公無渡河,公竟渡河! 渡河而死,當奈公何!
>
> 聲甚淒慘,曲終亦投河而死。子高還以語麗玉,麗玉傷之,乃引箜篌而寫其聲,聞者莫不墮淚飲泣。麗玉以其曲傳鄰女麗容,名曰《箜篌引》。

讀此,我們就會知道沒有比這再淒切的人民歌曲了。

2. 相和曲

"相和歌"的主體就是"相和曲",郭茂倩《樂府詩集》引《古今樂録》說"張永《元嘉技録》'相和'有十五曲:一曰《氣出唱》,二曰《精列》,三曰《江南》,四曰《度關山》,五曰《東光》,六曰《十五》,七曰《薤露》,八曰《蒿里》,九曰《覲歌》,十曰《對酒》,十一曰《雞鳴》,十二曰《烏生》,十三曰《平陵東》,十四曰《東門》,十五曰《陌上桑》。十三曲有辭……二曲無辭,《覲歌》《東門》是也。……古有十七曲,其《武陵》《鶤雞》二曲亡。"但據《宋書·樂志》，現所存者僅《江南》《薤露》《蒿里》《雞鳴》《烏生》《平陵東》《東光》等七曲。如《江南曲》云：

> 江南可採蓮，蓮葉何田田！魚戲蓮葉間。魚戲蓮葉東，魚戲蓮葉西，魚戲蓮葉南，魚戲蓮葉北。(《宋書·樂志三》)

按《樂府古題要解》云："江南曲古辭，……蓋美芳晨麗景，嬉遊得時。"實則此種歌辭並無深意，只不過唱起來便於上口而已，從辭調的簡單上看，知道它發生的時期可能很早。再如《薤露》和《蒿里》：

> 薤上露，何易晞？露晞明朝更復落，人死一去何時歸？(《薤露歌》)
> 蒿里誰家地，聚斂魂魄無賢愚。鬼伯一何相催促，人命不得少踟躕。(《蒿里曲》)

崔豹《古今注·音樂篇》云："《薤露》《蒿里》，並喪歌也，出田橫門人。橫自殺，門人傷之，為之悲歌。言人命如薤上之露，易晞滅也。亦謂人死魂歸乎蒿里。至漢武帝時，李延年乃分為二曲，《薤露》送王公貴人，《蒿里》送士大夫、庶人。使挽柩者歌之，世呼為《挽歌》。"按崔豹晉人，作為此言，我們首先可據以肯定兩歌的傳流甚早，使用亦是如此情況，至於是否出自田橫門人，則還沒有另外的證明。

還有一種"吟歎曲"，是"相和歌"的支流，據《古今樂錄》言：舊有《大雅吟》《王昭君》《楚妃歎》《王子喬》等四曲(古有八曲，其《小雅吟》《蜀琴吟》《楚王吟》《東武吟》四曲早闕)，現存者只《王子喬》一首，惟文學技術頗差，我們不錄引了。

3. 平調曲

"平調曲",據《古今樂錄》說:"王僧虔大明三年《宴樂技錄》:平調有七曲:一曰《長歌行》,二曰《短歌行》,三曰《猛虎行》,四曰《君子行》,五曰《燕歌行》,六曰《從軍行》,七曰《鞠歌行》。……其器有笙、笛、築、瑟、琴、箏、琵琶七種。歌弦六部。"但存今者只《長歌行》《猛虎行》《君子行》三曲,餘俱亡。

《長歌行》共三首,第一首《青青園中葵》是勉勵少壯努力的歌,第二首《仙人騎白鹿》是仙遊詩,第三首《巖巖山上亭》是遊子思歸之作。它的所以名為《長歌行》,據《古今注》說:"長歌、短歌,言人壽命長短,各有定分,不可妄求。"郭茂倩說是因為歌聲有長有短才分的長歌、短歌。詳察歌辭的內容和形式以後,我們認為郭說近是。例如它的第一首:

> 青青園中葵,朝露待日晞。陽春布德澤,萬物生光輝。
> 常恐秋節至,焜黃華葉衰。百川東到海,何時復西歸。少壯
> 不努力,老大徒傷悲。

這明明是鼓勵人珍惜時光、努力學習的意思,哪裏有什麼長短壽夭的話頭? 倒是五個字一句的歌辭是比較地曼長了。再看《君子行》:

> 君子防未然,不處嫌疑間。瓜田不納履,李下不正冠。
> 嫂叔不親授,長幼不比肩。勞謙得其柄,和光甚獨難。周公
> 下白幄,吐哺不及餐。一沐三握髮,後世稱聖賢。

封建社會裏道學先生們的口頭禪都是這樣,現在我們才知道它發生得是如此的早了。從這裏面也同樣地看不出來修短壽夭的意思。

4. 清調曲

《古今樂錄》云:"王僧虔《技錄》:清調有六曲:一《苦寒行》,二《豫章行》,三《董逃行》,四《相逢狹路間行》,五《塘上行》,六《秋胡行》。"但現存歌辭只有《豫章行》《董逃行》和《相逢狹路間行》三種。

《豫章行》辭句脫落甚多(約十三字),無法全面誦讀。不過它的大意是說,一棵生在豫章山的大木,不幸為匠人選中,挪到洛陽作了宮殿的上樑,因而不能再繼續自由生長下去了。有影射當時統治者摧殘人民,使之不得安生的意思。

《董逃行》是一首生動而又具體的遊仙詩,如"遙望五嶽端,黃金為闕班璘,但見芝草,葉落紛紛"等描寫仙境的句子,即可見一斑。《古今注》以為:"後漢遊童所作。終有董卓作亂,卒以逃亡。"我們卻認為"董逃"二字有音無義,相當於今天的"丁當"。崔豹當是以《漢書·五行志》的《董逃歌》為《董逃行》了。

《相逢行》則不但詞句秀麗、章法謹嚴,且對於後起的詩人如王融等影響也很大:

> 相逢狹路間,道隘不容車。不知何年少,夾轂問君家。君家誠易知,易知復難忘。黃金為君門,白玉為君堂。堂上置樽酒,作使邯鄲倡。中庭生桂樹,華燈何煌煌!兄弟兩三人,中子為侍郎。五日一來歸,道上自生光。黃金絡馬頭,觀者盈道旁。入門時左顧,但見雙鴛鴦。鴛鴦七十二,羅列自成行。音聲何囃囃,鶴鳴東西廂。大婦織綺羅,中婦織流黃。

小婦無所為,挾瑟上高堂。丈人且安坐,調絲方未央。

這是從一個狹路相逢的人民的眼睛裏所看到的一個富貴之家的生活情況。它雖只是客觀的描寫,已足見統治階級的"富麗堂皇",使人"易知復難忘"了。至於詩歌的辭彙豐美、音調鏗鏘,我們認為尚屬次要。

5. 瑟調曲

樂府詩裏的"瑟調曲"最為洋洋大觀,據《古今樂録》說,共有《善哉行》《隴西行》《折楊柳行》等三十八曲,但已大半亡佚。現在只剩下了《善哉行》《婦病行》《孤子生行》《飲馬行》和《上留田行》等五曲了。茲舉《孤子生行》為例:

孤兒生,孤子遇生,命當獨苦! 父母在時,乘堅車,駕駟馬。父母已去,兄嫂令我行賈。南到九江,東到齊與魯。臘月歸來,不敢自言苦。頭多蟣蝨,面目多塵。大兄言辦飯,大嫂言視馬。上高堂,行取殿下堂,孤兒淚下如雨。使我朝行汲,暮得水來歸。手為錯,足下無菲。愴愴履霜,中多蒺藜。拔斷蒺藜,腸肉中,愴欲悲。淚下渫渫,清涕累累。冬無複襦,夏無單衣。居生不樂,不如早去,下從地下黃泉。春風動,草萌芽。三月蠶桑,六月收瓜。將是瓜車,來到還家。瓜車反覆,助我者少,啖瓜者多。"願還我蒂,兄與嫂嚴,獨且急歸,當興校計!"
亂曰:里中一何譊譊,願欲寄尺書,將與地下父母,兄嫂難與久居。

503

這首詩把一個封建社會裏小有產者的家庭生活描寫得真是又形象又生動。特別是這個被虐待的生活成員之一的孤兒，他那種舉目無親、百無是處的淒慘情況，寫得叫誰看了都會灑下一把同情的眼淚。但我們要記取的是，這種悲劇的背景，乃是"無父從兄"宗法制度的餘孽，和財產關係上的糾紛。當時城市的小市民們的生活意識（也可以說是剝削觀念）正是這樣的。所以我們只把這篇歌辭看做一件優美的藝術品是不夠的，因為它這樣真實地反映了漢代小資產階級的生活情況，已經有供備史料今考的資格了。

和"瑟調曲"並行的，舊說還有"楚調曲"的《白頭吟行》《泰山吟行》《梁甫吟行》《東武琵琶吟行》《怨詩行》等（據《古今樂錄》所引），但因為流傳下來的只有《白頭吟行》和《怨詩行》兩首，文學的價值不大，我們就不介紹了。

6. 大曲

大曲，《宋書·樂志》說有十五曲，現存的僅有《東門行》《折楊柳行》《艷歌羅敷行》《西門行》《艷歌何嘗行》《步出夏門行》《滿歌行》《雁門太守行》等八曲，還多一半是已見於"瑟調曲"中的。這些歌辭中，最值得我們注意的是《東門行》《艷歌何嘗行》等（《艷歌羅敷行》已選讀於《古典文學讀本》，不再介紹）。先看《東門行》：

> 出東門，不顧歸。來入門，悵欲悲。盎中無斗米儲，還視架上無懸衣。拔劍出門去，舍中兒母牽衣啼："他家但願富貴，賤妾與君共哺糜。"上用倉浪天，故下當用此黃口兒。今非咄行，吾去為遲。——白髮時下難久居！（"倉浪天"下，

一本作:故下為黃口小兒！今時清廉,難犯教言,君復自愛莫
為非。今時清廉,難犯教言,君復自愛莫為非。行無去為遲,
平慎行,望居歸。)

這恐怕是寫一個失業的小官吏,因為生活無著,打算鋌而走險地出門
做強盜。但是他那位善良的夫人不同意,她上指蒼天發誓,下以懷中
小兒相要,告訴他要安分守己,她是會跟他共同過那吃粥的苦日子的。
這詩雖只是短短的幾十個字,但把兩個不同的個性——男的急不暇
擇,女的安分怕事——刻畫得極其完整了。至於男主人公的這種狼狽
生活,當然是由於自己未能勞動生產的結果,不值得同情。而女主人
公的可憐相,則是那個時代的必然結果。這些地方,我們必須把它搞
清楚。

再看《豔歌何嘗行》:

飛來雙白鵠,乃從西北來。十十五五,羅列成行。妻卒
被病,行不能相隨。五里一返顧,六里一徘徊。吾欲銜汝去,
口噤不能開。吾欲負汝去,毛羽何摧頹！樂哉新相知,憂來
生別離。躊躇顧群侶,淚下不自知。念與君離別,氣結不能
言。各各重自愛,遠道歸還難。妾當守空房,閉門下重關。
若生當相見,亡者會黃泉。今日樂相樂,延年萬歲期。

這是一首借比翼雙飛的白鵠來比興,以敘說兩性間痛惜離別的情緒,
並表示其忠實的態度的詩歌——男的既不能帶女的同行,因而徘徊不
忍遽去;女的也就堅守空房,準備著不是生相見就是會黃泉。這種情
調,自然是標準的兩性生活情調。但是造成這種生離死別的原因的,
恐怕和當時頻繁徵役也有關係。

7. 雜曲

　　"雜曲"名見《宋志》,但這不過是吳歌,而郭茂倩的雜曲則指的是七種以外的樂章,並且多一半是有作者主名的詩歌。如馬援的《武深溪行》、傅毅的《冉冉孤生竹行》、張衡的《同聲歌》、辛延年的《羽林郎》等都是。馬援,字文淵,扶風茂陵(今陝西鳳翔縣)人。本係漢將,不以詩文著稱,但他的《武深溪行》卻很真實生動:

　　　　滔滔武溪一何深! 鳥飛不度,獸不敢臨。嗟哉武溪多毒淫!

另外無名氏所作的《悲歌行》反映遊子思鄉情緒的詩歌也極悽楚動人:

　　　　悲歌可以當泣,遠望可以當歸。思念故鄉,鬱鬱累累。欲歸家無人,欲渡河無船。心思不能言,腸中車輪轉。

五、樂府的技巧

　　樂府詩歌雖有的采自民間,有的創自文人,但從技巧形式上說,一樣的受《詩》《騷》的影響。即如字句,便是三言(如《練時日》)、四言(如《箜篌引》)、五言(如《雞鳴》)、雜言(如《烏生》)都有的。再從命題上看,則據吳訥《文章明辨》所列舉的共有下面十二類:

　　　　歌:放情長言,雜而無方者曰"歌"。如《挾琵歌》《襄陽歌》是。

行：步驟馳騁，疏而不滯者曰"行"。如《君子行》《兵車行》是。

歌行：兼之曰《歌行》。如《短歌行》《燕歌行》是。

引：述事本文，先後有序，以抽其臆者曰"引"。如《箜篌引》《丹青引》是。

曲：高下長短，委曲盡情，以道其微者曰"曲"。如《烏棲曲》《明妃曲》是。

吟：吁嗟慨歎，悲憂深思，以呻其鬱者曰"吟"。如《梁父吟》《古長城吟》是。

辭：因其立辭之意曰"辭"。如《明君辭》《白紵辭》是。

篇：本其命篇之意曰"篇"。如《白馬篇》《美女篇》是。

唱：發歌曰"唱"。如《氣出唱》是。

調：條理曰"調"。如《清平調》是。

怨：憤而不怒曰"怨"。如《長門怨》《玉階怨》是。

歎：感而發言曰"歎"。如《明君歎》《楚妃歎》是。

這些說法當然是籠統含混的。因為遍觀樂府詩辭的內容，不論它是長歌短行，低吟小引，總之，都脫不了一個敘事和抒情。敘事便自然會有步驟、具本末，抒情就必然會發慨歎、生怨憤。我們只要研究它是為誰創作、由誰創作、為什麼創作、創作得如何，也就夠了。如果這樣單從形式上來下工夫，恐怕始終不會鬧出正確的結果的。所以吳訥的分類只不過能略供參考罷了。

其次是，既曰樂府，應當都能夠伴著樂器歌唱起來。但可惜的是，樂律失傳，有詞無譜。而且遠從曹植的時候，便有"漢曲為不可變"之歎了。因此劉熙載的"樂府聲律居最要，而意境次之。尤須意境與聲律相稱,乃為當行"(《詩概》)的主張,和沈德潛"樂府之妙,全在繁音促節,其來于于,其去徐徐,往往於回翔屈折處感人,是即依永和聲之遺意也"的要求,我們今天是毫無辦法結合印證的了(我們能夠知道的至多是歌辭中的一些"和聲"——有音無義的文字如"鐃歌"《有所思》裏的"妃呼豨"、《臨高臺》句尾的"收中吾"等;其次便是獨唱、合唱的方法,如"相和曲"《江南》的前三句是獨唱,後四句是合唱之類)。

總結起來說是:

①樂府本是西漢統治者譜制樂歌的機關,後人沿用,遂把出自此中的歌辭也代稱作樂府。

②樂府詩辭多數是統治階級御用的東西,能夠真實反映人民生活情況的作品極少,特別是那些文人"應制"的歌辭。

③民歌雖是樂府材料的主要來源,但有的只被採用了調子,有的經過了文人的竄亂,本來面目業已所存無幾。但是就這一點點殘存的作品,在文學的價值上講,已經大到不可估計了。

④從文辭體例上看,再生的樂府詩辭已經較之《詩經》完備得多,絢爛得多。

⑤樂府傳今者早已有辭無譜,而且字句脫落、詞意晦澀的地方也不少,令人無法歌誦。

⑥中國詩歌發展到了樂府,雜言古詩獲得了溫牀,五言的徒歌便是濫觴於此的。

第七編　漢代徒歌(西漢──古典文學再生之二)

一、西漢徒歌的一般情況

　　徒歌跟樂府本是漢代詩歌裏的一封孿生姊妹──只憑作者自己的腔調任意誦讀或歌唱的詩歌,就是徒歌;把它拿去配了管弦,有了固定的韻律,成為統治階級御用的東西以後,便叫做樂府。因此,如果再明確一些說,那就是徒歌在野,多一半是人民自己的創作;而樂府在朝,則已經是被剿竊竄亂的民歌了。但是,自樂府成立以後,獨立創作的民歌、反映人民自己生活的徒歌,流傳下來的便很少了。

　　漢代徒歌就腔調上講,可分"楚聲"和"新聲"兩種;就字句上講,可分"雜言""三言""四言""七言"等類。究其內容,能夠傳流下來的,還是關於敘述統治者的事物的多。例如劉恒(漢文帝)入繼以後,對他的兄弟劉長(淮南王)殘忍了一些(流放道死),民間就有了歌謠說:

　　　　一尺布,尚可縫;一斗米,尚可舂;兄弟二人不相容。
　　(《漢書·淮南王傳》)

又如劉驁(漢成帝)時的《燕燕童謠》:

　　　　燕燕,尾涎涎,張公子,時相見。木門倉琅根,燕飛來,啄
　　　　皇孫。皇孫死,燕啄矢。

按《漢書·五行志》云:"成帝為微行出遊,常與富平侯張放俱稱富平侯家人,過河陽主作樂,見舞者趙飛燕而幸之,後宮皇子卒皆誅死。"《燕燕童謠》便是諷傳此事的。

以上兩謠都是暴露統治者本身的醜惡的。下面再舉兩首有關人民生活的徒歌,如劉志(漢桓帝)時的《小麥童謠》

小麥青青大麥枯,誰當獲者婦與姑。丈夫何在西擊胡,吏具馬,君具車。請為諸君鼓嚨胡。

這自然是一首反戰的童謠。因為《後漢書·五行志》說得明白:"元嘉(劉志年號)中,涼中諸羌一時俱反,命將出師,每戰常負故云。"又如劉宏(漢靈帝)時的《城上烏童謠》:

城上烏,尾畢逋。公為吏,子為徒。一徒死,百乘車。車班班,入河間。河間姹女工數錢,以錢為室金為堂。石上慊慊春黃粱。梁下有懸鼓,我欲擊之丞卿怒。

按此乃疾惡統治階級貪污的歌詩。如"河間姹女工數錢,以錢為室金為堂"等語,我們雖然還不知道它所指斥的究竟是誰,可是看看這種勢派,並從跟著說的"梁下有懸鼓,我欲擊之丞卿怒"兩句來揣摩一下,就明白它絕不是普通的貪官污吏了。沈德潛論證謂:"'車班班,入河間',言桓帝將崩,乘輿入河間迎靈帝也。'河間姹女工數錢'以下,靈帝就位,其母永樂太后好聚金錢,教靈帝賣官受錢。天下忠義之士,欲擊懸鼓以陳,而大吏既怒,無如何也。"(見《古詩源·漢詩注》)可供參考。

我們只就這四首歌謠中,便可以看出來它的人民性是充分的,現實性是毫無問題的。就是從藝術形式上說,也是雜言並用,音調自然,很少琢雕的跡象(雖然有些字句我們還不懂得,頂好是玩味闕疑,不必穿鑿附會)。另外是,這些徒歌明明是大人作的"民歌",為什麼要叫做"童謠"呢? 我們想這大概是為了避免統治者邏輯的耳目,才叫那些記憶力強又不怕事的孩子們傳唱的吧。

至於"楚聲"的詩歌,除掉我們在本篇一開始時業已引用了的《垓下歌》《大風歌》以外,再介紹一首劉徹的《秋風辭》:

秋風起兮白雲飛,草木黃落兮雁南歸。蘭有秀兮菊有芳,懷佳人兮不能忘。泛樓船兮濟汾河,橫中流兮揚素波。簫鼓鳴兮發棹歌,歡樂極兮哀情多。少壯幾時兮奈老何!

沈德潛《古詩源》注云:"漢武帝故事,帝行幸河東,祠后土,顧視帝京,忻然中流,與群臣飲宴,自作《秋風辭》。"章節附注又言:"《離騷》遺響,文中子謂樂極哀來,其悔心之萌乎?"我們卻認為這是劉徹迷戀於統治生活的老實話。"少壯幾時兮奈老何",年紀已近老邁,還在幻想著"萬歲帝王"(他之晚年肆意求仙,便是明證)。長生既不可得,自然就會"歡樂極兮哀情多"了。不過這是一首"楚聲",倒是毫無問題的。

"新聲"則是來自外國的調子,與"兮字式"的"楚聲"不同。而首先創作的人物,便是那位懂音樂、善歌舞的李延年。如《北方有佳人》云:

北方有佳人,絕世而獨立。一顧傾人城,再顧傾人國。寧不知傾城與傾國,佳人難再得!

這本是李延年借此打動劉徹,獻身女弟李夫人的歌辭。內容雖極不堪,聲調卻是新制。後來李夫人果然入宮得寵,只是不幸早死。李夫人死後,劉徹因為想念她而作的《李夫人歌》也是"新聲",歌曰:

是耶? 非耶? 立而望之,翩何姍姍其來遲!

歌的意思雖極淺陋,但卻是當時的新聲。因之我們知道,漢代的"新聲",也是統治者先享用的了。

二、徒歌中的"五言"起源問題

按鍾嶸《詩品》中說:"逮漢李陵,始著五言之目。"蕭統《文選序》說:"降將著河梁之篇。"蕭子顯《南齊書·文學傳》說:"少卿離辭,五言才骨,難與爭鶩。"這些是指的相傳為李陵所作的《與蘇武詩》(凡三首)和蘇武的《別兄弟》《別妻》《別友》(凡四首),因為它們都是竟體五言的。又徐陵的《玉臺新詠》錄有相傳為枚乘所作的《西北有高樓》《東城高且長》《行行重行行》《涉江采芙蓉》《青青河畔草》《蘭若生春陽》《庭前有奇樹》《迢迢牽牛星》《明月何皎皎》等詩歌九首,《西京雜記》所載的卓文君的《白頭吟》,《昭明文選》所載的班婕妤的《怨歌行》,也都是五言。因此種種,過去的文學史家才多肯定五言詩是起源於西漢的。殊不知這些五言都是贋鼎之作。關於這些地方,近人陸侃如論證得最為詳盡,現在我們就以陸說為主,並參照其它各書的意見,把它簡單地寫在下面:

關於蘇李詩的:

①《漢書·李陵傳》《蘇武傳》和《藝文志·詩賦略》,都不曾提到他們的五言詩。

②《文心雕龍》有"李陵見疑於後代"的話,可見很早就有了懷疑它的人。又《詩品》論列前漢詩人也沒有蘇武的名字。

③李詩句"獨有盈觴酒"的"盈"字正觸犯漢惠帝的諱,陵不當敢用。

④史載李陵與蘇武訣別之歌為"徑萬里兮度沙漠"的楚聲,並非五言。

⑤蘇李共留匈奴十八九年之久,而詩有"三載為千秋"句,與事實不相符。

根據上述各點,我們才認為蘇李五言贈答詩不可信為實錄。

關於卓文君《白頭吟》的:

①《西京雜記》所言司馬相如將聘茂陵女為妻,卓文君作詩以自絕之事,不見《史》《漢》本傳。

②王僧虔《技錄》說:"《白頭吟》歌,古《皚如山上雪》篇。"未嘗指明為卓文君作。而《玉臺新詠》則列為古樂府六首之一。《宋書·樂志》亦稱之曰古辭。

除了左列兩種論據以外,我們認為就是從文體的演進上看,在漢初劉徹的時候,也不可能有這樣成熟的五言詩。

關於班婕妤《怨歌行》的:

①按《漢書·外戚傳》只說:"婕妤退處東宮,作賦自傷悼。"並載其全文,而沒有"並為怨詩"的話。

②《文心雕龍》說她的詩同樣地"見疑於後代",可見早就有人不信托它了。

所以班婕妤的五言詩也就靠不住了。

那麼,為什麼這些後起的五言詩偏偏要說是這些人作的呢? 如果仔細聯想一下,大概是李陵戰敗降胡、蘇武守使不屈、文君抗禮私奔、婕妤之當熊寵,這些人物,這些故事,都非常的為人同情,為人注意。流傳既廣,人便盡可以偽托了。

現在我們應該注意的問題是,上面所說的那些五言詩既然都是偽作,則五言詩究竟起於什麼時候呢? ——我們的答案是:它淵源於西漢的樂府,而成熟於東漢的末季。舉例來說,如"鼓吹曲"、"橫吹曲"中"鐃歌"的《上陵》:"上陵何美美,下津風以寒。問客從何來,言從水中央。""相和歌"中的《江南可採蓮》、"清商曲"中的《長歌行》等(詞均見前)都是的。

這樣到了東漢,五言詩便漸漸地成形了。例如班固的《詠史詩》,技巧雖不夠好,卻是竟體五言的。如:

小女痛父言,死者不可生。上書詣闕下,思古歌雞鳴。
憂心摧折裂,晨風揚激聲。

詩所指述的是西漢劉恒之時,孝女緹索請代父受罪,因而使劉恒廢除了肉刑的故事。這種思想當然是獨崇儒家以後的必然產品。其次如蔡邕的《翠鳥詩》:

> 庭陬有若榴,綠葉含丹榮。翠鳥時來集,振翼修形容。
> 回顧生碧色,動搖揚縹青。幸脫虞人機,得親君子庭。馴心
> 托君素,雌雄保百齡。

此詩表面上雖是詠物,其實卻在高談依附得所的寄生道理,除了它也是初期的五言詩以外,沒有什麼值得特別注意的價值。倒是他女兒蔡琰(文姬)的《悲憤詩》(從董卓為亂寫到自己被贖回漢)才稱得起是為情造文的現實主義作品。如她寫胡兵殘暴的情況是:

> 平土人脆弱,來兵皆胡羌。獵野圍城邑,所向悉破亡。
> 斬截無孑遺,屍骸相撐拒。馬邊懸男頭,馬後載婦女。長驅
> 西入關,迥路險且阻。還顧邈冥冥,肝脾為爛腐。所略有萬
> 計,不得令屯聚。或有骨肉俱,欲言不敢語。失意幾微間,輒
> 言斃降虜。要當以亭刃,我曹不活汝。豈敢惜性命,不堪其
> 詈罵。或便加棰杖,毒痛參並下。旦則號泣行,夜則悲吟坐。
> 欲死不能得,欲生無一可。彼蒼者何辜,乃遭此厄禍。

試看,這不是活畫的一幅兵災圖嗎? 要不是身受其苦的人,怎麼能夠寫得這樣的痛切深刻? 她接著又說胡地的生活道:

> 邊荒與華異,人俗少義理。處所多霜雪,胡風春夏起。

翩翩吹我衣,蕭蕭入我耳。感時念父母,哀歎無終已。有客從外來,聞之常歡喜。迎問其消息,輒復非鄉里。邂逅徼時願,骨肉來迎己。已得自解免,當復棄兒子。天屬綴人心,念別無會期。存亡永乖離,不忍與之辭。

描寫塞外風光和生活異域情況的詩歌,恐怕要以它為最早了。下面她的別兒別同輩的話就更淒切了:

　　兒前抱我頸,問母欲何之?人言母當去,豈復有還時?阿母常仁惻,今何更不慈?我尚未成人,奈何不顧思!見此崩五內,恍惚生狂癡。號呼手撫摩,當發復回疑。兼有同時輩,相送告別離。慕我獨得歸,哀叫聲摧裂。馬為立踟躕,車為不轉轍。觀者皆歔欷。去去割情戀,遄征日遐邁。悠悠三千里,何時復交會?念我出腹子,胸臆為摧敗!

設為兒言以述母子生離死別之苦,景象極其慘澹,所以才有“見此崩五內”“當發復回疑”“胸臆為摧敗”等句。最後關於故鄉的描寫也是淒涼異常的:

　　既至家人盡,又復無中外。城郭為山林,庭宇生荊艾。白骨不知誰,縱橫莫覆蓋。出門無人聲,豺狼號且吠。煢煢對孤景,怛咤糜肝肺。登高遠眺望,魂神忽飛逝。奄若壽命盡,旁人相寬大。為復強視息,雖生何聊賴!

這一段我們簡直可以認為它是胎息於《詩經·東山》,並且可以和《十五從軍征》等古詩相參看的。雖然這裏是征婦,而別處是征夫。

另外我們應該知道的,是蔡琰所吃的這些流離顛沛、一再折辱的苦頭,是和當時的政治經濟情況分不開的——劉漢的統治力量因為自己的荒淫、人民的反抗和外族的入侵,已經鑿喪摧毀得所餘無幾了。當時最受淩虐的自然就是蔡邕、蔡琰兩父女這樣沒落的士大夫階級。蔡琰又是一位多才的婦女,所遭遇的便更加倍的艱苦了。但是我們對於這位中國文學史上第一位有主名的偉大的婦女作家,卻不能不致以相當高的崇敬了——蔡琰,陳留人,字文姬,博學有才辯,也懂得音樂。初適衛仲道,仲道早死,無子,重歸母家。興平(漢獻帝劉協最初的年號)中董卓引羌胡作亂,文姬被虜,居胡十二年,生二子。曹操為相,念蔡邕無後,以金璧贖文姬歸,再嫁董祀。董祀犯法當死,她又蓬首徒行叩請赦免。這便是我們女作家的坎坷的一生。

三、古詩十九首的創作年代

有主名的五言詩作者我們重點地介紹完了以後,便應該談談古詩十九首了。

按沈德潛《古詩十九首注》云:"十九首非一人一時作,《玉臺》以中幾章為枚乘,《文心雕龍》以《孤竹》一篇為傅毅之詞,昭明以不知姓氏,統名為《古詩》,從昭明為久。"(《古詩源·漢詩》)我們認為沈德潛的說法是對的。不過他沒有更進一步地指出這些詩歌究竟是西漢還是東漢的,因此只能算是論證了一部分。

古詩十九首產生的年代為千多年來爭論不決的問題,直到現在,才被文學家們定為東漢末年建安左右的作品。他們的根據是:

①"胡馬""越鳥"對舉是漢末文人的慣例。如趙煜《吳越春秋》的"胡馬依北風而生,越燕望海日而熙",曹植《朔風詩》的"願騁代馬""願隨越鳥"。而《行行重行行》詩中適有"胡馬依北風,越鳥巢南枝"

句(西漢作者多係"代馬""飛鳥"對稱的,如《韓詩外傳》的"代馬依北風,飛鳥棲故巢"和《鹽鐵論》的"代馬依北風,飛鳥翔故巢。"與此不合)。

②《青青陵上柏》中的"驅車策駑馬,遊戲宛與洛"句,據李善注:"《漢書·地理志》:'南陽有宛縣,洛東都也。'蔡質《漢官典職》云:'南宮北宮,相去七里。'"五臣注:"翰曰:'宛,南陽也。洛,洛陽也。時後漢都此南都也。'濟曰:'洛陽有南北兩宮相望七里。'"據此,它是描寫東京的後漢作品似乎不成問題的。

③促織之名,《爾雅》《方言》《毛傳》似不曾見,直至漢末緯書始有此稱。而《明月皎夜光》中竟有"促織鳴東壁"句,是其晚出東漢末年無疑。

④《驅車上東門》中有"驅車上東門,遙望郭北墓"句。據《河南郡國經》云:"東有三門,最北頭曰上東門。"是驅車上東門,亦即洛之上東門了。那麼,這首詩還能夠早到那裏去呢?

⑤據《洛陽伽藍記》云:"西北有高樓,上與浮雲齊"二語,是描寫洛中建築物的。因此,《西北有高樓》的產生年代可知了。

⑥蟾兔並居月中,始見於張衡《靈憲》,漢末《緯書》亦多以此二物象月。《孟冬寒氣至》中乃有"四五蟾兔缺"句,足見也是漢末的作品。

我們就指出這六項最為可信的例證,來說明古詩十九首決非西漢作品和它之所以產生於東漢末年的道理。再加上它的技巧之精煉、內容之充實、情調之沉鬱,也在在可為它之晚出漢末的佐證。例如談亂離的:

> 行行重行行,與君生別離。相去萬餘里,各在天一涯。
> 道路阻且長,會面安可知?胡馬依北風,越鳥巢南枝。相去
> 日已遠,衣帶日已緩。浮雲蔽白日,遊子不顧反。思君令人

老,歲月忽已晚。棄捐勿復道,努力加餐飯。

要不是統治者征役的派遣,什麼事情可以叫人長行萬里,生離死別呢?而"思君令人老""衣帶日已緩"諸句,遂成千古絕唱。再如:

> 孟冬寒氣至,北風何慘慄! 愁多知夜長,仰觀眾星列。三五明月滿,四五蟾兔缺。客從遠方來,遺我一書劄。上言長相思,下言久離別。置書懷袖中,三歲字不滅。一心抱區區,懼君不識察。

寒夜不寐,苦思遠人,家書偶至,相思萬金。"置書懷袖中,三歲字不滅",此情此景,真說得出、寫得好。但是這種苦頭是誰給吃的? 我們也應該知道。

世事如斯,有資財的人,便亟力達觀,及時行樂了。例如:

> 驅車上東門,遙望郭北墓。白楊何蕭蕭,松柏夾廣路。下有陳死人,杳杳即長暮。潛寐黃泉下,千載永不寤! 浩浩陰陽移,年命如朝露。人生忽如寄,壽無金石固。萬歲更相送,賢聖莫能度。服食求神仙,多為藥所誤。不如飲美酒,被服紈與素。

這自然當是貴族的頹廢享樂思想。因為普通老百姓哪裏有能力"驅車上東門",哪裏有資格"求神仙""飲美酒""被服紈素"呢? 這也可以為古詩十九首非一人一時之作的一個證明。再如:

> 生年不滿百,常懷千歲憂。晝短苦夜長,何不秉燭遊?

為樂當及時,何能待來茲?愚者愛惜費,但為後世嗤。仙人
王子喬,難可與等期。

求仙服餌也是漢末貴族的妄人妄行。現在他們眼看著刀兵四起,朝不
保夕——因為農民一暴動起來,則當時的貴族都是革命的對象,例如
桓靈時候的黃巾之役就是的——便索性丟掉長生不老的幻想,鋪張浪
費地先麻醉一下自己。關於這一點,可以和姬周東遷以後那些士大夫
的厭世生活(見於《詩經・檜風》的《隰有萇楚》,《唐風》的《山有樞》
和《小雅》的《苕之華》《蓼莪》等篇)互相參看。

　　十九首的技巧,也特別的高。除上面列舉的以外,描寫景物的,如
"回車駕言邁,悠悠涉長道。四顧何茫茫,東風搖百草"(《回車駕言
邁》)、"古墓犁為田,松柏摧為薪。白楊多悲風,蕭蕭愁殺人"(《去者
日以疏》)等句,使我們讀了以後,也彷彿置身於荒涼的曠野中了。再
如描寫離情的:"明月何皎皎,照我羅牀幃。憂愁不能寐,攬衣起徘
徊。"(《明月何皎皎》)"昔為倡家女,今為蕩子婦。蕩子行不歸,空牀
難獨守。"(《青青河畔草》)似這種真切細膩的感情,簡直纏綿悱惻到
了萬分,在古今的詩作中,恐怕都是少見的。

　　另外是十九首的詞句通俗曉暢,極其接近人民的口語。而關於疊
字的應用——最著者如"青青河畔草,鬱鬱園中柳。盈盈樓上女,皎皎
當窗牖。娥娥紅粉妝,纖纖出素手"的連用——不但是再生了《詩經》
中的這一優點,而且是青出於藍地獨步千古了。因為它使用得是如此
的自然,如此的恰當啊!

　　總之,無論從內容或技巧任何方面看,《古詩十九首》都已經達到
古典人民藝術的高度水準了。這就不怪它在中國文學史上佔有非常
重要的地位了。

總結起來說是：

1. 信口歌唱不配管弦的詩歌，就叫做徒歌，它多一半是人民自己的創作。

2. 兩漢的徒歌可能很多，但是因為對抗不了樂府的勢力，流傳下來的卻少得可憐。

3. 徒歌有"楚聲""新聲"兩種腔調："楚聲"的流行比較早，"新聲"是外國傳進來的，就遲了些。

4. 傳今的徒歌，有人民性現實性很強的東西，也有統治階級竊用的作品。

5.《古詩十九首》是最為不朽的徒歌，不過它產生的時代最早是在東漢末年。

6. "五言"在兩漢的徒歌裏已經成了固定的形式，可是《蘇李詩》《白頭吟》《怨歌行》等詩歌不能作證，因為它們是後人偽托的。

7. 中國詩歌發展到了漢代的徒歌，無論從內容和形式任何方面講，都又前進了一大步。

漢賦（附）

"賦"在中國文學中是一種特別的東西。鍾嶸《詩品》云："直書其事，寓言寫物，賦也。"劉勰《文心雕龍》云："賦者，鋪也，鋪采摛文，體物寫志也。"我們認為這就是說，從鋪陳客觀的事物中來抒寫主觀的思想的作品便是賦。它是遠自《左氏傳》裏的"大隧之中，其樂也融融"、"大隧之外，其樂也洩洩"和"狐裘尨茸，一國三公，吾誰適從"就已經露了"賦"的端倪。班固《漢書·藝文志》云："不歌而誦謂之賦。"便是這個意思。不過"賦"的正式創立，恐怕還是荀卿開始的（他當然也是受了《楚辭》的影響的）。

漢代的賦家是踵武《楚辭》和荀賦的,《漢志》言:"大儒孫卿,楚臣屈原,離讒憂國,皆作賦以風,咸有惻隱古詩之義。其後宋玉、唐勒。漢興,枚乘、司馬相如,下及揚子雲,競為侈麗閎衍之詞,沒其風諭之義。是以揚子悔之曰:'詩人之賦麗以則,辭人之賦麗以淫。'"足證屈《騷》、荀《賦》是漢賦的先河,而漢賦反是少有靈魂的東西了。如果我們把它分類一下,則賈誼的《惜誓》《吊屈原》、淮南小山的《招隱士》、嚴忌的《哀時命》、司馬相如的《哀二世賦》《長門賦》、劉向的《九歎》、東方朔的《七諫》、王褒的《九懷》、揚雄的《反離騷》、班固的《幽通》、王逸的《九思》,可以說是摹仿屈作的騷賦。而賈誼的《鵬鳥賦》、司馬相如的《子虛賦》《上林賦》《大人賦》、揚雄的《甘泉》《羽獵》《河東》《長楊》、班固的《兩都》、張衡的《西京》,可以說是效法荀作的辭賦。

辭賦與騷賦不同,騷賦多是抒情的,辭賦多是寫物的——辭賦的內容,不外敘述花園的廣大、京都的繁華、田獵的壯觀、祭祀的富麗,和描寫神仙的奇跡、美人的姝色,刻畫自然的景物、器物的奇巧等。劉彥和在《文心雕龍·銓賦篇》說:"夫京殿苑獵,述行序志,並體國經野,義尚光大。""至於草區禽族,庶品雜類,則觸興致情;因變取會,擬諸形容,則言務纖密;象其物宜,則理貴側附。斯又小制之區畛,奇巧之機要也。"正是這個意思。總之,漢賦的特點是字句排比,辭彙絢爛,音調鏗鏘。司馬相如所說的"合纂組以成文,列錦繡而為質,一經一緯,一宮一商,此賦之跡也"(《答盛攬問作賦》)極為恰當。現在讓我們先看看抒情詠物的小賦——賈誼的《鵬鳥賦》:

> 誼為長沙王傅,三年,有鵬鳥飛入誼舍,止於坐隅。鵬似鴞,不祥鳥也。誼既以謫居長沙,長沙卑濕,誼自傷悼,以為壽不得長,乃為賦以自廣。其辭曰:
>
> 單閼之歲兮四月孟夏,庚子日斜兮鵬集予舍。止於坐隅

兮,貌甚閒暇。異物來萃兮私怪其故,發書占之兮讖言其度。曰:"野鳥入室兮主人將去。請問於鵩兮予去何之?吉乎告我凶言其災,淹速之度兮語予其期。"鵩乃歎息,舉首奮翼;口不能言,請對以臆:

萬物變化兮固無休息,斡流而遷兮或推而還·形氣轉續兮變化而蟺,禍兮福所依,福兮禍所伏。憂喜聚門兮吉凶同域。

彼吳強大兮夫差以敗,越棲會稽兮勾踐霸世。斯遊遂成兮卒被五刑,傅說胥靡兮乃相武丁。夫禍之與福兮何異糾纆,命不可說兮孰知其極!

水激則旱兮矢激則遠,萬物回薄兮振盪相轉。雲蒸雨降兮糾錯相紛,大鈞播物兮坱圠無垠。天不可預慮兮道不可預謀,遲遲有命兮焉識其時?

且夫天地為爐兮造化為工,陰陽為炭兮萬物為銅。合散消息兮安有常則,千變萬化兮未始有極。忽然為人兮何足控搏,化為異物兮又何足患?

小智自私兮賤彼貴我,達人大觀兮物無不可。貪夫殉財兮烈士殉名,誇者死權兮品庶每生。怵迫之徒兮或趨東西,大人不曲兮意變齊同。

愚士繫俗兮窘若囚拘,至人遺物兮獨與道俱。眾人惑惑兮好惡積億,真人恬漠兮獨與道息。釋智遺形兮超然自喪,寥廓忽荒兮與道翱翔。

乘流則逝兮得坻則止,縱軀委命兮不私與己。其生兮若浮,其死兮若休。澹乎若深淵之靜,泛乎若不繫之舟。不以生故自寶兮,養空而浮;德人無累,知命不憂。細故蔕芥,何足以疑!

賈生遭讒,不見用於劉恒,左遷長沙以後,便這樣的自思自歎。此種情調當然是個人主義的,但其形式卻很接近"楚辭"了。小賦我們只舉它為例,下面再看看大賦——班固的《兩都賦·西都》:

> 有西都賓問於東都主人曰:"蓋聞皇漢之初經營也,嘗有意乎都河洛矣。綴而弗康,實用西遷,作我上都,主人聞其故而覩其制乎?"主人曰:"未也。願賓攄懷舊之蓄念,發思古之幽情,博我以皇道,弘我以漢京。"賓曰:"唯唯。"

> 漢之西都,在於雍州,實曰長安。左據函谷二崤之阻,表以太華終南之山;右界褒斜隴首之險,帶以洪河涇渭之川;眾流之隈,汛湧其西。華實之毛,則九州之上腴焉。防禦之阻,則天地之隩區焉。

> 是故橫被六合,三成帝畿。周以龍興,秦以虎視。及至大漢受命而都之也,仰悟東井之精,俯協河圖之靈。奉春建築,留侯演成。天人合應,以發皇明。乃眷西顧,實惟作京。

這是御用文人班固在為統治階級誇飾舊日政治中心城市長安的一篇大賦。我們才只引了開頭的三小節,便知道它是有散有駢,分節用韻,鎔經鑄子,常嵌典故的。待至下面,則依次敘述城池的壯麗,人物的繁庶,景色的清新,交通的便利,宮室的宏敞,政治的修明,基業的鞏固,可以說是極鋪張之能事。他的《東都》和張衡的《西京》、左太沖的《三都》(蜀、吳、魏的都城)都是此類。其餘如誇郊祀的《甘泉賦》(揚雄)、頌田獵的《子虛》《上林賦》(司馬相如)等,限於時間,我們就不一一地舉例了。

最後我們要指出的是,西漢的賦,雖然在中國文學史上也有著這樣大量存在的事實，但是因為下列的原因，卻不能認為它是當時文學的主流：

1. 多數是統治階級御用的東西，人民性、戰鬥性在這裏幾乎找不到。

2. 文辭堆砌誇飾，特別是那些大賦，簡直成了叶韻的小字典。

3. "楚辭""荀賦"是它的祖先，自己並沒有什麼獨立創造的地方。

第八編　漢代散文(西漢——古典文學再生之三)

散文在先秦不是記言(表達思想),便是記事的(敍述事物),而且形式也極簡單(篇章論述,有的繫年),很少有"為文章而文章"的作品。可是這個情況到了漢代就變更了。因為劉漢奪得了統治權以後,想更進一步地鞏固君主專制政體,對於一般老百姓便充分發揮了儒家"民可使由之,不可使知之"的愚民政策。於是經書之學、郡國之教,老百姓就沒有份兒了。口頭創作以外,為統治者幫忙幫閒的文字,老百姓也不可能懂得了。特別是枚乘、司馬相如這些人,刻意摹擬,務以文字爭勝的結果,不但使文章與老百姓脫離了關係,而且除了鋪陳歌頌的辭賦,連獨立思考的東西都很少見了——文章跟學術從此幾乎分了家。

但是,這可不等於說,漢代就沒有了好的散文。因為"唐詩宋詞漢文章"、"西漢文章兩司馬"這些說法在舊日是極流行於學人之間的。縱令看法不同,也一定會有它的客觀存在的原因。所以我們認為漢代的記敍文和論議文,比之先秦不特不能說是減色,而且是更現實、更通順地成為中國文學稀有的創作了。下面就讓我們分別地介紹一下。

一、記敍的散文

一提到漢代的記敍文,是誰都會記起那位首著《史記》的司馬遷(生卒年代約為公元前 145—88)的。現在我們就先從他的生平談起。

據《史記·太史公自序》,司馬遷本是有家學淵源的。他的父親司馬談就是一位博學淹通的老先生——學天官於天都,受《易》於楊何,習道論於黃子。談在建元、元封(劉徹初年和中年年號)的時候,就做了太史官。遷出生於龍門(今河南省洛陽縣南),但祖籍卻是在馮翊夏陽(今陝西省韓城縣),幼年在家耕作,十歲才開始學習古典文學。但到二十歲以後,就漫遊了中國今天華東的會稽、禹穴、九疑,華南的沅湘,華北的汶泗等地。這在交通非常困難的當日,不是一件容易的事體(他也曾饑困在鄱陽、彭城等地)。回來以後,做了劉徹的近侍(官為郎中),又奉使到今天西南的昆明、巴蜀一帶。於是天下的名山大川,大半被他瀏覽了。還朝報命完畢,父司馬談病危河洛,他便跑去探視。父親流著眼淚告訴他說:"我們的祖先就是周家的太史,不能叫它到我這兒中斷了工作,我死以後,你應該繼續搞下去。"司馬談死了三年,司馬遷真就承襲了太史令。七年,漢將李陵出征匈奴,因後援不至戰敗降敵。廷議之時,遷代其申辯,遂受宮刑,此後他便發憤著史以於死。

司馬遷的《史記》是中國最早的"史書"(它始於黃帝,終於漢武),計由十二"本紀"、十"表"、八"書"、三十"世家"、七十"列傳"等合組而成。此中"本紀"和"世家"的一部分用的是定有時間的編年體;裏面的"列傳"則是以人物為敘述的中心而貫徹其人重於事的歷史精神的;至於"書"則偏於自然現象與社會制度的類集;而"表"又屬於軍政大事和有關人物的排比。就是這四部分東西互相聯繫、互相補充地構成了博大謹嚴的《史記》一書。

自然,我們現在研究不是中國的史學,但是《史記》這一部書卻是由許多敘列精當的散文組成的。因此,我們便不能置之不理了——《史記》在記敘方面,是非常之平實樸素的,這種文體雖然不是當時人民的語言,可是已經夠得上是文從字順了。這還只是技巧方面的成就,我們要特別表揚的乃是它的戰鬥精神。例如項羽本是劉邦的敵人,並且也不曾統一中國做過皇帝,司馬遷卻給他做了"本紀"(記敘天子生平的)，還盛誇他是"近古以來，未嘗有也"(見《項羽本紀》)。反之，對於劉邦，倒說他"好酒及色"，很巧妙地譏邦為"無賴"(見《高祖本紀》)——為了爭天下都可以不要自己的老子，當項羽要烹邦的父親太公時，邦竟說出了"必欲烹爾翁，則幸分我一杯羹"的無賴話語(見《項羽本紀》)。結果羽竟未烹邦父，這就看出兩人品質的高下了(劉邦的無賴行為《史記》提出甚多，如好謾罵、溺儒生冠等，茲不列舉了)。按，到了西漢，已經是君主專制越來越成熟的時期，而身係御用史官的司馬遷，對於自己的"君上"，竟敢這樣的唐突不敬，實在不能說是平凡的態度。

其次是，御用史官本來只要能把帝王家譜、統治者生活記載詳盡，便算夠了。換幾句話說就是，此外的人物應該沒有資格來浪費史官的筆墨的。可是司馬遷卻能連對抗漢家專制的遊俠們都給立了傳，並且談出他自己的看法說：

韓子曰："儒以文亂法，而俠以武犯禁。"二者皆譏，而學士多稱於世云。至如以術取宰相卿大夫，輔翼其世主，功名俱著於《春秋》，固無可言者。及若季次、原憲，閭巷人也，讀書懷獨行君子之德，義不苟合當世，當世亦笑之，故季次、原憲，終身空室蓬戶褐衣疏食不厭。死而已四百餘年，而弟子志之不倦。今遊俠，其行雖不軌於正義，然其言必信，其行必果，已諾必誠，不愛其軀，赴士之厄困，既已存亡死生矣，而不矜其能，羞伐其德，蓋亦有足多者焉。且緩急，人之所時有也。太史公曰："昔者虞舜窘於井廩，伊尹負於鼎俎，傅說匿於傅險，呂尚困於棘津，夷吾桎梏，百里飯牛，仲尼畏匡，菜色陳蔡。此皆學士所謂有道仁人也，然猶遭此災，況以中材而涉亂世之末流乎？其遇害何可勝道哉！鄙人有言曰：'何知

仁義,已享其利者為有德。'故伯夷醜周,餓死首陽山,而文武
不以其故貶王。跖、蹻暴戾,其徒誦義無窮。"由此觀之,竊鉤
者誅,竊國者侯,侯之門仁義存。非虛言也。今拘學或抱咫
尺之義,久孤於世,豈若卑論儕俗,與世浮沉,而取榮名哉!
而布衣之徒,設取予然諾,千里誦義,為死不顧世。此亦有所
長,非苟而已也。故士窮窘而得委命,此豈非人之所謂賢豪
間者邪?誠使鄉曲之俠,予季次、原憲比權量力,效功於當
世,不同日而論矣。要以功見言信,俠客之義,又曷可少哉!
古布衣之俠,靡得而聞已。近世延陵、孟嘗、春申、平原、信陵
之徒,皆因王者親屬,藉於有土卿相之富厚,招天下賢者,顯
名諸侯,不可謂不賢者矣。比如順風而呼,聲非加疾,其勢激
也。至如閭巷之俠,修行砥名,聲施於天下,莫不稱賢,是為
難耳。然儒墨皆排擯不載,自秦以前,匹夫之俠,湮滅不見,
余甚恨之。以余所聞,漢興有朱家、田仲、王公、劇孟、郭解之
徒,雖時扞當世之文罔,然其私義廉潔退讓,有足稱者。名不
虛立,士不虛附,至如朋黨宗強比周,設財役貧;豪暴侵淩孤
弱,恣欲自快,遊俠亦醜之。余悲世俗不察其意,而猥以朱
家、郭解等,令與豪暴之徒同類而共笑之也。(《史記》卷一
百二十四《遊俠列傳》第六十四)

以武犯禁的俠,倒比以術取宰相、鄉大夫的人可稱道,並且極看重他們
的"言必信""行必果""諾必誠",和能夠犧牲自己急難別人的美德,而
直斥"竊鉤者誅,竊國者侯"的統治階級政治,這不是正面的反抗態度
嗎?最後結以因為不令俠者像"豪暴"一樣地被人非笑,所以才特別提
出來給他們作傳的那種洋溢的感情,簡直又是司馬遷在借題發揮,越
來越技巧地運用他的戰鬥武器了(這一篇序言,嚴格地說,就是一篇很

好的議論文形式)。下面我們再看看它的"本傳":

> 魯朱家者,與高祖同時。魯人皆以儒教,而朱家用俠聞。
> 所藏活豪士以百數,其餘庸人不可勝言,然終不伐其能,歆其
> 德。諸所嘗施,惟恐見之。振人不贍,先從貧賤始。家無餘
> 財,衣不完采,食不重味,乘不過軥車,專趨人之急,甚己之
> 私。既陰脫季布將軍之厄,及布尊貴,終身不見也。自關以
> 東,莫不延頸交焉。

看,這不是很可愛的一個人物麼? 難怪司馬遷拿他和劉邦相提並論。
而後來諸俠如郭解等都被誅殺,就充分地證明他們的存在不利於君主
專制的統治,和司馬遷竟為他們作傳的難能可貴了。

司馬遷後,自然就數著班固了。

班固不但是一位史學家,同時也是散文家和辭賦家。他的辭賦我
們在上編附錄中約略地談過了,現在要知道的是他的散文和由此以成
的《漢書》。下面先介紹一下他的生平:

班固字孟堅,扶風安陵人(今陝西關中道咸陽縣東)。父彪,有天
才,好著述,曾接著《史記》作後傳數十篇。固因家教,九歲就能寫文
章、念詩賦。成年以後,更是博學多文,為人敬慕。父彪死後,固也專
心致志地繼續著史。可是因此有人向洛陽告密,說他"私改國史",遂
被繫京兆獄,幸經弟超營救,郡守亦代上固書,真相才搞清楚——不但
把他從獄中釋放出來,還叫他典校秘書,作蘭臺令史。固於是采撰前
記,綴集所聞,凡二十年才做成了《漢書》。

班固的《漢書》,從歷史學上看,乃是中國斷代史的始祖。它從劉
邦起,到王莽被殺止,前後共列一十二世,二百三十年,紀、表、志、傳一
百篇。因為他的記敘翔實,體例賅備,書成之後,很為時人所愛好。我

們現在要提出來的,當然不是《漢書》本身在史書上的價值如何,而是它所表現在記敘方面的文字,到底有何優點。如果還不算武斷的話,則我們認為班固的散文有某些地方是學習了司馬遷的某些手法的,例如他記敘李陵的生平,便保有著這種跡象,如其中迎戰單于的一段:

陵至浚稽山與單于相值,騎可三萬圍陵軍。軍居兩山間,以大車為營。陵引士出營外為陣,前行持戟盾,後行持弓弩,令曰:"聞鼓聲而縱,聞金聲而止。"虜見漢軍少,直前就營陵搏戰,攻之,千弩俱發,應弦而倒。虜還走上山,漢軍追擊,殺數千人。單于大驚,召左右地兵八萬餘騎攻陵,陵且戰且引南行數日,抵山谷中連戰。士卒中矢傷,三創者載輦,兩創者將軍,一創者持兵戰。陵曰:"吾士氣少衰,而鼓不起者何也?軍中豈有女子乎!"始軍出時,關東群盜妻子徒邊者隨軍為卒妻婦,伏匿車中。陵搜得皆劍斬之。明日復戰,斬首三千餘級。引兵東南,循故龍城道行四五日,抵大澤葭葦中,虜從上風縱火,陵亦令軍中縱火以自救。南行至山下,單于在南山上使其子將騎擊陵。陵軍步鬥樹木間,復殺數千人,因發連弩射單于,單于下走。是日捕得虜言單于曰:"此漢精兵,擊之不能下,日夜引吾南近塞,得毋有伏乎?"諸當戶君長皆言:"單于自將數萬騎,擊漢數千人不能滅,後無以復使邊臣,令漢易輕匈奴"。復力戰山谷間,尚四五十里得平地,不能破,乃還。是時陵軍益急,匈奴騎多戰,一日數十合,復傷殺虜二千餘人。虜不利,欲去,會陵軍候管敢為校尉所辱,亡降匈奴,具言:"陵軍無後救,射矢且盡,獨將軍麾下及成安侯校各八百人為前行,以黃與白為幟,當使精騎射之即破矣。"成安侯者,潁川人,父韓千秋,故濟南相,奮擊南越戰死,武帝封子延年為侯,以校尉隨陵。單于得敢大喜,使騎並攻漢軍,疾呼曰:"李陵、韓延年趣降。"遂遮道急攻陵,陵居谷中,虜在山上,四面射,矢如雨下。漢軍南行,未至鞮汗山,百五十萬矢皆盡,即棄車去。士尚三千餘人,徒斬車輻而持之,軍吏持尺刀抵山入陿谷,單于遮其後,乘隅下壘石,士卒多死不得行。昏後,陵便衣獨步出營,止左右:"毋隨我,丈夫一取單于耳!"良久,陵還,大息曰:"兵敗死矣!"軍吏或曰:"將軍威震匈奴,天命不遂,後求道徑還歸,如浞野侯為虜所得,後亡還,天子客遇之,況於將軍乎?"陵曰:"公止! 吾不死,非壯士也。"於是盡斬旌旗,及珍寶埋地中。陵歎曰:"復得數十矢,足以脫矣。今無兵復戰,天明坐受縛矣! 各鳥獸散,猶有得脫歸報天子者。"令軍士人持二升糒,一半冰,期至遮虜鄣者相待。夜半時,擊鼓起士,鼓不鳴。陵與韓延年俱上馬,壯士從者十餘人。虜騎數千追之,韓延年戰死。陵曰:"無面目報陛下。"遂降。(《漢書·李廣蘇建傳》)

按匈奴自秦末楚漢相爭時,即坐養強大,南下入侵。就是劉邦本人,也曾以三十萬眾被困平城(今山西大同縣東),直弄到答應和親,多送金幣,才得苟免於難。何況李陵以一部將,只領五千人馬深入胡境,而結果不但殺傷過當,並且威震北地,因為彈盡援絕,力竭而降,這才真是"非戰之罪也"呢。劉徹一點也不體察,這時竟殺了李陵全家,專制君主待人實在殘刻。班固此文,處處點出單于勢大,李陵孤單,不能不敗,雖敗猶榮的道理——在文字中間叫人感到李陵在千軍萬馬中間有如生龍活虎的戰鬥形象。他這樣出力地寫李陵,便不只是厚愛李陵個人了。我們沒有看到司馬遷的《項羽本紀》麼? 司馬遷那樣的高抬項羽既是有意的,我們便該認為班固這樣敘述李陵,也定是別有用心了。

最露骨的是他連司馬遷因為開脫李陵降敵因而被下宮刑的情況都夾
敘在內,下面接著說:

> 　上欲陵死戰,召陵母及婦使相者視之,無死喪色。後聞
> 陵降,上怒甚,責問陳步樂。(按步樂為陵麾下騎,曾代陵歸
> 報劉徹,陵必力戰。)步樂自殺。群臣皆罪陵,上以問太史令
> 司馬遷,遷盛言:"陵事親孝,與士信,常奮不顧身,以殉國家
> 之急。其素所畜積也,有國士之風。今舉事一不幸,全軀保
> 妻子之臣,隨而媒蘖其短,誠可痛也。且陵提步卒不滿五千,
> 深輮戎馬之地,抑數萬之師虜,救死扶傷不暇,悉舉引弓之
> 民,共攻圍之,轉鬥千里,矢盡道窮,士張空拳,冒白刃,北首
> 爭死敵,得人之死力,雖古名將不過也。身雖陷敗,然其所摧
> 敗,亦足暴於天下。彼之不死,宜欲得當以報漢也。"初上遣
> 貳師大軍出塞,令陵為助兵,及陵與單于相值,而貳師功少。
> 上以遷誣罔,欲沮貳師為陵遊說,下遷腐刑。(同上)

我們看到了這一段文字便更相信遷固的意態後先一致,和陵的罪不當
族,以及遷的主持正義、敢於鬥爭的精神了。另外是這段文章有許多
地方徑直是採用司馬遷的《報任少卿書》的——從"僕與李陵俱居門
下,素非能相善也,趣舍異路,未嘗銜杯酒接殷勤之餘歡",到"其所摧
敗,功亦足以暴於天下矣。僕懷欲陳之而未有路,適會召問,即以此指
推言陵之功,欲以廣主上之意,塞睚眥之辭。未能盡明,明主不曉,以
為僕沮貳師而為李陵遊說,遂下於理"都是。但我們不能認為這是班
固在抄襲,因為,這樣才叫我們越發地知道班固是真的推重司馬遷,而
以司馬遷的意志為意志的。
　附帶應該說明的,是漢與匈奴之戰,是匹敵之國的互相爭長——

最初是匈奴南侵,漢人防禦,後來是漢勢強大反攻,匈奴敗亡。從人民的利益上看,無論先動手打人的和得理不讓人一打到底的胡漢兩方面的統治階級,都是殘民以逞的侵略戰爭發動者,這一點是必須弄清楚的。

總之,從司馬遷、班固兩人的散文看起來,我們可以肯定地說,兩漢散文的最大成就就是記敘文一類的"傳記文學"。無論是他們兩人誰作的傳記(包括"本紀""世家""列傳"),都是很好的傳記。他們的遠祖,當然是《左氏傳》和《國語》。另外是此後的散文,特別是記敘文或傳記文,也就不能不是他們派生的子孫了。

二、論議的散文

兩漢的論議文也很像個樣,從一般的論說到應制的策奏,雖然多是幫助皇帝統治人民的,但也間有重視人民的力量,告訴統治者不可小覷,必須合理對待的。譬如賈誼的《過秦論》,便是乙篇富有代表性的此類散文。現在我們就看看它的第一段:

　　秦孝公據崤函之固,擁雍州之地,君臣固守,以窺周室,有席捲天下,包舉宇內,囊括四海之意,併吞八荒之心。當是時,商君佐之,內立法度,務耕織,修守戰之必備,外連衡而鬥諸侯,於是秦人拱手而取西河之外。孝公既沒,惠文武昭襄蒙故業,因遺策,南取漢中,西舉巴蜀,東割膏腴之地,北收要害之郡。諸侯恐懼,會盟而謀弱秦,不愛珍器重寶肥饒之地,以致天下之士,合從締交,相與為一。當此之時,齊有孟嘗,趙有平原,楚有春申,魏有信陵。此四君者,皆明智而忠信,寬厚而愛人,尊賢而重士,約從離衡,兼韓、魏、燕、趙、齊、楚、宋、衛、中山之眾。於是六國之士,有寧越、徐尚、蘇秦、杜赫之屬為之謀,齊明、周最、陳軫、昭滑、樓緩、翟景、蘇厲、樂毅之徒通其意,吳起、孫臏、帶佗、倪良、王廖、田忌、廉頗、趙奢之倫制其兵;嘗以十倍之地,百萬之眾,叩關而攻秦,秦人開關延敵,九國之師逡巡遁逃而不敢進,秦無亡矢遺鏃之費,而天下諸侯已困矣。於是從散約敗,爭割地而奉秦。秦有餘力而制其弊,追亡逐北,伏屍百萬,流血漂櫓,因利乘便,宰割天下,分裂山河,強國請服,弱國入朝。延及孝文王、莊襄王,享國日淺,國家無事。及至秦王,奮六世之餘烈,振長策而御宇內,吞二周而亡諸侯,履至尊而制六合,執捶拊而鞭笞天下,威振四海。南取百越之地,以為桂林象郡;百越之君,俯首繫頸,委命下吏。乃使蒙恬北築長城而守藩籬,卻匈奴七百餘里,胡人不敢南下而牧馬,士不敢彎弓而報怨。於是廢先王之道,焚百家之言,以愚黔首;墮名城,殺豪傑,收天下之兵聚之咸陽,銷鋒鏑,鑄以為金人十二,以弱天下之民;然後踐華為城,因河為池,據億丈之城,臨不測之淵以為固;良將勁弩守要害之處,信臣精卒陳利兵而誰何;天下已定,秦王之心,自以為關中之固,金城千里,子孫帝王萬世之業也。始皇既沒,餘威振於殊俗,陳涉甕牖繩樞之子,甿隸之人,而遷徙之徒也,才能不及中人,非有仲尼、墨翟之賢,陶朱、猗頓之富,躡足行伍之間,而崛起阡陌之中,率疲散之卒,將數百之眾,而轉攻秦,斬木為兵,揭竿為旗,天下雲集回應,贏糧而景從,山東豪俊遂並起而亡秦族矣。且夫天下非小弱也,雍州之地,崤函之固自若也。陳涉之位非尊於齊、楚、燕、趙、韓、魏、宋、衛、中山之君也;鋤耰棘矜,非銛於鉤戟長鎩也;謫戍之眾,非抗於九國之師也;深謀遠慮,行軍用兵之道,非及向時之士也。然而成敗異變,功業相反,何也? 試使山東之國,與陳涉度長絜大,比權量力,則不可同年而語矣! 然秦以區區之地,致萬乘之權,招八州而朝同列,百有餘年矣,然後以六合為家,崤函為宮,一夫作難而七廟墮,身死人手為天下笑者,何也? 仁義不施,而攻守之勢異也。(《全漢魏三國六朝文·漢文》)

按陳涉之役,乃是中國歷史上時期最早、規模也大的一次農民起義。雖然它的勝利果實輾轉地被劉邦篡取了去,可是中國人民反抗君主專制的偉大力量,卻充分地表現出來了。賈誼此文的最精微處,就在於他之亟力誇張嬴政的威權暴力,都所以反襯以陳涉為首的人民力量的不可侮。"身死人手為天下笑者,何也? 仁義不施而攻守之勢異也",就是他的中心論點。至於文字本身上的充實精煉、洋洋大觀、有開有合、層次清晰,久稱漢代大手筆的這些情況,就不必細說了。

賈誼的公事文字(奏對之類)也極出色。司馬遷說他為吳廷尉推薦給劉恒做博士時才是二十歲的一個青年,可是朝中老輩不能議對的詔令,經他一說,沒有不恰到好處的。因此,劉恒很喜歡他,只在一年之間,就破格地升他做大中大夫。他也打算好好兒地幫一下劉恒,叫劉恒面對現實地把秦代那一套舊法令改革一下。可惜的是劉恒剛從外藩入繼,一時還沒有這個勇氣,但已經準備用他做公卿,叫他直接負責搞了。因為招了權臣絳灌、馮敬之等的嫉妒——他們說他:"一個年青的洛陽人,只曉得標奇立異,獨攬大權,如果重用,會破壞了祖宗的法度。"劉恒不能不信,也就叫他遠到長沙去做長沙王的先生了。(據《史記·屈原賈生列傳》)

我們之所以這樣不嫌煩絮地介紹了《過秦論》,又介紹了賈誼的生平,乃是要想證實:因為他是一個失意的政治家,才會越來越成就一個文學家。"詩窮而後工"的這句話,在中國長期的封建社會裏是有其一定的客觀原因的。此以始終和統治階級一個鼻孔出氣的文人或政客，是不會有獨抒胸臆、同情人民的作品的。必須他們是敢於發表自己的意見，特別是不曾遭受朝廷眷養的人的自由言論，哪怕是改良主義的東西，也多少能夠沾著人民的邊兒的（我們對於董仲舒、晁錯等人便不是這樣的看法了。那就是說，雖然他們的"天人三策"、《貴粟疏》等也是很有"內容"，頗為明順的論議文，但是因為他們是幫助皇帝統治思想、剝削人民的公事文，所以只好割"愛"了）。

到了東漢，又出現了一位大散文家王充（生於公元 27 年，約卒於 100 年）。

據王充《自紀篇》說：充字仲任，會稽上虞人（就是現在的浙江省上虞縣）。他的祖父、伯父和父親都是好勇鬥狠的人，可是他卻特別恭謹。他六歲上學，八歲就離開了書館，不但書讀得很多，文章也寫得不錯。成人以後，曾在縣、府等地方行政機構中做功曹、從事一類的公務員，並不嫌怨官卑職小。直到章和二年（章帝劉烜的年號）才退休家居，這時已經快七十歲了。他寫作的東西除《論衡》三十卷外，還有《譏俗節義》十二篇、《政務》若干篇，不過後面兩者都只剩下書目。

王充是個"實事求是"的現實主義者，他極反對盲目的崇拜偶像和脫離實際地以古非今。例如《問孔篇》說：

> 世儒學者好信師而是古，以為賢聖所言皆無非，專精講習不知難問。夫賢聖下筆造文，用意詳審，尚未可謂盡得實況，倉卒吐言，安能皆是，不能皆是，時人不知難；或是而意沉難見，時人不知問。案賢聖之言，上下多相違，其文前後多相伐者，世之學者不能知也。（《論衡》卷九）

案自西漢劉徹表彰六經、東漢劉秀尊崇儒術以來，《詩》《書》《禮》《易》

《春秋》《論》《孟》已經成了聖經法典,沒有一個人敢提出一個"不"字來。獨有王充對於這種傳統的看法,正面地予以指斥——盛言"信師是古"之非,真是大膽的思想了。他的文學見解也是一樣。如《對作篇》說:

> 是故《論衡》之造也,起眾書並失實,虛妄之言勝真美也。故虛妄之語不黜,則華文不見息;華文放流,則實事不見用。故《論衡》者,所以銓輕重之言,立真偽之平,非苟調文飾辭為奇偉之觀也。(同上卷二十九)

這便是王充實事求是的態度。因為西漢文章從司馬相如、揚雄起,便已經誇飾鋪陳,失其本真,叫人無法入目了。王充從平實素樸入手,以矯當世之弊,是極有見地的。他在《自紀篇》裏介紹自己的《論衡》道:

> 充書形露易觀。或曰:"口辯者其言深,筆敏者其文沉。案經藝之文,賢聖之言,鴻重優雅,難卒曉覩。世讀之者,訓古乃下。蓋賢聖之材鴻,故其文語與俗不通。玉隱石間,珠匿魚腹,非玉工珠師莫能采得。寶物以隱閉不見,實語亦宜深沉難測。《譏俗》之書,欲悟俗人,形露其指,為分別之文。《論衡》之書,何為復然?豈材有淺極,不能為覆?何文之察,與彼經藝殊軌轍也?"答曰:"玉隱石間,珠匿魚腹,故為深覆。及玉色剖於石心,珠光出於魚腹,其隱乎?猶吾文未集於簡劄之上,藏於胸臆之中,猶玉隱珠匿也。及出荷露,猶玉剖珠出乎!爛若天文之照,順若地理之曉,嫌疑隱微盡可名處,且名白事自定也。《論衡》者,論之平也。口則務在明言,筆則務在露文。高士之文雅言無不可曉,指無不可覩。觀讀之

者,曉然若盲之開目,聆然若聾之通耳,三年盲子卒見父母,
不察察相識,安肯說喜?道畔巨樹,塹邊長溝,所居昭察,人
莫不知;使樹不巨而隱,溝不長而匿,以斯示人,堯舜猶惑。
人面色部七十有餘,煩肌明潔,五色分別,隱微憂喜皆可得
察,占射之者十不失一;使面黝而黑醜,垢重襲而覆部,占射
之者十而失九。夫文由語也,或淺露分別,或深迂優雅,孰為
辯者?故口言以明志,言恐滅遺,故著之文字;文字與言同
趣,何為猶當隱閉指意?獄當嫌辜,卿決疑事,渾沌難曉,與
彼分明可知,孰為良吏?夫口論以分明為公,筆辯以荴露為
通,吏文以昭察為良。深覆典雅,指意難覩,唯賦頌耳!經傳
之文,賢聖之語,古今言殊,四方談異也。當言事時,非務難
知,使指閉隱也。後人不曉,世相離遠,此名曰"語異",不名
曰"材鴻"。淺文讀之難曉,名曰"不巧",不名曰"知明"。秦
始皇讀韓非之書,歎曰:"猶獨不得此人同時!"其文可曉,故
其事可思。如深鴻優雅,須師乃學,投之於地,何歎之有?夫
筆著,欲其易曉而難為,不貴難知而易造;口論務解分而可
聽,不務深迂而難覩。孟子相賢以眸子明瞭者,察文以義
可曉。

他這篇文章的主要意思,就是告訴我們:說話既是要說明白話,寫文字
也就要寫曉暢的文字。因為口語和文字乃是同功一體的東西,不過一
個是把聲音騰之於口,一個是把符號筆之於書,只求它能夠表達完全
的思想,完成傳達的任務,就算了事。如果務為艱深,必待經師訓詁才
能瞭解,這就是橫生障礙,違背了語言文字的本來作用了。他同時並
提出來"指意難覩"的"賦頌"和古今言殊的"經傳"乃是"不巧"與"語
異",不應該泥古非今地說什麼"知明"或"材鴻",實在是非常正確的

見解。而他的脫越流俗的革命精神，也就在這些地方。譬如他又說：

> 論貴是而不務華，事尚然而不高合。論說辯然否，安得
> 不諓常？心逆俗耳，眾心非而不從，故喪黜其偽而存定其真。
> 如當從眾順人心者，循舊守雅，諷習而已，何辯之有？（同上）

這是說判斷只需要正確，不在乎修飾，卓見遠見往往與流俗不同的，應
該不管這些，堅持到底。他接著又解答關於《論衡》不能純美的道
理說：

> 夫養實者不育華，調行者不飾辭。豐草多華英，茂林多
> 枯枝。為文欲顯白其為，安能令人而無譴毀？救火拯溺，義
> 不得好；辯論是非，言不得巧。入澤隨龜，不暇調足；深淵捕
> 蛟，不暇定手。言奸辭簡，指趣妙遠；語甘文峭，務意淺小。
> 稻穀千鍾，糠皮太半；閱錢滿億，穿決出萬。大羹必有淡味，
> 至寶必有瑕穢。大簡必有大好，良工必有不巧。然則辯言必
> 有所屈，通文猶有所黜。言金由貴家起，文糞自賤室出，淮南
> 呂氏之無累害，所由出者家富官貴也；夫貴故得懸於市，富故
> 有千金副，觀讀之者惶恐畏忌，雖見乖不合，焉敢譴一字？
> （同上）

無論怎樣優良完整的東西，如果嚴格地指摘挑剔起來，不會連一點兒
缺陷都沒有的。因為這是見仁見智的不同（看看"雞蛋裏挑骨頭"的
態度的就更不要說了），我們但當知其黑、守其白地不為所動——用今
天的話說就是堅定立場、一致態度，只要面對鬥爭的是腐朽的事
物——文字更是一樣的。他繼續申述不必強不同以為同地致令喪失

了自己的立場的道理說：

> 飾貌以強類者失形，調辭以務似者失情。百夫之子，不
> 同父母，殊類而生，不必相似，各以所稟，自為佳好。文必有
> 與合然後稱善，是則代匠斲不傷手，然後稱工巧也。文士之
> 務，各有所從，或調辭以巧文，或辯偽以實事。必謀慮有合，
> 文辭相襲，是則五帝不異事，三王不殊業也。美色不同面，皆
> 佳於目；悲音不共聲，皆快於耳。酒醴異氣，飲之皆醉；百穀
> 殊味，食之皆飽。謂當與前合，是謂舜眉當復八采，禹目當復
> 重瞳。（同上）

“夫物之不齊，物之情也”（《孟子》），十個手指頭哪裏會有一般齊的？
只機械地看問題是不成的，何況世界時移，今古又有很大的區別？王
充此言，甚至於有些“進化論”的味道了。

總之，我們認為王充的這些看法，在後漢文學風氣業已靡靡腐朽
的嚴重情況下，不能不算是一位異軍突起、孤軍奮鬥的革命戰士。秦
火、漢罷黜以後，能夠遠遠地紹續戰國諸子橫議紛紜的精神，而且從思
想和行動上也真的自己構成了一個系統、製造了一個典型的，恐怕只
有王充才配稱做“當之無愧”了。這和他的出身卑微、接近人民是有關
係的。

王充的影響後來似乎也不算小。當代碑版大家蔡邕，就曾把他的
《論衡》當作帳中秘寶，時或摭撷他的言論。崔寔的《政論》、仲長統的
《昌言》雖然不是貫徹他的主張，但是在態度上，在文字上，起碼也是不
肯同流合污和努力爭取、明白曉暢的。

總結起來說，兩漢散文在中國文學史上的表現是極其出色的，它

的原因是:

1. 散文發展到了兩漢,不但是體例完備,而且更文從字順了。稍差一點的是,思想方面不如先秦的蓬勃澎湃。這自然是秦火和漢罷黜的後果。

2. 馬、班的記敘、賈王的論議,特別是司馬遷的散文,在中國文學中,至今還可以說是彪炳千古的。這是由於它們表現了戰鬥精神和現實主義。

3. 中國文字"載道""言志""幫忙""幫閒"之分,恐怕從這個時候已經露了端倪。因為經學家的論議、辭賦家的鋪陳,很顯然地在各立門戶了。

4. 因為漢代散文是這般的豐富充實、多式多樣,中國此後的古典散文,遂奉之為圭臬楷模,一直到了明清,還在那裏喊"文必兩漢"呢。

第九編　魏晉南北朝的文學(古典文學的僵化時期)

一、時代和思潮

東漢王朝,這個以劉秀(光武帝)為"中興"世主的南陽貴族和地主階級的封建統治政權,延續到了公元 220 年。因為統治階級內部的混亂和宦官的矛盾鬥爭(如黨錮之禍與十常侍之亂),廣大的起義農民(黃巾)跟整個官僚地主階級的對抗(黃巾、張角以後還有黑山等農民軍繼之而起),及最後的轉化成官僚軍閥集團的地方割據(如董卓據關中、袁紹據幽冀、劉表據荊襄、馬騰韓遂據涼州……),到曹操、孫權、劉備的分別翦除群雄,造成三國鼎立的局勢,而宣告滅亡。中國人民在這三十多年的混戰期中(從 184 年黃巾起義到 220 年曹丕代漢),真可以說是"白骨露野""萬不存一","名都空而不居,百里絕而無民者"(語俱見《後漢書》)了。這時候不要說老百姓大都無衣無食地死於刀兵或道路,就連那擁有武力的軍閥們,也只能"資椹棗"而"給嬴蒲"(見《晉書·食貨志》)地湊合著打仗。所以這期間的戶口,據史書記載都不足三百萬戶、兩千萬人,則其景象的淒慘,可想而知了。

這樣到了 263 年,司馬昭派兵滅了西蜀,他的兒子司馬炎(晉武帝)代魏稱帝,並在 280 年合併了東吳,才又形成了統一的封建政權。但這個局面也只維持了十年,司馬炎死後,統治階級自己便開始火拼起來——司馬家的八個王,汝南王亮、楚王瑋、趙王倫、齊王同、成都王穎、河間王顒、長沙王乂、東海王越等,走馬燈似地互相廝殺,結果是削弱了統治力量,招來了匈奴族的入侵。劉淵(303 年稱帝於平陽[今山西省臨汾縣],國號漢)的兒子劉聰於 311 年、316 年先後攻陷洛陽、長安,俘虜了懷帝司馬熾和湣帝司馬鄴,結束了西晉皇朝的統治。整個北方,便被當時的少數民族匈奴、鮮卑、氐、羌、羯等分別佔據了。司馬睿(晉元帝)逃過長江,依靠南方的豪門勢族和逃亡的大地主們在建康組織了封建政權,便是史家所稱的東晉,但也只偏安了一百年,就被劉裕滅亡。這是從 317 年到 420 年的事。這個時期的人民生活不要說,更是顛沛流離不知死所的了。《魏書·食貨志》云:"晉末,天下大亂,生民道盡,或死於干戈,或斃於饑饉,其幸而自存者蓋十五焉。"應該是實際的情況。

從 420 年劉裕亡晉,改國號為宋,到 589 年陳後主陳叔寶出降隋楊廣止,史家謂之南朝。這期間則北方的拓跋珪(北魏道武帝)也統一了黃河、北淮河流域建國曰魏,到 581 年北周宇文闡(靜帝)被楊堅(隋文帝)篡位以前,史家稱曰北朝。這南北兩朝因為兵戈擾攘,征戰不休,也都弄得賦稅重重,生民凋敝。特別是那北方,簡直是地曠人稀,租稅無出了。因此,北魏拓跋元宏(孝文帝)才在 485 年實行了"均田制",以收集勞力、改善生產,所謂"無令人有餘力,地有遺利"者是。但這種辦法對於貴族豪門的大地主仍是有利的,既不觸動他們既存的大地產,而擁有了奴婢耕牛的他們大可以不受田地(法定奴婢和牛均得按口受田),所以結果還是貧富懸殊,有產者和無產者(受田者老死則還田,並不能自由買賣)的尖銳對立。南朝則自司馬渡江以後,貴族豪門便在隨意佔有肥沃的或是還未開發的土地,並且強制地把從北方逃亡來的農民使用為勞動力而把他們"農奴化"了。因此,我們可以肯定地說:江南此時的"六代繁華"、窮侈極欲,它的經濟基礎,就是這個一脈相傳的佔田制度和剝削方法。

從公元三世紀初到七世紀初約四百年間的政治經濟情況既如上述,接著我們就該談談與之同生的思想狀況了。大家都知道自西漢以來,中國封建地主階級的統治思想是儒家的君臣父子、仁義道德,並且上行下效著,很少有人敢道一個"不"字的。但是這種情況,隨著中國封建社會經濟第一個周期的破毀而破毀了。那就是說,在農民和地主的階級鬥爭還不夠劇烈時,被剝削者通過勞動能有一碗飯吃,剝削者尚未窮凶極惡到"穀穗也要榨出來油"的時候,儒家的一套還可以將就湊合地維持局面,等到階級矛盾一尖銳,統治者不能不別尋權宜的手段來鞏固政權時,它便要徹底地垮臺了。如建安(漢獻帝劉協的年號)十九年曹操代下的詔令說:

> 夫有行之士,未必能進取,進取之士,未必能有行也。陳平豈篤行,蘇秦豈守信邪? 而陳平定漢業,蘇秦濟弱燕。由此言之,士有偏短,庸可廢乎!

二十二年,又說:

> 負污辱之名,見笑之行,不仁不孝而有治國用兵之術者,具各舉所知,勿有所遺。

這就是封建階級到了急難的時候,為了穩定它的地位,連盜嫂受金、不仁不義的才士,都一樣引用。那末,不是已經告訴了我們,虛偽的封建道德,也就是儒家統治思想的徹底破產了些麼?

由東漢末年過渡到魏晉,政治的統治形式上雖然又漸近於集權統一,可是因為多年戰亂的結果,社會經濟便在衰落之中,那統治者為了懼怕農民或是不利於己的權臣梟將的再起,又不能不採取高壓的恐怖手段。於是臣民惴惴不安,開始悲觀厭世,有物質基礎的士大夫階級便很自然地流於享樂,放任逃避現實的人生觀了。《晉書》卷三五云:

"立言籍其虛無,謂之玄妙;處官不親所司,謂之雅遠;奉身散其廉操,謂之曠達。"就是這般人的行徑。他們思想上的理論依據是老莊的清靜無為,藉著談玄說幻來慰安自己的空虛的靈魂,無為而無不為地以糜爛的生活來麻醉自己。正如葛洪所言:

> 儔類飲會,或蹲或踞。暑夏之月,露首袒體。盛務唯在摴蒱彈碁,所論極於聲色之間,舉足不踰綺繻紈袴之側,遊步不去勢利酒肉之門。不聞清談論道之言,專醜辭嘲弄為先。以如此者為高遠,以不爾者為驥野。(《抱朴子·疾謬》)

這正是地主階級政權衰落後的破落戶的反常行為,也就是封建社會沒落時期必有的意態反映。最顯著的事例,如嵇康的非湯武、薄孔孟,阮籍的披髮佯狂和劉伶的醉酒等等,簡直是舉不勝舉了——他們的行為是各式各樣的,宋葉水心云:"世之悅而好之(指老莊思想)者有四焉:好文者資其辭,求道者意其妙,泊俗者遣其累,好邪者濟其欲。"分析得很是正確。

二、作家與作品

唐代李白說:"自從建安來,綺麗不足珍。"(《古風》)這種看法到了今天,就更顯出了它的正確性。因為從漢末大亂以來,在文學史上雖然有一個所謂"建安"(漢獻帝劉徹的年號,196—220)、"正始"(魏主曹芳的年號,240—249)時期,但究其實無論是曹家父子(曹操、曹丕、曹植),建安七子(孔融、王粲、陳琳、阮瑀、應瑒、徐幹、劉楨),至多不過是統治階級所玩的"依舊譜填新聲"的把戲。《晉書·樂志》云:

漢自東京大亂,絕無金石之樂,樂章亡缺,不可復知。及魏武平荊州,獲漢雅樂郎河南杜夔,能識舊法,以為軍謀祭酒,使創定雅樂。

又說:

巴渝舞曲有"矛渝本歌曲","安弩本歌曲","安臺本歌曲"。總四篇,其辭既古,莫能曉其句度。魏初,乃使軍謀祭酒王粲改創其辭。

又說:

漢時有短簫鐃歌之樂,其曲有"朱鷺""思悲翁""艾如張""上之回""雍離""戰城南"……等曲,列於鼓吹,多序戰陣之事。及魏受命,改其十二曲,使繆襲為詞,述以功德代漢。

這些都證明了以曹家父子為中心的文學事業,不過在於驅使文人用古樂的舊曲改作歌頌自己功德的新詞。因此,從人民的要求上看,它的價值就幾乎等於零了。看看他們的作品吧,先說如曹操的《短歌行》:

對酒當歌,人生幾何?譬如朝露,去日苦多。慨當以慷,憂思難忘。何以解憂?唯有杜康。青青子衿,悠悠我心;但為君故,沉吟至今。呦呦鹿鳴,食野之蘋。我有嘉賓,鼓瑟吹笙。明明如月,何時可掇;憂從中來,不可斷絕。越陌度阡,枉用相存。契闊談讌,心念舊恩。月明星稀,烏鵲南飛;繞樹三匝,何枝可依? 山不厭高,海不厭深;周公吐哺,天下歸心。

我們細看這首詩,內容上是個人英雄主義的統治思想,還夾雜著淒涼憂傷的情調。這就說明了這位自比周公的曹操儘管是叱咤一時,可是到頭來因為脫離了人民,成了特權頭子,他的生活依舊是空虛和不安的。在從形式上看,它不過是襲用了三百篇四言的體例,而且有些句子徑直地抄用了《詩經》的(如"青青子衿"、"呦呦鹿鳴"等六句),又有什麼了不起呢? 可笑的是,歷來的文學家竟說它是曹操的千古不朽的代表作品。

再看他的兒子曹丕(魏文帝,死於 226 年)的《上留田行》:

居世一何不同? ——上留田
富人食稻與粱。——上留田
貧子食糟與糠。——上留田
貧賤亦何傷? ——上留田
祿命懸在蒼天。——上留田
今爾歎息,將欲誰怨? ——上留田

在形式和調子上看,這自然原是人民的東西,因為它信口歌唱出來貧富兩個階級不同的生活情況了(前三句)。但從第四句起,便露出了統治者的原來的嘴臉,它居然能說出"貧賤亦何傷""祿命懸在蒼天"和"今爾歎息,將欲誰怨"等語,叫人們不必怨天尤人地去安於被剝削得連飯都吃不上的貧苦生活。試問這不是統治者改作以後的抵賴迷惑口吻是什麼?

曹操的小兒子曹植(封陳思王,192—232)倒是"才高八斗"製作最多的一個詩人,如熱愛自由、歌頌解放的《野田黃雀行》:

高樹多悲風，海水揚其波。利劍不在掌，結友何須多？
不見籬間雀，見鷂自投羅。羅家見雀喜，少年見雀悲。拔劍
捎羅網，黃雀得飛飛。飛飛摩蒼天，來下謝少年。

曹植通過詩作所反映的這種愛自由、求解放的思想，不是偶然的。因
為他很受曹丕的迫害，常在愁苦之中（封到東阿，名為藩王，實同徒
禁）。他有一首瑟調歌辭，曾用飛蓬以表達自己的哀戚云：

吁嗟此轉蓬，居世何獨然。長去本根逝，夙夜無休閒。
東西經七陌，南北越九阡。卒遇回風起，吹我入雲間。自謂
終天路，忽然下沉淵。驚飆接我出，故歸彼中田。當南而更
北，謂東而反西。巖宕當何依，忽亡而復存。飄颻周八澤，連
翩歷五山。流轉無恒處，誰知吾苦艱。願為中林草，秋隨野
火燔。糜滅豈不痛，願與根荄連。

風吹蓬離去根荄，東西南北天上地下地漂泊一陣，連個休止處都不固
定，為了再和自己的根荄連接起來，甚至於希望著死化成灰（也未嘗不
是想從父親於地下的變相說法）。試看這是多麼哀痛的情調呀！它雖
然是在暴露著統治階級內部的矛盾，但我們對於這位屈抑在曹丕淫威
下面的陳思，到底難免有些同情的。

因此，我們可以概括地說，中國的詩到了曹家父子手裏，只不過是
又使用了四言，熟練了五言，延展了七言（曹丕有調曲《燕歌行》的"秋
風蕭瑟天氣涼，草木搖落露為霜"等十五句即是）和完成了"以舊曲翻
新調"的樂府摹擬而已。領導人物如此，那建安七子自然也就不能夠
例外，如陳琳的《飲馬長城窟行》：

　　飲馬長城窟,水寒傷馬骨。往謂長城吏,慎勿稽留太原
卒。官作自有程,舉築諧汝聲! 男兒寧當格鬥死,何能怫郁
築長城! 長城何連連,連連三千里。邊城多健少,內舍多寡
婦。作書與內舍,便嫁莫留住。善事新姑嫜,時時念我故夫
子! 報書與邊地,君今出語一何鄙? 身在禍難中,何為稽留
他家子? 生男慎莫舉,生女哺用脯! 君獨不見長城下,死人
骸骨相撐拄? "結髮行事君,慊慊心意關。明知邊地苦,賤妾
何能久自全?"

這是寫邊事的淒慘的,雖然是文人加工之作,但那戍卒的悲情,內含的
堅強,以及客觀上的虐政報導,已經夠醒人心目的了。再引阮瑀的《駕
出北郭門行》:

　　駕出北郭門,馬樊不肯馳。下車步踟躕,仰折枯楊枝。
顧聞丘林中,嗷嗷有悲啼。借問啼者誰,何為乃如斯? 親母
舍我沒,後母憎孤兒。饑寒無衣食,舉動鞭捶施。骨消肌肉
盡,體若枯樹皮。藏我空屋中,父還不能知。上冢察故處,存
亡永別離。親母何可見,淚下聲正嘶。棄我於此間,窮厄豈
有貲? 傳告後代人,以此為明規。

我們看到了這首詩,立刻就會知道它是反映一個孤兒的苦難生活的,
同時也很容易聯想到它會是受了前此《孤兒行》一類古樂府的影響的。
因此,無論作者描寫得怎麼樣的細緻,我們的看法仍舊是和曹家父子、
陳琳等所作的詩歌一般,只多不過是翻新樂府、摹擬前人的東西罷了。
　　逮及兩晉,這樣情況就越來越厲害,不管是太康(晉武帝司馬炎的

年號)中的二陸(陸機和他的弟弟陸雲)、三張(張載和他的兩個弟弟張協、張亢)、兩潘(潘岳和他的侄兒潘尼)、一左(左思),或是永嘉(晉懷帝司馬熾的年號)以後偏安江左的劉琨、郭璞,都是些步趨古人、特重綺麗的詩文匠。而且作品之中往往充滿著憂傷頹廢的情調,毫不足取。如果必須在諸人之外找出兩個代表人物來談談的話,那就只有最初的阮籍和最末的陶潛,還可以勉強地入選了。

阮籍(210—263),字嗣宗,陳留尉氏(今河南省尉氏縣)人。他書讀得很多,但是特別喜好《莊子》《老子》。又最愛飲酒,善於彈琴,也能長嘯。為人放達任性,不拘禮法。聽說母親死了,還與人圍棋不動,下葬的時候,先飲酒食肉,然後臨穴號哭,至於吐血。嫂子回娘家,他也跟她相見作別,別人笑話他,他滿不在乎地說:"那些世俗的禮法,能夠管得住我麼?"常常自己趕著車出去亂撞,找不到道路,便痛哭而歸。他很會寫文章,但是不大注意它,儘管這樣,他的詠懷詩八十多篇,還是極為世人推重的。

他在最初本來也想作一番事業,可是看到魏晉兩朝政權交替的時候,統治者殘刻成性,有一點兒聲望的人,還很少能夠逃出法網,因此才藉酒醉臥,不問世事了。司馬昭嘗為司馬炎(晉武帝)求籍女為婦,趕上他大醉了六十天,無法通話作罷。猜忌多才的鍾會,幾次地向他提問時事,打算抓個錯兒辦他的罪,也因為爛醉得免。在司馬昭的手下,他只先後做過東平相和從事中郎一類的小官,還是清簡無為,難進易退的。他雖然不拘禮教,但是發言常有深意,為人悅服。在從事中郎職內,有一次下面辦事的人向他報告說:"有人殺死自己的母親了。"他歎了一口氣說:"哎,殺死了父親還算可以,怎麼殺起母親來了?"聽到的人,都認為他豈有此理。司馬昭也說:"殺父親的人,乃是天下最兇惡的了,你怎麼還說可以呢?"他說:"禽獸才是知有母而不知有父的,殺了父親,不過是禽獸之類,殺死母親,則連禽獸都不如了。"大家才同意他這種說法。

他嘗於《大人先生傳》中提出他的無為主張說,世間所說的正人君子,不過是特別的循規蹈矩,看重禮法,打算給一般人作個榜樣,因而在鄉里郡國中鬧上個好名聲,以為將來博取卿相刺史的本錢而已。沒有看見褲子裏的蟲子嗎?逃到深縫和破棉花中間,以為是最安全的地帶了,行動不敢離開褲縫褲襠,認為這樣才是合於要求的。可是一旦火燒起來,則藏在褲子裏面的蟲子一個也不能出來了。今天這些正人君子的行徑,和藏在褲子裏頭的蟲子有什麼兩樣呢?(據《晉書·阮籍傳》整理節譯)這可以說是他的代表意見。

我們看完了阮籍的生平,便知道他這種行為是時代環境的必然產物。他雖然不是什麼有著積極意義的東西,但是從反抗禮法,不跟統治階級合作這些地方來看,究竟比那些助紂為虐的幫兇者要好點子的。它的詩作同樣有此涵義。如《詠懷》中下面的兩首:

> 昔聞東陵瓜,近在青門外。連畛距阡陌,子母相鈎帶。五色曜朝日,嘉賓四面會。膏火自煎熬,多財為患害。布衣可終身,寵祿豈足賴?

> 灼灼西隤日,餘光照我衣。回風吹四壁,寒鳥相因依。周周尚銜羽,蛩蛩亦念饑。如何當路子,磬折忘所歸。豈為誇譽名,憔悴使心悲。寧為燕雀翔,不隨黃鵠飛。黃鵠遊四海,中路將安歸?

"寧與燕雀翔,不隨黃鵠飛",這還不是不為統治階級服務的正面表示嗎?自然,他的動機是從個人主義的"布衣可終身,寵祿豈足賴"出發的。

陶潛的詩作便和阮籍的同而不同了。

陶潛,字淵明(一作名淵明,字元亮),潯陽柴桑(即今江西省九江縣)人。生於晉哀帝(司馬丕)興寧三年(公元 365 年),晉大司馬陶侃的曾孫。但是家業傳到他的時候,已經靠著耕作生活了。他因為親老家貧,曾出去做過州祭酒和鎮軍建威參軍,他向親朋說:"出去做些文教性質的工作,來給家中找些補助不可以嗎?"管人事的上司聽到了,便轉調他為彭澤(在今江西省道口縣境內)令。他到職不帶家眷,只打發一個幫工人回家幫助兒子力耕,並且在信上說:"他也是人生父母養的,應該好好地看待。"俸內的公田,全叫手下種了高粱,說:"只要我能夠常常醉酒就得了。"沒有多久,上面派了督郵來視察縣政,縣吏請他紮好腰帶去見,他歎著氣說:"我哪能夠因為五斗米的收入去向鄉里小兒折腰呢?"便丟下縣印還鄉生產了。按他在《歸去來辭序》中詳細說明這一出處的經過道:

> 余家貧,耕植不足以自給,幼稚盈室,瓶無儲粟,生生所資,未見其術。親故多勸余為長吏,脫然有懷,求之靡途。會有四方之事,諸侯以惠愛為德,家叔(按當是見諸孟府君傳中的太常夔)以余貧苦,遂見用於小邑。於時風波未靜,心憚遠役,彭澤去家百里,公田之利,足以為酒,故便求之。及少日,眷然有歸與之情。何則?質性自然,非矯厲所得;饑凍雖切,違己交病。嘗從人事,皆口腹自役,於是悵然慷慨,深愧平生之志。猶望一稔,當斂裳宵逝。尋程氏妹喪於武昌,情在駿奔,自免去職。仲秋至冬,在官八十餘日。因事順心,命篇曰《歸去來》。序乙巳歲十一月也。

我們再對照辭篇開始的幾句:"歸去來兮,田園將蕪胡不歸。既自以心為形役,奚惆悵而獨悲。悟已往之不諫,知來者之可追。實迷途其未

返,覺今是而昨非。"便知道他是真意歸田了。他的《歸園田居》詩也說:

少無適俗韻,性本愛丘山。誤落塵網中,一去三十年。羈鳥戀舊林,池魚思故淵。開荒南野際,守拙歸園田。方宅十餘畝,草屋八九間。榆柳蔭後簷,桃李羅堂前。曖曖遠人村,依依墟里煙。狗吠深巷中,雞鳴桑樹顛。戶庭無塵雜,虛室有餘閒。久在樊籠裏,復得返自然。

這還不是陶淵明泰然自適的情調麼? 再看看他的勞動情況,他說:

種豆南山下,草盛豆苗稀。晨興理荒穢,帶月荷鋤歸。道狹草木長,夕露沾我衣。衣霑不足惜,但使願無違! (同上)

人生歸有道,衣食固其端。孰是都不營,而以求自安。開春理常業,歲功聊可觀。晨出肆微勤,日入負耒還。山中饒霜露,風氣亦先寒。田家豈不苦,弗獲辭此難。四體誠乃疲,庶無異患干。盥濯息簷下,斗酒散襟顏。遙遙沮溺心,千載乃相關。但願長如此,躬耕非所歎。(《西田獲早稻》)

從上面的詩中,我們可以看出下列幾項事體:

①陶淵明雖有做過大司馬的高祖,但他卻只是個小有產者,"方宅十餘畝,草屋八九間"。

②他也參加了勞動(自然,不一定夠得上一個勞動力)——"晨興理荒穢,帶月荷鋤歸","晨出肆微勤,日入負耒還"。

③歸田是一廂情願的,但還時時地警惕著——"久在樊籠裏,復得

554

返自然"，"衣霑不足惜，但使願無違"，"但願常如此，躬耕非所歎"。

④對於田園生活有出色的歌頌，縱令農民不要它（聞一多語），但從沖淡上說，已經夠得上前無古人了——"榆柳蔭後園，桃李羅堂前。曖曖遠人村，依依墟里煙。狗吠深巷中，雞鳴桑樹顛。"

在舉世處擾攘，不恥干祿，詩文摹擬，綺麗自珍的濁流裏，淵明獨能清清自拔，復返自然，無論從人格上看，詩品上看，我們總覺得他應該算是出人頭地的人物。他自己也說得好：

> 先生不知何許人也，亦不詳其姓字，宅邊有五柳樹，因以為號焉。閒靜少言，不慕榮利。好讀書，不求甚解。每有會意，便欣然忘食。性嗜酒，家貧不能常得。親舊知其如此，或置酒而招之。造飲輒盡，期在必醉。既醉而退，曾不吝（一本作宏）情去留。環堵蕭然，不蔽風日。短褐穿結，簞瓢屢空，晏如也。常著文章自娛，頗示己志。忘懷得失，以此自終。（《五柳先生傳》）

這便是陶淵明的自況，同時也就是他的老實話。因為食指繁多、田產過少，所以才弄得"環堵蕭然""短褐穿結""簞瓢屢空"，但最難的卻是那一份"晏如也"的神情——不因此而"戚戚於貧賤，汲汲於富貴"。歸田以後，雖遇徵召，未嘗再出。如梁昭明太子蕭統所著《淵明傳》中有云：

> 江州刺史檀道濟往候之，偃臥瘠餒有日矣！道濟謂曰："夫賢者處世，天下無道則隱，有道則至。今子生文明之世，奈何自苦如此？"對曰："潛也何敢望賢，志不及也。"道濟饋以粱肉，麾而去之。

檀道濟乃南朝劉裕(宋武帝)的"開國元勳",淵明之拒絕他的招請,除了不慕榮利以外,必定還有不事二朝的封建道德觀念存在。這要參看他晚年在劉裕篡晉以後,不書年號,只以干支代替年月一事便更明白了。

總之,陶淵明這位"古今隱逸詩人之宗"(鍾嶸語)的隱逸,並不是生來就是這樣的,因為他在少年的時候也曾"猛志逸四海,騫翮思遠翥"(雜詩)過,《讀山海經》云:

> 精衛銜微木,將以填滄海。刑天舞干戚,猛志固常在。
> 同物既無慮,化去不復悔。徒設在昔心,良辰詎可待?

因為怵目時艱,所以猛志常在,甚至想要知其不可而為之地來略盡綿薄之力。此志不遂,這才歸本老莊,返我自然的(後來都有了逃避現實,別尋理想境地的意思,如他所反映在《桃花源記》和詩中的東西)。所以魯迅先生說:"這'猛志固常在'和'悠然見南山'的是一個人。倘有取捨,即非全人;再加抑揚,更離真實。"(《且介亭雜文二集·題未定草六》)實在是最正確的看法。

陶淵明死於宋文帝(劉義隆)元嘉四年(427),時人私謚為靖節先生,著有《陶靖節集》十卷傳世。

劉宋的文人,則沒有高過陶淵明的。所謂元嘉(424—452)文學的代表人物,如謝靈運(385—433)、顏延之(384—456)等,不過是些鋪列雕琢的詩匠——"儷采百字之偶,爭價一句之奇",作出來的東西毫無生氣,更談不上和人民有什麼關係了(只有鮑照還敢用比較通俗的文字寫詩,但反映人民生活的作品也極少)。鍾嶸《詩品》批評此時俳偶用典的陋習說:

顏延謝莊,尤為繁密,於時化之。故大明、泰始(按:大明,宋孝武帝劉駿年號;泰始,宋明帝劉彧年號)中,文章殆同書抄。近任昉、王元長(融)等,詞不貴奇,競須新事。爾來作者,寖以成俗,遂乃句無虛語,語無虛字,拘攣補衲,蠹文已甚。

這樣的駢四儷六還不算事,最令人頭痛的是那四聲(平上去入)八病(平頭、上尾、蜂腰、鶴膝、大韻、小韻、旁紐、正紐)的音韻拘牽,也就是沈約(441—513,此類病害的創始人)在《宋書·謝靈運傳》中所說的:

五色相宣,八音協暢,由乎玄黃律呂,各適物宜。欲使宮羽相變,低昂互節。若前有浮聲,則後須切響。一簡之內,音韻盡殊;兩句之中,輕重悉異。妙達此旨,始可言文。

看,這不簡直的把詩作束縛成了僵屍麼?所以我們才肯定地說,中國古典文學發展到了此一時期,是越來越僵化了的。要不是民間還流傳下來一點兒戀愛的歌詞,那真叫作毫無足取了。如《大子夜歌》云:

歌謠數百種,"子夜"最可憐。慷慨吐清音,明轉出天然。

這裏所說的"子夜"就是江南人民的口頭創作。因為它的內容多談愛情,所以有"最可憐"的評價;因為它的聲調自然,詞句俚俗,所以有"吐清音""出天然"的評價。我們就選幾首作例:

春林花多媚,春鳥意多哀。春風復多情,吹我羅裳開。
(《子夜·春歌》)

557

　　　反覆華簟上,屏帳了不施。郎君未可前,待我整容儀。
(《子夜·夏歌》)
　　　自從別歡來,何日不相思? 常恐秋葉零,無復蓮條時。
(《子夜·秋歌》)
　　　塗澀無人行,冒寒往相覓。若不信儂時,但看雪上跡。
(《子夜·冬歌》)

歌雖然依舊是五言的形式,但是情調真摯,景色分明,唱起來一定非常
的動人。夾雜三言的也有,如為人所"豔稱"的《華山畿》:

　　　奈何許! 天下人何限——慊慊只為汝! 不能久長離。
　　中夜憶歡時,抱被空中啼。啼著曙,淚落枕將浮,身沈被流
　　去。相送勞勞渚,長江不應滿,是儂淚成許。

天下人多啦,可是我只想看你,想不到手,那眼淚流得都把自己泡起
來,都把長江填滿了。請看,這是如何的深情? 而且也誇張得真好。
我們看到這些,便會知道儘管廟堂文學在那裏烏煙瘴氣地成了僵屍,
而民間的小兒女們依舊歌唱著自己的生活,發抒著自己的情調。這就
雄辯地說明了人民的創作具備著怎樣的獨立自發的精神,而非統治者
所能夠影響控制的道理了。
　　"子夜歌"多至幾百首,絕不是一人一時所作,它們雖然沒有主名,
沒有詩本事,但是只要我們一朗誦,就會明白了它們的內容,領悟到大
家唱、大家改的集體主義所在。不然的話,怎麼能夠流傳千古,而且擁
有那樣廣大的愛好者呢! ——"子夜歌"外,還有"讀曲歌"約百首,
"懊儂歌"幾十首,內容也差不多都是談情說愛的,我們就不舉例了。
　　南朝如此,北朝也是一樣。從拓拔魏統一北方,接受漢人文化以

後,反映人民生活,至今傳為絕唱的詩歌就更樸素可愛了,如大家所周知的《敕勒歌》:

> 敕勒川,陰山下,天似穹廬,籠蓋四野。天蒼蒼,野茫茫,風吹草低見牛羊。

這不是北方遊牧人民的本地風光麼?就在今天,如果我們到了西北邊區陰山下面的牧場去看一下,還會覺得這蒼蒼茫茫,風吹草低見牛羊的景象是真而且真的哩!另外是這首詩就從形式上看,那三三、四四、三三七的字句,也是極宛轉自然的,而最重要的一點是它乃是當時的少數民族鮮卑語的創作。再舉一首雄武些的,如《折楊柳歌》:

> 遙看孟津河,楊柳鬱婆娑。我是虜家兒,不解漢兒歌。
> 健兒須快馬,快馬須健兒;躍跋黃塵下,然後別雄雌。

按孟津河在今河南孟縣南,看了地名,再結合起來"楊柳""快馬""黃塵"等物,特別是"我是虜家兒,不解漢兒歌"的話,無論怎麼說,也沒有法不承認它是北地的詩作。因為事物、情調、生活都和吳語的南歌大不相同麼,壯健乾脆,可敬可愛。就是談情的作品也差不多,如《折楊柳枝歌》:

> 門前一株棗,歲歲不知老。阿婆不嫁女,那得孫兒抱?
> 敕敕何力力,女子臨窗織。不聞機杼聲,唯聞女歎息:"問女何所思,問女何所憶。""阿婆許嫁女,今年無消息。"

"阿婆許嫁女,今年無消息","阿婆不嫁女,那得孫兒抱"?哈哈,這是多麼坦率的話！而一開始的棗樹不知老,就尤其比興得好。我們不能忘記這是勞動婦女的生活要求呀。同時因為婚姻還是由父母包辦,自己不能自由主持,於是提出"抗議"的鬥爭情況,也就可見一斑了。

總之,魏晉南北朝這一時期的詩作是由"翻改"到"摹擬",由"綺麗"到"雕琢"。再明白些說,就是越來越沒有靈魂,越來越帶上了枷鎖的東西。要不是人民的創作還流傳下來一部分的話,簡直是沒什麼可談的了。而人民的創作又是北方的樸素真率和南方的細膩纏綿相互輝映的。

三、談談故事詩

中國本是一個有著五千年文化的古國,照道理說,應該也有像《依里亞特》(Iliad)和《奧特賽》(Odyssey)(希臘最早的大詩人荷馬[Homer]所作的故事詩——內中有戀愛也有戰爭,還包孕著一部分神話,各二十四卷)那樣長篇的故事詩才對。但是我們除了見之於"三百篇"中《生民》("大雅")、《玄鳥》(《商頌》)的感生故事和《九歌》《離騷》中一些神的名字(如羲和、望舒、飛廉等)以外,沒有什麼再豐富的東西了。就是漢賦裏的《子虛》《上林》(司馬相如作)也只是點滴的想像的意境,不曾真個織造出來動人聽聞的故事。我們想,這大概是先民生活艱苦,終歲勞動不敢久休,因而沒有充分的時間去虛構幻想,因此,就是偶有傳說性的歌辭也不過像《孤兒行》《陌上桑》《羽林郎》和《上山采蘼蕪》那樣的寫寫家庭或是婦女生活的東西罷了(統治階級的詩人們則因為偏重抒情或議論,而且生活面又比較地狹小,就是偶然談及故事,也要把它裁減得不成樣了。於是故事詩同樣地不能從他們的手中產生)。這種情況一直拖延到了曹魏黃初(魏文帝曹丕的年號,約當公元225年)年間,以新聲被寵的來自民間的樂府詩人左延

年,才有一篇《秦女休行》在敷說一位名喚女休的小姑娘為家室報仇的故事:

> 步出上西門,遙望秦氏廬。秦氏有好女,自名為女休。休年十四五,為宗行報讎。左持白楊刃,右據宛魯矛。讎家便東南,仆僵秦女休。(這二句疑有錯誤,不可讀解。)女休西上山,上山四五里。關吏呵問女休,女休前置詞:"平生為燕王婦,今為詔獄囚。平生衣參差,當今無領襦。明知殺人當死,兄言快快,弟言無道憂。(這兩句也有點突如其來,不能解釋。)女休堅詞為宗報讎,死不疑。"殺人都市中,徼我都巷西。丞卿羅列東向坐,女休悽悽曳梏前。兩徒夾我持,刀刃五尺餘。刀未下,朧朧擊鼓赦書下。

大概這個故事在當時很流行,所以左延年才用它作了樂府的題材。又過了幾十年,晉代的傅玄(約死於 270 年)也作了一篇《秦女休行》,那就比左延年的舊作充實明確得多啦:

> 龐氏(一本作秦氏)有烈婦,義聲馳雍涼。父母家有重怨,仇人暴且強。雖有男兄弟,志弱不能當。烈女念此痛,丹心為寸傷。外若無意者,內潛思無方。白日入都市,怨家如平常。匿劍藏白刃,一奮尋身僵。身首為之異處,伏屍列肆旁。肉與土合成泥,灑血濺飛梁。猛氣上干雲霓,仇黨失守為披攘。一市稱烈義,觀者收淚並慨忼。百男何當益?不如一女良。烈女直造縣門,云"父不幸遭禍殃,今仇身以(已)分裂,雖死情益揚。殺人當伏法,義不苟活隳舊章。"縣令解印綬:"令我傷心不忍聽!"刑部垂頭塞耳:"令我吏舉不能

成。"烈著希代之績,義立無窮之名。夫家同受其祚,子子孫孫咸享其榮。今我作歌詠高風,激揚壯發悲且清。

此篇和前篇不同的地方,是秦氏改作龐氏,關吏呵問變為到縣自首,丞卿羅列訊問轉成縣令解印、刑部垂頭,臨刑刀未下時遇赦竟寫為"烈著希代之績,義立無窮之名"了。從這裏面很可以看出一個規律來——民間流行的故事,因為大家拿來作題材,於是你有你的筆意,我有我的寫法,時間流傳得越久,內容就填補得越多了。

　　除去《秦女休行》顯然是三世紀以來北方已有的故事詩外,還有一篇《木蘭辭》,也是當時北方的傑作。

　　《木蘭辭》是一首無主名的長篇故事詩,計六十二句三百三十三字,竟體以五言為主,間或雜以七、九言。內容是在頌揚一個名叫木蘭的姑娘代父從軍的種種的。為求全面瞭解起見,先錄引原詩如下:

　　　唧唧復唧唧,木蘭當戶織。不聞機杼聲,惟聞女歎息。"問女何所思,問女何所憶?""女亦無所思,女亦無所憶。昨夜見軍帖,可汗大點兵,軍書十二卷,卷卷有爺名。阿爺無大名,木蘭無長兄,願為市鞍馬,從此替爺征。"

　　　東市買駿馬,西市買鞍韉,南市買轡頭,北市買長鞭。旦辭爺孃去,暮宿黃河邊,不聞爺孃喚女聲,但聞黃河流水聲濺濺。旦辭黃河去,暮宿黑水(一本作山)頭,不聞爺孃喚女聲,但聞燕山胡騎聲啾啾。

　　　萬里赴戎機,關山度若飛。朔氣傳金柝,寒光照鐵衣。將軍百戰死,壯士十年歸。歸來見天子,天子坐明堂。策勳十二轉,賞賜百千強。可汗問所欲,木蘭不用尚書郎,願借明駝千里足,送兒還故鄉。

　　爺娘聞女來,出郭相扶將。阿姊聞妹來,當戶理紅妝。
小弟聞姊來,磨刀霍霍向豬羊。開我東閣門,坐我西閣(一本
作間)牀。脫我戰時袍,著我舊時裳。當窗理雲鬢,對鏡貼花
黃。出門看火伴,火伴皆(一本作始)驚惶:"同行十二年,不
知木蘭是女郎。"

　　雄兔腳撲朔,雌兔眼迷離;兩兔傍地走,安能辨我是
雄雌?

　　看完這篇詩,我們馬上就可以肯定的是,從"可汗""尚書郎"這種稱呼
和官名上,知道它應該是李唐以前的作品。從"爺娘""駿馬""黃河"
"黑山",特別是"朔氣""寒光"這些名物上,知道它是北方的作品。如
果再從故事的內容上仔細分析一下,則有這種英雄氣概的女孩子,也
以當時北方少數民族的姑娘可能性比較大。木蘭從軍的動機,雖是從
愛護老父出發的,但表現的結果卻做出了普通男人都不一定辦得到的
事情——立功不居,給官不做,依舊還家生產。因此,她在"重男輕女"
這一座"封建大山"上,就起著相當巨大的反擊作用了。藝術的手法上
也是一樣,他把木蘭這一形象寫得是這樣雄糾糾氣昂昂的,只從"將軍
百戰死,壯士十年歸"兩句詩中,就曉得她是多麼的英勇善戰,而從"可
汗問所欲,木蘭不用尚書郎"的表示中,又明白她的用心所在——不願
意在廟堂上露出了女兒本相,因而"嘩眾取寵"地離開統治階級。這些
地方我們都應該深刻地體會的。

　　我們最後打算談及的,就是那篇古代民間最為偉大的故事詩《孔
雀東南飛》——凡三百五十三句,一千七百六十五字。最早登錄它的
集子是徐陵所編纂的《玉臺新詠》,其序云:

　　漢末建安中,廬江府小吏焦仲卿妻劉氏,為仲卿母所遣,

自誓不嫁。其家迫之,乃投水而死。仲卿聞之,亦自縊於庭樹。時人傷之,為詩云爾。

因此,有些學人便逕直地認為它是東漢末年的作品了。我們的看法是,縱令這個故事本身是產生在建安時期,但是像這樣內容豐富、描寫細緻的長篇五言,就不大容易是那個時候的詩歌。沒有看見"古詩十九首"麼? 沒有看見曹魏時期的樂府麼? 是哪一篇在體制上能有這樣的宏鉅? 而且就拿前面我們所肯定的故事詩《秦女休行》和《木蘭辭》來對比一下,也都可以作為在魏晉以前不大可能有它的證明了。何況詩裏面又有"下九""青廬""龍子幡"等南北朝時的風俗飾物呢? 所以梁啟超"像《孔雀東南飛》和《木蘭詩》一類的作品,都起於六朝"(《印度與中國文化之親戚關係》)的說法(陸侃如也同意此說,見《孔雀東南飛考證》)是有它一定的根據的(張為麒在《孔雀東南飛年代祛疑》一文中提出此時未用古韻、有"下官"字樣等理由,也斷為齊梁作品)。大概此詩非一人一時所作,而最後的寫定當為南北朝人,應該不是臆斷的事。

這首詩在文學的價值上說,是非常之高的。第一,它給予我們一個反抗包辦婚姻的主題和戰鬥意識特別堅強的女性——主人公蘭芝。如作者在敘說完了蘭芝、仲卿雙雙斃命以後,所作的結語:

> 兩家求合葬,合葬華山傍。東西植松柏,左右種梧桐。枝枝相覆蓋,葉葉相交通。中有雙飛鳥,自名為鴛鴦,仰頭相向鳴,夜夜達五更。行人駐足聽,寡婦起彷徨。多謝後世人,戒之慎勿忘!

"多謝後世人,戒之慎勿忘"! 這便是詩人正面提出來的教育口吻,雖然作為它的小前提的這些辭句有些象徵或竟近於神話。關於蘭芝的堅強不屈的如：

> 非為織作遲，君家婦難為。妾不堪驅使，徒留無所施。
> 便可白公姥，及時相遣歸。

左右不是，何必為難仲卿？乾脆主動地提出來走路吧。這是多麼堅決的態度？在仲卿送別叮嚀"還歸"的時候，蘭芝說：

> 我有親父兄，性行暴如雷，恐不任我意，逆以煎我懷。

又早已料到後來逼嫁的事情，這是多麼聰明的人：預先告訴仲卿則不但是提高他的警惕，更為自己預作地步了。所以當仲卿相責"賀卿得高遷時"，蘭芝才又氣忿又堅定地說：

> 何意出此言！同是被逼迫，君爾妾亦然。黃泉下相見，
> 勿違今日言！

真是字字斬釘，句句截鐵，仲卿當之，應有愧色了——仲卿在詩裏當然只是一個次要的人物，他的性格，實在不如蘭芝的堅強，如"我自不驅卿，逼迫有阿母"、"故作不良計，勿復怨鬼神"等語，雖然也在鬥爭，究竟顯得無力。

第二，是詩中的其他人物，也都刻畫得好——最形象的是仲卿的老太太和蘭芝的老太太那種分別對待兒女的情況。仲卿母聽到仲卿替蘭芝解釋以後的話是：

何乃太區區！此婦無禮節，舉動自專由。吾意久懷忿，汝豈得自由！

接著就提出"便可速遣之"，別求秦羅敷的話。這不活畫出來一個橫加罪過、壓迫兒子的老太太嗎？特別是蘭芝辭行時的那幾句話：

昔作女兒時，生小出野里，本自無教訓，兼愧貴家子。受母錢帛多，不堪母驅使。今日還家去，念母勞家裏。

令人一見便感到她"歪道"已極。蘭芝的母親就不同了——看到蘭芝被遣回來的第一句話是"不圖子自歸"，回答媒人的話是"女子先有誓，老姥豈敢言"，對於再嫁的事情至多不過是叫著女兒說"女可去應之"。壞就壞在哥哥的身上了！哥哥在知道老太太居然同意了，妹妹不再嫁，便斥責妹妹說：

作計何不量！先嫁得府吏，後嫁得郎君，否泰如天地，足以榮汝身。不嫁義郎體，具往欲何云。

簡直都是"逼命"的話，也充分地暴露出來他是一個"勢利小人"了。所以蘭芝"登即相許和，便可作婚姻"的答話，實在是死志已決，不願妄費唇舌的態度。

第三，是用問答體於長篇故事詩中，主張生動，意思也更明確（全篇對話長短共三十次）。而通過"妾有繡腰襦"等六句的鋪陳，來暗中點出仲卿應覩物思人；通過"著我繡夾裙"等十句的描寫，來正面道出蘭芝的美麗；以及通過"青雀白鵠舫"等十二句的誇示，以反襯女主人公的不慕榮利等手法，尤其是長篇故事詩中所不可缺少的點染和夾敘。

因此種種,我們大可以驕傲地說,在中國文學史上,我們的故事詩比起希臘來雖然產生較晚、篇幅不大、內容簡單,但就其主題明確、音調響亮、章法謹嚴、人物形象等成就上看,也未嘗不是獨步世界、別有千秋的東西呢。

四、散文和文學批評

魏晉南北朝的散文,因為作者過度的講求文筆對仗和聲律,所以就很少有明白曉暢的文字。這一時期的史書如晉陳壽的《三國志》、梁沈約的《宋書》等也大體不出馬、班的樊籬,沒有什麼創制性的東西。倒是干寶的《搜神記》,記錄了許多民間故事,為中國的志怪小說打開了一條路子。北朝則後魏酈道元《水經注》文筆清麗,景物賅備;楊衒之的《洛陽伽藍記》記載翔實,文字簡潔。有關學術思想的著作如北朝蕭繹的《金樓子》、顏之推的《顏氏家訓》等雖然是些雜言瑣語,卻也賦有律己的方法經驗的談說,可以一讀。但最著稱的,是那范縝的《神滅論》。現在我們就重點地把《水經注》和《神滅論》介紹一下。先說酈道元的《水經注》。

酈道元,字善長,後魏范陽(今河北定興縣)人,官御史中尉。他的四十六卷《水經注》,繁徵博引,逸趣橫生,凡所狀寫,無不精闢,真可以說是一部繪影繪聲的遊記創作。如《水經》的卷九"清水出河內修武縣之北黑山"注云:

黑山在縣北白鹿山東,清水所出也。上承諸陂散泉,積以成川,南流,東南屈,瀑布乘巖,懸河注壑,二十餘丈,雷赴之聲,震動山谷。左右石壁層深,獸跡不交,隍中散水霧合,

視不見底。南峰北嶺，多結禪棲之士，東巖西谷，又是剎靈之
圖。竹柏之懷與神心妙遠，仁智之性，共山水效深，更為勝處
也。其水歷澗飛流，清泠洞觀，謂之清水矣。

只由"清水出河內修武縣之北黑山"一句，便引出這許多生動形象的注
文，叫人讀起來不但要生臥遊之感，而且因此更會熱愛祖國山河的美
麗。豈非作者胸中自有丘壑，筆下充滿生活的結果麼？因此有誰能
說，刻板機械如自然地理一類的科學書籍，只要有了優美的文學記述，
不會幫助人們的學習體會呢？

下面談談范縝的《神滅論》。

范縝，字子真，南鄉舞陰人，曾為齊梁的晉安太守、尚書左丞等官。
他的《神滅論》是向當時佛家靈魂不滅做正面的攻擊的，他說：

> 或問予云："神滅，何以知其滅也？"答曰："神即形也，形
> 即神也，是以形存則神存，形謝則神滅也。"問曰："形者無知
> 之稱，神者有知之名，知與無知，即事有異。神之與形，理不
> 容一，形神相即，非所聞也。"答曰："形者神之質，神者形之
> 用，是則形稱其質，神言其用，形之與神，不得相異也。"問曰：
> "神故非用，不得為異，其義安在？"答曰："名殊而體一也。"
> 問曰："名既已殊，體何得一？"答曰："神之於質，猶利之於
> 刃。形之於用，猶刃之於利。利之名非刃也，刃之名非利也；
> 然而舍利無刃，舍刃無利，未聞刃沒而利存，豈容形亡而神
> 在！"問曰："刃之與利，或如來說。形之與神，其義不然。何
> 以言之，木之質無知也，人之質有知也；人既有如木之質，而
> 有異木之知，豈非人有一木有二邪？"答曰："異哉言乎！人若
> 有如木之質以為形，又有異木之知以為神，則可如來論也。

今人之質,質有知也,木之質,質無知也。人之質非木質也。木之質非人質也。安有如木之質,而復有異木之知哉?"問曰:"人之質所以異木質者,以其有知耳。人而無知,與木何異?"答曰:"人無無知之質,猶木無有知之形。"問曰:"死人之形骸,豈非無知之質邪?"答曰:"是無人質。"問曰:"若然者,人果有如木之質,而有異木之知矣。"答曰:"死者有如木而無異木之知,生者有異木之知而無如木之質也。"問曰:"死者之骨骼,非生之形骸邪?"答曰:"生形之非死形,死形之非生形,區已革矣。安有生人之形骸,而有死人之骨骼哉?"問曰:"若生者之形骸,非死者之骨骼,非死者之骨骼則應不由生者之形骸,不由生者之形骸則此骨骼從何而至此邪?"答曰:"是生者之形骸,變為死者之骨骼。"

這一大段話的主要意思,是作者告訴了我們:拿人來說,只有形骸才是基本的存在,所謂精神或靈魂不過是從生於形體的一種作用,它是根本不能離開形體而獨生的。這種形的一元論,不但跟自然主義很符合,成為無神論的主要文獻,同時也未嘗不是蒙昧的唯物主義,因為他已經認識到質的存在及其變動的必然性了。他很明白地說"人之質"非"木之質",所以人"有知"而木"無知",但是有知之人如果一旦"物化",便也會轉變成"無知之質"的。這證明他是真的發現了事物運動發展的內在的原因和物質本身的差別性了。不過范縝為什麼要提出"神滅論"呢? 他接著說:

問曰:"知此神滅,有何利用邪?"答曰:"浮屠害政,桑門蠹俗,風驚霧起,馳蕩不休,吾哀其弊,思拯其溺。夫竭財以赴僧,破產以趨佛,而不恤親戚,不憐窮匱者何? 良由厚我之

情深,濟物之意淺。是以圭撮涉於貧友,吝情動於顏色;千鍾
委於富僧,歡意暢於容髮。豈不以僧有多餘之期,友無遺秉
之報? 施關於周急,歸德必在於己。又惑以茫昧之言,懼以
阿鼻之苦,誘以虛誕之辭,欣以兜率之樂,故舍逢掖,襲橫衣,
廢俎豆,列餅鉢,家家棄其親愛,人人絕其嗣續,致使兵挫於
行間,吏空於官府,粟罄於惰遊,貨殫於泥木。所以奸宄弗
勝,頌聲尚擁。惟此之故,其流莫已,其病無限。若陶甄稟於
自然,森羅均於獨化,忽焉自有,怳爾而無,來也不禦,去也不
追,乘夫天理,各安其性,小人甘其壟畝,君子保其恬素,耕而
食,食不可窮也,蠶而衣,衣不可盡也。下有餘以奉其上,上
無為以待其下,可以全生,可以養親,可以為己,可以為人,可
以匡國,可以霸君,用此道也。

神滅思想的戰鬥任務在於反對佛家,而反對佛教的最大原因是它禍國
殃民、棄親絕嗣,不加禁遏,人將無以為生。這種思想,當然是在當時
統治者的佞佛(如梁武帝蕭衍自己即曾前後三度捨身佛寺)和善男信
女們的浮屠生活,因而弄得人民困敝,國家不像了國家的客觀情況下
才產生的。但是范縝於舉世昏昏之際,獨能力排眾議,倡為異說,這應
該是和他的出身寒素、富有儒家的名理教養等條件分不開的(缺點也
就在於,他雖然排斥了佛教,卻依舊歸本於儒家的剝削思想了)。至於
這篇文字在藝術上的表現,則是採用了問答筆法,不沾染駢儷的陋習,
樸實說理,例證妥切,同樣地是帶有革命色彩的東西。因此,我們可以
大膽地說它是王充的《論衡》以後的第一篇文字。

最後讓我們介紹一下這一時期的文學批評。

魏晉南北朝的文學批判,其出發點雖然不是人民立場的,但它們
評作品、論作家、講文學理論,卻也應有盡有地為中國的傳統文學解決

了一些問題、介紹了一些情況。如首開文學批評之路的曹丕(魏文帝),他在《典論·論文》中既評列了建安七子,也提出了文章體例。文中的第二、第三兩段說:

> 今之文人,魯國孔融文舉,廣陵陳琳孔璋,山陽王粲仲宣,北海徐幹偉長,陳留阮瑀元瑜,汝南應瑒德璉,東平劉楨公幹,斯七子者,於學無所遺,於辭無所假,咸以自騁驥騄於千里,仰齊足而並馳,以此相服亦良難矣!蓋君子審己以度人,故乃免於斯累。
>
> 王粲長於辭賦,徐幹時有齊氣,然粲之匹也。如粲之《初征》《登樓》《槐賦》《徵思》,幹之《玄猿》《漏卮》《圓扇》《橘賦》,雖張、蔡不過也,然於他文,未能稱是。琳、瑀之章、表、書、記,今之雋也。應瑒和而不壯。劉楨壯而不密。孔融體氣高妙,有過人者,然不能持論,理不勝詞,以至於雜以嘲戲;及其所善,揚、班儔也。常人貴遠賤近,向聲背實,又患闇於自見,謂己為賢。

這雖然只是些籠統抽象的月旦話頭,有時叫人莫名其妙,但它畢竟提出了人,提出了作品,為後來的文學批判作了一個榜樣。他接著又說文章的體例道:

> 夫文本同而末異,蓋奏議宜雅,書論宜理,銘誄尚實,詩賦欲麗,此四科不同,故能之者偏也。唯通才能備其體。文以氣為主,氣之清濁有體,不可力強而致。譬諸音樂,曲度雖均,節奏同檢,至於引氣不齊,巧拙有素,雖在父兄,不能以移子弟。

文本同末異,文以氣為主,奏、議、書、論、銘、誄、詩、賦的要求各有差別,這就接近文學理論的剖析了。雖然它是以統治階級御用的文學作論列的對象,也還是有它的不可抹煞的見地的。關於這一方面,西晉的陸機就說得更完備。他在《文賦》中於泛言構思、立意、修辭、謀篇等寫作時必有的準備與過程後,很珍重地提出了下列的文學體制說:

> 詩緣情而綺靡,賦體物而瀏亮。碑披文以相質,誄纏綿而悽愴。銘博約而溫潤,箴頓挫而清壯。頌優遊以彬蔚,論精微而朗暢。奏平徹以閒雅,說煒曄而譎誑。雖區分之在茲,亦禁邪而制放。要辭達而理舉,故無取乎冗長。

詩、賦、碑、誄、銘、頌、奏、說,共是八類,這比曹子桓時又分得精細了。因此直到現在,它還常為批判傳統文學者所引用。但無論《典論·論文》或是《文賦》,究竟還是單篇的文學引論和批評。一直到南北朝,才有了文學批評的專書——《詩品》和《文心雕龍》。

《詩品》作者鍾嶸字仲偉,穎川長社人(今河南省長葛縣西),是齊永明(齊武帝蕭賾的年號)時候的太學生。他對於《周易》頗有研究,為祭酒王儉(仲實)所賞識,入梁為晉安王記室。他嘗把有史以來的五言詩作者分為上、中、下三品,看法雖然不免主觀,但通過他的細心推究,和提出了反對"聲病"、反對"用典"的正確意見,對於我們處理齊梁以前的傳統文學,卻也給予了不小的幫助。他在《詩品中》序裏曾詳細地說明他的評定的方法和標準道:

> 一品之中,略以世代為先後,不以優劣為銓次。又其人既往,其文克定,今所寓言,不錄存者。夫屬詞比事,乃為通

談,若乃經國文符,應資博古,撰德駁奏,宜窮往烈。至乎吟詠情性,亦何貴於用事?思君如流水,既是即目;高臺多悲風,亦唯所見;清晨登隴首,羌無故實;明月照積雪,詎出經史。觀古今勝語,多非補假,皆由直尋。顏延、謝莊,尤為繁密,於時化之。故大明泰始中文章殆同書抄,近任昉王元長等,辭不貴奇,競須新事。爾來作者,寖以成俗,遂乃句無虛語,語無虛字,拘攣補衲,蠹文已甚。但自然英旨,罕值其人。詞既失高,則宜加事義。雖謝天才,且表學問,亦一理乎!陸機"文賦"通而無貶;李充"翰林"疏而不切;王微"鴻寶"密而無裁;顏延"論文",精而難曉,摯虞"文志",詳而博贍,頗曰知言。觀斯數家,皆就談文體,而不顯優劣。至於謝客詩集,逢詩輒取;張騭文士,逢文即書。諸英志錄,並義在文,曾無品第。嶸今所錄,止乎五言。雖然,網羅今古,詞文殆集。輕欲辨彰清濁,掎摭病利,凡百二十人。預此宗流者,便稱才子。至斯三品升降,差非定制,方申變裁,請寄知者爾。

他這話說得很清楚,態度也極嚴正:首先是沒有定論的生人不錄,有關政事的"文符""駁奏"不錄,吟詠性情,直接從生活中來的才是作品。因此"殆同書抄""拘攣補衲"的東西他是一定不要的了。其次是"逢詩輒取""逢文即書""不顯優劣""曾無品第"的辦法他也是反對的,因為辨彰清濁、明定去取以後,才能夠表揚了好的作家和肯定了好的作品,一個文學批評者的最大作用也就在此。所以前此陸機等人的"通而無貶""疏而不切"的手法,便一一地遭到他的駁斥了。因此種種,就中國傳統文學中的五言詩來講,到了鍾嶸,可以說是已經得了一個劃階段的總結了。

《文心雕龍》的作者劉勰,字彥和,東莞莒人(今廣東省東莞縣)。

他從幼年起便貧窮得厲害,跟著一個名叫祐的和尚一同生活了十多年。他的《文心雕龍》草成以後,打算請當時的"文宗"沈約論定一下,可是沈約這時候貴盛無比,難得相見,他便背了稿子守候在路上,等到沈約出來再送了過去,那樣子簡直同賣書的一樣。可沈約讀了他的著作,果然大加稱賞,說是很得文理文章的真髓,常常把它擺在茶几之上作為參考。

《文心雕龍》凡五十篇,分上下兩卷,上卷分論文體,下卷泛論文理。它對於古典文學的貢獻,歸結起來說,可分下列幾點:

①崇尚自然,反對雕琢。《明詩篇》說:"人稟七情,應物斯感;感物吟志,莫非自然。"看他這種主張,雖還不敢說就是蒙昧的自然主義,但既提出文章應該自然書寫,另一方面的意思當然就是反對雕琢啦。

②情感至上,為情造文。《情采篇》說:"夫鉛黛所以飾容,而盼倩生於淑姿;文采所以飾言,而辯麗本於情性。故情者文之經,辭者理之緯;經正而後緯成,理定而後辭暢:此立文之本也。"這就是說文當由情而生,不可為文造情。

③作者個性,影響作品。《體性篇》說:"賈生俊發,故文潔而體清。長卿傲誕,故理侈而辭溢。子雲沈寂,故志隱而味深;子政簡易,故趣昭而事博。……觸類以推,表裏必符,豈非自然之恒資,才氣之大略哉?"作家的個性(生活意識)是往往很自然的流露於作品之中。